홍진에
묻힌 분네
이내 생애
어떠한고

홍진에
묻힌 분네
이내 생애
어떠한고

현종호 엮음

보리

겨레고전문학선집을 펴내며

우리 겨레가 갈라진 지 반백 년이 넘어서고 있습니다. 그러나 함께 산 세월은 수천, 수만 년입니다. 겨레가 다시 함께 살 그날을 위해, 우리가 함께 한 세월을 기억해야 합니다.

예부터 우리 겨레가 즐겨 온 노래와 시, 일기, 문집 들은 지난 삶의 알맹이들이 잘 갈무리된 보물단지입니다.

그동안 남과 북 양쪽에서 고전 문학을 되살리려고 줄곧 애써 왔으나, 이제껏 북녘 성과들은 남녘에서 좀처럼 보기 어려웠습니다.

북녘에서는 오래 전부터 우리 고전에 깊은 관심과 사랑을 보여 왔고 연구와 출판도 활발히 해 오고 있습니다. 그 가운데 〈조선고전문학선집〉은 북녘이 이루어 놓은 학문 연구와 출판의 큰 성과입니다. 〈조선고전문학선집〉은 가요, 가사, 한시, 패설, 소설, 기행문, 민간극, 개인 문집 들을 100권으로 묶어 내어, 고전을 연구하는 사람들과 일반 대중 모두 보게 한, 뜻 깊은 책들입니다. 한문으로 된 원문을 현대문으로 옮기거나 옛글을 오늘의 것으로 바꾼 성과도 놀랍고 작품을 고른 눈도 참 좋습니다. 〈조선고전문학선집〉은 남녘에도 잘 알려진 홍기문, 리상호, 김하명, 김찬순, 오희복, 김상훈, 권택무 같은 뛰어난 학자분들이 머리를 맞대고 연구한 성과를 1983년부터 펴내기 시작하여 지금도 이어 가고 있습니다.

보리 출판사는, 조선민주주의인민공화국 문예 출판사가 펴낸 〈조선고전문학선집〉을 〈겨레고전문학선집〉이란 이름으로 다시 펴내면서, 북녘 학자와 편집진의 뜻을 존중하여 크게 고치지 않고 그대로 내는 것을 원칙으로 삼았습니다. 다만, 남과 북의 표기법이 얼마쯤 차이가 있어 남녘 사람들이 읽기 쉽게 조금씩 손질했습니다.

이 선집이, 겨레가 하나 되는 밑거름이 되고, 우리 후손들이 민족 문화 유산의 알맹이인 고전 문학이 지니고 있는 아름다움을 제대로 맛보고 이어받는 징검다리가 되기 바랍니다. 아울러 남과 북의 학자들이 자유롭게 오고 가면서 남북 학문 공동체가 이루어지는 날이 하루라도 앞당겨지기 바랍니다. 그리고 이 자리를 빌려, 어려운 처지에서도 이 선집을 펴내 왔고 지금도 그 작업에 몰두하고 있는 북녘의 학자와 출판 관계자들에게 고마운 마음을 전합니다.

2004년 11월 15일
보리 출판사

차 례

홍진에 묻힌 분네 이내 생애 어떠한고

어좌 벗님네야 이내 말씀 들어 보소

만리장성 끄트머리 망해정 구경 가자

개구리 우는 곳에 논물이 흐르도다

석 달을 잠을 자고 석 달을 놀아 보세

전차 나고 마차 나니 인력거가 세월없소

▪ 일러두기

1. 《홍진에 묻힌 분네 이내 생애 어떠한고》는 북의 문예출판사에서 1985년에 펴낸 《가사집》을 보리 출판사가 다시 펴내는 것이다. 보리 편집부가 가사를 주제별로 갈래지었다.

2. 엮은이와 북 문예 출판사 편집진은 원래 가사에 나오는 한자어와 옛날 말투들을 지금 독자들이 알아보기 쉽도록 풀어썼다. 보리 편집부는 문예 출판사의 뜻을 존중하는 것을 큰 원칙으로 하였다.

   원문 표기는 현대 표기를 따랐다. 잘못 기록된 것이 분명하고 뜻이 통하지 않는 것은 바로잡았다. 다만 뜻을 알기 어렵거나 표기를 확정하기 힘든 것은 그대로 두었다.

3. 북에서 가사의 현대문을 현대 '문화어'에 따라 표기하였는데, 보리 편집부는 '한글 맞춤법'을 따랐다.

   ㄱ. 한자어들은 두음법칙을 적용했고, 단모음으로 적은 '계'나 '폐'자를 '한글 맞춤법'대로 했다.

      예) 념불→염불, 래일→내일, 률조→율조, 페호→폐호, 황페→황폐

   ㄴ. 'ㅣ'모음동화, 사이시옷, 된소리 따위의 표기도 '한글 맞춤법'대로 했다.

      예) 아뢰여라→아뢰어라, 어제밤→어젯밤, 다를소냐→다를쏘냐, 미칠가→미칠까

홍진에
묻힌 분네
이내 생애 어떠한고

홍진에 묻힌 분네 이내 생애 어떠한고.
옛사람 풍류를 미칠까 못 미칠까.
천지간 남자 몸이 나만 한 이 많건마는
산림에 묻혔다고 즐거움을 마다할까.

상춘곡賞春曲

홍진에 묻힌 분네 이내 생애 어떠한고.
옛사람 풍류를 미칠까 못 미칠까.
천지간 남자 몸이 나만 한 이 많건마는
산림에 묻혔다고 즐거움을 마다할까.
서너 간 초가집을 벽계수 앞에 두고
울울창창 송림 속에 풍월주인 되었어라.
엊그제 겨울 지나 새봄이 돌아오니
복숭아꽃 살구꽃은 석양녘에 피어 있고
버들잎 풀잎들은 보슬비에 푸르도다.
칼로 말아 냈나 붓으로 그려 냈나
조물주 솜씨는 물물마다 헌사롭다.
수풀에 우는 새는 봄빛이 못내 겨워
소리마다 귀엽구나 사랑스런 자태여라.
물아일체어니 흥취인들 다를쏘냐.
사립문 앞 거닐다가 정자에도 앉았다가
나직이 시 읊조리니 산중 소일 적적한데
고요한 진미를 혼자서 맛보도다.

■ '상춘곡'은 새로운 '가사' 형식, 곧 긴 시가 형식으로 된 첫 작품으로, 성종 때 정극인丁克仁이 썼
  다. 전통 시가의 운율을 살리면서도 짧은 시가 형식을 극복하였다.

여보소 이웃들아 산수 구경 가자스라.
들 구경일랑 오늘 하고 물놀이는 내일 하세.
아침에 나물 뜯고 저녁에 고기 낚아
갓 괴어 익은 술을 베천으로 밭아 놓고
꽃나무 가지 꺾어 수 놓아 가며 먹으리라.
봄바람 건듯 불어 시냇물을 건너오니
맑은 향기 잔에 지고 붉은 꽃잎 옷에 진다.
술동이 비었거든 나더러 아뢰어라.
어린아이 시켜 주막집의 술 사다가
어른은 막대 짚고 아이는 술병 메고
나직이 읊조리며 거닐다가 시냇가에 홀로 앉아
흐르는 맑은 물에 잔 씻어 술을 붓고
푸른 물 굽어보니 복숭아꽃 떠오누나.
무릉도원 가깝도다 저 산이 그 아닌가.
솔숲 사이 오솔길에 진달래꽃 휘잡으며
봉우리에 급히 올라 구름 속에 앉아 보니
하 많은 촌락들이 곳곳에 벌여 있네.
햇빛 아래 좋은 경치 비단 필을 펼쳤는 듯
엊그제 검던 들에 봄빛이 넘치누나.
공명도 날 속이고 부귀도 날 속이니
맑은 바람 밝은 달빛 말고 어떤 벗이 있단 말가.
가난한 살림 두고 헛된 생각 아니하네.
아무렇거나 한평생 이만하면 족하리.

원문

홍진紅塵에 묻힌 분네 이내 생애 어떠한고
옛사람 풍류를 미칠까 못 미칠까.
천지간 남자 몸이 날만 한 이 하건마는
산림에 묻혀 있어 지락至樂을 마랄것가.
수간모옥數間茅屋을 벽계수 앞에 두고
송림 울울리鬱鬱裏에 풍월주인風月主人 되어서라.
엊그제 겨울 지나 새봄이 돌아오니
도리행화桃李杏花는 석양리夕陽裏에 피어 있고
녹양방초綠楊芳草는 세우細雨 중에 푸르도다.
칼로 말아낸가 붓으로 그려낸가.
조화신공造化神功이 물물物物마다 헌사롭다.
수풀에 우는 새는 춘기春氣를 못내 겨워
소리마다 교태로다.
물아일체物我 一體어니 흥이야 다를쏘냐.
시비柴扉에 걸어 보고 정자에 앉아 보니
소요음영逍遙吟詠하여 산일山日이 적적한데
한중閒中 진미眞味를 알 이 없이 혼자로다.
여보소 이웃들아 산수 구경 가자스라.
답청踏靑을랑 오늘 하고 욕기浴沂[1]란 내일 하세.
아침에 채산採山 하고 나조에 조수釣水 하세.
갓 괴어 익은 술을 갈건으로 받아 놓고

---

1) 세상의 이익과 명예를 잊고 유유자적한다는 말. '기沂'는 물 이름으로, 증자가 공자의 물음에 기
   수沂水에서 목욕하고 무우舞雩에 올라가 시를 읊조리고 돌아오겠다고 대답한 데서 유래한다. 여
   기서는 목욕한다는 뜻.

꽃나무 가지 꺾어 수數 놓고 먹으리라.
화풍和風이 건듯 불어 녹수綠水를 건너오니
청향清香은 잔에 지고 낙홍落紅은 옷에 진다.
준중樽中2)이 비었거든 날다려 아뢰어라.
소동小童 아해다려 주가酒家에 술을 물어
어른은 막대 짚고 아해는 술을 메고
미음완보微吟緩步하여 시냇가에 혼자 앉아
명사明沙 좋은 물에 잔 씻어 부어 들고
청류清流를 굽어보니 떠오나니 도화桃花로다.
무릉武陵이 가깝도다 저 뫼이 권거인고.
송간 세로松間細路에 두견화를 붙이들고
봉두峯頭에 급히 올라 구름 속에 앉아 보니
천촌만락千村萬落이 곳곳에 벌여 있네.
연하일휘煙霞日輝3)는 금수錦繡를 잽혔는 듯
엊그제 검은 들이 봄빛도 유여有餘할사.
공명도 날 끼우고 부귀도 날 끼우니
청풍명월 외에 어떤 벗이 있사올꼬.
단표누항簞瓢陋巷에 흣은 혜음4) 아니하네.
아모타 백년행락百年行樂 어이만한들 어찌하리.

---

2) 술병. '준樽'은 목이 좁고 길며 배가 부른 술병의 하나.

3) 아름다운 자연을 이르는 말.

4) 부질없는 생각.

목동문답가牧童問答歌

푸른 풀 우거진 언덕에서 소 먹이는 아이들아
세상 부귀영화를 아느냐 모르느냐.
인생 백 년이 풀 끝에 이슬이라
삼만 육천 날을 다 살아도 부족커든
끝이 있는 운명이어니 죽고 삶을 말할쏘냐.
삶은 끝이 있되 죽고 나면 영원하다.
인생은 나그넷길 하루살인 듯 나왔다가
공명도 못 이루고 초목같이 썩어지면
산속에 묻힌 백골 그 아니 애석하냐.

시서詩書 백가서百家書를 날마다 외워 내어
성현들 말씀으로 일마다 법을 삼아
평온한 세월에 태평가를 부르도록
온 천하 곳곳을 살기 좋게 만들기는
자연의 이치 따르는 재상의 일이요
백만 군병을 휘하에 넣어 두고
풍운을 일으켜 세상을 흔들기와
장검을 비껴 잡아 오랑캐를 당하기와

■ 현종 때 사람 임유후任有後가 지었다.

붉은 인끈을 허리 아래 비껴 차고
위엄 권세 뚜렷하여 부귀영화 누리기는
장수의 모략이라 그 아니 기특한가.

내 재주 볼 것 없어 장수 재상 못 되어도
아름다운 시구를 가슴 깊이 넣어 두고
만고풍상 세월을 붓끝에 희롱하니
구슬을 헤치는 듯 풍우를 놀리는 듯
문장의 광채도 기이하게 빛나누나.
계수나무 한 가지를 젊어서 꺾어 꽂고
번화한 서울 거리 위세 있게 돌고 돌 때
두어라 나라 은혜 일러서 무엇 하리.
옥당玉堂 벼슬 높이 올라 장하게 지은 글을
금궤에 넣어 두고 만세에 전한다면
소 먹이는 저 아이야 이 아니 즐거우냐.

하늘이 사람 낼 제 뉘를 아니 쓰게 했으며
나라에서 사람 쓸 제 무엇이라 귀천을 가릴거나.
하늘이 주신 몸을 닦아 내면 군자요
포기하여 버려 두면 어리석은 이로다.
내 재주 가지고 혼자 재주 부리자니
보배 품고 방황함을 세상이 뉘 알더냐.
자세히 들어 보게 손꼽아 이르리라.
이윤伊尹은 솥을 지고 부열傳說은 달구 들고
영척寧戚과 백리해百里奚는 소 치다가 이름나니[1]

가난하고 천하기야 이 사람만 하랴마는
인생 궁달窮達이 정해진 것 있을쏜가.
부지불식간에 세상일을 모르누나.
입신양명을 눈 밖에 버려 두고
안개 낀 들에서 소 치기나 하려느냐.

목동이 대답하되,
어화 그 뉘신고 우스운 말씀 듣겠구려.
형색이 파리하니 초나라 굴원인가.
남은 혼백 날아나니 학사 유종원이신가.
날 저무는데 참대처럼 혼자 우뚝 서 계시네.
자기 근심 그만두고 남의 걱정 하시는가.
우리는 어리석어 큰 도리를 모르오나
인생은 저러하나 소 치기는 아나이다.

송아지 어미 따라 푸른 숲에 절로 가서
이리 가락 저리 가락 누울락 일어날락
풀 잔디 뒤져 먹고 시냇물 실컷 마셔
먹는 것이 부족해도 제 뜻대로 노닐기와
코뚜레 코에 꿰어 달고 고삐를 끄당기어
살진 풀 삶은 콩에 배불러도 힘겹거든

---

1) 이윤伊尹은 은殷나라 때 재상으로, 탕湯 임금의 요리사로 있다가 발탁되었으며, 부열傅說은 은나
  라 고종 때 재상으로, 성을 쌓는 일을 하다가 발탁되었다고 한다. 영척寧戚은 소뿔을 두드리며 '백
  석가'를 불렀는데 제齊나라 환공桓公이 이를 듣고 등용하였다고 하며, 백리해百里奚는 제나라 사
  람으로, 등용되기 전에 소 치는 일을 했다고 한다.

불같은 더운 볕에 남은 땅을 마저 가니
쉴 새 없이 흐르는 콧물 어이할거나.
어느 소는 고되고 어느 소는 한가하뇨.
한때 편하기야 제사에 쓰는 소만 할까 보냐.
헌 거적 벗기고서 좋은 멍석 갈아 덮어
볏짚 굴레 벗기고서 붉은 실로 얽어낸 뒤
예관이 고삐 잡아 푸줏간에 들어가면
백정의 큰 도끼에 뼈마디들 갈라지니
저더러 물어보면 어느 소가 되려 할꼬.

고금에 어질기야 공자만 할까마는
공자 또한 제나라에서 욕을 보고
진나라 채나라에 겹겹이 둘러싸여[2]
세상의 스승 되어 세월을 보냈으니
옛사람 이른 말이 그 아니 옳았던가.
오왕吳王이 검을 주며 충신 죽음 재촉하던[3]
서산 저문 날에 슬픈 바람 불어온다.
무안군武安君 백기白起는 이룬 공도 많건마는
두우역杜郵驛 하룻밤에 칼을 주어 죽였던고.[4]

---

2) 공자가 제齊나라 광匡 땅에서 억류당하고, 진陳나라와 채蔡나라 사이에서 포위되어 양식까지 떨
   어져 어려움을 겪은 일을 말한다.
3) 오나라 왕 부차가 간신의 참언을 듣고 오자서에게 자결하라고 촉루검을 내렸다.
4) 백기白起는 진秦나라 때 장수로, 병법에 능하여 싸움에 이겨 빼앗은 성이 칠십여 개가 넘었다고
   하며, 조趙나라 군사를 격파하고 항복한 조나라 군사 사십만 명을 구덩이에 묻어 죽였다고 한다.
   뒤에 두우역에서 사약을 받고 죽었다.

이사李斯는 승상 되어 나라 원수 갚은 뒤에
부귀도 극진하고 영광도 무한터니
상채上蔡[5] 동문의 누런 개를 슬퍼하네.

길든 매 늙고 나면 사냥꾼이 안 돌보고
나는 새 없어지면 좋은 활도 거둬 두고
토끼를 잡은 뒤엔 사냥개를 생각할까.
큰 공 쌓은 한신도 임금 손에 죽었도다.
문인은 예로부터 궁하고 박명하더라.
문장 기백 웅대하여 저저마다 외건마는
성도成都 초당草堂[6]의 돌층계도 쓸쓸하다.
주옥같은 한창려韓昌黎[7]의 빛나는 문장으로
동정호의 봄바람도 물결을 일으킨다.
조주潮州[8] 팔천 리 고국이 어드메뇨.
마름으로 옷을 삼고 난초도 섞어 꽂고
인간 세상 노래한 굴원 문장 좋건마는
초강楚江 달빛 아래 잔나비 슬피 우니
높은 양반 문장이 그 아니 싱거우냐.

산속의 사향노루 깊이 숨어 있다 해도

---

5) 이사가 태어난 땅.
6) 당나라 때 두보杜甫가 난리를 피해 사 년 남짓 머물러 살던 곳.
7) 당나라 때 문장가 한유韓愈.
8) 원나라 때 선비 여선문餘善文이 살던 곳. 전설에 여선문이 글을 잘 지어 남해 용왕의 용궁에 상량
   문을 지었다고 한다.

봄바람 살살 불어 향내를 풍기면
숲 속에 날랜 화살 피하기 어렵거늘
빈 미끼 흘림낚시 어이하여 따르리오.
기산箕山에서 귀 씻기와 상류에서 소 먹이기[9]
즐겁고 즐거움을 너희는 모르리라.
내 노래 한 곡조를 부르거든 들어 보소.
장안을 돌아보니 세상사가 아득하다.
부귀는 뜬구름 공명은 달팽이 뿔
이 퉁소 구성진 노랫가락 한 곡조에
살구꽃 붉게 핀 마을을 찾으리라.

원문

녹양 방초안綠楊芳草岸의 소 먹이는 아이들아
인간 영욕榮辱을 아는다 모르는다.
인생 백년이 풀끝에 이슬이라
삼만 육천 일을 다 살아도 초초草草커든
수단脩短이 명命이어니 사생을 결할쏘냐.
생애는 유한하되 사일死日은 무궁하다.
역려건곤逆旅乾坤의 부유蜉蝣같이 나왔다가
공명도 못 이루고 초목같이 썩어지면

---

9) 요 임금이 허유에게 왕위를 물려주려고 청했는데, 허유는 더러운 말을 들었다며 돌아오는 길에 영수에서 자기 귀를 씻었다. 소부가 소를 끌고 오다가 그 사연을 듣고 허유가 귀를 씻은 물이 더럽다며 상류로 올라가 소에게 물을 먹였다고 한다.

공산 백골이 그 아니 느꺼우냐.

시서 백기詩書百家를 자세히 외워 내어

성현의 말씀으로 일마다 법받으며

강구연월康衢煙月의 태평가를 불러 두고

사해 팔황八荒을 수역壽域에 올리기는

이음양 순사시利陰陽順四時 재상의 사업이요

백만 군병을 지휘 중에 넣어 두고

풍운을 부쳐 내어 우주를 흔들기와

장검을 빗기 잡아 만적을 당하기와

자수紫綬 금인金印을 허리 아래 빗기 차고

위권威權이 혁혁하여 오정식五鼎食[1]에 누리기는

장수의 모략이라 그 아니 기특하냐.

내 재주 편견하여 장상將相이 못 되어도

금수간장錦繡肝腸[2]의 만고萬古를 넣어 두고

풍운월로風雲月露를 붓끝에 희롱하니[3]

주기珠璣를 헤치는 듯 백벽白璧이 뒤트는 듯[4]

귀신을 올리는 듯 풍우를 놀래는 듯 문채文彩도 가잘시고.

단계화丹桂花 한 가지를 소년에 꺾어 꽂고

향가 자맥香街紫陌의 영총榮寵이 그지없다.

금문 옥당金門玉堂의 문한文翰으로 누리다가

석실 금궤石室金匱[5]로 만세萬世에 유전遺傳하면

---

1) 《맹자》에서 대부大夫가 소, 돼지, 양, 물고기, 사슴 등 다섯 종류의 고기로 제사를 지냈다는 말에서 유래하여 '높은 지위로 부귀영화를 누림'을 뜻한다.
2) 뱃속에 시문이 가득 들어 있다는 말로, 글을 멋지게 짓는 것을 뜻한다.
3) 바람, 구름, 달, 이슬을 가지고 시문을 짓는 것. 음풍농월.
4) '주珠'는 둥근 구슬, '기璣'는 둥글지 않은 구슬, '백벽白璧'은 흰 옥으로, 아름다운 문장을 비유하는 말.

소 먹이는 저 아희야 그 아니 즐거우냐.

하늘이 사람 낼 제 뉘를 아니 용用케 하며

나라가 사람 쓸 제 귀천을 가리더냐.

하늘이 삼긴 몸을 닦아 내면 사군자士君子요

기포棄抛를 달게 여겨 던져 두면 우하愚下로다.[6]

내 재주 가지고 한 몸만 용차 하니

회보 미방懷寶迷邦[7]을 세상이 뉘 알더냐.

자세히 들어서라 손꼽아 이르리라.

이윤伊尹은 솥을 지고 부열傅說은 달고 들고

영척寧戚, 백리해百里奚는 소 치다가 명현名顯하니

가난코 천하기야 이 사람만 하랴마는

인생 궁달이 귀천이 아랑곳가.

불식부지不識不知하여 세사世事를 모르는다.

입신양명을 혬 밖에 던져두고

연교 초야烟郊草野에 소 치기만 하나산다.

목동이 대답하되

어와 그 뉘신고 우순 말삼 듣건지고.

형용이 고고枯槁하니 초 대부楚大夫 삼려三閭[8]신가.

잔혼殘魂이 영락하니 유 학사柳學士 자후子厚[9]신가.

일모日暮 수죽脩竹의 혼자 어득 서 계오셔

내 근심 던져두고 남의 분별 하시는고

우리는 준준蠢蠢하와 대도大道를 몰라와도

---

5) 나라의 중요한 문서를 보관하는 곳.

6) 포기하기를 기꺼이 하여 버려 두면 어리석은 이로다. '우하愚下' 는 어리석은 것.

7) '보배를 품고 갈 방향을 몰라 헤맨다' 는 뜻으로, 재주를 가지고도 쓰지 못하는 것을 말한다.

8) 초나라 사람 굴원屈原, 삼려대부를 지냈다.

9) 당나라 때 문장가 유종원柳宗元. 자후子厚는 유종원의 자이다.

인생도 저러하다 소 치기 아나이다.

송아지 어이 좇아 녹음 간에 절로 놓여

이리 가락 저리 가락 누으락 일어나락

풀잔대 젖혀 먹고 시냇물 흘리 마셔

먹음먹이 박해도 제 뜻대로 노닐기와

귓도래 코에 꿰어 저 고삐 굳게 잡아

고은 낙대 삶은 콩을 배가지 칠지라도

불 같은 더운 볕에 한결이 마주 메워

코춤은커니와 흘게도 그지없다.

어느 소는 고되고 어느 소는 한가하뇨.

일시에 빛나기야 희생犧牲¹⁰⁾만 할손가.

헌 덕석 벗기 티고 금의 삼정錦衣三丁¹¹⁾ 갈아 덮어

삿굴레 벗기 티고 홍사紅絲로 얽어내어

대로大路에 벽제辟除하고

예관이 고삐 잡아 태묘太廟로 들어가서

포정庖丁의 큰 도채에 골절이 제금나니

저다려 물어보면 어느 소 되랴 할꼬.

고금에 어질기야 공부자孔夫子만 할까마는

광인匡人의 욕보시고 진채陳蔡에 싸이시어¹²⁾

목탁木鐸이 되어 계샤 도로에 늙으시니

전 사람 이른 말이 그 아니 옳돗던가.

부차大差의 촉루검屬鏤劍을 오자서伍子胥를 주단 말가.¹³⁾

---

10) 천지신명이나 종묘에 제사 지낼 때 제물로 쓰는 산 짐승. 주로 소, 양, 돼지를 쓴다.

11) '금의'는 비단옷, '삼정'은 삼노끈으로 엮은 망태. 여기서는 좋은 멍석을 말한다.

12) 공자가 광匡 땅에서 억류당하고, 진陳나라와 채蔡나라 사이에서 포위되어 양식까지 떨어져 어려움을 겪은 일을 말한다.

13) 오나라 왕 부차가 간신의 참언을 듣고 오자서에게 자결하라고 촉루검을 내렸다.

서산 저문 날에 비풍悲風이 소슬하다.

무안군武安君 백기白起는 이룬 공도 하건마는

두우역杜郵驛 하루나조 칼을 주어 죽이던고.

이사李斯는 승상으로 보수報讐를 다한 후에

부귀도 극진하고 영총榮寵도 무한터니

상채上蔡 동문東門의 누런 개를 슬허하네.

나는 새 진盡한 후면 양궁良弓이 장藏하이고[14]

토끼를 잡은 후에 사냥개 아랑곳가.

한신韓信의 공적으로 삼족三族조차 죽이더고.

문인은 예로부터 궁상窮狀이요 박명薄命이라

만장 광염萬丈光焰[15]이 이두李杜를 읠까마는

고신거국孤臣去國의 야랑夜郎[16]이 몇 천리오.

성도成都 초당草堂의 성계城階도 소조蕭條하다.

한창려韓昌黎 문장으로

동정洞庭 춘풍春風의 물결이 일어나니

조주潮州 팔천 리의 고국이 어드메오

지하芝荷[17]로 옷을 하고 난초로 섯거 차고

이소 구가離騷九歌[18]의 문자는 좋건마는

초강楚江 밝은 달의 한원寒猿이 슬피 우니

장상 문장이 그 아니 섭거우냐.

산중의 사향노루 깊이는 있건마는

춘풍이 헌사하여 향내를 불어내니

---

14) 거두어 두고. 여기서는 돌보지 않는다는 뜻이다.

15) 시문이 웅대하고 기세가 있는 것을 가리키는 말이다.

16) 당나라 때 안록산의 난리 때 이백이 유배되었던 곳. 여기서는 이백을 뜻하는 말로 쓰였다.

17) 마름과 연.

18) 초나라 굴원이 지은 초사의 편명.

산하의 날랜 살을 면하기 어렵거든
군미끼 혈낚시[19]를 어이하여 따르는다.
기산箕山의 귀 씻기와 상류의 소 먹이기
즐겁고 즐거움을 너희는 모르리라.
내 노래 한 곡조를 불러든 들어보소.
장안을 돌아보니 풍진이 아득하다.
부귀는 부운浮雲이오 공명은 와각蝸角[20]이라.
이 퉁소 한 곡조의 행화촌杏花村을 찾으리라.

---

19) 빈 미끼에 홀림낚시.
20) 달팽이 뿔처럼 보잘것없는 것.

강촌별곡江村別曲

이내 재주 쓸 데 없어 세상 공명 하직하고
산수 풍경 바라보며 옛날 은사 따르리라.
인간 부귀 다 버리고 고요한 산수 흥겨워라.
깊은 산 솔숲에 초가삼간 지어 두고
푸른 덤불 우거지고 달빛 잠긴 곳에다가
대사립을 흰 구름 깊은 골에 닫아 두니
한적한 솔숲에서 개가 짖은들
으늑하게 구름 낀 골안을 그 뉘 알리.

산과 땅의 혜택을 즐거이 노래하고
비탈밭에 봄비 내려 밭을 가니
태평한 세월이 참으로 이 아닌가.
귀인이 몸을 싣는 수레에도 뜻이 없고
산수를 사랑하는 버릇이 굳어지니
산 좋고 물 좋고 풍치 좋은 이곳에
깊은 인정 높은 지혜 넘치게 하리라.

오늘은 영嶺 위에서 큰 소리로 가슴 열고

■ '강촌별곡'은 선조 때 사람 차천로車天輅가 지은 것으로 알려져 있다.

내일은 물가에서 시를 지어 읊어 보세.
아홉 새 삼베옷 시원하게 떨쳐입고
세 마디 대지팡이 한 손에 감아쥐고
맑은 아침 시냇가 경치도 좋을시고.
저물도록 솔숲을 한가하게 바라보네.

이슬 맺힌 고비 뜯어 아침에 먹고
펄펄 뛰는 고기 낚아 저녁에는 먹세.
몇 곡조 산타령 즐거이 부른 뒤에
자그마한 쪽배 타고 노를 젓는데
길고 고운 낚싯대 지는 노을 비꼈으니
뒤엉킨 세상에서 들려오는 기별을
고기잡이 늙은이는 아랑곳없어라.

넘실넘실 파도 위에 몸을 맡긴 이내 흥을
시끄러운 세상에서 그 누가 알까 보냐.
은빛 비늘 번쩍이며 뛰노는 물고기도
물가에 곱게 비낀 하늘과 한 빛이네.
잔 비늘 뒤덮인 큰 농어를 낚아 내니
송강의 농어[1]인들 이것에 비길쏘냐.
갈대숲 속 뱃머리에 낚싯대 걸었다가
흰 연기 오르는 저물녘에 배를 돌려
십 리나 길게 뻗은 모래톱에 올라오니

---

1) 오뭇나라 송강에서 나는 농어는 맛이 좋기로 이름났다.

갈매기만 깃을 치며 날아갈 뿐이로다.

해 저문 물가에 타던 배 매어 두고
짚신 신고 한가히 걸으며 돌아드니
산촌 언덕에 자리 잡은 두세 집이
지는 노을 저녁연기 속에 잠겼어라.
즐거이 책 읽고 거문고를 희롱할 때
맑은 술이 술독에 한가득 넘치누나.
두세 사람 둘러앉아 긴 노래 짧은 노래
한 잔 가득 또 한 잔 철철 넘게 붓고 붓네.

거나하게 취한 후엔 돌을 베고 풋잠 들어
두루미 울음소리 문득 듣고 깨달으니
깊은 밤 물에 비긴 달빛이 밝을세라.
언제라도 담박한 생애를 내 즐기니
쓸데없는 부귀공명 무엇이라 부러우랴.
천추만세 억만년에 이리저리 하오리라.

원문

평생 아재我才 쓸 데 없어 세상 공명 하직하고
상산商山 풍경 바라보며 사호四皓 유적遺跡 따르리라.[1]
인간 부귀 절로 두고 물외物外 연하煙霞 흥을 겨워
만학萬壑 송림 수풀 속에 초가 수간 지어 두고

청라 연월靑蘿煙月 대사립에 백운白雲 심처深處 닫아 두니
적적 송림寂寂松林 개 짖은들 요요 운학寥寥雲壑 제 뉘 알리.
송산자지松柵紫芝 노래하고 석전 춘우石田春雨 밭을 가니[2]
태평연월太平烟月 이 아닌가.
고차사마高車駟馬 뜻이 없고 명산가수名山佳水 벽벽이 되니[3]
요산요수樂山樂水 하는 곳에 의인의지宜仁宜智 하오리라.[4]
등고서소登高舒嘯 금일 하고 임류부시臨流賦詩 내일 하자[5]
구승 갈포九升葛布[6] 몸에 입고 삼절죽장三節竹杖 손에 쥐고
조래벽계朝來碧溪 경景 좋은 디 주향송림晝向松林 한가하다.
조채산미朝採山薇 아적 먹고 석조강어夕釣江魚 저녁 먹세.
수곡 산가數曲山歌 파한 후에 일엽 어정一葉漁艇 흘리저어
장장 여사長丈餘絲 한 낚대를 낙조강호落照江湖 비껴시니
구맥홍진九陌紅塵 미친 기별 일간 어옹一竿漁翁 내 알쏘냐.
범범 창파泛泛滄波 이내 흥을 우우 진세擾擾塵世[7] 제 뉘 알리.
은린옥척銀鱗玉尺 뛰노는데 야수강천野水江天 한빛이라.
거구세린巨口細鱗 낚아내니 송강노어松江鱸魚 비길쏘냐.
봉창 노저蓬窓蘆渚[8] 낚대 걸고 일모연저日暮煙渚 배를 돌려

---

1) '상산商山'은 사호四皓, 곧 동원공東園公, 기리계綺里季, 하황공夏黃公, 녹리선생用里先生 네 사
람이 진시황秦始皇 때 난리를 피해 살던 곳.
2) 송산곡과 자지곡을 노래하고 돌밭에 봄비가 오면 밭을 가니.
3) 부귀공명 뜻이 없고 산과 강을 좋아하는 버릇이 생겨서. '고차사마高車駟馬'는 말 네 필이 끄는
수레로, 귀인이 타는 것.
4) 산을 좋아하고 물을 좋아하는 곳에 어질고 지혜로우리라. 이 말은 《논어論語》에 "지혜로운 사람
은 물을 좋아하고 어진 사람은 산을 좋아한다."라고 한 데서 왔다.
5) '등고서소登高舒嘯'는 높은 데 올라 시원한 소리로 답답한 속을 풀다, '임류부시臨流賦詩'는 물
가에 가서 시를 지어 읊는다는 뜻이다.
6) 아홉 새 삼베.
7) 세상일에 분주한 사람들.
8) 갈대밭 뱃머리. '봉창蓬窓'은 배의 창문.

십리 사정沙汀 올라오니 백구비거白鷗飛去뿐이로다.
주박모주舟泊暮洲 하여 두고 망혜완보芒鞋緩步 돌아드니
남북 산촌 두세 집이 낙하연청落霞煙青 잠겼어라.
금소琴書 소일消日하는 곳이 청주영준清酒盈樽 하여시니
장가 단곡長歌短曲 두세 사람 일배일배一杯一杯 다시 부어
퇴연옥산頹然玉山[9] 취한 후에 석두 한면石頭閑眠 잠을 들어
학려일성鶴唳一聲 깨달으니 계월삼경溪月三更 밝을세라.
생애 담박淡泊 내 즐기니 부귀공명 부러하랴.
천추만세 억만재億萬載에 이리저리 하오리라.

---

9) 옥산이 무너진 듯. 술 취해 쓰러진 모습을 비유하는 말.

향산별곡香山別曲

어젯밤 비가 개어 온 산이 봄빛일세.
노곤한 낮잠 깨어 봄기운에 정신 드니
아이가 예닐곱이요 어른이 서넛이라.
동대에서 술 취해 천주사로 내려와서
육승정에 배를 매고 은송정 올라가니
모란봉 높은 곳에 석양이 깔리누나.
돌길에 막대 소리 오는 이는 어느 절 중인고.
묘향산 봄 풍경을 그대에게 물어보자.
시절이 좋은 때요 피나니 들꽃이라.
봉우리에 피는 꽃은 봉래산 금광초요
골짜기에 재잘재잘 흐르는 맑은 물은
무릉도원 여기저기 떨어지는 꽃이로세.
짚신 신고 대지팡이 짚어 한참 걸어
음박루 내달아서 소림촌 들어서자
띠 이엉 달풀 바자 둘러친 촌집들에
닭 울음 개 짖는 소리만 한가하다.

▪ '향산별곡'은 '기성별곡箕城別曲'과 함께 백광홍白光弘의 '관서별곡'이라고 알려졌다. 그러나
내용에 백광홍이 죽은 뒤의 일들, 곧 삼연 김창흡의 사운시가 상원암의 좌상에 써 있다고 한 것으
로 보아, 백광홍이 지은 것으로 믿기 어렵다.

석창역에 말을 쉬었다 어천역 찾아가니
꽃 속에 여러 역촌 저녁내 잦아졌다.
솔바람 지난 뒤 사절정에 올라 보니
네댓 그루 큰 나무들 가지를 펼치고
하늘에 높이 뜬 집 은근히 숨었는데
바위 위에 새긴 글씨 옛사람 자취로다.
푸른 들 맑은 내는 들빛도 무한하다.
수양버들 휘늘어진 십 리 길에
길 가는 나그네가 분명쿠나.
한 필 말을 채찍질해 월림강에 다다르니
적막한 거친 강가 물소리뿐이로다.
부르고 또 불러서 빈 배를 재촉하니
쪽배 위에 도롱이 쓰고 있는 저 사공아
"물 맑으면 갓끈 씻고 물 흐리면 발 씻으리."
"남산은 환하여 흰 바위 빛나누나."
노래하며 즐기니 근심이 없구나.
백사정 다 지나서 구송대 넘어가니
천겹 만겹 구름 낀 산 갈 길을 막아선다.
절벽 나무 끝엔 소 꾸짖는 소리 나니
묻노니 저 백성아 누굴 위하여 예서 사나.
산불이 지난 터에 돌밭을 깊이 갈아
두 암소 한 쟁기에 치갈고 내리갈아
세금 바친 뒤에 헤아려 보리라.
일 년을 벌은 곡식 남은 것 얼마인고.
소나무 외다리로 사자목 돌아드니

심진정 작은 정자 냇가에 지었는데
솔 아래 흰 꽃 같은 네다섯 중이 있어
절하고 맞은 뒤에 앞길을 인도한다.
진달래꽃 정향나무 늘어선 사잇길로
가마를 길이 몰아 백화동을 돌아드니
굉곽봉 탁기봉은 검과 창을 묶은 듯
향검봉 비로봉은 하늘에 솟아 있다.
꽃향내 시냇물 소리 십 리 밖에 들리고
보현사 밖 어귀엔 조계문 웅장한데
한 줄로 선 늙은 솔에 비바람이 섞였는 듯
열두 곳 물방아가 한꺼번에 돌아가니
드넓은 골 안에는 뇌성벽력이라.
천왕당 깊은 곳에 찬 바람 절로 나고
황금 갑옷 떨쳐입은 늠름한 네 장수들[1]
칠성검 비껴 차고 나누어 서 있구나.
만세루 크게 열고 본채에 앉은 뒤에
문양 새긴 창문이며 날 듯한 처마를
눈 들어 바라보니 웅장하고 화려할사
사방에 그린 신선 금시 살아 움직일 듯
일백팔 개 염주를 건 점잖은 노승이
목탁을 두드리며 소리 높이 염불 외자
열네 방 모든 중이 차례로 모여 오니
엄숙한 그 모양 진실로 위엄 있고

---

1) 불법을 수호하는 네 명의 신장.

손님을 대하는 예절도 반듯하다.
창창한 솔숲 속의 아름다운 채색집이
눈앞에 휘황하니 갈 길이 희미하다.
시왕전 나한궁이 동서로 서 있는데
뜰 앞의 새긴 탑은 언제 적 공력인고.
곤륜산 흰 옥돌에 극락세계 새겼는가.
그 위에 십이 층은 층마다 꽃송이라.
모마다 걸린 방울 학 두루미 우는 듯
의관을 바로 하고 대웅전에 나아가니
금빛과 푸른빛이 어리어리 찬란하여
가없는 하늘과 구름 속에 어리었다.
크게 새긴 쌍룡은 전각 위에 서려 있고
좌우의 모란꽃은 연꽃과 섞여 피고
푸른 비단 곱게 씌운 아름다운 초롱
빛나는 옥등잔도 벽마다 걸어 두고
보탑을 높이 무어 세 부처 앉혔으니
제일층 금빛 속에 석가여래 모셔 있고
미륵불 관세음도 차례로 모셔 있다.
비단보 은궤 열고 고적을 찾아보니
석가여래 어금니가 지금도 완연하다.
한 문공韓文公 불골표佛骨表[2]의 썩은 뼈 이 아닌가.
부처가 신령한들 뼈조차 그러하랴.

---

2) 당나라 때 한유韓愈가 쓴, 불교를 비판하는 글. 당나라 헌종憲宗이 법문사 탑에 부처의 뼈가 있어서 삼십 년 만에 한 번씩 열어 보면 풍년 든다는 말을 믿자, 한유가 허황한 것이라고 지어 바친 글이다.

서산대사 짚던 막대 귀하기도 하거니와
사명당이 입던 가사 백세의 보배로다.
호남의 팔백 의병 천 리에 쌓은 공이
창파 헤쳐 돛을 띄워 왕명으로 돌아오니
그때에 입던 옷이 이 가사 그 아닌가.
관음전 올라와서 적년재積年齋 나아오니
흰 입쌀밥 산골 물은 향기롭기 그지없다.
깊은 밤에 울리는 은은한 풍경 소리
꿈조차 생시인 듯 서늘하고 처량쿠나.
찬 베개에 덜 깬 잠으로 남창을 열어 보니
냉랭한 솔바람 소리 없이 불어오고
훤히 트인 뜰에는 꽃과 달빛 가득 찼네.
긴 밤을 앉아 새고 개심사로 넘어가니
전 왕조 때 새긴 거북 옛 비석 등에 지고
풀숲에 엎드린 지 몇백 년 되었는고.
서른여덟 부도석을 낱낱이 찾아보니
방마다 상서로운 기운이 서려 있어
보고 보고 또 볼수록 참으로 기이하다.
대하폭 잠깐 지나 인호대 찾으리라.
일천 길 쇠사슬이 절벽에 걸렸구나.
허공에 몸을 맡겨 걸음걸음 오르는데
귓가의 찬 바람은 하늘에서 홀로 난 듯
발아래는 흰 구름 산 밑은 망망하다.
범왕봉 아침 안개 돋는 해에 흩어졌는데
이슬비에 젖어 있는 네 산의 구름 이내

그림 속의 안개비인 듯 아련하다.
하늘의 은하수가 세 길로 내려오니
산주폭포 내리는 물 구슬을 헤치는 듯
용연폭포 깊은 소沼에 늙은 용이 잠겼는 듯
높고 높은 천신폭포 하늘 밖의 소리로다.
고려 적 서역 중이 암자 터 정할 적에
범이 인도하여 이 터에 온 것인가.
바위 위 비탈길로 상원암 건너가니
밝은 창 좋은 집에 경치도 좋을시고.
삼연 선생[3] 사운시가 자리에 써 있으니
옛사람 지은 글은 오늘날도 놀랍도다.
용각석 높은 돌에 새긴 이름 몇몇인고
큰 글자 작은 획이 빈틈이 전혀 없다.
군자는 그 얼마며 소인은 몇일런고
돌 위에 새긴 이름 후세 사람 거울이라.
동쪽으로 셋째 봉에 불영대 지었으니
천 년의 옛 역사를 여기에 두었다가
오대산으로 옮긴 절이 되었구나.
반듯한 넓은 뜰에 산살구꽃 흩날리고
아득히 높은 산에 나는 새도 그쳤어라.
돌층계에 앉은 중이 솔 밑에서 졸 적에
향로 연기 사라지고 풍경이 절로 울자
냇가에서 한가하게 놀던 사람 찾아온다.

---

3) 효종 때 사람 김창흡金昌翕.

철이 지나 어느새 진달래꽃 다 진 뒤에
골짜기들 얼핏 지나 불지암에 들어가니
중들은 다 떠나고 빈집만 남아 있어
향로의 식은 재엔 산쥐 자취뿐이어라.
보현암에서 점심 먹고 빈발암에 올라가니
경 읽는 대사 중이 두세 제자 데리고서
옷자락을 길게 끌어 손님들을 맞아 주네.
방방이 높은 상엔 상마다 옛 경서라.
법복을 갖춘 중이 불경을 외우는데
태곳적 깊은 산에 흘러온 세월이라
인생의 영화 치욕 아는가 모르는가.
중대를 겨우 넘어 단군대로 올라가니
눈앞에 일천 봉이 대 아래 펼쳐 있고
옛날 옛적 흰 구름이 봉우리에 떠도누나.
향나무 등걸 아래 하늘 사람 뉘라던고.
동방의 첫 임금이 이 아니 성인인가.
옛말이 아득하니 뉘더러 물어볼까.
석양을 등에 지고 만폭동에 내려가니
쏟아지는 물이 거꾸로 솟을 적에
수없이 많은 말이 한꺼번에 달리고
아홉 마리 용들이 꿈틀하는 형상이라.
항우의 삼만 기병 거록 땅에 엄습한 듯[4]
한신의 정예 군사 조벽趙壁을 빼앗는 듯[5]

---

4) 항우가 정예병 삼만 명으로 거록 땅을 기습하여 진나라 군사를 크게 격파했다.

벼락이 급히 치니 땅이 움직인다.
우족대 잠깐 보고 내원암에 들어서니
바위 속 작은 집인 금강굴이 기이하고
석가여래 사리탑은 옛 자취 의심된다.
큰방에 내려와서 이 밤을 더 새우려니
깊은 산 한밤중에 온 천지가 적막하다.
향로에 불이 피고 법당 등불 깜박깜박
늙은 중의 기침 소리 그 더욱 한가하다.
견불암 잠깐 들러 무릉폭포 들어가니
금모래 옥바위에 수정발 걸렸는데
아침 햇살 비치이니 오색이 영롱하다.
점점이 떠온 꽃은 어디서 떨어진고.
이 물줄기 찾아가면 그 아니 절경이랴.
저 봉 위에 붉은 기둥 옛 암자 터이던가.
가섭암 아난암은 어느 해에 무너졌나.
향로전 다 본 후에 영산전 올라가니
남정암 새긴 비碑에 쇠북 소리 신기하다.
백소암 내린 봉에 천주석 바라보고
계조암 오는 길로 큰 절에 내려와서
긴 시내 짙은 안개 동쪽 문을 다시 나가
말고삐 잡고서 사방을 돌아보니
봉우리와 골짜기에 구름빛뿐이로다.

---

5) 한신이 날랜 기병에게 붉은 깃발을 들게 하여 조나라 군사들을 유인해 내고는 조나라 성을 빼앗은
   것을 말한다.

원문

어젯밤 비가 개니 사산四山이 봄빛이라.
청풍각淸風閣 낮잠 깨어 춘복春服이 거의 이니[1]
동자가 육칠이요 어른이 서넛이라.
동대東臺의 덜 깬 술을 천주사天柱寺 내려와서
육승정六勝亭 배를 매고 은송정隱松亭 올라가니
모란봉 높은 곳에 석양이 거의로다.
석경石逕의 막대 소리 오는 이 어데 중고
묘향산 봄 풍경을 너더러 물어보자.
시절이 삼춘이오 피나니 뫼꽃이라.
봉봉이 푸른빛은 봉래산 금광초金光草요
골골이 흐른 물은 무릉武陵의 낙화落花로세.
망혜芒鞋와 죽장竹杖을 흔연히 옷을 떨쳐
음박루飮博樓 내달아서 소림촌小林村 지나가니
띠이엉 달바자[2]의 계견성鷄犬聲 한가하다.
석창石倉 말을 쉬어 어천역魚川驛 찾아가니[3]
꽃 속의 수삼數三 역촌驛村 저녁내 찾아졌다.
솔바람 지난 후의 사절정四絶亭 올라 보니
사오 주株 너른 낡이 낙락히 벌렸는데
공중에 달린 집이 은연隱然에 숨었으니
벽상壁上에 새긴 글씨 옛사람 자취로다.
푸른 돌 맑은 내의 들빛이 무한하다.

---

1) 이루니, 이루어지니.
2) 띠로 엮은 이엉과 달풀로 엮은 울타리.
3) 석창역에서 역말을 쉬어 어천역 찾아가니. '어천역'은 영변 어천 북쪽 기슭에 있던 역.

십리 수양垂楊 밖에 역력한 행인이라.

필마匹馬를 채를 쳐서 월림강月林江 다다르니

적막한 황강荒江 위의 물소리뿐이로다.

부르고 또 불러서 빈 배를 재촉하니

청산靑山 일고주一孤舟로 사립 쓴 저 주자舟子야

창랑곡滄浪曲 백석가白石歌[4]의 일생의 일이 없다.

백사정白沙亭 다 지나서 구송대九松臺 넘어가니

천만 첩 구름 뫼가 갈 길을 막아이다.

절벽의 나무 끝에 소 꾸짖는 소리 나니

묻노라 저 백성아 눌 위하여 예서 산고.

멧불이 지난 터에 석전石田을 깊이 갈아

두 암소 한 쟁기에 치갈고 내리갈아

관세를 바친 후에 계량計量을 하오리라.

일년을 버은 곡식 남은 것 얼만고.

소나무 외다리로 사자목 돌아드니

심진정尋眞亭 작은 정자 냇가에 지었는데

송하松下 흰 꽃 같은 네다섯 중이로다.

절하고 맞아 나서 앞길을 전도한다.

두견화 정향수丁香樹는 좌우에 잦았는데

남여藍輿를 길이 몰아 백화동百花洞 돌아드니

굉곽봉宏廓峯 탁기봉卓旗峯은 검극劍戟을 묶었는데

향검봉香劍峯 비로봉은 반공의 뿜솟았다.

꽃향내 시내 소리 십 리의 한빛이라

보현사 밖 동구의 조계문曹溪門 웅장하니

---

4) '창랑가滄浪歌'는 굴원의 어부사, '백석가'는 춘추 시대 때 위衛나라 사람 영척甯戚이 제齊나라
   환공桓公에게 벼슬을 얻으러 가서 소뿔을 두드리며 불렀다는 노래다.

한 줄로 늙은 솔이 풍우가 섞어 난데

열두 곳 물방아가 일시에 소리하니

창망蒼茫한 큰 동학洞壑이 백일白日에 뇌정雷霆이라.

천왕당天王堂 깊은 곳에 찬바람이 절로 나니

황금갑黃金甲 칠성검七星劍의 네 장사 나눠 섰다.

만세루萬歲樓 크게 열고 정당正堂에 앉은 후에

새긴 창 나는 처마 장려도 함도 할사

사면에 그린 신선 모발이 살아난 듯

큰 소매 높은 관의 늙은 중 올라와서

백팔주 손에 걸고 한 소래 목탁성木鐸聲에

열네 방 모든 중이 차례로 모여 오니

위의는 창창하고 예수禮數도 정제하다.

창창蒼蒼한 송백림松柏林의 층층層層한 채색집이

안력眼力이 현황眩慌하니 갈 길이 희미하다.

시왕전十王殿 나한궁羅漢宮이 동서로 벌였는데

뜰 앞에 새긴 탑이 언제 적 공력인고.

곤륜산 백옥석을 연화대蓮花臺 새겨 내어

그 위에 십이 층을 층마다 꽃송이라.

모모히 걸린 경쇠⁵⁾ 생학이 우니는 듯

의관을 정히 하고 대웅전을 나가니

금벽金碧이 찬란하여 구름 속에 어리었다.

쌍룡을 크게 새겨 전상殿上에 서렸는데

좌우의 모란화는 연꽃과 섞어 피어

청사롱青紗籠 옥등잔을 면면이 걸어 두고

보탑寶塔을 높이 무어 세 부처 앉으시니

---

5) 모마다 걸려 있는 경쇠. '경쇠'는 나무나 돌로 만든 작은 종으로, 부처 앞에 절할 때 흔든다.

제일층 금광金光 속에 세존이 주탑主塔하고
미륵불 관세음은 차례로 모셔 있다.
비단보 은궤를 고적古蹟을 찾아보니
석가여래 어금니가 지금에 완연하다.
한 문공韓文公 불골표佛骨表의 썩은 뼈 이 아닌가.
부처가 영靈타 한들 뼈조차 그러하랴.
서산西山이 짚던 막대 귀키도 귀커니와
유정惟政이 입던 가사 백세의 보배로다.
호남의 팔백 의병 천 리에 쌓은 공이
창파의 한 돛대로 왕명으로 돌아오니
그때에 입던 옷이 이 가사 그 아닌가.
관음전 올라와서 적년재積年齋 나아오니
쓸은 밥[6] 뫼난 물은 향내롭기 그지없다.
밤중만 풍경소리 꿈조차 청량하다.
찬 베개 덜 깬 잠에 남창을 열어 보니
냉랭한 솔바람에 만정滿庭한 화월花月이라.
긴 밤을 앉아 새워 개심사開心寺 넘어가니
전조前朝 적 새긴 거북 옛 비碑를 등에 지고
풀 속에 엎드린 지 몇 백년 되단 말가.
서른여덟 부도석浮圖石을 낱낱이 찾아보니
밤마다 서기瑞氣하기 아마도 기이하다.
대하폭臺下瀑 잠깐 지나 인호대引虎臺 찾으리라.
일천 길 쇠사슬이 절벽에 걸려 있다
반공半空의 몸을 내려 걸음걸음 올라가니
귓가의 찬바람은 태청太淸의 홀로 난 듯

---

6) 깨끗하게 대껴서 지은 밥.

발아래 흰 구름은 하계下界가 망망하다.
법왕봉法王峯 아적 안개 돋는 해에 바애는데
네 뫼의 구름 남기嵐氣 그림 속 연우煙雨로다.
구천九天의 은하수가 세 길로 내려오니
산주폭散珠瀑 나는 형세 구슬을 헤잣는 듯
용연폭龍淵瀑 깊은 소沼의 노룡老龍이 잠겼는 듯
상상층上上層 천신폭天神瀑은 하늘 밖 소리로다.
고려 적 서역 중이 암자터 정할 때에
범이라 인도하여 이 터에 오단 말가.
바위 위 가는 길로 상원암上院菴 건너가니
밝은 창 정한 궤几의 경물景物이 소쇄瀟灑할사
삼연三淵 선생 사운시四韻詩를 좌상座上에 써 있으니
옛사람 지은 글이 오늘날 경景이로다.
용각석龍角石 높은 돌에 몇몇이 제명題名하고
큰 글자 작은 획이 빈틈이 전혀 없다.
군자란 그 얼마며 소인은 몇 사람고
돌 위에 새긴 이름 후인이 거울이라.
동으로 셋째 봉의 불영대佛影臺 지었으니
천년의 옛 사기史記를 예다가 주워다가
오대산 옮긴 후의 범왕궁梵王宮이 되단 말고.
방정한 넓은 뜰의 산행화山杏花 흩날리고
표묘縹緲한 높은 뫼의 날 새도 그쳤으니
석단石壇에 앉은 중이 송음松陰에 조을 적에
노연爐煙은 사라지고 풍탁風鐸이 절로 우니
냇가의 노는 사람 제 와서 깃들인다.
솔불을 불어내어 두견화 다 진 후에
만학萬壑을 얼풋 지나 불지암佛智菴 들어가니

거승居僧은 다 떠나고 빈집만 남았는데
향로의 찬 재 위에 뫼쥐 자취뿐이로다.
보현암普賢菴 점심 하고 빈발암賓鉢菴 올라가니
경 읽는 대사 중이 두세 제자 데리고
치의緇衣 길게 끌어 객당客堂에 마중드니
방방이 높은 상에 상마다 옛 경서라.
법복法服을 갖춘 후에 송성誦聲이 양양하니
태곳적 깊은 뫼요 희미한 긴 날이라.
인세人世의 영여욕榮與辱을 아는다 모르는다.
중대中臺를 겨우 넘어 단군대檀君臺 올라가니
복지撲地한[7] 일천봉이 대 아래 조회하고
상고의 흰 구름이 봉峯 위에 절로 난다.
향나무 등걸 아래 신인神人을 뉘라던고.
동방의 첫 인군이 이 아니 성인인가.
옛말이 창망하니 눌더러 물을러니.
사양斜陽을 옆에 끼고 만폭동 내려가니
백 척의 나는 물이 거꾸로 솟을 적에
만마萬馬가 함께 달려 구룡九龍이 섯거치니
항우項羽의 삼만 정기精騎 거록鉅鹿을 엄습한 듯
한신韓信의 이천 홍기紅旗 조벽趙壁을 빼앗는 듯
벽력이 급히 치니 평지가 움직인다.
우족대牛足臺 잠깐 보고 내원암內院菴 숙어드니
바위 속 작은 집은 금강굴金剛窟 기이하고
여래如來의 사리탑舍利塔은 고천古踐[8]이 의심된다.

---

7) 가득한.
8) 옛일을 좇는 것.

큰방에 내려와서 이밤을 더 새려니
깊은 뫼 혼자 밤의 만뢰萬籟가 적막하다.
향반香盤에 불이 피고 불등佛燈이 명멸明滅한데
노승의 기침소래 그 더욱 한가하다.
현불암見佛菴 지나거녀 무릉폭武陵瀑 들어가니
금모래 옥바위의 수정렴水晶簾 걸렸는데
아적 해 비끼 쬐니 오색이 섞어졌다.
점점이 떠온 꽃이 어디서 떨어진고
이 물을 찾아가면 그 아니 도원이랴.
저 봉의 붉은 기둥 옛 암자 터이던가.
가섭암迦葉菴 아난암阿難菴은 어느 해에 무너진고.
향로전香盧殿 다 본 후의 영산전靈山殿 올라가니
남정암南精菴 성긴 비에 쇠북소래 신신新하다.
백소암 내린 봉에 천주석天柱石 높았으니
계조암繼祖菴 오는 길로 큰절로 돌아와서
긴 시내 진 안개에 동문을 다시 나서
밀잡고 돌아보니 만학천봉이 구름빛뿐이로다.

향산록香山錄

천지개벽 후에 산천이 생겼으니
다섯 산은 성스러운 조상의 산으로서
넓고 넓은 온 천하의 근원이 되었도다.
백두산 한 줄기가 동으로 흘러내려
묘향산이 되었으니 북방의 명승지라.
산 중에 산이요 절 중에도 큰 절이라.
평생에 먹은 마음 묘향산 구경 소원타가
화창한 봄 좋은 철에 친구 벗과 기약하고
행장을 급히 차려 한양 성 뻗은 길로
지팡이 둘러 짚고 묘향산 찾아가니
백두산의 줄기이고 청천강의 근원이라.
월림강 건너가서 묘향산 입구 다다르니
시냇가에 우는 새는 봄날 흥을 노래하고
바위 위에 피는 꽃은 먼 곳 손을 반기는 듯
외사자목[1] 넘어서 좌우를 살펴보니
나무숲은 울창하고 푸른 물은 고요해라.

▪ 조선 후기 기행 가사다. 김현중이란 사람이 박제가를 따라 묘향산 구경을 간 일이 있어서 김현중
  이 지은 것이라고 하나 정확하지 않다. 묘향산에 있는 수많은 사찰, 누각, 암자들을 유람하고 돌아
  오는 내용으로, 묘향산의 모습과 역사를 알 수 있는 자료다.
  1) 묘향산 보현사 둘레에 있는 고개 이름.

심진정 높은 집은 이런저런 손들을
맞이하고 보내는 처소로 정했구나.
일행을 재촉하여 안사자목 넘어 드니
좌우의 거령신은 초패왕의 풍채여라.
홍살문 구경하고 조계문 다다르니
좌우의 금강신은 손들을 쫓는도다.
영천각은 아련하고 사적비는 오래구나.
명월당 애월당을 동서로 돌아보며
해탈문 넘어 들어 문수보살 구경하고
천왕문 넘어 드니 사방 천왕 웅장하다.
진상전 해회당을 좌우로 살펴보고
만세루 올라앉아 주위를 둘러보니
남산에 웃는 꽃은 봄빛을 띠어 있고
골안의 맑은 물은 좋은 경치 알리는 듯
취설당 백운각에 까막까치 날아드니
신선세계 어디런가 선경이 여기로다.
여래탑 십구 층과 다보탑 이십 층을
앞뒤로 구경하고 대웅전에 들어가니
연화대 기대앉은 금불상이 거룩하다.
층층이 높은 집이 하늘에 솟았으니
신선의 조화인가 인간 재주 아니로다.
백옥루 광한전을 말로만 들었는데
오늘날 이리 볼 줄 차마 어찌 알았을까.
총회문 넘어 들어 명부전 들어가니
지장보살 높이 앉고 시왕도 앉아 있어

참혹한 지옥 형상 낱낱이 그려 있다.
응향각 들어가서 오동 향로 구경하고
심검당 수월당에 관음전 동림헌과
미타전 망월루를 차례로 구경하고
유람길 찾아가서 안심사 돌아드니
무수한 둥근 돌탑 도승의 유적이라.
달빛은 밝디밝고 봄바람은 쓸쓸하다.
녹수청산 깊은 곳에 상원암 찾아가서
대하폭 구경하고 정신이 상쾌하여
쇠밧줄 휘어잡고 인호대 올라가니
솔바람은 거문고요 소쩍새 소리는 노래로다.
동쪽의 산주폭포 진주를 헤치는 듯
천신폭포 높은 물은 하늘에서 내리는 듯
용연폭포 내린 물엔 백룡이 서리인 듯
하늘 선경 어드메뇨 신선세계 이 아닌가.
단군 나신 자리라니 걸음마다 유심코야
상원암 들어가니 별세계가 여기로다.
칠성각 구경하고 용각석을 돌아드니
관찰사 태수 이름 면마다 새겼구나.
바위마다 새겨 놓은 많은 벼슬아치 이름
눈여겨 살펴보면 옛날 일이 분명하다.
꽃이 핀 산 속으로 불영대에 올라가니
단군대 여기이건만 석굴만 남아 있다.
산천을 구경하고 만폭동 들어가니
층층이 솟아 있는 온갖 바위 기이하고

대들도 하 많은데 흐르나니 청계수라.
우적대 올라가면 크고 작은 소 발자국
강선대 올라가면 신선 내린 자리요
금강굴 내려오면 서산대사 자리 잡고
일심 정력 힘을 들여 도를 닦던 곳이구나.
사리각에 이르러서 팔상정[2]을 구경하고
내원암에 들어가면 산 가운데 중심이요
무릉폭포 넘어 들면 무릉도원 여기로다.
견불암 화장암과 사봉암 오봉암과
불지암 보현암을 역력히 구경하고
수충사[3]에 들어가 옛 사적 더듬는다.
임금이 지은 글과 임금이 쓴 글씨를
이곳에 두어 두고 보관을 하였구나.
극진굴 보윤암은 내려올 적에 잠깐 보고
여시문 지나서 영각[4]에 들어가니
검을 짚고 일어서서 나라 일에 몸을 바친
서산대사 사명당의 형상이 거룩해라.
금란 가사 검은 장삼 유리잔에 패엽선[5]과
야광주 육환장은 두 대사의 유적이라.
극락전에 들어가서 낱낱이 구경하고

---

2) 부처의 일생을 여덟 단계로 나누어서 그린 불화.
3) 임진왜란 때 승병을 모아 평양과 서울 수복에 공을 세운 휴정休靜을 모신 사당. 1794년 조정에서
   '수충사' 라는 현판을 내렸다.
4) 고승의 초상을 모신 전각.
5) 종려나무 잎에 불경을 써서 만든 부채.

대장전⁶⁾에 들어가니 팔만 경판 쌓여 있다.
계조암 백운암을 자세히 돌아보고
남정암에 올라가니 저녁 종소리 맑구나.
비로봉 석가봉과 관음봉 나한봉과
향로봉 법왕봉과 미륵봉 칠성봉과
지장봉 시왕봉과 가섭봉 아난봉과
상비로 수미대와 중비로 백운대와
하비로 보련대와 삼성대 설령대를
차례로 바라보니 마음이 시원하여라.
태백산 유발승이 되고저 하건마는
속세에 묻힌 몸이 세상 인연 미진하여
소쩍새 울음소리에 고향 생각 절로 난다.
산수가 빼어나니 내년 봄에 다시 볼까.
명산을 하직하고 고향으로 어서 가자.

원문

천지개벽 후에 산천이 생겼으니
오악五嶽은 조종祖宗이오 사해는 근원이라.
백두산 일지맥一枝脈이 동으로 흘러내려
묘향산이 되었으니 북방의 명승지라.
일국지명산一國之名山이요 제불지대찰諸佛之大刹이라.

---

6) 대장경을 보관하는 전각.

평생에 먹은 마음 향산 구경 소원터니

춘삼월 호시절에 친구 벗과 기약하고

행장을 급히 차려 한양 성 뻗은 길로

청려장靑藜杖 둘러 짚고 북향산北香山[1] 찾아가니

백두산 내맥來脈이요 청천강 근원이라.

월림강月林江 건너가서 향산 동구 다다르니

계변溪邊에 우는 새는 춘흥春興을 노래하고

암상巖上에 피는 꽃은 원객遠客을 반기는 듯

외사外寺자목 넘어 들어 좌우를 살펴보니

창송蒼松은 울울하고 녹수綠水는 잔잔이라.

심진정尋眞亭 높은 집은 대소 행차 영송처迎送處라.

일행을 재촉하여 내사內寺자목 넘어 드니

좌우의 거령신巨靈神은 초패왕楚霸王의 풍신風神이라.

홍살문 구경하고 조계문曹溪門 다다르니

좌우에 금강신金剛神은 인사 없이 축객逐客한다.

영청각影淸閣 표묘標緲하고 사적비事蹟碑 구원久遠하다.

명월당明月堂 애월당愛月堂을 동서로 돌아보며

해탈문 넘어 들어 문수보살 구경하고

천왕문天王門 넘어 드니 사방 천왕天王 웅장하다.

진상전眞常殿 해회당海會堂을 좌우로 살펴보며

만세루萬歲樓 올라앉아 원근을 바라보니

남산에 웃는 꽃은 춘색을 띠어 있고

청계淸溪에 맑은 물은 경광景光을 알리는 듯

취설당翠雪堂 백운각白雲閣에 오작烏鵲이 쌍비雙飛하니

요지瑤池[2]는 어데런가 선경仙境이 여기로다.

---

1) 묘향산.

여래탑 십구 층과 다보탑 이십 층을
전후로 구경하고 대웅전 들어가니
의의依倚한 연대상蓮臺上에 금불상이 거룩하다.
이층전二層殿 높은 집은 반공半空에 솟았으니
선인仙人의 조화인가 인간 재주 아니로다.
백옥루白玉樓 광한전廣寒殿을 말로만 들었더니
오늘날 친히 볼 줄 어찌하여 알았을까.
총회문總會門 넘어 들어 명부전冥府殿 들어가니
지장보살 수좌首座하고 십대왕이 열좌列坐로다.
참혹한 지옥 형상이 낱낱이 그려 있다.
응향각凝香閣 들어가서 오동烏銅 향로 구경하고
심검당尋劍堂 수월당水月堂에 관음전 동림헌東臨軒과
미타전彌陀殿 망월루望月樓를 차례로 구경하고
유산遊山 길 찾아가서 안심사安心寺 돌아드니
무수한 부도비浮屠碑는 도승道僧의 유적遺跡이라.
명월明月은 교교皎皎하고 청풍淸風은 소슬蕭瑟하다.
녹수청산 깊은 곳에 상원암上院菴 찾아가서
대하폭臺下瀑 구경하고 정신이 쇄락灑落하다.
이층 철삭鐵索³⁾ 더위잡고 인호대引壺臺 올라가니
송풍松風은 거문고요 두견성杜鵑聲은 노래로다
동편에 산주폭散珠瀑은 진주를 헤치는 듯
천신폭天神瀑 높은 물은 벽공碧空에서 내리는 듯
용연폭龍淵瀑 내린 물은 백룡白龍이 서리인 듯
십주十洲⁴⁾는 어데런지 삼신산三神山 여기로다.

---

2) 서왕모西王母라는 선녀가 놀았다고 하는 곳.
3) 두 줄로 꼰 쇠줄.

단군 나신 자리라니 걸음마다 유심코야.

상원암 들어가니 별유천지別有天地 여기로다.

칠성각 구경하고 용각석龍角石 돌아드니

관찰사 태수명太守名을 면면이 새겼으니

석면石面의 반조정半朝廷[5]은 옛말이 분명하다.

화발花發한 산간으로 불영대佛影臺 올라가니

단군대檀君臺 여기언만 석굴만 남아 있다.

산천을 구경하고 만폭동萬瀑洞 돌아드니

백석白石 층층 천만 대臺에 흐르나니 청계수淸溪水라.

우족대牛足臺 올라가니 대소 우족牛足 분명하다.

강선대降仙臺 올라가니 신선의 하강처下降處라.

금강굴金剛窟 내려오니 서산대사 수도처修道處라.

사리각舍利閣 들어가서 팔상정八相幀 구경하고

내원암內院菴 들어가니 산중지복장山中之福庄이라.

무릉폭武陵瀑 넘어드니 무릉도원 여기로다.

견불암見佛菴 화장암華藏菴과 사봉암四峯菴 오봉암五峯菴과

불지암佛智菴 보현암普賢菴을 역력히 구경하고

수충사酬忠祠 들어가니 어제御製 어필御筆 봉안처奉安處라.

극진굴極盡窟 보윤암普潤菴을 내릴 적에 잠깐 보고

여시문如是門 들어가서 영각影閣에 들어가니

서산대사 사명당의 형상이 거룩하다.

검을 짚고 일어서서 국사國事에 진췌盡悴했네.

금란 가사金襴袈裟 흑포 장삼黑布長衫 유리잔琉璃盞 패엽선貝葉扇과[6]

---

4) 바다 가운데 신선이 산다는 곳.

5) 바윗돌에 새겨 놓은 사람들 이름이 거의 조정과 같다는 뜻.

6) '금란 가사' 는 금빛으로 깃을 장식한 중의 예복, '흑포 장삼' 은 검은 베로 만든 중의 일상복, '유리잔' 은 보석으로 만든 술잔, '패엽선' 은 종려나무 잎에 불경을 써서 만든 부채.

야광주夜光珠 육환장六環杖은 양 대사의 유적이라.[7]

극락전極樂殿 들어가서 낱낱이 구경하고

대장전大藏殿 들어가니 팔만 경판八萬經板 쌓여 있다.

계조암繼祖菴 백운암白雲菴을 자세히 돌아보고

남정암南精菴 올라가니 모종暮鐘이 쟁연錚然하다.

비로봉 석가봉과 관음봉 나한봉과

향로봉 법왕봉法王峯과 미륵봉 칠성봉과

지장봉 시왕봉과 가섭봉迦葉峯 아난봉阿難峯과

상비로上毘盧 수미대須彌臺와 중비로中毘盧 백운대白雲臺와

하비로下毘盧 보련대寶蓮臺와 삼성대三聖臺 설령대雪嶺臺를

차례로 바라보니 흥금이 쾌활하다.

태백산 유발승有髮僧이 되고저 하건마는

진세塵世에 걸린 몸이 세연世緣이 미진하여

두견성 한 소래에 고향 생각 절로 난다.

산수가 절승絶勝하니 명춘明春에 다시 볼 듯

명산을 하직하고 고향으로 어서 가자.

---

7) 야광주며 육환장은 서산대사와 사명당이 쓰던 유품이라. '육환장'은 고리가 여섯 개 달린 지팡이.

관동별곡關東別曲

강호에 병이 깊어 죽림에 누웠더니
관동 팔백 리의 관찰사를 맡기시네.
어와 나라 은혜 갈수록 그지없다.

연추문 들이달려 경회 남문 바라보며
하직하고 물러나니 옥절玉節이 앞에 섰다.
평구역서 말을 갈아 흑수로 돌아드니
섬강은 어드메요 치악산은 여기로다.
소양강 내린 물이 어드메로 흘러드나.
서울 떠난 이내 머리 흰 서리로 덮였구나.

동주[1]에서 밤새우고 북관정에 오르니
삼각산 제일봉이 자칫하면 보이리라.
궁예 왕 대궐 터에 까막까치 지저귀니
그 옛날의 흥망을 아느냐 모르느냐.
회양의 옛 이름이 여기와 같을시고.

■ 정철鄭澈이 45세 때인 1580년에 강원도 관찰사로 내려가 관동 지방의 명승지를 유람하면서 지은 기행가사이다. 특히 금강산의 아름다운 경치를 노래한 작품으로, '송강 가사'의 대표작이면서 중세 가사 문학의 대표 작품이다.
1) 철원.

선정 베푼 옛 태수 다시 돌아왔는가.
감영에 일이 없고 절기는 삼월인데
화천 시내 길이 금강으로 뻗어 있다.
길차림 잘 갖추고 돌길에 막대 짚어
백천동 곁에 두고 만폭동 들어가니
은 같은 무지개 옥 같은 용의 꼬리
섞여 돌며 뿜는 소리 십 리에 잦아드니
들을 때는 우레더니 보면은 눈이로다.

금강대 맨 위층에 학 두루미 새끼 치니
봄바람 옥저 소리에 첫잠을 깨었는가.
나래 펼친 저 두루미 하늘 높이 솟구치니
서호의 옛 주인[2]을 반겨서 넘노는 듯.

소향로 대향로 눈 아래 굽어보고
정양사 진헐대에 다시 올라앉으니
금강산의 참모습이 여기서 다 뵈누나.
아아 조물주의 그 재간 놀랍기도 하구나.
날거든 뛰지 말고 섰거든 솟지나 말지.
연꽃을 꽂았는 듯 백옥을 묶었는 듯
동해를 박차는 듯 북극을 괴었는 듯
높을시고 망고대 외롭구나 혈망봉

---

2) '서호西湖'는 중국 절강성의 명승지, '옛 주인'은 서호의 고산孤山이라는 곳에서 장가도 안 가고
   매화와 학을 벗 삼아 글과 그림을 즐긴 송宋나라 때 사람 임포林逋.

하늘에 치밀어 무슨 일을 아뢰는가.
천만년 지나도록 굽힐 줄 모르누나.
어와 너로구나 너 같은 이 또 있는가.

개심대에 다시 올라 중향성 바라보며
일만 이천 봉을 똑똑히 헤어 보니
봉마다 맺혀 있고 끝마다 서린 기운
맑거든 흐리지 말고 깨끗커든 맑지 말지
저 기운 흩어 내어 인걸을 만들고저
그 모양 그지없고 생김새도 하 많아라.
하늘땅 생겨날 때 저절로 되었건만
이제 와 보게 되니 유정하기 그지없네.
비로봉 꼭대기에 올라 본 이 누구신고.
동산과 태산 어느 것이 더 높던가.
노나라 좁은 줄³⁾도 우리는 모르거든
넓고도 넓은 천하 어찌하여 작다 했나.
어와 저 경계를 어이하면 알 것인가.
오르지 못하거니 내려감이 괴이할까.

원통골 좁은 길로 사자봉을 찾아가니
그 앞에 너럭바위 화룡소가 되었구나.
천 년 묵은 늙은 용이 굽이굽이 서려 있어
밤낮으로 흘러내려 먼바다에 이르렀으니

---

3) 공자가 태산에 올라 천하가 작다고 한 데서 나온 말이다.

비구름을 언제 얻어 단비를 내리려나.
음지 비탈 시든 풀을 모조리 살려 다오.

마하연 묘길상 안문재 넘어가서
외나무 썩은 다리 불정대 올라 보니
천 길 절벽을 하늘 높이 세워 두고
은하수 큰 굽이를 마디마디 베어 내어
실같이 풀어헤쳐 삼베같이 걸었으니
책에서는 열두 굽이 내 보기엔 여럿이라.
이태백이 이제 와서 다시 의논하게 되면
여산이 여기보다 낫단 말 못 하리라.

산중을 매양 보랴 동해로 가자꾸나.
가마에 몸을 실어 산영루 올라가니
맑은 시내, 멧새 소리는 이별을 한하는 듯
깃발을 떨치니 오색이 넘노는 듯
풍악을 울리니 바다 구름 다 걷는 듯
모랫길에 익은 말이 취한 신선 비껴 싣고
바다를 곁에 두고 해당화 숲 들어가니
갈매기야 날지 마라 네 벗인 줄 어찌 알랴.

금란굴 돌아들어 총석정 올라가니
백옥루 남은 기둥 다만 넷이 서 있구나.
공수[4]의 솜씨인가 귀신이 다듬었나
구태여 여섯 면은 무엇을 뜻하는고.

고성을 저만치 두고 삼일포 찾아가니
붉은 글자 완연한데 네 신선은 어디 갔나.
예서 사흘 머문 뒤에 어디 가 더 머물꼬.
선유담 영랑호 거기나 가 있는가.
청간정 만경대 몇 곳에 앉았던고.

배꽃 벌써 지고 접동새 슬피 울 때
낙산 동녘으로 의상대에 올라앉아
해돋이를 보리라 밤중에 일어나니
오색구름 피어난 듯 여섯 용이 떠받치는 듯
바다를 떠날 때는 온 천하 요동터니
하늘 높이 치오르니 머리털도 세리로다.
아마도 떠도는 구름 근처에 머물세라.
옛 시인 어디 가고 시만 남았느냐.
세상의 놀라운 기별 자세키도 하구나.

저녁 해 기울어 현산 철쭉꽃 밟아 가며
꽃수레 비껴 타고 경포로 내려가니
십 리 폭 흰 비단 다리고 또 다려서
소나무 숲 속에 끝없이 펼쳤으니
물결도 잔잔하다 모래알을 세리로다.
나루터에 배를 대고 정자 위에 올라가니
강문교 넘어서 대양이 거기로다.

4) 중국 요(堯) 임금 때 이름난 장인.

조용하다 그 기상 아득하다 저 경계
이보다 좋은 경치 또 어디 있단 말고.
홍장의 옛이야기 요란타 하리로다.
강릉 대도호의 풍속이 좋을시고
충신 효자 기린 문이 동네마다 서 있으니
착한 백성들이 이제도 있다 하리.

진주관 죽서루 오십천 내린 물이
태백산 그림자를 동해로 담아 가니
차라리 한강으로 서울 남산에 대었으면.
나그넷길 기한 있고 경치도 싫잖으니
회포 그윽하고 나그네 시름 둘 데 없네.
신선 배 띄워서 별나라로 향해 볼까.
신선을 찾아가 단혈[5]에 머무를까.

동쪽을 다 못 보고 망양정에 오르니
바다 밖은 하늘인데 하늘 밖은 무엇인고.
가뜩이나 노한 고래 그 누가 놀래었나.
불거니 뿜거니 어지러이 구는구나.
은산을 꺾어 내어 온 세상에 뿌리는 듯
오월 하늘에 흰 눈이 웬일인가.

잠깐 사이 밤이 들자 풍랑이 잦아들어

---

5) 고성 남쪽 십 리쯤에 있는, 네 신선이 놀았다는 곳.

동쪽 하늘에서 달 뜨기를 기다리니
환한 달빛이 보이는 듯 숨는구나.
구슬발 다시 걷고 옥섬돌 고쳐 쓸며
샛별 돋도록 바로 앉아 바라보니
백련화 한 가지를 그 누가 보내었나.
이처럼 좋은 세계 천하 사람 다 뵈고저.
유하주 가득 부어 달더러 묻는 말이
"영웅은 어디 가고 네 신선 그 뉘신가."
아무나 만나 보아 옛일을 묻자니
신선 사는 동해는 멀기도 하구나.

솔뿌리를 베고 누워 풋잠이 얼핏 드니
꿈에 한 사람 날더러 하는 말이
"그대를 내 모르랴 하늘의 신선이라.
황정경 글 한 자를 어찌하여 잘못 읽고
인간 세상에 쫓겨 나와 우리를 따르는가.
잠깐만 가지 마오 이 술 한잔 먹어 보오."
북두칠성 기울여 창해수 부어서
저 먹고 날 먹이며 서너 잔 오가니
봄바람이 솔솔 두 겨드랑이 추켜드네.
구만리장천에 저절로 날리로다.
"이 술 가져다가 온 세상에 고루 나눠
억만 백성 다 취케 만든 뒤에
그때야 다시 만나 또 한잔 하자꾸나."
말 마치자 학을 타고 하늘에 올라가니

공중 옥저 소리 어제런가 그제런가.
나도 잠을 깨어 바다를 굽어보니
깊이를 모르거니 끝인들 어찌 알리.
둥근달이 온 세상을 아니 비춘 데 없구나.

원문

강호江湖에 병病이 깊어 죽림竹林에 누웠더니
관동關東 팔백 리에 방면方面을 맡기시니
어와 성은聖恩이야 가지록 망극罔極하다.
연추문延秋門 들이달아 경회慶會 남문 바라보며
하직고 물러나니 옥절玉節이 앞에 섰다.
평구역平邱驛 말을 갈아 흑수黑水로 돌아드니
섬강蟾江은 어드메요 치악雉岳은 여기로다.
소양강昭陽江 내린 물이 어드러로 든단 말고.
고신거국孤臣去國에 백발도 하도 할사
동주東州 밤 계오 새와 북관정北寬亭에 올라 하니
삼각산 제일봉이 하마면 뵈리로다.
궁왕弓王[1] 대궐 터에 오작烏鵲이 지저귀니
천고 흥망을 아는다 모르는다.
회양淮陽 옛 일홈이 맞초와 같을시고.
급장유汲長孺[2] 풍채風彩를 고쳐 아니 볼 거이고.

---

1) 태봉국의 궁예 왕.
2) 한나라 무제武帝 때 임금에게 바른말을 잘하기로 이름난 급암汲黯. 장유는 급암의 자.

영중營中이 무사無事하고 시절時節이 삼월인 제

화천花川 시냇길이 풍악楓岳으로 벋어 있다.

행장行裝을 다 떨치고 석경石逕에 막대 짚어

백천동百川洞 곁에 두고 만폭동萬瀑洞 들어가니

은 같은 무지개 옥 같은 용의 초리

섯돌며 뿜는 소래 십 리에 잦아시니

들을 제는 우레러니 보니난 눈이로다.

금강대金剛臺 맨 우층에 선학仙鶴이 새끼 치니

춘풍春風 옥적성玉笛聲에 첫 잠을 깨돗던지.

호의현상縞衣玄裳[3]이 반공半空에 소소 뜨니

서호西湖 옛 주인을 반겨서 넘노는 듯

소향로小香爐 대향로大香爐 눈 아래 굽어보고

정양사正陽寺 진헐대眞歇臺 고처 올라 앉은 말이

여산廬山 진면목이 여기야 다 뵈나다.

어와 조화옹造化翁이 헌사토 헌사할사[4]

날거든 뛰지 마나 섰거든 솟지 마나.

부용芙蓉을 꽂았는 듯 백옥白玉을 묶었는 듯

동명東溟을 박찼는 듯 북극을 괴었는 듯

높을시고 망고대望高臺 외로울사 혈망봉穴望峯

하늘에 치밀어 무삼 말삼 사뢰리라.

천만 겁劫이 지나도록 굽힐 줄을 모르는다.

어와 너여이고 너 같은 이 또 있는가.

개심대開心臺 고처 올라 중향성衆香城 바라보며

만 이천 봉을 역력히 헤여 하니

---

3) '흰 저고리와 검정 치마'라는 뜻으로, 학을 비유하는 말이다.
4) 미묘하기도 미묘하다.

봉마다 맺혀 있고 긋마다 서린 기운
맑거든 좋지 마나 좋거든 맑지 마나.
저 기운 흩어 내어 인걸人傑을 만들고자
형용도 그지없고 체세體勢도 하도 할사.
천지 삼기실 제 자연이 되언마는
이제와 보게 되니 유정도 유정할사.
비로봉毘盧峯 상상두上上頭에 올라 본 이 그 뉘신고.
동산東山 태산泰山이 어나야 높돗던고.
노국魯國 좁은 줄을 우리는 모르거든
넓으나 넓은 천하 어찌하여 적단 말고.
어와 저 경계를 어이하면 알 거이고
오르지 못하거니 내려감이 고이하랴.
원통골 가는 길로 사자봉獅子峯을 찾아가니
그 앞에 너럭바위 화룡소火龍沼 되어세라.
천년 노룡이 굽이굽이 서려 있어
주야에 흘러내어 창해에 니어시니
풍운을 언제 얻어 삼일우三日雨를 디련난다.
음애陰崖에 이운 풀을 다 살와 내여사라.
마하연摩訶衍 묘길상妙吉詳 안문雁門재 넘어지여
외나무 썩은 다리 불정대佛頂臺에 올라 하니
천심 절벽을 반공에 세워 두고
은하수 한 구비를 촌촌이 버혀 내어
실같이 풀쳐 이서 베같이 걸었으니
도경圖經 열두 구비 내 보매는 여럿이라.
이적선李謫仙[5] 이제 있어 고쳐 의논하게 되면

---

5) 당나라 시인 이백.

여산廬山이 여기도곤 낫단 말 못 하려니.

산중을 매양 보랴 동해로 가자스라.

남여완보籃輿緩步하여 산영루山映樓 올라가니

영롱 벽계碧溪와 수성數聲 제조啼鳥는 이별을 원怨하는 듯

정기旌旗를 떨치니 오색이 넘노는 듯

고각鼓角을 섯부니 해운海雲이 다 걷는 듯

명사鳴沙길 익은 말이 취선醉仙을 비끼 실어

바다를 곁에 두고 해당화海棠花로 들어가니

백구白鷗야 나지 마라 네 벗인 줄 어찌 아난.

금란굴金幱窟 돌아들어 총석정叢石亭에 올라 하니

백옥루白玉樓 남은 기둥 다만 네히 서 있고야.

공수工倕의 성영[6]인가 귀부鬼斧로 다듬은가.

구태여 육면六面은 무엇을 상象톳던고.

고성高城을란 저만 두고 삼일포三日浦를 찾아가니

단서丹書[7]는 완연하되 사선四仙은 어데 가니.

예사흘 머문 후에 어데 가 또 머문고.

선유담仙遊潭 영랑호永郎湖 거기나 가 있는가.

청간정淸澗亭 만경대萬景臺 몇 곳에 앉돗던고.

이화는 벌써 지고 접동새 슬피 울 제

낙산洛山 동반東畔으로 의상대에 올라앉아

일출을 보리라 밤중만 닐어 하니

상운祥雲이 지피는 동 육룡六龍이 바퇴는 동[8]

바다해 떠날 제는 만국이 일위더니

---

6) '공수'는 요堯 임금 때 이름난 장인, '성영'은 쇠를 달구는 것.

7) 돌벽에 아무개들이 남쪽으로 갔다고 글자를 쓴 것.

8) 여러 용이 법석 떠는 것.

천중天中에 칩뜨니 호발毫髮을 헤리로다.

아마도 널 구름이 근처에 머물세라.

시선詩仙은 어데 가고 해타咳唾만 남았나니

천지간 장한 기별 자서히도 할서이고.

사양斜陽 현산峴山의 척촉躑躅을 므니 밟아

우개지륜羽蓋芝輪이 경포鏡浦로 내려가니

십리 빙환氷紈을 다리고 고쳐 다려

장송長松 울한 속에 슬카장⁹⁾ 펴져시니

물결도 자도 잘사 모래도 헤리로다.

고주孤舟 해람解纜하여 정자亭子 위에 올라가니

강문교江門橋 넘은 곁에 대양大洋이 거기로다.

종용從容한다 이 기상 활원闊遠한다 저 경계

이도곤 갖안 데 또 어데 있단 말고.

홍장紅粧 고사¹⁰⁾를 헌사타 하리로다.

강릉 대도호 풍속이 좋을시고.

절효정문節孝旌門이 골골이 벌어시니

비옥가봉比屋可封¹¹⁾이 이제도 있다 할다.

진주관眞珠館 죽서루竹西樓 오십천五十川 나린 물이

태백산太白山 그림자를 동으로 담아가니

차라리 한강의 목멱木覓에 닿이고저.

왕정王程이 유한有限하고 풍경風景이 못 슬믜니

유회幽懷도 하도 할사 객수客愁도 둘 데 없다.

선사仙槎를 띠워 내어 두우斗牛로 향하살까.

---

9) 실컷.

10) 강릉 기생 홍장과 강원도 관찰사 박신의 사랑 이야기.

11) 집집마다 모두 표창할 만하다는 뜻으로, 나라에 어진 사람이 많음을 비유하여 이르는 말.

선인仙人을 찾으려 단혈丹穴에 머무살까.

천근天根¹²⁾을 못내 보와 망향정望洋亭에 오른 말이

바다 밖은 하늘이니 하늘 밖은 무엇인고.

가뜩 노한 고래 뉘라서 놀래관데

불거니 뿜거니 어즈러이 구는지고.

은산銀山을 것거 내어 육합六合에 날리는 듯

오월 장천에 백설은 므사 일고.

저근덧 밤이 들어 풍랑이 정하거늘

부상扶桑¹³⁾ 지척의 명월明月을 기다리니

서광瑞光 천 장丈이 뵈는 듯 숨는고야.

주렴珠簾을 고쳐 걷고 옥계玉階를 다시 쓸며

계명성啓明星 돋도록 곧추 앉아 바라보니

백련화白蓮花 한 가지를 뉘라서 보내신고.

이리 좋은 세계 남대되¹⁴⁾ 다 뵈고저.

유하주流霞酒 가득 부어 달다려 물은 말이

영웅은 어데 가며 사선四仙은 그 뉘런고.

아모나 만나 보아 옛 기별 묻자 하니

선산仙山 동해에 갈 길도 머도 멀사.

송근松根을 베어 누워 풋잠을 얼풋 드니

꿈에 한 사람이 날다려 이른 말이

그대를 내 모르랴 상계上界에 진선眞仙이라.

황정경黃庭經 일자를 어이 그릇 읽어 두고

인간에 내려와서 우리를 따르는가.

---

12) 동해 바다.

13) 전설에 해가 뜨는 동해 바다 속에 있다고 하는 나무.

14) 남에게도.

저근덧 가지 마오 이 술 한잔 먹어 보오.
북두성北斗星 기울여 창해수滄海水 부어 내어
저 먹고 날 먹여늘 서너 잔 거후로니
화풍和風이 습습習習하여 양액兩腋을 추혀 들어
구만리장공에 저기면 날리로다.
이 술 가져다가 사해에 고루 나눠
억만 창생을 다 취케 맹근 후에
그제야 고쳐 만나 또 한잔 하잣고야.
달 지자 학을 타고 구공九空에 올라가니
공중 옥소玉簫 소리 어제런가 그제런가.
나도 잠을 깨어 바다를 굽어보니
깊이를 모르거니 가인들 어찌 알리.
길어내다 다 길어내며 퍼내다 다 퍼내랴.
아해야 잔을 씻어 이 술 한잔 부어다가
구중九重으로 돌아가서 모다 취케 하오리라.
명월이 천산만낙千山萬落에 아니 비친 데 없다.

어화 벗님네야
이내 말씀 들어 보소

어화 내 일이야 세월을 셈해 보니
반생이 채 못 되어 육륙에 둘이 없네.
지난 일 생각하고 지금 일 헤아리니
뒤집힘도 셀 수 없고 오르내림도 많구나.
남들도 그러한가 내 홀로 이러한가.
아무리 내 일이나 내 일을 내 몰라라.

별사미인곡別思美人曲

여보소 저 각시님 설운 말씀 그만 하오.
말씀을 들어 보니 설운 것이 끝이 없소.
인연인들 한가지며 이별인들 같을쏜가.
광한전 백옥경[1]에 님을 모셔 즐기다가
이별을 하였거니 재앙인들 없을쏜가.
해 저물어 떠나는데 서러워 마소.

정녕코 이 몸을 견줄 데 전혀 없네.
광한전 어디던가 백옥경을 내 알던가.
초췌한 내 얼굴 못난 이 거동으로
어이 진정 그리운 님 사랑할 수 있을꼬.
길쌈을 모르거니 춤과 노래 더 이를까.
무엇이 어떻든지 님 향한 일편단심
한 조각 마음은 하늘이 주시고

■ '별사미인곡' 은 김춘택金春澤이 지은 것으로 전한다. 김춘택은 "우리 집 서포 할아버지는 일찍이
두 노래(정철의 '사미인곡' 과 '속사미인곡')를 손수 베껴서 한 책에 묶고 이를 우리 글의 으뜸이
라고 하였다. 나도 제주도에 와서 또한 한글로 '별사미인곡' 을 지어 송강의 두 노래에 화답하였
다." 라고 하였다.
1) '광한전' 은 전설에 달에 있는 궁전, '백옥경' 은 옥황상제가 사는 서울. 여기서는 임금이 있는 곳
을 말한다.

세상 이치 통달한 성인이 가르치시어
끝없이 불붙는 지옥은 눈앞에
시퍼런 도끼는 뒤에 있다 하여도
일백 번 죽고 죽어 뼈가 가루 될지언정
님 향한 이 마음이 변할 리야 있을쏜가.
연꽃으로 옷을 짓고 목란으로 꽃신 삼아
하늘에 맹세하여 님 섬김이 원이건만
만물을 다스리는 조물주의 시기인가.
아니면 귀신이 훼방을 놓음인가.
내 팔자 이렇듯 기박한 것이라
그 어찌 사람을 원망할 수 있으랴.
내 몸이 지은 죄를 몰라서 더 큰 죈가.
나도 모르거니 남이 어이 다 알리오.
하늘이 이 몸을 그리 되게 하심인 듯
하 많은 산을 넘고 강을 건너서
향방 없이 끝없이 가고 가고 또 가도
인간 세상 첩첩산중에 어딘 줄도 모르거니
님 계신 데 그리우나 꿈엔들 어이 갈꼬.
천추에 불상할손 한나라 왕소군[2]이
구중궁궐 섬돌 아래 돋는 풀이 무성하고
깊디깊은 전각 안에 흐르는 밤이 길 제
님 그리며 못 보는 줄 애타게 한하다가
머나먼 변방의 낯선 이역 땅에

---

2) 한나라 때 원제의 궁녀. 한나라를 위하여 변방 흉노에게 시집가서 그곳에서 죽었다.

무슨 일로 그렇듯 가야 했단 말인가.
인연이 그럴진대 이별이 없든지
이별이 이렇거든 인연이나 있든지.
산호로 된 지게문 조심히 열고 보면
백옥함에 차곡차곡 님의 옷도 있건마는
뉘라서 가져가며 가져간들 보실쏜가.
시중꾼 누굴 시켜 무슨 말로 보내오며
스스로 부끄러우니 남이 어찌 이르리오.
누워도 생각이요 앉아도 생각이라
아마도 이 생각은 한 시각도 못 잊으리.
추운 밤 더운 낮과 온 하루 아침저녁
님의 소식 듣자 하니 어느 누가 전할쏜가.
꽃철에 그리면은 님의 생각 간절하네.
옛 미인들 고운 자태 옥 같은 얼굴이며
긴 소매 맑은 음성 어수선히 떠오르네.
모습들은 좋다마는 정성이야 다 있을까.
큰 비녀 꽂은 머리 님의 손길 향하였고
베치마 입은 몸이 님의 뒤를 따라가네.
나이 어려 이러한가 미쳐서 이러한가.
님 그리는 마음이 저절로 일어나니
이렇듯이 사모함을 뉘라서 금할쏘냐.
님을 모셔 그러한 각시님 같았던들
설움이 이러하며 생각인들 이러할까.
이생이 이렇거든 다음 생은 어이할까.
차라리 스러져 구름이나 되었으면

상서로운 오색구름 되어서 날고 날아
정든 님 계시는 데 살포시 내렸으면.
그도 마다하면 바람이나 되어서
한여름 선선한 그늘 아래 날고 날아
님이 앉아 계시는 데 시원하게 불고지고.
그도 못 한다면 밝은 달이 되어서
길고 긴 한밤중에 뚜렷이 비치고저.
그도 마다하면 명산대천 되어서
용이 날고 봉황새 너울너울 춤추듯이
못 잊을 님의 집을 자꾸자꾸 에돌고저.
그도 못 하면은 오현금五絃琴이 되어서
그리운 님 무릎 위에 놓이리라.
그도 마다하면 준마가 되어서
옥안장에 님 태우고 바람같이 달리리라.
그도 아니라면 나는 새 되어서
수려한 동산 위에 노닐며 즐기리.
그도 거절하면 티끌이나 되어서
님 다니는 길 위에 나부끼며 다니고저.

아아 저 각시님 그래도 쓸데없다.
기구하게 타고난 팔자를 어이하며
하늘이 정해 준 운명을 벗어날까.
더하거니 덜하거니 분별하여 무엇 하며
구름이나 바람이나 된다 한들 무엇 할꼬.
각시님아 잔 가득 부으시고

그 한 사람을 잊으소서.

원문

이보소 저 각시님 설운 말삼 그만하오.
말삼을 들어 하니 설운 줄 다 모를쇠.
인연인들 한가지며 이별인들 같을손가.
광한전廣寒殿 백옥경白玉京의 님을 뫼셔 즐기더니
이별을 하였거니 재앙인들 없을손가.
해 다 저문 날에 가는 줄 설워 마소.
어떻다 이내 몸이 격홀 데 전혀 없네.
광한전 어데메오 백옥경 내 알던가.
원앙침鴛鴦枕 비취금翡翠衾의 뫼셔본 적 바이없네.
내 얼굴 이 거동이 무얼로 님 괼고.
길쌈을 모르거니 가무歌舞야 더 이를까.
엇언지 님 향한 한 조각이
마음을 하늘이 삼기시고
성현이 가르치셔 정확鼎鑊[1]이 앞에 있고
부월斧鉞이 뒤에 있어 일백 번 죽고 죽어
뼈가 갈리 된 후라도
님 향한 이 마음이 변할손가.
나도 일을 가저 남의 없는 것만 얻어
부용화 옷을 짓고 목란으로 나맛 삼아
하늘께 맹세하여 님 섬기랴 원이려니

---

1) 죄인을 삶아 죽이는 가마.

조물 시기한가 귀신이 희즈온가.[2]
내 팔자 그만하니 사람을 원망할까.
내 몸의 지은 죄를 모르니 그 더 죄라.
나도 모르거니 남이 어이 채 아돗던고.
한라하살 마인가[3] 이 몸이 되녀이셔
만수천산의 가고 가고 또 가 있네.
님 계신 데 생각하니 꿈엔들 어이 갈꼬.
인간 천산千山[4]에 버리고 날아가니
천추의 불상할손 한漢 시절 왕소군王沼君이
옥계玉階의 풀이 나고 심궁深宮의 밤이 길 제
생각고 못 보는 줄 살뜰히 한하다가
만리변성의 무삼 하라 가단 말고.
인연이 그렇거든 이별이나 없거나
이별이 이렇거든 인연이나 있돗던가.
산호 지게 백옥함의 님 옷도 있네마는
뉘라서 가져가며 가져간들 보실손가.
내 하인 뉘라 하고 무삼 말로 보내올고.
스스로 면괴面愧하니 남이 어찌 이르려니
누워도 생각이요 앉아도 생각이라.
아마도 이 생각은 일각을 못 잊을쇠
치운 밤 더운 낮과 죽조반 조석진지
님의 소식 듣자 하니 뉘라서 전할손가.
꽃 피거든 바라오면 님 생각 더욱 많애.

---

2) 훼방 놓았는가.
3) 하늘이 하셨음인가.
4) 세상의 많은 산.

초나라 가는 허리 연나라 고은 얼굴[5]
긴 소매 맑은 소리 어수선 될서이고.
광채야 좋다마는 정성이야 다 있을까.
대비녀 꽂은 머리 님의 손대 향하였고
베치마 매온 몸이 님의 후[6] 좇아 있네.
어려서 이러한가 미쳐서 이러한가.
마음이 절로 나니 뉘라서 금할손고.
뇌셔서 이러하기 각시님 같돗던들
설움이 이러하며 생각인들 이러할까.
차생이 이렇거든 후생을 어이 알꼬.
차라리 싀어져 구름이나 되어 이셔
상광 오색祥光五色이 님 계신 데 덮었고저.
그도 마소 하면 바람이나 되어 이셔
하일 청음夏日淸陰의 님 계신 데 불어고저.
그도 마소 하면 일륜명월一輪明月 되어 이셔
영영 반야半夜의 두렷이 비치고저.
그도 마소 하면 명산대천名山大川 되어 이셔
용비봉무龍飛鳳舞[7]하여 님의 집의 둘러 있고.
그도 마소 하면 천심 노목千尋老木 되어 이셔
대하大廈[8]를 괴어 놓고 님의 몸을 받들고저.
그도 마소 하면 영지초[9] 되어 이셔

---

5) 초나라 왕이 허리가 가는 여인을 좋아하고, 연나라에서 연지분이 나왔기 때문에 연나라에 미인이
   많다는 뜻으로 쓰인 듯하다.
6) 님의 뒷모습.
7) '용이 날고 봉이 춤춘다'는 뜻으로, 산천이 아름답고 생동하는 기상을 뜻하는 말이다.
8) 큰 집.
9) 지초, 지치라고도 하는 약초.

그린 봉황으로 님의 상서祥瑞 되어 이셔.
그도 마소 하면 금옥 명주金玉明珠 되어 이셔
청묘 호령淸妙好玲10)으로 님의 보배 되었고져.
그도 마소 하면 오현금五絃琴 되어 이셔
남훈전南薰殿 님의 슬상膝上에 놓였고져.
그도 마소 하면 화류마11) 되어 이셔
옥안 금천玉鞍金韉12)으로 님을 태워 달리고져.
그도 마소 하면 새 즘생 되어 이셔
태박지殆樸地13) 상림원上林園에 노닐며 즐기고져.
그도 마소 하면 띠끌이나 되어 이셔
님 다니는 길 위에 나부끼며 다니고져.
어와 이 각시님 그려도 그러한다.
팔자를 어이하며 천륜인들 도망할까.
더하거니 덜하거니 분별하여 무엇 하며
구름이나 바람이나 되어 난들 무엇 할꼬.
각시님 잔 가득 부으시고 한 사람 잊으소서.

---

10) 맑고 아름다운 옥 소리.
11) 빠르기로 이름난 말 이름.
12) 좋은 안장과 그 밑에 까는 언치.
13) 나무가 빽빽하게 들어선 곳.

속사미인곡續思美人曲

어언간 님을 떠나 귀양살이 삼 년 세월
먼바다 한가운데 섬에서 살아가니
내 언제 무심하여 님에게 죄지었나.
님이 언제 박정하여 나를 그리 대했던가.
내 얼굴 고왔던지 질투하는 뭇 여자라
한이 있는 이내 몸을 술 잘한다 이르누나.
서하西河에서 쉰 뒤에 수레 타고 돌아올 때
봉황성 다다르니 고국 소식 놀라웁다.
황혼의 옛 기약을 다시 찾자 했건마는
간사한 말 끝없으니 님이신들 어이할꼬.
옛날에 성인을 길러낸 그 모친도
거짓말 한두 번 듣고 나서 의심타가
거듭거듭 하는 말에 믿고야 말았으니
우리 님 날 믿기야 세상에 뉘 비할꼬.
참소하는 글은 상자 속에 가득 두고
함정에서 건져 내어 좋은 곳으로 보내누나.

■ '속사미인곡'은 영조 때 사람 북곡北谷 이진유李眞儒의 작품으로 전한다. 이진유는 경종 때 신임
  사화에 연루되어 영조가 즉위하자 추자도에 유배되었는데, 중국에 사신으로 갔다 돌아오는 길에
  바로 귀양지로 갔다.

구련성 길가에서 하룻밤을 지내고
압록강을 바삐 건너 고국 땅에 들어서자
수레에서 내리어 죄인 가마 갈아타고
청천강 삼 일 비에 입은 옷을 다 적셨네.
별 뜬 밤에 바삐 달려 대동강을 건너올 제
천하의 소식을 어디서 또 들었나.
서울 부근 죄인 호송 예부터 처음이요
나라의 은혜는 쌓이기만 하여라.
박명한 이내 몸에 님의 은혜 이러하니
객사 등불은 가물가물 피눈물이 절로 난다.
의금부 관리를 벽제역서 만나 보고
선산에 잠깐 들러 통곡하며 절을 하고
성의 서쪽 옛집의 사당을 하직하니
멀고 가까운 친척들이 손잡고 이별한다.
공명 이룬 옛 친구는 눈앞에 드물도다.
엄한 노정 재촉하니 경각인들 지체하랴.
관악산 십 리 땅 선산에서 하루 쉬어
천 리 행장을 초조히 차려 갈 제
서울 남산 향해 서니 오색구름 자욱하고
의릉懿陵[1]을 바라보니 솔숲이 창창하다.
외로운 신하는 원한의 눈물을
한강 물에 가득히 뿌리고 뿌리며
님 향한 한마음을 참고 참아 떠나가니

---

1) 조선 경종과 계비 선의 왕후를 모신 능.

내 마음 이러할 제 님이신들 잊을쏜가.
호남 길 더위잡아 노령에 올라 쉬고
북쪽을 돌아보며 두세 번 탄식하니
구름이 해를 가려 서울을 못 보겠다.
금성산 바라보고 유배지를 찾아가니
남쪽 지방 풍경을 이제야 처음 보네.
주인 정 사군[2]이 마중 나와 반겨 주니
거처도 과분하고 의식도 염려 없다.
그물을 벗기신 몸 이곳에서 편히 쉬니
갈수록 님의 은혜 도처에 끝이 없다.
재상을 죽이려고 급한 화가 미치니
다가오는 형벌이 아침저녁 위급할 제
외진 섬 울타리로 그 분풀이 막으시니
끝까지 보호하심 오늘에야 더욱 알겠노라.
사방으로 힘씀은 신하 된 자 직분이라
섬기는 작은 수고 일컬을 것 전혀 없다.
앞뒤의 은혜 사랑 끝없이 빛나고
이 몸이 지은 죄는 도리어 영화가 되니
바라던 생각보다 이 더욱 지나치네.
인물도 없는 나요 덕도 없는 나를
무엇을 취하시며 무엇을 중히 여겨
말마다 격려하며 일마다 감싸 주어
조그마한 이 한 몸을 다칠까 염려하니

---

2) '사군'은 학식 있는 사람에 대한 존칭.

엊그제 만난 님의 정의는 익은 듯 선 듯
님의 뜻 나 모르고 내 뜻도 님 모르는데
무슨 일 이다지 얽힌 정 곡직한고.
백 년을 해로한들 이에서 더할쏜가.
님의 은혜 이럴수록 끓는 마음 더 심하네.
바다의 섬들은 물 가운데 하 많은데
거리 멀고 살기도 어려운 곳 골라내어
백 년의 형극을 추자도에서 처음 여니
혈육도 원수 같거늘 남이야 이를쏜가.
행리를 다 차리고 금오랑金吾郞을 기다릴 제
어떻다 아우는 금릉3) 땅에 유배되니
가문의 운수도 그렇듯 막히고
집안의 불행도 첩첩하여 끝이 없다.
월남촌의 가을밤에 기약하고 이별하니
타향에서 자는 것은 이 또한 님의 은혜
바다를 격하여 하염없이 바라보리.
이진4) 땅 포구에서 배 안을 정돈하여
동풍이 건듯 불 때 쌍돛을 높이 다니
창파는 끝이 없어 물 밖은 하늘일세.
가리키는 곳 바라보니 바다 가운데 작은 섬이로다.
이때는 밤중인데 미친바람 절로 일어
바다에서 키를 잃고 숨도 쉬지 못할세라.

---

3) 강진 읍의 옛 이름.
4) 전라남도 해남 남쪽에 있는 포구.

사공이 넋을 잃고 온 배 안이 실색하니
버림받은 이내 몸이 사생이야 관계하랴.
다시 살리신 님의 은혜 중도에서 허사 될까.
감심하던 모든 원을 오늘날 이뤄 줄까.
옛글 묵묵히 외며 옛사람을 생각하니
성실하고 공경하여 이룬 이도 있고
나라에 충성하여 이룬 이도 있는데
이내 평생 돌아보니 이룬 것 하나 없다.
채석강에 달을 잡던 이태백과 함께 놀 듯
소상강에 빠져 죽은 굴원을 거의 볼 듯
옷깃을 여미고 천명만 기다릴 제
한 조각 나무 얻어 배 안을 수리하니
위기에서 벗어남이 잠깐 사이로다.
죽고 삶은 명이 있고 화와 복은 하늘에 있으나
오늘날 살아남은 우리 님이 도우심이라.
동방이 밝아 오매 소리치고 돛을 내려
바위에 배를 매고 동네에 들어가니
촌락이 쓸쓸하여 수십 호 초가로다.
비바람 무릅쓰고 오막살이 찾아드니
이엉은 다 날리고 대창문은 뚫어지고
방바닥은 빗물 들어 마른 데 전혀 없다.
말만 한 좁은 방에 이 벼룩 많을시고
팔 척 긴 몸이 굽어들고 굽어 나며
다리를 오그리고 긴 밤을 새우나니
배 안에서 젖은 의복 어느 불에 말리며

일행이 허기진들 무엇으로 구할쏜고.

지닌 자루 털어 내니 쌀 한 줌뿐이로다.

흰죽을 쑤어 내어 둘러앉아 요기하고

짐배가 오기만을 온종일 바라는데

액운이 남아 있어 바다에서 낭패하니

만 번 죽다 남은 목숨 살아남이 다행이나

살길이 아득하니 어이하여 지탱할꼬.

열 길 가시울타리 사방에 둘러치고

북쪽으로 구멍 두어 물길을 겨우 내니

구만리 하늘을 우물에서 바라보듯

밤낮으로 들리나니 물결 소리 바람 소리

아침저녁 섯도나니 짙은 안개뿐이로다.

살 곳은 못 정한 채 두 조카를 이별할 제

장부의 일촌간장 눈물을 금할쏘냐.

남관에서 이별하던 한 이부韓吏夫5)의 정경이요

월강에서 아우를 보내던 유자후柳子厚6)의 회포로다.

호송 관리 절하고 님 계신 데 돌아가니

잊지 못할 한마음이 다시금 새로워라.

가을이 점점 깊고 나그네 마음 쓸쓸한데

옛 시인의 가을 노래 곡조 붙여 높이 읊고

이곳에 온 두 나그네 조용히 상대하여

겨우 무릎 드나들 두어 간 작은 집을

---

5) 남관에서 손자와 이별하던 한유韓愈. 남관은 중국 섬서성에 있던 옛 관문.

6) 당나라 문장가 유종원柳宗元.

난생 처음 짓느라고 애를 쓰며 신고하니
섬 안의 모든 백성 진심으로 도와주네.
흙일을 자주 하는 이 고장 풍속인가.
지은 집은 작아도 거처는 깨끗하고
몸을 움직임이 이제야 편안하다.
벽 위에 '감군은感君恩' 세 글자를 크게 쓰고
미인을 바라보는 집이라 쓴 현판의 뜻
보는 사람 어느 누가 모를 수 있으랴.
종일토록 문을 닫고 옛글을 펼쳐 보니
옳은 이치 끝없음을 늦게야 깨닫는다.
까치 보이지 않고 까마귀는 요란한데
오다가다 서로 보는 상사람들 만나 보면
귀에 설은 음성이요 알지 못할 사투리라
함께 앉아 상대하여 무슨 말로 수작할꼬.
겨울이 깊어지고 육지와는 못 통하니
양식도 어렵거든 반찬인들 있으며
소금 장을 못 먹거든 물고긴들 바랄쏘냐.
섬 안 수십 리에 일년초 희한하다.
끼니 제때 못 때우니 방 덥기를 생각할까.
설날 큰 명절에 맨 국에 떡을 놓고
갯물에 절인 배추 상찬으로 올랐으니
어와 이 모습은 태어나서 처음 보네.
봄에 피는 복사꽃 못 본다고 관계하랴.
가을이 지나도록 국화를 못 보거든
좋은 철을 당하여 쫓겨난 이 누구이며

굴원이 여기 온들 무엇으로 저녁을 할꼬.
여름 석 달 무더위에 고생을 실컷 하니
무더위도 그지없고 습기도 자심하다.
파리 모기 등에는 백 가지로 쏘아 대고
뱀 전갈 지네는 네 벽에서 기어 다니니
아무 일도 흥이 없고 모진 악만 치받친다.
사람을 상케 하고 물건을 해치는 일
알고 보니 세상에 많기도 하여라.
한밤중에 잠 못 이뤄 이불 싸고 일어앉아
신세를 한탄하고 평생을 더듬으니
외로운 이 늙은이 자식도 없는 터라
습기 많은 섬에서 병이 든들 뉘 구하며
내 살던 고향 집이 비었단들 뉘 지킬꼬.
역사책 천 권이 옛집에 있으니
좀벌레 다 먹은들 그 뉘라서 바람 쐬며
후원에 가득 핀 꽃 베고 자른들 뉘 금할꼬.
천하에 외로운 이 나밖에 또 있을까.
천지간에 홀로 서서 사방을 둘러보니
우리 님 아니시면 뉘를 다시 의지할꼬.
그때 운수 불행하여 천 리 밖에 떠났으니
내 신세 외로운 줄 님이 하마 모르실까.
긴 소매 들고 앉아 옛 허물을 헤아리니
우직하기 본성이요 망녕됨도 내 죄오나
근본을 생각하니 님 위한 정성일세.
일월 같은 우리 님이 어찌 아니 살필것가.

생명 건진 이 은혜에 목숨 바칠 기약하나
상자 속의 부채는 언제 다시 나올꼬.
새벽에 혼자 누워 백두음白頭吟을 슬피 읊고
좋은 책을 사자 하나 황금을 못 얻었네.
마름으로 옷을 짓고 연꽃으로 치마 지어
상자 속에 두었어도 눌 위하여 단장할꼬.
아아, 고국으로 돌아갈 간절한 꿈
한낮에 정든 집 문턱을 밟아 보고
깊은 밤 대궐 전각 높은 곳에 님을 모셔
일이 옳고 그름을 단정하게 논하며
주고받는 문답이 메아리로 울려 가니
님 가까이 앉은 이 몸 옛 충신에 비길 건가.
어촌 먼 곳 닭 울음소리 긴 잠을 깨뜨리니
우리 님 음성은 귓전에 완연하고
우리 님 향기가 옷소매에 풍겼어라.
어느 날 이내 꿈을 진정으로 삼을쏜가.
두어라 님의 마음 고치기를 나날이 바라노라.

원문

삼 년을 님을 떠나 해도海島에 유락流落하니
내 언제 무심하여 님에게 득죄한가.
님이 언제 박정하여 날 대접 소疎히 한가.
내 얼굴 곱돗던지 질투할산 중녀衆女로다.

유한有恨한 이내 몸을 선음善飮한다 니라노쇠
서하西河의 식옥[1]하고 사자거使者車로 돌아오니
봉황성 다다르며 고국 소식 경심驚心하다.
황혼의 옛 기약을 다시 거의 찾을러니
참언이 망극하니 님이신들 어이할고.
시도市虎도 성의成疑하고 증모曾母는 투저投杼하져[2]
우리 님 날 믿기야 세상의 뉘 비比할고.
중산中山 방서謗書를 협중篋中에 가득 두고[3]
함정에 건져 내어 선지善地의 편관編管하니[4]
구련성九連城 노숙露宿하고 압록강 바삐 건너
성초星貂[5]를 부리오고 초교草轎[6]를 가리시어
청천강 삼일우三日雨에 정삼[7]을 다 적시고
성야星夜의 질치疾馳하여 패수浿水[8]를 건너올새
일하日下 음신音信을 어디로서 또 들어다
근기近畿 압송은 고금의 초견初見이요
자질子姪 제직除職은 이은異恩도 조첩稠疊하다.[9]

---

1) 쉬는 것.
2) 거리에 범이 없건만 모두 범이 있다고 말하면 그 말을 믿어 의심이 생긴다는 말이다. '증모투저曾母投杼'는, 증삼의 어머니가 아들이 사람을 죽였다고 하는 자가 세 사람이나 되자 비로소 의심이 생겨 베 짜던 북을 던지고 일어섰다는 고사에서 온 말로, 참언을 믿는다는 뜻이다.
3) 위나라의 악양이 중산을 치고 돌아와 공로를 의논할 때 문후가 참소하는 글 한 상자를 보이니, 악양이 "나의 공로가 아니라 임금의 힘이었다."고 한 데서 나온 말이다.
4) 좋은 곳으로 귀양 보내는 것. '편관編管'은 송나라 때 얼굴에 먹물로 글자를 새겨 넣지 않고 귀양 보낸 것을 이르는 말이다.
5) 고관이 타는 수레.
6) 상제나 죄인이 타는 가마.
7) 싸움터에 나갈 때 입는 옷. 또는 길을 떠날 때 차림.
8) 여기서는 대동강을 말하는 것이나, 패수가 대동강인지는 정확하지 않다.
9) 아들과 조카들에게 관직을 제수하니 남다른 은혜가 거듭 베풀어지다.

박명薄命한 이내 몸의 님의 은혜 이러하니
여관旅館 잔등殘燈의 피눈물이 절로 난다.
금오리金吾吏[10] 김택귀金澤龜를 벽제역에 만나 보고
선산先山에 잠깐 들어 통곡하여 배별拜別하고
성서城西 구택舊宅의 가묘家廟에 하직하니
원근 친척이 손잡고 이별할새
청운 구붕靑雲舊朋은 안중眼中에 드물도다.
엄정嚴程이 유한有限하니 경각頃刻인들 엄류淹留하랴.
관악산冠岳山 십리지十里地의 송추松楸의 한 날 쉬어
천리 행장을 초초히 차려 갈새
종남終南을 회수回首하니 오운五雲이 의의依依하고
의릉懿陵을 첨망瞻望하니 송백松柏이 창창蒼蒼하다.
고신원루孤臣冤淚를 한수漢水에 가득 뿌려
님 향한 일편 정을 참고 참아 떠나가니
내 마음 이러할 제 님이신들 잊을손가.
호남 길 더위잡아 노령蘆嶺에 올라 쉬어
북으로 돌아보고 두세 번 탄식하니
부운浮雲이 폐일蔽日하여 경국京國을 못 볼러라.
금성산錦城山 바라보고 적소謫所를 찾아가니
남주南州 대도회大都會의 낙토樂土를 처음 보왜
주인 정 사군鄭使君이 마조나[11] 반겨 하니
거처도 과분하고 의식도 염려 없다.
망라網羅의 벗기신 몸 이곳에 언식偃息하니
가지록 님의 은혜 도처到處에 망극하다.

---

10) 의금부 하급 벼슬아치. 왕명을 받아 죄인을 다루는 사무를 맡아본다.
11) 마주 나와, 마중 나와.

시재욕살時宰欲殺하여 화색禍色이 층격層激하니[12]
도거 정확刀鉅鼎鑊[13]이 조석에 위급일새
절도 천극絶島荐棘[14]으로 중노衆怒를 막으시니
종시終始에 곡전曲全하심 오늘이야 더욱 알다.
선력宣力 사방四方은 신자臣子의 직분이라.
봉사奉使 미로微勞를 일컬을 것 전혀 없다.
전후 은포恩褒 화곤華袞도곤[15] 빛나시니
이죄위영以罪爲榮은 이 더욱 망외望外로다.
자색도 없는 내오 재덕도 없는 나를
무엇을 취하시며 무엇을 중히 여겨
언언言言이 장허獎栩하며 사사事事의 두호斗護하사
비박菲薄한 이 한 몸을 다칠까 염념하시니
엊그제 만난 님이 정의는 익듯 서듯
님의 뜻 나 모르고 내 뜻도 님 모르며
무슨 일 이대도록 견권繾綣함이 곡진하고
백년을 해로한들 이에서 더할손가.
님의 은혜 이럭사록 기질忌疾함은 더 심하외.
해도海島도 하고 한대 원악지遠惡地를 골라내어
백년 형극荊棘을 추자도楸子島의 처음 여니
골육骨肉도 구시仇視거든 남이야 이를손가.
행리 다 차리고 금오랑金吾郞을 기다릴새
어떻다 우리 묘군卯君[16] 금릉金陵[17]의 원적遠謫하니

---

12) 당시 재상을 죽이려고 하여 화를 입을 기색이 더 급해지니.
13) '도거刀鉅'는 죄인을 칼로 베거나 톱으로 켜는 형벌에 쓰던 형구. '정확鼎鑊'은 죄인을 삶아 죽이던 큰 솥. 여기서는 형벌을 뜻한다.
14) 멀리 떨어져 있는 섬으로 귀양 보내고 처소에 가시울타리를 둘러 출입을 금하는 것.
15) 임금의 곤룡포보다.

문운門運도 건둔蹇屯하고 가화家禍도 첩첩하다.

월남촌月南村 가을밤의 기회期會하여 이별하니

타향 대침他鄕對枕은 이 또한 님의 은혜

격해 상망隔海相望은 경뇌瓊雷나 다를손가.[18]

이진梨津 항구의 주즙舟楫을 정돈하여

동풍이 건듯 불며 쌍범雙帆을 높이 다니

창파滄波 묘망渺茫하며 물 밖은 하늘일다.

고도孤島를 지점指點하니 흑자黑子[19]만 겨우하다.

시야장반時夜將半하매 광품狂風이 접천接天하니

중류中流 실타失柁하여 호흡이 위태할새

장년長年[20]이 속수束手하고 주중舟中이 실색失色하니

묘연渺然한 이내 몸이 사생死生이야 관계하랴.

재생再生하신 님의 은혜 중도中道의 귀허歸虛할까.

감심甘心하던 모든 원을 오늘날 이뤄 줄까.

경사經史를 묵송默誦하고 옛사람을 생각하니

부강涪江의 정숙자程叔子는 성경誠敬으로 득력得力하고

청회淸淮의 장자방은 충신으로 힘입으나

평생을 점검하니 이 공부工夫 소여掃如하다.

채석采石의 착월捉月하던 이적선李謫仙[21]과 함께 놀듯

---

16) 묘년에 태어난 사람이란 말로, 소식蘇軾의 아우 소철蘇轍을 가리키는데, 동생을 말한다.

17) 강진 읍의 옛 이름.

18) 바다를 사이에 두고 서로 바라봄은 경주瓊州, 뇌주雷州나 다를쏜가. 송나라 때 소식이 왕안석王安石의 신법을 비판하다 경주로 쫓겨나고 소식의 아우 소철은 뇌주에 안치되었던 일에 비겨 자신의 처지를 말한 것이다.

19) 검은 사마귀. 작다는 말이다.

20) 뱃사공.

21) 채석강에서 달을 잡던 이백. 이백이 채석강에서 뱃놀이를 하면서 강에 비친 달을 잡으려다가 물에 빠졌다는 고사에서 온 말.

상수湘水의 장어葬魚하던 굴 삼려三閭²²⁾를 거의 볼 듯

봉창篷窓의 정금整襟하고 천명天命만 기다릴새

한 조각 낡을 얻어 기계器械를 수보修補하니

전위위안轉危爲安이 저근덧 사이로다.

사생死生이 유명有命하고 화복禍福이 재천在天하나

오늘날 살아남은 우리 님 도우신가.

동방이 기백旣白하며 소리하고 낙범落帆하여

석기石磯²³⁾의 배를 매고 도중島中에 들어가니

촌락이 소조蕭條하여 수십 호 어가漁家로다.

풍우를 무릅쓰고 와실蝸室²⁴⁾을 찾아드니

모자茅茨는 다 날리고 죽창竹窓의 무지無紙한데

상상 옥루床床屋漏는 마른 데 전혀 없다.

말만 한 좁은 방의 조슬蚤蝨도 많을시고.

팔척장신이 굽어들고 굽어 나며

다리를 서려 누워 긴 밤을 새우나니

주중舟中의 적신 의복 어느 불에 말리며

일행이 기갈飢渴한들 무엇으로 구할손고.

행탁行橐을 떨어내니 수두數斗 미米뿐이로다.

백죽白粥을 쑤어 내어 둘러앉아 요기하고

복물선卜物船 도박到泊함을 일야日夜로 바라더니

여액餘厄이 미진하여 중양中洋의 치패致敗하니

만사여생萬死餘生이 살아남이 다행하나

결활契闊²⁵⁾이 무책無策하니 어이하여 지보支保할고.

---

22) 소상강 물고기 배 속에 장사 지낸 굴원屈原. 굴원이 소상강에 빠져 죽은 일을 말한다.

23) 여울에 있는 돌바위.

24) 달팽이 껍질같이 작은 집.

25) 생활을 이어 갈 것.

십 장丈 형리荊籬를 사면에 둘러치고

북편의 궁글 두어 물길을 겨우 내니

구만리장천을 정중井中의 바라보듯

주야晝夜의 들리나니 해도海濤와 맹풍盲風이요

조모朝暮의 섯두나니 장무瘴霧와 만우蠻雨로다.

서식棲息을 미정未定하여 양질兩姪을 이별할새

장부의 일촌간장 양항루兩行淚를 금할소냐.

남관藍關의 별손別孫하던 한 이부韓吏夫의[26] 정경情境이요

월강越江의 송제送弟하던 유자후柳子厚[27]의 회포로다.

압송관押送官 배별拜別하여 님 계신 데 돌아가니

경경耿耿한 일단심一丹心이 다시곰 새로워라.

가을이 점점 깊고 객회客懷는 요락寥落한데

송옥宋玉의 비추부悲秋賦[28]를 초성楚聲으로 높이 읊고

유柳, 박朴 이객二客을 초초稍稍히 상대하여

용슬容膝 수간옥數間屋을 초창草刱함을 경영할새

도중島中의 모든 백성 진심盡心하여 완역完役하니

번토 운와番土運瓦[29]하던 창화현昌化縣 풍속일다.

제도는 추익湫鄒[30]하나 거처는 소쇄瀟灑하다.

언앙굴신偃仰屈身함이 이제야 조안粗安하다.

감군은感君恩 삼자三字를 벽상壁上에 대서大書하고

망미헌望美軒 편액은 도중島中의 뉘 모르리.

종일 폐호閉戶하고 주서周書를 피열披閱하니

---

26) 남관에서 손자와 이별하던 한유韓愈. 남관은 중국 섬서성에 있던 옛 관문.

27) 월강에서 아우를 보내던 유종원柳宗元. 유종원은 당나라 문장가.

28) 초나라 때 시인인 송옥이 지은 것으로, 가을철 쓸쓸한 심정을 읊은 노래.

29) 흙을 이기고 기와를 나름. 여기서는 처음 집을 짓는 일을 한다는 뜻이다.

30) 좁고 낮아 습기가 많은 땅.

의리 무궁함을 늦게야 깨달았다.

조작鳥鵲은 본데없고 오연鳥鳶만 적괴며

어두귀면魚頭鬼面 같은 포한浦漢[31]이를 만나보니

야록野鹿의 성이요 맥만貊蠻의 어음語音이다.

상대相對 맥맥脈脈하여 무삼 말을 수작할고.

엄동嚴冬이 깊어지고 육지는 못 통하니

양식도 핍절乏絶거든 반찬이야 의논하며

염장鹽醬을 못 먹거든 어육魚肉이야 바랄소냐.

도중島中 수십 리의 일년초 희한하다.

조석밥 못 익힐 제 방 덥기 생각할까.

정조正朝 대명일大名日의 소소국의 떡을 쑤어

갯물에 절인 배추 상찬上饌으로 올랐으니

어와 이 경상은 생래生來에 처음 보네.

춘풍 도리화야 못 본다 관계하랴.

가을이 다 진토록 국화를 못 보거든

낙모 가절落帽佳節[32]에 축신逐臣을 뉘 우시며

영균靈均[33]이 여기 온들 무엇으로 석찬夕餐할고.

삼하三夏를 열진閱盡하고 고황苦況을 포끽飽喫하니

염증炎蒸도 그지없고 비습卑濕도 자심하다.

승예 문맹蠅蚋蚊盲은 백 가지로 쏘지지고

사갈 오공蛇蝎蜈蚣은 사벽四壁에 종횡하니

한 일도 흥황興況 없고 백악百惡만 구비하다.

---

31) 갯가에서 고기잡이하는 사람을 낮잡아 이르는 말.

32) '낙모가절落帽佳節'은 중양절. 진晉나라 맹가孟嘉라는 사람이 중양절에 산에 올라 놀 때 바람이 불어 모자가 떨어지자, 같이 놀던 환온桓溫이 그걸 가지고 사람들에게 글을 짓게 하여 맹가가 이에 화답하는 글을 지었는데, 글이 매우 아름다웠다고 한다. 여기서 유래한 말이다.

33) 초나라 굴원을 이르는 말.

상인해물傷人害物 할 것 세상에 하도 할사.

중야中夜에 잠이 없어 옹금擁衾하고 일어앉아

신세를 자탄하고 평생을 무렴撫念하니

고로孤老한 이내 몸이 자성子姓도 없은 내오.

장해瘴海에 병이 든들 구호할 이 뉘 있으며

반계盤溪에 옛 폐려敝廬를 뷔여신들 뉘 지킬고.

사서史書 천 권을 고각高閣에 묵혔으니

두서충蠹書蟲 다 먹은들 그 뉘라서 포쇄暴灑하며

평천장平泉庄 만원화滿園花를 전벌剪伐한들[34] 뉘 금할고.

천하의 무고한 이 나밖에 또 있을까.

주 문왕周文王 치기治岐할 제 인정仁政을 베푸시면

가련한 이내 몸이 반드시 먼저 들려

천지간 독립하여 사방을 둘러보니

우리 님 아니시면 눌을 다시 의지할고.

시운이 불행하여 천리에 떠나시니

내 신세 고혈孤孑한 줄 님이 모르실까.

긴 소매 들고 앉아 옛 건앙愆殃을 역수歷數하니

우직하기 본성이오 광망狂妄함도 내 죄오나

근본을 생각하니 님 위한 정성일세.

일월 같은 우리 님이 거의 아니 조림照臨할까.

생성生成하신 이 은혜를 결초結草하기 기약하나

협사篋笥의 추풍선秋風扇[35]이 어느 날 다시 날꼬.

청신淸晨에 혼자 누워 백두음白頭吟을 슬피 읊고

---

34) 평천장에 가득 핀 꽃을 베어 낸들. '평천장' 은 당나라 때 이덕유李德裕라는 사람이 세상의 진귀
한 나무와 꽃들이며 괴석들을 가져다 놓고 즐겼다고 하는 정원 이름이다.

35) 상자 속 부채. 곧 버림받은 부채라는 뜻으로 가련한 자기 신세를 말한다.

황금을 못 얻으니 장문부長門賦[36]를 어이 사리.
지하芝荷로 옷을 짓고 부용芙蓉으로 치마 지어
협중篋中에 두었은들 눌 위하여 단장할고.
고국에 돌아갈 꿈 벽해碧海를 므니 밟고
옥루玉樓 높은 곳의 야야夜夜에 님을 뫼셔
일당一堂 우불吁拂의 수답酬答이 여향如響하니
전석前席의 문귀問鬼하던 가 태부賈太簿[37] 이 같을까.
어촌 원계성遠鷄聲이 긴 잠을 깨달으니
우리 님 옥음玉音은 이변耳邊에 완연하고
우리 님 어로향御爐香이 의수衣袖의 품여게라.
어느 날 이내 꿈을 진즌것 삼을손가.
두어라 왕서기개지王庶幾改之를 여일망지餘日望之 하노라.

---

36) 한漢나라 때 사마상여司馬相如가 쓴 글 이름. 한 무제漢武帝 때 임금의 총애를 잃은 황후가 황금
   으로 사마상여에게 글을 얻어 다시 임금의 사랑을 받게 되었다고 한다. 이 이야기가 사마상여의
   《장문부》서문에 실려 있다.
37) 한나라 때 문제가 가의賈誼에게 귀신에 관해 묻자 가의가 바로 귀신의 근본에 대해 말했다는 고
   사에서 온 말.

만언사萬言詞

어화 벗님네야 이내 말씀 들어 보소.
인생 천지간에 그 아니 느꺼운가.
평생을 다 살아도 다만 백 년이라.
하물며 백 년이 되기도 어려우니
사람은 비유컨대 바다 속의 좁쌀이요
주막 같은 세상에 지나가는 손이로다.
나그넷길 인생이 꿈결이나 다름없어
남아의 할 일을 역력히 다 하여도
풀 끝의 이슬이라 오히려 덧없거든
어화 내 일이야 세월을 셈해 보니
반생이 채 못 되어 육륙에 둘이 없네.
지난 일 생각하고 지금 일 헤아리니
뒤집힘도 셀 수 없고 오르내림도 많구나.
남들도 그러한가 내 홀로 이러한가.
아무리 내 일이나 내 일을 내 몰라라.
긴 탄식 절로 나니 슬픈 마음뿐이로다.

■ '만언사'는 정조 때 대전별감을 지낸 안조환安肇煥이 지었다. 지은이가 유배 생활과 비탄에 젖은 심정을 직접 토로하여 왕에게 하소연한 데 대하여 이웃 사람이 그를 위로하는 형식으로 화답한 '만언사 답'과 아울러 전후 편을 이룬다. 전편인 '만언사'는 '사고향思故鄕'이라고도 하며 삼천 구에 달하는 긴 작품으로, 당시 사회의 세태 풍속을 생동하고 실감 있게 재현하였다.

부모님이 낳으실 때 죽은 나를 낳으시니
부귀공명 하려는지 외론 섬에 갇힐는지
천명이 길었는지 하늘이 시험한지
죽은 아이 하룻밤에 홀연히 살아났네.
평생 길흉 점을 칠 제 무병장수 갖췄으니
귀양 팔자 있었으며 이별 운수 있었으랴.
노래자老萊子[1]의 본을 받아 색동옷을 입고서
부모 앞에 어린양을 하면서 자라더니
어와 기박하다 나의 명도 기박하다.
열한 살에 모친 잃고 애통하여 기절하니
그때나 죽었더면 지금 고생 아니 보리.
한 번 세상 두 번 살아 인생 행락 하려는지
슬픈 눈물 흘린 날과 기쁜 명절 몇 번인고.
십 년 기른 외가 은공 호의호식 바랐으랴.
잊은 일도 많다마는 부모 공경 못 했도다.
어진 모친 들어오셔 착한 성품 가지시니
아들 위해 살던 집을 세 번 옮긴 옛 고사는
어찌 보면 이를 두고 이름인 듯하였도다.
아들이 사람을 죽였다고 한 거짓말을
성인을 기른 모친도 세 번만에 믿었으니
이로써 볼진대 내 경우와 같다 할까.
눈 속에서 죽순을 얻었다는 전설은

---

1) 옛날에 이름난 효자로, 부모의 마음을 즐겁게 하려고 늙어서도 색동옷을 입고 갖은 재롱을 부렸다
   고 한다.

지성이면 하늘까지 감동함을 이름이요
나라 위해 투신함도 효자의 할 바로다.
공명을 이룸은 문호의 광채로다.
행세의 으뜸 일이 글밖에 또 있는가.
동서고금 옛글을 세세히 다 읽고
구절마다 외웠으니 글짓긴들 아니 하랴.
꽃이 피는 봄철과 구월 달 단풍 절에
글 짓는 자 벗이 되어 음풍영월 일삼을 제
글과 글씨 한가지라 어느 것이 다를쏜가.
짓기도 하려니와 쓰긴들 아니하랴.
여러 가지 잘하기로 재주 있다 일컫더니
요조숙녀 그려 보며 밤마다 뒤척이니
세월 흘러 스물 전에 안해를 얻었도다.
어진 처는 부녀들의 높은 덕행 본받아
예의범절 갖췄으니 집안 잘될 징조였네.
우리 백부 또한 어질고 덕 있어
아홉 대가 의좋게 한곳에서 함께 살고
괴로움과 즐거움 한집안 같이하니
음식과 옷 입는 것 구별함을 뉘 알던가.
가난한 살림살이 내 역시 몰랐어라.
부귀공명 길을 찾아 권세 집은 어디어디
장군 밑의 심복인가 재상집의 문객인가.
자유분방 노는 일은 나도 잠깐 하오리라.
이전 마음 전혀 없고 호방한 맘 절로 난다.
높으신 분 귀한 벗과 호협한 자 다 따른다.

무릉 장대 천진교도 명승지로 알려지나
삼청 운대 광통곤들 놀이터가 아니던가.
꽃 피는 아침과 달 뜨는 저녁
비는 날 없이 기생집 뜨락 거닐 적에
술을 맘껏 마시어 거나하게 취하고
미인을 만나서 정신마저 빼앗기네.
분단장과 비단 치마 맑은 노래 춤도 고와
풍류 호사 그 뉘신고 술꾼인들 부러하랴.
이렇듯이 행동하며 아무 생각 없었는데
어쩌다가 하루아침에 홀연히 깨달았네.
소년 놀이 그만 하자 부모 근심 깊으시다.
번화 거리 자랑 마라 뜻 이룰 길 늦어 간다.
옛 마음 다시 나서 하던 공부 고쳐 하며
밤을 새워 낮을 이어 멈추잖고 하였구나.
부모 봉양하려 한지 내 몸 위한 일일는지
몇 해 동안 애를 쓰니 무식을 면한지라
어와 바랐으랴 꿈결에나 바랐으랴.
어악원에 들어가서 영달의 문을 여니
어찌 천한 몸이 궁궐 근처 바랐으랴.
비단옷을 몸에 감고 옥 같은 쌀 베고 있어
부귀에 싸였으며 화려함에 잠겼어라.
벼슬살이하는 일은 궁중 일뿐 아니로다.
복이 과하면 재앙 오는 이치 몰라
명심하고 조심스레 처신하지 못하여서
벼슬에서 쫓겨난 후 옥 안에서 지내오니

곱던 의복 무색하고 좋은 음식 맛이 없네.
나라 은혜 생각하니 갚을 길이 바이없어
슬픈 눈물 하염없이 흐르고 또 흐르네.
어화 과분하다 은혜도 과분하다.
나라 중임 맡긴 은혜 생각할수록 과분하다.
부귀영화 고쳐 하고 호사함을 다시 하여
서울의 넓은 길로 말을 타고 다닐 적에
먼 친척도 가까움은 예부터 일렀나니
여기 가도 손을 잡고 저기 가도 반겨 주네.
뜻도 이루고 이름도 난다 하리.
모든 일이 그러하니 이런 줄을 모를쏘냐.
충성의 뜻 알았으니 나라 위해 몸 바치리.
갑자기 부귀함이 상서롭지 못함이라
버림받고 쫓긴 말의 신세가 되겠구나.
지나치게 성하면 반드시 패하고
흥이 진한 뒤엔 슬픔 오는 이치로다.
다 오르면 내려오고 가득 차면 넘치나니
좋은 일엔 훼방이 있기 마련이요
온갖 만물이 시기하는 까닭인지
인간이 지을 죄를 지나치게 많이 지어
꽃밭에서 돌연히 불이 일어난 것인지
푸른 하늘 맑은 날에 뇌성벽력 굽이치니
혼도 넋도 달아나서 천지 분간 어이하랴.
약하디약한 몸에 스물다섯 근 칼을 쓰고
손과 발에 쇄를 채워 옥 안에 든단 말가.

나의 죄를 헤아리니 너무도 크구나.
아깝다 내 일이야 애달프다 내 일이야
평생 먹은 한마음 언제든지 원하기를
충성과 효도를 겸한 사람 되자더니
한번 일을 잘못하고 불충불효 다 되었네.
죽은 뒤에 후회하고 뉘우친들 무엇 하리.
등잔불을 치는 나비 저 죽을 줄 알았으면
어디서 나라의 녹을 받는 신하가
이러히도 큰 죄를 짓자고 하랴마는
쌓인 돈을 한번 보니 눈조차 어두운가.
마른 섶을 등에 지고 불 속에 듦이로다.
재가 된들 뉘 탓하리 살 가망 없다마는
한목숨 구하시어 외론 섬에 보내시니
어와 나라 은혜 갈수록 끝이 없다.
강변에 배를 대어 부모 친척 이별할 제
슬픈 눈물 한숨 소리 뱃전에 머무는 듯
손잡고 이른 말씀 조심하라 당부하니
가슴이 막히거든 대답이 나올쏘냐.
슬픈 마음 취한 듯해 눈물로 하직이라.
강 위에 배 떠나니 이별시가 이때로다.
산천이 어두우니 부자 이별함이로다.
노 젓는 소리에 흐르는 배 살 같으니
한줄기 긴 강이 어느덧 가로서고
우는 소리 바람결에 넓은 강을 건너오네.
길손도 눈물지니 내 가슴 미어진다.

부친 불러 엎어지니 애고 소리뿐이로다.
하늘을 우러러 슬프게 부르짖고
땅을 치며 애통하게 통곡을 한다 해도
아무리 그러한들 아니 갈 길 되올쏘냐.
범 같은 호송 관리 어서 가자 재촉하네.
하릴없이 말에 올라 앞길을 바라보니
푸른 산은 몇 겹이며 푸른 물은 몇 굽인고.
넘을수록 산이요 건널수록 물이로다.
저물녘에 언덕 넘고 깊은 산이 적막한데
녹음이 우거지고 두견새 피 토하니
슬프도다 저 새소리 돌아간단 말 웬일인고.
네 일을 이름이냐 내 일을 이름이냐.
가뜩이나 허튼 근심 눈물에 젖었어라.
물줄기들 잇따르니 내 근심을 머금은 듯
수풀마다 이슬이니 내 눈물이 뿌려진 듯
뜨던 말 빨리 가니 이제 쉴 곳 어디이뇨.
높은 언덕 반겨 올라 고향을 바라보니
창망한 구름 속에 흰 갈매기뿐이로다.
경기 땅 다 지나고 충청도 다다르자
계룡산 높은 봉을 눈결에 지나간다.
여러 고을 관청 거쳐 고을마다 점고하여
은진을 넘어서니 여산은 전라도라.
익산 지나 전주 들어 성시산림城市山林 들어가니
반갑다 남문 길이 장안이 의연하다.
백각전百角殿²⁾ 벌어지니 종각도 지나는 듯

한벽당 있는 곳에 아침 해가 높았어라.
만가골 넓은 들엔 긴 시내가 비꼈어라.
금구 태인 정읍 지나 장성 역마 갈아타고
나주 지나 영암 들어 월출산을 돌아드니
만 이천 봉우리가 허공에 솟았는 듯
이 나라의 명산이라 경치도 좋다마는
내 마음 어두우니 어느 겨를에 살펴보리.
천관산을 가리키고 달마산을 지나가니
밤낮없이 몇 날 만에 바닷가로 오단 말가.
바다를 바라보니 파도도 몹시 인다.
가없는 바다요 한없는 파도로다.
하늘땅이 갈라진 후 천지가 하 넓어도
하늘 아래 있는 것이 땅만인가 알았더니
지금 와서 볼 양이면 천하가 다 물이로다.
바람도 쉬어 가고 구름도 멈춰 가네.
나는 새도 못 넘는데 저 길 어이 가잔 말고.
때마침 서북풍이 내 갈 길을 재촉하는 듯
선두에 있는 백기 동남을 가리키니
천 석 실은 큰 배에 쌍돛을 높이 달고
건장한 도사공이 뱃머리에 높이 서서
어부 노래 한 곡조를 부르면서 화답하니
마디마디 처량하다 이내 심회 어떠할꼬.
서울 향해 돌아보니 구름 끼어 아니 뵌다.

---

2) 관아에서 관할하던 서울의 각 전.

내 가는 길 어인 길고 무슨 일로 가는 겐고.

불로초 구하려고 삼신산을 찾아가나.

동남동녀 아니어든 방사 서불 따라가랴.

동정호 밝은 달에 악양루 오르려나.

소상강 궂은비에 상군湘君[3]을 조문하는가.

논밭이 묵으니 전원으로 돌아가나.[4]

농어회 생각나서 고향으로 돌아가나.[5]

배를 타고 노를 저어 제 한 몸을 구함인가.[6]

긴 고래 잠깐 만나 하늘에 오르려는가.

부모처자 다 버리고 어디로 혼자 가노.

우는 눈물 못이 되어 바닷물을 보태인다.

어디서 떠오는 한 조각의 검은 구름

홀연히 일어나는 세찬 바람 어인 일인고.

산악같이 높은 물결 뱃머리를 둘러치네.

크나큰 배 조리 젓듯 오장육부 다 나온다.

은혜 입고 남은 목숨마저 다하게 되겠구나.

검과 창들 번뜩이어 죽는 거나 다름없고

옛 충신 몸을 던진 푸른 물도 가깝도다.

운명을 피할쏘냐 죽고 삶을 어찌하리.

---

3) '상군' 은 상강에 빠져 죽은 순 임금의 아내.

4) '논밭이 황폐해지니 전원으로 돌아간다' 는 뜻. 당나라 시인 도잠陶潛이 벼슬을 버리고 고향으로 돌아가면서 지은 '귀거래사歸去來辭' 의 한 구절이다.

5) 장한張翰이란 사람이 고향의 농어 생각이 나서 고향으로 돌아갔다는 고사를 인용한 것이다.

6) 범려范蠡가 월왕越王을 도와 오吳나라를 멸망시켰으나 월왕이 어질지 못함을 알고 오호五湖에서 배를 타고 고향으로 돌아간 것을 말한다.

죽을 고비 삼 일 만에 닻을 올려 노 저으며
물길 천 리 다 지나니 추자섬이 여기로다.
섬 안으로 들어가니 적막하기 그지없네.
사방을 돌아봐도 나를 알 이 뉘 있으리.
보이나니 바다요 들리나니 물소리라.
물과 바다 갈린 뒤에 모래 모여 섬이 되니
추자섬 있는 것은 하늘의 뜻 아니런가.
바닷물로 성을 쌓고 구름으로 문을 지어
세상이 끝났으니 인간 세상 아니로다.
풍도섬[7]이 어드메뇨 지옥이 여기로다.
어디로 가잔 말고 뉘 집으로 가잔 말고.
눈물이 앞을 가려 걸음마다 엎어진다.
이 집에 가 의지할까 가난하다 핑계하고
저 집에 가 주인할까 연고 있다 핑계하네.
이집 저집 아무 덴들 귀양 온 이 뉘 좋달꼬.
관력官力으로 핍박하여 부득이 맡았으니
관리에게 못 한 말을 만만할손 내게 하네.
세간 그릇 홀던지며 역정 내어 하는 말이
"저 나그네 헤아리소 주인 아니 불쌍한가.
이집 저집 잘사는 집 한두 집이 아니어든
관인들은 뇌물 받고 손님네는 욕을 먹어
구태여 내 집으로 연분 있어 와 계신가.
내 살림 담박한 줄 보시고도 모르실까.

---

7) 도가에서 '지옥'을 이르는 말.

앞뒤에 논밭 없고 물속에서 생계 이어
앞 언덕에 고기 낚아 웃녘에 장사 가니
물 가운데 보리 섬이 믿을 것이 아니로세.
우리 집 세 식구도 밥 먹기 어렵거든
양식 없는 나그네는 무엇 먹고 살려는고."
집이라고 서 볼손가 기어들고 기어 나며
방 한 칸에 주인 들고 나그네는 잘 데 없네.
띠자리 한 닢 주어 처마 밑에 거처하니
찬 땅에 습기 차고 짐승도 많고 많다.
한 발 넘는 구렁이 뼘이 넘는 청지네들
좌우에 둘렀구나 무섭고도 징그럽다.
서산에 해 지고 그믐밤 어두운데
남북촌 두세 집에 솔불이 희미하다.
어디서 슬픈 소리 이내 근심 더하는고
포구에서 배 떠나니 노 젓는 소리로다.
눈물로 밤을 새워 아침에 조반 드니
덜 쓿은 보리밥에 무장덩이 한 종지라.
한 술을 떠서 보고 큰 덩이 내려놓네.
그도 저도 아주 없어 사이사이 굶는구나.
여름날 긴긴날에 배고픔을 어이하랴.
의복을 돌아보니 한숨이 절로 난다.
남방 땡볕 찌는 날에 빨지 못한 누비바지
땀이 배고 때가 올라 굴뚝 막은 덕석인가.
덥고 검은 것 다 버리고 냄새를 어이하리.
어와 내 일이야 가련히도 되었구나.

손잡고 반기는 집 내 아니 가옵더니
등 밀어 내치는 집 구차히 앉아 있노.
진수성찬 어디 가고 보리밥에 소금 국물
비단옷 어디 가고 누더기 옷 입었는고.
이 몸이 살았는가 죽어서 귀신인가.
말하니 살았으나 모양은 귀신이다.
한숨 끝에 눈물 나고 눈물 끝에 한숨이라.
돌이켜 생각하니 어이없어 웃음 난다.
이 모양이 무슨 일고 미친 사람 되었구나.
어화 보릿가을 되었는가.

앞산 뒷산에 황금빛이로다.
남풍이 자주 불어 보리 물결 치는구나.
지게를 벗어 놓고 보리 속에 묻히어서
한가히 베는 농부 묻노라 저 농부야
밥 위에 보리술을 몇 그릇 먹었느냐.
청풍에 취한 얼굴 깨인들 무엇 하리.
연년이 풍년 드니 해마다 보리 베어
마당에 두드려서 방아에 쓸어 내고
일 푼은 밥쌀 하고 일 푼은 술쌀 하여
밥 먹어 배부르고 술 먹어 취한 뒤에
배부르고 즐거워서 태평가를 부르나니
농부의 저런 흥미 이런 줄 알았더면
공명을 탐하지 말고 농사에 힘쓸 것을
백운이 즐거운 줄 청운이 알았으면
꽃 찾는 벌과 나비 그물에 걸렸으랴.

어제는 옳던 일이 오늘에야 그르다고
뉘우치는 마음이 없다고만 하라마는
범 물릴 줄 알았더면 깊은 산에 들어가며
떨어질 줄 알았더면 나무 위에 올랐으랴.
천동할 줄 알았더면 잠깐 누樓에 올랐으랴.
파선할 줄 알았더면 배에 가득 실었으랴.
실수할 줄 알았더면 내기 장기 벌렸으랴.
죄지을 줄 알았더면 공명을 탐냈으랴.
산진매 수진매와 해동청 보라매가
수림 속에 날아들어 꿩 한 놈을 차고 날 제
아깝다 걸리었다 두 날개 걸리었다.
먹는 것이 탐이 나서 가시에 걸리었다.
어화 민망하다 주인 박대 민망하다.
아니 먹은 헛주정에 욕설조차 꺼림 없네.
혼잣말로 군말하듯 나 들으라 하는 말이
"건넛집 나그네는 정승의 아들이요
판서의 아우인데 나라에 죄를 짓고
이 섬에 들어와서 여기 사람 일을 배워
고기 낚기 나무 베기 자리 차기 신 삼기와
보리 동냥하여다가 주인 양식 보태는데
어떤 이는 무슨 일로
하루 이틀 몇 날 돼도 공밥만 먹으려노.
쓰자 하는 열 손가락 꼼짝도 아니하고
걷자 하는 두 다리는 놀리지도 아니하네.
썩은 나무에 박은 끌인가 전당 잡힌 촛대런가.

종 찾는 양반인가 빚 받는 주인인가.
성이 다른 집식군가 풋낯의 친구런가.
양반인가 상인인가 병인인가 반편인가.
꽃이라서 두고 보며 괴석이라 놓고 볼까.
은혜 끼친 일이 있어 특명으로 먹으려나.
저 지은 죄 내 알던가 저의 설움 뉘 알던가.
밤낮으로 우는 소리 한숨짓는 슬픈 소리
듣기에 역증 나고 보기에 귀찮도다."
이 소리 몇 번 들어 통분키도 하다마는
풍속을 보아하니 그 모양이 놀랍다.
인륜이 없으니 아비 아들 싸움이요
남녀를 안 가리니 계집의 등짐이라.
사투리가 괴이하니 귀한 손님 아올쏘냐.
다만 아는 것은 손꼽아 주먹셈에
둘다섯 홀다섯 뭇다섯 꼽기로다.
포악과 탐욕이 예의염치 되었으매
푼돈 곡식으로 효제충신 삼아 있고
한둘 공덕으로 지극한 효성 알았으니
부모에게 아침저녁 문안하는 법이 없고
나갈 때도 돌아와도 돈 모으는 벙어리라.
나라 교양 못 미치니 오랑캐의 행동이네.
인심이 아니어든 인사범절 책망하랴.
내 귀양 아니라면 이런 모양 보았으랴.
조그마한 실개천에 발이 빠진 소경님도
눈먼 것만 한탄하고 개천 원망 안 하나니

주인 가려 짖는 개를 꾸짖어 무엇 하리.
할 수 없이 살아 나갈 방도를 생각하고
고기 낚기 하자 하니 물멀미를 어찌하며
나무 베기 하자 하니 힘 모자라 어찌하며
자리 치기 신 삼기도 모르니 어찌하리.
어화 할 수 없다 동냥이나 하여 보자.
망건 벗어 갓 숙이고 남자 웃옷 띠 끄르고
총만 남은 헌 짚신에 세살부채로 얼굴 가리고
담배 없는 빈 담뱃대 소일조로 가지고서
비슥비슥 걷는 걸음 걸음마다 눈물 난다.
세상 인사 꿈이로다 내 일 더욱 꿈이로다.
엊그제는 부귀자요 오늘 아침 빈천자라
부귀자가 꿈이런가 빈천자가 꿈이런가.
장주 호접[8] 황홀하니 어느 것이 정 꿈인가.
한단지몽[9] 꿈인가 남양 초려[10] 큰 꿈인가.
화서몽 칠원몽[11]에 좋은 꿈을 깨고 나서
불길한 꿈 이러하니 새벽을 기다린다.
가난한 집 지나치고 넉넉한 집 몇 집인고.
사립문 안에 들자 할까 마당에를 섰자 하랴.

---

8) '장주'는 장자. 장자가 꿈에 호랑나비가 되어 훨훨 날아다니다가 깨서는, 자기가 꿈에 호랑나비
　가 되었는지 호랑나비가 꿈에 장자가 되었는지 모르겠다고 한 이야기에서 나온 말이다. 《장자》
　에 실려 있다.
9) 부귀영화가 덧없음을 이르는 말.
10) 제갈공명이 살던 집으로, 남양에 있는 초가집.
11) '화서몽'은 황제皇帝가 낮잠을 자다가 꿈속에서 화서 나라에서 놀며 태평한 시절을 보았다는 데
　서 온 말로, 낮잠을 뜻하기도 한다. '칠원몽'은 장자가 나비가 된 꿈을 이르는 말이다.

철없는 어린아이 소 같은 젊은 계집
손가락질하여 가며 귀양다리 온다 하니
어와 괴이하다 다리 지칭 괴이하다.
구름다리 징검다리 돌다리 토다리라.
춘정월 십오야 대보름 밤 밝은 달에
장안 시장 열두 다리 다리마다 바람 불어
옥병과 금동이는 다리다리 술상이요
여러 사람 노랫소리 다리다리 풍류로다.
윗다리 아랫다리 썩은 다리 헛다리
철물다리 판자다리 두 다리 돌아들어
중촌中村[12]을 올라 광통다리 굽은다리 수표다리
효경다리 마전다리 아량위 곁다리라
도로 올라 중학다리 다리 내려 향다리요
동대문 안 첫다리며 서대문 안 학다리
남대문 안 수각다리 모든 다리 밝은 다리
이 다리 저 다리 금시초문 귀양다리
수종다리 습증다린가 천생이 병신인가.
아마도 이 다리는 헛디디어 병든 다리
두 손길 느려 치면 다리에 가까우니
손과 다리 멀다 한들 그 사이가 얼마이랴.
한 층을 조금 높여 손님이라 하여 주렴.
부끄럼이 먼저 나니 동냥 말이 나오더냐.
긴 손가락 입에 물고 아니 나는 헛기침에

---

12) 서울 성안 한복판에 중인中人들이 살던 구역.

허리를 굽힐 제는 공손한 인사로다.
내 허리 가벼워서 종 보고도 절이로다.
내 인사 순서 없이 종에게 존대로다.
혼잣말로 중중하니 굶주린 중 들어오나
그 집 사람 눈치 알고 보리 한 말 떠서 주네.
가져가오 불쌍한 이 귀양 동냥 예사오니
당면하여 받을 제는 마지못한 치사로다.
그렁저렁 얻은 보리 들고 가기 어려우니
어느 노비 날라 주리 아무커나 져 보리라.
갓은 숙여지려니와 홑 중치막 어찌할꼬.
주변이 으뜸이라 변통을 아니하랴.
넓은 소매 구기질러 품속으로 넣고 보니
긴 등거리 제법이라 괴상치는 아니하다.
아마도 꿈이로다 일마다 꿈이로다.
동냥도 꿈이로다 등짐도 꿈이로다.
뒤에서 당기는 듯 앞에서 미는 듯
아무리 구부려도 자빠지니 어찌하리.
멀지 않은 주인집을 천신만고 겨우 오니
어른 앞의 출입인가 땀이 나서 등 젖누나.
"양반도 하릴없네 동냥도 하시었고
귀인도 속절없네 등짐도 지시었고
밥 싼 노릇 하오시니 저녁밥 많이 먹소."
주인 웃음도 듣기 싫고 많은 밥도 먹기 싫다.
동냥도 한 번이지 빌긴들 매양 하랴.
평생에 처음이요 다시 못 할 일이로다.

차라리 굶을진정 이 노릇은 못 하리라.
무슨 일을 하잔 말고 신 삼기나 하자 하고
짚 한 단 추려다가 신날부터 꼬아 보니
종이 노[13]도 모르거든 새끼 꼬기 어이 알리.
다만 한 발 다 못 꼬아 손바닥이 부르트니
할 수 없이 내려놓고 긴 삼대를 벗겨 내어
자리 노를 배워 꼬니 한스러운 이내 마음
붙일 데 전혀 없어 노 꼬기에 붙이었다.
날이 가고 밤이 새니 어느 시절 되었는고.
오동잎 떨어지고 가을바람 쓸쓸하니
따오기는 날아가고 푸른 하늘 한 빛일 제
노란 국화 단풍잎들 비단 휘장 되었으며
만산 초목이 잎잎마다 붉어 있고
새벽 서리 치는 날에 외기러기 슬피 우니
외로운 손 먼저 듣고 님 생각이 새로워라.
보고지고 보고지고 님의 얼굴 보고지고
나래 돋힌 학이 되어 날아가서 보고지고
만리장천 구름 되어 떠나가서 보고지고
낙락장송 바람 되어 불어 가서 보고지고
오동추야 달이 되어 비추어나 보고지고
분벽사창 가는 비 되어 뿌려서나 보고지고
가을 봄 몇몇 해를 님 모시고 있다가
만 가지 시름 속에 소식조차 끊어지니

---

13) 종이를 꼬아 만든 노끈.

철석간장 아니어든 그리움을 견딜쏘냐.
어화 못 잊겠네 님을 그려 못 잊겠네.
용문검 태아검에 비수검 손에 쥐고
청산 속의 벽계수를 힘껏 베어도
끊어지지 아니하고 한데 이어 흐르나니
물 베는 칼도 없고 정 베는 칼도 없네.
물 끊기도 어려우니 마음 끊기 어이하리.
칼자국 나지 않고 맑은 물만 흐리며
물이 바다 되고 바다가 물이 되도
님 그리는 마음이야 변할 길이 있을쏘냐.
내 이리 그리운 줄 아는지 모르는지
내 아니 잊었거든 님이 설마 잊었으랴.
구름이 흩어져도 모일 때가 있었으니
된서리 차다 한들 이슬비가 아니 오랴.
울음 울어 떠난 님을 웃음 웃어 만나고저
이리저리 생각하니 가슴속에 불이 난다.
간장이 다 타니 무엇으로 끄잔 말고.
끄기가 어려울손 오장의 불이로다.
하늘 물을 얻어 오면 끌 수도 있으련만
알고도 못 얻으니 혀가 밭아 말이 없네.
차라리 쾌히 죽어 이 설움을 잊자 하고
포구 가에 홀로 앉아 종일토록 통곡하며
물에 빠져 죽자 함도 한 번 두 번 아니오며
겹겹이 문을 닫고 온갖 것을 다 버리고
굶어서 죽자 함도 한 번 두 번 아니오며

일각 삼추 더디 가니 이 고생을 어찌할꼬.
문 앞에 개 짖으니 나 내놓을 문서 왔나.
반겨서 바라보니 황어 파는 장사로다.
바다에 배가 오니 용서 받을 공문 오나.
일어서서 바라보니 고기 낚는 어선이라.
하루도 열두 시에 몇 번을 기다린고.
설움 모여 병이 되니 백 가지 병 한데 난다.
배고파 허기증과 몸 추워 냉병이요
잠 못 들어 현기 나고 조갈증은 만성이라.
술로 든 병이라면 술을 먹어 고치오며
님으로 든 병이라면 님을 만나 고치나니
공명으로 든 병에는 공명하여 고치잔들
화살 맞고 놀란 새가 살받이에 앉자 하랴.
신농씨 꿈에 만나 병 고칠 약을 물어
청심환 회심단에 강심탕을 얻었던들
천금준마 잃은 뒤에 외양간을 고침이라.
대장간 일 다 배우자 눈 어두운 모양일다.
어화 이사이에 해 벌써 저물었다.
맑은 가을 다 지나고 엄동이 되단 말가.
강촌에 눈 날리고 북풍이 울부짖어
산 밑에도 산 위에도 설경이 되었으니
십이루 오경은 일실로 통하도다.
저 건너 높은 산에 홀로 섰는 저 소나무
눈서리에 굴치 않음 내 이미 알았나니
광풍이 아무런들 겁낼 것이 없거니와

도끼 멘 저 초부야 행여나 찍으리라.
동백화 피는 꽃은 눈 속에 붉었으니
눈 덮인 서울이 학의 볏과 비슷하다.
엊그제 그런 바람 간밤의 이런 눈에
높은 절개 고운 빛의 변화가 없었으니
봄바람에 도리화는 도리어 부끄럽다.
어와 한데에서 눈바람을 어찌하리.
버선 신발 다 없으니 발이 시려 어이하리.
하물며 찬 데 누워 얼어 죽기 잠시로다.
주인의 힘을 빌어 방 반 칸에 의지하니
흙바람벽 발랐은들 종이 맛을 아올쏜가.
벽마다 틈이 벌어 틈마다 벌레로다.
구렁 지네 섞였는데 약한 벌레 저어하랴.
굵은 벌레 주워 내고 작은 벌레 던져 주네.
대를 얽어 문을 하고 헌 자리로 가리니
작은 바람 가리어도 큰 바람 어찌하리.
섬 안의 나무 모아 조석밥 겨우 짓네.
가난한 손의 방에 불김이 쉬울쏘냐.
섬거적 뜯어 펴니 비단 요 되었거늘
개가죽 추겨 덮고 비단 이불 삼았어라.
사람 없는 빈 방 안에 게발 물어 던지듯이
새우잠 곱송그려 긴긴밤 새워 날 제
위로 한기 들고 아래로 냉기 올라
이름은 온돌이나 한데만도 못하고
온몸이 얼음 되어 추워서 절로 떨 제

귀신 보내는 솟대런가 과녁 맞은 살대런가.
비껴 부는 바람에 떨며 우는 문풍진가.
옷에 달린 찬란한 보패 속의 금나빈가.
사랑 만나 안고 떠나 겁난 끝에 놀라 떠나
양생법을 모르거든 이 부딪는 건 무슨 일고.[14]
눈물 흘러 베개 젖어 얼음 조각 버석인다.
새벽닭 홰홰 우니 반갑다 닭의 소리
궁궐문 열리기를 기다리고 있던 때라.
새로이 눈물짓고 장탄식하는 때에
동창이 이미 밝고 아침 해가 높았으니
게을리 일어앉아 굽은 다리 펴 볼 적에
삭정이를 패는 듯 마디마디 소리 난다.
돌담뱃대 잎난초를 소똥불에 붙여 물고
양지를 따라 앉아 옷의 이 주워 낼 제
아니 빗어 엉킨 머리 두 귀밑을 덮어 있네.
내 형상 가련하다 그려 내어 보고파라.
그 그림에 색을 먹여 그리운 데 보내고저.
이 정의情誼 깊은 정을 만에 하나 옮기시면
오늘날 이 고생은 꿈속 일 되련마는
기러기 지난 후에 편지도 못 전하니
강과 산이 천만 겹에 내 그림을 뉘 전하리.
사랑겹다 햇빛이여 얼었던 몸 녹는구나.

---

14) 이를 튼튼하게 하기 위해 아래위 이를 마주 쫓는다. 여기서는 추위에 몸이 떨려 아래위 이가 맞
   쫓어지는 것을 스스로 비웃은 것.

백 년을 쪼인들 싫다고야 하랴마는
어이 한 조각 구름 이따금 그늘지니
찬 바람 지나칠 제 볕을 가려 애처롭다.
오늘도 해가 지니 이 밤을 어찌 샐꼬.
이 밤을 지낸 뒤 오는 밤을 어찌하리.
잠이라고 없거들랑 밤이나 짧든지
허구한 밤이 오고 밤마다 잠 못 들어
그리운 이 생각하고 살뜰히 애태울 제
목숨이 부지하여 밥 먹고 살았는가.
인간 만물 생긴 중에 낱낱이 헤어 보니
모질고 단단한 이 나밖에 또 있는가.
깊은 산중 호랑이가 모질기 나 같으며
독 깨치는 철몽둥이 단단하기 나 같으랴.
가슴이 터지니 터지거든 구멍 뚫어
고모창자 세살창 완자창을 갖추어
이같이 답답할 제 여닫아나 보고지고
어화 어찌하리 설마 한들 어찌하리.
세상 귀양 나뿐이며 인간 이별 나 혼자랴.
소무의 북해 고생[15] 돌아올 때 있었으니
내 홀로 이 고생을 오래도록 설마 하랴.
무슨 일에 마음 붙여 이 설움을 잊어 볼까.
짧은 낫 손에 쥐고 뒷동산에 올라가니
바람 서리 섞여 친 데 온갖 나무 쓸쓸하고

---

15) 소무는 전한의 정치가로, 흉노에 사신으로 갔다가 잡혀 십구 년 동안 억류되었다가 귀국했다.

푸른 대는 제 홀로 봄빛을 띠었도다.
곧은 대 베어 내어 가지째 다듬으니
한 발가웃 낚싯대라 좋은 품이 되리로다.
청올치 꼰 줄에 낚시 매어 둘러메고
이웃집 아이들아 오늘은 날이 좋다.
샛바람 아니 불고 물결이 고요하여
고기가 물 때로다 낚시질 함께 가자.
헌 갓을 제껴 쓰고 짚신을 조여 신고
낚시터로 내려가니 냇놀이 한가롭다.
이 주변 산천이 붉은빛을 띠었으니
만경창파가 오로지 금빛이라.
낚시를 들이치고 무심히 앉았으니
큰 은빛 물고기 절로 와 무는구나.
구태여 낚으랴 취미를 붙임이라.
낚싯대를 떨구니 잠든 갈매기 다 놀란다.
갈매기야 날지 마라 너 잡을 내 아니다.
네 본래 영물이라 내 마음 모를쏘냐.
평생에 그리던 님 천 리에 이별하니
사랑함도 좋거니와 그리움을 못 이기네.
수심이 첩첩하여 마음을 둘 데 없어
흥 없는 낚싯대를 실없이 던졌으니
고기도 물잖거든 하물며 너 잡으랴.
그래도 모르거든 네게 있는 긴 부리로
내 가슴 쪼아 헤쳐 붉은 마음 내어 놓고
자세히 살펴보면 하마 거의 알리로다.

공명도 다 던지고 나라 은혜 갚으려니
태평 세상 백성 되어 너 쫓아 예 왔노라.
날 보고 날지 마라 네 벗이 되오리라.
갈매기와 수작하니 저녁 햇빛 창창하다.
낚싯대의 줄 거두어 낚은 고기 꿰어 들고
강촌으로 돌아들어 주인집 찾아오니
문 앞에 짖던 개가 날 보고 꼬리 친다.
난감한 내 고생이 오랜 줄 아는지
짖던 개 아니 짖고 임자로 되는구나.
반나절을 잊은 시름 자연히 고쳐 내니
아마도 이내 시름 잊을 길 어려워라.
강천에 달 지고 은하수 기울도록
등불은 어디 가고 눈을 감고 앉았는고.
도를 닦는 노승인가 경을 읽는 맹인인가.
팔도강산 어느 절에 중 소경 뉘 보았는고.
누운들 잠이 오며 기다린들 님이 오랴.
내 셈이 무슨 셈일꼬 이다지 많던고.
남경 장사 북경 가니 곱절 장사 남겼는가.
북경 장사 남경 가니 반절 장사 밑졌는가.
이헴 저헴 아무 헴도 그만 헤면 다 헤려니
헤다가 다 못 헤니 무한한 헴이로다.
끝없이 맺힌 설움 누굴 찾아 하소할꼬.
남초가 벗이 되어 내 설움 위로하니
먹고 떨고 담아 부쳐 한 무릎에 사오 대라.
현기 나고 두통 나니 설움 잠깐 잊힌단들

오래기야 오랠쏜가 홀연 다시 생각하니
이 일이 무슨 일고 내 몸 어이 예 왔는고.
고향을 어디 두고 이 섬에 들어왔는고.
오량각 어디 두고 반 칸 방에 의지했노.
안팎 별장 어디 두고 밭고랑의 빈터이며
세살창 어디 가고 죽창문을 닫았으며
벽에 붙인 글 어찌하고 흙바람벽 되었으며
산수 병풍 어디 가고 갈발 한 떼 둘렀으며
각장장판 어디 가고 갈자리를 깔았으며
경주 탕건 어디 가고 더벅머리 되었으며
안팎 버선 어디 가고 붉은 맨발 되었으며
노루가죽 신 어디 가고 막 삼은 신 신었으며
조반 점심 어디 가고 하루 한 끼 어려우며
사환 노비 어디 가고 고용살이 되단 말고.
아침이면 마당 쓸기 저녁이면 불 때기
볕이 나면 소똥 치기 비가 오면 도랑 치기
들어가면 집 지키기 보리 멍석 새 날리기
번화한 거처 사치한 의복 나도 전에 하였더니
좋은 음식 맛난 맛은 하마 거의 잊었어라.
설움에 싸여 있어 날 가는 줄 몰랐는데
철없는 아이들이 묻지 않은 말을 하며
한 밤 자면 섣달그믐 떡국 먹고 윷 놀자네.
아이 말을 믿으랴 바람결로 들었더니
남녘 이웃 북녘 집에 떡 치는 소리 들리거늘
손을 꼽아 헤어 보니 오늘밤이 그믐일세.

타향에서 명절맞이 이뿐이 아니로다.
귀밑머리 희어져서 또 한 해 되는구나.
새해를 맞게 됨이 이 한 밤뿐이런가.
어와 진정 그렇던가 저녁 밥상 그렇던가.
예 못 보던 네모 반盤에 수저 갖춰 장김치에
쌀밥 대접 인정 많고 생선 토막 풍성하다.
그래도 설이로다 배부르니 설이로다.
고향을 떠나온 지 어제인가 알았더니
내 이별 내 고생이 지난해 일 되었구나.
어화 섭섭하다 정초 문안 섭섭하다.
고향의 부모님들 백발이 더하셨나.
독수공방 피는 꽃은 얼마나 늦었을까.
다섯 살에 떠난 자식 여섯 살이 되었구나.
내 아니고 남이라도 내 설움은 서러우리.
천 리 먼 곳 이별 후에 해 벌써 바뀌도록
그리운 집 소식을 꿈에나 들었을까.
구름 낀 산에 막혔는 듯 강과 바다가 가렸는 듯
창가에서 매화꽃 소식 물어볼 길 전혀 없네.
바닷길 일천 리가 멀기도 하려니와
약수弱水 삼천 리에 파랑새가 편지 전하고
은하수 구만 리에 까막까치 다리 놓고
북해의 기러기는 상림원16)에 날아가니
집 소식 어이하여 이다지 막혔는고.

---

16) 중국 장안 서쪽에 있는 곳이나, 여기서는 임금이 있는 곳을 말한다.

꿈에나 혼이 가서 고향을 보련마는
원수의 잠이 올 제 꿈인들 아니 꾸랴.
흐르나니 눈물이요 짓나니 한숨이라.
눈물인들 한이 있고 한숨인들 끝이 있지.
내 눈물이 모였으면 추자섬이 생겼으며
이 한숨이 쌓였으면 한라산을 덮었으리.
해안에 해 떨어지고 어촌에 연기 날 제
사공은 어디 가고 빈 배만 매었는고.
산 위의 휘파람 소리 소 모는 아이로다.
황소는 산을 내려와 외양간 찾아오고
자는 새는 숲을 찾아 옛집으로 날아드니
짐승들도 집이 있어 돌아갈 줄 알았는가.
사람은 무슨 일로 돌어갈 줄 모르는고.
뵈는 것이 다 서럽고 듣는 것이 다 슬프니
귀먹고 눈 어두워 듣고 보지 말아야지.
이 설움 오랠 줄을 분명히 안다면
할 일을 결단하여 만사를 잊으려니
나 죽은 무덤 위에 논을 갈지 밭을 갈지
혼백의 길이야 있을는지 없을는지
시비 분별이야 없을는지 있을는지
비가 올지 눈이 올지 바람 불어 소리칠지
높고 높은 하늘의 뜻을 알기가 어려워라.
마디마디 간장이 굽이굽이 썩는구나.
간밤에 불던 바람 여러 산에 비 뿌리니
섣달 추위가 봄빛을 품었는 듯

믿음직한 천지 마음 봄을 절로 알게 하니
나무나무 잎이 피고 가지가지 꽃이로다.
방초는 무성한데 봄바람 소리 들리거늘
눈 씻고 일어앉아 창문을 열어 보니
창가 앞에 피어난 꽃 웃는 듯하구나.
반갑다 저 꽃이여 예 보던 꽃이로다.
한양의 성안에 저 봄빛 한가지요
고향의 동산 위에 이 꽃이 피었는가.
지나간 해 그날에 피어 웃던 꽃이런가.
술동이의 술을 따라 꽃 꺾어 셈을 하고
장진주將進酒 노래하며 무진무진 먹자 할 제
즐거운 마음으로 저 꽃을 보았더니
올해 이날에 눈물 뿌려 보는구나.
아침에 부족한 밥 낮 못 되어 시장하니
작은 잔에 탁주가 값없이 쉬울쏜가.
내 고생 슬픔 속에 저 꽃을 다시 보니
전년 꽃 올해 꽃 꽃빛은 한가지나
전년 사람 올해 사람 인사는 다르도다.
인생의 고락이 잠깐 사이 꿈이로다.
이렁저렁 허튼 근심 다 후리쳐 던져 두고
옷 그리워하는 설움 목전 설움 난감하다.
한 벌 의복 입은 후에 춘하추동 다 지나니
아마도 이런 옷은 내 옷밖에 또 없으리.
여름에 하 더울 제 겨울을 바랐더니
겨울이 하 추우니 도로 여름 생각나네.

쓰오신 망건인가 입으신 철갑인가.
네 계절 중에서도 봄가을만 있든지.
발꿈치 드러나니 그는 족히 견디어도
바지 밑 터졌으니 이 아니 민망한가.
내 손수 깁자 하니 기울 것 바이없네.
애꿎은 실이로다 이리 얽고 저리 얽고
고기 그물 걸어맨 듯 꿩의 눈 찍어맨 듯
바느질 솜씨 그지없고 손재간도 사치롭다.
이전에 적던 식량 커지기는 어쩐 일고
한 술에 요기하고 두 술에 물리더니
한 그릇 담은 밥은 주린 범의 가재로다.
아침 밥 저녁 죽이면 부자 노인 부러우랴.
아침은 죽이더니 저녁은 그도 없네.
못 먹어 배고프니 허리띠 탓이런가.
허기져 깊어진 눈 뒤통수에 닿았구나.
정신이 아득하니 운무에 싸였는가.
한 됫박 쾌히 지어 술까지 먹고지고.
이러한들 어찌하며 저러한들 어찌하리.
천만 가지 고생을 아무런들 어찌하리.
의복이 족한 뒤에 예절을 알 것이고
기한飢寒이 자심하면 염치를 모르나니
궁하면 하는 행위 옛사람이 이른 바라.
갓을 벗지 않음은 선비의 예절이요
굶주려도 변심 모름은 장부의 도리로다.
질풍이 일어난 후에 굳센 풀을 아나니

궁하면 더 굳어져 공명에 뜻이 없고
서른 날에 아홉 끼니 먹으나 못 먹으나
십 년에 한 번 관을 쓰거나 못 쓰거나
염치를 모를쏜가 예절을 버릴쏜가.
내 생애 내 벌어서 구차를 면차 하니
처음에 못 하던 일 나중에 다 배운다.
자리 치기 먼저 하자 틀을 꽂아 내려놓고
바늘대를 뽑내면서 바디를 드놓을 제
두 어깨 무거워지고 팔과 목이 부러질 듯
받은 삯 삭이려니 젖 먹던 힘 다 쓰인다.
멍석 한 닢 결어 내니 보리 닷 말 수공이라
도래방석 틀었으니 돈 다섯 푼이 값이로다.
약한 근력 억지로 부지런을 피우자니
손부리에 피가 나서 종이 골무 얼리도다.
이러고도 살자 하니 살자 하는 내 그르다.
실 같은 이 잔명을 끊음직도 하다마는
아마도 모진 목숨 내 목숨뿐이로다.
사람 목숨 지중함을 이제 와서 알리로다.
어느 누가 이르기를 세월이 약이라노.
내 설움 오랠수록 화약이나 아니 될까.
날이 지나 달이 가고 해가 지나 돌이로다.
지난해 베던 보리 올해 다시 베어 먹고
지난여름 낚던 고기 이 여름에 또 낚으니
새 보리밥 담아 놓고 가슴 막혀 못 먹겠네
뛰던 고기 회를 친들 목이 메어 들어가랴.

서러움도 남다르고 못 견딤도 별다르니
내 고생 한 해 함은 남의 고생 십 년이라.
흉이 가고 길이 될까 고생 끝에 낙은 언제
하느님께 비나이다 이 설움을 비나이다.
달력도 해묵으면 고쳐 쓰지 아니하고
노여움도 밤이 가면 풀어져 버리나니
세상일도 묵어지고 인사도 묵었으니
만 가지 일 씻어 버리고 그만저만 용서하사
끊어진 옛 인연을 고쳐 잇게 하옵소서.

만언사 답

여보소 손님네야 설운 말 그만 하소.
미친 사람 말이라도 성인은 가리시니
시골말이 무식하나 내 말을 들어 보소.
천지 인간 큰 기틀에 존비귀천 가려 내어
하루 한때 근심 없어 다 즐길 이 뉘 있을꼬.
하늘에도 변화 있어 일식 월식 하옵고
바다에도 진퇴 있어 밀물 썰물 있으며
춘하추동 사계절도 때맞추어 돌아오니
부귀에도 풀칠하여 몸에 붙여 두었으며
공명인들 끈을 달아 옆에 채워 있을쏜가.
손님 팔자 좋다 한들 한결같이 다 좋으며
잘살다가 고생해도 고생인들 매양 할까.

고관대작과 왕족의 자손도
갖은 고생 다 지내고 은혜 입어 올라갔네.
이런 고생 당함이 손님뿐 아니어늘
그대도록 설워하며 저대도록 애를 썩여
귀양살이 애쓰다가 쾌히 죽어 모르자니
물에 빠져 죽자는가 굶어서 죽으려나.
스스로 목 찌르려나 독약 마셔 죽으려나.
설운 사람 다 죽으면 조선 사람 반이 되고
귀양 가서 다 죽으면 섬 귀양이 뉘 있을꼬.
녹음방초 우거진 데 두견 슬피 우는 골에
만고 영웅 묻힌 산이 몇몇인 줄 모르나니
설워 죽은 시체 없고 애써 죽은 분묘 없네.
손님 얼굴 보아하니 피골상접 하였세라.
종이 붙인 배롱인가 두 눈 박은 수숫댄가.
시오 리에 장승¹⁾인가 열나흘 날 제웅인가.
지성 잃은 미친 인가 정신 잃은 병인인가.
검은 눈 희게 뜨고 북녘을 바라볼 제
밭 가운데 새 날리는 허수아비 모양이네.
죽지는 않았어도 병이 깊이 배었으니
이병 저병 천만 병에 그린 상사 더치는가.
천 리 타향 외로우나 물 한술 뉘 떠 주며
천하 명의 다시 와도 손님 병은 할 수 없네.
호호탕탕 뜬 혼백이 망향대를 지나갈 제

---

1) 십 리마다 길가에 세운 이정표.

죽은 이는 쾌타 하나 산 부모를 어이할꼬.
아들 죽어 깊은 슬픔 불효 아니 막심한가.
동생 하나 어리다니 부모 봉양 뉘가 할꼬.
생전 불효 뉘우치며 죽어 불효 마저 할까.
규중 속의 젊은 처는 그도 아니 가련한가.
평생 한 몸 의탁함이 손님에게 달렸다가
하루아침 이별하고 적적공방 홀로 있어
지금까지 산 것은 행여 다시 만나 볼까.
어린 아들 쓰다듬어 눈물 흘려 하는 말이
네 아버님 언제 올꼬 오시거든 절하여라.
맺힌 근심 살뜬 간장 마디마디 썩으면서
의복 버선 지어 두고 만나는 날 보랴 하고
삼시三時로 나가 보는 눈이 뚫어지게 되었다가
상여를 앞세우고 검은 관이 올라가면
바라는 데 끊쳐지고 한몸 아주 마치나니
그러하면 슬픈 눈물 하늘에 사무치리.
이생 저생 혼백인들 쾌한 마음 있을쏜가.
그때에야 뉘우친들 죽은 사람 다시 살까.
염라왕께 원정하고 인생 환생한다 한들
부모 어찌 알아보며 젊은 처 소용없네.
천만 가지 헤아리고 죽고 삶을 가리어서
죽은 후에 편타 말고 살아 고생 한때 하소.
인간 오복 첫째는 손님네도 모를지나
그릇한 일 뉘우쳐서 애달프다 너무 마소.
사람마다 성인 아닌데 옳은 일 쉬울쏜가.

지난 일은 관계 안 하나 내일을 취할지라.
내 인사를 닦은 후에 하늘 명을 기다리소.
가을철은 또 오나니 막힌 운수 오래일까.
대 끝에도 삼 년이니 잠깐 조금 기다리소.
어화 손님네야 다시 내 말 들어 보소.
그도 저도 다 버리고 망극 천은 잊으실까.
물고기 낚으면서 소일함도 천은이요
나무 베어 불을 때고 자는 것도 천은이요
북창 가에 누워 있어 한가함도 천은이요
만경창파 바람 불 제 바라봄도 천은이요
나아가도 천은이요 물러가도 천은이라
손님 몸 죽으면 큰 죄가 둘이로세.
부모를 잊으니 불효도 되려니와
하늘 은혜 또 잊으니 불충이 아니런가.
한 죄도 어렵거든 두 죄를 다 지으니
아무리 혼백인들 무엇이 되려 하나.
돌에 가 의지하여 돌귀신이 되려나.
물에 가 의지하여 물귀신이 되려나.
흙에 가 의지하여 흙귀신이 되려나.
여기저기 의지 없이 뜬귀신이 되려나.
이것저것 이름 없어 잡귀가 되려나.
이럭저럭 빌어 먹어 걸귀가 되려나.
아무것도 못 먹어서 아귀가 되려나.
두억시니 되려나 도깨비가 되려나.
적막공산 궂은비에 우는 귀신 되려나.

어화 손님네야 마음을 고쳐먹어
죽잔 말 다시 말고 살아 할 일 헤아리소.
손님 풀려 가시올 제 서울 구경 나도 가세.
강머리에 배 닿을 제 무슨 배가 닿을런가.
독대선에 왕대선에 큰 배에 대중선에
어망선에 거북선에 장도리에 거루선에
동서남북 부는 바람 무슨 바람 불런고.
북풍에 늦바람에 하늬바람 마파람에
다른 바람 불지 말고 남병산 칠성단에
제갈공명 빌던 바람 동남으로 일어나서
하늘에 뜬 구름을 서북으로 몰아갈 제
지국총 배 띄워라 어사와 돛 달아라.
물살 타고 혼자 끌어 무슨 노래 부를꼬.
상사별곡 춘면곡은 이별조라 그만두고
어부사에 말을 섞어 손님 지어 부르고
흥이 나서 하는 소리에 산수가 푸르러진 듯
배에 앉은 저 어부의 한 어깨 높았세라.
바다에 파도 없으니 성인의 시절이뇨.
산하의 굳음이여 만만세의 무궁이라.
금릉에 배 띄워 살구꽃 마을 향하는 듯
가을 칠월 좋은 밤에 소동파의 놀음인 듯
동정호 칠백 리에 악양루 어드메뇨.
두 물이 갈라지니 백로주白鷺洲 여기로다.[2]

---

2) 이백의 시 '등금릉봉황대登金陵鳳凰臺'의 한 구절이다.

삿대로 찌르던 일 옛일도 뚜렷하다.
하우씨의 홍수 다스림 공적도 크도다.
황룡이 부주하니 성인을 모르던가.
소상강 큰바람은 두 왕비의 신령이라.
진시황의 사나움 자기산은 무슨 일고.
범려의 오호주와 장한의 강동 감은
명철보신 하였노라 착한 체 자랑 마소.
임금을 싫다 함이니 옳은 일 아니로세.
후세에 유명하니 내 아니 부러워하리.
묻노라 동남동녀 불로초 캐었느냐.
있는 데 나도 가서 한 포기 캐어다가
구중궁궐의 우리 님께 드리옵고
남은 것 가져다가 부모님께 올리리라.
살같이 배가 빨라 수로 천 리 지척일다.
배 부쳐라 돛 지어라 육지 산천 둘러보소.
올 제 울고 보던 산을 오늘 웃고 보리로다.
기쁜 흥 못 이기어 명산대찰 찾으실 제
배진의 달마산은 미황사가 대찰이요
영암의 월출산은 도갑사가 큰 절이라.
주현 군읍 지나가며 남방 풍경 열람하니
건지산을 다시 보고 계룡산을 고쳐 지나
경기 남산 반가워라 손님 보고 마주 웃네.
동작강 배 저어라 십 리 사장 얼른 지나
돌모루 지나치고 청파 다리 넘어 들어
숭례문을 들어가니 오색구름 어린 곳에

기린 봉황 넘노는 듯 은은한 빛 떠 있구나.
주야불망 바라면서 그리던 곳 아니런가.
천세 불러 머리 조아리고 만세무강 축수하네.
장안 시장 즐비하고 태평 기상 번화하다.
방방곡곡 돌아드니 손님 집이 저기로세.
부모처자 마주 나와 손을 잡고 반겨하니
울음 끝에 웃음 나고 지낸 고생 허사로다.
충성 다해 보답하니 부모 봉양 절로 되네.
백부 은정 잊지 말고 귀한 아들 성취하니
정든 처와 한가지로 영화 부귀 누릴 제
이때 고생 이 설움을 잊지 말고 외웠다가
잔 잡고 웃으면서 옛말을 할 적에
그때 내 말 생각하고 옳다고 하시리.
이말 저말 시골말이 열 되들이 정말이라.

원문

어와 벗님네야 이내 말씀 들어 보소.
인생 천지간에 그 아니 느꺼운가.
평생을 다 살아도 다만지 백 년이라.
하물며 백 년이 반듯기 어려우니
백구지과극白駒之過隙[1]이요 창해지일속滄海之一粟[2]이라.

---

1) 흰 망아지가 달려가는 것을 문틈으로 보다. 그만큼 세월이 빨리 흘러 인생이 덧없음을 비유한 말.

역려건곤逆旅乾坤에 지나가는 손이로다.

빌어온 인생이 꿈의 몸 가지고서

남아男兒의 하올 일을 역력히 다하여도

풀끝에 이슬이라 오히려 덧없거든

어와 내 일이야 광음光陰을 헤어 보니

반생이 채 못 되어 육륙에 둘이 없네.

이왕已往 일 생각하고 즉금卽今 일 헤아리니

번복翻覆도 측량 없다 승침昇沈도 하도 할샤

남대되 그러한가 내 홀로 이러한가.

아모리 내 일이나 내 역시 내 몰라라.

장우단탄長吁短歎 절로 나니 도중상감島中傷感뿐이로다.

부모생아父母生我 하오실 제 죽은 나를 낳으시니

부귀공명 하려던지 절도고생絶島苦生 하려던지

천명이 기압던지 선방으로 시험한지

일주야一晝夜 죽은 아해 홀연히 살아나네.

평생 길흉 점복占卜할 제 수부강녕壽富康寧 가졌으니

귀양 간 적 있었으며 이별순들 있었으랴.

빛난 채의彩衣 몸이러니 노래자老萊子를 효칙效則하여

부모 앞에 어린 채로 시름없이 자라더니

어와 기박하다 나의 명도命途 기박하다.

십일 세에 자모상慈母喪에 호곡애통號哭哀痛 혼절昏絶하니

그때나 죽었더면 이때 고생 아니 보리.

한 번 세상 두 번 살아 인생 행락 하랴던지

종천지통終天之痛[3] 슬픈 눈물 매봉가절每逢佳節 몇 번인고.

---

2) '적벽부'의 한 구절로, 푸른 바다 속의 좁쌀이라는 뜻.

3) 하늘이 무너지는 듯한 슬픔. 부모님이 돌아가심을 말한다.

십 년 양육 외가 은공 호의호식 그렸으랴.

잊은 일도 많다마는 봉공무하奉公無瑕 함이로다.

어진 자당慈堂 들어오셔 임사지덕姙姒之德[4] 가지시니

맹모孟母의 삼천지교三遷之教 일마다 법이로다.

증모曾母의 투저投杼함[5]은 날 믿고 않으시리.

설리雪裏에 읍죽泣竹함[6]은 지성이 감천이요

백이伯夷의 부마함은 효자의 할 바로다.

입신立身하여 양명揚名함은 문호의 광채로다.

행세의 으뜸 일이 글밖에 또 있는가.

동서고금 옛글을 세세히 숙독하고

자자字字이 외웠으니 짓긴들 아니하랴.

삼월 춘풍三月春風 화류시花柳時와 구추 황국九秋黃菊 단풍절丹楓節에

소인묵객騷人墨客 벗이 되어 음풍영월 일삼을 제

당시唐詩의 조격이요 송명시宋明詩의 재치로다.

문여필文與筆이 한가지라 어느 것이 다를쏜가.

짓기도 하려니와 쓰긴들 아니하랴.

번화감제 부벽서付壁書와 사치공자奢侈公子 병풍서屛風書를

왕우군王右軍의 진체晉體런가 조맹부趙孟頫의 촉체蜀體런가.

여러 가지 잘하기로 일시 재동才童 일컫더니

오매구지寤寐求之 요조숙녀窈窕淑女 전전반측輾轉反側 생각하니

---

4) 태임太姙은 주 문왕周文王의 어머니이고 태사太姒는 주 문왕의 아내로, 어진 덕을 갖추었음을 뜻
하는 말이다.

5) 공자의 제자인 증자의 어머니가 베를 짜고 있는데 사람이 와서 아들 증자가 사람을 죽였다고 하자
처음에는 믿지 않았으나 다른 사람이 또 와서 같은 말을 했다. 같은 말을 세 번 거듭 듣자 의심이
생겨 베 짜던 북을 던지고 피했다고 한다. 이것은 거짓말도 여러 번 듣게 되면 참말로 믿게 된다는
것을 말한다.

6) 옛날에 맹종이라는 효자가 어머니가 즐기는 참대 순을 얻기 위해 겨울에 대밭에 나가서 울었더니
참대 순이 돋아났다는 이야기가 있다.

동방화촉洞房華燭 늦어간다 이십 전에 유실有室이라.

유한정정幽閑貞靜 법을 받아 삼종지의三從之義 알았으니

내조에 어진 처는 성가成家할 징조로다.

유인 유덕有人有德 우리 백부伯父 구세동거九世同居 효칙하여

일가지내一家之內 한데 있어 감고우락甘苦憂樂 같이 하니

의식 분별 뉘 알던가 세간 구차 나 몰라라.

입신양명 길을 찾아 권문 귀택權門貴宅 어디어디

장군 문하 막빈幕賓인가 승상 부중丞相中 기실喜室인가.

천금준마 환소첩千金駿馬換少妾은 소년 놀이 더욱 좋다.

자긍맥상 번화성自矜陌上繁華聲⁷⁾은 나도 잠깐 하오리라.

이전 마음 전혀 잊고 호심 광흥豪心狂興 절로 난다.

백마 왕손白馬王孫 귀한 벗과 유협 경박遊俠輕薄 다 따른다.

무릉 장대武陵將臺 천진교天津橋도 명승지라 알려지나

삼청 운대三淸雲臺 광통곤들 놀이처가 아니런가.

화조월석花朝月夕 빈 날 없이 주사청루酒肆靑樓 거닐 적에

만준 향료滿樽香料 진취盡醉하고 절대가인絕代佳人 침닉沈溺하여

취대 나군翠黛羅裙 고운 태도 청가 묘무淸歌妙舞 희롱할 제

풍류 호사風流好士 그 뉘신고 주중 선군酒中仙君 부러하랴.

만사무심萬事無心 잊었더니 일조 홀연 양심 나네.

소년 놀이 그만하자 부모 근심 깊으시다.

맥상 번화陌上繁華 자랑 마라 구리 화도究理華道 늦어간다.

옛 마음 다시 나서 하던 공부 고쳐 하여

밤을 새워 낮을 이어 일시 불철不輟하는고야.

---

7) '끌끌하게 맥상가陌上歌 소리 높이 부르는 소리'라는 뜻이다. '맥상가'는 한 여인이 뽕잎을 따다
가 왕이 겁탈하려 하자 자신의 곧은 마음을 노래로 부른 것이다. 여기서는 방탕하게 노는 모습으
로 썼다.

부모 봉양 하랴던지 내 몸 위한 일일는지
수삼 년을 각고刻苦하니 무식지인無識之人 면하거다.
어와 바랐으랴 꿈결에나 바랐으랴.
어악원御樂院에 들어가서 금문 옥계金門玉階 문을 열어
디미니 천하온 몸이 천문天門 근처 바랐으리.
금의錦衣를 몸에 감고 옥식玉食을 베고 있어
부귀에 싸였으며 번화에 잠겼세라.
일진 겸대一陣兼帶 삼사 처는 궁임宮任뿐이 아니로다.
복과재생福過災生이라 소심봉공小心奉公 잘못하여
삭관퇴거削官退去 하온 후에 칠일 옥중獄中 지내오니
곱던 의복 무색하고 좋은 음식 맛이 없네.
망극천은罔極天恩 가이없어 희극환비喜極還悲 눈물난다.
어와 과분하다 천은도 과분하다.
궁임 겸대 망극천은 생각사록 과분하다.
번화 부귀 고쳐 하고 금의옥식 다시 하여
장안 도상長安途上 너른 길로 비마경구肥馬輕裘 다닐 적에
소비친척 강위친疎卑戚親强爲親은 예로부터 일렀나니
여기 가도 손을 잡고 저기 가도 반겨 하니
입신立身도 되다 하고 양명揚名도 하다 하리.
만사여의萬事如意 하였으니 막비 천은莫非天恩 모를쏘냐.
충즉 진명忠則盡命 알았으니 쇄신 보국碎身報國 하랴던지
졸부귀猝富貴가 불상不祥이라 곧마 복중 되것구나.
극성즉필패極盛則必敗하고 흥진즉비래興盡則悲來니라.
다 오르면 내려오고 가득하면 넘치나니
호사好事가 다마多魔하고 조물이 시기한지
인간 작죄人間作罪 많이 하여 화전충화花田衝火[8] 되었는지
청천백일 맑은 날에 뇌성벽력 급히 치니

삼혼칠백三魂七魄 날아나서 천지 인사 아올쏘냐.

여불 승의如不勝衣 약한 몸에 이십오 근 칼을 쓰고

수쇄 족쇄手鎖足鎖 하온 후에 사옥司獄 중에 들단 말가.

나의 죄를 헤아리니 여산 여해如山如海 하것구나.

아깝다 내 일이야 애닯다 내 일이야.

평생 일심一心 원하기를 충효 겸전忠孝兼全하잤더니

한 번 일을 그릇하고 불충불효 다 되것다.

회서자이막급悔逝者而莫及이라 뉘우친들 무삼 하리.

등잔불 치는 나비 저 죽을 줄 알았으면

어디서 식록지신食祿之臣이 죄 짓자 하랴마는

대액大厄이 당전當前하니 눈조차 어둡구나.

마른 섶을 등에 지고 열화烈火에 듦이로다.

재가 된들 뉘 탓이리 살 가망 없다마는

일명一命을 구하시어 해도海島에 보내시니

어와 성은聖恩이야 갈수록 망극하다.

강두江頭에 배를 대어 부모 친척 이별할 제

슬픈 눈물 한숨 소리 막막 수운漠漠愁雲 머무는 듯

손잡고 이른 말씀 좋이 가라 당부하니

가슴이 막히거든 대답이 나올쏘냐.

여취여광如醉如狂하여 눈물로 하직이라.

강상江上에 배 떠나니 이별시離別詩가 이때로다.

산천이 근심하니 부자 이별 함이로다.

요도 일성搖棹一聲에 흐르는 배 살 같으니

일대 장강一帶長江이 어느덧 가로 서라

풍편에 우는 소리 긴 강을 건너오네.

---

8) '꽃밭에서 불이 일어난다'는 뜻으로, 기쁨 속에서 재앙이 일어나는 것을 가리키는 말.

행인도 낙루落淚하니 내 가슴 미어진다.

호부 일성呼父一聲 엎더지니 애고 소리뿐이로다.

규천 고지叫天告地 아무런들 아니 갈 길 되올쏘냐.

범 같은 관차官差들은 수이 가자 재촉하니

하릴없어 말께 올라 앞길을 바라보니

청산靑山은 몇 겹이며 녹수綠水는 몇 굽인고.

넘도록 뫼이어늘 건너도록 물이로다.

석양은 재를 넘고 공산이 적막한데

녹음은 우거지고 두견杜鵑이 제혈啼血하니

슬프다 저 새소리 불여귀不如歸는 무삼 일고.

네 일을 이름이냐 내 일을 이름이냐.

가득히 허튼 근심 눈물에 젖었어라.

만수萬水에 연쇄連鎖하니 내 근심 머금은 듯

천림千林에 노결露結하니 내 눈물 뿌리는 듯

뜨던 말 재게 하니 앞 참站은 어드메고.

높은 재 반겨 올라 고향을 바라보니

창망한 구름 속에 백구 비거白鷗飛去뿐이로다.

경기 땅 다 지나고 충청도 다다르니

계룡산 높은 뫼를 눈결에 지나것다.

열읍列邑의 관문關文9) 받고 골골이 점고點考하여

은진을 넘어 드니 여산은 전라도라.

익산 지나 전주 들어 성시산림城市山林 들어 보니

반갑다 남문 길이 장안도 의연依然하다.

백각전百角殿 벌어지니 종각鐘閣도 지나는 듯

한벽당寒碧堂 소쇄瀟灑한데 조일朝日이 높았세라.

---

9) 조선 시대에 관청들이 주고받던 공문서.

만가萬家 골 너른 들에 장천長天이 비꼈세라.

금구 태인 정읍 지나 장성 역마驛馬 갈아타고

나주 지나 영암 들어 월출산을 돌아드니

만 이천 봉이 반공半空에 솟았는 듯

일국지명산一國之名山이라 경치도 좋다마는

내 마음 어득하니 어느 겨를 살펴보리.

천관산天觀山을 가리키고 달마산達磨山을 지나가니

불분주야不分晝夜 몇 날만에 해변으로 오단 말가.

바다를 바라보니 파도도 흉용洶湧하다.

가이없는 바다이요 한없는 파도로다.

태극 조판太極肇判 하온 후에 천지 광대하다거늘

하늘 아래 없사옴이 땅이런가 알았더니

즉금卽今으로 볼 양이면 천하이 다 물이로다.

바람도 쉬어 가고 구름도 멈춰 가네.

나는 새도 못 넘을 데 제를 어이 가잔 말고.

때마침 서북풍이 내 길을 재촉는 듯

선두船頭에 있는 백기白旗 동남을 가리키니

천석 실은 대중선大中船에 쌍돛을 높이 달고

건장한 도사공이 뱃머리에 높게 서서

지곡총 한 곡조를 어사와로 화답하니[10]

마디마디 처량하다 적객謫客 심회 어떠할꼬.

회수 장안回首長安 돌아보니 부운 폐일浮雲蔽日 아니 뵌다.

나 가는 길 어인 길고 무삼 일로 가는 길고.

불로초 구하려고 삼신산三神山을 찾아가나

동남동녀童男童女 아니어든 방사方士 서불徐市 따라가랴.

---

10) '지국총'과 '어사와'는 '어부가' 후렴구에 나오는 말이다.

동정호洞庭湖 밝은 달에 악양루岳陽樓 오르려나.

소상강瀟湘江 궂은비에 조상군弔湘君 하려는가.

전원田園이 장무將蕪하니 귀거래歸去來 하옵는가.

노어회鱸魚膾 살졌으니 강동거江東去 하옵는가.

오호주五湖舟 홀리저어 명철보신 하려는가.

긴 고래 잠깐 만나 백일승천白日昇天 하려는가.[11]

부모처자 다 버리고 어드로 혼자 가노.

우는 눈물 소沼이 되어 대해수大海水를 보태인다.

어디서 일편 흑운黑雲 홀연 광풍 무삼 일고.

산악 같은 높은 물결 뱃머리를 둘러치네.

크나큰 배 조리 젓듯 오장육부 다 나온다.

천은 입어 남은 목숨마저 진케 되겠구나.

초한 건곤楚漢乾坤[12] 한 영중營中에 장군기신將軍其身 되려니와

서풍 낙일西風落日 멱라수汨羅水에 굴 삼려屈三閭[13]는 불원不願이라.

차역 천명此亦天命 하릴없다 일생일사一生一死 어찌하리.

출몰 사생出沒死生 삼주야三晝夜에 노 지우고 닻을 지니

수로水路 천 리 다 지나니 추자섬이 여기로다.

도중島中으로 들어가니 적막하기 태심太甚하다.

사면으로 돌아보니 날 알 리 뉘 있으리.

보이나니 바다히요 들리나니 물소리라

벽해상전碧海桑田 갈린 후에 모래 모여 섬이 되니

추자섬 생길 제는 천작지옥天作地獄이로다.

해수海水로 성城을 싸고 운산雲山으로 문을 지어

---

11) 이백이 고래를 타고 하늘로 올라갔다는 것인데, 채석강에 빠져 죽은 것을 말한다.

12) 진나라 말 항우와 유방이 싸우던 세상.

13) 초나라 사람 굴원屈原은 충신이었으나 참소를 받자 멱라수에 빠져 죽었다.

세상이 끊쳤이니 인간은 아니로다.

풍도섬이 어드메뇨 지옥이 여기로다.

어디로 가잔 말고 뉘 집으로 가잔 말고.

눈물이 가리니 걸음마다 엎어진다.

이 집에 가 의지하자 가난하다 핑계하고

저 집에 가 주인하자 연고 있다 칭탈하네.

이집 저집 아무 덴들 적객謫客 주인 뉘 좋달고.

관력官力으로 핍박하고 세부득이勢不得已 맡았으니

관차官差더러 못 한 말을 만만할손 내가 듣네.

세간 그릇 흩던지며 역정 내어 하는 말이

저 나그네 헤어 보소 주인 아니 불쌍한가.

이 집 저 집 잘사는 집 한두 집이 아니어든

관인들은 인정人情 받고 손님네는 혹언酷言 들어

구태여 내 집으로 연분 있어 와 계신가.

내 살이 담박한 줄 보시다야 아니 알까.

앞뒤에 전답 없고 물속으로 생애하여

앞 언덕에 고기 낚아 웃녘에 장사 가니

삼망 얻어 보리 섬이 믿을 것이 아니로세.

신겸 처자身兼妻子 세 식구의 호구糊口하기 어렵거든

양식 없는 나그네는 무엇 먹고 살려는고.

집이라고 서 볼쏜가 기어들고 기어나며

방 한 칸에 주인 들고 나그네는 잘 데 없네.

띠자리 한 닢 주어 첨하檐下에 거처하니

냉지에 누습漏濕하고 즘생도 하도 할사.

발 남은 구렁배암 뼘 남은 청지네라.

좌우로 둘렀으니 무섭고도 징그럽다.

서산에 일락하고 그믐밤 어두운데

남북촌 두세 집에 솔불이 희미하다.
어디서 슬픈 소리 내 근심 더하는고.
별포別浦에 배 떠나니 노 젓는 소리로다.
눈물로 밤을 새워 아침에 조반 드니
덜 쓿은 보리밥에 무장덩이 한 종자라.
한 술을 떠서 보고 큰 덩이 내어 놓고
그도 저도 아주 없어 굶을 적이 간간이라.
여름날 긴긴날에 배고파 어려워라.
의복을 돌아보니 한숨이 절로 난다.
남방 염천 찌는 날에 빨지 못한 누비바지
땀이 배고 때가 올라 굴뚝 막은 덕석인가.
덥고 검기 다 버리고 내암새를 어이하리.
어와 내 일이야 가련히도 되었구나.
손 잡고 반기는 집 내 아니 가웁더니
등 밀어 내치는 집 구차히 빌어 있어
옥식 진찬玉食珍饌이 어데 가고 맥반 염장麥飯鹽漿 대하오니
금의 화복錦衣華服 어데 가고 현순백결懸鶉百結 하였는고.
이 몸이 살았는가 죽어서 귀신인가.
말하니 살았으나 모양은 귀신일다.
한숨 끝에 눈물 나고 눈물 끝에 한숨이라.
도로혀 생각하니 어이없어 웃음 난다.
이 모양이 무슴 일고 미친 사람 되었구나.
어와 보릿가을 되었는가.
전산 후산에 황금빛이로다.
남풍은 때때 불어 보리 물결 치는구나.
지게를 벗어 놓고 전간田間에 굼닐면서
한가히 베는 농부 묻노라 저 농부야

밥 위에 보리술을 몇 그릇 먹었느냐.

청풍에 취한 얼굴 깨인들 무엇 하리.

연년이 풍년 드니 해마다 보리 베어

마당에 뚜드려서 방아에 쓸어 내어

일 푼은 밥쌀 하고 일 푼은 술쌀 하여

밥 먹어 배부르고 술 먹어 취한 후에

함포고복含哺鼓腹하여 격양가擊壤歌를 부르나니

농부의 저런 흥미 이런 줄 알았더면

공명을 탐치 말고 농사를 힘쓸 것을

백운이 즐거운 줄 청운이 알았으면

탐화봉접探花蜂蝶이 그물에 걸렸으랴.

어제는 울던 일이 오늘이야 왼 줄 아니[14]

뉘우쳐 하는 마음 없다야 하랴마는

범 물릴 줄 알았으면 깊은 뫼에 들어가며

떨어질 줄 알았으면 높은 낡에 올랐으랴.

천동天動할 줄 알았으면 잠간 누樓에 올랐으랴.

파선破船할 줄 알았으면 전세 대동田稅大同 실었으랴.

실수할 줄 알았으면 내가 장기 벌였으랴.

죄 지을 줄 알았으면 공명 탐貪차 하였으랴.

산진매 수진매와 해동청 보라매가

심수 총림深樹叢林 숙여 들어 산계야목山鷄野鶩 차고 날 제

아깝다 걸리었다 두 날개 걸리었다.

먹기에 탐심貪心 나서 형극荊棘에 걸리었다.

어와 민망하다 주인 박대 민망하다.

아니 먹은 헛주정에 욕설조차 비경非驚하다.

---

14) 그른 줄 아니.

혼잣말로 군말하듯 나 들으라 하는 말이
건넛집 나그네는 정승의 아들이요
판서의 아우로서 나라에 득죄하고
절도絶島에 들어와서 이전 말은 하도 말고
여기 사람 일을 배워 고기 낚기 나무 베기
자리 치기 신 삼기와 보리 동냥 하여다가
주인 양식 보태는데 한 군데는 무슨 일로
하루 이틀 몇 날 되되 공한 밥만 먹으려노.
쓰자 하는 열 손가락 꼼짝이도 아니하고
걷자 하는 두 다리는 움작이도 아니하네.
썩은 낡에 박은 끌가 전당 잡은 촛대런가.
종 찾으런 양반인가 빚 받으런 채주債主런가.
동이성同異姓의 권당眷黨인가 풋낯의 친구런가.
양반인가 상인인가 병인인가 반편인가.
화초라고 두고 보며 괴석怪石이라 놓고 볼까.
은혜 끼친 일이 있어 특명으로 먹으려나.
저 지은 죄 내 알던가 저의 설움 뉘 알던가.
밤낮으로 우는소리 한숨지고 슬픈 소리
듣기에 즈즐하고 보기에 귀찮으다.
한 번 듣고 두 번 듣고 통분키도 하다마는
풍속을 보아하니 해연駭然히 막심하다.
인륜이 없었으니 부자父子의 싸움이요
남녀를 불분하니 계집의 등짐이라
방언이 괴이하니 존객尊客인들 아올쏘냐.
다만지 아는 것이 손꼽아 주먹헴에
둘다섯 홑다섯 뭇다섯 곱기로다.
포학과 탐욕이 예의염치 되었으매

푼전 승흡斤合으로 효제충신孝悌忠信 삼아 있고

한둘 공덕으로 지효至孝로 알았으니

혼정신성昏定晨省은 보리 담은 대독이요

출필고 반필면出必告反必面[15]은 돈 모으는 벙어리라

왕화王化가 불급不及하니 견융犬戎의 행사行事로다.

인심이 아니어든 인사를 책망하랴.

내 귀양 아니러면 이런 모양 보았으랴.

조고마한 실개천에 발을 빠진 소경님도

눈먼 줄만 한탄하고 개천 원망 안 하나니

임자 아녀 짖는 개를 꾸짖어 무엇 하리.

아마도 하릴없어 생애를 생각하고

고기 낚기 하자 하니 물머리를 어찌하며

나무 베기 하자 하니 힘 모자라 어찌하며

자리 치기 신 삼기는 모르거든 어찌하리.

어와 할 일 없다 동냥이나 하여 보자.

탈망건 갓 숙이고 홑 중치막 띠 끄르고

총만 남은 헌 짚신에 세살부채 차면遮面하고

남초 없는 빈 담뱃대 소일조로 가지고서

비슥비슥 걷는 걸음 걸음마다 눈물 난다.

세상 인사 꿈이로다 내 일 더욱 꿈이로다.

엊그제는 부귀자요 오늘 아침 빈천자라.

부귀자 꿈이런가 빈천자 꿈이런가.

장주 호접莊周胡蝶 황홀하니 어느 것이 정 꿈인고.

한단지몽邯鄲之夢 꿈인가 남양 초려南陽草廬 큰 꿈인가.

---

15) 《예기禮記》에서 유래된 고사성어로, '나갈 때는 반드시 아뢰고, 돌아오면 반드시 얼굴을 뵌다'
는 뜻. 부모에 대한 자식의 도리를 말한다.

화서몽華胥夢 칠원몽漆園夢에 남가일몽南柯一夢[16] 깨고 나서
몽중 흥사凶事 이러하니 새벽 대길 하오리라.
가난한 집 지나치고 넉넉한 집 몇 집인고.
사립문을 들자 할까 마당에를 섰자 하랴.
철없는 어린아이 소 같은 젊은 계집
손가락질 가리키며 귀양다리 온다 하니
어와 고이하다 다리 지칭 고이하다.
구름다리 징검다리 돌다리 토다리라.
춘정월 십오야 상원야 밝은 달에
장안 시상長安市上 열두 다리 다리마다 바람 불어
옥호 금준玉壺金樽은 다리다리 배반杯盤이요
적성 가곡積聲歌曲은 다리다리 풍류로다.
윗다리 아랫다리 썩은 다리 헛다리
철물다리 판자다리 두 다리 돌아들어
중촌中村을 올라 광통다리 굽은다리 수표다리
효경다리 마전다리 아량위 곁다리라.
도로 올라 중학中學다리 다리 내려 향다리요
동대문 안 첫다리며 서대문 안 학다리
남대문 안 수각다리 모든 다리 밟은 다리
이 다리 저 다리 금시초문 귀양다리
수종다리 습다린가 천생이 병신인가.
아마도 이 다리는 실족하여 병든 다리
두 손길 느려 치면 다리에 가까우니
손과 다리 멀다 한들 그 사이 얼마 치리.
한 층을 조금 높여 손이라 하여 주렴.

---

16) 꿈과 같이 헛된 한때의 부귀영화를 이르는 말.

부끄럼이 먼저 나니 동냥 말이 나오더냐.
장가락 입에 물고 아니 가는 헛기침에
허리를 굽힐 제는 공손한 인사로다.
내 허리 가이없어 비부婢夫에게 절이로다.
내 인사 차서 없이 종에게 존대로다.
혼잣말로 중중하니 주린 중 들어온가.
그 집 사람 눈치 알고 보리 한 말 떠서 주며
가져가오 불쌍하고 적객 동냥 예사오니
당면하여 받을 제는 마지못한 치사로다.
그렁저렁 얻은 보리 들고 가기 어려우니
어느 노비 수운輸運하리 아무러나 져 보리라.
갓은 숙여 지려니와 홑 중치막 어찌할꼬.
주변이 으뜸이라 변통을 아니하랴.
넓은 소매 구겨질러 품속으로 넣고 보니
긴 등거리 제법이라 하 괴상치 아니하다.
아마도 꿈이로다 일마다 꿈이로다.
동냥도 꿈이로다 등짐도 꿈이로다.
뒤에서 당기는 듯 앞에서 미옵는 듯
아무리 구부려도 자빠지니 어찌하리.
멀지 않은 주인집을 천신만고 겨우 오니
존전尊前의 출입인가 한출첨배汗出沾背 하는고야.
양반도 하릴없네 동냥도 하시었고
귀인도 속절없네 등짐도 지시었고
밥 싼 노릇 하오시니 저녁밥 많이 먹소.
네 웃음도 듣기 싫고 많은 밥도 먹기 싫다.
동냥도 한 번이지 빌긴들 매양 하랴.
평생에 처음이요 다시 못 할 일이로다.

차라리 굶을진정 이 노릇 못 하리라.

무삼 일을 하잔 말고 신 삼기나 하자 하고

짚 한 단 추려다가 신날부터 꼬아 보니

종이노도 모르거든 새끼 꼬기 어이 알리.

다만 한 발 다 못 꼬아 손바닥이 부르트니

하릴없어 내어놓고 긴 삼대를 벗겨 내어

자리 노를 배워 꼬니 천수만한千愁萬恨 이내 마음

붙일 데 전혀 없어 노 꼬기에 붙이었다.

날이 가고 밤이 새니 어느 시절 되었는고.

오동梧桐이 엽락葉落하고 금풍金風이 소슬하니

하목夏騖은 제비齊飛하고 추천秋天은 일색一色일 제

황국 단풍黃菊丹楓이 금수장錦繡帳이 되었으며

만산 초목이 잎잎마다 추성秋聲이라.

새벽 서리 치는 날에 외기러기 슬피 우니

고객孤客이 먼저 듣고 님 생각이 새로워라.

보고지고 보고지고 님의 얼굴 보고지고.

나래 돋힌 학이 되어 날아가서 보고지고.

만리장천 구름 되어 떠나가서 보고지고.

낙락장송 바람 되어 불어 가서 보고지고.

오동추야 달이 되어 비추이나 보고지고.

분벽사창粉壁紗窓 세우細雨 되어 뿌려서나 보고지고.

추월 춘풍秋月春風 몇몇 해를 주야 불리晝夜不離 하옵다가

전신만수轉身萬愁 머나먼데 소식조차 돈절頓絶하니

철석간장鐵石肝腸 아니어든 그리움을 견딜쏘냐.

어와 못 잊을다 님을 그려 못 잊을다.

용문검 태아검에 비수검 손에 쥐고

청산리 벽계수를 힘까지 베히어도

끊어지지 아니하고 한데 이어 흐르나니

물 베히는 칼도 없고 정 베히는 칼도 없네.

물 끊기도 어려우니 마음 끊기 어이하리.

용문지적龍文之跡[17] 가벼웁고 옥정지수玉井之水 흐리우며

상전桑田이 벽해碧海 되고 벽해가 상전 되나

님 그리는 마음이야 변할 길이 있을쏘냐.

내 이리 그리운 줄 아오시나 모르시나.

내 아니 잊었거든 님이 설마 잊었으랴.

풍운이 흩어져도 모도일 때 있었으니

엄상嚴霜이 차다 한들 우로雨露가 아니 오랴.

울음 울어 떠난 님을 웃음 웃어 만나고저.

이리저리 생각하니 가슴 속에 불이 난다.

간장이 다 타오니 무엇으로 끄잔 말고.

끄기가 어려울쏜 오장의 불이로다.

천상수天上水를 얻어 오면 끌 법도 있건마는

알고도 못 얻으니 혀가 밭아 말이 없네.

차라리 쾌히 죽어 이 설움을 잊자 하고

포구 사변浦口沙邊 혼자 앉아 종일토록 통곡하며

망해투사望海投死 하려 함도 한 번 두 번 아니오며

적적寂寂 중문中門 굳이 닫고 천사 만상千思萬想 다 버리고

불식아사不食餓死 하려 함도 한 번 두 번 아니오며

일각 삼추一刻三秋 더디 가니 이 고생을 어찌할꼬.

시비柴扉에 개 짖으니 나를 놓을 관문關文인가.

반겨서 바라보니 황어 파는 장사로다.

바다에 배가 오니 사문赦文 가진 관선官船인가.

---

17) 용문검의 칼자국.

일어서서 바라보니 고기 낚는 어선이라.
하루도 열두 시에 몇 번을 기다린고.
설움 모여 병이 되니 백 가지 병 한데 난다.
배고파 허기증과 몸 추워 냉병이요
잠 못 들어 현기 나고 조갈증은 예증例症이라.
술로 드온 병이오면 술을 먹어 고치오며
님으로 든 병이오면 님을 만나 고치나니
공명으로 든 병에는 공명하여 고치잔들
활을 맞고 놀랜 새가 살받이에 앉자 하랴.
신농씨神農氏 꿈에 만나 병 고칠 약을 물어
청심환 회심단回心丹에 강심탕强心湯을 먹었은들
천금준마 잃은 후에 외양집을 고침이라.
갖은 성영 다 배우자 눈 어두운 모양일다.
어와 이 사이에 해 벌써 저물었다.
청추淸秋가 다 지나고 엄동嚴冬이 되단 말가.
강촌에 눈 날리고 북풍이 호노豪怒하여
산하 산상山下山上에 백옥경白玉景이 되었으니
십이루十二樓 오경五景을 일실一室로 통하도다.
저 건너 높은 뫼에 홀로 섰는 저 소나무
오상고절傲霜孤節은 내 이미 알았나니
광풍이 아무런들 겁날 것이 없거니와
도끼 멘 저 초부야 행여나 찍으리라.
동백화 피온 꽃은 눈 속에 붉었으니
설만 장안雪滿長安에 학정홍鶴頂紅과 의연하다.
엊그제 그런 바람 간밤의 이런 눈에
높은 절節 고운 빛이 고침이 없었으니
춘풍에 도리화는 도로혀 부끄럽다.

어와 외박外泊하니 설풍雪風에 어찌하리.

보선 신발 다 없으니 발이 시려 어이하리.

하물며 찬 데 누워 얼어 죽기 편시片時로다.

주인의 근력 빌어 방 반 간 의지하니

흙바람 발랐은들 종이맛 아올쏜가.

벽마다 틈이 벌어 틈마다 벌레로다.

구렁 지네 섞여 있어 약간 벌레 저어하랴.

굵은 벌레 주워 내고 작은 벌레 던져 주네.

대를 얽어 문을 하고 헌 자리로 가리우니

적은 바람 가리운들 큰바람 어찌하리.

도중島中의 나무 모아 조석밥 겨우 짓네.

간난한 손의 방에 불김이 쉬울쏘냐.

섬거적 뜯어 펴니 선단仙緞요가 되었거늘

개가죽 추켜 덮고 비단 이불 삼았세라.

적무인寂無人 빈 방 안에 게발 물어 던진 듯이

새우잠 곱송그려 긴긴밤 새워 날 제

우흐로 한기 들고 아래로 냉기 올라

이름은 온돌이나 한 데만도 못하고야.

육신이 빙상氷霜 되어 한전寒戰이 절로 날 제

송신送神하는 솟대런가 과녁 맞은 살대런가.

사풍세우斜風細雨 문풍진가 칠보 광의七寶光衣 금나빈가.

사랑 만나 안고 떠나 겁난 끝에 놀라 떠나

양생법養生法을 모르거든 고치叩齒조차 무삼 일고.

눈물 흘려 베개 젖어 얼음 조각 비석인가.

새벽닭 홰홰 우니 반갑다 닭의 소리

단봉문丹鳳門 대루원待漏院에 대개문待開門 하던 때라.

새로이 눈물지고 장탄식 하는 때에

동창東窓이 이명已明하고 태양이 높았으니
게을리 일어앉아 굽은 다리 펴올 적에
삭다리를 조기는 듯 마디마디 소리 난다.
돌담뱃대 잎남초를 쇠똥불에 붙여 물고
양지를 따라 앉아 옷에 이 주워 낼 제
아니 빗은 흩은 머리 두 귀밑을 덮어 있네.
내 형상 가련하다 그려 내어 보고지고.
오색단청五色丹靑 진케 메어 그리운 데 보내고저.
이 정의情誼 깊은 정을 만에 하나 옮기시면
오늘날 이 고생은 몽중사夢中事 되련마는
기러기 지난 후에 척서尺書도 못 전하니
초수오산楚水吳山 천만 첩에 내 그림을 뉘 전하리.
사랑홉다 이별이야 얼었던 몸 녹는구나.
백 년 골 쪼이온들 싫다야 하랴마는
어이 한 조각구름 이따금 그늘지니
찬바람 지나칠 제 볕을 가려 아쳐롭다.
오늘도 해가 지니 이 밤을 어찌 샐꼬.
이 밤을 지내 온 후 오는 밤을 어찌하리.
잠이라 없거들랑 밤이나 짜르거나
하고 한 밤이 오고 밤마다 잠 못 들어
그리운 이 생각하고 살뜰히 애 썩일 제
목숨이 부지하여 밥 먹고 살았으니
인간 만물 생긴 중에 낱낱이 헤어 보니
모질고 단단한 이 날밖에 또 있는가.
심산중深山中 백악호白岳虎가 모질기 날 같으며
독 깨치는 철몽둥이 단단하기 날 같으랴.
가슴이 터지 오니 터지거든 굵을 뚫어

고모 창자窓子 세살 창자窓子 완자창을 갖추 내어
이같이 답답할 제 여닫어나 보고지고.
어와 어찌하리 설마한들 어찌하리.
세상 귀양 나뿐이며 인간 이별 나 혼자랴.
소무蘇武의 북해北海 고생 돌아올 때 있었으니
내 홀로 이 고생을 귀불귀歸不歸 설마 하랴.
무삼 일에 마음 붙여 이 설움을 잊자 하리.
자른 낫 손에 쥐고 뒷동산 올라가서
풍상風霜이 섞어 친 데 만목萬木이 소슬하고
천고절千古節 푸른 대는 봄빛이 혼자로다.
곧은 대 베어 내어 가지 쳐 다듬으니
발가웃 낚싯대라 좋은 품이 되리로다.
청올치 꼬은 줄에 낚시 메어 둘러메고
이웃집 아희들아 오늘이 날이 좋다.
샛바람 아니 불고 물결이 고요하여
고기가 물 때로다 낚시질 함께 가자.
파립破笠을 잦게 쓰고 망혜芒鞋를 조여 신고
조대釣臺로 내려가니 냇놀이 한가롭다.
원근 산천이 홍일紅日을 띄었으니
만경창파萬頃蒼波에 오로지 금빛이라.
낚시를 들이치고 무심히 앉았으니
은린옥척銀鱗玉尺이 절로 와 무는구나.
구태여 취어取魚하랴 자취自趣를 취함이라.
낚대를 떨뜨리니 잠든 백구白鷗 다 놀란다.
백구야 날지 마라 너 잡을 내 아니다.
네 본데 영물이라 내 마음 모를쏘냐.
평생에 괴던 님을 천 리에 이별하니

사랑함도 좋거니와 그리움을 못 이기니

수심이 첩첩하여 마음을 둘 데 없어

흥 없는 일간죽一竿竹을 실없이 던졌으니

고기도 물잖거든 하물며 너 잡으랴.

그려도 모르거든 네게 있는 긴 부리로

내 가슴 쪼아 헤쳐 붉은 마음 내어 놓고

자세히 살펴보면 하마 거의 알 리로다.

공명도 다 던지고 성은을 갚으려니

성세盛世에 한민閑民 되어 너 좇아 예 왔노라.

날 보고 날지 마라 네 벗이 되오리라.

백구와 수작하니 낙일落日은 창창蒼蒼하다.

낚대의 줄 거두어 낚은 고기 꿰어 들고

강촌으로 돌아들어 주인집 찾아오니

문 앞에 짖던 개는 날 보고 꼬리 친다.

난감한 내 고생이 오랜 줄 가지可知로다.

짖던 개 아니 짖고 임자로 되는구나.

반일半日을 잊은 시름 자연히 고쳐 나니

아마도 이내 시름 잊을 길 어려워라.

강천江天에 월락月落하고 은하수 기울도록

방등房燈은 어데 가고 눈을 감고 앉았는고.

참선參禪하는 노승인가 송경誦經하는 맹인인가.

팔도강산 어느 절에 중 소경 누가 본가.

누운들 잠이 오며 기다린들 님이 오랴.

내 헴이 무슨 헴고 이다지 많삽던고.

남경 장사 북경 가니 곱절 장사 남겼는가.

북경 장사 남경 가니 반절 장사 밑졌는가.

이 헴 저 헴 아모 헴도 그만 혜면 다 혜려니

혜다가 다 못 혜니 무한한 혬이로다.

가없는 맺힌 설움 눌 찾아 하잔 말고.

남초가 벗이 되어 내 설움 위로하니

먹고 떨고 담아 부쳐 한 무릎에 사오 대라.

현기 나고 두통 나니 설움 잠간 잊히온들

오래기야 오랠쏜가 홀연 다시 생각하니

이 일이 무삼 일고 내 몸 어이 여기 온고.

번화 고향 어데 두고 적막 절도寂寞絶島 들어온고.

오량각五樑閣 어데 두고 두옥斗屋 반 간 의지한고.

안팎 장원莊園 어데 가고 밭고랑의 빈터이며

세살 창호 어데 가고 죽창문을 달았으며

서화 도벽書畵塗壁 어찌하고 흙바람 벽 되었으며

산수 병풍 어데 가고 갈밭 한 떼 둘렀으며

각장장판角壯壯版 어데 가고 갈자리를 깔았으며

경주 탕건宕巾 어데 가고 봉두난발蓬頭亂髮 되었으며

안팎 보선 어데 가고 다목발이 별거別居하며

녹피 당혜鹿皮唐鞋 어데 가고 육총 짚신 신었으며

조반 점심 어데 가고 일중日中하기 어려우며

사환使喚 노비 어데 가고 고공雇工이가 되단 말고.

아침이면 마당 쓸기 저녁이면 불 때이기

볕이 나면 쇠똥 치기 비가 오면 도랑 치기

들어가면 집 지키기 보리 멍석 새 날리기

거처 번화 의복 사치 나도 전에 하였더니

좋은 음식 맛난 맛은 하마 거의 잊었세라.

설움에 싸였으니 날 가는 줄 모르더니

혜엄 없는 아해들은 묻지도 않은 말을

한 밤 자면 제석除夕 오니 떡국 먹고 윷 놀자네.

아해 말을 신청信聽하랴 여풍如風다이 들었더니
남녘 이웃 북녘 집에 나병糯餠 소리 들리거늘
손을 꼽아 헤어 보니 오늘 밤이 제석일다.
타향의 봉가절逢佳節이 이뿐이 아니로다.
상빈霜鬢 명조明朝에 또 한 해 되는구나.
송구영신送舊迎新이 이 한 밤뿐이로다.
어와 상풍 그렇던가 저녁 밥상 그렇던가.
예 못 보던 네모 반盤에 수저 갖춰 장김치에
나락밥이 돈독하고 생선 토막 풍성하다.
그려도 설이로다 배부르니 설이로다.
고향을 떠나온 지 어제로 알았더니
내 이별 내 고생이 격년사隔年事 되었구나.
어와 섭섭하다 정초 문안 섭섭하다.
북당 쌍친北堂雙親이 백발이 더하시고
공규 화조空閨花朝는 얼마나 늦었는고.
오세五歲에 떠난 자식 육세아六歲兒 되었구나.
내 아니라 남이라도 내 설움은 설다 하리.
천 리 원별遠別에 해 벌써 바뀌도록
일자 가신一字家信을 꿈에나 들었을까.
운산雲山이 막혔는 듯 하해河海가 가렸는 듯
의창전依窓前 한매寒梅 소식 물어볼 길 전혀 없네.
바닷길 일천 리가 멀다도 하려니와
약수弱水 삼천 리에 청조靑鳥가 전신傳信하고
은하수 구만리에 오작烏鵲이 다리 놓고
북해상北海上 기러기는 상림원上林園에 날아나니
내 가신家信 어이하여 이다지 막혔는고.
꿈에나 혼이 가서 고향을 보련마는

원수의 잠이 올 제 꿈인들 아니 꾸랴.
흐르나니 눈물이요 지으나니 한숨이라
눈물인들 한이 있고 한숨인들 끝이 있지
내 눈물이 모였으면 추자섬이 생겼으며
이 한숨이 쌓였으면 한라산을 덮었으리.
해안에 낙조하고 어촌에 연기 날 제
사공은 어데 가고 빈 배만 매었는고.
산상山上 구적口笛 소리는 소 모는 아해로다.
황독黃犢은 하산下山하여 외양을 찾아오고
자는 새는 투림投林하여 옛집으로 날아드니
금수禽獸도 집이 있어 돌아갈 줄 알았는가.
사람은 무삼 일로 돌아갈 줄 모르는고.
뵈는 것이 다 설고 듣는 것이 다 슬프니
귀 먹고 눈 어두워 듣고 보지 말고라져.
이 설움 오랜 줄을 분명히 알 양이면
한 일을 결단하여 만사를 잊으려니
나 죽은 무덤 위에 논을 갈지 밭을 갈지
일도 혼백一道魂魄이야 있을는지 없을는지
시비 분별이야 없을는지 있을는지
비가 올지 눈이 올지 바람 불어 소리칠지
외외 천의巍巍天意를 알기가 어려워라.
촌촌 간장寸寸肝腸이 굽이굽이 썩는구나.
간밤에 불던 바람 천산千山에 비 뿌리니
구십 동군九十東君이 춘광春光을 자랑는 듯
미쁠손 천지 마음 봄을 절로 알게 하니
나무나무 잎이 피고 가지가지 꽃이로다.
방초芳草는 처처萋萋한데 춘풍 소리 들리거늘

눈 씻고 일어앉아 객창客窓을 열쳐 보니
창전窓前에 숙지화는 웃는 듯하였구나.
반갑다 저 꽃이여 예 보던 꽃이로다.
한양 성중에 저 봄빛 한가지요
고향 원상園上에 이 꽃이 피었는가.
간 해 오늘날에 웃음 웃어 보던 꽃은
청준淸樽의 술을 부어 꽃 꺾어 헴을 놓고
장진주將進酒 노래하여 무진무진 먹자 할 제
네 번화 즐김으로 저 꽃을 보았더니
올해 이날에 눈물 뿌려 보는 꽃은
아침에 나쁜 밥이 낮 못 되어 시장하니
박잔薄盞에 흐린 술이 값없이 쉬울쏜가.
내 고생 슬픔으로 저 꽃을 다시 보니
전년 꽃 올해 꽃은 꽃빛은 한가지나
전년 사람 올해 사람 인사는 다르도다.
인생 고락이 수유須臾간의 꿈이로다.
이렁저렁 헛튼 근심 다 후리쳐 던져 두고
의복 그려하는 설움 목전에 난감하다.
한 벌 의복 입은 후에 춘하추동 다 지나니
아마도 이런 옷은 내 옷밖에 또 없으리.
여름에 하 더울 제 겨울을 바랐더니
겨울이 하 추우니 도로 여름 생각나네.
쓰오신 망건인가 입으신 철갑인가.
사시에 하동夏冬 없이 춘추만 되었고저.
팔꿈치 드러나니 그는 족히 견디어도
바지 밑 터졌으니 이 아니 민망한가.
내 손소 깁자 하니 기울 것 바이없네.

애꿎은 실이로다 이리 얽고 저리 얽고

고기 그물 걸어맨 듯 꿩의 눈 찍어맨 듯

침재針才도 그지없고 수품手品도 사치롭다.

증전曾前에 적던 식량 크기는 어쩐 일고.

한 술에 요기하고 두 술에 물리더니

한 그릇 담은 밥은 주린 범의 가재로다.

조반석죽朝飯夕粥이면 부가옹富家翁 부러하랴.

아침은 죽이더니 저녁은 그도 없네.

못 먹어 배고프니 허리띠 탓이런가.

허기져 눈 깊으니 뒤꼭도 거의로다.

정신이 어득하니 운무雲霧에 쌓였는가.

한 되 밥 쾌히 지어 슬카지 먹고파저.

이러한들 어찌하며 저러한들 어찌하리.

천고 만상千苦萬相을 아무런들 어찌하리.

의복이 족한 후에 예절을 알 것이고

기한飢寒이 자심滋甚하면 염치를 모르나니

궁무소불위窮無所不爲함은 옛사람의 이른 바라.

사불관면士不冠免[18]은 군자의 예절이요

기불탁속飢不啄粟[19]은 장부의 염치로다.

질풍疾風이 분 연후에 경초勁草를 아옵나니

궁차익견窮且益堅하여는 청운에 뜻이 없어

삼순구식三旬九食을 먹으나 못 먹으나

십 년 일관一冠을 쓰거나 못 쓰거나

염치를 모를것가 예절을 버릴것가.

---

18) 선비는 관을 벗지 않는다는 말로, 선비는 언제 어디서고 항상 체면을 지켜야 한다는 뜻.

19) 봉황새가 천 길을 날면서 아무리 굶주려도 좁쌀 같은 하찮은 것은 먹지 않는다는 뜻.

내 생애 내 벌어서 구차를 면차 하니
처음에 못 하던 일 나중은 다 배운다.
자리 치기 먼저 하자 틀을 꽂아 내려놓고
바늘대를 뽑내면서 바디를 드놓을 제
두 어깨 물러나고 팔회목이 빠지는 듯
받은 삯 삭이려니 젖 먹던 힘 다 쓰인다.
멍석 한 닢 겯어 내니 보리 닷 말 수공이요
도래방석 하나 트니 돈 오 푼이 값이로다.
약한 근력 강작強作하여 부지런히 내자 하니
손부리에 피가 나서 종이 골무 열이로다.
이렇고도 살려 하니 살려 하는 내 그르다.
실 같은 이 잔명을 끊음직도 하다마는
아마도 모진 목숨 내 목숨뿐이로다.
인명이 지중함을 이제 와 알리로다.
누구셔 이르기를 세월이 약이라노.
내 설움 오랠수록 화약이나 아니 될까.
날이 지나 달이 가고 해가 지나 돌이로다.
상년에 베던 보리 올해 고쳐 베어 먹고
지난 여름 낚던 고기 이 여름에 또 낚으니
새 보리밥 담아 놓고 가슴 막혀 못 먹으니
뛰던 고기 회를 친들 목이 메어 들어가랴.
설워함도 남에 없고 못 견딤도 별로 하니
내 고생 한 해 함은 남의 고생 십 년이라
흉즉길凶則吉함 되올는가 고진감래苦盡甘來 언제 할꼬.
하나님께 비나이다 설운 원정 비나이다.
책력도 해 묵으면 고쳐 쓰지 아니하고
노호염도 밤이 자면 풀어져서 버리나니

세사도 묵어지고 인사도 묵었으니
천사만사千事萬事 탕척蕩滌하고 그만저만 서용敍用하샤
끊어진 옛 인연을 고쳐 잇게 하옵소서.

만언사 답

이보소 손님네야 설운 말 그만하고
광부狂夫의 말이라도 성인이 가리시니
시골말이 무식하나 내 말씀 들어 보소.
천지 인간 큰 기틀에 존비귀천 짜여 내어
하루 한때 근심 없이 다 즐길 이 뉘 있을꼬.
하늘에도 영휴盈虧 있어 일월식日月蝕을 하오시고
바다에도 진퇴 있어 조석수潮汐水가 있사오며
춘하추동 사시 때도 한서온량寒暑溫涼 돌아오니
부귀엔들 물칠하여 몸에 붙여 두었으며
공명인들 끈을 달아 옆에 채워 있을쏜가.
손님 팔자 좋다 한들 한결같이 다 좋으며
번화타가 고생한들 고생인들 매양 할까.
요금정옥 경대부[1]와 금지옥엽 귀공자도
절도絶島 고생 다 지내고 손님뿐이 아니어늘
그대도록 설워하며 저대도록 애를 썩여
귀양살이 애쓰나니 쾌히 죽어 모르자니
망해투사望海投死 하려는가 불식아사不食餓死 하려는가.

---

1) 높은 관직에 있는 벼슬아치를 이르는 말.

자문이사自刎而死 하려는가 음독이사飮毒而死 하려는가.

설운 사람 다 죽으면 조선 사람 반이 되고

귀양 가서 다 죽으면 도중적객島中謫客 뉘 있을꼬.

녹음방초 우거진 데 두견 슬피 우는 골에

만고 영웅 묻힌 뫼이 몇몇인 줄 모르오니

설워 죽은 시체 없고 애써 죽은 분묘 없네.

손님 얼굴 보아하니 피골상련皮骨相連 하였세라.

종이 붙인 배롱인가 두 눈 박은 수숫댄가.

시오 리에 장승인가 열나흘 날 제웅인가.

상성喪性한 광인狂人인가 실혼失魂한 병인病人인가.

검은 눈 희게 뜨고 북녘만 바라볼 제

밭 가운데 새 날리는 정의아비 모양이니

부러 죽지 않아서도 병입골수病入骨髓 하였으니

이병 저병 천만 병에 그런 상사 일병一病인가.

천리작향千里作鄕 혈혈子子하되 물 한술 뉘 떠 주며

화타 편작華陀扁鵲 다시 와도 손님 병은 하릴없네.

호호탕탕 뜬 혼백이 망향대望鄕臺를 지나갈 제

죽은 이는 쾌타 하나 산 부모를 어이할꼬.

상명지통喪明之痛 깊었으니 불효 아니 막대한가.

동생 하나 어리다니 부모 공양 뉘가 할꼬.

생전 불효 뉘우치며 사후 불효 마저 할까.

규리 홍안閨裏紅顔 젊은 안해 그도 아니 가련한가.

평생 일신 조기祖基 굳기 손님네게 달렸다가

하루아침 이별하고 적적공방 홀로 있어

지금까지 살았기는 행여 다시 만나 볼까.

아침까지 반겨 듣고 저녁 등화 위로하여

어린 아들 쓰다듬어 눈물 흘려 하는 말이

너 아바님 언제 올꼬 오시거든 절하여라.

맺힌 근심 살뜬 간장 촌촌이 썩히면서

의복 보선 지어 두고 의불의를 보랴 하고

삼시출망三時出望 하는 눈이 뚫어지게 되었다가

명정銘旌 삽선翣扇 앞세우고 검은 관이 올라가면

바라는 데 끊쳐지고 일신一身 아주 마치나니

오월비상五月飛霜 슬픈 눈물 구소운간九霄雲間 사무치리.

유명幽明 다른 혼백인들 쾌한 마음 있을쏜가.

그때에야 뉘우친들 죽은 사람 다시 살까.

염라왕께 원정原情하고 인간 환생 설사 한들

부모 어찌 알아보며 홍안박명紅顔薄命 하릴없네.

천사만사千事萬事 헤아리고 사생지간死生之間 가리어서

죽은 후에 편타 말고 살아 고생 한때 하소.

인간 오복 수위선壽爲先은 손님네도 모르시나

그릇한 일 뉘우쳐서 애달프다 너무 마소.

인개성인人皆聖人 아니어든 진선진미盡善盡美 쉬울쏜가.

이왕은 불간不干하니 내자來者를 가취可取로다.

내 인사를 닦은 후에 하늘 명을 기다리소.

천고청비天高淸肥 하오시니 손님 고액苦厄 오래할까.

대 끝에도 삼 년이니 잠깐 조금 기다리오.

어와 손님네야 다시 내 말 들어 보소.

그도 저도 다 버리고 망극 천은罔極天恩 잊으실까.

은린옥척銀鱗玉尺 낚아다가 해소解消함도 천은天恩이요

나무 베어 불 때서 온숙溫宿함도 천은이요

북창北窓 청풍淸風 누웠을 제 한가함도 천은이요

만경창파 바람 불 제 장관壯觀함도 천은이요

나아가도 천은이요 물러가도 천은이라.

손님 몸 죽으시면 큰 죄가 둘이로세.
부모를 잊으시니 불효도 되려니와
천은을 또 잊으니 불충이 아니런가.
한 죄도 어렵거든 두 죄를 다 지으니
아무리 혼백인들 무엇이 되려시나.
돌에 가 의지하여 석귀石鬼가 되려시나.
물에 가 의지하여 수귀水鬼가 되려시나.
흙에 가 의지하여 토귀土鬼가 되려시나.
여기저기 의지 없이 뜬귀가 되려시나.
이것저것 이름 없어 잡귀가 되려시나.
이렁저렁 빌어먹어 걸귀乞鬼가 되려시나.
아무것도 못 먹어서 아귀餓鬼가 되려시나.
두억시니 되려시나 도깨비가 되려시나.
적막공산 궂은비에 우는 귀신 되려시나.
어와 손님네야 마음을 고쳐먹어
죽잔 말 다시 말고 살아 할 일 헤어 보소.
손님 풀려 가오실 제 서울 구경 나도 가세.
강두江頭에 배 닿을 제 무슨 배를 닿을는고.
독대선에 왕대선에 먼정이에 대중선에
어망선에 거북선에 장도리에 거루선에
동서남북 부는 바람 무슨 바람 부올는고.
높바람에 늦바람에 하늬바람 마파람에
다른 바람 불지 말고 남병산南屛山 칠성단에
제갈공명 빌던 바람 동남으로 일어나서
반공에 뜬구름을 서북으로 이동할 제
지곡총 배 띄워라 어사와 돛 달아라.
고수승류孤叟乘流 한가로이 무삼 노래 부르실꼬.

상사별곡 춘면곡春眠曲은 이별조라 마오시고
어부사에 말을 섞어 손님 지어 부르시고
광관 일성狂欸一聲에 산수가 푸르렀다.
배에 앉은 저 어옹이 한 어깨 높았어라.
해불양파海不揚波하니 성인聖人의 시절이뇨.
산하의 굳음이여 만만세지무궁萬萬歲之無窮이라.
금릉金陵에 배를 띄워 행화촌杏花村 향하는 듯
추칠월秋七月 기망야旣望夜에 소동파蘇東坡의 놀음인 듯
동정호洞庭湖 칠백 리에 악양루岳陽樓 어데메뇨.
이수二水가 중분中分하니 백로주白鷺洲 여기로다.
중류격즙中流擊楫 생각하니 옛 일도 역력하다.
하우씨夏禹氏 치홍수治洪水는 공업功業도 크시었다.
황룡黃龍이 부주赴走하니 성인聖人을 모르던가.
소상강瀟湘江 큰바람은 이비二妃의 신령이라.
진황秦皇의 사오나옴 자기산은 무삼 일고.
범려范蠡의 오호주五湖洲와 장한張翰의 강동江東 감은
명철보신 하였노라 착한 체 자랑 마소.
임군을 싫담이니 옳은 일 아니로세.
후세에 유명有名하나 내 아니 부러하리.
묻노라 동남동녀童男童女 불로초 캐었느냐.
있는 데 나도 가서 한 포기 캐어다가
구중궁궐에 우리 님께 드리옵고
남은 것 가져다가 북당北堂에 올리리라.
범급전산 홀후산帆急前山忽後山하니 수로水路 천 리 지척일다.
배 부처라 돛 지어라 육지 산천 둘러보소.
올 제 울고 보던 뫼를 오늘 웃고 보리로다.
기쁜 흥 못 이기어 명산대찰 찾으실 제

배진의 달마산達磨山은 미황사彌皇寺가 대찰이요
영암의 월출산月出山은 도갑사道甲寺가 큰절이라.
주현 군읍州縣郡邑 지나가며 남방 풍경 열람하니
건지산建地山을 다시 보고 계룡산을 고쳐 지나
경기 남산 반가워라 손님 보고 마주 웃네.
동작강銅雀江 배 저어라 십 리 사장沙場 얼른 지나
돌모루 지나치고 청파 다리 넘어 들어
숭례문을 들어가니 오색구름 어린 곳에
기린 봉황 넘노는 듯 서기瑞氣도 반공半空하다.
주야불망晝夜不忘 바라면서 그리던 곳 아니런가.
천세千歲 불러 고두叩頭하고 만세무강萬世無彊 축수祝壽하네.
장안 시장 즐비하고 태평 기상 변화하다.
방방곡곡 돌아드니 손님 집이 거기로세.
부모처자 마주 나와 손을 잡고 반겨하니
울음 끝에 웃음 나고 지난 고생 허사로다.
갈충보국竭忠報國 힘을 쓰니 부모 봉양 절로 되네.
백부伯父 은정恩情 잊지 말고 귀한 아들 성취成就하여
조강지처 한가지로 영화 부귀 누리실 제
이때 고생 이 설움을 잊지 말고 외웠다가
잔 잡고 웃으면서 옛말씀 하오실 제
그때 내 말 생각하고 상품上稟 옳다 하오시리.
이말 저말 시골말이 열 되들이 정말이라.

북천가北遷歌

세상 사람들아 이내 말을 들어 보소.
과거를 하거들랑 청춘에 아니하고
늙어서 오십에야 벼슬살이 웬일인고.
벼슬길 늦으나마 행세는 약빠르지.
부질없이 내달아서 소인의 원수 되어
왕의 위엄 무릅쓰고 임금에게 상소하니
그전같이 보게 되면 빛나고도 옳건마는
흔들리는 이 세상에 남다른 노릇이라
상소가 올라가서 온 조정이 울컥한다.
어와 황송할사 임금님이 진노하여
관직을 삭탈하며 벌을 주라 꾸중하니
운수 나쁜 이 신세 고향으로 돌아갈 제
추풍에 배를 타고 시골로 향하다가
남종순의 상소 끝에 명천 귀양 놀랍도다.
귀양 행장 차리려니 벼슬살이 풍파로다.
초췌한 행색으로 동문에서 죄받으니
고향은 적막하고 명천은 이천 리라.

■ 김진형金鎭衡이 1853년 6월 함경북도 명천 지방에 유배되었다가 같은 해 10월에 풀려날 때까지
  자신의 체험을 노래한 작품이다.

두루막에 흰 띠 띠고 북쪽으로 향해 가니
의지할 곳 없는 몸이 죽은들 뉘 알리.
사람마다 이런 일 당하면 울음이 나련마는
임금 은덕 갚으리라 쾌하고도 쾌할시고.
옳은 신하 되었다가 소인에게 잡히고
엄한 뜻 받들어서 멀고 먼 곳 가는 사람
예부터 몇몇이며 이 나라에 그 뉘런고.
칼[1] 집고 일어서서 술잔 잡고 노래하니
이천 리 귀양 길손 대장부 마음일세.
좋은 듯이 말을 하니 명천이 어드메냐.
더위는 화로 같고 장마는 그악한데
나장이 뒤에 서고 하인을 앞세우고
입경원 내달아서 다락원 잠깐 쉬어
축성령 넘어가니 북쪽 하늘 멀어 간다.
슬프도다 이내 몸이 홍문관 신선으로
나날이 책을 끼고 임금님을 모시다가
하루아침에 정을 떼고 하늘가로 가는구나.
궁궐을 바라보니 산천이 아득하고
남산은 높고 높아 꿈결같이 아득하다.
밥 먹으면 길을 가고 잠 깨면 길을 떠나
물 건너고 고개 넘어 십 리 가고 백 리 가니
양주 땅 지난 뒤에 포천읍 길가이요
철원 지경 밟은 뒤에 영평읍 건너보며

---

1) 형구의 하나인 큰칼.

금화 금성 지난 뒤는 회양읍 막죽이라
강원도 북관 길이 들고 보기 같으구나.
회양서 점심 먹고 철령을 향해 가니
험준한 청산이요 새도 못 넘는 길이로다.
자욱한 안개 속에 하루해가 다 지난다.
가마를 잡아 타고 철령을 넘는지라
나무숲은 울창하여 하늘의 해 가리고
바윗돌은 총총하여 엎어질락 자빠질락
중허리에 못 올라서 어스름이 깔리는데
상상봉 올라서니 초저녁이 되었구나.
일행이 허기져서 기장떡 사 먹으니
떡맛이 이상하여 향기롭고 아름답다.
횃불을 갖추어 불 켜 들고 내려가니
남북을 몰랐거든 산세를 어이 알리.
밤중에 산을 내려 숯막에서 잠을 자고
새벽에 떠나니 안변읍 어드메냐.
하릴없는 내 신세야 죄진 몸 되었구나.
함경도 초입이요 우리 태조 고향이다.
산천이 광활하고 나무들이 꽉 찼는데
안변읍 들어가니 본관이 나오면서
깔개를 갖추고 음식을 대접하니
시원히 잠을 자고 북쪽 향해 떠나간다.
원산이 여기런가 인가도 굉장하다.
바닷소리 요란한데 해산물도 장할시고.
덕원읍 점심 먹고 문천읍 숙소하고

어화 벗님네야 이내 말씀 들어 보소 | 173

영흥읍 들어가니 웅장하고 화려하여
태조 대왕 태어난 곳 상서 기운뿐이로다.
금수 산천 그림 중에 바다 같은 관문이네.
본관이 바로 나와 위로하고 접대하며
점심상 보낸 뒤에 좋은 자리 갖춰 줄 제
죄명이 몸에 있어 치하하고 사양한 뒤
고원읍 들어가니 본읍 관장 오 공신은
친분이 남달라서 날 보고 반겨하네.
천 리 객지 날 반길 이 이 어른뿐이로다.
책방에 맞아들여 음식을 대접하며
다정하게 위로하니 객지 슬픔 잊겠구나.
말을 주고 사령 주고 여비 주고 의복 주니
작은 읍에 부담되어 불안하기 그지없다.
새벽에 떠나니 운수도 괴이하다.
갈 길이 몇천 리며 온 길이 몇천 린고.
하늘 같은 저 철령은 고향을 막아 있고
저승 같은 귀문관²⁾은 우뚝이 섰겠구나.
바람 같은 이내 몸은 지향이 어드메뇨.
초원역 점심 먹고 함흥 감영 들어가니
만세교 긴 다리는 십 리를 뻗쳐 있고
넓은 바다 아득하여 큰 벌판을 둘러 있고
긴 강은 넘실넘실 만고에 흘렀구나.

---

2) 중국 용주 북쪽에 있는 몹시 험한 곳. 여기에 두 바위가 마주 서 있는데 이곳을 지나서 귀양 간 사
람이 살아서 다시 돌아간 일이 없다고 한다. 조선의 귀문관은 명천 북쪽 삼십 리에 있다.

구름 같은 성첩 보소 낙민루 높고 높다.
집집마다 저녁연기 한 폭의 그림이요
서산에 지는 해는 나그네의 시름이라.
술 잡고 누樓에 올라 칼 만지며 노래하니
무심한 뜬구름은 고향으로 돌아가고
뜻있는 피리 소리 객지 회포 자아내네.
고향 그리는 이내 눈물 장강에 던져 두고
백척루 내려와서 성안에서 잠을 자니
서울은 팔백 리요 평천은 구백 리라.
비 맞고 비옷 쓰고 함관령 넘어가니
고갯마루 높거니와 나무들도 더욱 장타.
가마는 나는 듯 큰길은 구불구불
길가에 섰는 비석 비각 단청 울긋불긋
일찍이 태조 대왕 장검 들고 위엄 떨쳐
말갈과 싸워 이긴 공덕이 어제 같다.
역말을 갈아타고 홍원읍 들어가니
사방은 바다 둘러 읍 모양이 절묘하다.
점심 먹고 떠났으니 평포역 숙소로다.
내 온 길 생각하니 천 리가 아득쿠나.
실 같은 목숨이요 거미 같은 근력이라
천천히 길을 가면 살고서 볼 것인데
엄한 뜻 받았으니 잠깐인들 지체하랴.
죽기를 가리잖고 물불을 헤쳐 가니
온몸에 땀띠 돋아 곪아 터질 지경이고
골수에 든 더위는 자고 나면 설사로다.

나장이 하는 말이, "나으리 거동 보니
금시 꺼질 기력이요 위태하신 낯빛이라
하루만 조리하여 북청읍에 묵사이다."
"무식하다 네 말이야 죄인 된 이 몸이라
생사를 생각하여 잠깐인들 머무르랴.
사람이 죽고 살기 하늘에 달렸으니
네 말이 기특하나 가다가 보자꾸나."
북청서 숙소하고 남송정 돌아드니
넓은 바다 망망하여 동녘 하늘 가이없고
산과 산은 첩첩하여 남쪽 고향 아득하다.
마곡역 점심 먹고 마천령 다다르니
안팎 재 육십 리라 하늘에 닿아 있고
공중에 걸린 길은 참바같이 서렸구나.
다래 덤불 얽혔으니 대낮이 밤중 같고
층층 바위 위태하니 머리 위에 떨어질 듯
하늘인가 땅이런가 이승인가 저승인가.
상상봉 올라서니 보이는 건 바다요
넓은 것이 바다라.
몇 날을 길에 있어 이 재를 넘단 말고.
이 고개 넘은 뒤에 고향 생각 다시없다.
햇빛만 은근하여 머리 위에 비치누나.
원평읍 도중 쉬고 길주읍 들어가니
성곽도 장커니와 민가가 더욱 좋다.
비 올 바람 일어나니 떠날 길이 아득하다.
읍내서 묵자 하니 폐 끼칠 일 불안하다.

원 나오고 선비 오니 처음 봐도 친구 같다.
음식은 먹거니와 기생 자리 당치 않다.
엄한 뜻 받았으니 꽃자리 당치 않고
죄명을 가졌으니 기생은 호화롭다.
이내 신세 상 당한 상주 같구나.
기생을 물리치고 돗자리 걷어 내니
본관 말이 영남 양반 고집스럽다네.
비를 무릅쓰고 떠나니 명천이 육십 리라.
모래 덮인 저 무덤은 머나먼 타국에서
나라 위해 청춘 바친 옛 궁녀의 무덤 같고
팔십 리 광연못은 옛 사신이 절개 지켜
고역 치른 그 섬을 보는 듯하구나.
충신과 역적은 추억 속에 길이 남고
아득한 추억 속의 그 사막과 바윗길은
눈앞에 안겨 오는 앞재 같고 뒷산 같다.
고참 역마 잡아타고 귀양 살 곳 들어가니
인민은 번성하고 성곽은 웅장하다.
숙소에 들어앉아 패문牌文[3]을 붙인 뒤에
집주인의 집을 물어 본관에게 전하니
본관이 안부 묻고 공형이 나오면서
병풍자리 술상을 주인으로 대령하고
풍악 소리 앞세우고 주인으로 나와 앉아

---

3) 관아에서 발급하는 문서인데, 숙소에 죄인이 있음을 알려 사람들의 출입을 막으려고 문에 붙인 것
이다.

처소에 전달하고 모셔 오라 전하네.
슬프다 내 일이야 꿈에나 들었던가.
이곳이 어드메냐 주인집 찾아가니
높은 대문 넓은 사랑 삼천석꾼 집이로다.
본관과 초면이라 서로 인사 다 한 뒤에
본관이 하는 말이,
"김 교리 이번 귀양 죄 없이 오는 줄은
이곳 관리 다 알거든 모든 사람 울었나니
조금도 슬퍼 말고 나와 함께 노사이다.
기생들을 다 불러라 오늘부터 놀자꾸나."
무관의 성미런가 사내다운 기상일세.
그러나 내 한 몸이 귀양 사는 사람이라
귀한 손님 꽃자리에 풍악이 무엇이냐.
온갖 말로 보내 놓고 혼자 앉아 소일하니
성안의 선비들이 소문 듣고 모여들어
하나 오고 두셋 오니 예순 명이 되었구나.
책 끼고 와 배워 달라 글제 내고 평해 달라.
함경도에 있는 관리 무관들만 보았다가
문관의 소문 듣고 한사코 달려드니
내 일을 생각하면 남 가르칠 공부 없어
아무리 사양해도 모면할 길 전혀 없다.
밤낮으로 끼고 있어 세월이 글이로다.
한가하면 시를 짓고 심심하면 글 외우니
머나먼 땅 외론 신세 시와 술에 취미 붙여
출입도 아니하며 편안하게 날 보내니

봄바람에 놀란 꿈이 변산에 서리 온다.
남녘 하늘 바라보면 기러기 처량하고
북방을 굽어보니 오랑캐 지경이라.
개가죽은 아래위로 상사람들 다 입었고
조밥 피밥은 굶주린 백성의 끼니라.
본관의 큰 덕이요 주인의 정성으로
실 같은 이내 목숨 달 반을 지냈더니
천만뜻밖에 편지 오매 명록이가 왔단 말가.
놀랍고 반가워라 미친놈 되었구나.
세상 끝에 있다가 제 마을에 돌아온 듯
나도 나도 이럴망정 고향이 있었던가.
편지 봉함 떼어 보니 정다운 글 몇 장인고.
장마다 친척이요 면마다 고향 사람
한 글자 한 글자 아들 조카 눈물이요
옷 위에 꽃 그림은 안해의 눈물이라.
귀양 떠나 헤어진 님에게 편지 띄운
그 옛날 여인인가 나의 안해 불쌍하다.
그사이 갑자기 세상 떠난 이가 있구나.
명록과 마주 앉아 눈물로 문답하니
집 떠난 지 오래거든 뒷일을 어이 알리.
갈 길이 멀고 먼데 네 어찌 돌아가며
더미더미 쌓인 회포 다 이를 수 없구나.
"명록아 말 들어라 무사히 돌아가서
우리 집사람더러 살았더라 전하여라.
죄명이 가벼우니 풀려나기 쉬우리라."

어느새 추석이라 집집이 성묘하네.
우리 곳 사람들도 제사를 하느니라.
본관이 하는 말이, "이곳 칠보산은
함경도의 명승지라 금강산과 다툴지니
칠보산 한번 가서 산 구경이 어떠하뇨."
나도 역시 좋거니와 도리어 난처하다.
귀양살이 하는 몸이 절경 속에 노는 일이
마음에 좋건마는 못 가기로 작정하니
주인이 하는 말이, "그렇지 아니하다.
예부터 선비들은 명승을 빛내이고
자연을 즐기어 좋은 글도 남겼으매
당신의 칠보 놀음 무슨 흠 있으리오."
그 말을 반겨 듣고 서둘러 일어나서
나귀에 술을 싣고 칠보산 들어가니
구름 같은 천만 봉은 그림 같은 광경이라.
박달령 넘어가서 금장동 들어가니
곳곳에 물소리는 흰 구슬을 깨치는 듯
봉봉이 단풍 빛은 비단 장막 둘렀어라.
가마를 높이 타고 개심사 들어가니
먼 산은 그림이요 앞 봉우린 온갖 형상
예순 명 선비들이 앞서고 뒤에 서니
풍경도 좋거니와 광경이 더욱 장타.
창망한 지난 회포 개심사 들어가서
밤 한 경 새운 뒤에 새벽에 일어나서
세수하고 문을 여니 기생들이 앞에 와서

인사하고 하는 말이, "본관 사또 분부하되,
김 교리님 칠보산에 너 없이 놀음 되랴.
그분은 사양하되 내 도리에 그럴쏘냐.
산신도 섭섭하고 짐승들도 슬프리라.
너희들을 보내니 나으린들 어찌하랴.
부디부디 조심하고 칠보산에 같이 가라.
사또 분부 끝에 소녀들이 대령하오."
"우습고 부끄럽다 본관의 정성이여
풍류남자 나그네는 남쪽 지방 나뿐인데
신선의 곳에 와서 너희 어찌 보내리오.
이왕에 너희들이 칠십 리를 찾아오니
풍류남자 방탕성이 박정하기 어려워라."
방으로 들라 하여 이름 묻고 나이 물으니
하나는 매향인데 꽃나이 열여덟이요
하나는 군산월이 열아홉 꽃이로다.
중을 불러 음식하고 노래 시켜 들어 보니
매향의 노래에 구름안개 흩어지고
군산월의 해금 소리 만학천봉 푸르도다.
길 안내 중 앞세우고 두 기생 옆에 끼고
연꽃 핀 깊은 골로 개심대 올라가니
단풍은 비단이요 솔바람은 거문고라.
상상봉 노적봉과 만사암 천불암과
탁자봉 주작봉은 그림으로 둘러지고
봉우리 봉우리 높고 높다.
노랫소리 한 곡조를 두 기생 불러 내니

온 산이 더 높아지고 단풍이 더 붉도다.
여린 손길 양금 치니 솔바람인가 물소린가.
군산월의 손길 보소 곱고도 고울시고.
봄산의 풀손인가 안동 박골 비단인가
양금 위에 노는 손이 보드랍고 탐스럽다.
가마 타고 앞을 향해 한 마루 올라가니
아까 보던 산 모양이 순식간에 달리 보여
모난 봉이 둥그렇고 희던 바위 푸르구나.
절벽에 새긴 이름 조정 인물 다 있어라.
산을 안고 들어가니 방선암이 여기로다.
기암괴석 첩첩하니 갈수록 황홀할사
조금 더 들어가니 금강굴 기이하다.
험준하고 높은 굴이 돌옷 입어 푸르러라.
연적봉 구경하고 회상대 향하다가
두 기생 간데없어 찾느라 골몰한데
어디서 노랫소리 하늘에서 들려온다.
놀라서 바라보니 회상대 올라앉아
단풍 가지 꺾어 쥐고 푸른 저고리 붉은 치마
만 길 바위 구름 위에 사람을 놀랠시고.
어와 기이하고 아름답다.
이 몸이 이른 곳이 신선의 지경이라
평생의 연분으로 하늘에 죄를 지어
바람에 부친 듯이 이 광경 보는구나.
연적봉 지난 뒤에 선녀를 따라가니
연화봉 저 바위는 푸른 하늘에 솟아 있고

배바위 서책봉은 눈앞에 벌여 있고
생황봉 보살봉은 신선의 굴이어라.
매향은 술잔 들고 노랫소리 한 곡조
군산월 앉은 거동 아주 분명 꽃이로다.
오동 목판 거문고에 금실로 줄을 메워
대쪽으로 타는 양이 거동도 곱거니와
여린 손길 끝에 오색이 영롱하다.
네 거동 보고 나니 임금 명령 엄하여도
반할 뻔하겠구나.
여색에 영웅 없단 말은 역사책에 있느니라.
내 마음 단단하나 네게야 큰 말 하랴.
본 것이 큰 병이요 안 본 것이 약이런가.
이천 리 땅끝에서 단정히 몸 가지고
귀양살이 잘한 것이 아주 모두 네 덕이라.
양금을 파한 뒤에 절집에 내려오니
산중의 찬물 보소 정결하고 향기 있다.
이튿날 돌아오니 회상대 놀던 일이
저승인가 꿈속인가 그 누구의 은혜인가.
외로운 이 길손이 이럴 줄 알았더냐.
흥을 깨고 돌아왔네.
큰 종 불러 분부하되, "칠보산 유산 때는
본관이 보내기로 기생을 딸렸으나
돌아와 생각하니 호화한 것 불안하다.
다시는 지시하여 기생이 못 오리라."
선비만 데리고서 마음에 새겨 두니

청산이 그림 되어 술잔에 떨어지고
녹수는 길이 되어 종이 위에 단청이라.
군산월의 고운 차림 깨고 나니 꿈이로다.
일월이 언제런고 구월 구일 오늘이라.
옛 중국의 시인들은 용산에 높이 쉬고
조선의 김 학사는 재덕산에 올랐구나.
술과 향불 앞에 놓고 남쪽 고향 떠올리니
북중산[4] 단풍 경치 김 학사의 차지요
고향 집의 노란 국화 주인이 없겠구나.
파리한 늙은 안해 술을 들고 슬프던가.
가을 달이 낮 같으니 절절한 회포로다.
칠보산 반한 몸이 소무굴을 보려 하고
팔십 리 경성鏡城 땅에 구경차로 길을 떠나니
넓고 넓은 호수는 한가하고 외로워라.
가을빛 가없는데 갈꽃이 슬프도다.
푸른 물결 아득하여 하늘에 잇닿았고
낙엽은 분분하여 하늘에 나는구나.
충신의 늙은 자취 어디 가서 찾아보랴.
어와 거룩할사 옛 충신 거룩할사
나도 또한 이럴망정 임금 곁을 멀리 떠나
세상 끝에 몸을 던져 회포도 슬프더니
오늘날 이 섬 위에 정성이 같았구나.
가을날에 칼을 잡고 후리쳐 돌아서니

---

4) 길주와 명천 사이에 있는 산.

눈바람 몰아치는 험준한 길이로다.
귀문관 돌아서니 으스스한 기운 서려
서너 걸음 들어서니 온몸이 떨리누나.
길가의 저 무덤은 머나먼 타국에서
나라 위해 청춘 바친 옛 궁녀의 무덤인가.
처량한 어린 혼이 사막에 슬프도다.
봄바람에 한을 먹고 붉은 뺨을 울렸구나.
잘랑잘랑 노리개 소리 달밤에 우느니라.
술 한 잔 가득 부어 꽃다운 혼 위로하고
놀음터로 들어오니 명천읍이 십 리로다.
길가 주막 들었다가 서울 방자 달려드니
무슨 기별 왔다던고 석방 기별 내렸도다.
임금 은덕 너무 커서 눈물이 망망하다.
문서를 손에 쥐고 남쪽 향해 절을 하니
동행의 거동 보소 치하하고 기특하다.
식전에 말을 달려 주인을 찾아가니
온 집안의 경사로다 광경이 그지없다.
죄명이 없어지니 여느 사람 되었구나.
나라 은혜 크게 입어 밝은 세상 다시 보니
삼천 리 고향 땅이 지척이 아니런가.
행장을 재촉할 제 군산월이 찾아든다.
아름다운 거동으로 웃으면서 치하하네.
"나으리 귀양 풀려 그 얼마나 기쁘실까."
칠보산 우리 인연 봄꿈같이 아득하다.
이날에 너를 보니 그것도 나라 은덕

그렸다가 만난 정이 맛나고도 향기롭다.
본관의 거동 보소 악공들을 거느리고
이곳을 나오면서 치하하고 손잡으며
"김 교린가 김 학산가 임금님의 은덕인가.
나도 이리 기쁘거든 임자야 오죽할까.
서울 관리 정든 사람 일시라 천케 하랴.
죄인 이름 삭제하고 그 길로 나왔노라.
이다지 생각하니 감사하기 그지없다.
군산월을 다시 보니 새사람 되었구나.
가시풀에 섞인 난초 옥화분에 옮겼구나.
먼지 속의 야광주가 뛰어난 이 만났구나.
신풍에 묻힌 칼이 뉘를 보고 나왔더냐.
꽃다운 어린 자질 임자를 만났구나."
화려한 방 깊은 밤에 맑은 바람 달 밝은 날
글 지으면 화답하고 술 가지면 같이 드니
정분도 깊거니와 호사도 그지없다.
시월에 말을 타고 고향을 찾아가니
본관의 은덕 보소 남복 입혀 종으로 보냈구나.
"이백 냥 여비 내어 저에게 딸려 주며
떠날 적에 하는 말이 모시고 잘 가거라.
나으리 서울에서 네게야 내외할까.
천 리 강산 큰길 위에 김 학사 꽃이 되어
비위를 맞추면서 좋게 좋게 잘 가거라."
가마를 앞세우고 풍류남자 뒤따르니
오던 길 넓고 넓어 기쁨이 그지없다.

길주읍 들어가니 본관의 거행 보소.
비단자리 넓은 방에 풍악이 가득하다.
군산월 하나이나 정취가 가득하다.
아름다운 군산월이 더 빛나게 되었구나.
어스름에 길 떠나서 밝을 녘에 도중 쉬고
푸른 바다 넓고 넓어 동녘 하늘 그지없고
산들은 병풍같이 면면이 둘러 있어
이 산천 떠나자니 섭섭하기 그지없네.
가을바람에 선녀와 함께 성진을 들어가니
북병사 마주 나와 두 군관 한자리라.
북방 관가 군병이요 길주 관청 기생이라.
촛불이 영롱한데 병사의 호강이라.
본관이 하는 말이,
"학사에 딸린 사람 얼굴이 기이하다.
서울 사람인가 북도 사람인가 청지긴가 방자인가.
이름은 무엇이며 나이 지금 몇 살인고.
얼굴 보고 눈매 보니 이런 미남 처음 보네."
웃으며 대답하되, "북도 아이 데려다가
남도에 옮긴 뒤에 장가들려 하오."
종적을 감추고 풍악 중에 앉았더니
병사가 취한 뒤에 소리를 크게 하되,
"김 교리 청지기야 내 곁에 이리 오라."
거역을 못 하여서 공손히 나아가니,
"손 내어라 다시 보자 어찌 그리 기이한고."
짐승털 토시에서 고운 손을 반만 내어

덥석 들어 쥐려 할 제 빼치고 일어서니
계집의 좁은 소견 미련코 매몰차다.
사나이 모양으로 손 잡거든 손을 주고
흔연하고 천연하면 귀여워하련마는
가뜩이 수상하여 올려보고 내려보고
군관이나 기생이나 눈여겨보던 차에
매몰히 빼치는 양 제 버릇 없을쏘냐.
병사가 눈치 알고, "몰랐노라 몰랐노라
김 학사의 안해신 줄 내 정녕 몰랐노라."
모두가 크게 웃고 뭇 기생이 달려드니
아까 섰던 남자 몸이 여자들과 어울리네.
양색단 두루마기 옥관 달아 애암 쓰고
꽃밭에 섞여 앉아 노래를 받고 주니
청강에 옥동인가 화원에 범나비냐.
닭 울자 해돋이 구경 망양정 올라가니
촛불에 꽃이 피고 옥병에 술을 부어
마시고 취한 뒤에 동해를 건너보니
해 솟아오르면서 붉은 바다 되는구나.
해 뜨는 곳 지척이요 햇빛은 생각 불러
대풍악 잡아 쥐고 바다를 굽어보니
하루살이 같은 몸이 임금 은혜 지극하다.
함경도를 안 왔더면 군산월이 어찌 올까.
병사를 이별하고 마천령 넘어간다.
구름 위에 길을 두고 가마 타고 올라가니
군산월이 앞세우면 눈앞에 꽃이 피고

군산월이 뒤세우면 뒤따르는 어린 신선
단천에서 점심 먹고 북청읍 숙소하니
깊은 밤 깊은 정은 굳고 굳은 언약이요
하해 같은 인정이라.
홍원에서 점심 먹고 영흥읍 숙소하니
본관이 나와 보고 밥 보내고 환대하네.
고을도 크거니와 풍악도 대단하다.
대풍악 파한 후에 행절이[5]만 잡아 두니
행절이 거동 보소 곱고도 고울시고.
맑은 물에 연꽃 같고 무산 선녀 태도로다.
첫새벽에 길을 떠나 고원을 들어가니
고을 원이 반기는 양 내달아 손잡으며
경사를 만났구나.
문천에서 점심 먹고 원산 장터 숙소하니
명천이 천여 리요 서울이 육백 리라.
주막집 깊은 밤에 밤 한 경 새운 뒤에
새벽녘에 세수하고 군산월을 깨워 내니
몽롱한 해당화가 이슬에 휘지는 듯
사랑스럽고 아름답다 유정하고도 무정하다.
"옛일을 이를 게니 네 잠깐 들어 봐라.
이전에 장張 대장이 제주 목사 끝낸 뒤에
정들었던 수청 기생 버리고 나왔더니
바다를 건넌 뒤에 차마 잊지 못하여서

---

5) 기생 이름.

배 잡고 다시 가서 기생을 불러내어
비수 빼어 베고는 돌아와 대장 되고
만고 명인 되었으니.
내 본시 문관이라 무관과 다르기로
너를 도로 보내는 것 이것이 비수로다.
내 말을 들어 봐라 내 본시 영남 땅 선비로
이천 리를 기생 싣고 천고에 없는 호강
다시없이 하였으니 기생 끼고 서울 가면
분수에도 어긋나고 모양새도 고약하다.
부디부디 잘 가거라 다시 볼 날 있느니라."
군산월의 거동 보소 깜짝 놀라면서
원망으로 하는 말이,
"버릴 마음 계셨더면 중간에 못 하여서
어린 사람 홀려다가 아는 이 하나 없는 곳에
게발 물어 던지듯이 이런 일도 하나이까.
나으리 은덕으로 사랑이 배부르나
나으리 무정키로 바람맞은 꽃 되었네."
"오냐 오냐 나의 뜻은 그렇지 아니하여
십 리만 가자던 게 천 리나 되었구나."
"저도 부모 있는고로 멀리 떠난 심회로서
웃으며 그리하오 눈물로 그리하오."
새벽빛은 은은하고 가을 강은 명랑한데
분홍치마 눈물 내려 학사 머리 희겠구나.
가마에 담아 내어 저 먼저 보내니
천고에 악한 놈이 나 하나뿐이로다.

말 타고 돌아서니 그 모습 눈에 어른거려
남자의 간장인들 인정이 없을쏘냐.
이천 리 놀던 멋을 하루아침에 놓쳤구나.
풍경도 잠깐이라 흥이 다해 슬픔이라.
안변 원이 하는 말이, "어찌 그리 무정하오.
판관 사또6) 무섭던가 남의 눈이 무섭던가
장부의 헛된 간장 상하기 쉬우리다.
내 기생 봉선이를 남복 시켜 앞세우고
철령까지 동행하여 회포를 잊게 하소."
봉선이를 불러들여 따라가라 분부하니
자색이 말쑥해라 군산월의 고운 모양
마음속에 깊었으니 새 낯 보고 잊을쏘냐.
풍설은 아득한데 북녘 하늘 다시 보니
봄바람에 나는 꽃이 진흙에 뒹구는가.
가을 하늘 외기러기 짝 없이 가느니라.
철령을 넘을 적에 봉선이를 하직하고
애꿎은 이내 몸이 하는 것이 이별이다.
좋이 잊고 잘 가거라 다시 어찌 못 만나랴.
가마 타고 재 넘으니 북도 산천 끝이 난다.
설움도 끝이 나고 인정도 끝이 나고
떠도는 것 끝이 나고 남은 것은 돌아가는 기쁨이라.
회양에서 점심 먹고 금화 금성 지난 뒤에
영평읍 들어가서 철원을 밟은 뒤에

---

6) 여기서는 아내를 말한다.

포천읍 숙소하고 서울이 어드메냐.

가는 홍취 도도하다.

갈 적에 푸른 산천 올 적에 눈바람

갈 적에 흰옷이러니 올 적에 푸른 관복

귀양살이 어제러니 영주[7] 학사 오늘이야

술 먹고 말을 타며 시구절도 절로 나고

산 넘고 물 건너며 노래로 예 왔구나.

죽다가 산 이 몸이요 천고 호걸 이 몸이라

축성령 넘어가니 삼각산 반가워라.

중천에 솟았으니 가는 홍취 높아 있고

나무마다 서리꽃이 눈 위의 봄빛이라.

삼각산에 절을 하고 다락원 들어가니

관주인 마주 나와 울음으로 반길시고.

동대문 들어가니 임금님이 무강할사

행장을 다시 차려 고향으로 가올 적에

새재를 넘어서니 영남이 여기로다.

오천서 밤새우고 고향 산천 들어오니

한마을이 무고하여 전에 있던 내 집이라.

어린것들 반갑구나 이끌고 방에 드니

애쓰던 늙은 안해 부끄러워하는구나.

어여쁠사 수둑어미, 군산월이 네 왔더냐.

박잔에 술을 부어 마시고 취한 뒤에

삼천리 남북 풍상 일장춘몽 깨었구나.

---

7) 홍문관.

어와 김 학사야
남자의 천고 사업 다 하고 왔느니라.
시골에 편히 누워 태평세월 놀게 되면
무슨 한이 또 있으며 구할 일이 없으리라.
글 지어 기록하니 부녀들 보신 뒤에
다음 생에 남자 되어 남자들 부러워 말고
나와 같이 해 보시면 그 아니 시원할까.

원문

세상 사람들아 이내 말씀 들어 보소.
과거를 하거들랑 청춘에 아니 하고
오십五十에 등과登科하여 백수 홍진白首紅塵 무삼 일고.
공명이 늦으나마 행세나 약바르지
무단히 내달아서 소인의 척斥이 되어
부월斧鉞을 무릅쓰고 천문天門에 상소하니
이전으로 보게 되면 빛나고도 옳건마는
요요擾擾한 이 세상에 남다른 노릇이라
소疏 한 장 오르면서 만조滿朝가 울컥한다.
어와 황송할샤 천위天威가 진노震怒하사
삭탈관직削奪官職 하시면서 엄치嚴治하고 꾸중하니
운박運薄한 이 신명身命이 고원故園으로 돌아갈새
추풍秋風에 배를 타고 강호江湖로 향하다가
남 수찬南修撰[1] 상소 끝에 명천明川 정배定配 놀랍도다.
적소謫所로 치행治行하니 환해풍파宦海風波 고이하다.

창망悵惘한 행색으로 동문東門에서 대죄待罪하니
고향은 적막하고 명천이 이천 리라.
두루막에 흰 띠 띠고 북천北天을 향했으니
사고무친四顧無親 고독단신孤獨單身 죽는 줄 그 뉘 알리.
사람마다 당케 되면 울음이 나련마는
군은君恩을 갚으리라 쾌함도 쾌할시고.
인신人臣이 되었다가 소인의 참소讒訴 입어
엄지嚴旨를 봉승奉承하여 절역絶域으로 가는 사람
천고에 몇몇이며 아조我朝에 그 뉘런고.
칼 집고 일어서서 술 먹고 노래하니
이천 리 적객謫客이라 장부도 다울시고.
좋은 듯이 말을 하니 명천이 어데메냐.
더위는 홍로紅爐 같고 장마는 그악한데
나장羅將이 뒤에 서고 청노靑奴를 앞세우고
익경원 내달아서 다락원 잠깐 쉬어
축성령築城嶺 넘어가니 북천北天이 멀어 간다.
슬프다 이내 몸이 영주각瀛洲閣²⁾ 신선으로
나날이 책을 끼고 천안天顏을 뫼시다가
일조一朝에 정을 떼고 천애天涯로 가겠구나.
구중九重을 첨망瞻望하니 운연雲煙이 아득하고
종남終南은 아아峨峨하여 몽상夢上에 막연하다.
밥 먹으면 길을 가고 잠 깨면 길을 떠나
물 건너고 재를 넘어 십 리 가고 백 리 가니
양주楊州 땅 지난 후에 포천읍抱川邑른 길가이요

---

1) 당시 홍문관 수찬이던 남종순南鍾順.
2) 본디 규장각을 가리키는 말인데, 여기서는 홍문관을 말한다.

철원鐵原 지경地境 밟은 후에 영평읍永平邑 건너 보며
금화金化 금성金城 지난 후는 회양읍淮陽邑 막죽이라.
강원도 북관北關 길이 듣기 보기 같으구나.
회양서 중화中火하고 철령鐵嶺을 향해 가니
천험天險한 청산靑山이요 촉도蜀道 같은 길이로다.
요란한 운무 중에 일색日色이 그지 난다.
남여藍興를 잡아 타고 철령을 넘는구나.
수목은 울밀鬱密하여 천일天日을 가리고
암석은 총총叢叢하여 엎어지락 자빠지락
중허리에 못 올라서 황혼이 거의로다
상상봉 올라서니 초경初更이 되었구나.
일행이 허기져서 기장떡 사 먹으니
떡맛이 이상하여 향기롭고 아름답다.
횃불을 신칙申飭하여 화광火光 중 내려가니
남북을 몰랐거든 산형山形을 어이 알리.
삼경三更에 산을 내려 탄막炭幕에 잠을 자고
새벽에 떠나서니 안변읍安邊邑 어드멘고.
하릴없는 내 신세야 북도 적객北道謫客 되었구나.
함경도 초면初面이요 아태조我太祖 고토故土로다.
산천이 광활하고 수목이 만야滿野한데
안변읍 들어가니 본관本官이 나오면서
포진 병장鋪陳屛帳 신칙하고 음식을 공궤供饋하니
시원케 잠을 자고 북향하여 떠나가니
원산元山이 여기런가 인가人家도 굉장하다.
바닷소리 요란한데 물화物化도 장할시고.
덕원읍德源邑 중화하고 문천읍文川邑 숙소하고
영흥읍永興邑 들어가니 웅장하고 가려佳麗하다.

태조 대왕 태지胎地로서 총총 가기叢叢佳氣뿐이로다.
금수산천錦繡山川 그림 중에 바다 같은 관새關塞로다.
본관이 즉시 나와 위로하고 관대款待하며
점심상 보낸 후에 채병 화연彩屛花筵 등대等待하니
죄명罪名이 몸에 있어 치하하고 환송還送한 후
고원읍高原邑 들어가니 본 수령 오吳 공신功臣은
세의世誼가 자별키로 날 보고 반겨 하네.
천 리 객지 날 반길 이 이 어른뿐이로다.
책방冊房에 맞아들여 음식을 공궤하며
위로하고 다정하니 객회客懷를 잊겠구나.
북마北馬 주고 사령使令 주고 행자行資 주고 의복 주니
잔읍殘邑 형세 생각하고 불안하기 그지없다.
능신凌晨하고 발행發行하니 운수도 고이하다.
갈 길이 몇 천 리며 온 길이 몇 천 린고.
하늘 같은 저 철령은 향국鄕國을 막아 있고
저승 같은 귀문관鬼門關은 올연兀然히 섰겠구나.
표풍漂風 같은 이내 몸이 지향志向이 어드메뇨.
초원역草原驛 중화하고 함흥 감영咸興監營 들어가니
만세교萬歲橋 긴 다리는 십 리를 뻗쳐 있고
무변대해無邊大海 창망蒼茫하여 대야大野를 둘러 있고
장강長江은 도도滔滔하여 만고萬古에 흘렀구나.
구름 같은 성첩城堞 보소 낙민루樂民樓 높고 높다.
만인가萬人家 저녁 연기 추강秋江에 그림이요
서산에 지는 해는 원객遠客의 시름이라.
술 잡고 누樓에 올라 칼 만지며 노래하니
무심한 뜬구름은 고향으로 돌아가고
유의有意한 강적羌笛[3] 소리 객회客懷를 더쳤어라.

사향思鄕한 이내 눈물 장강에 던져두고
백척루百尺樓 내려와서 성내城內에서 잠을 자니
서울은 팔백 리오 명천은 구백 리라.
비 맞고 유삼油衫 쓰고 함관령咸關嶺 넘어가니
영티도 높거니와 수목도 더욱 장타.
남여藍輿는 날아가고 대로大路는 서렸구나.
노변路邊에 섰는 비석, 비각 단청碑閣丹靑 조요照耀하다.
태조 대왕 미微하실 제 고려국 장수 되어
말갈靺鞨에 승전勝戰하고 공덕功德이 어제 같다.
역말을 갈아타고 홍원읍洪原邑 들어가니
무변해색無邊海色 둘렀는데 읍양邑樣이 절묘하다.
중화하고 떠났으니 평포역平浦驛 숙소로다.
내 온 길 생각하니 천 리만 되었구나.
실 같은 목숨이요 거미 같은 근력이다.
천천히 길을 가면 살고서 볼 것인데
엄지嚴旨를 뫼셨으니 일신들 지체하랴.
죽기를 가리잖고 수화水火를 불분不分하니
만신滿身에 땀띠 돋아 성종成腫 지경 되어 있고
골수에 든 더위는 자고 새면 설사로다.
나장이 하는 말이, "나으리 거동 보니
엄엄奄奄하신 기력이요 위태하신 신관이라.
하루만 조리하여 북청읍北靑邑에 묵사이다."
"무식하다 네 말이여 엄지嚴旨 중 일신一身이라
생사를 생각하여 일신들 유체留滯하랴.
사람이 죽고 살기 하늘에 달렸으니

---

3) 풀잎피리의 하나.

네 말이 기특하나 가다가 보자꾸나."
북청서 숙소하고 남송정南松亭 돌아드니
무변대해無邊大海 망망茫茫하여 동천東天이 가이없고
만산萬山은 첩첩疊疊하여 남향南鄕이 아득하다.
마곡역麻谷驛 중화하고 마천령摩天嶺 다다르니
안팎재 육십 리라 하늘에 마천摩天하고
공중에 걸린 길은 참바같이 서렸구나.
다래 덤불 얽혔으니 천일天日이 밤중 같고
층암層巖이 위태하니 머리 위에 떨어질 듯
하늘인가 땅이런가 이승인가 저승인가.
상상봉 올라서니 보이는 게 바다이요
너른 것이 바다이라.
몇 날을 길에 있어 이 재를 넘어 든고.
이 영을 넘은 후에 고향 생각 다시없다.
천일天日만 은근하여 두상頭上에 비치구나
원평읍院坪邑 중화하고 길주읍吉州邑 들어가니
성곽城郭도 장커니와 여염閭閻이 더욱 좋다.
비 올 바람 일어나니 떠날 길이 아득하다.
읍내서 묵자 하니 본관 폐 불안하다
원 나오고 책방 오니 초면이 친구 같다.
음식은 먹거니와 포진 기생 불관不關하다.
엄지를 뫼셨으니 꽃자리 불관하고
죄명을 가졌으니 기생이 호화롭다.
운박運薄하온 신명身命 보면 분상奔喪하는 상주로다.
기생을 물리치고 금연錦筵을 걷어 내니
본관이 하는 말이, 영남 양반 고집도다.
모우冒雨하고 떠나서니 명천이 육십 리라.

황사黃沙의 일부토一杯土는 왕소군王昭君의 청총青塚이요[4]
팔십 리 광연筐董 못은 소무蘇武의 간양도看羊島라.[5]
회홍총懷紅塚 이룽퇴李陵堆는[6] 지금의 원억冤抑이요
백룡퇴白龍堆 귀문관鬼門關[7]은 앞재 같고 뒷뫼 같다.
고참 역마古站驛馬 잡아타고 배소配所로 들어가니
인민人民은 번성하고 성곽은 웅장하다.
여각旅閣에 들어앉아 패문牌文을 붙인 후에
맹동원孟東園[8]의 집을 물어 본관더러 전하니
본관 전갈하고 공형公兄이 나오면서
병풍자리 주물상書物床을 주인으로 대령하고
육각六角 소리 앞세우고 주인으로 나와 앉아
처소에 전갈하여 뫼셔 오라 전갈하네.
슬프다 내 일이야 꿈에나 들었던가.
이곳이 어데메냐 주인의 집 찾아가니
높은 대문 너른 사랑 삼천석꾼 집이로다.
본관과 초면이라 서로 인사 다한 후에
본관이 하는 말이 "김 교리 이번 정배定配
죄 없이 오는 줄은 북관 수령 아는 바요
만인이 울었나니 조곰도 슬퍼 말고
나와 함께 노사이다 삼현 기생 다 불러라.

---

4) 왕소군은 한나라 원제의 궁녀로서 흉노의 임금에게 억울하게 시집갔다가 죽은 여자다. 왕소군의
   무덤에는 사막인데도 풀이 퍼렇게 났다고 한다.
5) 소무는 한나라 때 흉노에게 사신으로 갔다가 포로로 잡혀 십구 년 만에 돌아온 사람. 간양도는 소
   무가 흉노에게 잡혀 있으면서 양을 지키는 일을 하던 섬. 여기서는 광연못에 있는 섬을 말한다.
6) 이룽은 소무와 함께 흉노에게 잡혔으나 흉노에 투항하여 살았다. 이룽퇴는 이룽의 무덤을 말한다.
7) 백룡퇴와 귀문관은 모두 변방의 험난한 산천을 비유하는 말이다.
8) 귀양살이할 때 살던 집의 주인.

오늘부터 놀잤구나.”

호반虎班의 규모런가 활협闊狹도 장하도다.

그러나 내 일신이 귀적歸謫한 사람이라

화광 빈객華光賓客 꽃자리에 기악妓樂이 무엇이냐.

극구極口에 퇴송退送하고 혼자 앉아 소일하니

성내의 선배들이 문풍聞風하고 모여들어

하나 오고 두셋 오니 육십 인 되었구나.

책 끼고 청학請學하며 글제 내고 골여지라.

북관에 있는 수령 관장官長만 보았다가

문관文官의 풍성 듣고 한사限死하고 달려드니

내 일을 생각하면 남 가르칠 공부 없어

아무리 사양한들 모면할 길 전혀 없다.

주야로 끼고 있어 세월이 글이로다.

한가하면 풍월 짓고 심심하면 글 외우니

절세絶世의 고종孤蹤이라 시주詩酒에 포부 붙여

불출문외不出門外 하오면서 편케편케 날 보내니

춘풍에 놀란 꿈이 변산邊山에 서리 온다.

남천南天을 바라보면 기러기 처량하고

북방을 굽어보니 오랑캐 지경이라

개가죽 상하착上下着은 상놈들이 다 입었고

조밥 피밥 기장밥은 기민饑民의 조석朝夕이라.

본관의 성덕盛德이요 주인의 정성으로

실 같은 이내 목숨 달 반을 길렀더니

천만의외 가신家信 오며 명록明錄이 왔단 말가.

놀랍고 반가워라 미친놈 되었구나.

절새絶塞에 있던 사람 항간巷間에 돌아온 듯

나도 나도 이럴망정 고향이 있었던가.

서봉書封을 떼어 보니 정찰情札이 몇 장인고.
폭폭이 친척이요 면면이 가향家鄕이라.
지면의 자자획획 자질子姪의 눈물이요
옷 위에 그림빛은 안해의 눈물이라.
소동파蘇東坡의 초운楚雲인가[9] 양대 운우陽臺雲雨[10] 불쌍하다.
그중에 사람 죽어 돈몰頓沒이 되단 말가.
명록이 대對코 앉아 눈물로 문답하니
집 떠난 지 오래거든 그후 일을 어이 알리.
만수천산萬樹千山 멀고 먼데 네 어찌 돌아가며
덤덤이 쌓인 회포 다 이를 수 없겠구나.
명록아 말 들어라 무사히 돌아가서
우리 집 사람더러 살았더라 전하여라.
죄명이 개가우니 은명恩命이 쉬우리라
거연居然히 추석이라 가가家家이 성묘하네.
우리 곳 사람들도 소분掃墳을 하느니라.
본관이 하는 말이 이곳의 칠보산은
북관 중 명승지라 금강산 다툴지니
칠보산 한번 가서 방피심산訪彼深山 어떠하뇨.
나도 역시 좋거니와 도리어 난처하다.
원지遠地에 쫓인 몸이 경승景勝에 노는 일이
분의分義에 미안하여 마음에 좋건마는
못 가기로 작정하니
주인의 하는 말이, "그렇지 아니하다.

---

9) 초운은 소식이 사랑한 전당 땅의 기생이다. 초운이 강남으로 귀양 간 소동파에게 편지를 보냈는
   데, 그 편지가 '초운전'이라 하여 이름이 났다.
10) 초 양왕이 꿈에 양대에서 무산선녀를 만난 고사를 아내에게 비한 것.

악양루岳陽樓 황강경黃崗景은 왕등王騰의 사적이요[11]
적벽강 추석 놀음[12] 구소歐蘇[13]의 풍정風情이니
김 학사 칠보 놀음 무삼 흠 있으리오."
그 말을 반겨 듣고 황황히 일어나서
나귀에 술을 싣고 칠보산 들어가니
구름 같은 천만봉은 화도畵圖 강산 광경이라.
박달령 넘어가서 금장동金藏洞 들어가니
곳곳의 물소리는 백옥白玉을 깨쳐 있고
봉봉의 단풍 빛은 금수장錦繡帳을 둘렀어라.
남여를 높이 타고 개심사開心寺 들어가니
원산遠山은 그림이요 근봉近逢은 물형物形이라.
육십 명 선비들이 앞서고 뒤에 서니
풍경도 좋거니와 광경이 더욱 장타.
창망한 지난 회포 개심사 들어가서
밤 한 경 새운 후에 미명未明에 일어나서
소쇄梳灑하고 문을 여니 기생들이 앞에 와서
현신現身하고 하는 말이, "본관 사또 분부하되,
김 교리님 칠보산에 너 없이 놀음 되랴.
당신은 사양하되 내 도리에 그럴쏘냐.
산신山神도 섭섭하고 원학猿鶴도 슬프리라.
너희들을 송거送去하니 나으린들 어찌하랴.
부디부디 조심하고 칠보 청산靑山 거행하라.
사또의 분부 끝에 소녀들이 대령하오."

---

11) 악양루와 황강의 경치는 왕우칭과 등자경의 사적이요. 등자경滕子京은 악양루를 중수했고, 왕우
   칭王禹稱은 황강에 죽루竹樓를 지었다.
12) 소식이 적벽강에서 뱃놀이하고 '적벽부'를 지은 것을 말한다.
13) 구양수歐陽脩와 소식蘇軾.

"우습고 부끄럽다 본관의 정성이요
풍류남자 시주객詩酒客은 남관南關에 나뿐인데
신선의 곳에 와서 너를 어찌 보내리오.
이왕에 너희들이 칠십 리를 등대等待하니
풍류남자 방탕성이 매몰하기 어려워라."
방으로 들라 하여 이름 묻고 나 물으니
하나는 매향梅香인데 방년芳年이 십팔이요
하나는 군산월君山月이 십구 세 꽃이로다.
화상和尙 불러 음식하고 노래 시켜 들어보니
매향의 평우조平羽調는 운우가 흩어지고
군산월의 해금 소리 만학천봉萬壑千峰 푸르도다.
지로승指路僧 앞세우고 두 기생 옆에 끼고
연화만곡蓮花滿谷 깊은 곳에 개심대開心臺 올라가니
단풍은 비단이요 송성松聲은 거문고라
상상봉上上峰 노적봉露積峰과 만사암萬寺巖 천불암千佛巖과
탁자봉卓子峰 주작봉朱雀峰은 그림으로 둘려지고
물형으로 높고 높다.
아양곡峨洋曲14) 한 곡조를 두 기생 불러 내니
만산이 더 높고 단풍이 더 붉도다.
옥수玉手로 양금洋琴 치니 송풍松風인가 물소린가.
군산월의 손길 보소 곱고도 고울시고.
춘산의 풀손인가 안동 박골 금낭錦囊인가.
양금 위에 노는 손이 보드랍고 알시롭다.
남여 타고 전향前向하여 한 마루 올라가니
아까 보던 산 모양이 홀지에 환형換形하여

---

14) 가야금의 명인 백아가 지었다는 곡조.

모난 봉이 둥그렇고 희던 바위 푸르구나.
절벽에 새긴 이름 만조정滿朝廷 물색物色이라.
산을 안고 들어가니 방선암方船巖이 여기로다.
기암괴석 첩첩하니 갈수록 황홀할사
일 리를 들어가니 금강굴金剛窟 이상하다
차아嵯峨한 높은 굴이 석색 창태石色蒼苔 새로워라.
연적봉硯滴峰 구경하고 회상대 향하다가
두 기생 간데없어 찾느라 골몰터니
어데서 일성 가곡一聲歌曲 중천中天으로 일어나니
놀라여 바라보니 회상대 올라앉아
일지 단풍一枝丹楓 꺾어 쥐고 녹의홍상綠衣紅裳 고운 몸이
만장석萬丈石 구름 위에 사람을 놀랠시고.
어와 기절奇絶하다.
이 몸이 이른 곳이 신선의 지경地境이라.
평생의 연분으로 천조天朝에 득죄得罪하여
바람에 부친 듯이 이 광경 보겠구나.
연적봉 지난 후에 선녀를 따라가니
연화봉蓮花峰 저 바위는 청천青天에 솟아 있고
배바위 서책봉은 안전眼前에 벌여 있고
생황봉笙篁峰 보살봉은 신선의 굴혈窟穴이라.
매향은 술을 들고 만장운萬丈雲 한 곡조에
군산월 앉은 거동 아주 분명 꽃이로다.
오동 목판梧桐木板 거문고에 금사金絲로 줄을 메워
대쪽으로 타는 양이 거동도 곱거니와
섬섬한 손길 끝에 오색이 영롱하다.
네 거동 보고 나니 군명君命이 엄하여도
반할 뻔하겠구나.

영웅절사英雄節士 없단 말은 사책史冊에 있느니라.

내 마음 단단하나 네게야 큰 말 하랴.

본 것이 큰 병이요 안 본 것이 약이런가.

이천 리 절새絶塞 중에 단정히 몸 가지고

귀적歸謫을 잘한 것이 아주 모다 네 덕이라.

양금을 파한 후에 절집에 내려오니

산중의 찬물 보소 정결하고 향기 있다.

이튿날 돌아오니 회상대 놀던 일이

저승인가 몽중인가 국은國恩인가 천은天恩인가.

천애天涯의 이 행객行客이 이럴 줄 알았더냐.

흥진興盡하고 돌아와서

수노首奴 불러 분부하되 칠보산 유산시遊山時는

본관本官이 보내기로 기생을 다렸으나

돌아와 생각하니 호화한 중 불안하다.

다시는 지휘하여 기생이 못 오리다.

선비만 데리고서 심중心中에 기록하니

청산이 그림 되어 술잔에 떨어지고

녹수는 길이 되어 종이 위에 단청이라.

군산월의 녹의홍상 깨고 나니 꿈이로다.

일월日月이 언제런고 구월 구일 오늘이라.

왕 한림王翰林 이적선李謫仙은 용산龍山에 높이 쉬고[15]

조선의 김 학사는 재덕산在德山에 올랐구나.

백주 향화白酒香花 앞에 놓고 남향南鄕을 상상하니

북중산北中山 단풍경丹楓景은 김 학사의 차지요

---

[15] 왕 한림은 당나라 시인 왕유王維로 9월 9일에 객지에서 형제를 생각하는 시를 썼다. 이적선은 이
백으로 9월 9일 용산에서 술 마시는 시가 있다.

이하籬下에 황국화黃菊花는 주인이 없었고야

파리한 늙은 안해 술을 들고 슬프던가.

추월이 낮 같으니 조운趙雲[16]의 회포로다.

칠보산 반한 몸이 소무굴蘇武窟 보려 하고

팔십 리 경성鏡城 땅에 구경차로 길을 떠나

창연히愴然히 들어가니

북해상北海上 대택大澤 중에 한가하고 외로워라.

추광秋光은 가없는데 갈꽃이 슬프도다.

창파滄波는 망망하여 해색海色을 연하였고

낙엽은 분분하여 청공靑空에 날았구나.

충신의 늙은 자취 어데 가서 찾아보랴.

어와 거룩할사 소 중랑蘇中郞[17] 거룩할사

나도 또한 이럴망정 주상님 멀리 떠나

절역絶域에 몸을 던져 회포도 슬프더니

오늘날 이 섬 위에 정성이 같았구나.

낙일에 칼을 잡고 후리쳐 돌아서니

중산中山의 풍설 중에 촉도 같은 길이로다.

귀문관 돌아서니 음침하고 고이하다.

삼 척을 들어 서니 일신一身이 송구하다.

노방路傍에 일부토一杯土는 왕소군王昭君의 청총靑塚인가.

처량한 어린 혼이 백야白野에 슬프도다.

춘풍에 한을 먹고 홍협紅頰을 울렸구나.

쟁쟁한 환패環佩 소리 월야月夜에 우나니라.

술 한잔 가득 부어 방혼芳魂을 위로하고

---

16) 《삼국지》에 나오는 조자룡의 이름.

17) 소무蘇巫.

유정[18])으로 들어오니 명천읍이 십 리로다.

탄막炭幕에 들었다가 경방자京房子[19]) 달려드니

무슨 기별 왔다던고 방환放還 기별 내렸도다.

천은天恩이 망극하여 눈물이 망망하다.

문적文蹟을 손에 쥐고 남향南向하여 백배百拜하니

동행의 거동 보소 치하하고 기특하다.

식전에 말을 달려 주인을 찾아가니

만실滿室이 경사로다 광경이 그지없다.

죄명이 없었으니 평인平人이 되었구나.

천은을 덮어 쓰고 양계陽界를 다시 보니

삼천리 고향 땅이 지척이 아니런가.

행장을 재촉할 제 군산월이 대령한다.

선연한 거동으로 웃으면서 치하하네.

나으리 해배解配하니 작히작히 감축感祝할까.

칠보산 우리 인연 춘몽春夢이 아득하다.

이날에 너를 보니 그것도 군은君恩인가.

그렸다가 만난 정이 맛나고도 향기롭다.

본관의 거동 보소 삼현육각 거느리고

이곳을 나오면서 치하하고 손잡으며

김 교린가 김 학산가 성군聖君의 은택인가.

나도 이리 감축커든 임자야 오죽할까.

홍문 교리 정든 사람 일시라一時라 천케 하랴.

지금으로 제안除案하고 그길로 나왔노라.

이다지 생각하니 감사하기 그지없다.

---

18) 놀음터.

19) 서울서 온 방자. 지방 관아에 보내는 공문 따위를 전달하던 하인.

군산월을 다시 보니 새 사람 되었구나.

형극荊棘 중에 섞인 난초 옥분玉盆에 옮겼구나.

진애塵埃의 야광주가 박물군자博物君子 만났구나.

신풍에 묻힌 칼이 뉘를 보고 나왔더냐.

꽃다운 어린 자질 임자를 만났구나.

금병 화촉金屏華燭 깊은 밤에 광풍제월光風霽月 달 밝은 날

글 지으면 화답하고 술 가지면 동배同盃하니

정분도 깊거니와 호사도 그지없다.

시월에 말을 타고 고향을 찾아가니

본관의 성덕 보소 남복 짓고 종 보내어

이백 냥 행자行資 내어 저 하나 따라 주며

임행臨行에 하는 말이, "모시고 잘 가거라.

나으리 유경시遊京時에 네게야 내외할까.

천 리 강산 대도大道 상에 김 학사 꽃이 되어

비위를 맞추면서 좋게 좋게 잘 가거라."

승교乘轎를 앞세우고 풍류남자 뒤따르니

오던 길 넓고 넓어 귀흥歸興이 그지없다.

길주읍 들어가니 본관의 거행 보소.

금연 화촉錦筵華燭 너른 방에 기악妓樂이 가득하다.

군산월이 하나이나 풍정風情이 가득하다.

연연娟娟한 군산월이 금상첨화 되었구나.

신조晨朝에 발행發行하여 임명臨明에 중화하고

창해蒼海는 망망하여 동천東天이 그지없고

병산屏山은 중중重重하여 면면이 섭섭도다.

추풍秋風에 채란彩鸞[20] 들고 성진城津을 들어가니

북병사北兵使 마주 나와 두 군관 합석하니

삭읍朔邑 관가 군병軍兵이요 길주 관청 홍안紅顔이라.

금촉金燭이 영롱한데 병사의 호강이라.
본관이 하는 말이,
"학사에 딸린 사람 얼굴이 기이하다.
서울겐가 북도겐가 청지긴가 방자인가.
이름은 무엇이며 나인 지금 몇 살인고.
얼굴 보고 눈매 보니 남중일색男中一色 처음 보네."
웃으며 대답하되, "북도北道 아이 데려다가
남중에 옮긴 후에 장가들여 살리랬소."
종적을 감추고 풍악 중에 앉았더니
병사가 취한 후에 소리를 크게 하되
"김 교리 청지기야 내 곁에 이리 오라."
위령違令을 못 하여서 공손히 나아드니
"손 내어라 다시 보자 어찌 그리 기이한고."
총모피 털토시에 옥수玉手를 반만 내어
덥석 들어 쥐려 할 제 빼치고 일어서니
계집의 좁은 소견 미련코 매몰하다.
사나이 모양으로 손 잡거든 손을 주고
흔연하고 천연하여 위여위여 하련마는
가뜩이 수상하여 치보고 내리보고
군관이나 기생이나 면면이 보던 차에
매몰이 빼치는 양 제 버릇 없을쏘냐.
병사가 눈치 알고, "몰랐노라 몰랐노라
김 학사의 안해신 줄 내 정녕 몰랐노라."
만당滿堂이 대소大笑하고 뭇 기생이 달려드니

---

20) 전설에 나오는 선녀로, 한 서생書生을 사랑하여 끝내는 부부가 되었다고 한다. 여기서는 군산월
을 가리킨다.

아까 섰던 남자 몸이 계집 통정하겠구나.
양색단 두루마기 옥관 달아 애암 쓰고
꽃밭에 섞여 앉아 노래를 받고 주니
청강淸江에 옥동玉童인가 화원에 범나비냐.
닭 울며 일출 구경 망양정 올라가니
금촉에 꽃이 피고 옥호玉壺에 술을 부어
마시고 취한 후에 동해를 건너보니
일출이 오르면서 당홍 바다 되는구나.
부상扶桑은 지척이오 일광日光은 술회述懷로다.
대풍악 잡아 쥐고 해상을 굽어보니
부유蜉蝣 같은 이내 몸이 성은도 망극하다.
북관을 못 왔더면 군산월이 어찌 올까.
병사를 이별하고 마천령 넘어간다.
구름 위에 길을 두고 남여로 올라가니
군산월이 앞세우면 안전眼前에 꽃이 피고
군산월이 뒤세우면 후면後面에 선동仙童이라.
단천에 중화하고 북청읍 숙소하니
반야半夜에 깊은 정은 금석 같은 언약이요
태산 같은 인정이라.
홍원에 중화하고 영흥읍 숙소하니
본관이 나와 보고 밥 보내고 관대款待하네.
고을도 크거니와 기악도 끔찍하다.
대풍악 파한 후에 행절이만 잡아두니
행절이 거동 보소 곱고도 고울시고.
청수부용淸水芙蓉 편신遍身이요 운우 양대雲雨陽臺 태도로다.
효두曉頭에 발행發行하여 고원을 들어가니
주수主倅의 반기는 양 내달아 손잡으며

경사를 만났구나.

문천에 중화하고 원산 장터 숙소하니

명천이 천여 리오 서울이 육백 리라.

주막집 깊은 밤에 반 한 경 새운 후에

계명시鷄鳴時에 소쇄梳灑하고 군산월을 깨워 내니

몽롱한 해당화가 이슬에 휘지는 듯

괴코도 아름답다 유정하고 무정하다

"옛일을 이를 게니 네 잠깐 들어봐라.

이전에 장張 대장이 제주 목사 과만瓜滿 후에

정들었던 수청 기생 버리고 나왔더니

바다를 건넌 후에 차마 잊지 못하여서

배 잡고 다시 가서 기생을 불러내어

비수 빼어 버힌 후에 돌아와 대장 되고

만고 명인 되었으니 나 본디 문관이라.

무변武弁과 다르기로 너를 도로 보내는 것

이것이 비수로다 내 말을 들어봐라.

내 본대 영남 있어 선비의 졸한 몸이

이천 리를 기생 싣고 천고에 없는 호강

끝나게 하였으니 협기挾妓하고 서울 가면

분의에 황송하고 모양이 고약하다.

부디부디 잘 가거라 다시 볼 날 있나니라."

군산월이 거동 보소 깜짝이 놀라면서

원망으로 하는 말이,

"버릴 심사 계셨더면 중간에 못 하여서

어린 사람 호리다가 사무친척四無親戚 외론 곳에

게발 물어 던진 듯이 이런 일도 하나니까.

나으리 성덕으로 사랑이 배부르나

나으리 무정키로 풍전낙화風前落花 되었구나."
"오냐오냐 나의 뜻은 그렇지 아니하여
십 리만 가잤던 게 천 리나 되었구나."
"저도 부모 있는고로 원리遠離한 심회로서
웃으며 그리하오 눈물로 그리하오."
효색曉色은 은은하고 추강秋江은 명랑한데
홍상紅裳에 눈물 내려 학사 두발頭髮 희겠구나.
승교乘轎에 담아내어 저 먼저 회송回送하니
천고에 악한 놈이 나 하나뿐이로다.
말 타고 돌아서니 이목이 삼삼하다.
남자의 간장인들 인정이 없을쏘냐.
이천 리 장풍류長風流를 일조一朝에 놓쳤구나.
풍경도 잠깐이라 흥진비래興盡悲來 되었구나.
안변 원이 하는 말이 어찌 그리 무정하오
판관 사또[21] 무섭던가 남의 눈이 무섭던가
장부의 헛된 간장 상하기 쉬우리다.
내 기생 봉선鳳仙이를 남복시켜 앞세우고
철령까지 동행하여 회포를 잊게 하소.
봉선이를 불러들여 따라가라 분부하니
자색이 옥골玉骨이라 군산월의 고운 모양
심중에 깊었으니 새 낯 보고 잊을쏘냐.
풍설은 아득한데 북천을 다시 보니
춘풍에 나는 꽃이 진흙에 구으는가
추천에 외기러기 짝 없이 가느니라.
철령을 넘을 적에 봉선이를 하직하고

---

21) 여기서는 아내를 말한다.

억궂은 이내 몸이 하는 것이 이별이다.

좋이 잊고 잘 가거라 다시 어찌 못 만나랴.

남여藍輿로 재 넘으니 북도 산천 끝이 난다.

설움도 끝이 나고 인정도 끝이 나고

주류周流도 끝이 나고 남은 것이 귀흥歸興이라.

회양에 중화하고 금화 금성 지난 후에

영평읍 들어가서 철원을 밟은 후에

포천읍 숙소하고 왕성王城이 어데메뇨.

귀흥이 도도滔滔하다.

갈 적에 녹음방초 올 적에 풍설이요

갈 적에 백의白衣러니 올 적에 청포靑袍로다.

적객謫客이 어제러니 영주 학사瀛洲學士 오늘이야

술 먹고 말을 타며 풍월도 절로 나고

산 넘고 물 건너며 노래로 예 왔구나

만사여생萬死餘生 이 몸이요 천고 호걸 이 몸이라.

축성령築城嶺 넘어가니 삼각산 반가워라.

중천中天에 솟았으니 귀흥이 높아 있고

만수萬樹에 상화霜花 피니 설상雪霜이 춘광春光이라.

삼각三角에 재배再拜하고 다락원 들어가니

관주인 마주 나와 울음으로 반길시고.

동대문 들어가니 성상聖上님이 무강無疆할사

행장을 다시 차려 고향으로 가올 적에

새재를 넘어서니 영남이 여기로다.

오천梧川서 밤새우고 가산家山에 들어오니

일촌一村이 무양無恙하여 이전 있던 행각行閣이라.

어린것들 반갑구나 이끌고 방에 드니

애쓰던 늙은 안해 부끄러워하는구나.

어여쁠사 수둑어미, 군산월이 네 왔더냐.
박잔에 술을 부어 마시고 취한 후에
삼천리 남북 풍상 일장춘몽 깨었구나.
어와 김 학사야
남자의 천고 사업 다하고 왔느니라
강호에 편케 누워 태평에 놀게 되면
무삼 한이 또 있으며 구할 일이 없으리라.
글 지어 기록하니 부녀들 보신 후에
후세에 남자 되어 남자들 부러 말고
이내 노릇 하게 되면 그 아니 상쾌할까.

만리장성 그트머리
망해정 구경 가자

몇만 리 망망대해 하늘과 한빛이라.
풍랑은 들이쳐서 섬돌에 부딪친다.
자욱한 안개는 하늘에 가득 차고
어디가 어디인지 갈피를 못 잡는데
순풍에 가는 배는 향하는 곳 어드메뇨.

표해가飄海歌

제주 사람 이방익은 대대로 무인 벼슬 하였는데
이 몸에 이르러서 무과 벼슬 또 하였네.
나라 은혜 끝이 없어 충장장[1]의 직책 띠고
말미 얻어 부모님 뵈오려 가니
병진년 구월 스무날이로다.

가을 경치 사랑하여 뱃놀이를 기약하고
망망대해 물결 위에 고깃배를 띄웠는데
이유보 등 일곱 명이 차례로 좇았구나.
돛대를 높이 달고 바람만 좇아갈 때
먼 산에 비낀 해가 물 가운데 비치었다.
붉고 푸른 비단을 필필이 펼친 듯
하늘인가 물인가 바다 하늘 한 빛이라.
얼근히 취하여서 뱃전 치며 즐기는데

■ 제주 사람 이방익李邦翼이 1796년 9월에 배를 타고 서울로 향하던 도중 폭풍을 만나 중국 팽호도
에 표류해 이듬해 윤6월 고국으로 돌아오기까지 보고 느낀 것을 읊은 기행가사다.
　　제주도를 떠나게 된 경위부터 시작하여 폭풍우를 만나 우연히 팽호도에 도착한 뒤 그곳 주민들
의 도움을 받아 대만부를 거쳐 하문부에 상륙한 다음 북경을 돌아 귀국하는 전 행정의 견문과 체
험, 중국의 산천 풍경, 풍속, 세태, 조선 사람을 향한 중국 사람들의 우의에 대하여 자세히 묘사하
고 있다. 문장 구성이 짧고 묘사가 간결하며 세련되고 율조가 강하다.
1) 충장위忠壯衛라는 무관의 정삼품 벼슬.

서북간 일진광풍 홀연히 일어나니
산악같이 높은 물결 하늘에 닿았구나.
배 안 사람 황망하여 손쓸 길 있을쏘냐.
나는 새 아니어니 어찌 살기 바라리오.
밤은 점점 깊어가고 풍랑은 더욱 심타
만경창파 일엽선이 가이없이 떠나가니
슬프다 무슨 죄로 하직 없는 이별인고.
일생에 한 번 죽음 예부터 예사로되
물고기 밥이 되니 이 아니 원통한가.
부모처자 우는 거동 생각하면 목이 멘다.
죽기는 제 운수나 기갈은 무슨 일인고.
하늘이 감동하사 큰비를 내리시매
돛대 안고 우러러서 빗물을 머금으니
갈증은 멎으나 입에서 단내 나네.
밝으면 낮이런가 어두우면 밤이런가.

대엿새 지난 뒤에 멀리멀리 바라보니
동남쪽 삼대도三大島가 은은히 솟아났다.
일본인가 짐작하여 배 기구를 수리하자
무슨 일로 바람 형세 또다시 변하는고.
그 섬을 벗어나면 이제 다시 못 보리라.
대양을 떠돌며 물결에 부대끼며
하늘을 부르며 죽기만 바라더니
뱃전을 치는 소리 귓가에 들리거늘
물결인가 의심하여 서둘러 나가 보니

한 자 넘는 검은 고기 배 안에 뛰어든다.
생으로 토막 잘라 여덟 명이 노나 먹고
잠깐 새 끊어질 목숨 힘을 얻어 보전하니
하늘이 주신 겐가 바다 신의 도움인가.
이 고기 아니더면 우리 어찌 살았으리.

어느덧 시월이라 초사흘 아침 날에
큰 섬이 앞에 뵈나 인력으로 어찌하리.
자연히 바람결에 섬 아래 닿았구나.
여덟 명이 손을 잡고 북쪽 해안 기어올라
놀란 마음 진정하고 탔던 배를 돌아보니
조각조각 깨어져서 어디 간 줄 어이 알리.
저녁 햇빛 참담하고 정신은 혼미한데
세상인 듯 저승인 듯 하염없는 눈물이라.

얼마간 지난 후에 사람들이 오는구나.
저희들은 지껄이나 말을 통치 못하리라.
나는 비록 짐작해도 저 일곱 명은 알 리 없어
저런 인물 또 만나니 우리 사생 모른다고
풍랑에 놀란 가슴 진정 못 해 겁을 낸다.
좌우를 위로하여 내 이르되.
"정미년 임금 명령 받들어 따를 적에
내 그때 무관이라 임금 호위에 들었는데
중국인의 의복제도 저러하니 염려 마소."
이러할 때 그 사람들 앞에 와서 달려들어

붙드느니 끄느니 호위하여 데려가니
오 리 밖 큰 촌에 집짐승들 많고 많다.
기갈이 자심하나 어이하면 통정하리.
입 벌리고 배 두드려 주린 형상 나타내니
미음을 권한 후에 젖은 의복 말리네.
은혜롭고 다정하며 친절한 그 모양
우리 나라 사람인들 이에서 더할쏜가.

하룻밤을 지낸 후에 정신이 문득 드니
죽을 마음 전혀 없고 고국 생각 간절하다.
눈물을 머금고서 창밖에 나와 보니
크나큰 관청에 현판이 걸렸는데
글자마다 황금빛 배천당이 분명하다.
글을 써서 물으니 복건성 팽호부라.
마궁²⁾ 대인 무슨 일로 우리 여덟 불렀던고.
조금 뒤에 한 관리가 우리를 인도하여
곱게 꾸민 배 위에 오르게 하거늘
뱃길 육칠 리에 한 관청에 이르렀네.
눈앞이 황홀하니 그림 속이 아니런가.
서너 문 지나가서 높고 긴 한소리에
나오는 이 그 누군가 앞뒤 옹위 엄엄해라.
몸에는 예복 입고 붉은 양산 앞에 섰네.
단정하고 웅장할사 진실로 기남자奇男子라.

---

2) 팽호부 주된 섬의 중심지인 마공을 가리킨다.

그 집을 돌아보니 좌우 집들 굉장하다.
대 위에 모신 사람 뜰아래 많은 군졸
누런 깃발 곤장들을 쌍쌍이 벌였으니
위엄도 장할시고 풍채도 늠름할사.
그 관리 묻는 말이, "어느 나라 사람인고."
한잔 술로 위로한 후 일곱 명은 다 보내고
나 혼자 부르기에 또다시 들어가니
옷매무새를 여미고 무슨 말을 하옵는고.
"행색은 초췌하나 일곱 명과 다르도다.
무슨 일로 표류하여 이 땅에 이르신고.
진정으로 묻나니 안 숨김이 어떠한고."
안목도 놀라울사 숨길 일이 있을쏘냐.
조선국 끝에서 풍경 좋아 배 탔다가
이 땅에 오게 된 일 세세히 고한 뒤에
고국에 돌아감을 거듭 간청하니
관리는 이 말 듣고 술과 안주로 대접한 뒤
두 손을 마주 잡고 겸손하게 인사하며
떠나는 일행을 성심으로 바래 준다.
한곳에 이르니 작은 고을 아니로다.
문득 웅장한 집 눈앞에 보이는데
중문 안에 들어가니 큰 집 한 칸 솟아 있고
관우 장수 소상을 크게 하여 앉혔구나.
좌우를 둘러보니 평상이 몇몇인고.
평상 위엔 흰 모전 그 위에는 홍모전이라.
수놓은 비단 이불 좋은 상에 벌인 음식

이런 범절 처음이라 날 위하여 베풀었네.
십여 일 조리하고 팽호부로 가라거늘
행장을 수습하여 바깥에 나와 보니
화려한 붉은 수레 길가에서 기다린다.
한 관리와 함께 타고 십 리 먼 길 올라가니
문희원 높은 집에 현판이 뚜렷하다.
금은 비단 휘황하고 당귤 생강 풍성하다.
여인 의복 볼작시면 다홍 치마 초록 당의
머리엔 오색 구슬 화관에 얽혀 있고
허리의 황금띠는 노리개가 찬란하다.
금비녀에 비단꽃을 줄줄이 꿰었으니
아름다운 저 자태는 천하에 훌륭해라.
팽호부 들어가니 집들이 조밀하다.
층층한 누대들은 단청 무늬 영롱하고
은은한 대수풀은 석양을 가렸구나.
나무마다 원숭이를 목줄 매어 놀렸으니
구경은 좋거니와 타향 수심 새로워라.
높은 관리 우리 보고 명령을 전하는데
대만부에 공문 띠우니 아직 잠깐 기다리소.
날씨는 추워지고 갈 길은 만여 리라.
여관에서 조반 먹고 얼마 지나 배를 타니
전송하는 도중 음식 배 안에 가득하다.

바람세는 조용하고 햇빛은 명랑하니
대만부가 어드메뇨 닷새 만에 다다랐네.

선창 좌우에는 크고 작은 고깃배요
큰 강 상하에는 무수한 상선商船이라.
북과 징 피리 소리 곳곳에서 들려오고
사월 팔일 등불 구경인들 이 같으랴.
배 탄 사람 이별하고 충성문에 다다르니
유리 장막 수정 발이 십 리에 잇달았다.
그곳을 떠나서 숙소를 정하고
동짓달 밤 긴긴 새벽 쓸쓸히 누웠는데
오는 선비 그 뉘런고 잔 들어 위로한다.
병부 관리 부르거늘 관청 앞에 나아가니
황국 단풍 새소리 객지 수심 돕는구나.
뜰 앞에 옛 장수 비문을 세웠는데
천병만마 웅대하고 기치창검 삼엄하다.
군병 대오 정제한 후 삼대문 들어가니
꽃 사이에 온갖 새들 날아예며 노래하고
나무 아래 산 짐승들 무리지어 오고 가네.
경치도 좋을시고 그림 속이 아니런가.
십여 층 층계 위에 이곳 영수 뵈온 후에
배 한 척에 올라타니 서황성이 일만 리라.

정월달 초나흘에 하문부에 들어가니
자양서원[3] 네 글자를 황금으로 메웠는데
장막을 둘러치고 좌우 집들 화려하다.

---

3) 주자를 모신 서원.

밖으로 나와 보니 수백 선비 갈라 앉아
좋은 술과 안주를 친절히 권하누나.
전취부가 어드메뇨 이 또한 옛 수도라.
성곽은 유구한데 인물도 번화할사
관리의 뒤를 따라 층각에 올랐는데
붉은 비단 수방석이 자리마다 벌여 있다.
술상을 물린 후에 숙소에 돌아오자
육천 리 바다 여행 피곤키도 자심하다.
봉성현 공문 띄워 북문 밖에 나와 보니
단청한 큰 비석 옛 임금 유적이라.
저기 있는 저 무덤엔 어떤 사람 묻혔는가.
석회 쌓아 봉분하고 그 무덤 요란하다.
돌로 만든 말이며 사적을 적은 비문
바다 밑의 돌을 캐어 정교히 새겨 있어
큰 인물로 알았는데 심상한 무덤일세.
돌다리 오십 칸에 무지개문 몇이런고.
다리 위엔 시장 열고 다리 아래 배가 오간다.
고운 단장 부녀들이 화려한 집 안에서
앵무새도 희롱하고 악기 타며 노래하네.
봉성현 길을 떠나 법해사 구경하고
포정사[4]에 글을 올려 고국 감을 바랐더니
황제가 명령하여 호송관을 정하였다.
청명 시절 못 되어서 보리가 누르렀고

---

4) 중국 지방 장관이 일을 보는 관청.

여름이 내일인데 조 이삭이 드리웠다.
황진교 지나와서 수군부에 들어서자
무리 지어 오는 것이 무엇인지 모르겠네.
수백 명이 메었는데 붉은 줄을 늘이었고
돛대 같은 명정대는 용의 형상 완연하다.
장막에선 통곡 소리 악공들이 앞에 섰다.
상갓집의 가마들엔 여종들이 탔다 하네.
봇짐장수 저 거동은 쳐다봄이 괴이하다.

남정현 태청관과 건녕부 다 지나서
건안현 긴긴 강에 돌다리를 건넜는데
무의산 그림자는 물 가운데 잠기었고
고기 잡는 초강 어부 푸른 물을 희롱하네.
보화사에 잠깐 쉬어 현무령 넘어가니
초나라 옛 도읍 천계부가 웅장하다.
익주부 진덕현은 엄자릉嚴子陵5)의 옛터이라.
칠리탄6) 긴 굽이에 낚시터가 높았으니
한나라 임금 풍채 의연히 보았는 듯
배 위에서 밤잠 자고 형주부로 들어가니
녹의홍상 무리 지어 누각에서 가무한다.
천주산은 동에 있고 서호수는 서편이라.

---

5) 후한後漢의 엄광嚴光. 엄광은 어렸을 때 광무제光武帝와 함께 공부한 인연으로 광무제 즉위 뒤
　　간의대부諫議大夫로 부름을 받았으나 응하지 않고 부춘산富春山에서 밭 갈고 낚시로 소일하며
　　여생을 마쳤다.
6) 엄자릉이 살던 땅의 강.

전당수 푸른 물에 채색 배를 매었는데
조선인 호송기가 연꽃 위에 번득인다.
아름다운 미인들이 흔연히 나를 맞아
희고 고운 손으로 잔 들어 술 권하니
철석간장 아니어니 어찌 아니 즐기리오.
악양루 먼 길을 배에 올라 떠나면서
순풍에 돛을 다니 구백 리가 잠깐이라.
연밥 따는 미인들이 쌍쌍이 오고 가고
고기 잡는 어부들은 낚싯대 메고 내려오네.
악주 남성 십 리 밖에 악양루 높았는데
십자형 집 유리창이 허공에 솟아났다.
동정호 칠백 리에 돛 달고 가는 배는
소상강을 향하는가 팽려호로 가시는가.
무산 십이 봉을 손으로 가리키니
초 양왕의 모습을 눈앞에 보는 듯[7]
창오산[8] 저문 구름 시름으로 걸렸으니
두 황후의 슬픈 눈물 천고의 원한이라.
긴 백사장 해당화는 붉은 안개 잦아 있고
홍도화 핀 해변가에 어부들이 내려오네.
귀양 왔던 옛 시인 두보의 슬픈 눈물
지나는 길손들의 회포를 자아내고
이태백 시풍에 기둥이 부서졌다.

---

7) 무산 선녀와 초 양왕이 만난 옛일을 눈앞에 보는 듯.
8) 창오산에서 순 임금이 죽고 두 황후가 대나무 숲에서 피눈물을 흘렸다.

이 강산 장하단 말 옛글에 들었더니
구사일생 이내 몸이 오늘날 구경한다.
서산에 해 저물고 동산에 달이 뜨니
저녁연기 오르는 절간의 종소리
어디서 이렇듯 잘랑잘랑 울리느뇨.

십구 일 배를 띄워 구강으로 올라가니
이천 년 전 싸움터요 경포의 고도로다.
호구 지주 다 지나서 소주부에 배를 매니
유구한 고도에 수만인가 벌여 있고
동문 밖 오 리 지나 적벽강이 흘러가고
무창은 서쪽이요 하구는 동편이라.
산천은 고요하고 달과 별이 빛나는데
까막까치 지저귀니 천고 흥망 네 아는가.
돌 다듬어 놓은 다리 그 아래서 배를 타니
교태로운 여러 미인 날 위하여 올려놓고
풍악 소리 울리는데 그 소리 맑고 맑다.
큰 절간 황금탑과 남병산을 보는 마음
제갈량이 이곳에서 칠성단 무어 놓고
하늘에 빌고 빌어 동남풍을 불렀던가.
여기저기 절간들을 차례로 다 본 뒤에
탔던 배를 다시 타니 소주 관속 뒤따른다.
양주부 강동현엔 다섯 호수 모여 있고
그 가운데 큰 돌산이 높이 솟아올랐으니
조화의 무궁함을 헤아리기 어렵도.

왕가장 또 지나니 어느덧 오월이라.
강남을 떠나서 산동성 들어서자
평원광야 뵈는 곡식 끝없이 펼쳐 있다.
땔나무는 아주 귀해 수숫대로 불 때고
남녀의 의복들은 다 떨어진 양가죽이로다.
지저귀며 오고 가니 그 형상 귀신 같다.
두부로 싼 수수전병 돼지기름에 부쳤으니
아무리 배고픈들 차마 어찌 먹을쏘냐.
죽은 사람 입관하여 길가에 버렸으니
그 관이 다 썩은 뒤 백골이 드러난다.
이곳의 풍속이나 차마 못 보리로다.

오월달 초사흘에 어느덧 이른 연경
황극전 높은 집 태청문에 솟아 있고
큰 나라 도읍이라 웅장하고 화려하나
인민의 호사함과 산천의 수려함은
비교하여 본다 하면 강남을 따를쏘냐.
보화 실은 강남 배는 성안으로 왕래하고
산동에 심은 버들 예까지 이어 있어
삼복에 길손들이 더운 것을 잊었어라.
예부로 들어가서 속히 보냄 청했더니
황제에게 아뢴 후에 조선관에 머물라네.
이 아니 반가운가 절하고 나와 보니
음식을 차려 놓고 극진히 대접한다.
차린 음식 접대 절차 아무리 극진하나

강남에 비교하면 열 배나 못하구나.
온갖 구경 다 한 뒤에 본국으로 가라 하니
이 아니 즐거우냐 웃음이 절로 난다.
관가 수레 각각 타고 산해관 나와 보니
들어 알던 만리장성 분명코 여기로다.
급한 마음 서둘러 심양을 다 지났다.
봉황성주 나를 맞아 강남 구경 하온 말을
차례로 다 물은 뒤 몹시 감탄하는구나.
"그대는 기남자라 좋은 구경 하였은즉
본국에 돌아감을 어찌 다시 근심하리."

봉황성 떠나오니 무인지경 칠백 리라.
압록강 바라보며 호송 관리 이별하고
윤유월 초나흘엔 의주부로 건너왔네.
부윤府尹이 그 뉘신고 심 지현沈知縣[9]이 위문한다.
의원 보내 문병하고 옷 한 벌 보냈구나.
사흘을 묵은 뒤에 차차로 전진하여
임진강에 다다르니 오는 사람 그 뉘신고.
부친의 편지 한 장 마주 와서 전하누나.
성급히 받은 마음 가슴이 다 떨린다.
한참을 진정하여 눈물로 떼어 보니
미친 듯 취한 듯 정신이 황홀하다.
얼마 뒤 배를 타자 순식간에 기슭인데

9) 지현 벼슬로 있는 심 씨. 지현은 군수.

바삐 걸어 밤낮 걸어 서울에 당도했네.
반갑도다 연추문이 다름 아닌 여기구나.
경기도 감영 앞에 기쁘게 말을 내려
감격한 마음으로 순찰사를 뵈온 후에
말 내주는 고마청에 찾아가니
황송하다 우리 부친 먼저 와 기다리네.
절하여 뵈온 후에 두 손목 서로 잡고
그간 사연 많았건만 하올 말씀 전혀 없네.
임금님 부름 받아 의정부로 들어오니
어느덧 명을 내려 오위장五衛將을 시키시고
절하고 물러나자 전주 중군中軍 임명하며
차례로 맡기시니 그 은혜 끝없어라.
다음 날엔 대궐에 들어가서 뵈옵는데
중국의 산천과 강남의 인심이며
눈과 귀로 보고 들은 것 세세히 물어보고
또 명령 내리기를 일가족 거느리고
부임지로 가라 하며 은정을 베푸시니
대궐 층계 지척 간에 그 음성이 은근하다.

아아 이내 몸이 미천한 사나이로
바다에서 죽을 목숨 천행으로 다시 살아
이국의 희귀한 것 일일이 다 보고서
고국에 돌아와 부모처자 상봉하고
또 이날 분수 넘친 벼슬을 하였거니
운수도 참으로 기이하고 기이하다.

궂은일은 변하여 좋은 일이 되었구나.
이 벼슬 다 끝난 후 고향으로 돌아가서
부모에게 효도하며 지낸 사실 글로 지어
거창한 바다 광경 후진에게 이르고저.
천하에 위험한 일 지내 보니 쾌하도다.

원문

탐라耽羅 거인居人 이방익李邦翼은 세대世代로 무과武科로서
이 몸에 이르러서 무과 출신出身 또 하였다.
성은이 망극하여 충장장忠壯將 직명 띠고
수유受由 얻어 근친覲親하니[1] 병진丙辰 구월 염일念日이라.[2]
추경秋景을 사랑하여 선유船遊하기 기약하고
망망대해 조수두潮水頭에 일엽 어정一葉漁艇 올라타니
이유보李有甫 등 일곱 선인船人 차례로 좇았구나.
풍범風帆을 높이 달고 바람만 좇아가니
원산遠山에 비낀 날이 물 가운데 비치었다.
청홍금단靑紅錦緞 천만 필을 필필이 헤뜨린 듯
하늘인가 물인가 수천水天이 일색이라.
도연陶然히 취한 후에 선판船板 치며 즐기더니
서북간西北間 일진광풍一陣狂風 홀연히 일어나니
태산 같은 높은 물결 하늘에 닿았구나.

---

1) 말미를 얻어 부모를 뵈러 가니. '수유受由'는 휴가를 받는 것.
2) 1796년 9월 스무날. '염일'은 20일.

주중인舟中人이 황망하여 조수措手할 길 있을쏘냐.
나는 새 아니어니 어찌 살기 바라리오.
밤은 점점 깊어가고 풍랑은 더욱 심타.
만경창파萬頃滄波 일엽선一葉船이 가이없이 떠나가니
슬프다 무삼 죄로 하직 없는 이별인고.
일생일사一生一死는 자고로 예사로되
어복漁腹 속에 영장永葬함은 이 아니 원통한가.
부모처자 우는 거동 생각하면 목이 멘다.
죽기는 자분自分하나 기갈飢渴은 무삼 일고.
명천明天이 감동하사 대우大雨를 내리시매
돛대 안고 우러러서 낙수落水를 머금으니
갈渴한 것은 진정하나 입에서 성에 나네.
밝으면 낮이런가 어두우면 밤이런가.
오륙 일 지낸 후에 원원遠遠히 바라보니
동남간 삼대도三大島가 은은히 솟아났다.
일본인가 짐작하여 선구船具를 보즙補緝하니
무삼 일로 바람 형세 또다시 변하는고.
그 섬을 벗어나니 다시 못 보리로다.
대양大洋에 표탕飄蕩하여 물결에 부침浮沈하니
하늘을 부르짖어 죽기만 바라더니
선판을 치는 소리 귓가에 들리거늘
물결인가 의심하여 창황蒼黃히 가 보니
자 넘는 검은 고기 주중舟中에 뛰어든다.
생生으로 토막 잘라 팔인八人이 노나 먹고
경각頃刻에 끊을 목숨 힘입어 보전하니
황천皇天이 주신 겐가 해신海神의 도움인가.
이 고기 아니라면 우리 어찌 살았으리.

어느덧 시월이라 초사일 아침 날에
큰 섬이 앞에 뵈나 인력으로 어찌하리.
자연히 바람결에 섬 아래 닿았구나.
팔인이 손을 잡고 북안北岸에 기어올라
경혼驚魂을 진정하고 탔던 배 돌아보니
편편片片히 파쇄破碎하여 어데 간 줄 어이 알리.
석경夕景은 참담하고 정신은 혼미하니
세상인 듯 구천인 듯 혜음 없는[3] 눈물이라.
한 식경 지난 후에 수백이 오는구나.
네 비록 지저귀나 어음語音 상통 못 하리라.
나는 비록 짐작하나 저 칠인은 모르고서
풍랑에 놀란 혼백 오히려 미정未定하여
저런 인물 또 만나니 우리 사생 모를 바라.
위로하여 내 이르되 정미세丁未歲 칙행시勅行時에[4]
내 그때 무겸武兼[5]이라 시위侍衛에 들었더니
중국인의 의복제도 저러하데 염려 마소.
붙드느니 끄으느니 호위하여 데려가니
오 리 밖 와가대촌瓦家大村 계견우마鷄犬牛馬 번성하다.
기갈飢渴이 자심滋甚하니 어찌하면 통정通情하리.
입 벌리고 배 뚜드려 주린 형상 나타내니
미음으로 권한 후에 젖은 의복 말리우네.
은자恩慈한 저 정권情眷은[6] 아국我國인들 더할쏜가.
일야一夜를 지낸 후에 정신이 돈생頓生하니

3) 까닭 모를, 하염없는.
4) 정미년(1887) 중국 사신 행차 때에.
5) 무신 겸 선전관. 선전관은 선전관청의 벼슬로, 정삼품에서 정구품까지 있었다.
6) 은혜로운 저 인정은.

죽을 마음 전혀 없고 고국 생각 간절하다.

눈물을 머금고서 창밖에 나와 보니

크나큰 공해公廨 집에 현판懸板이 걸렸는데

황금으로 메운 글자 배천당配天堂이 분명하다.

붓으로 써 물으니 복건성福建省 팽호부澎湖府라.

마궁馬宮 대인大人[7) 무삼 일로 우리 팔인八人 불렀던고.

사자使者 서로 인도하여 채선彩船에 올리거늘

선행船行 육칠 리에 아문衙門에 이르렀다.

안목眼目이 현황眩怳하니 화도중畵圖中이 아니런가.

서너 문 지나가서 고성장호高聲長呼 한 소리에

나오는 이 그 누군가 전후 옹위擁衛 엄숙하다.

신상身上에는 홍포紅袍 입고 붉은 일산日傘 앞에 섰다.

단정하고 웅위雄偉할사 진실로 기남자奇男子라.

그 집을 돌아보니 좌우 익곽翼廓[8) 굉장하다.

대상臺上에 뫼신 사람 정하庭下에 무수 군졸

황릉기皇綾旗 죽곤장竹棍杖이 쌍쌍이 벌였으니

위의威儀는 숙숙肅肅하고 풍채도 늠름할사

그 관인官人 묻자오되 어느 나라 사람인고.

일배주一盃酒로 위로한 후 저 칠인은 다 보내고

나 혼자 부르거늘 또다시 들어가니

관인이 염임斂衽하고 무슨 말삼 하옵는고.

그대 비록 기곤飢困하나 칠인 동무 아니로다.

무삼 일로 표류하여 이 땅에 이르신고.

---

7) 팽호부는 여러 섬이 모인 곳인데, 주된 섬의 중심지인 마공馬公을 가리킨다. 여신인 낭마보살娘媽菩薩을 제사 지내는 낭마궁이 있어서 '마궁媽宮'이라 불리던 것이 '마궁馬宮'이 되고 다시 '마공馬公'으로 변한 듯하다. 마궁 대인이라 함은 이곳의 고위 벼슬아치를 말한다.

8) 본채 좌우에 딸린 집.

진정으로 묻잡나니 은휘隱諱 많이 어떠한고.

지감知鑑도 과인過人할사 기일 길이 있을쏘냐.

조선국 말단에서 풍경 따라 배 탔다가

이 땅에 오는 일을 세세히 고한 후에

고국에 돌아감을 재삼 간청하니

관인이 이 말 듣고 주찬酒饌 내어 대접하며

장읍長揖하여 출송出送하니 큰 공해公廨로 가는구나.

중문 안에 들어가니 큰 집 한 간 지었는데

관공關公[9] 소상塑狀 크게 하여 엄연儼然히 앉혔구나.

좌우를 둘러보니 평상이 몇몇인고.

평상 위에 백전白氈[10] 펴고 백전 위에 홍전紅氈이라.

수놓은 비단 이불 화상畵床[11]에 벌인 음식

범절凡節이 초견初見이라 날 위하여 베풀었네.

십여 일 치료 후에 팽호부로 가라거늘

행장을 수습하여 바깥에 나와 보니

화려한 붉은 수레 길가에서 대후待候[12]한다.

사자와 함께 타고 십리 장정長亭[13] 올라가니

문희원 높은 집에 현판이 뚜렷하다.

금은 채단綵緞 휘황하고 당귤 민강唐橘閩薑[14] 풍성하다.

여인 의복 볼작시면 당홍 치마 초록 당의

머리에 오색 구슬 화관花冠에 얽혀 있고

---

9) 관공은 관우關羽.

10) 흰 모전. 모전은 짐승 털로 두툼하게 짠 담요.

11) 아름답게 꾸민 밥상.

12) 웃어른의 명령을 기다리는 것.

13) 십 리마다 세워 둔 정자.

14) 중국 귤과 복건성 민 땅에서 나는 생강.

허리에 황금대黃金帶는 노리개가 자아졌다.[15]
금차金釵에 비단 꽃을 줄줄이 쥐었으니
염염艶艶한 저 태도는 천하에 무쌍無雙이라.
팽호부 들어가니 인가도 조밀하다.
층층한 누대들은 단청이 영롱하고
은은한 대수풀은 석양을 가리웠다.
나무마다 잔나비를 목줄 매어 놀렸으니
구경은 좋거니와 객수客愁가 새로워라.
관부 장관府長이 전령傳令하되 그대 등의 연유를
대만부臺灣府에 이문移文[16]하니 아직 잠깐 기다리소.
일기日氣는 극한極寒하고 갈 길은 만여 리라.
관중館中에 조반朝飯하고 마궁에 배를 타니
전송하는 행자行者 음식[17] 안전眼前에 가득하다.
풍세風勢는 화순和順하고 일색은 명랑하니
대만부가 어드메뇨 오 일 만에 다닫거라.
선창 좌우에는 단청한 어정漁艇이요
장강長江 상하에는 무수한 상선商船이라.
종고鐘鼓와 생가笙歌 소리 곳곳이서 밤새우니
사월 팔일 관등觀燈인들 이 같을 길 있을쏘냐.
탔던 선인船人 이별하고 층성문層城門 달려드니
유리장琉璃帳 수정렴水晶簾이 십 리에 연하였다.
관부를 다시 나서 상간부에 하처下處[18]하고
동지 밤 긴긴 새벽 경景 없이 누웠더니

---

15) 찬란하다.
16) 관청에서 관청으로 공문을 보내는 것.
17) 송별할 때 차린 음식.
18) 숙소를 정하는 것.

오는 선비 그 뉘런고 잔 들어 위로한다.

병부 사자 부르거늘 아문 앞에 나아가니

황국 단풍 백조성白鳥聲이 월객月客 수심 돕는구나.

상산 병부 충수거를 두렷이 세웠는데

천병만마千兵萬馬 옹위하고 검격 의장 삼엄하다.

군용軍容을 정제한 후 삼대문三大門 들어가니

꽃 사이에 천조 백금千鳥百禽 너풀면서 소리하고

나무 아래 미록 원장麋鹿猿獐 무리 지어 왕래하네.

경개도 절승할사 그림 속이 아니런가.

십여 층 벽계壁階 상에 사관 장수 뵈온 후에

오행선 올라타니 서황성이 일만 리라.

정사 정월 초사일에 하문부에 들어가니

자양서원紫陽書院 네 글자를 황금으로 메웠는데

갑사장甲紗帳 둘러치고 좌우 익곽 사려奢麗하다.

전 밖에 나와 보니 수백 유생儒生 갈라 앉아

주찬酒饌으로 추양推讓[19]한다.

전취부가 어데메뇨 이 또한 옛 국도國都라.

성곽은 의구한데 인물도 번화할사

사자使者의 뒤를 따라 층각에 올라서니

당홍 비단 수방석이 자리마다 벌어 있다.

배반杯盤을 파한 후에 사처私處로 돌아오니

육천 리 수로 행역行役 피곤키도 자심하다.

봉성현 노문路文[20] 놓고 북문 밖에 나와 보니

단청한 큰 비각이 한 소열漢昭烈[21]의 유적이라.

---

19) 서로 먹으라고 권하는 것.

20) 도착 예정일을 미리 앞길에 통지하던 공문.

저기 있는 저 무덤은 어떤 사람 묻혔는고.

석회 쌓아 봉분하고 묘상각墓上閣이 찬란하다.

양마석羊馬石 신도비神道碑[22]를 수석으로 새겼으니

경상卿相인가 하였더니 심상한 민총民塚이라.

돌다리 오십 간에 무지개문 몇이런고.

다리 위에 저자 앉고 다리 아래 행선行船한다.

부녀들의 응장성복凝裝盛服 화각畵閣에 은영隱映하니

앵무도 희롱하며 혹탄혹가或彈或歌 하는구나.

봉성현 길을 떠나 법해사 구경하고

포정사布政司에 글을 올려 치송治送하기 바랐더니

황제께서 하교하사 호송관護送官을 정하였다.

청명 시절 못 되어서 보리가 누르렀고

하사월夏四月이 내일인데 조 이삭이 드리웠다.

황진교 지나와서 수군부 들어오니

태산같이 오는 것은 멀리 보니 그 무엇고.

수백 인이 메었는데 붉은 줄로 끄을었다.

돛대 같은 명정대銘旌臺는 용두 봉두龍頭鳳頭 찬란하다.

장帳 안에서 곡성이요 갖은 삼현三絃[23] 앞에 섰다.

무수한 별연別輦 독교獨轎[24] 상가喪家 비자婢子 탔다 하네.

행상하는 저 거동은 첨시瞻視가 고이하다.

남정현 태청관太淸觀과 건녕부 다 지나서

건안현 긴긴 강에 석교를 건너가니

무의산 그림자는 물 가운데 잠기었고

---

21) 촉한의 시조 소열 황제, 곧 유비劉備.

22) '양마석'은 돌로 만든 말, '신도비'는 생애를 적은 비석.

23) 거문고, 가야금, 비파. 여기서는 삼현육각을 말한다.

24) '별연'은 특별한 가마, '독교'는 말 한 마리가 끄는 가마.

고기 잡는 초강楚江 어부 푸른 물에 희롱하네.

보화사에 잠깐 쉬어 현무령 넘어가니

초나라 옛 도읍이 천계부에 웅장하다.

익주부 진덕현은 엄자릉嚴子陵의 옛터이라.

칠리탄 긴 구비에 조대釣臺[25]가 높았으니

한 광무漢光武의 고인 풍채 의연히 보았는 듯

선상船上에서 경야經夜하고 형주부로 들어가니

녹의홍상綠衣紅裳 무리 지어 누상樓上에서 가무歌舞한다.

천주산은 동에 있고 서호수西湖水는 서편이라.

전당수 푸른 물에 채선彩船을 매었는데

조선인 호송기護送旗가 연꽃 위에 번득인다.

호치단순皓齒丹脣 수삼 미인 흔연히 나를 맞아

섬섬옥수로 잔 들어 술 권하니

철석간장鐵石肝腸 아니어니 어찌 아니 즐기리오.

악양루岳陽樓 원근 도로 호행護行[26]에게 물어 알고

순풍에 돛을 다니 구백 리가 순식이라.

채련採蓮하는 미인들은 쌍쌍이 왕래하고

고기 잡는 어부들은 낚대 메고 내려오네.

악주 남성南城 십 리 밖에 악양루 높았으니

십자각 유리창이 반공에 솟아났다.

동정호洞定湖 칠백 리에 돛 달고 가는 배는

소상강瀟湘江을 향하는가 팽려호彭蠡湖는 가시는가.

무산巫山 십이봉을 손으로 지점指點하니

초 양왕楚襄王의 조운모우朝雲暮雨 눈앞에 보압는 듯

---

25) 낚시터.

26) 호위하는 사람.

창오산蒼梧山 저문 구름 시름으로 걸렸으니
이비二妃의 죽상원루竹上怨淚27) 천고千古의 유한遺恨이라.
십 리 명사明沙 해당화는 붉은 안개 잦아 있고
양안兩岸 어기漁磯 홍도화紅桃花는 석양 어부 내려오네.
두 공부杜工部의 천적수遷謫愁28)는 고금에 머물렀고
이청련李靑蓮의 시단철추詩壇鐵椎29) 동량棟梁이 부서졌다.
이 강산 장탄 말을 옛글에 들었더니
만사여생萬死餘生 이내 몸이 오늘날 구경하니
꿈결인가 참이런가 우화등선羽化登仙 아니런가.
서산西山에 일모日暮하고 동령東嶺에 월상月上하니
연사모종煙寺暮鍾 어드메뇨 금준미주金樽美酒 가득하다.
십구 일 배를 띄워 구강九江으로 올라가니
초한楚漢 적 전장戰場이요 경포鏡浦의 고도古都로다.
호구 지주 다 지나서 소주부蘇州府에 배를 매니
손중모孫仲謀30)의 장壯한 도읍 수만 인가 벌여 있고
동문 밖 오 리 허許에 적벽강赤壁江이 둘렀으니
무창武昌은 서에 있고 하구夏口는 동편이라.
산천은 적요하고 성월星月이 조요照耀한데
오작烏鵲이 지저귀니 천고 흥망 네 아는가.
영롱히 달린 석교 그 아래 배를 타니
함교함태含嬌含態 선연蟬娟 미인 날 위하여 올렸으며
대풍악大風樂을 울렸으니 그 소리 요량嘹亮하다.
호구사虎邱寺 황금탑에 남병산南屛山을 지점指點하니

---

27) 순 임금의 두 아내인 아황과 여영이 순 임금이 죽자 댓잎에 뿌린 원통한 눈물.
28) 당나라 시인 두보가 귀양살이하는 슬픔.
29) 당나라 시인 이백이 시단을 뒤흔들던 쇠몽치. 청련은 이백의 호.
30) 삼국 시대 오나라를 세운 왕.

칠성단 제갈 제풍諸葛祭風[31] 역력히 여기로다.

한산사寒山寺 금산사金山寺를 차례로 다 본 뒤에

탔던 배 다시 타니 소주蘇州 차사差使 호행護行한다.

양주부楊洲府 강동현江東縣은 오호수五湖水 합류처合流處라

그 가운데 삼 리 석산石山 백여 장이 높았으니

조화의 무궁함을 측량키 어렵도다.

왕가장汪家莊 또 지나니 어느덧 오월이라.

강남을 이별하고 산동성山東省 들어오니

평원광야 뵈는 곡식 서직도속黍稷稻粟 뿐이로다.

시초柴草는 극귀極貴하여 수숫대를 불 따이고

남녀의 의복들은 다 떨어진 양피羊皮로다.

지저귀며 왕래하니 그 형상 귀신같다.

두부로 싼 수수전병 저유猪油로 부쳤으니

아무리 기장飢腸인들 차마 어찌 먹을쏘냐.

죽은 사람 입관하여 길가에 버렸으니

그 관이 다 썩은 후 백골이 허여진다.

이곳의 풍속이나 차마 못 보리로다.

하오월夏五月 초삼일에 연경燕京에 다다르니

황극전皇極殿 높은 집이 태청문太淸門에 솟아났다.

천자의 도읍이라 웅장은 하거니와

인민의 호사함과 산천의 수려함은

비교하여 볼작시면 강남을 따를쏘냐.

보화 실은 강남 배는 성중으로 왕래하고

산동에 심은 버들 황도皇都에 닿았으니

삼복에 왕래 행인 더운 줄 잊었어라.

---

31) 제갈량이 칠성단을 무어 동남풍이 불어오길 빌던 일.

예부禮部로 들어가서 속속 치송速速治送 바랐더니
황제께 아뢴 후에 조선관朝鮮館에 머물라네.
이 아니 반가운가 절하고 나와 보니
포진鋪陳 음식 접대 제절 아무리 극진하나
강남에 비교하면 십 배나 못 하구나.
온갖 구경 다한 후에 본국으로 가라 하니
이 아니 즐거우냐 웃음이 절로 난다.
태평차太平車 각각 타고 산해관 나와 보매
만리장성 여기로다 심양으로 들어오니
봉황성장鳳凰城將[32] 나를 맞아 강남 구경 하온 말삼
차례로 다 물은 후 흠탄불이欽歎不已 하는구나.
그대는 기남자라 이런 장관 하였으니
본국에 돌아감을 어찌 다시 근심하리.
이곳을 떠나오니 무인지경無人之境 칠백 리라
압록강 바라보고 호행관護行官 이별한다.
윤유월閏六月 초사일에 의주부義州府로 건너왔다.
부윤府尹이 그 뉘신고 심 지현沈知縣이 위문한다.
의관醫官으로 문병하고 의복 일습 보내었다.
삼 일을 묵은 뒤에 차차로 전진하여
임진강 다다르니 오는 사람 그 뉘신고.
가친家親의 일봉서一封書를 마주 와서 전하였네.
손으로 받아 쥐니 가슴이 억색抑塞한다.
반상半晌을 진정하여 눈물로 떼어 보니
미친 듯 어린 듯 정신이 황홀하여
인하여 배를 건너 주야에 배도倍道하니

연추문延秋門이 여기로다 기영畿營³³⁾ 앞에 말을 내려
순상巡相께 뵈온 후에 고마청雇馬廳³⁴⁾에 물러오니
황송옵다 우리 가친 먼저 와 기다리네.
절하여 뵈온 후에 두 손목 서로 잡고
맥맥脈脈이 상대하니³⁵⁾ 하올 말삼 전혀 없네.
성상聖上의 명을 받아 상부相府³⁶⁾로 들어오니
어느덧 전교傳敎하사 오위장五衛將 시키시고
숙배肅拜³⁷⁾를 못 하여서 전주 중군全州中軍 상환相換 교지敎旨³⁸⁾
차례로 맡기시니 성은聖恩도 망극할사
명일에 사은謝恩하고 인하여 입시入侍하니
중국의 산천 험조險阻 강남의 인심 후박
이목의 듣고 본 것 세세히 물으시고
또 전교 내리우사 장부 부임赴任 하라시니
전폐상殿陛上 지척 간에 옥음玉音이 정녕丁寧하다.
어화 이내 몸이 하향遐鄕의 일천부一賤夫로
해도중海島中 죽을 목숨 천행으로 다시 살아
천하 대관天下大觀 고금 유적 역력히 다 보고서
고국에 생환生還하여 부모처자 상대하고
또 이날 천은天恩 입어 비분지직非分之職 하였으니
운수도 기이할사 전화위복 되었도다.
이 벼슬 과만瓜滿하고 고토故土로 돌아가서

---

33) 경기 감영.
34) 관원에게 탈 말을 내어 주던 곳.
35) 서로 정답게 보는 모양.
36) 의정부.
37) 벼슬을 받은 뒤에 임금에게 법식에 따라 인사하는 것.
38) 전주 중군과 서로 자리를 바꾸라는 왕의 지시.

부모게 효양孝養하며 지낸 실사實事 글 만들어
호장豪壯한 표해漂海 광경 후진에게 이르고저.
천하에 위험한 일 지내노니 쾌하도다.

연행가燕行歌

어화 천지간에 남자 되기 쉽지 않다.
조선의 이내 몸이 중국 보기 원했더니
병인년 춘삼월에 가례 책봉[1] 되오시니
나라의 큰 경사요 백성들의 복이로다.
청나라에 사신 갈 제 세 사신을 내었어라.
첫자리에 유 승상과 서 시랑이 두 번째요[2]
행중 어사 서장관도 직책이 중할시고.
직책이 문서 맡은 중한 책임 띠었으니
그때 나이 스물다섯이라 소년 공명 이 아니냐.
하사월夏四月 초구일初九日을 이별 날로 정하고
성정각에 들어가서 임금을 뵈온 뒤에
협양문을 하직하고 인정전에 들어서니
장악원掌樂院 일등악一等樂에 누런 의장 위풍 떨쳐
용정자龍亭子[3] 앞세우고 백관이 뒤따른다.

■ 홍순학洪淳學이 스물다섯 살에 서장관으로 중국에 갔다 돌아와서 지은 장편 기행가사이다. 1866
년 4월 9일에 서울을 출발하여 같은 해 8월 23일에 돌아온, 4개월 반의 중국 여행 동안 보고 들은
것을 노래하고 있다. 특히 19세기 후반 서구 제국주의의 침략이 중국에 뻗친 사실을 노래한 첫 가
사이기도 하다.
1) 1886년(고종 3)에 고종이 명성 황후와 혼인한 것을 이른다.
2) 세 사신은 상사, 부사, 서장관으로, 상사에 유후조柳厚祚, 부사에 서당보徐堂輔, 서장관에 홍순학이
었다.

돈의문 내달아서 무학재 넘어서고
홍제원 다다르니 재상 어른 명사 친구
문객이며 청지기며 전별차로 나와 보고
잘 가거라 당부하니 잘 있어라 대답할 제
잠시 이별 서운함을 얼굴마다 띠었구나.
수레에 올라타니 일산日傘이 높이 떴다.
말몰이꾼 한소리에 앞길이 몇천 리냐.
집안을 생각하니 마음도 처량하다.
집 안엔 백발 노친 조용히 뫼셔 있고
청춘의 젊은 안해 금실이 남달라도
형제 없는 혈혈 독신 외롭구나 이내 몸은
먼 길을 떠나가며 집일 부탁할 곳 없고
나라 명령 중하기로 어찌할 수 없어라.
삼각산 바라보며 몇몇 번 탄식이냐.
녹번리 박석리와 구파발 창릉 재를
순식간에 지나서니 고양이 예 아니냐.
순시 깃발 온갖 형구 앞 행렬에 늘어섰고
행차 맞은 군수와 사령들이 대령하네.
읍내로 들어가니 숙소참이 예로구나.
작은 고을 음식상과 술상 차림 간소하다.
늦은 식후 글을 띄워 파주에 숙소 정하니
작은 고을과 판이하고 예의범절 훨씬 낫다.
해 뜰 때 떠나서 임진강 다다르니

---

3) 나라의 중요 문서나 보물을 옮길 때 쓰는 가마의 일종.

좌우의 산세 험준하게 둘러 있어
산 틈의 높은 성이 반원형 문 같도다.
예포 쏘고 문 나서니 잔잔한 강 앞에 있네.
물 흐름은 부드러워 가는 손을 붙드는 듯
산꽃들도 붉게 피어 이별 심회 돋는구나.
장단에서 점심 먹고 송도로 향해 가니
대문 밖에 등불은 삼각산을 마주 보고
들 가운데 돌기둥은 배를 매던 곳이구나.
남문을 들어가니 옛 도읍터로다.
인가도 빼곡하고 물색도 번화하다.
삿갓 쓰고 망태 멘 건 고려 시대 잊지 않고
의리를 지키는 이곳 사람 모습일세.
만월대 올라가니 쓸쓸하고 처량하다.
송악산은 변함없이 하늘에 솟았는 듯
고려 왕의 대궐 터는 만월대만 남아 있고
고목과 거친 풀은 앙상하여 못 볼레라.
선죽교 어드메뇨 고적을 구경하자.
고려 충신 정몽주가 순절하던 곳이라네.
다리 위에 피 흔적은 몇백 년 지나도록
비바람 속에서도 지금까지 완연하다.
후세에 보는 사람 뉘 아니 창감하랴.
숙종 왕이 글 쓴 비문 그 충절을 기록하니
다리 위에 난간 쳐서 행인을 금하누나.
일행을 재촉하여 청석관靑石關[4]에 다다르니
산세는 험악하여 깎아지른 모양일세.

시내는 굽이쳐서 굽이굽이 흐르는데
길바닥 깔린 돌에 수레 타기 불편하다.
성 쌓고 문을 지으니 경기와 해서 경계가 예로구나.
금천 땅에 다다르니 황해도 지경이라.
경기 역졸 하직한 뒤 청단青丹5) 역마 갈아타고
회란석廻欄石 바라보니 경개도 절승하다.
층층하고 기이한 바위 백 척이나 높았는데
산 밑에 흐르는 물은 박연폭포 하류로다.
읍내 들어 점심 먹고 저탄교猪灘橋6) 건너가니
돝여울 깊은 강에 나무로 놓은 다리
함흥의 만세교가 이와 거의 같으리라.
평산읍에 머무르니 곡산부에서 떨쳐 나와
서로 친한 선비 반가이 안부 묻네.
여러 선비 와서 보고 영광이라 치사하며
음식상 물려주고 기생 불러 술 권하니
큰 잔을 받아 놓고 희색이 만면한 중
어렵고 부끄러워 어찌할 줄 전혀 몰라
안절부절못하는 모양 그 또한 볼만하네.
이른 식후 떠나가니 태백산성 지났구나.
점심참이 어드메뇨 숭수관이 예로구나.
산은 높고 물은 깊어 층암절벽 둘렸는데

---

4) 황해도로 들어가는 관문.
5) 황해남도 남동부에 있는 고을.
6) 예성강禮成江 상류, 금천읍 둘레를 흐르는 강의 다리. '저탄'은 돝여울.

물밑의 맑은 샘에 푸른 하늘 비쳤구나.
산이 첩첩 가팔라 파촉산과 닮았는데
옛날 어느 땐간 원숭이 울었다네.
서홍에서 머물고 검수관서 점심 먹고
봉산군에 머물고 동선령 바라보니
길은 깊고 산은 높아 험준하고 가파르다.
좌우의 푸른 솔숲 청청하게 둘러 있고
푸른 물 굽이치는 그 풍경이 기이하다.
높은 석벽 서 있는 사인암이 저것인가.
산세 따라 성을 쌓아 관을 짓고 문을 내어
황해도 좁은 길목 이렇듯이 험하도다.
성 위에 높은 누각 백 척이나 솟았는데
성 앞에 일대 장강 누 아래 무연하다.
동산에 달 돋으니 물빛이 금빛 되어
슬렁슬렁 끓는 모양 금 솟는다 이른다네.
이렇듯 밝은 밤에 기생 풍류 없을쏘냐.
술과 안주 갖춰 놓고 춤과 노래 구경하자.
중화에서 머무르니 평안도 지경이라.
어천대御天臺[7] 생양역은 삼등 역마 대령하고
평양 땅에 다다르니 즐겁기도 그지없다.
강산 누대 좋단 말은 소문으로 들었거늘
첫눈에 황홀하니 듣던 말이 참말일세.
십 리 긴 숲 푸른 그늘 좌우로 으늑하다.

---

7) 고구려 시조 주몽이 하늘로 올라간 자리라는 곳.

대동강에 다다르니 단청한 배 대령하고
풍악 울려 예포 쏘아 행차를 맞는구나.
성안을 바라보니 선경仙境이냐 인간人間이냐.
굽은 성 이층 문루 대동문이 저기로다.
육인교六人轎에 높이 앉아 하인들을 앞세우고
천천히 들어가서 좌우를 살펴보니
물색의 번화함이 서울이나 다름없다.
가는 사람 오는 사람 길가에 겹쳐 서서
우리를 쳐다보며 저희끼리 하는 말이
장하도다 저 사또님 연세가 얼마신지
저렇듯 소년 서장관 이 근래에 처음이라.
숙소로 들어가니 준수하다 통인들은
갑사 쾌자 남색 띠에 갓벙거지 공작깃으로
좌우로 벌여 서서 거행이 민첩하다.
어여쁘다 수청 기생 초록 저고리 붉은 치마 단장하고
큰머리 쓰개 쓰고 도화분 화장하고
다과 술상 들여오며 여럿이 아뢰니
영본부 감사 아전 밑에서 거행하네.
이때가 어느 때냐 삼사월 좋은 때라.
춥지 않고 덥지 않고 봄바람이 화창한데
연광정 찾아가니 제일강산 예로구나.
백 척이나 높은 누각 물 위에 떠 있는 듯
먼 산을 바라보니 높고 낮은 천만 봉이
안개 속에 요란하여 푸른 흔적뿐이로다.
백사장 넓은 들에 푸른 버들 드리워서

구름안개 덧치는 양 비단 장막 둘렀는 듯
일대 장강 푸른 물은 하늘빛과 한 색이라.
강 위의 쪽배는 고기 잡는 어선이요
강가에 섰는 미인 빨래하는 여인이라.
부벽루가 어드메뇨 배를 띄워 올라가자.
대동문 돌아 나서 강변의 배를 잡아
한 배에는 온갖 풍악 또 한 배는 북 장구 피리.
관가 배에 올라앉아 배 치레를 살펴보니
초가로 이은 집이 사면으로 간반間半이요
완자 창살 장지에 고운 방을 꾸며 놓고
울긋불긋 단청으로 오색 무늬 영롱한데
꽃돗자리 꽃방석에 꾸린 것을 잘하였다.
여러 기생 모여 앉아 노래나 하여 보자.
일제히 병창하니 곡조도 아름답다.
어부사漁父詞 한 곡조에 배를 저어 올라가니
풍악은 잦아지고 맑은 흥취 넘치누나.
봄물에 배를 타니 하늘 위에 앉았는 듯
흥겨운 마음으로 옛글을 읊어 보니
맑고도 잔잔한 가을의 물빛은
하늘과 한 빛이라 경개가 절승하다.
서쪽으로 바라보니 청류벽 험한 바위
톱날 모양 높이 솟아 병풍같이 둘렀어라.
동쪽을 바라보니 능라도 넓은 섬이
물 가운데 떠 있어 물줄기를 갈랐는가.
남쪽을 바라보니 호호망망 흐르는 물이

한사정 앞을 지나 바다로 통했으며
북쪽을 바라보니 외로운 성 높은 곳에
우뚝이 있는 누각 기이하다 어디러냐.
가을날 악양루에서 아래를 굽어보면
동정호의 맑은 물은 하늘과 한 빛이요
등왕각에 높이 올라 멀리 앞을 바라보면
다섯 호수 좋은 경치 황홀하다 하였거늘
대동강 좋은 곳에 부벽루가 없을쏘냐.
전금문 들어가서 누각 위에 올라 보니
모란봉이 주산이요 앵무주가 앞에 있어
산 빛이 은은하여 먼 경치도 볼만하고
물소리 요란하여 가까운 여울이라
깊숙하고 그윽함이 신선세계 들었는 듯.
대풍악을 들여놓고 춤 노래 구경하자.
아리따운 노랫소리 하늘 위에 높이 떴다.
춤추는 긴 소매는 바람결에 나부낀다.
눈앞에 벌린 것이 녹의홍상 이 아니냐.
울긋불긋 고운 모양 봄바람을 일으킨다.
고운 여색 저 모습에 정신이 흐려지니
저희끼리 시기하여 누구를 호리려노.
들으니 미인 모르는 영웅 열사 없다 하네.
어렵도다 이내 몸이 미천한 사람으로
이십여 년 책상물림 고이고이 자라나서
강산풍월 좋은 곳에 어디 한번 놀았으랴.
술집에 자주 다녀 오입 물정 알았으랴.

처음으로 당해 보니 마음이 편할쏘냐.
영명사 구경 가자 득월루 저기인가.
을밀대 바라보니 허공에 솟아 있다.
칠성암이 어드메냐 기린굴[8] 여기로다.
옛적 어느 땐가 동명왕이 말을 타고
그 굴로 들어가서 강가로 나왔다니
허탄한 말 같으나 기이한 일이로다.
평양같이 좋은 강산 팔도를 다 보아도
이만한 데 없다 하네.
백 가지 일 원치 말고 평양 감사 되어 보소.
어떤 사람 팔자 좋아 신선의 연분 있어
이렇듯 별세계에 천 가지 복 누리는고.
평양서 떠나가니 순안현 숙소로다.
숙천에서 점심 먹고 안주 성내 들어가니
운주헌[9] 들렀다가 만경루를 바라보며
백상루 구경 가자 경개가 어떻던고.
청천강 넓은 물은 푸른빛을 띠어 있고
약산 동대 높은 봉은 먼 산 빛이 아름답네.
녹음방초 좋은데 큰길로 수레 몰아
청천강 진두강의 박천 지경 언뜻 지나
가산군에 머무르니 새별령 저기로다.
위태하고 험준한 고개 간신히 넘어서

---

8) 기린굴은 부벽루 둘레에 있다. 고구려 동명왕이 여기서 기린말을 길렀다고 한다.
9) 사신이 묵는 숙소.

납청정서 말 먹이고 정주읍 들어가니
북장대 무너진 성 전쟁터가 분명한데
길가의 저 비각은 승전비가 아니런가.
곽산군에서 점심 먹고 선천에 머무르니
물색도 번화하여 미인 많다 소문 높네.
의검정 넓은 대청 큰 연회를 배설하고
여러 기생 불러다가 춤추는 구경하세.
맵시 있는 선 춤이요 시원하다 북춤이오.
공교하다 포구락抛毬樂과 처량하다 배따라기
한가하다 느린 곡조 우습도다 중의 춤.
지화자 하는 소리 모든 기생 병창한다.
항장무項莊舞라 하는 춤은 이 고을서 처음 본다.
팔 년 전쟁 초한 시절 연회 장면 흉내 내어
항우와 한 패공은 동서로 앉았는데
항우 신하 범증이 옥패물을 세 번 들면
한 패공을 죽이기로 언약을 하였건만
한나라 모사 장량이 미리 알고
눈짓으로 신호하자 번쾌가 뛰어나가
긴 검을 휘두르며 항우를 보는 모양
그 아니 장관이냐 우습고도 볼만하다.
동림진 지나 서서 양책관은 용천이라
청류암 좋은 경치 제일강산 새겨 있다.
석계교 건너서서 소곳관에서 머무르니
예서부터 의주 지경 조선의 한끝이라.
살문이 높은 고개 한 마루에 올라서서

저들 땅을 바라보니 지척에 임하였다.
해동의 제일관은 만부灣府의 남문이라.
취승당이 어드메뇨 옛일이 서글픈데
예가 바로 선조 대왕 피란했던 집이로다.
그때 일을 생각하니 분하기 그지없다.
통군정 높은 정자 압록강에 닿아 있어
기생 풍류 울리며 구경차로 올라가니
경개는 절승하나 좋은 줄은 모르겠다.
풍악이 요란해도 기쁜 마음 전혀 없다.
집 떠난 지 몇몇 날에 소식이 망연하니
앞길이 멀고 멀어 갈 길이 아득하구나.
강 건너를 바라보니 어이 저리 쓸쓸하냐.
우거진 풀 너른 들에 북풍은 들이치고
마음이 처량하여 긴 한숨이 절로 난다.
슬픈 생각 진정 못 하는 이내 눈물 뉘가 알리.
내 홀로 위로하고 제 스스로 억제하니
십여 명 기생을 앞에다 모아 놓고
피리 해금 장구는 노래 곡조에 맞추고
양금과 거문고도 옛 노래와 어우러져
이팔청춘 여인들이 봄바람을 희롱하니
젊은 학사 소년시에 드높은 흥 없을쏘냐.
이렇듯이 노닐면서 세월을 보내더니
오월 초이레로 강 건널 날 정하였네.
지닌 선물 점검하고 행장을 수습하여
압록강에 다다르니 송객정送客亭이 예로구나.

의주 부윤 나와 앉고 음식상을 차려다가
세 사신을 전별할 제 처량키도 그지없다.
한잔 한잔 다시 한잔 서로 앉아 권하는데
이별 노래 한 곡조는 차마 듣기 어려워라.
올리는 보고문을 봉한 뒤에 일어서니
고국산천 떠나는 쓸쓸한 마음을
소매에 떨어지는 눈물이 보태누나.
육인교를 물리치고 장독교帳獨轎10)를 준비하여
뒤따르던 하인들 보내고 일산 드는 종만 있다.
공형 급창 물러서니 말몰이꾼뿐이로다.
자그마한 배를 저어 점점 멀리 떠나가니
첩첩한 푸른 봉은 나를 보고 찡기는 듯
유유한 흰 구름 그 빛깔이 슬프도다.
쓸쓸한 이내 마음 오늘이 무슨 날인고.
부모 밑에 자라나서 벼슬하여 이십오 세
평생에 부모 곁에 오래 떠나 본 일 없다.
반년이나 어찌할꼬 부모 시중 못 들어서
경성 지경 백 리 밖에 먼 길 다녀 본 일 없네.
연연하고 약한 기질 만 리 길이 걱정일세.
좌우를 살펴보고 눈을 들어 앞을 보니
한 줄기 압록강이 국경선을 둘렀어라.
돌아보고 또 보고 우리 나라 다시 보자.
구련성 다다라서 한 고개를 넘어서니

---

10) 휘장을 친 가마.

보이던 통군정이 그림자도 아니 뵌다.
적막한 새소리는 처처에 구슬프다.
한가한 들꽃은 뉘를 위해 피었는고.
아깝도다 이러한 곳 두 나라가 버린 땅에
사람도 아니 살고 논밭도 없다 하네.
곳곳의 깊은 골에 닭과 개 소리 들리는 듯
왕왕이 험한 산세 범 나올까 겁이 난다.
죽밥으로 상을 차려 점심이라 가져오니
맨땅에 내려 앉아 식사나 하여 보자.
아까까지 귀하던 몸 어이 졸지에 천하였노.
일류 명창 높은 의례 수청 기생 어디 가고
풍성한 진수성찬 볼 수조차 없는가.
전에 먹던 밥 한 그릇 이렇듯 생각나니
어이없이 되었도다 어찌 아니 웃으리오.
금석산 지나서니 온정평 예로구나.
해 저물어 어두우니 한데서 잘까 보다.
세 사신 자는 데는 군막을 들이 치고
삿자리를 둘러막고 임시 거처 지었어도
사방에 바람 들어 밤 지내기 어렵거든
통역이며 비장 방장 불쌍하여 못 보겠네.
군막이란 명색으로 무명 한 겹 가렸으니
오히려 이번 길은 오뉴월 염천이라
하룻밤 지내기 과히 아니 어려우나
동지섣달 긴긴 밤에 눈보라가 들이치면
그 고생 어떠하랴 참혹하다 말한다네.

곳곳의 화톳불은 하인들이 둘러앉아
밤새도록 나발 소리 짐승 올까 염려로다.
밝기를 기다려서 책문柵門[11]으로 향해 가니
큰 나무 숲 울창한데 문 하나를 열어 놓고
봉황성 장군 나와 앉아 사람과 말 점검한다.
차례로 들어가니 국경 단속 엄격하다.
푸른 창문 붉은 대문 오색이 영롱하고
호화 찬란 점방들은 볼 물건들 번화하다.
집집마다 청국 사람 길가에서 구경하니
옷차림 괴이하여 처음 보기 놀랍더라.
머리는 앞을 깎아 뒤만 땋아 늘이었고
당사실로 댕기 하고 청국 모자 눌러쓰고
검은빛 저고리는 깃 없이 지었으되
옷고름도 아니 하고 단추 달아 입었으며
아청색 바지 반물 속곳에 허리띠를 눌러 매고
두 다리에 행전 모양 희미하게 둘러치고
깃 없는 청두루마기 단추가 여럿이요
좁은 소매 손등 덮어 손이 겨우 드나들고
곰방대에 옥물부리 담배 넣는 주머니와
부싯돌도 껴서 들고 뒷짐 지기 버릇이네.
사람마다 그 모양 천만 인 한 빛이라.
조선 사람 구경하자 저희끼리 말하면서
무어라 인사하나 한마디도 모르겠다.

---

11) 청나라의 동쪽 끝 국경으로, 봉황성 어귀에 있다. 소나무 울타리를 세워 경계를 만들었다.

여인들이 볼만하다 그 모양은 어떻더냐.
머리는 치거슬러 가리마도 아니하고
뒤통수에 몰아다가 맵시 있게 장식하고
오색으로 만든 꽃을 여기저기 꽂았으며
분을 발라 단장하여 절반 취한 모양같이
불그레 고운 모습 눈썹을 다스리고
귀밑털 고이 지어 붓으로 그렸으며
입술은 연지 바른 붉은 입술 분명하고
귓방울에 뚫린 구멍 귀고리를 달았으며
의복을 본다 하면 사내들 제도로다.
당홍빛 바지에 누른빛 저고리요
연옥색 두루마기 발등까지 길게 지어
목도리며 소맷부리 꽃무늬로 수를 놓고
품이 넓고 소매 넓은 좋은 옷을 떨쳐입고
고운 손에 금가락지 외짝만 넓적하고
손목의 옥고리는 굵은 것이 둥글구나.
손톱을 길게 길러 한 치 남짓 되는구나.
발 맵시를 보게 되면 수놓은 신 신었으니
청국 여자 발이 커서 남자의 발 같더라.
한족 여자 발이 작아 두 치쯤 되는 것을
비단으로 꼭 동이고 신 뒤축 굽을 달아
뒤뚝뒤뚝 가는 모양 넘어질까 위태하다.
그렇다고 웃지 마라 명나라 끼친 제도
저 계집애 발 하나에 지금까지 남아 있다.
아이들도 구경 나와 줄렁줄렁 몰려서네.

머리는 다 깎아서 좌우로 한 웅큼씩
삐쭉하니 땋은 다음 붉은 실로 댕기 하고
모자에는 채색 비단 무늬 그려 수를 놓고
검은 공단 선을 둘러 붉은 단추 꼭지 하고
바지와 저고리는 오색으로 문양 놓고
배를 가리는 보자기는 끈을 달아
목에다가 걸었으니 배꼽 가린 계교로다.
십여 세 처녀들도 대문 밖에 나와 섰네.
머리는 아니 깎고 한편 옆에 몰아다가
양의 머리 모양처럼 웅기중기 잡아매고
꽃가지를 꽂았으니 풍속이 이렇구나.
호호백발 늙은 노인 머리마다 채색 꽃일세.
남녀노소 할 것 없이 담뱃대를 들고 가네.
팔구 세 아이라도 곰방대를 물었구나.
어느 곳을 찾아가니 집 제도가 우습도다.
잘 지은 두 칸 집에 벽돌을 곱게 깔고
반 칸씩 캉¹²⁾을 지어 좌우로 캉을 하니
캉 모양 어떻더냐 캉 제도를 못 보거든
우리 나라 부뚜막이 그와 거의 비슷하네.
밑에는 구들 놓고 불을 때게 마련하고
그 위에 자리 펴고 밤이면 누워 자고
낮이면 손님 접대 걸터앉기 가장 좋다.
기름 먹인 완자창과 회를 바른 벽돌담은

---

12) 중국 북방 지대 살림집에 놓은 방의 구들.

미천한 만주 사람 집치레가 과분하다.
때 없이 먹는 밥 기장 좁쌀 수수쌀밥
질게 삶아 내어 찬물에다 채워 두고
진기는 다 빠져서 아무 맛도 없는 것을
남녀노소 수효대로 한 그릇씩 밥을 담아
젓가락으로 그저 먹고 부족하면 더 떠온다.
반찬이라 하는 것은 돼지기름 제일이다.
만주 사람 풍속이 짐승 치기 즐겨한다.
천리마 같은 말들이며 범같이 큰 노새를
굴레도 안 씌우고 재갈도 아니 먹여
백여 마리씩 앞세우고 한 사람이 몰아가네.
조그만 아이들도 짐승들을 몰아가네.
대가리를 한데 모아 헤어지지 아니하고
집채 같은 황소라도 코 아니 뚫고 잘 부리며
조그만 나귀라도 맷돌질은 능히 하고
댓닭 당닭 오리 거위 고양이 개까지 다 기르며
발발이라 하는 개는 계집년들 품고 자네.
심지어 조롱 속에 온갖 새를 넣었으니
앵무새 백설조는 사람 말을 능히 한다.
어린아이 기르는 법 풍속이 야릇하다.
작은 상자에 줄을 매고 그네 매듯 추켜 달고
우는 아이 젖 먹여서 포대기에 뭉뚱그려
상자 속에 뉘어 두고 줄을 잡아 흔들면은
아무 소리 아니하고 보채는 적 없다 하네.
농사하며 길쌈하며 부지런히 일을 한다.

집집의 대문 앞에 쌓은 거름 산과 같다.
논은 없고 밭만 있어 온갖 곡식 다 심어도
말과 나귀 쟁기 메워 소 없어도 능히 갈며
호미 자루 길게 하여 김매기는 서서 한다.
씨아질 물레질은 꾸리 겯는 여인이라.
도투마리 나무틀 매어 풀칠 안 하고 잘들 하네.
베틀이라 하는 것은 민첩하고 재치 있다.
쇠꼬리[13] 아니라도 잉아 농락 어렵잖고
북만 집어 던지면은 바디질 절로 한다.

책문에서 나흘 묵고 채비하여 떠나가니
봉황산 천만 봉우리 요란하고 험준하다.
삼차하 넓은 못에 물결이 굽이친다.
백안동 다다르니 원나라 전장이요
송참이 저기로다 설인귀의 진陣터이라.
대장령 소장령은 높은 고개 여럿이네.
거센 파도 이는 듯한 이런 곳이 몇이 되랴.
회령령 넘어서 청석령이 어드메뇨.
길바닥에 깔린 돌은 톱니같이 일어서고
좌우에 달린 석벽 창검같이 둘렀는데
이렇듯 험한 곳에 발붙이기 어려워라.
낭자산 저문 구름 마천령 새벽바람
산곡간 험한 길에 사오 일 나오다가

---

13) 베틀신과 신대를 잇는 끈.

요동벌 칠백 리가 호호탕탕 터졌으니
지세가 질펀하여 산 하나 아니 뵌다.
사방을 바라보니 향방을 모르겠고
동서남북 묘연하니 하늘 끝이 저러한가.
만경창파 바다냐 육지가 분명하다.
운무 중 구름이냐 청명하기 정녕하다.
이렇듯 광활 세계 평생에 처음 보니
대장부의 넓은 마음 저렇듯 화려하고
영웅의 큰 기운이 이렇듯 쾌하리라.
요동성에 들어가니 굉장하고 번화하다.
정령위丁令威의 망두석은 고적이 자세잖고
울지경덕이 쌓은 백탑 지금까지 높아 있다.
탑 모양 어떻던고 벽돌과 회를 쌓아
열세 층 여덟 모 삼십여 층 아름답고
층층면면 새긴 것은 부처 형상 분명하다.
관제묘關帝廟[14]가 어디이뇨 정전正殿에 들어가니
황기와 이층집에 단청이 눈부시다.
닫집을 높이 달고 앉을 자리 크게 놓아
봉의 눈 삼각 수염 분명히 빚어냈다.
누런 빛깔 곤룡포와 면류관 복색으로
엄연히 걸터앉아 위풍이 늠름하다.
누런 포장 늘인 곳에 백옥 등잔 여럿이요
용의 촛대 향로 향집 제상 위에 벌여 있고

---

14) 관우를 모신 사당.

주창이며 관평이는 좌우에 벌여 서고
장비와 조자룡은 동서에 나눠 있고
삼척검 청룡도는 검광이 서리 같고
일등말 적토마는 뛰노는 듯 우뚝 섰다.
벽에 걸린 그림 삼국 풍진 저러한가.
뜰아래 세운 비는 사적을 기록했다.
좌우의 이층 누각 종과 북을 달았으니
서편에는 쇠북이요 동편에는 가죽 북이로다.
굉장하고 찬란하니 이루 기록 못다 하리.
여기 사람 풍속들이 관제묘를 숭상하여
동네마다 이런 데가 몇 곳인지 다 모르나
이곳에 배치함이 제일 장관이로세.
맞은편 극장에서 고전 가극 한창이다.
구경꾼은 모여들어 사람 소리 소란하고
풍류 소리 요란하여 천지가 진동하네.
어떤 사람 얼굴에다 흉하게 먹칠하고
검은 모자 누런 관복 느스름히 띠를 띠고
두 소매를 높이 들어 번뜩이며 춤추는데
아리땁게 화장한 한 미인이 달려 나와
오색 화관 부녀 예복 큰 띠를 길게 끌어
비단 부채 손에 쥐고 마주 서서 춤을 추니
명나라 적 의복제도 저러하다 이르더라.
우리 나라로 이르면은 탈춤 같은 것이리니
저희들은 재미있어 손뼉 치며 웃거니와
속 모르는 우리들은 무슨 재미 알겠느냐.

태자하 물 건널 제 들으니 연 태자가
진시황을 죽이려다 도망하여 빠졌으니
맑은 물 찬 바람에 외로운 혼 조상하세.
야리강 건너서니 심양이 예로구나.
청나라 도읍했던 봉천부 성경城京이라.
안팎 성과 굽은 성의 성문이 여덟이요
길가의 가게들은 좌우로 연이어서
가게마다 패를 세워 붉은 패 푸른 패로
무엇 무엇 판다 하고 금자로 새겼으니
물건이 풍부하여 없는 것이 없다 하네.
십자가 네거리의 이층집 네 개 통로
거리거리 높이 있어 번화하고 웅장하다.
오는 사람 가는 사람 말과 수레 많으니
정신이 아득하여 향방을 모르겠네.
슬프다 이 땅이 삼학사 추모처라.
만 리 밖에 외롭다가 우리 보고 반기는 듯.
들으니 남문 안에 조선관이 있다 하니
효종 대왕 들어오사 몇 해 굴욕 견뎠느냐.
병자년이 원수로다 어느 때나 갚아 보리.
뒷날 사람 예 지날 때 분한 마음 뉘 없으리.
오색 깃발 다락집들 저기 있는 저 집 이름
건륭 황제 기도하던 원당사라 이르더라.
십여 리 백양나무 푸른 수풀 울창한데
청 태조의 무덤 있어 복릉이라 이르더라.
주류하 건너서서 북쪽을 바라보니

구름 밖에 떨어진 산 몽고 지방 거기런가.
신민둔 다다르니 집 제도들 괴이하다.
기와도 아니 덮고 초가도 아니 이어
회만 발랐으나 용마루도 안 하였고
지붕 위는 평평하며 물매가 아니 져도
비 새는 줄 모른다니 그 아니 이상하냐.
유하구 지나가니 길도 너무 평평하고
소흑산 다다르니 물맛도 몹시 쓰다.
평원광야 넓은 들만 며칠 동안 보이더니
의무려산 한 줄기가 수천 리를 뻗어 나와
봉우리들 첩첩하고 골은 안개 자욱한데
북진묘가 어디냐 산신을 위하였네.
눈앞에 세운 패루牌樓[15] 제일장관 이것이로다.
패루 모양 어떻더냐 우리 나라 제도로다.
연조문 모양처럼 쌍기둥 홑집으로
연이어 여러 칸 이층집을 높이 지어
기둥이며 서까래며 들보며 도리까지
모두 옥으로 놓아 굉장히 지었구나.
대문 중문 들어가며 차차로 살펴보니
금벽은 휘황하고 오색 기와 영롱한데
곳곳의 단청한 집 구별할 길 바이없네.
고요히 올라가니 엄연한 한 선관이
면류관 곤룡포에 황제 자릴 차지하고

---

15) 중국에서 큰 거리나 무덤 따위의 어귀에 세우던 장식용 문.

앞 전각의 붉은 위패 금자로 새겼는데
지금 황제 만만세를 기도하는 축원일세.
대전의 남녀 노인 밝은 백발 흩날리고
늘어앉은 것은 산신의 부모라네.
옥난간 월대 위에서 이리저리 구경하며
회선정에 불어오는 맑은 바람 쾌하여
천천히 걸어서 후원에 올라 보니
취운병 기이한데 뜰 앞에 놀기 좋다.
도화동이 어디뇨 여기서 십여 리라.
녹음이 무르녹고 강물은 아름다워
시냇물 옆에 끼고 굽이쳐 올라가니
흰 바위 높디높고 흰 구름 의연한데
봉우리 높은 곳에 두드러진 채색 누각
허공에 떠 있으니 선경이냐 인간이냐.
맑고 맑은 경쇠 소리 바람결에 들려오니
한량없이 크나크고 끝없이 많은 복을
누린다는 극락세계 예가 바로 절이로다.
깎아지른 높은 석벽 긴 폭포가 드리워서
비류직하 삼천척飛流直下三千尺은 물빛이 볼만하다.
폭포 뒤로 깊은 골은 백여 명이 살 만하고
여기저기 바위마다 부처가 새겨 있다.
이지러진 바위틈과 깨어진 돌 위에는
발붙이기 어려운데 껴붙들어 엉기어서
위태한 상상봉에 간신히 올라 보니
아까 보던 높은 누각 관음보살 위한 데라.

어떤 사람 무엇 하러 가파롭고 험한 곳에
이처럼 굉장하고 화려한 집 지었는고.
섬돌에 지쳐 앉아 아래를 굽어보니
머리털이 곤두서고 뼈끝마저 녹는 듯
두려운 마음에 정신이 어지러워
천 길인지 만 길인지 까마득이 모르겠네.
멀리멀리 바라보니 눈앞이 시원할사
요동벌 칠백 리와 남대천 큰 바다는
앞이 트여 망망하고 끝 간 데를 볼 수 없네.
등태산 소천하登泰山小天下는 옛글에서 보았으며
화산 낙안봉은 이태백을 들었더니
이렇듯 좋은 데서 내려갈 뜻 전혀 없네.
날이 이제 저물리니 앞길로 찾아가자.
광녕참 찾아 나와 십삼산 향해 가니
이상하다 저 산 속에 금송아지 동굴 있어
옛적에 구리소가 그 굴에서 나왔다네.
석산을 찾아가니 꽃바위가 기이하고
대릉하 다다르니 물빛이 흐리구나.
바람세는 험악하고 사나운 물결이라.
슬프다 명나라 때 유 장군[16] 수십만 명
일시에 패전하여 이 물에 빠졌나니
마침 이리 지날 적에 어찌 아니 슬프리오.

---

16) 명나라 장수 유정劉綎이 적과 싸우다가 갑자기 일어난 모래먼지 때문에 휘하 십만의 군사와 함
께 죽었다고 한다.

소릉하 건넌 후 송산 향해 나아가니
오호도라 하는 섬이 탑산소塔山所서 바라뵌다.
제나라 전횡田橫[17]이 한 고조를 피하여서
저 섬에 산다 함을 옛글에 들었으며
주사하 건너서서 조리산 지나서니
구혈대라 하는 곳에 쌍석성이 쳐다뵌다.
명나라 명장 원숭환이 청병을 대전하매
누루하치 달아나다 피를 토한 곳이라네.
영원성에 들어가니 조가祖家의 두 패루가
높다랗게 마주 있어 장한 듯하구나.
들으니 명나라 때 영원백 조대수가
형제 서로 지혜로운 신하로 변방에서 공 세우니
나라에서 비문 새겨 패루를 세우고
충절을 표창하여 큰 은혜를 입혔건만
무도한 조가 형제 그 뒤에 배반하여
청나라에 투항하니 부끄럽다 저 패루여
기묘한 두 패루는 의연히 남아 있네.
한 누에 세 문으로 이 층을 지었으되
옥돌로 잘게 새겨 기둥도리 서까래에
용트림한 난간이요 만卍 자 새긴 창문이라.
나무로 새긴대도 저기서 더 묘하며
흙으로 만든대도 저렇듯 기이하랴.

---

17) 제나라 왕 전영田榮의 아우. 한 고조의 부름을 받았으나 듣지 않고 오백의 무리와 함께 자살하
   였다.

충렬을 표창함은 현판에 크게 쓰고
공훈을 자랑함은 기둥에 새겼어라.
십오 리 봉화대는 벽돌로 쌓았는데
변방에 올라 보니 불을 피워 뵌다 하고
중전中前 중후中後 요해처는 성첩을 굳게 쌓아
군병 두어 지키니 만일 대비 저러하다.
육도하, 양수하를 차례로 건너서니
진시황의 만리장성 각산으로 둘러 있고
서중산 오화성은 산해관이 저기로다.
사방성 높은 대는 한나라 군사 복병하여
관내를 엿보는 듯 요망대瞭望臺가 저기로다.
정녀사貞女祠의 외로운 집 고적을 물어보자.
만리장성 쌓을 적에 부역하던 범칠랑이
한번 간 지 몇 년 되도 돌아오지 아니하니
그 안해 맹강녀가 세 아들을 이끌고
저 언덕 바위 위에 올라서서 바라보다가
남편 죽은 소식 듣고 통곡하다 죽었다네.
그 뒤에 어떤 사람 사당을 지었는데
우는 아이 내뿌리던 여인의 슬픈 태도
바라보고 우는 모양 어린아이 가련한 기색
층층이 섰는 모양 또렷이 빚어내고
산중은 적막한데 목 맺힌 물소리라.
열녀의 군은 절개 저 바위 같을시고.
오르내린 발자취가 지금까지 분명하니
후세 사람 이름 지어 망부석이라 이르더라.

산해관 들어가니 다섯 층 성문이요
곳곳에 패루각은 삼사 층 굉장하고
천하제일관이라 뚜렷이 현판 했네.
뒤에는 첩첩 산 높고도 험한 준령
앞에는 끝없이 펼쳐진 만경창파
지세가 이러하니 나라 지키는
요해처 중에서도 제일간다 하리로다.
그런 데다 성첩 기세 배치 또한 견고하다.
만고 역신 오삼계가 성 한편을 열어 놓고
오랑캐들 불러들여 명나라 운수 다했으니
무너진 성 철망 쳐서 저렇듯 호탕한가.
만리장성 끄트머리 망해정 구경 가자.
시원한 이층 정자 바닷가에 임했구나.
몇만 리 망망대해 하늘과 한 빛이라.
풍랑은 들이쳐서 섬돌에 부딪친다.
자욱한 안개는 하늘에 가득 차고
어디가 어디인지 갈피를 못 잡는데
순풍에 가는 배 향하는 곳 어드메뇨.
저 배에 올라앉아 동으로 향해 가면
우리 나라 인천 부평 순식간에 닿으련만
천 리가 지척이나 귀국이 아득하다.
근심 많은 집안에선 마음 편히 가지기를.
그리운 생각 품고 심하역과 유관을 지나서니
일행이 들어선 곳 무령현 문필봉은
당나라 문장가 한유가 살던 데요

영평부 사호석射虎石은 이광李廣[18]의 고적이라.
걸음을 재촉하여 청룡하 건너서서
지조 높은 은나라의 처사들을 모신 곳
백이와 숙제의 사당을 찾아가니
수양산 맑은 바람 고죽성이 예 아니냐.
백이숙제 형제 소상 곤룡포에 면류관 쓰고
구름 낀 궁전 안의 용상에 앉았으니
읍손당 넓은 집과 청풍대 높은 곳은
경치도 좋거니와 현인의 옛집답다.
사하역 찾아 나와 풍윤현 지나서고
사류하 건너서서 옥전현 다다르니
무종산 검은 구름 연 소왕의 무덤이요
채정교 맑은 바람 양회楊繪의 정자로다.
제자산 지나갈 제 과부성이 있다 하니
옛적의 송 과부가 재산 많은 거부로서
사사로이 성을 쌓고 삼 층 패루 높이 짓고
도적을 방비하여 대대손손 잘사는데
자손이 번성하여 명문거족 후예들이
작은 성을 굳게 지켜 청나라에 불복하니
한 조각 외로운 성 명나라가 남았구나.
강희 황제 밉게 여겨 해마다 많은 돈을
벌금으로 지금까지 바치게 한다 하네.

---

18) 한나라 장수로, 사냥을 나갔다가 바위를 호랑이로 착각하고 화살을 쏘았더니, 화살이 바위에 그
대로 박혔다고 한다.

일류하 건너가니 취병산이 저기 있고
현교 건너서니 북망산은 어드메뇨.
이태백의 취한 모양 와불사란 절이 있고
안녹산과 양귀비의 옛 사당이 있다 하니
당나라 어양 땅에 계주薊州가 분명하다.
계문연수薊門煙樹[19] 좋은 경개 전설로 들었더니
넓은 뜰 늙은 나무 물결같이 푸른 연기
나무 끝은 돛대 같고 구름 기운 물결 되어
만경창파 물빛인 듯 천태만상 측량없다.
백간점 다다랐으니 향화암 구경 가자.
이것은 무슨 절인고 여승 있는 승방이다.
불전도 장하지만 높은 백탑 예 서 있고
경개도 좋거니와 돌문이 더욱 좋다.
기둥 들보 서까래와 기와 추녀 문살까지
전부 돌로 지어 그도 또한 장관일세.
단가령 호타하와 연교진 다다르니
연나라 옛 저자에 협사俠士의 수풀이라.
형가荊軻[20]의 슬픈 소리 찬 바람만 남아 있다.
고점리高漸離 울어 죽고 비친 볕이 그저 있다.
백하수 넓은 물은 통주읍 앞 강이라
바다가 지척이요 강남이 멀지 않다.

---

19) '계문'은 땅 이름이요 '연수'는 대륙 평야 지방에서 바람 없는 맑은 날 일어나는 신기루 비슷한
현상이다. 계문은 좋은 경치로 이름났다.
20) 전국 시대 자객. 연나라 부탁으로 진시황을 죽이려다 실패하고, 형가의 죽음에 비분강개하여 친
구 고점리도 죽었다.

물가의 십여 척 배 그 안을 구경하니
온갖 치레 다해 놓고 여기저기 방을 꾸며
사면으로 완자창에 능화지로 도배하고
수십 장 긴 돛대에 비단 돛을 달았구나.
통주 성내 들어가서 야시장을 구경하자.
길가에 가게들을 좌우로 벌였는데
밤에도 닫지 않고 가게마다 양각등이요
큰 초에 불을 켜서 십 리나 뻗쳤으니
불빛이 환히 비쳐 낮이나 다름없다.
서문에 다다르니 북경이 오십 리라.
예서부터 북경까지 광장대로 넓은 길에
잔돌들을 깔았으니 장하도다 청국 거리.
영통교 건너서서 동악묘라 하는 절은
대문에 들어갈 제 위엄 있고 무섭구나.
하늘 나라 장수들의 사나운 그 모습은
갑주 투구 팔척 신장 창검을 높이 들어
두 눈을 크게 뜨고 아가리를 딱 벌리고
이편저편 갈라선 위용이 늠름하다.
중문으로 들어가서 궁궐 전각 쳐다보니
삼층 월대 이층집은 붉은 기와 푸른 기와
완자 새긴 만살 분합 금벽단청 휘황한데
구름무늬 누런 비단 휘장 붉은 공단 드리우고
유리등은 몇 쌍이냐 연꽃은 천연하다.
백옥병은 몇이려냐 국화꽃이 찬란하다.
일곱 등잔 불을 켜서 불빛이 찬란하고

금빛 향로 푸른 연기 향취가 코 찌른다.
면류관 곤룡포로 좌탑에 높이 앉아
의젓한 한 선관은 태산 동악 신령인가.
수삼십 쌍 선동들은 좌우로 벌여 서고
팔만대장 불경책을 앞뒤로 쌓았구나.
신선 같은 태상 황제 인간을 구했다네.
한 궁전에 올라보니 용궁이 저렇던가.
신선처럼 풍채 좋고 달 같은 그 모습
사해용왕 풍운과 뇌우를 지녀 있고
또 한 전각 올라 보니 이마 높은 태상노군
또 한 전각 올라 보니 거룩한 약왕이요
한 전각엔 늘어선 오백 나한
또 한 전엔 불의 신 화덕진군 모셔 있고
석가여래 관음보살 아미타불 위했더라.
이러한 전 몇 곳인지 곳곳에 올라 본 후
뜰아래로 내려서서 좌우 월대 살펴보니
삼십육만 칠십 리 염라국이 저기로다.
전생 선악 가리어서 일일이 갈라 놓네.
어떤 사람 잘되어서 하늘로 올라가는 모양
어떤 사람 못 되어서 지옥으로 가는 모양
어떤 사람 다시 태어나 도로 인간 되는 모양
어떤 사람 길 바꾸어 몹쓸 짐승 되는 모양
어떤 사람 복을 받아 은금을 받는 모양
어떤 사람 벌을 받아 도끼로 찍히는 모양
염라대왕 위풍으로 재판관의 영을 받아

달과 해를 맡은 사자 명령 집행하는 모양
또렷이 새겨 있어 불전마다 놀랍도다.
너무도 굉장하니 대강대강 구경하자.
이곳을 다 보려면 삼사월 긴긴날에
육칠 일을 가지고야 자세히 본다 하네.

예서부터 세 사신이 차례로 들어갈 제
문서를 말에 실어 황보 덮어 앞세우고
통역관들 뒤따라서 태평차를 몰아가네.
태평차라 하는 것은 쌍바퀴 수레 위에
장독교나 비슷하게 창문을 낸 막을 치고
검은빛 긴 차양을 앞으로 벌리고
앞채를 길게 하여 좋은 노새에 매었더라.
앞에 앉아 채 치는 놈 긴 채찍 한번 던져
우어우어 하는 소리 풍우같이 빠르더라.
조양문 들어가니 북경 장안 동문이라.
굽은 성 삼 층 문루 사 층 패루 굉장하다.
길가의 마을들은 단청한 집 빼곡하다.
네거리 가겟방들 도금한 집 무수하다.
눈앞이 어지럽고 정신이 황홀하다
옥하류 다리 건너 해동관에 들어가니
상사 드는 상방 처소 지나
부사 드는 부방 처소 뒤에 있고
그 뒤에 서장관 드는 삼방 처소 다 각각 혼자 드니
캉 앞에 삿자리를 둘러막고 문을 냈네.

방처럼 꾸민 데를 흰 종이로 도배하고
꽃돗자리 펴 놓아 쉬는 장소 깨끗하다.
유월 초엿새가 오늘부터 며칠이냐.
지리하고 심한 열 이 고생을 어찌하나.
삼천 리 멀고 먼 길 몇 달 만에 이르러
큰 병 없기 천행이나 노독이야 없을쏘냐.
팔다리 나른하고 뼈마디가 아프구나.
아플 때 부모 찾음은 인생의 이치이니
만리타향 외로운 몸 집 생각도 그지없다.
태행산 흰 구름은 적인걸狄人傑[21]의 회상이요
집 생각에 달을 보며 하늘 아래 우뚝 섬은
당나라 시인 두보의 회포로다.
조선관 깊은 밤에 잠 없이 홀로 깨어
머리 들어 쳐다보니 가없는 하늘에는
북두칠성 삼태성도 전에 보던 저 달이라.
우리 집 어머님 앞에 저 별 저 달 비치려니
집에서도 바라보고 나를 생각하시리라.
별과 달은 밝고 밝아 분명히 알리로다.
소식을 물어보자 하늘이 아득하니
그림자를 따라와 꿈결에 어리어라.
예부 지시 좇아서 임금에게 글 올리려
예부에 나가서 대청 위에 올라가니

---

21) 당나라 때 재상. 모함에 들어 지방에 좌천되었을 때 태행산에 올라 흰 구름을 보며 부모를 생각
했다.

나와 선 예부 상서 보석 증자[22] 일품이요
예부 시랑 나왔으니 산호 증자 이품이요
여덟 토관 갈라서니 사품은 수정 증자
육품은 옥 증자요 팔품은 금 증자라.
모자 위에 달아 둥근 구슬 증자로다.
등급대로 차례로 설 제 공로 있는 사람들은
공작 깃을 달았으매 증자로 표식하고
관복이라 하는 것은 검은 비단 소두루마기
오색수를 놓은 흉배 앞뒤로 붙였더라.
문서를 받들어서 상서에게 전하고
인사 끝나 돌아오니 사신 할 일 다 하였네.
무엇으로 소일하랴 구경이나 나가 보자
내성 둘레 육십 리에 성문이 아홉이라.
정남으로 정양문은 사 층 문루 누런 기와 이고
반월성을 둘러쌓아 겹문을 지었으니
이 층 표루 높이 세워 문루와 마주 있고
승문문과 선무문은 남쪽에 두 문이요
조양문과 동직문은 동쪽에 두 문이요
부성문과 서직문은 서쪽에 두 문이요
안정문과 덕승문은 북쪽에 두 문이요
문마다 그 위에는 삼 층 문루 사 층 패루
황기와 청기와로 굉장히 지었는데
남쪽으로 연이어서 외성을 쌓았으니

---

22) 모자 위에 다는 장식품. 품계에 따라 재료가 다르다.

그도 둘레가 육십 리에 성문이 일곱이라.
정남의 영정문은 정양문으로 통하였고
좌안문 우안문은 숭문문 선무문 통하였고
광거문은 동문이요 광안문은 서문이요
동편 문 서편 문은 좌우에 작은 문이니
문마다 그 위에는 이 층 문루 청기와라.
내외 성을 합해 보면 날 일日 자 형상일세.
정양문이 선을 그어 장안의 복판이니
물색이 번화함이 천하에 대도회라.
정양문 맞은편에 대청문이 거기 있고
대전에 남문 있어 오문이 뚜렷하고
그 앞에 기반가는 네거리 한옆에
광활하게 터를 닦아 돌난간을 둘러치고
정월 보름 달 밝은 밤 귀공자들 놀던 데라.
대궐을 살펴보니 그 또한 안팎 담인데
벽돌담 위에 황기와 이고 둘레는 삼십 리라.
대청문 들어서며 천안문이 마주 있어
반원형이 뚜렷하고 이 층 문루 굉장하네.
그 앞의 금수교는 다섯 다리 늘여 놓아
다리의 옥난간이 간간이 사이 두고
좌우의 돌기둥은 기둥이 한 쌍이니
십여 장 높았는데 용트림이 기막히다.
천안문 들어서면 단문이 마주 있어
그도 또한 높이 솟아 이 층 문루 굉장하고
그 앞으로 좌우편에 마주 서는 삼문 있어

좌편에선 하늘 신과 땅 신에게 제사하고
우편에선 역대 임금 제사를 지낸다네.
단문을 들어서면 오문이 마주 있어
자금성 남문이니 이 층 문루 세 홍예요
좌우로 오봉루는 성 위에 높이 있어
좌편 누에 쇠북 달고 우편 누에 가죽 북이로다.
그 앞에 각 기관 동서로 나눠 있어
해 그림자로 시간 재고 비를 재는 측우기는
기이하게 옥으로 새겨 좌우로 벌여 놓고
오문 안의 태화문은 그도 또한 삼문이네.
옥난간 두른 것이 철대가 삼 층이요
태화문 안 태화전은 황극전이 저렇도다.
높기도 끔찍하며 웅장하고 위엄 있어
한 길 넘는 높은 옥계 섬돌이 삼 층이요
층층이 옥난간에 섭새김 용트림
삼 층 전각 높이 지어 층층이 기묘하니
금벽도 휘황하고 채색도 찬란하다.
오동으로 만든 거북 구리로 부은 학은
동서로 쌍을 지어 높은 곳에 왜 있으며
순금 두멍 물을 넣어 여기저기 몇이더냐.
뜰아래 품석돌엔 일품 이품 새겼어라.
백관이 조회할 제 등급 순서로 선다 하네.
좌우 복도 행랑 지어 의장을 둔다 하네.
체인각 홍의각은 좌우의 자각이요
좌익문 우익문은 동서로 성문이며

중화문 중우문은 북편의 협문이니
그 안의 태화전은 이 층이 높아 있고
그 뒤의 보화전은 그 역시 정전이라.
태화 보화 중화전이 아울러 삼전이니
태화전 섬돌부터 끝물림 옥난간이
보화전 섬돌까지 낮은 살을 둘렀구나.
그 뒤의 건청전은 황제가 있는 집이요
그 뒤의 교태전과 또 그 뒤의 곤녕전은
황후 있는 내전이니 구중궁궐 이 아니냐.
궁전이 몇 곳인지 처처에 빈틈없어
아로새긴 담장이며 채색 칠한 바람벽과
벽돌 깔아 길을 내고 잔돌 깔아 뜰이로다.
울긋불긋 오색 기와 사방에 영롱하다.
겉으로 얼른 보아 저렇듯 눈부실 제
안에 들어 자세히 보면 오죽이나 장할쏘냐.
동안문 찾아가니 궁성의 동문이요
동화문 밖 지나서니 자금성 동문이라
성 밑으로 개천 파서 이편저편 석축 쌓고
석축 가에 행랑 짓고 창고 행랑 벌여 서 있고
성곽 위의 육모당은 표루가 저러하다.
성을 끼고 돌아가서 신무문 앞에 다다르니
자금성 북문이요 맞은편엔 북상문에
그 안은 경산景山이니 대궐의 주산이라
만든 산이 높이 솟아 세 봉우리 뚜렷하고
꽃나무들 많이 심어 나무가 빽빽한데

봉마다 이 층 정자 육모 팔모 지었노라.
황홀한 단청이며 찬란한 채색 기와
나무 그늘 틈틈으로 세 정자에 비치누나.
오행정이 저기로다 황제의 피서처요
수황전 큰 전각과 영수전 관덕전은
굉장도 하거니와 집상각과 홍경각은
여기저기 빛이 나니 바라보매 선경이네.
매산각이 어드메뇨 옛일이 새로웁다.
갑신년 삼월 십구일에 숭정 황제[23] 운명한 곳
명나라가 망한 것을 생각하니
슬픔이 끝이 없어 다시금 바라보니
창오산 저문 구름 지금도 아득한데
삼월에 누운 버들 어느 때나 일어날까.
산 뒤로 돌아가니 여기저기 눈부시다.
단청 누각 첩첩하여 백탑이 당당하니
모두 다 절이로다 황제 나와 기도하네.
태액지 넓은 연못 옥동교 건너가니
옥돌로 길게 놓아 무지개 뻗친 듯이
좌우의 옥난간에 칸칸이 돌사자요
앞뒤의 패루문은 문마다 금자 현판
다리 밑을 굽어보니 무지개 구멍 아홉이요
다락 위에 올라서서 사방을 살펴보니
동쪽의 경산 경치 빼어나고 장하도다.

---

23) 명나라 마지막 황제.

남쪽의 경화도는 태액지 안의 섬이라.
기암괴석 많이 놓아 화려하기 저러하고
서쪽의 자광각과 인수사 홍인사는
녹음이 우거져서 은은하게 내다뵌다.
북쪽을 바라보니 오룡정이 저기인가.
그림 속이 아니면은 신선세계 분명하다.
양택문 들어가서 만불사 찾아가니
삼 층으로 지은 문루 한 층이 오륙 장씩
세 층을 합하면 근 이십 장 되리로다.
아래층의 아홉 부처 큰 금불 앉혀 놓고
동서북 세 벽에도 가득하게 앉았으니
됫박 같은 감실에는 아이 같은 금불일세.
줄줄이 몇 층인지 층층이 몇 층인지
서랍 같은 바둑판에 줄 그어 놓은 듯
네모가 반듯반듯 온 벽이 금빛이라.
자세히 살펴보니 아로새긴 작은 감실
재치 있고 교묘한데 부처도 앙증맞다.
옆으로는 사닥다리 굽이굽이 세 번 꺾여
가운데로 올라가니 아홉 자리 큰 부처와
세 벽에 작은 금불 그 모양이 하나같고
또 올라가니 큰 부처 작은 부처
앉은 모양 규모가 똑같구나.
만불이라 이르므로 어림으로 헤어 보니
십만인지 백만인지 수효를 모르겠네.
남창을 열어젖히고 아래를 굽어보니

섬돌에 앉은 사람 재미같이 작게 뵈고
도읍지 빼곡한 민가들은 무릎 아래 꿇어 있고
채색 기와 영롱하여 갈데없는 대궐이요
무지개 구멍 훤한 길은 틀림없는 시전이요
검은 기와 즐비함은 다름 아닌 인가로다.
백탑이 우뚝한 곳 이는 역시 절이로다.
사방을 둘러보고 천불사 구경 가자.
그 또한 삼 층 문루 만불사와 거의 같다.
그 안의 천수불千手佛은 부처 하나뿐이련만
한가운데 우뚝 선 건 어지간히 큰 것일세.
삼층각 들보에 키가 꼭 닿았으니
길로 치면 근 이십 리 쳐다보면 까마득해
이리 팔 칸 저리 팔 칸 네모 번듯 넓은 집에
넓이가 얼마인지 그 안에 가득하고
머리를 쳐다보니 전후좌우 육면에다
얼굴이 여섯이요 양미간에 눈 하나
세 눈씩 분명하네. 광채는 엄숙하고
머리 위에 연밥처럼 우틀두틀 소복한 것
모두 작은 부처 얼굴 다 각각 이목구비
몇천인지 모르겠네. 오색으로 채색하여
두 손을 추켜들어 긴 손가락 뻗친 모양
한 손가락 크기가 큰 재목만 하구나
어깨 뒤로 일천 팔 좌우로 쩍 벌리고
다리를 볼작시면 발 하나가 한 칸들이.
악귀 악신 구렁 뱀 몇만인지 한데 모아

두 발로 꽉 디디니 죽으려고 하는 모양
굉장하고 웅장함도 보다가 처음 본다.
대문 밖 서편으로 네모난 집 크게 지어
황기와로 덮었는데 높기도 하여라.
그 안에 들어가니 남쪽에 산을 쌓아
푸른 봉은 첩첩하고 붉은 언덕 중중한데
채색 구름 휘감은 상상봉에 어렴풋한 집
극락세계 생각하며 마음 깊이 헤아리니
이 몸이 세상에 나와 큰 공덕은 못 쌓아도
죄지은 일 없었노라 시험코저 올라보자.
앞뒤로 바장이며 기웃기웃 방황타가
안내하는 중을 따라 깊은 골로 들어가니
좌우의 악귀들이 창검으로 겨누면서
들어감을 금하는 듯 보기에도 무섭도다.
이 봉 저 봉 틈 사이를 돌아서서 굽어보며
사면으로 빙빙 돌아 올라서락 내려서락
절반쯤 가다가 바위 아래 살펴보니
이따금 신장들이 내달아 희짓는 듯.
이리저리 길을 찾아 상상봉 올라가니
선동 선녀 쌍을 지어 마주 나와 맞는 듯
조그마한 채색 정자 아미타불 앉아 있네.
만첩 산중 정결하여 무량세계 이러한 듯
발밑을 굽어보니 속된 티끌 서렸도다.
내 무슨 공덕으로 이곳에 이르렀노.
세상 인연 미진하니 후세에 다시 오마.

길을 찾아 도로 내려 문밖에 썩 나서니
기와로 쌓은 패루 사방에 울긋불긋
동서남북 통해 가는 무지개문 아름답다.
오룡정 다섯 정자 이 층으로 지었으니
자향정 징상정은 서편으로 두 정자요
백옥으로 난간 새겨 다섯 정자 둘렀구나.
벽돌을 정히 깔아 다니는 길이 되고
이편저편 화류 의자 걸터앉기 더욱 좋다.
물밑을 굽어보니 청청한 맑은 물결
고운 빛발 비추었고 누런 용이 잠겼는 듯.
물 건너를 바라보니 옥동교 아홉 무지개
옥난간을 건너설 제 흰 무지개 떠 있는 듯.
보이나니 단청한 집 눈앞이 황홀하다.
날씨는 서늘하고 바람은 화창한데
넋을 잃고 앉았으니 돌아감을 잊겠구나.
경산 뒤로 돌아 나와 지안문으로 내닫는데
궁성의 북문이라 동으로 향해 가니
옹정 황제 기도하던 옹화궁이 저기로다.
웅장한 여러 전각 저기가 대궐인가.
한 전각 올라 보니 어떤 부처 웃는 모양
배를 훨쩍 드러내고 손으로 만지면서
쳐다보고 희희 웃는 저 부처는 무엇이며
또 한 전각 올라 보니 수미산 천만 봉이
침향으로 산을 새겨 채색으로 단청하고
봉봉이 앉은 부처 교묘도 하온지고.

또 한 전각 올라 보니 삼층각이 높았는데
그 안에 섰는 금불 천수불과 키가 같다.
또 한 전각 올라 보니 법륜전이 아니러냐.
어떤 몽고 중 하나가 부처 되려 두 손 모아
감중련[24] 도사리고 눈을 내려 감았으매
그 앞의 옥등잔 부처 앞에 불 켜 놓고
좌우의 여러 중들 책상을 앞에 놓고
불경을 늘어놓아 일시에 경을 외우니
응왕응왕 하는 소리 듣기 싫고 보기 싫다.
몽고 중을 볼작시면 머리는 모두 깎고
적삼 속곳 아니 입고 팔다리는 맨살이니
누런 무명 네 폭 보로 온몸을 뒤싸감고
붉은 석새삼베 가사 입은 어깨 위로 메었으며
송낙이라 하는 것은 길이는 한 자 남짓
우리 나라 중의 송낙 거꾸로 쓴 것 같아
위로 뻗친 것이 기장 빗자루와 닮았구나.

사면에 겹겹으로 궁전이 무수하니
어찌 이루 구경하며 어찌 이루 기록하랴.
태학을 찾아가서 대성전에 절하고
집 안을 둘러보니 붉은 위패 모셔 놓고
대성인 공자의 신주 금자로 여덟 자요
안증자맹顔曾子孟[25] 네 성인은 동서로 모셨으며

---

24) 팔괘의 하나인 감괘의 모양(☵)을 이르는 말.

공자 문하 칠십이 제자와 한당송명 성현네는
뜰아래 좌우에다 차례로 제사하고
마주 있는 계성사는 공자 부친 모셨더라.
중문 밖 뜰 가운데 느런히 섰는 비는
사 년마다 과거 뵈고 급제 명단 새긴 비라.
몇십 년이 지났느냐 몇백인지 모르겠다.
그 서편이 벽옹이니 황제의 글공부 집이로다.
동그란 큰 연못에 돌아가며 난간 치고
한가운데 섬이 있어 네모반듯 돌을 쌓고
사방으로 건너가게 동서남북 다리 놓고
그 안에 집을 지어 황기와로 이었으니
사면으로 아홉 칸에 살창문이 서른여섯
그 안에 황제 앉아 친히 과거 뵌다 하네.
동서 행랑 길게 지어 우뚝우뚝 섰는 비는
서전 시전 주역이며 논어 맹자 중용 대학
좌전 춘추 주례 예기 십삼경을 새긴 비라.
일부러 헤어 보니 이백십팔 되는구나.
북편의 높은 집은 이륜당의 현판이라.
우리 나라로 말하면 명륜당과 한가질세.
그 위에 올라 보니 선비 모여 글을 짓고
그 뒷방에 시관試官 있어 글 받아 꿇는다네.
우리 나라로 말하면 승보陞補 뵈는 것이로다.
문승상묘 어드메냐 찾아가서 보리로다.

---

25) 전국 시대 철학자들인 안회顏回, 증자曾子, 자사子思, 맹자孟子.

서고가 여기런가 소상과 비석 화상
참담히 앉았으니 문천상[26]의 옥중 죽음
길이길이 빛나도다.

큰길로 찾아 나와 정양문 내달으니
오는 수레 가는 수레 나가락 들어가락
잔돌 위에 바퀴 소리 우루룩 뚝딱 하며
청천백일 맑은 날에 우렛소리 일어난다.
노새 목의 줄방울은 와랑와랑 하는 소리
말 목에 매단 방울 왕강정강 하는 소리
재갈 박는 망치 소리 뚝딱뚝딱 하는 소리
솜 타는 큰 활 소리 따랑따랑 소리 나고
외어깨 물통 지게 치걱치걱 메고 가고
외바퀴 똥거름차 각양각색 몰아 가고
머리 깎기 장사 놈은 괭당동당 소리 내며
멜목판의 방울 장사 싸랑싸랑 소리 나고
떡장사의 경쇠 소리 기름 장사 목탁 소리
두부 장사 큰 방울과 박물 장사 징 소리며
놋접시 둘 맞부딪쳐 대각대각 수박 장사
서양철 여럿 달아 땡강땡강 바늘 장사.
소경 놈이 비파 들고 길로 가며 타는 소리
여러 가지 향불 들고 돈 한 푼 비는 소리
말똥 줍는 아이놈들 삼태기 들고 쏘다니며

---

26) 송나라 말년의 재상. 원나라와 싸우다가 잡혀 끝내 굴하지 않고 자결했다.

신창누비 여인은 대문 밖에 나와 섰네.
자욱한 먼지 속에 사람들은 와글와글
정신이 아득한 중 둘레를 살펴보니
검은빛 천으로 만든 차양에다
흰 글자로 덕담 글을 써 놓았네.
이편저편 가리고 그 밑에 지은 집은
길가로 연이어서 줄지어 뻗쳤으니
무슨 팔이 무슨 팔이 패를 세워 표하였네.
유리창琉璃廠이 저렇더냐 자세히 구경하자.
보배팔이 안경팔이 잡화팔이 향팔이며
붓팔이와 먹팔이 종이팔이 책팔이
대통팔이 약팔이 비단팔이 부채팔이
차팔이 그릇팔이 털가죽팔이 치품팔이
음식팔이 과일팔이 채소팔이 곡식팔이
고기팔이 생선팔이 술팔이와 떡팔이며
유기팔이 말안장팔이 철물팔이 옹기팔이
유리팔이 전당포라 이런 구경 처음 한다.
물건들도 장하지만 눈앞이 황홀하여
어찌 이루 형용하며 어찌 이루 말을 하리.
한곳을 바라보니 석탄 실은 낙타 간다.
낙타 모양 어떻더냐 키는우뚝 설명하고
무릎마디 세 마디요 배는 작아 등에 붙고
잔등 위에 두 봉우리 길마 지운 모양 같고
모가지는 뒤곱아서 거위 목이 따로 없고
대가리는 아주 작고 상을 보면 말상이요

볼기짝은 뼈만 붙고 꼬리는 조그맣고
발을 보면 소발 같되 굽은 없어 살발이요
얇은 가죽 다 해져서 비루 먹은 개 몸 같고
윗입술 코밑으로 노를 꿰어 잡아끌면
어깃어깃 걸어가니 열없는 짐승이라.
어떤 사람 욕질하며 원숭이를 끌고 가니
원숭이 어떻더냐 억지로 비유컨대
사오 세의 어린아이 꼬리 있고 털 난 모양
휘둥그란 노란 눈에 펑펑 납작 콧마루요
뾰족한 주둥아리 앙상한 이빨이요
대가리는 동그란데 귓바퀴는 젖혀 붙고
콩 한 줌을 집어 주니 손톱으로 하나 집어
입에 넣고 깨물어서 콩껍질을 뱉는다.
또 한 곳을 지나가니 상갓집에서 발인한다.
상가라 하는 것은 뜰 가운데 삿집 짓고
문밖에 초막 지어 징 바라 장구 나발 피리 저로
조객이 드나들 때마다 음악으로 맞고 보낸다.
상여를 볼작시면 작은 상여 줄을 치고
황홀하고 기이하게 뒤얽어서 무늬 놓아
아래위에 길반 되게 층층이 꾸몄으되
사면 추녀 도리 기둥 누각과 한가지네.
관 치레를 볼작시면 높이는 길반 되게
주홍으로 칠을 하고 황금으로 그림 그려
모양도 아름답고 크기도 굉장하다.
대틀에 줄을 걸어 간간이 메었으니

상여는 앞뒤 댕겨 물 담은 듯 편안하다.
사내 상제 계집 상제 일가친척 상제들이
흰 무명옷을 입고 수레 타고 뒤따른다.
사나이는 흰 두루마기 차려입고
흰 수건 머리에 단정하게 동였네.
계집은 흰 무명 또아리 하여 쓰고
무명 한끝 뒤로 늘여 발뒤꿈치 치렁치렁
상여 앞에 아이들은 색등거리 쌍상투와
쌍을 지어 늘어서니 몇 쌍인지 모르겠다.
앞뒤 풍류 잦아져서 징 꽹과리 요란한데
명정 공포 운아삽과 일산 색기 몇 쌍인지
오색 능화 당종이로 수레와 말을 만들었는데
이렇듯이 굉장함은 혼백 위한 행차라네.
앞으로 나아가서 수레 안을 살펴보니
온갖 화초 담뱃대와 이부자리 침구까지
모두 다 색종이로되 눈부시게 빛나도다.
관을 갖다 저기 두고 삼 년을 지낸 뒤에
벌판에 산지 잡으니 밭두둑이 명당이라.
아무 데나 장사 지내 그 위에 벽돌 쌓아
회를 발라 무덤 만들고 잔디는 아니 덮고
뒤로 담을 쌓고 앞으로 문을 내어
문 앞에 비석 표석 단청한 패루들과
집 지키기 한 쌍 세워 위엄이 굉장하다.
또 한 곳 지나가니 혼인 잔치 마침 한다.
기구도 굉장커니와 위의가 볼만하다.

깃발이며 창검이며 숙정패와 푸른 일산 붉은 일산
쌍쌍이 앞에 세워 몇 쌍인지 모르겠다.
대풍악 삼현三絃이 어울려 요란하고
팔인교를 높이 메어 천천히 지나간다.
붉은 털 휘장에다 채색 실로 수를 놓고
검은 공단 뚜껑에다 황금으로 꼭지 하고
전후좌우엔 향불 피워 향취가 코 찌른다.
좌우의 유리 밀창 열고서 속을 보니
곱게 차린 신부가 단정히 앉아 있네.
신부 모양 어떻더냐 불그레한 두 뺨 곱다.
얼굴 바탕 예쁘다만 자세히는 못 보겠다.
그 뒤에 사인교가 두서넛 따라오니
하나는 친어미요 또 하나는 유모라네.

천녕사가 어드메냐 그리로 구경 가자.
삼십 길 높은 탑이 굉장한 옛 절이라.
삼 층 절간 이 층 법당 배치도 장커니와
후원에 기이한 온갖 꽃이 많고 많다.
내 나라에서 다 못 보아 처음 보는 꽃이 많다.
꽃 이름 모르니 이루 기록 다 못 하네.
백운관이 어디러냐 그리로 찾아가자.
맵시 있는 이 층 패루 웅장한 삼 층 전각에
황기와 청기와 가지런히 덮었는데
겹겹이 채색한 집 지붕 위가 휘황하다.
정전 안에 푸른 두건 중들의 검은 옷

나쁜 일을 막기 위해 마련해 놓고서
여러 도사 늘어앉아 공부를 하는구나.
도사 모양 어떻더냐 머리는 아니 깎고
상투를 틀었으되 망건은 아니 쓰고
검은 공단 두건 쓰며 우리 나라 유건같이
뒤쪽으로 젖혀 쓰고 먹물 들인 도포에다
검은 공단 깃을 달아 넓은 소매 길게 떨친 것도
우리 나라 장삼의 소매와 비슷하네.
들으니 이곳에서 해마다 정월 십구일에
신선이 내려와서 뜰아래서 노닌다고
장안 사람 남녀노소 그날 모여 기도하네.
장춘사가 어드메냐 그리로 향해 가자.
첩첩한 여러 불당 몇몇인지 휘황하다.
재상가의 부녀들이 그때 마침 찾아와서
불공을 한다면서 잡인을 금하누나.
깊이는 못 들어가 앞 법당에 올라 보니
큰 부처를 모셨는데 옥등잔에 불 켜 놓고
여러 중이 절을 한 후 일시에 인도하네.
중 모양은 어떻더냐 머리는 아주 깎고
먹물 들인 장삼에다 검은 공단 깃을 달아
백팔염주 목에 걸고 붉은 가사 차려입고
어떤 중은 쇠북 치고 어떤 중은 경쇠 치고
제상 위에 벌인 것은 메밀떡과 분향이라
그 위에 이 층 누각 웅건하고 광활하다.
열세 층 구리쇠 탑 어렴풋이 쳐다보니

탑 속에 있는 것은 작은 부처 관음이요
위층에 모신 화상 구련보살 영정이니
명나라 신종 황제 황태후 유 씨로다.
눈을 들어 살피니 새로이 슬퍼진다.
만수사가 어드메냐 그곳 또한 치성처라.
단청이 빛이 나고 황기와 이 층 누각
건륭 황제 모친을 화상畵像으로 모신 데요
그 뒤의 후원에는 천하 괴석 모아들여
석가산石假山27)을 높이 뭇고 층층하고 기이한 바위
이 돌 틈 저 돌 틈 길을 찾아 들어가니
깊고 깊은 굴 안에 금부처도 모셔 놓고
높고 높은 바위 위에 대를 높이 세웠구나.
그늘이 서늘하니 더위 막기 마침 좋다.
진각사가 어드메냐 거기에도 구경 가자.
법당도 장하지만 오탑五塔이 볼만하다.
옥돌 탑을 무었는데 네모가 반듯하게
사면으로 돌아가며 일천 부처 새겨 놓고
남쪽으로 문을 내어 그곳에 들어가선
좌우로 사닥다리 굽이쳐서 올라갔네.
탑 위로 나서 보니 그 위로 또 다섯 탑
여기저기 쌓았으니 십여 장 높았더라.
각심사가 어드메냐 그리로 찾아가자.
사면에 채색 법당 이 층 삼 층 많거니와

---

27) 돌을 모아 쌓아서 조그맣게 꾸민 산.

그 뒤의 삼 층 누각 높기도 하구나.
그 안의 큰 쇠북은 길이가 열댓 길
둘레는 열두 아름 두껍기는 한 자 남짓
안팎으로 돌아가며 불경을 잘게 새겨
삼 층 들보에 추켜 달고 땅바닥에 드리운 듯
우리 나라 종로 쇠북 세 갑절은 되겠구나.
이 쇠북 치는 소리 백 리 밖에 들린다네.
서산이 좋다 함은 들은 지 오래더니
신유년에 서양놈들 여기 와서 난리 일으켜
아까운 큰 대궐집 몇천 칸 좋은 집을
모두 다 불을 놓아 아득히 넓은 터뿐이니
보기에 비참하여 하늘빛도 쓸쓸하다.
평지에 만든 산 괴석으로 쌓았는데
가지각색 기암괴석 층층이 놓여 있고
높은 봉우리들 준령들이 많고 많아
아름다운 푸른 봉은 산세가 조용하고
커다란 흰 바위는 붉은 구름 영롱하다.
십여 리 뻗친 산세 서산이 저기로다.
산골짜기 골골마다 언덕 위의 곳곳마다
여기저기 집이 있어 보기에도 장한지고.
고운 반석 삼 층 섬돌 제가 무슨 누각터며
백옥으로 새긴 섬돌 제가 무슨 정자터인고
채색 기와 부스러져 모인 더미 태산 같고
온갖 보물 불에 탄 잿더미는 몇 곳이냐.
백단 들보 침향 도린 숯등걸이 되었으며

진주 주렴 산호탑도 매운 재가 되었구나.
금부처 동부처는 쇠몽둥이 떼굴떼굴
기와 소상 돌미륵은 돌가루로 버석버석
엎더진 것 잦혀진 것 참혹히 되었으니
이제는 절터이라 부처도 쓸데없다.
제가 만일 영험하면 저 지경이 되었으랴.
고운 나무 기이한 나무 고목 등걸 성긋성긋
온갖 꽃과 좋은 수풀 거친 풀이 덮여 있고
여기저기 적막한데 새소리뿐이로다.
산 위의 높은 집은 곳곳에 남았으니
이층집이 완연하나 온통 구리쇠네.
주추 기둥 도리 들보 추녀 기와 서까래며
분합문 창살까지 나무는 아니 쓰고
어느 게나 하나같이 구리로 새기었네.
용트림과 봉황새를 새긴 것도 구리일세.
금도금 휘황하니 황금 집이 이 아닌가.
구리철사 가는 실로 비단 짜듯 망을 얽어
돌아가며 창을 발라 화려하게 지은 집
이 집이 타지 않은 곡절을 몰랐더니
상품 구리 쇠집이라 불에 탐을 면했구나.
그 뒤로 돌아가니 누런 벽돌 섬돌에다
푸른 벽돌 난간 치고 붉은 벽돌 층계 하고
높기는 수십여 길 그 위에 올라 보니
오색 벽돌 이 층 패루 붉은 세 문 뚜렷하고
그 안에 삼 층 누각 채색하여 벽돌 놓고

고운 무늬 아로새긴 여러 개의 난간이라.
사방으로 돌아가며 조그맣게 새긴 부처
몇천인지 몇만인지 울긋불긋 영롱하다.
이 집도 불에 안 탄 이치를 내 모르랴.
아무런들 벽돌집이 풀나무 집과 같을쏘냐.
이 집이 지형 높아 서산에 우뚝 솟아
눈앞이 황홀하고 경개가 절승이다.
동쪽을 바라보니 대궐이 저기로다.
불타 버린 터라 해도 집 배열 볼 것 있다.
푸른 버들 옛 녹음에 화반석 길일런가.
노송나무 틀어 문 만들고 백옥 난간 굽이굽이
참대 수풀 옛 대밭에 푸른 주춧돌은 우뚝우뚝.
북쪽을 바라보니 붉은 벽에 푸른 창과
도금 추녀 초록 기와 삼사 층 몇 곳인지
둥근 층루 네모 궁전 육모 정자 팔모난 집
곳곳이 오밀조밀 눈부시어 못 보겠다.
서쪽으로 바라보니 이십여 층 백옥탑이
오색구름 곱게 서린 하늘에 솟아 있고
나무 그늘 그윽한 곳 단청한 집 몇일러냐.
남쪽으로 바라보니 아득히 넓은 연못
둘레가 삼십여 리 옥난간을 둘러치고
황하수를 인도하여 물빛 창창 물결 이는데
연꽃이 난만하여 물 위에 가득하고
석양에 숙은 연잎 바람결에 맑은 향내
채련곡 노랫소리 옛 곡조가 남았구나.

연못가에 놓은 배는 옥돌로 만든 배니
그 위에 집을 짓고 온갖 화초 심었구나.
곳곳에 나무 그늘 있어 붉은 누각 채색 정자 몇 곳인지.
십칠교 긴 다리는 섬으로 건너간다.
너비는 삼 칸이요 길이는 칠십여 칸
좌우로 옥난간에 돌사자가 칸칸 있고
다리 아래 굽어보니 열일곱 무지개 구멍
그 크기가 우리 나라 남대문만 하구나.
아무리 큰 배라도 그 구멍으로 다닌다네.
연못가의 구리소는 어찌하여 누웠으며
그늘 속의 층층 섬돌 동정호 정자리라.
남쪽 섬으로 들어가는 굽은 다리 놓았으니
옥돌로 높이 놓아 길로 치면 수십여 장.
층층계 사십여 층 한마루에 올라서서
또 층계 사십여 층 넘어서 내려가면
그 아니 섬이랴 다리 구멍 보게 되면
둥그러한 무지개문 높기도 굉장하다.
아무리 긴 돛대도 세운 채 드나들며
좌우의 옥난간도 다리와 같이 꾸며
백룡이 오르는 듯 멀리 보기 더욱 좋다.
서산 구경 다 한 후에 가만히 생각하니
처음 볼 제 황당하여 눈이 가늘어지더니
자세히 살펴보매 마음이 호탕해라.
하늘 서울 좋다 해도 이러할 수 없으며
선경이 좋다 해도 저렇지는 못하리라

아무리 명화라도 다 담을 수 없으며
아무리 말재간 있어도 말로 형언 못 하겠네.
신유년의 화재 이후 오히려 저렇거든
그전의 전성 때야 오죽이나 장할쏘냐.
천하 재물 허비하고 백성 인력 허비하여
쓸데없는 궁중 사치 이는 또 무슨 짓인고.
진시황 아방궁은 항우가 불 지르고
송나라 옥청궁은 절로 난 불에 화 입었네.
이 경험 분명하니 천재가 마땅하다.

꼭두 놀음 구경코저 광대를 불러 보니
서너 놈 들어와서 요술로 재주 편다.
앵두 같은 다섯 구슬 분명히 노나 놓고
사발로 덮었다가 열어 보면 간데없고
빈 사발 엎은 속에 서너 구슬 들어가고
하나가 둘도 되고 있던 것도 없어졌다.
빈손 털고 부비면 홀연히 생겨난다.
큰 쇠고리 여섯 개를 나눠 들고 맞부딪쳐
사슬고리 만들어 어긋나게 이었다가.
잡아당겨 빼어 내니 끊어진 흔적 없고
고리 둘을 나눠 들고 공중에 던졌다가
바라보면 사슬고리 연이어 내려온다.
사발 하나 땅에 엎어 보자기를 덮어 놓고
발뒤꿈치로 내려치니 사발이 간데없다.
보를 들고 찾아보니 땅에서 솟아난다

바늘 한 줌 입에 넣고 실 한 입을 삼켰다가
끝을 잡고 빼어 내니 그 바늘이 주렁주렁.
오색실 한 타래를 잘게 잘게 썰어서
활활 썩썩 부비면서 한 줌을 잔뜩 쥐고
한끝을 잡아 빼니 끊어진 실 도로 이어
색색이로 연해 빼면 실 한 타래 도로 된다.
열다섯 자 긴 띠를 칼로 분명 끊었다가
두 끝을 한데 대며 손으로 비벼 치니
예라 한 듯 도로 이어 흔적도 못 보겠다.
빈 사발 엎었다가 열어 보면 만든 꽃 같다.
난데없는 유리 어항에 금붕어들 뛰어놀고
창 끝에 사발 드는데 떨어지지 아니한다.
사기 그릇 이고 서서 뜀박질하는 것과
이런 재주 저런 요술 이루 기록 다 못 하네.
곰 놀리는 구경 가자 큰 개만 한 검은 곰
이빨을 뽑았으니 사람 해할 리 없겠고
사슬로 목을 매어 달아나지 못하더라.
미련한 저 짐승을 어떻게 길들여서
일어나라 말을 하면 사람처럼 일어나고
춤을 추라 말하면은 앞다리로 넘분넘분
창을 주어 쓰라 하면 두 앞발로 받아들고
머리 위에 올려 놓고 빙빙 돌려 발로 치고
칼을 주어 쓰라 하면 발딱 자빠져서
네 발 위에 가로놓고 번개같이 돌리니
그 아니 이상하냐 구경 중에 우습도다.

임금이 종묘에 제 지내려 거동할 때
세 사신이 환영하며 새벽에 대궐로 가서
동장 안문 다다르니 만조백관 들어간다.
제일 높은 일품관도 부축하는 사람 없이
양각등에 불 켜 들고 하인 하나 없이 가니
다 각각 벼슬 이름 양각등에 써 있더라.
오문 밖에 들어가서 기다림방에 앉았더니
날이 마침 밝아오매 묘시 출궁 때가 된다.
오봉루 높은 곳에 북소리 웅웅 하니
황제가 나오는가 위의를 정제한다.
오문 밖 동서편에 황제 수레 네 쌍이니
높기는 두 길이요 넓이는 큰 한 칸에
수레 지붕 우단 위에 순금으로 꼭지 하고
누런 융전 휘장에다 전후좌우 완자창과
벌매듭 붉은 술 네 귀로 드리우고
유리 풍경 정강정강 수향 주머니 주렁주렁
좌우에 휘장 달아 누런 구슬발 드리웠고
그 안에는 닫집 달고 수레채를 길게 하여
붉은 당사실 줄을 걸어 코끼리에 매었구나.
금빛 가마 줄을 걸어 서너 쌍 대령하고
붉은 채를 길게 하여 우단으로 안장 짓고
길가로 좌우편에 홍두루마기 입은 병사
의장 들고 창검 들고 대궐에서 태묘까지
한 칸 사이 두서넛씩 쌍을 지어 늘어섰다.
환영 행렬 나와 보니 백관이 다 모였다.

조선 사신 역관들과 여덟 통역관 반을 지어
차례로 의자 끝에 기다리고 앉았으니
말 탄 관원 서너 쌍이 나란히 앞에 서고
황양산 나온 후에 붉은 옷의 여덟 군사
팔인교를 메고 오니 누런 개에 누런 휘장
좌우에 완자 밀창 앞뒤 채를 길게 하고
멜방망이 넷을 하여 둘씩 둘씩 메고 가네.
우리 나라 사인교를 둘이 함께 멘 것 같고
밀창을 반만 열고 황제가 내다보니
어떠한 얼굴인고.
연세가 십일 세라 어린 모습 어여쁘다.
갸름한 얼굴 바탕 해와 같이 옹골차다
자그마한 눈 모양에 눈빛이 똘똘하다.
누런 비단 두루마기 모자도 누렇더라.
행렬 앞에 이르더니 팔인교를 머무르고
근신 불러 물으니 세 사신이 공손히
일어났다 엎드려 머리 숙여 사례한다.
팔인교 지나간 뒤 그 뒤를 살펴보니
말 탄 관원 십여 인이 따라갈 뿐이러라.
인시 뒤 오봉루에 북소리 그치고서
쇠북소리 뗑뗑 하니 대궐로 향한다네.
내 나라로 이르면은 임금 행차하실 적에
요란하고 분주함이 오죽이나 하련마는
출궁시에 북을 치매 떠들다가 뚝 그치고
백관들은 나와 서서 기침들도 아니 하며

하인들은 들어서서 숨도 크게 못 쉬고
창틈으로 엿보면은 목을 베는 죄라 하네.
황제 앞에서 지껄이면 중한 형벌 당한다네.
엄숙하고 정색하여 아무 소리 못 한다네.
자갈돌 위에 말굽 소리 저벅저벅 할 뿐이라
이로써 헤아리면 기율이 끔찍하다.

관소로 돌아오니 할 일이 바이없다.
옛 시 보며 뛰어난 인재나 찾으리라.
태상 소경 정공수는 준수한 골격이요
병부 낭중 황문곡은 호걸풍의 성격이요
한림 학사 동문환은 재주 행실 명망 높고
형부 낭중 방정여는 준수한 인품이요
한림 전수 장범렴은 웅걸한 대장감이요
시어사의 왕조제는 아름다운 성품이요
공부 벼슬 왕현인은 단정한 태도로다
모두 다 명나라 때 명문거족 후예로서
마지못해 머리 깎고 청나라 벼슬하나
의관이 부끄러워 분한 마음 맺혔구나.
옛 의관 입은 조선 사람 제각기 반긴다.
정 소경이 청하기에 그 집에 찾아가서
왔노라 통기하니 주인 나와 영접하며
서로 인사 예를 하고 바깥채로 인도하니
선후를 사양하며 주객이 분명하다.
들어가며 살펴보니 눈앞이 황홀쿠나.

커다란 기와집에 단청이 휘황하고
아로새긴 벽돌담에 흰 벽이 영롱한데
뜰 가운데 고운 꽃들 화분에 심어 놓고
화초 뒤로 괴석들에 새긴 학이 받쳐 있고
흰 두루미 한두 쌍이 뒤룩뒤룩 성큼성큼
유리 어항 오색 붕어 움실움실 멀적멀적
비단 바른 완자창에 오색 유리 밀창이라.
백릉화로 도배하고 청릉화로 굽도리요
둥그러한 외짝문에 푸른 비단 문장이요
족자와 현판들에 명필 명화 많이 걸고
한 칸들이 유리 거울 여기저기 여럿이요
통유리 수박등은 몇 쌍인지 무수하고
좌우에 탁자 놓아 만 권 서책 쌓아 놓고
시계와 악기는 절로 울어 소리하며
캉 위에 중국 자리 털방석과 백전요와
이편저편 나무 의자 서로 마주 걸터앉아
이 집 사람 처음 인사 차 한 그릇 갖다 준다.
찻그릇에 대를 받쳐 가득 부어 권하거늘
파르스름 찻물에 향취는 난만하다.
저희들과 우리들의 말이 같지 아니하여
말 한마디 못 해 보고 덤덤히 앉았으니
귀머거리 벙어린 듯 물끄러미 서로 보네.
필담이나 하여 보자.
중국 벼루에 먹을 갈아 양털붓 덤뻑 찍어
쪽종이 받쳐 들고 글씨 써서 말을 하니

묻는 말과 대답함을 글로 써서 오락가락
글쪽지 문답으로 깊은 마음 주고받네.
제상 같은 교자상에 음식이 성대하다.
상 옆에 의자 놓고 주객이 둘러앉아
다 각기 잔 하나에 젓가락을 들었네.
그림 접시 예닐곱 개 생과실과 설탕 음식
날 연뿌리 썰어서 얼음 채워 담아 놓고
연밥 살구씨 껍질 벗겨 곁들여 놓았으며
땅콩은 이상하다 먹어 보니 잣맛 같고
토율이라 하는 열매 맛을 보니 생밤맛 같고
작은 접시 대여섯엔 온갖 채소 담았구나.
오이 생채 무 생채는 파 마늘 후추 양념
미나리 볶은 나물 향기 있고 맛 좋으며
염저육은 너무 짜다 돼지꼬리 졸인 게라.
술 붓는 놈 따로 있어 돌아가며 술 부으니
술 먹기를 서로 권해 한 모금씩 쉬엄쉬엄
먹다가 잔 놓으면 곯은 잔 채워 놓고
조금씩 마시면서 그 음식을 다 먹는다.
먹은 음식 물려내고 새 음식을 가져오니
어린돼지찜 영계찜 오리 거위 탕이로다.
잉어 농어 삶아 놓고 양 소고기 지짐이요
마른 해삼 진 해삼을 국물 있게 삶았으며
오리알 거위알은 껍질 벗겨 썰어 놓고
붉은 연꽃 녹말 씌워 기름 넣고 지져서
바삭바삭 하는 것을 설탕에 찍어 먹고

이름 모를 온갖 떡은 몇 가진지 모르겠다.
미음 같은 백정수는 찹쌀죽에 설탕 치고
물만두 분탕 국수 흰밥같이 담아 온다.
이런 식기 칠팔십 기 연이어 갈아들여
종일토록 먹고 나니 이루 기록 못 하겠네.
황 낭중과 동 학사도 제 집으로 청해 가니
집치레와 음식 치레 사치하고 훌륭하네.
장 한림과 왕 어사며 방양중과 왕 공부는
한턱씩 차려 놓고 우리를 오라 하네.
이렇듯이 다니면서 매일 상종하는구나.
모두 다 문장 문필 좋아하는 대신이라
만당시晩唐詩 체격體格으로 글을 지어 서로 읊고
왕희지 필법으로 글씨 써서 자랑한다.
내 비록 무식하여 문필이 부족하나
되지못한 글을 지어 즉시즉시 화답하고
변변치 않은 글씨 주련체로 써서 주니
칭찬이 분분하며 겸손의 말 과도쿠나.
그 사람네 음식 한턱 대거리하려니까
체면이 당연하니 불가불 없을쏘냐.
봉래각 음식점에 백여 금 값을 주어
거기 사람 음식으로 사치로이 차린 후에
어느 날로 기회하고 어디로 청해 올꼬.
들으니 송군암이 정결하고 경치 좋아
여러 사람 오라 하고 먼저 가서 기다리니
명나라 때 양계성의 옛집이 여기인가.

양 선생의 곧은 충절 천추에 빛이 난다.
엄숭이 물리치던 상소 초고가 그저 있어
돌에다가 새겼으니 간초당이 여기로다.
괴상한 돌과 대숲 깨끗이 둘렀구나.
세간 집물 사치로워 벽그림 글씨 기이하니
이 집 지킨 주인 중놈 거처하는 곳이로다.
기다리는 사람들은 차차로 몰려온다.
봉래각 음식 와서 외당에 갖다 두고
큰 의자에 둘러앉아 차례로 들여 먹고
우리 나라 주방으로 조선 음식 조금 하여
평양 소주 감홍로는 있는 것이 한 병이니
의주 약과 다식과는 남은 것이 한 접시요
문어 광어 전복찜은 찬합 한 층 덜어 놓고
약밥 모양 얌전하다 빛은 어찌 저리 희며
아름다운 정월보름떡 밤톨만큼 빚었구나.
생선 사다 채를 만들어 담은 것이 생신한데
어물 만두 놓은 것은 맛도 없이 만들었다.
막 쥐어서 놓았으니 그 솜씨가 오죽하랴
약과 약밥 정월떡은 단것이라 잘 먹는다.
이처럼 노닐면서 이야기 종일 하니
아담하고 맑은 취미 날 가는 줄 모르겠다.
만 리 밖의 먼 데 사람 우연히 서로 만나
처음으로 사귄 정이 친한 벗이 되었어라.
왕 공부는 옛것 따르는 우리 복색 부러워서
내 쓴 관을 벗겨 쓰고 슬픈 기색 연연하다.

황 낭중이 필담으로 비밀히 이른 말이
요전번에 서양놈이 귀국 침범 계획하매
예부 상서 글을 써서 먼저 급보하였으니
존형은 아무쪼록 빨리 돌아갈지어다.
이 말이 어인 말인가 대경실색 놀라운 중
감격할사 황 낭중에게 수없이 사례하고
인하여 작별하니 변화 많은 이생이라
이렇게 헤어지면 언제 다시 모여 볼까.
소매를 서로 잡아 슬픈 기색 지은 후에
돌아오며 생각하니 서양놈의 짓 통분하다.
서울 안을 헤아리면 서양놈 집 여럿이요
곳곳에 천주당과 각파 종교 가득하고
큰길에 서양놈들 활개 치며 오고가네.
눈깔은 움쑥하고 콧마루는 우뚝하며
머리털은 빨간 것이 곱실곱실 양털 같고
키꼴은 팔척장신 의복도 괴이하다.
쓴 것은 무엇인지 우뚝한 벙거지 같고
입은 것은 어찌하여 두 다리가 팽팽하고
계집년들 볼작시면 더구나 흉측하다.
퉁퉁하고 커다란 년 살빛은 푸르죽죽
머릿수건 같은 것을 뒤로 크게 늘여 쓰고
주름 없는 긴 치마를 엉버티어 휘두르고
네다섯 년 떼를 지어 희적희적 가는구나.
새끼놈들 볼만하다 사오륙 세 먹은 것이
다팔다팔 벌건 머리 샛노란 둥근 눈에

원숭이 새끼들과 신통히도 닮았구나.
분명히 짐승이지 사람 종자 아니로다.
저렇듯 요물들이 우리 나라 침노할까.
임금에게 아뢰고저 송별연에 참석하고
다음 날 대궐로 가서 오문 밖에 작별하니
황제가 주는 예물 예부 상서 전달한다.
세 사신과 역관들 말꾼과 하인까지
돈과 비단 등속 차례로 받아 놓고
사례한 뒤 돌아오니
말 타고 떠나는 잔치 예부에서 지휘키로
세 사신과 역관들이 예부로 나아가니
대청 위에 펼쳐 놓고 상을 차려 놓은 모양
모밀떡과 밀다식에 겉밤 머루 비자 열매
푸닥거리 상 벌이듯 벙정벙정 떠벌려서
예부 상서는 가운데요 좌우에는 조선 사람
다 각기 한 상씩을 앞에 받아 놓으니
비위가 뒤집히고 먹을 맛이 바이없다.
술 석 잔을 마시는데 잔치 끝나 일어서서
숙소로 돌아와 돌아갈 날 정하니
사람마다 짐 꾸리며 각 방마다 분분하고
홍정 외상 은돈 셈하려 중국인과 지껄인다.

임금에게 편지 띄워 서울로 먼저 보내고
칠월 십팔일에 고국 향해 떠나니
사십일 간 외국 유숙하다가 시원하고 시원쿠나.

멀고 먼 우리 서울 아득하다 집 소식은
세상이 어지러운 중 집 소식 끊어지고
네댓 달 타향살이 돌아갈 맘 절로 난다.
다우쳐 내달아서 통주로 향해 가니
올 적에 심은 곡식 가을이 한창이요
서풍이 살살 불고 가을빛이 쾌히 난다.
갈대꽃 물가로 기러기 떼 지나가니
저 기러기 몰려가다 우리 집 지나거든
내가 오늘 떠나가는 소식이나 전해 주렴.
연교점 별산점과 옥전현 지나 서서
풍윤현 사하역과 영평부 들어가서
무령현 심하역과 산해관 나와 보니
칠월 하순 서풍 끝에 찬 기운이 쾌히 난다.
땅기운 식었는지 절기가 미리 드네.
겹바지 석새삼베 속옷 베적삼 겹저고리
되는대로 껴입어도 추위가 심하구나.
중전소 중후소와 영원부 지나가고
연산역 행산보와 대릉하 건너갈 제
들으니 남경 땅에 회회국 놈 장난하여
길림 병사 오백 명과 흑룡강 병사 오백 명이
황제의 조서 있어 출전하러 올라가네.
비장하다 장사들과 비호 같은 말들이며
갑주 투구 병장기를 수레에다 많이 싣고
휘몰아서 지나가니 길림서 남경까지
수만 리 먼 길이다.

임금의 명 받들어 부모 이별 처자 버리고
전장에 한번 가매 사생을 모르겠다.
석양천 찬 바람에 창검을 빼어 들고
노래하고 가는 모양 보기에 처량하다.
석산참 다다르니 십삼산 여기 있다.
광녕참 지나가니 의무려산 반갑도다.
소흑산 주류하로 심양을 향해 가니
길가에 막대 세워 무엇을 달았으되
닭우리 같은 것을 살창처럼 엮어 놓고
그 속에 담은 것은 사람의 머리란다.
연고를 물어보니 큰 도적 베인 거라
또 어떤 놈 허리에다 쇠사슬로 둘러메고
한끝을 길게 하여 뒤로 끌고 가니
그는 어쩐 일인런고 도적놈 중 작은 죄라
그처럼 표를 하여 빌어먹게 만든다네.
그 쇠사슬 끊어 주면 그 죄는 죽는 죄라 하네.
또 하나는 수레 위에 서너 놈 들어앉아
그 가운데 어떤 놈을 쇠사슬로 목을 얽어
붉은빛 속곳 적삼 시뻘겋게 입혔으며
그중의 두목 놈은 그채로 잡아간다.
이런 일로 볼지라도 법령이 엄하구나.
석문령 넘어서서 낭자산 들어올 때
소식 모아 오는 편에 집 편지 부쳐 오니
길가에서 받아들고 도리어 겁을 낸다.
고향이 가까우니 나쁜 소식 들릴까 봐

이렇듯 겁을 냄은 옛 글귀와 근사하다.
네댓 달 막힌 소식 무슨 말이 있을는지
조릿조릿 못 보겠다 단단히 마음먹고
겉봉을 언뜻 보니 평할 평平 자 좋을시고
거룩하다 평할 평 자 천만금이 너무 싸다.
이 한 자만 보아도 저으기 위로된다.
차례로 떼어 보니 온 집안의 편지라.
반갑다 우리 모친 안녕하신 친필이요
기쁘도다 나의 안해 정다운 글씨구나.
이제야 마음 놓여 입이 절로 버는도다.
일행이 서로 물어 치하가 분분하다.
청석령과 회령령과 팔도하 건너서서
팔월 닷새날에 책문에 다다르니
오늘은 모친 생신 떠난 회포 절로 난다.
기다린 마음 오죽하시랴 불효하기 그지없다
긴 사연 쓰신 편지 아들 생각 뜻함이라.
근 삼십 세 되는 자식 어린애같이 여기신다.
부모 있으면 멀리 안 감이 옛사람의 교훈이라
불효하다 만 리 밖을 반년이나 떠났으니
부끄럽고 두려운 맘 둘 데가 바이없다.
가을 하늘 한껏 높고 찬 이슬이 내린 밤에
꿈같이 자고 나서 재촉하여 어서 가자.
온정평 지나서서 구련성 넘었으니
백마산성 반가우며 통군정도 변함없다.
초엿새 강 건너니 고국에 나왔어라.

우리 사람 마중 오고 구경꾼도 반긴다.
말 타고 달려 고단키에 의주서 며칠 쉬고
용천 철산 선천 지나 곽산 정주 가산 지나
박천 지나 청천강과 안주 숙천 순안 지나
평양서 하루 쉬어 중화 황주 봉산으로
서흥 평산 금천 지나 청석동 송도로다.
장단 지나 임진강과 파주 지나 고양 오니
갈 적의 녹음방초 낙엽이 쓸쓸하고
세월도 덧없구나 객지 고생 지루하다.
버들이 푸르더니 비눈이 가까워라.
잘 있었냐 삼각산아 우리 집이 어드메냐.
홍제원 모화관의 친우 문안 서로 하고
인정전에 절한 뒤에 중화당 들어가서
왕명을 받든 행각 무사 귀환 아뢰이다.
이십삼 일 저문 후에 집으로 돌아오니
늙으신 모친 마주 나와 반기시는 듯 느끼시는 듯
걱정하신 덕택으로 병 없이 다녀 나와
온 집안이 안락하니 즐겁기 그지없다.
청계사 옛 곡조로 조용히 노래하며
바라도다 어머님 이 가사 보시기를
그러면 이 아들의 위로가 되오리다.

원문

어화 천지간에 남자 되기 쉽지 않다.

평생에 이내 몸이 중원中原 보기 원하더니

병인년丙寅年 춘삼월에 가례 책봉嘉禮冊封 되오시니

국가의 대경大慶이요 신민臣民의 복록福祿이라.

청국淸國에 사신 갈 제 삼사신三使臣을 내었어라.

상사上使에 유 승상柳丞相과 서 시랑이 부사副使로다.

행중 어사行中御使 서장관書狀官은 직책이 중할시고.

겸직은 사복 판사司僕判事 어영 낭청御營郎廳 띠었으니

시년是年이 이십오라 소년 공명 이 아니냐.

하사월夏四月 초구일初九日에 배표 길일拜表吉日[1] 정하니

성정각誠正閣 입시하니 정중할사 왕명王命이라.

협양문夾兩門 하직하고 인정전仁政殿 배표拜表하니

장악원掌樂院 일등악一等樂에 누른 의장儀仗 벌여 내고

용정자龍亭子 앞세우고 백관百官이 뒤따르다.

돈의문 내달아서 모화관慕華館 사대查對[2] 하고

무악재 넘어서서 홍제원 다다르니

재상 어른 명사 친구 문객이며 청지기며

전별차餞別次로 나와 보고 잘 가거라 당부하니

잘 있어라 대답할 제 면면이 처창悽愴하다.

좌차座次로 올라타니 일산日傘이 멀리 떴다.

권마성勸馬聲 한 소리에 앞길이 몇천 리냐.

집안을 생각하니 심회도 창연愴然하다.

---

1) 중국에 보낼 표문表文을 임금께 받는 날짜.

2) 중국에 보내는 문서를 살펴 내용을 확인하는 일.

당상堂上의 백발노친 생양가生養家로 뫼셔 있고
청춘의 젊은 안해 금슬琴瑟이 남다른데
무형제無兄弟 혈혈 독신 외롭다 이내 몸이
원로遠路에 떠나가니 가사家事 부탁할 곳 없다.
봉명奉命이 지중키로 무가내無可奈 하릴없다.
삼각산 바라보니 몇몇 번 탄식이냐.
녹번리 박석리와 구파발 창릉 재를
순식간에 지나서니 고양 지경이 아니냐.
순시 영기巡視令旗 곤장 주장棍杖朱杖 전배前排로 벌여 섰고
본 군수의 지경 지대祇敬支待3) 삼공형三公兄4)이 대령하네.
읍내로 들어가니 숙소참宿所站이 예로구나.
다담상과 주물상晝物床은 잔읍殘邑 거행 가련하다.
늦은 식후 군령軍令으로 파주목坡州牧 숙소하고
대소 읍이 판이하여 범절도 초승秒勝하다.
평명平明에 떠나 서서 임진강 다다르니
좌우의 산세 서로西路의 인후咽喉 되고
산 틈의 높은 성이 홍예문虹霓門 웅장하다.
방포放砲하고 문 나서니 일대 장강一帶長江 둘렀구나.
강류江流는 의의依依하여 가는 손을 붙드는 듯
산화山花는 작작灼灼하여 별회別懷를 돕는구나.
장단부長湍府 중화中火하고5) 송도松都로 향해 가니
길가의 장명등長明燈은 삼각산 응한 것이요
들 가운데 돌기둥은 배 매던 곳이라네.

---

3) 그 고을 군수가 자기 고을에 들어올 행차를 위하여 먹을 것이며 쓸 것을 이바지하는 것.
4) 고을의 이방, 호장, 수형리首刑吏.
5) 점심 먹고.

남문南門을 들어가니 옛 도읍터이로다.

인가도 즐비하고 물색도 번화하다.

삿갓 쓰고 망태 멘 것 유안생儒案生[6] 풍도風度로다.

만월대滿月臺 올라가니 소슬하고 처량하다.

송악산松嶽山은 의구依舊하여 반공에 솟았는 듯

고려 왕의 대궐 터는 월대月臺만 남아 있고

고목과 거친 풀은 황락荒落하여 못 볼러라.

선죽교 어드메뇨 고적을 구경하세.

고려 충신 정포은鄭圃隱이 순절하던 곳이라네.

다리 위에 있는 혈血은 몇백 년 지나도록

풍마우세風磨雨洗 변치 않고 지금까지 완연하다.

후세에 보는 사람 뉘 아니 창감愴憾하랴.

숙묘조肅廟朝 어필비御筆碑로 충절을 기록하니

다리 위에 난간 쳐서 행인을 금하시다.

평명平明 군령軍令 재촉하여 청석관靑石關 다다르니

산세는 기험崎險하여 깎아지른 모양일세.

시내는 굽이쳐서 굴곡屈曲히 흘렀는데

길바닥에 깔린 돌은 차車 타기 불편하다.

성 쌓고 문을 지어 기해 교계畿海交界[7] 예로구나.

금천 땅을 다다르니 황해도 지경이라.

경기 역졸 하직하고 청단 역마靑丹驛馬 갈아타고

회란석廻欄石 바라보니 경개도 절승하다.

층층層層하고 기이한 바위 백 척이나 높았는데

산 밑에 흐르는 물은 박연 폭포 하류로다.

---

6) 향교, 서원, 성균관 등의 명부에 실린 선비. 곧 유생儒生.

7) 경기와 해서의 경계.

읍내 들어 중화하고 저탄교猪灘橋 건너가니

돌여올 깊은 강에 나무로 놓은 다리

함흥의 만세교萬歲橋가 이와 거의 같으리라.

평산읍平山邑 숙소하니 곡산부谷山府 출참出站이라.

서로이 친한 선비 이리 불러 존문尊問하니

존문 선비 와서 보고 생색 된다 치사하리.

다담상 물려주고 기생 불러 술 권하니

큰 잔을 받아놓고 희색이 만면한 중

어렵고도 부끄러워 어찌할 줄 전혀 몰라

좌불안석하는 모양 그 또한 장관일레.

이른 식후 떠나가니 태백산성太白山城 지나 섰다.

중화참中火站이 어드메뇨 숭수원崇秀院[8]이 예로구나.

산은 높고 물은 깊어 층암절벽 둘렀는데

물 밑에 맑은 새암 옥유영천玉乳靈泉[9] 이 아니냐.

능증嶐嶒하고 준급峻急함이 파촉산巴蜀山과 흡사키로

옛날 어느 때에 잔나비 울었다네.

서흥부瑞興府서 숙소하고 검수관劍水館 중화하여

봉산군鳳山郡 숙소하고 동선령洞仙嶺 바라보니

길은 깊고 산은 높아 험준하고 층급層急하다.

좌우의 창송 취벽蒼松翠壁은 녹음綠陰이 기이하다.

높은 석벽 두른 곳 사인암舍人巖이 제로구나.

산세대로 성을 쌓아 관關을 짓고 문을 내어

황해도 인후咽喉 목이 이렇듯이 험하도다.

---

8) 총수산蔥秀山 동쪽에 있는 마을.

9) 총수산의 옥류천玉溜泉 곁에 있는 큰 돌에 주지번朱之蕃이라는 명나라 사신이 새겨 놓은 글자.

황주黃州 성내城內 들어가서 사대査對하고 숙소하니

삼오야三五夜 밝은 달이 오늘 마침 망일望日이라.

들으니 월파루月波樓에 용금湧金 구경 좋다 하네.

성 위에 높은 누각 백 척이나 솟았는데

성 앞에 일대 장강 누 아래 무연하다.

월출동령月出東嶺 달 돋으니 물빛이 금빛 되어

슬렁슬렁 끓는 모양 용금湧金이라 이름한다.

이렇듯 밝은 밤에 기악妓樂인들 없을쏘냐.

주안酒案을 갖추고 가무歌舞를 구경하자.

중화부中和府 숙소하니 평안도 지경이라.

어천대御天臺 생양역生陽驛은 삼등三登 역마 대령하고

평양 땅을 다다르니 즐겁기도 그지없다.

강산 누대 좋단 말은 소문으로 들었더니

첫눈에 황홀하니 듣던 말이 참말일세.

십 리 장림長林 푸른 그늘 좌우로 울밀鬱密하다.

대동강 다다르니 채선彩船을 대령하고

명금鳴金 이하 대취타大吹打의 상선포上船砲를 놓았구나.

성내城內를 바라보니 선경仙境이냐 인간人間이냐.

곱은성[10] 이층 문루 대동문大同門이 저기로다.

육인교六人轎에 높이 앉아 대전배大前排[11]를 앞세우고

천천히 들어가서 좌우를 살펴보니

물색이 번화함이 경성京城이나 다름없다.

가는 사람 오는 사람 길가에 미만彌滿하여

우러러 쳐다보며 저희끼리 하는 말이,

---

10) 성문 밖을 둘러싼 성. 곡성曲城.

11) 관원의 행차 앞에 서서 인도하는 하인들.

장하도다 저 사또님 춘추가 얼마신지

저렇듯 소년 서장少年書狀 이 근래 처음이라.

하처下處로12) 들어가니 준수하다 통인들은

갑사 쾌자甲紗快子 남전대藍纏帶에 갓벙거지 공작우孔雀羽로

좌우로 벌여 서서 거행이 영민英敏하고

어여쁘다 수청 기생 녹의홍상綠衣紅裳 단장하고

큰머리 가리마13)와 도화분桃花粉 성적成赤하고

다담茶啖 주물畫物 진지 거행 여럿이 병창竝唱하니

영본부營本府 감사監司 아전 자하自下로 거행하네.

이때가 어느 때냐 삼사월 좋은 때라.

일기는 불한불열不寒不熱 혜풍惠風이 화창한데

연광정練光亭 찾아가니 제일강산第一江山 예로구나.

백 척 고루高樓 높은 누가 물 위에 떠 있는 듯

먼 산을 바라보니 높고 낮은 천만 봉이

운무雲霧 중에 요란하여 푸른 흔적뿐이로다.

백사장 너른 들에 녹양 버들 드리워서

연애중煙靄中 묻힌 모양 벽라장碧羅帳 둘렀는 듯

일대 장강 푸른 물결 천광天光과 일색이라.

강상江上 일엽선一葉船은 고기 잡는 어선이요

강가에 섰는 미인 빨래하는 계집이라.

부벽루浮碧樓가 어드메뇨 선유船遊하여 올라가자.

대동문大同門 돌아 나서 강변의 배를 잡아

한 배에는 대취타大吹打요 또 한 배는 육각六角14)이라.

---

12) 웃어른의 숙소를 존대하는 말. 사처.

13) 머리를 장식하는 쓰개 .

14) 북, 장구, 해금, 태평소 한 쌍, 피리.

관선官船에 올라 앉아 배 치레를 살펴보니
초가草架로 이은 집이 사면으로 간반間半이요
완자 창살 장지에 가방假房을 지어 놓고
단청을 고이 하여 오채五彩가 영롱한데
화문花紋 등메 만화방석滿花方席 포진鋪陳을 잘하였다.
여러 기생 모여 앉아 노래나 하여 보자.
일제히 병창하니 곡조도 아름답다.
어부사漁父詞 한 곡조에 배를 저어 올라가니
풍악은 잦아지고 청흥淸興은 도도하다.
춘수선여천상좌春水船與天上座[15]는 옛글대로 읊어 보니
추수공장천일색秋水共長天一色[16]은 경개가 사랑홉다.
서편으로 바라보니 청류벽淸流壁 험한 바위
돌빛이 능증峻嶒하여 병풍같이 둘렀어라.
동편을 바라보니 능라도綾羅島 넓은 섬이
중류에 떠 있으니 이수중분二水中分[17] 예 아니냐.
남편으로 바라보니 호호망망浩浩茫茫 흐르는 물이
한사정閑似亭 앞을 지나 바다로 통했으며
북편으로 바라보니 일편고성一片孤城 높은 곳에
우뚝이 있는 누는 기이하다 어디러냐.
동정여천파시추洞庭如天波是秋[18]는 악양루岳陽樓에 일렀으며
금삼강이대오호襟三江而帶五湖[19]는 등왕각滕王閣에 있다 하니
대동강상大同江上 좋은 곳에 부벽루가 없을쏘냐.

---

15) '봄물에 배를 타니 하늘 위에 앉은 것 같다'는 뜻.
16) 가을 물은 높은 하늘과 한 빛이다.
17) 물이 두 줄기로 나뉨. 이백李白의 시 한 구절.
18) '동정호는 하늘과 같은데 물결은 마침 가을'이라는 뜻.
19) 세 강물과 다섯 호수에 둘러 있는 경치. 왕발王勃의 '등왕각서滕王閣序'에 나오는 말.

전금문轉錦門 들어가서 누상에 올라보니
모란봉牧丹峰이 주산主山이요 앵무주鸚鵡洲가 앞에 있어
산빛은 요조窈窕하여 먼 경景이 볼만하고
수성水聲은 요란하여 가까운 여울이라
심수深邃하고 그윽함이 별유천지別有天地 예로구나.
대풍악大風樂을 들여 놓고 가무를 구경하자.
아리따운 노랫소리 청천靑天에 높이 떴다.
춤추는 긴 소매는 바람결에 나부낀다.
눈앞에 벌린 것이 녹의홍상 이 아니랴.
울긋불긋 고운 모양 춘심春心이 호탕하다.
고운 여색 저 태도는 정신을 흐리운다.
저희끼리 시기하여 누구를 호리려노.
들으니 색계色界 상에 영웅열사英雄烈士 없다 하네.
어렵도다 이내 몸이 한미한 집 사람으로
이십여 년 책상물림 졸직拙直이 자라나서
강산풍월江山風月 좋은 곳에 어디 한번 놀았으랴.
청루주사靑樓酒肆 밟아쳐서 오입 물정 알았으랴.
처음으로 당해 보니 졸풍류拙風流를 면할쏘냐.
영명사永明寺 구경 가자 득월루得月樓 제 아니냐.
을밀대乙密臺 바라보니 반공중에 솟아 있다.
칠성암七星菴이 어드메냐 기린굴麒麟窟[20] 여기로다.
옛적 어느 때에 동명東明이 말을 타고
그 굴로 들어가서 강가로 나왔다니
허탄한 말 같으나 기이한 일이로다.
평양같이 좋은 강산 소강남小江南[21]을 일렀으니

---

20) 기린굴은 부벽루 둘레에 있다. 고구려 동명왕이 여기서 기린말을 길렀다고 한다.

팔도를 다 보아도 이만한 데 없다 하네.
백사百事를 원치 말고 평양 감사 원을 하소.
어떤 사람 팔자 좋아 신선의 연분 있어
이렇듯 별세계에 청복淸福을 누리는고.
이 땅을 말하려면 우리 나라 근본일세.
주 무왕周武王 시時 기자箕子께서 조선으로 처음 나오셔
산명山明하고 수려水麗키로 천년 도읍 터이로다.
기자의 정전법井田法은 옛밭이 그저 있다.
기자의 팔조지교八條之敎 끼친 왕화王化 그저 있다.
함구문含毬門 밖 외성 안에 기자 먹던 우물 있고
칠성문七星門 밖 내려가서 기자묘箕子墓가 있다 하네.
기자묘 봉심奉審하니 감구지회感舊之懷 서러워라.
고목과 거친 풀은 몇천 년 무덤이냐.
양마석羊馬石 망주석望柱石은 쌍쌍이 벌여 있고
묘전墓前의 일척비一尺碑는 반쪽만 남았으니
슬프다 임진년壬辰年에 왜놈이 작변作變하여
저 모양이 되었으니 더구나 창감하다.
평양서 떠나가니 순안현順安縣 숙소로다.
숙천부肅川府 중화하고 안주 성내安州城內 들어가니
운주헌運籌軒[22] 사대査對하고 만경루萬景樓를 바라보며
백상루百祥樓 구경 가자 경개가 어떻던고.
청천강淸川江 너른 물은 푸른빛을 둘러 있고
약산藥山 동대東臺 높은 봉은 먼 산빛이 빠혔어라.
녹음방초綠陰芳草 경景 좋은데 큰길로 차를 몰아

---

21) 중국 강남에 다음가는 곳.
22) 정사가 묵는 숙소.

청천강 진두강津頭江의 박천博川 지경地境 언뜻 지나
가산군嘉山郡 숙소하니 새별령23) 저기로다.
위태하고 준급峻急한데 간신간신 넘어서서
납청정納淸亭 말마秣馬하고 정주읍定州邑 들어가니
북장대北將臺 무너진 성 신미년辛未年 일24) 가이없다.
길가의 저 비각碑閣은 승전비勝戰碑를 세웠더라.
곽산군郭山郡 중화하고 선천부宣川府 숙소하니
물색도 변화하여 색향色鄕으로 소문났다.
의검정倚劍亭 너른 대청 대연大宴을 배설排設하고
여러 기생 불러다가 춤추는 구경하세.
맵시 있는 입춤이요 시원하다 북춤이오.
공교하다 포구락抛毬樂과 처량하다 배따라기
한가하다 헌반도獻蟠桃요 우습도다 승무僧舞라.
지화자 한 소리로 모든 기생 병창한다.
항장무項莊舞라 하는 춤은 이 고을서 처음 본다.
팔년풍진八年風塵 초한시楚漢時의 홍문연鴻門宴을 의방依倣하여
초 패왕楚霸王과 한 패공漢沛公은 동서로 마주 앉아
범증范增의 세 번 옥결玉玦25) 눈 위에 번듯 들어
항장項莊의 처음 검무 패공에게 뜻이 있어
긴 소매를 번득이며 검광劍光이 섬섬閃閃터니
항백項伯이 대무對舞하여 계교를 잃었구나.
장자방張子房의 획책劃策으로 번쾌樊噲가 뛰어들어
장검長劍을 두르면서 항우項羽를 보는 모양

---

23) 가산에 있는 효성산曉星山.
24) 홍경래洪景來가 일으킨 평안도 농민 폭동을 말한다.
25) 홍문연에서 범증이 옥으로 만든 갑을 세 번 들면 한 패공을 죽이기로 약속한 신호.

그 아니 장관이냐 우습고 볼만하다

동림진東林鎭 지나 서니 차련관車輦館은 철산鐵山이요

서림진西林鎭 지나 서니 양책관良策館은 용천龍川이라.

청류암聽流巖 좋은 경치 제일강산 새겨 있다.

석계교石階橋 건너서서 소곳관所串館 중화하니

예서부터 의주義州 지경 조선의 지진두地盡頭라.

살문이 높은 고개 한 마루에 올라서서

피지彼地[26]를 바라보니 지척에 임하였다.

해동의 제일관第一關은 만부灣府의 남문南門이라.

취승당聚勝堂이 어드메뇨 옛일이 창감하다.

임진년 선조 대왕 주필駐蹕하신 집이로다.

시사時事를 생각하니 분개하기 그지없다.

통군정統軍亭 높은 정자 압록강에 임했으니

기악妓樂을 등대等待하고 구경차로 올라가니

경개는 절승하나 좋은 줄은 모르겠다.

풍악이 요란하나 기쁜 마음 전혀 없다.

집 떠난 지 며칠이냐 소식이 망연하니

앞길이 멀고 멀사 갈 길이 아득하다.

강 건너를 바라보니 어이 저리 소슬하냐.

황사백초黃沙百草 넓은 들에 삭풍이 들이치니

심사가 처창凄愴하여 긴 한숨이 절로 난다.

비회悲懷를 못 정하여 이내 눈물 뉘가 알리.

내 홀로 위로하고 제 스스로 억제하니

십여 명 기생 앞에다 모아 놓고

피리 해적奚笛 삼잡이[27]는 가곡이 맞추우고

---

26) 저들의 땅. 여기서는 만주를 가리킨다.

양금洋琴과 거문고는 영산회상靈山會上 어우러져
이팔청춘 여아들이 춘풍을 희롱하니
청삼학사靑衫學士 소년시에 호흥豪興인들 없을쏘냐.
이렇듯이 노닐면서 세월을 보내더니
하오월夏五月 초칠일初七日로 도강渡江 일자 정하였네.
방물方物을 점검하고 행장을 수습하여
압록강을 다다르니 송객정送客亭이 예로구나.
의주 부윤義州府尹 나와 앉고 다담상을 차려다가
삼사신三使臣을 전별할새 처량키도 그지없다.
일배일배一杯一杯 부일배復一杯로 서로 앉아 권고하고
상사별곡想思別曲 한 곡조는 차마 듣기 어려워라.
장계狀啓를 봉한 후에 떨뜨리고 일어서니
가국지회家國之懷 그지없어 억제하기 어려운 중
홍상紅裳에 듣는 눈물이 심회를 돕는구나.
육인교六人轎를 물리치고 장독교帳獨轎[28]를 등대하여
전배 통인 하직하고 일산日傘 좌견左牽[29]뿐만 있다.
공형公兄 급창及唱 물러서니 마두馬頭 서자書者[30]뿐이로다.
일엽소선一葉小船 배를 저어 점점 멀리 떠나가니
푸른 봉은 첩첩하여 나를 보고 찡기는 듯
백운白雲은 용용溶溶하여 광색光色이 창감하다.
비치 못할 이내 마음 오늘이 무삼 날고.
출세한 지 이십오에 시하侍下에 자라나서
평생에 이측離側하여 오래 떠나 본 일 없다.

---

27) 피리, 해금, 장구의 세 가지. '해적'은 해금과 피리.

28) 휘장을 친 가마

29) 일산을 드는 하인과 말고삐를 잡거나 말 뒤를 따르는 종.

30) 각 역驛의 구실아치.

반년이나 어찌할꼬 이위정사離闈情思[31] 어려워서
경성 지경 백 리 밖에 먼 길 다녀 본 일 없네.
허박虛薄하고 약한 기질 만 리 행역行役 걱정일세.
한 줄기 압록강이 양국지경兩國之境 나눴어라.
돌아보고 돌아보며 우리 나라 다시 보자.
구련성九連城 다다라서 한 고개를 넘어서니
아까 뵈던 통군정이 그림자도 아니 뵌다.
즉금 뵈던 백마산白馬山이 봉우리도 아니 뵌다.
백여 리 무인지경無人之境 인적이 고요하고
위험한 만첩 산중 울밀鬱密한 수목이며
적막한 새소리는 처처에 구슬프다.
한가한 들에 꽃은 뉘를 위해 피었는고.
아깝도다 이러한 곳 양국의 버린 땅에
인가人家도 아니 살고 전답田畓도 없다 하네.
곳곳이 깊은 골에 계견성鷄犬聲이 들리는 듯
왕왕이 험한 산에 호표지환虎豹之患 겁이 난다.
죽반粥飯으로 상을 차려 점심이라 가져오니
맨 땅에 내려앉아 중화를 하여 보자.
아까까지 귀턴 몸이 어이 졸지 천하였노.
일류 명창 진지 거행 수청 기생 어데 가고
만반진수滿盤珍羞 좋은 반찬 곁반도 없으나마
건량청乾糧廳[32] 밥 한 그릇 이렇듯 감식甘食하니
가이없이 되었도다 어찌 아니 웃으리오.
금석산金石山 지나서니 온정평溫井坪 예로구나.

---

31) 부모 곁을 떠나는 마음.
32) 관가의 식사를 제공하는 곳.

일세日勢가 황혼 되니 한둔하여 숙소하자.
삼사신 자는 데는 군막을 들이 치고
삿자리를 둘러막고 가방假房[33]처럼 지었어도
사면 외풍 들이 불어 밤 지내기 어렵거든
역관譯官이며 비장裨將 방장房掌 차마 불쌍 못 보겠네.
군막이라 명색함이 무명 한 겹 가렸으니
오히려 이번 길은 오뉴월 염천이라.
하룻밤 경과하기 과히 아니 어려우나
동지섣달 긴긴 밤에 풍설風雪이 들이칠 제
그 고생 어떠하랴 참혹들 하다 하네.
처처의 화톳불은 하인들이 둘러앉아
밤새도록 나발 소리 짐승 올까 염려로다.
밝기를 기다려서 책문柵門으로 향해 가니
목책으로 울을 하고 문 하나를 열어 놓고
봉황성장鳳凰城將 나와 앉아 인마人馬를 점검한다.
차례로 들어가니 변문邊門 신칙 엄절하다.
녹창주호綠窓珠戶 여염閭閻들은 오색이 영롱하고
화사 채란華舍彩欄 시전市廛들은 만물이 번화하다.
집집의 호인胡人들이 길에 나와 구경하니
의복이 괴려乖戾하여 처음 보기 놀랍더라.
머리는 앞을 깎아 뒤만 땋아 늘이었고
당사실로 댕기 하고 마래기[34]를 눌러 쓰고
검은빛 저고리는 깃 없이 지었으되
옷고름도 아니 하고 단추 달아 입었으며

---

33) 긴 방 안에 장지를 들여 막은 작은 아랫간.
34) 둘레가 넓고 운두가 납작하여 투구처럼 생긴, 청나라 사람들이 쓰는 모자.

아청鴉靑 바지 반물 속곳 허리띠를 눌러 매고
두 다리에 행전行纏 모양 타오쿠라 이름하여
회목에서 오금까지 회매하게[35] 둘러치고
깃 없는 청두루마기 단추가 여럿이요
좁은 소매 손등 덮고 손이 겨우 드나들고
두루막 위에 배자褙子이며 무릎 위에 슬갑膝甲이라.
곰방대의 옥물부리 담배 넣는 주머니와
부쇠까지 껴서 들고 뒷짐 지기 버릇이다.
사람마다 그 모양이 천만 인 한 빛이라.
까오리[36] 온다 구경하며 저희끼리 지저귀며
무어라 인사하나 한마디도 모르겠다.
계집년들 볼만하다 그 모양은 어떠한고.
머리는 치거슬러 가림자[37]도 아니하고
뒤통수에 몰아다가 맵시 있게 수식하고
오색으로 만든 꽃을 사면으로 꽂았으며
도화분桃花粉 단장하여 반취半醉한 모양같이
불그레 고운 태도 아미蛾眉를 다스리고
살쩍을 고이 지어 붓으로 그렸으며
입술의 연짓빛은 단순丹脣이 분명하고
귓방울에 뚫은 구멍 귀엣고리 달렸으며
의복을 볼작시면 사나이 제도로다.
당홍빛 바지에 푸른빛 저고리요
연옥색 두루마기 발등까지 길게 지어

---

35) 옷매무새나 무엇을 묶은 모양이 가뜬함을 이르는 말. '회목'은 발목.
36) 고려 사람, 곧 조선 사람.
37) 가르마.

목도리며 수구袖口 끝동 화문花紋으로 수를 놓고
품 너르고 소매 널리 풍신 좋게 떨쳐입고
옥수玉手의 금지환金指環은 외짝만 넓적하고
손목의 옥고리는 굵게스리 둥글구나.
손톱을 길게 길러 한 치 남짓 되는구나.
발 맵시를 볼작시면 수당혜繡唐鞋를 신었으되
청녀淸女는 발이 커서 남자의 발 같으나
당녀唐女는 발이 작아 두 치쯤 되는 것을
비단으로 꼭 동이고 신 뒤축 굽을 달아
뒤뚝되뚝 가는 모양 넘어질까 위태하다.
그렇다고 웃지 마라 명明나라 끼친 제도
저 계집애 발 하나이 지금까지 볼 것 있다.
아이들도 나와 구경 줄렁줄렁 몰려서네.
이삼 세 먹은 아이 어른년이 추켜 안고
오륙 세 되는 것은 앞뒤로 이끄은다.
머리는 다 깎아서 좌우로 한 모숨씩
뾰죽하게 땋았으니 붉은 당사 댕기 하고
복주감투[38] 마래기에 채색 비단 수를 놓아
검은 공단 선을 둘러 붉은 단추 꼭지 하고
바지며 저고리도 오색으로 문紋을 놓고
배래기라 하는 것은 보자褓子에 끈을 달고
모가지에 걸었으니 배꼽 가린 계교로다.
십여 세 처녀들도 대문 밖에 나와 섰네.
머리는 아니 깎고 한편 옆에 몰아다가
새앙머리 모양처럼 접첨접첨 잡아매고

---

38) 추위를 막기 위해 쓰는 모자.

꽃가지를 꽂았으니 풍속이 이렇구나.

호호백발 늙은 노인 머리마다 채화綵花로다.

무론毋論 남녀노소 없이 담뱃대를 들고 가네.

팔구 세 아이라도 곰방대를 물었구나.

하처下處라고 찾아가니 집 제도가 우습도다.

오량각五樑閣[39] 이간二間 통에 벽돌을 곱게 깔고

반 간씩 캉을 지어 좌우로 캉을 하니

캉 모양 어떻더냐 캉 제도를 못 보거든

우리 나라 부뚜막이 그와 거의 흡사하여

그 밑에 구들 놓고 불을 때게 마련하고

그 위에 자리 펴고 밤이면 누워 자고

낮이면 손님 접대 걸터앉기 가장 좋다.

채유綵油한[40] 완자창과 면회面灰한 벽돌담은

미천한 호인胡人들도 집치레가 과람하다.

때 없이 먹는 밥을 기장 좁쌀 수수쌀을

농란濃爛하게[41] 삶아 내어 냉수冷水에다 채워 두고

진기津氣는 다 빠져서 아무 맛도 없는 것을

남녀노소 수대로 부모 형제 처자 권속

한 상에 둘러앉아 한 그릇씩 밥을 떠다

저가치로 그러 먹고 나쁘면 더 떠온다.

반찬이라 하는 것은 날파 마늘 돝에 기름

큰 독에 담은 장은 소금물에 메주 넣고

날마다 가끔가끔 막대기로 휘저으니

---

39) 도리와 동자기둥을 덧얹어서 물매가 빠르게 잘 지은 집. 도리는 서까래, 동자기둥은 들보 위에
   세워 상량을 받치는 짧은 기둥.

40) 종이에 기름을 먹인.

41) 물기가 많게, 무름하게.

죽 같은 된장물을 장이라고 떠다 먹네.
호인의 풍속들이 짐승 치기 숭상하여
준총駿驄 같은 말들이며 범 같은 큰 노새를
굴레도 아니 씌우고 재갈도 아니 먹여
백여 필씩 앞세우고 한 사람이 몰아가네.
구유를 들였으니 달래는 것 못 보겠고
양이며 도야지를 수백 마리 떼를 지어
조그만 아이놈이 한둘이 몰아가네.
대가리를 한데 모아 헤어지지 아니하고
집채 같은 황소라도 코 아니 뚫고 잘 부리며
조그만 나귀라도 맷돌질은 능히 하고
댓닭 당닭 오리 거위 괴 개까지 다 기르며
발발이라 하는 개는 계집년들 품고 자네.
심지어 조롱 속에 온갖 새를 넣었으니
앵무새 백설조百舌鳥는 사람 말을 능히 한다.
어린아이 기르는 법 풍속이 야릇하다.
행담行擔에 줄을 매고 그네 매듯 추켜 달고
우는 아이 젖 먹여서 강보襁褓에 뭉뚱그려
행담 속에 뉘어 두고 줄을 잡아 흔들면은
아무 소리 아니 하고 보챌 날이 없다 하네.
농사하기 길쌈하기 부지런히 위업爲業한다.
집집이 대문 앞에 쌓은 거름 태산 같다.
논은 없고 밭만 있어 온갖 곡식 다 심어도
말과 나귀 쟁기 메워 소 없어도 능히 갈며
호미 자루 길게 하여 기음매기 서서 한다.
씨아질 물레질은 꾸리 겯는 계집이라.
도투마리 나무틀 매어 풀칠 아니 하고 잘들 하네.

베틀이라 하는 것은 경첩輕捷하고 재치 있다.
쇠꼬리[42] 아니라도 잉아 농락 어렵잖고
북만 집어 던지면은 바디질은 절로 한다.
책문서 나흘 묵고 치행治行하여 떠나가니
봉황산 천만 봉은 요란하고 준험하다.
삼차하三叉河 넓은 강은 물결이 굽이친다.
백안동伯顔洞 다다르니 원元나라 전장戰場이요
송참松站이 저기로다 설인귀薛仁貴의 진陣터이라.
대장령大長嶺 소장령小長嶺은 높은 고개 여럿이라.
옹북하瓮北河 팔도하八度河는 험한 물이 몇일러냐.
회령령會寧嶺 넘어서 청석령青石嶺이 어드메뇨.
길바닥에 깔린 돌은 톱니같이 일어서고
좌우에 달린 석벽石壁 창검槍劍같이 둘렸는데
이렇듯 험한 곳에 접족接足하기 어려워라.
병자년丙子年 호란시胡亂時에 효종 대왕孝宗大王 입심入瀋하샤[43]
이 고개 넘으실 제 끼치신 곡조曲調[44] 유명하니
호풍胡風도 참도 차다 궂은비는 무삼 일고.
옛일이 새로우니 창감키도 그지없다.
낭자산狼子山 저문 구름 마천령摩天嶺 새벽바람
산곡간山谷間 험한 길에 사오 일 나오다가
요동벌 칠백 리가 호호탕탕浩浩蕩蕩 터졌으니
지세가 평포平鋪하여 산 하나 아니 뵌다.
사면을 바라보니 향방을 모르겠고

---

42) 베틀신과 신대를 잇는 끈.
43) 병자호란 이듬해 효종이 세자로 있을 때 소현 세자와 함께 볼모로 잡혀 심양에 들어간 것을 말한다.
44) 효종이 볼모로 잡혀갈 때 지은 시조. "청석령 지나거냐 초하구 어드메오 호풍胡風도 차도 찰샤 궂은비는 무슨 일고 아무나 내 행색 그려내어 님 계신 데 드리고자."

동서남북 묘연하니 하늘 끝이 저러한가.

만경창파 바다이냐 육지가 분명하다

운무 중 구름이냐 청명하기 정녕하다.

이렇듯 광활 세계 평생에 처음 보니

대장부의 너른 마음 저렇듯 화려하고

영웅의 큰 기운이 이렇듯 쾌하리라.

요동성내 들어가니 굉장하고 번화하다.

정령위丁令威의 화표주華表柱⁴⁵⁾는 고적古蹟이 자세찮고

울지경덕蔚遲敬德 쌓은 백탑白塔⁴⁶⁾ 지금까지 높아 있다.

탑 모양 어떻던고 벽돌과 회를 쌓아

열세 층 여덟 모로 삼십여 층 외외巍巍한데

층층면면層層面面 새긴 것은 부처 형상 분명하다.

관제묘關帝廟가 어드메뇨 정전正殿에 들어가니

황기와 이층집에 단청이 휘황하다.

닫집을 높이 달고 좌탑座榻을 크게 놓아

봉의 눈 삼각수三角鬚를 분명히 소상塑像하여

누른 비단 곤룡포袞龍袍와 면류관冕旒冠 복색으로

엄연히 걸터앉아 위풍이 늠름하다.

황금장黃金帳 늘인 속에 백옥 등잔 여럿이요

와룡촉대臥龍燭臺 향로香爐 향합香盒 제상祭床 위에 벌여 있고

주창周倉이며 관평關平이는 제장諸將으로 벌여 서고

장익덕張翼德과 조자룡趙子龍은 동서에 배향配享이며

삼척검 청룡도靑龍刀는 검광劍光이 서리 같고

---

45) 한나라 때 요동 사람. 영허산에서 도를 닦고 천 년 후에 학이 되어 돌아왔다고 한다. '화표주'는 무덤 앞에 세우는 망두석.

46) 당 태종唐太宗이 요동을 경략經略할 때 울지경덕尉遲敬德에게 세우게 한 탑이라고 한다.

일등 준총駿驄 적토마赤兎馬는 뛰노는 듯 우뚝 섰다.

벽상壁上에 걸린 그림 삼국 풍진風塵 저러하고

뜰아래 세운 비는 사적을 기록하며

좌우의 이 층 누각 종고鐘鼓를 달았으니

서편에는 쇠북이요 동편에는 혁북이로다.

굉장하고 찬란하니 이루 기록 못 할레라.

여기 사람 풍속들이 관제묘를 숭상하여

처처의 동네동네 몇 곳인지 모르되

이곳에 배포排布함이 제일 장관이로세.

맞은편 희자루戲子樓의 창희唱戲 놀음 마침 한다.

구경꾼은 모여들고 인성만정人聲滿庭 요란하고

풍류 소리 요란하여 천지가 진동하네.

어떤 사람 얼굴에다 흉괴凶怪하게 먹칠하고

검은 사모紗帽 누른 관복官服 야대也帶를 늦게 띠고

두 소매를 높이 들어 번득이며 춤을 추니

어떤 미인 얼굴에다 아리땁게 성적成赤하고

오색 화관花冠 채색 원삼圓衫 대대大帶를 길게 끌어

수미선手尾扇을 손에 쥐고 마주 서서 대무對舞하니

명나라 적 의복 제도 저러하다 이르더라.

아국我國으로 이르면은 산대도감山臺都監 모양이니

저희들은 재미있어 박장대소 웃거니와

속 모르는 우리들은 무슨 재미 알겠느냐.

태자하太子河 물 건널 제 들으니 연燕 태자가

진시황秦始皇을 죽이려다 도망하여 빠졌다니

비낀 볕 찬바람에 천고고혼千古孤魂 조상弔喪하세.

야리강耶利江 건너서니 심양瀋陽이 예로구나.

청나라 처음 도읍 봉천부奉天府 성경城京이라.

내외 성 곱은성의 성문이 여덟이요
길가의 시전들은 좌우로 연이어서
전마다 패牌를 세워 붉은 패 푸른 패로
무엇 무엇 판다 하고 금자金字로 새겼으니
물건이 풍비豐備하여 없는 것이 없다 하네.
십자가 네거리의 이층집 사문통四門通이
거리거리 높이 있어 번화하고 웅위雄威하다.
오는 사람 가는 사람 거마車馬가 미만彌滿하니
정신이 아득하여 향방을 모를러라.
슬프다 이 땅이 삼학사三學士[47] 추도처追悼處라.
만 리 밖에 외롭다가 우리 보고 반기는 듯.
들으니 남문 안에 조선관朝鮮館이 있다 하니
효종 대왕 들어오사 몇 해 수욕受辱 하셨느냐.
병자년이 원수로다 어느 때나 갚아 보리.
후세 인신人臣 예 지날 제 분한 마음 뉘 없으랴.
오색 기旗와 고루거각高樓巨閣 저기 있는 저 이름은
건륭乾隆 황제 기도하던 원당사願堂寺라 이르더라.
십여 리 백양목白楊木이 푸른 수풀 울밀鬱密한 속
청 태조의 무덤이니 복릉福陵이라 이르더라.
주류하周流河 건너서서 북편을 바라보니
구름 밖에 떨어진 산 몽고 지경 멀지 않다.
신민둔新民屯 다다르니 집 제도들 괴이하다.
기와도 아니 덮고 초가도 아니 이어
회만 대어 발랐으되 용마루도 아니 하여
집 위가 평평하고 물매가 아니 싸나

삼루滲漏가 아니 되니 그 아니 이상하냐.

유하구柳河溝 지나가니 길도 너무 지리하고

소흑산小黑山 다다르니 물맛도 몹시 쓰다.

평원광야 넓은 들은 몇몇일 지리터니

의무려산醫巫閭山 한 줄기가 수천 리를 뻗쳐 나와

봉만峰巒은 첩첩하고 계학谿壑은 중중한데

북진묘北鎭廟가 어드메냐 의무 산신醫巫山神 위하였네.

눈앞에 세운 패루牌樓 제일 장관 이게로다.

패루 모양 어떻더냐 우리 나라 제도로다.

연조문延詔門 모양처럼 쌍기둥 홑집으로

연이어 다섯 간을 이 층으로 높이 지어

기둥이며 서까래며 들보며 기둥까지

전수이 옥석으로 굉장히 지었구나.

대문 중문 들어가며 차차로 살펴보니

금벽은 휘황하고 채와彩瓦는 영롱한데

처처에 자각단루紫閣丹樓 제 어데며 예 어데냐.

정전에 올라가니 엄연한 일위一位 선관仙官

면류관 곤룡포에 천자 위의 갖추었고

앞전의 붉은 위패位牌 금자로 새겼으되

당금當今 황제 만만세萬萬歲를 기도하는 축원이라.

대전의 남녀노인 호호백발 흩날리고

늘어앉은 것은 산신의 부모라네.

옥난간 월대 위에 이리저리 구경하며

회선정會仙亭 맑은 바람 후원에 올라 보니

취운병翠雲屛 기이한데 뜰 앞에 놀기 좋다.

도화동桃花洞이 어드메뇨 여기서 십여 리라.

녹음이 무르녹고 간류澗流는 잔잔한데

시내를 옆에 끼고 굽이쳐 올라가니
백석白石은 참참嶄嶄하고 백운白雲이 유연油然한데
고봉준령高峰峻嶺 높은 곳에 표묘縹緲한 채색 누각
반공에 떠 있으니 선경이냐 인간이냐
쟁쟁錚錚한 경쇠 소리 풍편에 들려오니
무량대불無量大佛 극락세계 예가 분명 절이로다.
깎아지른 높은 석벽 긴 폭포가 드리워서
비류직하 삼천척飛流直下三千尺은 수광水光이 볼만하다.
폭포 뒤로 깊은 골은 백여 인이 용납할 만
처처의 바위마다 부처를 새겨 있다.
이지러진 바위틈과 마그러진 돌 위로
접족하기 어려운데 껴붙들어 엉기어서
위태한 상상봉에 간신히 올라 보니
아까 보던 높은 누각 관음보살 위한 데라.
어떤 사람 공교하게 예다 어찌 집을 지어
이처럼 굉걸宏傑하게 사치로이 지었는고.
월대月臺에 기대 앉아 아래를 굽어보니
모골이 송연하고 정신이 어지러워
천 길인지 만 길인지 까마아득 모르겠네.
멀리멀리 바라보니 안계眼界도 쾌활할사
요동벌이 광활하고 남대천南大川이 실낱 같다.
일점진애一點塵埃 가리지 않고 안력眼力이 부족하다.
등태산 소천하登泰山小天下는 옛글에 보았으며
화산상 낙안봉華山上落雁峰은 이태백을 들었더니
내 본디 소국小國 사람 천만 의외 오늘날에
의무려산 제일봉에 올라 볼 줄 뜻했으랴.
이렇듯 좋은 곳에 내려갈 뜻 전혀 없다.

날이 장차 석양 되니 앞길로 찾아가자.

광녕참廣寧站 찾아 나와 십삼산十三山 향해 가니

이상하다 저 산속에 금우金牛 동굴 있어

옛적에 구리소가 그 굴로서 나왔다네.

석산참石山站을 찾아가니 화초석花草石이 기이하고

대릉하大淩河 다다르니 물빛도 적탁赤濁하다.

풍세는 위름危懷하여 흉흉洶洶한 물결이라.

슬프다 명나라 때 유劉 장군 수십만 명

일시에 함몰하여 이 물에 빠졌나니

마침 이리 지날 적에 어찌 아니 감창感愴하랴.

소릉하小淩河 건너서서 송산松山 행산杏山 지나서니

오호도嗚呼島라 하는 섬이 탑산소塔山所서 바라본다.

제齊나라 전횡田橫이가 한 고조漢高祖를 피하여서

저 섬에 산다 함을 옛글에 들었으며

주사하朱獅河 건너서서 조리산罩山 지나서니

구혈대嘔血臺라 하는 발에 쌍석성雙石城 쳐다뵌다.

명국明國 명장名將 원숭환袁崇煥이 청병淸兵을 대첩大捷하매

노라치 달아나다 피를 토한 곳이라네.

영원성내寧遠城內 들어가니 조가祖家의 두 패루牌樓가

외외巍巍히 마주 있어 이렇듯 장하도다.

들으니 명나라 때 영원백寧遠伯 조대수祖大壽가

형제 서로 지신智臣으로 변방에 공 세우니

나라에서 정문旌門하사 패루를 세우시고

충렬을 표하시니 첨피국은瞻彼國恩 하였으되

무도無道한 조가 형제 그 후에 배반하여

청나라에 투항하니 부끄럽다 저 패루여.

기교한 저 패루는 의연히 남아 있다

한 누樓에 삼문三門씩 이 층을 지었으되
옥돌로 잘게 새겨 기둥도리 서까래에
용트림한 난간이요 완자 새긴 교창交窓이라.
나무로 새긴대도 저기서 더 묘하며
흙으로 만든대도 저렇듯 기이하랴.
충렬을 포창褒彰함은 현판에 크게 쓰고
공훈을 자랑함은 기둥에 새겼더라.
십오 리 연대煙臺들은 벽돌로 높이 쌓아
변방에 올라 보니 불을 피워 보報한다 하고
중전中前 중후中後 요해처는 성첩城堞을 굳게 쌓아
군병 두어 지키니 불우방비不虞防備 저러하다.
육도하六渡河 양수하亮水河를 차례로 건너서니
진시황의 만리장성 각산角山으로 둘러 있고
서중산徐中山 오화성五花城은 산해관山海關이 저기로다.
사방성四方城 높은 대는 한漢의 군사 복병伏兵하여
관내關內를 엿보는 듯 요망대瞭望臺가 저기로다.
정녀사貞女祠의 외로운 집 고적을 물어보자.
만리장성 역사役事할 제 부역하던 범칠랑范七郎이
한 번 간 지 수년 되되 돌아오지 아니하니
그 안해 강희맹[48]이 세 아들을 이끌고
저 언덕 바위 위에 올라서서 바라보다
범랑의 흉음凶音 오매 통곡하다 운절殞絶하니
후세에 호사자好事者가 그곳에 사당 짓고
우는 아이 내뿌리던 강녀의 슬픈 태도
바라보고 우는 모양 유아의 가련지색可憐之色

---

48) 맹강녀孟姜女를 이른다.

층층이 섰는 모양 역력히 소상塑像하여
산색은 적막한데 목 맺힌 물소리라.
강녀의 굳은 절개 저 바위 같을시고.
오르내린 발자취가 지금까지 분명하니
후인이 이름하여 망부석望夫石이라 이르더라.
산해관 들어가니 다섯 층 성문이요
처처의 패루각牌樓閣은 삼사 층씩 굉장하다.
천하제일관天下第一關을 뚜렷이 현판懸板 했네.
뒤로 고봉준령高峰峻嶺 앞으로 만경창해萬頃蒼海.
지세가 이러하니 요해처要害處 중진重鎭이라.
하물며 성첩 기세城堞氣勢 배포排布가 견고하다.
일부당관만부막개一夫當關萬夫莫開[49] 예를 두고 일렀으나
그 형세를 믿질 마라 옛일이 비감하다.
만고 역신逆臣 오삼계吳三桂[50]가 성 한편을 열어 놓고
한이汗夷[51]를 불러들여 명나라 운수 진盡했으니
무너진 성 철망 쳐서 저렇듯 오활하다.
만리장성 지진두地盡頭의 망해정望海亭 구경 가자.
의연한 이 층 정자 바다가에 임했구나.
몇만 리 무변대해無邊大海 하늘과 한 빛이라.
풍랑은 들이쳐서 성가퀴에 부딪친다.
해무海霧는 참천參天하고 향방을 못 찾는데
순풍에 가는 배는 향하는 곳 어드메뇨.
저 배에 올라앉아 동으로 향해 가면

---

49) 한 사람이 관을 지키면 일만 군사로도 무너뜨릴 수 없는 험한 요새.
50) 요동 사람으로 명나라 말기 총병으로 산해관을 지켰는데 뒤에 반역하였다.
51) 돌궐. 여기서는 청나라를 이른다.

우리 나라 인천 부평 순식간 닿으련만
천 리가 지척이나 가국家國이 묘망渺茫하다.
난가령欒家嶺 심하역深河驛과 유관楡關을 지내서니
무령현撫寧縣 문필봉文筆峰은 한퇴지韓退之 살던 데요
영평부永平府 사호석射虎石은 이광李廣의 고적이라.
청룡하靑龍河 건너서서 이제묘夷齊廟 찾아가니
수양산 맑은 바람 고죽성孤竹城이 예 아니냐.
백이숙제伯夷叔齊 형제 소상塑像 곤면袞冕을 갖추어서
외외巍巍한 정전正殿 위에 엄연히 앉았으니
읍손당揖遜堂 넓은 집과 청풍대淸風臺 높은 곳에
경치도 좋거니와 현인 고택賢人古宅 사랑홉다.
우리 본기 기자箕子 유민遺民 끼친 왕화王化 입었더니
은殷나라 옛 일월을 여기 와서 다시 보니
어느 누가 뜻했으랴.
사하역沙河驛 찾아 나와 풍윤현豐潤縣 지나서고
사류하沙流河 건너서서 옥전현玉田縣 다다르니
무종산無終山 저문 구름 연 소왕燕昭王의 무덤이요
채정교茱亭橋 맑은 바람 양 학사楊學士의 정자[52]로다.
제자산梯子山 지나갈 적 과부성寡婦城이 있다 하니
옛적의 송 과부宋寡婦가 누거만재累巨萬財 거부巨富로서
사사로이 성을 쌓고 삼 층 패루 높이 짓고
도적을 방비하여 대대세거代代世居하니
자손이 번성하여 여러 송씨 명문거족
잔성殘城을 굳게 지켜 청나라에 불복不服하니
한 조각 외로운 성 대명천지大明天地 남았구나.

---

52) 금金나라 때 사람 양회楊繪가 채정교를 만들었다고 해서 한 말이다.

강희康熙 황제 밉게 여겨 해마다 만금萬金씩을

벌전罰錢으로 속금贖金하여 지우금至于今 바치는데

일류하一柳河 건너가니 취병산翠屛山이 저기 있고

현교現橋 건너서니 북망산北邙山은 어드메뇨.

이태백의 취한 모양 와불사臥佛寺란 절이 있고

안녹산安祿山과 양귀비楊貴妃의 옛 사당이 있다 하니

당唐나라 어양漁陽 땅에 계주薊州가 분명하다.

계문연수薊門煙樹 좋은 경개 전설傳說로 들었더니

너른 뜰 저문 남기 연파煙波가 창연蒼然하여

나무 끝은 돛대 같고 연애煙靄는 물결 되어

만경창파萬頃蒼波 물빛인 듯 천태만상千態萬象 측량없다.

백간점白澗店 다다르니 향화암香花巖 구경 가자.

이것은 무슨 절고 여승 있는 승방僧房이다.

불전佛殿도 장커니와 높은 백탑白塔이 예 서 있고

경개도 좀도 좋고 돌문이 더욱 좋다.

기둥 들보 서까래와 기와 추녀 문살까지

전수이 돌로 지어 그도 또한 장관일세.

단가령段家嶺 호타하滹沱河와 연교진燕郊鎭 다다르니

연나라 옛 저자에 협사俠士의 수풀이라.

형가荊軻[53]의 슬픈 노래 찬바람만 남아 있다.

고점리高漸離[54] 울린 筑은 비긴 볕이 그저 있다.

백하수白河水 넓은 물은 통주通州의 앞강이라.

바다가 지척이요 강남이 멀지 않다.

물가의 십여 척 배 부상대고富商大賈 왕래하니

---

53) 진시황을 죽이려 한 사람.

54) 형가의 절친한 벗으로, 형가의 죽음을 보고 비분강개하여 죽었다.

배 안을 구경하니 온갖 배 치레 다해 놓고
여기저기 방을 지어 구들 놓아 솥을 걸고
사면으로 완자창에 능화지菱花紙로 도배하고
수십 장 긴 돛대에 비단 돛을 달았구나.
통주 성내通州城內 들어가니 야시夜市를 구경하자.
길가에 시전市廛들이 좌우로 벌였는데
밤에도 닫지 않고 전마다 양각등羊角燈에
큰 초에 불을 켜서 연긍延亘 십 리 하였으니
광채의 죠요照耀함이 낮이나 다름없다.
서문을 내달으니 북경이 오십 리라.
예서부터 북경까지 광장대로廣壯大路 넓은 길에
박석薄石을 깔았으니 장하도다 천자 기구.
영통교永通橋 건너서서 동악묘東嶽廟라 하는 절이
대문에 들어갈 제 흉녕凶獰하다 신장神將들은
갑주 투구 팔 척 신장 창검을 높이 들고
두 눈을 크게 뜨고 아가리를 딱 벌리고
이편저편 갈라서서 위엄이 늠름하다.
중문中門을 들어가서 정전을 쳐다보니
삼층 월대月臺 이층집이 붉은 기와 푸른 기와
완자 새긴 만살 분합分閤 기교 찬란 하온지고.
금벽단청金壁丹靑 휘황한데 정신이 어지럽다.
전내殿內에 들어서서 자세히 살펴보니
운문대단雲紋大緞 누른 장帳과 붉은 공단貢緞 드림 하고
순금고리 옥갈고리 이편저편 걸어 놓고
유리등은 몇 쌍이냐 연화蓮花꽃은 천연하다.
백옥병은 몇이러냐 국화꽃이 찬란하다.
일곱 등잔 불을 켜서 등광燈光이 찬란하다.

금향로金香爐의 푸른 연기 향취가 촉비觸鼻하다.

면류관 곤룡포로 좌탑坐榻에 높이 앉아

엄연하온 일위 선관一位仙官 태산 동악泰山東嶽 신령이며

천방대성인황제天方大聖人皇帝라 존호尊號로 이름하고

처사處士의 위의威儀처럼 엄숙도 하온지고.

좌우로 선관仙官들은 금관金冠 옥대玉帶 홀笏을 들고

단정한 모양으로 십여 쌍 벌여 서서

그 앞으로 신장들은 봉투구 엄신갑掩身甲옷

위름危懍한 기상으로 십여 쌍 시위侍衛하고

색등거리 쌍상투는 선동仙童도 여럿이요

긴단장 수繡치마는 선녀도 많을시고.

앞뒤로 쌓은 책은 팔만대장 불경이요

무수한 비석들은 기도마다 축원이라.

뒷 전에 올라 보니 상천 세계 예로구나.

선풍도골仙風道骨 옥황상제 인간을 제도濟度하시고

한 전殿을 올라보니 용궁이 저렇던가.

선관월태仙官月態 사해용왕四海龍王 풍운뇌우風雲雷雨 만나 있고

또 한 전에 올라보니 이마 높은 태상노군太上老君

또 한 전에 올라보니 거룩하온 약왕藥王이요.

한 전은 오백 나한羅漢 또 한 전은 화덕진군火德眞君

석가여래 관음보살 아미타불 위한 데라.

이러한 전 몇 곳인지 곳곳이 올라본 후

뜰아래로 내려서서 좌우 월대 살펴보니

삼십육만 칠십 리가 염라국이 제로구나.

전생 선악 가리어서 일일이 보응報應하여

어떤 사람 잘 되어서 백일승천白日昇天 하는 모양

어떤 사람 못 되어서 지옥으로 가는 모양

어떤 사람 환생하여 도로 인간 되는 모양
어떤 사람 환퇴幻退하여 몹쓸 짐승 되는 모양
어떤 사람 복을 받아 은금을 주는 모양
어떤 사람 형벌 받아 부월斧鉞로 찍는 모양
염라대왕 위풍으로 최 판관崔判官[55]이 타점打點하여
월직사자月直使者 일직사자日直使者 청령聽令 거행 하는 모양
어린아이 몇만 개를 보에 싸서 들고
무자無子한 이 기도하면 하나씩 점지하며
오색으로 만든 환약 그릇에 담아 들고
병든 사람 축원하면 영험이 있다 하네.
이런 모양 저런 모양
역력히 배포하여 불전마다 놀랍도다.
너무도 굉장하니 대강대강 구경하자.
이곳을 보려 하면 삼사월 긴긴 해도
육칠 일 가지고야 자세히 본다 하네.
예서부터 삼사신三使臣이 차례로 들어갈새
자문咨文을 말게 실어 황보黃褓 덮어 앞세우고
역관 군관 뒤따라서 태평차太平車를 몰아가니
태평차라 하는 것이 쌍바퀴의 수레 위에
장독교帳獨轎 제도같이 좌우 사창紗窓 익창翼窓 달고
검은빛 긴 차양을 앞으로 벌리고
앞채를 길게 하여 좋은 노새에 매었더라.
앞에 앉은 채 치는 놈 긴 채찍 한번 던져
우어우어 하는 소리 풍우같이 빠르더라.
조양문朝陽門 들어가니 북경 장안 동문東門이라.

---

55) 염라국에 있다는 재판관.

곱은성 삼 층 문루門樓 사 층 패루 굉장하다.

길가의 여염들은 단청한 집 즐비하다.

네거리 시전市廛들은 도금鍍金한 집 무수하다.

안목이 당황하고 정신이 황홀하다

옥하류玉河流 다리 건너 해동관海東館 들어가니

상방上房 처소 지내 서서 부방副房 처소 뒤에 있고

그 뒤에 삼방三房 처소 다 각각 혼자 드니

캉 앞에 삿자리를 둘러막고 문을 내어

방처럼 꾸며 놓고 백릉지白綾紙로 도배하여

화문 지의花紋地衣56) 포진鋪陳하여 처소하기 정쇄精麗하다.

하유월 초육일에 오늘부터 며칠이나

지리하고 심한 극열極熱 이 고생을 어찌하나.

삼천리 멀고 먼 길 몇 달 만에 득달하여

큰 병 없기 천행이나 노독路毒이야 없을쏘냐.

사지는 날연茶然 무기無氣 백해百骸가 구통具痛이라.

우중지又重之 초음招飮으로 곤비困憊한 중 괴롭도다.

질통疾痛에 호부모呼父母는 인생의 상리常理어늘

만리타향 외로운 몸 집 생각도 그지없다.

태행산太行山 흰 구름은 적인걸狄人傑57)의 회상이요

사가보월청소립思家步月淸宵立58)은 두자미杜子美의 회포로다.

옥하관玉河館 깊은 밤에 잠 없이 홀로 깨어

푸른 하늘 쳐다보니 유유悠悠한 창천蒼天이며

북두칠성 삼태성 전에 보던 저 별이요

---

56) 꽃무늬 놓은 돗자리.

57) 당나라의 명신. 모함에 들어 좌천되어 태행산에 올라 흰 구름을 보며 부모를 생각했다.

58) 집을 생각하고 달구경 하다가 맑은 하늘 아래 우뚝 서다. 두자미는 당나라 시인 두보杜甫.

명랑한 밝은 달은 전에 보던 저 달이라.

우리 집 훤당萱堂 앞에 저 별 저 달 비치려니

집에서도 바라보고 내 생각 하시리라.

별과 달은 명명明明하여 응당 소식 알리로다.

소식을 물어보자 창천이 묘망渺茫하니

그림자를 따라와서 몽혼夢魂이 의의依依하다.

예부禮部 지휘指揮 드디어서[59] 표자문表咨文 진정進呈할새

예부에 나가서 대청 위에 올라가매

예부 상서 나와 서니 보석 증자鐙子 일품一品이요

예부 시랑 나와 서니 산호 증자 이품이요

여덟 통관通官 갈라서니 사품은 수정 증자

육품은 옥증자요 팔품은 금증자라.

마래기 위에 달아 둥근 구슬 증자로다

품수대로 차례로 설 제 증자로 표를 하고

공로 있는 사람들은 공작우를 달았으며

관복이라 하는 것은 검은 비단 소두루마기

오색수 놓은 흉배 앞뒤로 붙였더라.

자문을 받들어서 상서에게 봉전奉傳하고

삼사신 꿇어 앉아 아홉 번 고두叩頭하여

예필禮畢 후 돌아오니 사신 할 일 다하였네.

무엇을 소견消遣하랴 구경이나 나가 보자

내성內城 주회周回 육십 리에 성문이 아홉이라.

정남으로 정양문正陽門은 사 층 문루 황와黃瓦 이고

반월성半月城을 둘러쌓아 겹문을 지었으니

이층 표루 높이 지어 문루와 마주 있고

---

59) 좇아서.

숭문문崇文門과 선무문宣武門은 남성南城으로 두 문이요

조양문朝陽門과 동직문東直門은 동성東城으로 두 문이요

부성문阜成門과 서직문西直門은 서성西城으로 두 문이요

안정문安定門과 덕승문德勝門은 북성北城으로 두 문이요

문마다 곱은성에 삼 층 문루 사 층 패루

황기와 청기와로 굉장히 지었으되

내남성內南城 연이어서 외성外城을 쌓았으니

그도 주회 육십 리에 성문이 일곱이라.

정남正南의 영정문永定門은 정양문을 통하였고

좌안문左安門 우안문右安門은 숭문崇門 선문宣門 통하였고

광거문廣渠門은 동문이요 광안문廣安門은 서문이요

동편 문 서편 문은 좌우에 소문小門이니

문마다 곱은성에 이 층 문루 청기와라.

내외 성을 합해 보면 날 일日 자 형상일세.

정양문이 중획 되어 장안長安의 복판이니

물색이 번화함이 천하의 대도회大都會라.

정양문 맞은편에 대청문大淸門이 저기 있고

대전大殿에 남문 있어 오문午門이 뚜렷하고

그 앞에 기반가棋盤街는 네거리 한바닥에

광활하게 터를 닦아 석난간石欄干을 둘러치고

정월 망일正月望日 밝은 달에 귀공자 놀던 데라.

대궐을 살펴보니 그 또한 안팎 궁장宮墻

벽돌 쌓아 황기와 이어 주회는 삼십 리라.

대청문 들어서면 천안문天安門이 마주 있어

다섯 홍예虹霓 뚜렷하고 이 층 문루 굉장하다.

그 앞에 금수교禁水橋는 다섯 다리 늘여 놓여

다리의 옥난간이 간간이 격하였고

좌우의 돌기둥은 경천주擎天柱 한 쌍이니
십여 장 높았는데 용트림이 기절奇絶하다.
천안문 들어서며 단문端門이 마주 있어
그도 또한 다섯 홍예 이 층 문루 굉장하고
그 앞으로 좌우편에 마주 섰는 저 삼문이
좌편에는 사직社稷이요 우편에는 태묘太廟로다.
단문을 들어서면 오문午門이 마주 있어
자금성紫禁城 남문이니 이 층 문루 세 홍예요
좌우로 오봉루五鳳樓는 성 위에 높이 있어
좌루左樓에는 쇠북 달고 우루右樓에는 혁북이로다.
그 앞에 각사 직방各司直房 동서로 나눠 있어
일영日影 보는 시판時版이며 비 재는 측우기測雨器는
기이하게 옥으로 새겨 좌우로 벌여 놓고
오문 안의 태화문太和門은 그도 또한 삼문이다.
옥난간 두른 것이 철대鐵臺가 삼층이요
태화문 안 태화전太和殿은 황극전皇極殿이 저렇도다.
높기도 끔찍하며 웅위雄威도 하온지고
길 넘는 높은 옥계玉階 월대月臺가 삼층이요
층층이 옥난간에 섭새김 용트림
삼층 전각 높이 지어 구천九天이 표묘縹緲하니
금벽金壁도 휘황하고 단확丹雘도 찬란하다.
오동으로 만든 거북 구리로 지은 학은
동서로 쌍을 지어 어찌하여 높았으며
오동 향로烏銅香爐 큼도 크다 수십 개 벌여 놓고
순금 두멍 물을 넣어 여기저기 몇이려냐.
뜰아래 품석品石들은 일품 이품 새겼어라.
백관이 조회할 제 품수대로 선다 하네.

좌우로 월랑月廊 지어 의장儀仗을 둔다 하네.

체인각體仁閣 홍의각弘義閣은 좌우의 자각子閣이요

좌익문左翼門 우익문右翼門은 동서의 성문城門이며

중화문中和門 중우문中右門은 북편의 협문이니

그 안의 중화전中和殿은 이층이 높아 있고

그 뒤의 보화전保和殿은 그 역시 정전正殿이라.

태화 보화 중화전이 아울러 삼전三殿이니

태화전 섬돌부터 끝 물린 옥난간이

보화전 섬돌까지 세 전殿을 둘렀구나.

그 뒤의 건청전乾淸殿은 황제의 편전便殿이요

그 뒤의 교태전交泰殿과 또 그 뒤의 곤녕전坤寧殿은

황후 있는 내전內殿이니 구중궁궐九重宮闕 이 아니냐.

궁전이 몇 곳인지 처처에 교접하여

아로새긴 장원牆垣이며 채색 칠한 바람벽과

벽돌 깔아 길을 내고 박석 깔아 뜰이로다.

울긋불긋 오색 기와 사면에 영롱하니

겉으로 얼른 보아 저렇듯 휘황할 제

안에 들어 자세 보면 오죽이나 장할쏘냐.

동안문 찾아드니 궁성宮城의 동문이요

동화문東華門 밖 지나 서니 자금성 동문이라.

성 밑으로 개천 파서 이편저편 석축石築 쌓고

석축 가에 장랑長廊 짓고 창고랑이 벌여 서 있고

성곽 위에 육모당은 패루가 저러하다.

성을 끼고 돌아가서 신무문神武門 앞 다다르니

자금성 북문이요 그 마주 북상문北上門에

그 안은 경산景山이니 대궐의 주산主山이라.

조산造山으로 높이 무어 세 봉峰이 뚜렷하고

기화이초奇花異草 많이 심어 수목이 울밀鬱密한데
봉봉이 이 층 정자 육모 팔모 지어 놓아
황홀한 단청이며 찬란한 채색 기와
나무 그늘 틈 사이로 세 정자 비추인다.
오행정五行亭이 저기로다 황제의 피서처요
수황전壽皇殿 큰 전각과 영수전永壽殿 관덕전觀德殿은
굉장도 하거니와 집상각集祥閣과 흥경각興慶閣은
여기저기 조요하니 바라보매 선경仙境이라.
매산각梅山閣이 어드메뇨 옛일이 새로웁다.
갑신甲申 삼월 십구일에 숭정崇禎 황제[60] 순절처殉節處라.
서리지회黍離之懷[61] 그음 없이 다시금 바라보니
창오산蒼梧山 저문 구름 지금도 유유悠悠하고
삼월에 누운 버들 어느 때나 일어날까.
산 뒤로 돌아가니 처처에 휘황한 것
자각 단루紫閣丹樓 첩첩하여 백탑白塔이 정정亭亭하니
모두 다 사찰이니 황제의 기도처祈禱處라.
태액지太液池 넓은 연못 옥동교玉蝀橋 건너가니
옥돌로 길게 놓아 무지개 뻗친 듯이
좌우의 옥난간이 간간이 돌사자요
앞뒤의 패루문은 문문이 금자 현판
다리 밑을 굽어보니 홍예 구멍 아홉이요
다락 위에 올라서서 사면을 살펴보니
동편의 경산景山 경치 절승하고 장커니와
남편의 경화도瓊華島는 태액지 중 섬이라.

---

60) 명나라 마지막 황제.
61) 나라가 망한 것을 슬퍼하는 생각.

기암괴석 많이 놓아 화려제도華麗制度 저러하고
서편의 자광각紫光閣과 인수사仁壽寺 홍인사弘仁寺는
녹음이 울울한 중 은영隱映하게 내다뵌다.
북쪽을 바라보니 오룡정五龍亭이 제란 말가.
그림 속이 아니면은 요지경瑤池鏡이 정녕하다.
양택문陽澤門 들어가서 만불사萬佛寺 찾아가니
삼층으로 지은 불루佛樓 한 층이 오륙 장씩
세 층을 도합하면 근 이십 장 되리로다.
높기도 외외巍巍하다.
아래층에 아홉 부처 큰 금불 앉혀 놓고
동서북 세 벽으로 가득하게 앉혔으니
됫박 같은 감실龕室에는 동자童子 같은 금불 앉혀
줄줄이 몇 층이며 층층이 몇 층인지
약장藥欌의 서랍같이 바둑판에 줄 그은 듯
네모가 반듯반듯 만벽滿壁이 금빛이라.
자세히 살펴보니 아로새긴 작은 감실
재치 있고 기교한데 부처도 앙증하다.
옆으로 사닥다리 위이굴곡逶迤屈曲 세 번 꺾여
중앙에 올라가니 아홉 좌座 큰 부처와
세 벽에 작은 금불金佛 규모가 일반이요
또 그처럼 올라가니 대불大佛 소불小佛 앉은 모양
배포가 똑같도다.
만 불이라 일렀으되 어림쳐서 헤어보니
십만인지 백만인지 수효를 모를러라.
남창南窓을 열뜨리고 옥난간에 의지하여
뜰아래를 굽어보니 섬돌의 앉은 사람
개아미만 하여 뵈고 사면을 둘러보니

만호장안萬戶長安 인가들은 무릎 아래 꿇어 있고
채색 기와 영롱키는 제가 분명 대궐이요
홍예 구멍 훤한 길은 제가 정녕 시전市廛이요
검은 기와 즐비함은 제가 모두 여염이며
백탑이 우뚝한 곳 제도 아마 절이로다.
처처에 지점指點하여 역력히 살펴본 후
천불사 구경 가자. 그 또한 삼층 문루
만불사와 거의 같다.
그 안의 천수불千手佛은 부처 하나뿐이련만
한가운데 우뚝 섰는 것 영악히 큼도 크다.
삼층각 복개覆蓋에 키는 꼭 닿았으니
길로 치면 근 이십 길 쳐다보면 까마아득
이리 팔 간 저리 팔 간 네모 번듯 넓은 집에
몸피가 얼마한지 그 안에 가득하고
머리를 쳐다보니 전후좌우 육면에다
얼굴이 여섯이요 양미간에 눈 하나
세 눈씩 분명하다 광채 엄위嚴威하고
머리 위에 연밥처럼 우툴두툴 소복한 것
모두 작은 부처 얼굴 다 각각 이목구비
몇 천인지 모르겠네 오색으로 채색하여
두 손을 추켜들어 감중련坎中連을62) 하였으니
한 손가락 큰 것이 대부등大不等만 하였구나.
어깨 뒤로 일천 팔 좌우로 쩍 벌이고
다리를 볼작시면 발 하나이 한 간들이.
악귀 악신 구렁 배암 몇 만인지 한데 모아

---

62) 가운뎃손가락을 뻗치고 있는 모양.

두 발로 꽉 디디니 질크러진 악귀들과
혀 빼 무는 구렁이야 죽으려고 하는 모양
굉장하고 웅장함도 보다가 처음 본다.
대문 밖 서편으로 네모 집 크게 지어
황기와로 덮었으니 높기도 장하도다.
그 안에 들어가니 남편에 가산假山 지어
푸른 봉은 첩첩하고 붉은 언덕 중중重重한데
채운彩雲이 둘린 곳에 상상봉 표묘縹緲한 집
극락세계 제라 하기 이윽히 바라보니
심중에 헤어 보니 이 몸이 출세한 후
적덕적선積德積善 못 했으나 득죄한 일 없었노라.
시험코저 올라보자 어드메가 길이런가.
앞뒤로 바장이며 기웃기웃 방황터니
지로승指路僧이 인도하여 깊은 골로 들어가니
좌우의 악귀들이 창검을 겨누면서
들어옴을 금하는 듯 보기에 무섭도다.
이 봉 틈 저 봉 틈에 돌쳐서서 굽어보니
사면으로 빙빙 돌아 올라서며 내려서며
중로에 반쯤 가다 바위 앞을 살펴보니
왕왕이 신장들이 내달아 희짓는 듯.
이리저리 길을 찾아 상상봉 올라가니
선동선녀 쌍을 지어 마주 나와 영접인 듯
조고마한 채색 정자 아미타불 앉으셨네.
만첩산중 정결하여 무량세계 이러한 듯
하계下界를 굽어보니 진애塵埃가 서렸도다.
내 무슨 공덕으로 이곳에 이르렀노.
진애 인연 미진未盡하니 후세에 다시 오마.

길을 찾아 도로 내려 문밖에 썩 나서니
기와로 쌓은 패루 울긋불긋 사면이매
동서남북 통해 가는 홍예문 기려奇麗하다.
오룡정 다섯 정자 이층으로 지었으니
자향정滋香亭 징상정澄祥亭은 서편으로 두 정자요
백옥 난간 아로새겨 다섯 정자 둘렀으며
벽돌을 정히 깔아 다니는 길이 되고
이편저편 화류교의花柳交椅 걸터앉기 더욱 좋다.
태액지 넓은 연못 섬돌 아래 임했으니
물밑을 굽어보니 청청한 맑은 물결
채정彩亭이 비추었고 누른 용 잠기인 듯.
물 건너를 바라보니 옥동교 아홉 홍예
옥난간을 건너설 제 흰 무지개 떠 있는 듯.
뵈는 게 주란화각朱欄畫閣 안계眼界가 황홀하다.
날빛은 서늘하고 바람은 화창한데
무미히 앉았으매 돌아오기 잊을러라.
경산 뒤로 돌아 나와 지안문地安門 내달으니
궁성의 북문이라 동으로 향해 가니
옹정雍正 황제 기도하던 옹화궁雍和宮이 저기로다.
웅위한 여러 전각 저기가 대궐인가.
한 전각 올라보니 어떤 부처 비슥 누워
배를 훨적 드러내고 손으로 만지면서
쳐다보고 희희 웃는 저 부처는 무엇이며
또 한 전각 올라보니 수미산 천만 봉의
침향沈香으로 가산假山 새겨 단청으로 채색하고
봉봉이 앉은 부처 기교도 하온지고.
또 한 전각 올라보니 삼층각이 높았는데

그 안의 섰는 금불 천수불과 키가 같다.

또 한 전각 올라보니 법륜전法輪殿이 제 아니냐.

어떤 몽고 중 하나가 성불成佛 되랴 주벽主壁하여

감중련坎中連 도사리고 눈을 내려 감았으매

그 앞에 옥등잔에 인등引燈하여 불 켜놓고

좌우의 여러 몽고 중 책상을 앞에 놓고

불경을 늘어놓고 일시에 송경誦經하니

응왕응왕 하는 소리 듣기 싫고 보기 싫다.

몽고 중을 볼작시면 머리는 모두 깎고

적삼 속곳 아니 입고 팔다리는 벌건하니

누른 무명 네 폭 보로 온 몸을 뒤싸감고

목홍 삼승木紅三升 가사 착복袈裟着服 어깨 위로 메었으며

송낙이라 하는 것은 길이는 한 자 남짓

우리 나라 중의 송낙 거꾸로 쓴 것같이

위로 뻗친 것이 기장비[63]와 방불하다.

사면에 겹겹으로 궁전이 무수하니

어찌 이루 구경하며 어찌 이루 기록하랴.

태학太學을 찾아가서 대성전大成殿에 사배四拜하고

전패殿牌를 봉심奉審하니 붉은 위패 뫼셔 놓고

대성 지성大聖至聖 공자孔子 신위神位 금자로 여덟 자요

안증자맹顔曾子孟[64] 네 성인은 동서로 뫼셨으며

공문孔門 칠십이 제자와 한당송명漢唐宋明 성현네는

뜰아래 좌우 익랑翼廊 차례로 배향配享이요

뒷전에 계성사啓聖祠는 숙량흘叔梁紇[65]을 뫼셨더라.

---

63) 기장 대로 만든 빗자루.

64) 전국 시대 철학자들인 안회顔回, 증자曾子, 자사子思, 맹자孟子.

중문中門 안에 석고石鼓 있어 좌우에 열 개로다.
주 선왕周宣王이 만든 돌북 지금까지 유전遺傳하여
새긴 전자篆字 박락剝落함이 고적古跡이 기이하다.
중문 밖 뜰 가운데 주루루 섰는 비는
식년式年마다 과거 뵈고 진사방進士榜을 새긴 비니
몇 식년을 지났느냐 몇 백인지 모르겠다.
그 서편이 벽옹辟雍이니 황제의 학궁學宮이라.
동그라한 큰 연못에 돌아가며 난간 치고
한가운데 섬이 있어 네모 반듯 석축石築하고
사면으로 건너가게 동서남북 다리 놓고
그 안에 집을 짓고 황기와로 이었으니
사면으로 아홉 간에 서른여섯 분합分閤이라.
그 속의 어탑御榻 있어 친림과거親臨科擧 뵌다 하네.
동서 월랑月廊 길게 지어 우뚝우뚝 섰는 비碑는
서전書傳 시전詩傳 주역周易이며 논어 맹자 중용 대학
좌전 춘추 주례 예기 십삼경을 새긴 비라.
일부러 헤어 보니 이백십팔 도합일레.
북편의 높은 집은 이륜당彝倫堂의 현판이라.
아국我國으로 이르면은 명륜당明倫堂과 일반이라.
그 위에 올라보니 선비 모여 글을 짓고
그 뒷당에 시관試官 있어 글 받아 꿇는다네.
아국으로 말하라면 승보陞補 뵈는 일체로다.
문승상묘文丞相廟 어드메냐 찾아가서 보리로다.
시시柴市가 여기런가 소상과 비석 화상
참담히 앉았으니 문천상文天祥의 경사옥중到死獄中[66]

천추에 빛나도다.
큰길로 찾아 나와 정양문 내달으니
오는 차車며 가는 차며 나가락 들어가락
박석薄石 위에 바퀴소리 우루룩 딱딱 하여
청천백일靑天白日 맑은 날에 우렛소리 일어난다.
노새 목에 줄방울은 와랑저랑 하는 소리
말목에 매단 워낭 왕강정강 하는 소리
재갈 박는 마치 소리 뚝딱뚝딱 하는 소리
솜 타는 큰 활 소리 딸랑딸랑 소리 나고
외어깨 물통 지게 찌걱삐걱 메고 가고
외바퀴 똥거름차 각삭소삭 몰아가고
머리 깎기 장사 놈은 꽹당동당 소리 나며
멜목판의 방울 장사 싸랑싸랑 소리 나고
떡장사의 경쇠 소리 기름 장사 목탁 소리
두부 장사 큰 방울과 박물 장사 징 소리며
놋접시 둘 맞부딪쳐 대각대각 수박 장사
서양철 여럿 달아 땡강땡강 바늘 장사
집비둘기 목방울은 석양천夕陽天에 높이 나니
소로록 하는 소리 저도 같고 쟁箏도 같고
소경 놈은 비파 들고 길로 가며 타는 소리
여러 가지 향불 들고 돈 한 푼 비는 소리
말똥 줍는 아이놈들 삼태 들고 쏘다니며
신창누비 계집년은 대문 밖에 나와 섰네.
자우룩한 먼지 속에 사람들은 와글와글
정신이 아득한 중 좌우를 살펴보니

---

66) 문천상은 송나라 말년의 승상. 원나라와 싸우다가 잡혔으나 끝내 굴하지 않고 자결하였다.

검은 삼승三升 차양에다 흰 글자로 덕담 써서
이편저편 가리고 그 밑에 지은 집은
길가로 연이어서 즐비하게 뻗쳤으니
무슨 팔이 무슨 팔이 패를 세워 표하였다.
유리창琉璃廠이 저렇더냐 자세히 구경하자.
보배팔이 안경팔이 잡화팔이 향팔이며
붓팔이와 먹팔이 종이팔이 책팔이
연대팔이 약팔이 비단팔이 선자扇子팔이
차팔이 기명팔이 모물毛物팔이 치품팔이
음식팔이 실과實果팔이 채소팔이 곡식팔이
고기팔이 생선팔이 술팔이와 떡팔이며
유기鍮器팔이 마안馬鞍팔이 철물팔이 옹기팔이
유리팔이 전당포라 이런 구경 처음 본다.
물건들도 장커니와 안목이 현황하여
어찌 이루 형용하며 어찌 이루 말을 하리.
한곳을 바라보니 석탄 실은 약대 간다.
약대 모양 어떻더냐 키는 우뚝 설명하고
무릎마디 세 마디요 배는 작아 등에 붙고
잔등 위에 두 봉 있어 길마 지운 모양 같고
모가지는 뒤곱아서 거위 목과 천연하고
대가리는 별로 작고 상을 보면 말상이요
볼기짝은 뼈만 붙고 꼬리는 조고맣고
발을 보면 소발 같되 굽은 없어 살발이요
얇은 가죽 다 헤져서 도랑[67] 올린 개 몸 같고
윗입술 코밑으로 노를 꿰어 잡아끌면

---

67) 개에게 나는 피부병.

어깃어깃 걸어가니 열없는 짐승이라.

어떤 사람 실없는 놈 잔나비를 끌고 가니

잔나비 어떻더냐 천착穿鑿히 비류比類컨대

사오 세 먹은 아이 꼬리 있고 털 난 것이

휘동그란 노란 눈에 평평 납작 콧마루요

뾰족한 주둥아리 앙상한 이빨이요

대가리는 동그란데 귓바퀴는 젖혀 붙고

콩 한 줌을 집어 주니 손톱으로 하나 집어

입에 넣고 깨물더니 콩껍질을 배앝는다.

또 한 곳을 지나가니 상가喪家에서 발인發靷한다.

상가라 하는 데는 뜰 가운데 삿집 짓고

문밖에 초막 지어 대취타 피리 저로

조객의 출입마다 풍류로 영송한다.

상여를 볼작시면 소방상小方牀 줄을 차고

오색 비단 두루 엮어 황홀하고 기이하고

뒤얽어서 무늬 놓아 꽃송이도 천연하고

아래위에 길반 되게 층층이 꾸몄으되

사면 추녀 도리 기둥 누각과 일체로다.

관棺 치레를 볼작시면 높이는 길반 되게

주홍으로 칠을 하고 황금으로 그림 그려

모양도 기려奇麗하고 크기도 굉장하다.

대틀에 줄을 걸어 간간이 메었으니

작은 연추[68] 줄을 달아 두 놈씩 마주 메니

상여는 다리어서 물 담은 듯 편안하다.

사내 상제 계집 상제 일가친척 복인服人들이

---

68) 상여를 멜 때 멍에에 가로로 대는 나무.

흰 무명옷을 입고 차車를 타고 뒤따른다.

사나이는 흰 두루마기 흰 수건으로 머리 동여

계집은 흰 무명으로 또아리 하여 쓰고

무명 한끝 뒤로 늘여 발뒤꿈치 치렁치렁

상여 앞에 선동仙童들은 색등거리 쌍상투와

쌍을 지어 늘어서니 몇 쌍인지 모르겠다.

앞뒤 풍류 잦아져서 징 꽹과리 요란한데

명정銘旌 공포功布 운아삽雲亞翣과 일산日傘 색기色旗 몇 쌍인지

오색 능화菱花 당종이로 차와 말을 만들어서

혼백魂魄 위한 빈 차이라 차 속을 살펴보니

온갖 화초 담뱃대와 이부자리 금침까지

모두 다 색종이로 조작造作이되 휘황하다.

관棺을 갖다 저기 두고 삼 년을 지낸 뒤에

벌판에 산지山地 잡아 밭두둑이 명당明堂이라.

아무 데나 영장永葬하되 그 위에 벽돌 쌓아

회를 발라 봉분封墳하여 잔디는 아니 덮고

뒤로 담을 쌓고 앞으로 문을 내어

문 앞에 비석 표석表石 단청한 패루들과

수기手旗대 한 쌍 세워 위의가 굉장하다.

또 한 곳 지나더니 혼인 구경 마침 한다.

기구도 장커니와 위의가 볼만하다.

기치창검旗幟槍劍 숙정패肅靜牌와 청개靑蓋 홍개紅蓋 일산까지

쌍쌍이 앞을 세워 몇 쌍인지 모르겠다.

대풍악大風樂 앞뒤 삼현三絃 어울려 요란하고

팔인교八人轎를 높이 메어 천천히 지나가니

붉은 전氈 휘장에다 채색 실로 수를 놓고

검은 공단 뚜껑에다 황금으로 꼭지하고

전후좌우 향불 피워 향취香臭가 촉비觸鼻하다.

좌우 유리 밀창으로 그 속을 열어보니

웅장성식凝粧盛飾 하온 신부 단정이 앉았으니

신부 모양 어떻더냐 도화양협桃花兩頰 보조개라.

얼굴 바탕 예쁘다만 자세히는 못 보겠다.

그 뒤에 사인교四人轎가 두서넛 따라오니

하나는 본생모本生母요 또 하나는 유모乳母라네.

천녕사天寧寺가 어드메냐 그리로 구경 가자.

삼십 길 높은 탑이 굉걸한 옛 절이라.

삼층 불루佛樓 이층 법당 배포排布도 장커니와

후원의 온갖 화초 기화이초 많이 있다.

아국我國서도 보았건만 처음 보는 화초 많다.

화초 이름 모를세라 이루 기록 다 못 하네.

백운관白雲觀이 어데러냐 그리로 찾아가자.

이층 패루 삼층 전각殿閣 황와黃瓦 청와靑瓦 덮었으며

겹겹이 채색 집은 우렷두렷 휘황하다.

정전正殿 안의 윤건 도복輪巾道服 구진인九眞人을 위해 놓고

여러 도사 늘어앉아 도경道經 공부 하는구나.

도사 모양 어떻더냐 머리는 아니 깎고

상투를 틀어 쫓되 망건은 아니 쓰고

검은 공단 두건 지어 우리 나라 유건儒巾같이

뒤로 젖혀 쓰고 먹물 들인 도포에다

검은 공단 깃을 달아 너른 소매 길게 떨쳐

우리 나라 장삼 소매 천연도 하온지고

들으니 이곳에서 매년 정월 십구일에

신선이 하강하여 뜰아래서 노닌다고

장안 사람 남녀노소 그날 모여 기도하네.

장춘사長春寺가 어드메냐 그리로 향해 가자.
첩첩한 여러 불당佛堂 몇 곳인지 휘황 찬란
재상가宰相家의 부녀들이 그때 마침 거기 와서
불공을 한다 하니 잡인을 금하기로
깊이는 못 들어가 앞 법당에 올라보니
큰 부처를 위했는데 옥등잔에 불 켜 놓고
여러 중이 합장재배 일시에 인도하네.
중 모양은 어떻더냐 머리는 아주 깎고
먹물 들인 장삼에다 검은 공단 깃을 달아
백팔 염주 목에 걸고 붉은 가사 착복着服하고
어떤 중은 쇠북 치고 어떤 중은 경쇠 치고
제상祭床 위에 벌인 것은 메밀떡과 분향이라.
그 위에 이층 불루 웅위하고 광활하다.
열세 층 구리쇠 탑 외외巍巍히 쳐다보니
탑 속에 난만 채화爛漫彩花 작은 부처 관음이요
위층에 모신 화상 구련보살九連菩薩 영정影幀이니
명나라 신종神宗 황제 황태후 유 씨劉氏로다.
우러러 봉심奉審하니 새로이 창감하다.
만수사萬壽寺가 어드메냐 그곳 또한 치성처라.
단청이 조요照耀하고 황기와 이층 불루
건륭乾隆 황제 어머니를 화상畵像으로 모신 데요
그 뒤의 후원에는 천하 괴석 모아들여
석가산石假山을 높이 뭇고 층층하고 기이한 바위
이 돌 틈 저 돌 틈의 길을 찾아 들어가니
깊고 깊은 굴 속에 금부처도 모셔 놓고
높고 높은 바위 위에 치열대治熱臺가 여기로다.
수음樹陰이 서늘하니 피서하기 마침 좋다.

진각사眞覺寺가 어드메냐 게도 또한 구경 가자.

법당도 장커니와 오탑五塔이 볼만하다.

옥돌로 탑을 무었으되 네모가 반듯하게

사면으로 돌아가며 일천 부처 새겨 놓고

남편으로 문을 내어 그곳에 들어가면

좌우로 사닥다리 굽이쳐서 올라가서

탑 위로 나서 보니 그 위로 또 다섯 탑

여기저기 쌓았으니 십여 장 높이더라.

각심사覺心寺가 어드메냐 그리로 찾아가자.

사면의 채색 법당法堂 이 층 삼 층 많거니와

그 뒤의 삼 층 누각 높기도 끔찍하다.

그 안에 큰 쇠북이 길이는 열댓 길

어우리69) 십여 아름 두껍기는 한 자 남짓

안팎으로 돌아가며 불경을 잘게 새겨

삼층 보에 추켜 달고 땅바닥에 드리운 듯

우리 나라 종로 쇠북 세 갑절은 되겠구나.

이 쇠북 치는 소리 백 리 밖에 들린다네.

서산西山이 좋다 함은 들은 지 오래더니

신유년辛酉年70) 서양국 놈 여기 와서 작변作變하여

아까운 대전大殿 대궐 몇천 간 좋은 집을

모두 다 불을 놓아 일망무제一望無際 터뿐이니

보기에 수참愁慘하여 날색이 쓸쓸하다.

평지에 조산造山 무어 괴석怪石으로 가득 쌓되

기암괴석 층층層層하고 고봉준령 중중重重하여

---

69) 주위, 둘레.

70) 1861년.

아름다운 푸른 봉 산기山氣가 조용하고
그득한 흰 바위는 동운彤雲이 영롱하다.
십여 리 뻗힌 산세 서산이 저기로다.
산골짜기 틈틈이며 언덕 위에 곳곳으로
여기저기 집이 있어 배포도 장한지고.
화반석花斑石 삼층 월대 제는 무삼 누각터며
백옥으로 새긴 섬돌 제는 무삼 정자턴고.
채색 기와 부스러져 와력瓦礫 더미 태산 같고
보패寶貝 집물什物 불에 타서 잿더미는 몇 곳이냐.
백단白檀 들보 침향沈香 도리 숯등걸이 되었으며
진주 주렴 산호 어탑御榻 매운 재가 되었구나.
금부처 동부처는 쇠뭉텅이 떼굴떼굴
기와 소상塑像 돌미륵은 돌가루가 버석버석
엎어진 것 잦혀진 것 참혹히 되었으니
제는 아마 절터이니 부처도 쓸데없다.
제가 만일 영험하면 저 지경이 되었으랴
경림옥수瓊林玉樹 기이한 나무 고목 등걸 성깃성깃
기화요초琪花瑤草 좋은 수풀 거친 풀이 덮여 있고
여기저기 적막한데 새 소리뿐이로다.
산 위에 높은 집이 처처에 남았으니
이층 집이 외연巍然하되 온통 구리쇠로 지어
주추 기둥 도리 들보 추녀 기와 서까래며
분합문 쌍창살지 일토一土 일목一木 아니 쓰고
모두 구리쇠로 새겨 용트림과 봉 새김에
엽자도금葉子鍍金 휘황하니 황금옥黃金屋이 이 아닌가.
구리철사 가는 실로 비단 짜듯 망을 얽어
돌아가며 창을 발라 궁사극치窮奢極侈 이러하다.

이 집이 아니 탑을 곡절을 몰랐더니
상품동上品銅 쇠집이라 옥석 구분玉石俱焚 면했어라.
그 뒤로 돌아가니 누른 벽돌 월대月臺에다
푸른 벽돌 난간 치고 붉은 벽돌 층계 하고
높기는 수십여 길 그 위에 올라 보니
오색 벽돌 이 층 패루 세 홍예문 뚜렷하고
그 안에 삼 층 불루 온통 채색 벽돌 놓고
아로새긴 서까래에 섭새김한 난간이라.
사면 벽에 돌아가며 조고마한 새긴 부처
몇 천인지 몇 만인지 울긋불긋 영롱하다.
이 집도 아니 탑은 이치를 모를러니
아마도 벽돌집이 초옥草屋과 같을쏘냐.
이 집이 지형 높아 서산西山의 상봉上峰이라.
안계眼界가 황홀하고 경개가 절승絶勝하다.
동편을 바라보니 태전 대궐 저기로다.
회록지재回祿之災 터뿐이라 배포排布한 것 볼 것 있다.
녹양버들 옛 녹음에 화반석花斑石은 길일런가.
노송나무 옛 취병翠屛에 백옥 난간 굽이굽이
참대 수풀 옛 죽림竹林에 청석靑石 주추 우뚝우뚝.
북편을 바라보니 붉은 벽에 푸른 창과
도금鍍金 추녀 초록 기와 삼사 층 몇 곳인지
둥근 층루 네모 궁전 육모 산정山亭 팔모 수각水閣
처처에 오밀조밀 눈부시어 못 보겠다.
서편으로 바라보니 이십여 층 백옥탑이
표묘縹緲하다 채운彩雲 속에 반공半空이나 솟아 있고
나무 그늘 그윽한 곳 단청한 집 몇일러냐.
남편으로 바라보니 일망무제一望無際 넓은 연못

주회周回가 삼십여 리 옥난간을 둘러치고
황하수黃河水를 인도하여 수파水波 잔잔潺潺 물결인데
연화蓮花가 난만하여 물 위에 가득하고
석양에 숙은 연잎 바람결에 맑은 향내
채련곡採蓮曲 노랫소리 옛 곡조가 남았구나.
연못가에 놓은 배는 옥돌로 만든 배니
그 위에 집을 짓고 온갖 화초 심었구나.
곳곳이 수음樹陰 있어 주루朱樓 채정彩亭 몇 곳인지
십칠교十七橋 긴 다리는 섬으로 건너간다.
너비는 삼 간이요 길이는 칠십여 간
좌우로 옥난간은 돌사자가 간간 있고
다리 아래 굽어보니 열일곱 홍예 구멍
한 홍예가 얼마나 한지 우리 나라 남대문만
아무리 큰 배라도 그 구멍으로 다닌다네.
연못가의 구리소는 어찌하여 누웠으며
수음樹陰 속의 층층 월대月臺 동정유상洞庭遊賞[71] 정자리라.
남편 섬에 들어가는 굽은 다리 놓았으니
옥돌로 높이 놓아 길로 치면 수십여 장
층층계 사십여 층 한 마루에 올라서서
또 층계 사십여 층 넘어서서 내려가면
그 안이 섬이라 다리 구멍 볼작시면
둥그러한 홍예문에 높기도 굉장하다.
아무리 긴 돛대도 세운 채 드나들매
좌우의 옥난간도 다리와 같이 꾸며
백룡白龍이 오르는 듯 멀리 보기 더욱 좋다.

---

71) 서호는 동정호라고도 한다. 동정호에서 노닐다.

서산 구경 다한 후에 가만히 생각하니
처음 볼 제 당황하여 안광眼光이 희미터니
자세히 살펴보매 사치하니 심계心界가 자연 방탕
상천 옥경上天玉京 집 좋다 해도 이러할 수 없을 것이요
왕모王母 요지瑤池 경景 좋다 해도 저렇듯 못 하리라.
아무리 명화名畵라도 이로 다 못 측량하며
아무리 구변口辯 있어도 말로 형언 다 못 할레.
신유년辛酉年 회록回祿 이후 오히려 저렇거든
그 전의 전성시야 오죽이나 장할쏘냐.
천하 재물 허비하고 백성 인력 궁진窮盡하여
쓸데없는 궁사극치窮奢極侈 이것이 무슨 짓고.
진시황 아방궁阿房宮은 초인楚人[72]이 불 지르고
송宋나라 옥청궁玉淸宮은 천화天火로서 재앙災殃 나니
전감前鑑이 소연昭然하니 천재天災가 마땅하다.
환희幻戱를 구경코저 희자戱者를 불러보니
서너 놈 들어와서 요술妖術로 진술한다.
앵두 같은 다섯 구슬 정녕히 노나 놓고
사발로 덮었다가 열어 보면 간데없고
빈 사발 엎은 속에 서너 구슬 들어가고
하나가 둘도 되고 있던 것도 없어졌다.
빈손 털고 부비치면 홀연히 생겨난다.
큰 쇠고리 여섯 개를 나눠 들고 맞부딪쳐
사슬고리 만들어서 어긋매껴 이었다가
잡아당겨 빼어 내니 끊어진 흔적 없고
고리 둘을 나눠 들고 공중에 치쳤다가

---

72) 초나라 사람, 곧 항우를 이른다.

바라보면 사슬고리 연이어서 내려왔다.
사발 하나 땅에 엎고 보자기를 덮어 놓고
발뒤꿈치로 내리치니 사발이 간데없다.
보를 들고 찾아보니 땅으로 솟아난다.
바늘 한 줌 입에 넣고 실 한 입을 삼켰다가
끝을 잡고 빼어 내니 그 바늘이 주렁주렁.
오색실 한 타래를 잘게 잘게 썰어서
활활 섞어 비비면서 한 줌을 잔뜩 쥐고
한끝을 잡아 빼니 끊어진 실 도로 이어
색색으로 연해 빼면 실 한 타래 도로 된다.
상아 뼈로 깎아 만든 이쑤시개 같은 것이
두 치 길이 되는 것을 한 개를 코에 넣어
눈 구석에 끝이 나와 삐주룩 하였다가
콧궁그로 도로 빼니 연하여 재채기에
또 무수히 나오는 것 그와 같은 상아 뼈대
빼는 대로 헤어 보니 칠팔십 개 되는구나.
무색 대자帶子 허리띠를 칼로 분명 끊었다가
두 끝을 한데 대어 손으로 부비치니
예라 한 듯 도로 이어 흔적도 못 보겠다.
빈 사발 덮었다가 열어 보면 가화假花 같다.
난데없는 유리 어항 금붕어도 뛰는 것과
창 끝에 사발 들어 떨어지지 아니한다.
화기畵器 한 죽 이고 서서 뜀박질 하는 것과
죽방울 놀림과 공기 탄자 던짐은
이런 재주 저런 요술 이루 기록 다 못 할레.
곰 놀리는 구경 가자 큰 개만 한 검은 곰
이빨을 빼었으니 사람 상치 아니하겠고

사슬로 목을 매어 달아나지 못하더라.
미련한 저 짐승을 어떠하게 가르쳐서
일어나라 말을 하면 사람처럼 일어나고
춤을 추라 하면은 앞다리로 너푼너푼
창槍을 주어 쓰라 하면 두 앞발로 받아들고
머리 위에 올려놓고 빙빙 돌려 발로 치고
칼을 주어 쓰라 하면 발딱 자빠져서
네 발 위에 가로놓고 번개같이 돌리니
그 아니 이상하냐 구경 중에 우습도다.
예부禮部 지위知委 드디어서 태묘 친제太廟親祭 거둥 시에
삼사신이 지영祗迎할 제 새벽에 예궐詣闕하여
동장안문東長安門 다다르니 만조백관滿朝百官 들어간다.
각로閣老 같은 일품관一品官도 부액扶腋 없고 기구 없이
양각등羊角燈에 불 켜 들고 하인 하나 없이 가니
다 각각 벼슬 이름 양각등에 써 있더라.
오문午門 밖에 들어가서 예부 직방禮部直房 앉았더니
날이 장차 밝아오매 묘시卯時 출궁出宮 때가 된다.
오봉루五鳳樓 높은 곳에 북소리 웅웅 하니
천자가 나오시려 위의威儀를 정제整齊한다.
오문 밖 동서편에 황옥차黃屋車 네 쌍이니
높기는 두 길이요 몸피는 큰 한 간에
누른 우단羽緞 개蓋에다가 순금으로 꼭지 하고
누른 융전絨氈 휘장에다 전후좌우 완자창과
벌매듭 붉은 유소流蘇 네 귀로 드리우고
유리 풍경 댕강댕강 수향낭繡香囊은 주렁주렁
좌우에 익장翼帳 달아 누른 주렴 드림 있고
그 안에는 닫집 달고 한가운데 좌탑坐榻 놓고

황보黃褓 덮어 위해 놓고 바깥으로 돌아가며
붉은 난간 둘러치고 오르내릴 사닥다리
좌우로 쌍바퀴요 홍채[73]를 길게 하여
주홍당사朱紅唐絲 줄을 걸어 코끼리에 매었는데
황옥교黃屋轎 줄을 걸어 서너 쌍 대령하고
누른 우단 안장 지은 어승마御乘馬
길가로 좌우편에 홍두루마기 입은 병사
의장儀仗 들고 창검槍劍 들고 대궐에서 태묘太廟까지
한 간 동안 두서넛씩 쌍을 지어 늘어섰다.
지영반祗迎班에 나와 보니 백관이 다 모였다.
조선 사신 역관들과 여덟 통관通官[74] 반班을 지어
차례로 당堂에 꿇어 기다리고 앉았더니
패동개佩筒介[75] 한 말 탄 관원 서너 쌍이 앞을 서고
황양산黃陽繖 나온 후에 홍의紅衣 입은 여덟 군사
팔인교를 메고 오니 누른 개盖에 누른 휘장
좌우에 완자 밀창 앞뒤 채를 길게 하고
멜방망이 넷을 하여 둘씩 둘씩 메고 가네.
우리 나라 사인교를 둘이 함께 멘 것 같고
밀창을 반만 열고 황제가 내다보니
용봉지자龍鳳之姿 천일지표天日之表라.
어떠하신 천안天顔인고.
춘추春秋가 십일 세라 어린 태도 어여쁘다.
갸름하온 얼굴 바탕 일월같이 공골차다.

---

73) 붉은 칠을 한 수레 채.
74) 통역관. 중국 측을 통관, 조선 측을 역관이라 한다.
75) 동개를 차다.

자그마한 눈 모양에 안채眼彩가 똘똘하다.

누른 비단 두루마기 마래기도 누르더라.

천하의 제일인第一人이 호복胡服하심 저렇든가.

지영반祇迎班 앞에 이르더니 팔인교를 머무르고

근시近侍 불러 물으시니 삼사신이 기복起伏하여

한 번 고두사례叩頭謝禮한다.

팔인교 지나간 후 그 뒤를 살펴보니

말 탄 관원 십여 인이 따라갈 뿐이러라.

인시寅時 후 오봉루에 북소리 그치고서

쇠북소리 뗑뗑 하여 환궁還宮하는 때로구나.

아국我國으로 이르면은 동가動駕를 하오실 제

요란하고 분주함이 오죽이나 하리마는

출궁시에 북을 치매 훤화가 뚝 그치고

백관들은 나와 서서 기침들도 아니 하며

하인들은 들어서서 숨도 크게 못 쉬고

창틈으로 엿을 보면 목을 베는 죄라 하여

대가大駕 지적 지껄이면 중한 형벌 당한다네.

엄숙하고 정제하여 아무 소리 못 한다네.

박석 위에 말굽 소리 저벅저벅 할 뿐이라.

이로써 헤아리면 기율이 끔찍하다.

관소館所로 돌아오니 할 일이 바이없다.

일람고시一覽古詩 강개지사慷慨之士 인걸人傑이나 찾으리라.

태상 소경太常少卿 정공수는 청수淸秀하온 골격이요

병부 낭중兵部郎中 황문곡은 뇌락磊落하온 기습氣習이요

한림학사翰林學士 동문환은 재행才行 있는 명망이요

형부 낭중 방정여는 준수俊秀하온 인품이요

한림 편수編修 장범렴은 기걸奇傑하온 자품資稟이요

시어사侍御史의 왕조계는 아름다운 성품이요
공부工部 벼슬 왕현인은 단정하온 태도로다.
모두 다 명나라 적 명문거족 후예로서
마지못해 삭발削髮하고 호인胡人에게 벼슬하나
의관衣冠의 수통羞痛함은 분한 마음 맺혔구나.
옛 의관 조선 사람 제각기 반기인다.
정鄭 소경이 청하기로 그 집에 찾아가서
왔노라 통기하니 주인 나와 영접하며
서로 인사 읍을 하고 외당外堂으로 인도할새
선후를 사양하여 주객지례主客之禮 분명하다.
들어가며 살펴보니 범백凡百도 황홀쿠나.
오량각五樑閣 기와집에 단청이 휘황하고
아로새긴 벽돌담에 분벽粉壁이 영롱한데
뜰 가운데 기화이초 채색분彩色盆에 심어 놓고
화초 뒤로 온갖 괴석怪石 새긴 돌확 받침이요
흰 두루미 한두 쌍이 뒤룩뒤룩 성큼성큼
유리 어항 오색 붕어 움실움실 멀적멀적
사紗로 바른 완자창에 오색 유리 밀창이라.
백릉화白綾花로 도배하고 청릉화青菱花로 굽도리요
둥그러한 지게문에 푸른 비단 문렴자門簾子요
주련 족자 현판들은 명필 명화 많이 걸고
한 간들이 유리 채경彩鏡 여기저기 여럿이요
통유리 수박등은 몇 쌍인지 무수하고
좌우에 탁자 놓아 만권 서책 쌓아 놓고
자명종自鳴鐘과 자명악自鳴樂은 절로 울어 소리하며
캉 위에 당전唐氈 깔고 담방석毯方席과 백전白氈요와
이편저편 화류교의樺榴交椅 서로 마주 걸터앉아

거기 사람 처음 인사 차 한 그릇 갖다 준다.

화차종畵茶鐘에 대를 받쳐 가득 부어 권하거늘

파르스름 노르께해 향취가 난만하다.

저희들과 우리들이 언어 같지 아니하여

말 한마디 못 해 보고 덤덤히 앉았으니

귀머거리 벙어린 듯 물끄러미 서로 보다

천하에 글은 같아 필담이나 하여 보자.

당연唐硯에 먹을 갈아 양호수필羊毫水筆 덤벅 찍어

시전지詩箋紙를 받쳐 들고 글씨 써서 말을 하니

묻는 말과 대답함을 글귀 써서 오락가락

간담肝膽을 수운輸運하여[76] 정곡情曲 상통相通하는구나.

제상祭床 같은 교자상에 음식이 대탁大卓이라.

상 가에 교의交椅 놓고 주객이 둘러앉아

다 각기 잔 하나에 저 한 매씩 차지하고

화접시 예닐곱에 생실과生實果 당속糖屬이요

생연근生蓮根을 썰어서 얼음 채워 담아 놓고

연실蓮實 행인杏仁 거피去皮하여 곁들여 놓았으며

수박씨를 볶아다가 개암 비자榧子 섞어 놓고

낙화생落花生은 이상하다 먹어 보니 잣맛 같고

토율이라 하는 실과 맛을 보니 생률生栗 맛 같고

작은 접시 대여섯은 온갖 채소 담았구나.

외 생채 무 생채는 파 마늘 후추 양념

우무갓과 채갓 버섯 지렁물[77]에 데쳐 놓고

미나리 볶은 나물 향기 있고 맛 좋으며

---

76) 서로 마음을 주고받아.

77) 간장물.

염저육鹽豬肉은 너무 짜다 돝의 고기 졸인 게라.

술 붓는 놈 따로 있어 돌아가며 술 부으니

술 먹기를 서로 권해 한 모금씩 쉬엄쉬엄

먹다가 잔 놓으며 곯은 잔은 채워 놓고

조금씩 마시면서 그 음식을 다 먹는다.

먹은 음식 물려내면 새 음식을 가져오니

아저兒猪찜 영계찜과 오리 거위 탕이로다.

잉어 농어 백숙이며 양육羊肉 황육黃肉 지짐이요

마른 해삼 진 해삼을 국물 있게 삶았으며

오리알 거위알은 거피하여 쪄서 놓고

생새우를 산 채 담아 초를 쳐서 회로 먹고

홍련紅蓮꽃 녹말 씌워 기름에 튀겨 지져

바삭바삭 하는 것을 설탕을 찍어 먹고

이름 모를 온갖 떡은 몇 가진지 모르겠다.

미음 같은 백정수白淨水는 찹쌀죽에 설탕 타고

수교水攪 만두⁷⁸⁾ 분탕粉湯 국수 흰밥 지어 담아 온다.

이런 음식 칠팔십 기器 연이어 갈아들여

종일토록 먹고 나니 이루 기록 다 못 할레.

황 낭중과 동 학사도 제집으로 청해 가니

집 치레와 음식 치레 사치하고 훌륭하네.

장 한림과 왕 어사며 방 낭중과 왕 공부는

한 턱씩 차려 놓고 우리를 오라 하데.

이리저리 다니면서 매일 상종하는구나.

모두 다 문장 재사文章才士 문필을 좋아하며

만당시晚唐詩 체격體格으로 글을 지어 서로 읊고

---

78) 물만두.

왕희지王羲之 필법筆法으로 글씨 써서 자랑한다.

내 비록 무식하여 문필이 부족하나

되지못한 글을 지어 즉기지卽其地 화답하고

변변치 않은 글씨로나 주련체로 써서 주니

칭찬이 분분하며 겸사謙辭가 과도쿠나.

그 사람네 음식 한 턱 대거리하려니까

체면이 당연하니 불가불 없을쏘냐.

봉래각蓬萊閣 음식풀이 백여 금 값을 주어

거기 사람 음식으로 사치로이 차리고서

어느 날로 기회期會하고 어데로 청해올꼬.

들으니 송군암이 정결하고 경景 좋다기

여러 사람 오라 하고 먼저 가서 기다리니

명나라 적 양계성楊繼盛[79]의 고택古宅이 송군암인가.

양 선생의 곧은 충절 천추에 빛이 난다.

엄숭嚴嵩이 물리치던 상소上疏 초고가 그저 있어

돌에다가 새겼으니 간초당이 여기로다.

제집도 정쇄하여 괴석 죽림 둘렀으니

세간 집물 사치로워 만벽도서滿壁圖書 기이하니

이 집 지킨 주인 중놈 거처하는 곳이로다.

기다리던 사람들이 차차로 모여온다.

봉래각 음식 와서 외당外堂에 갖다 두고

큰 교자에 둘러앉아 차례로 들여 먹고

우리 나라 주방으로 조선 음식 조금 하여

평양 소주 감홍로甘紅露는 있는 것이 한 병이니

의주 약과藥果 다식과茶食菓는 남은 것이 한 접시요

---

79) 명나라 세종 때 사람. 엄숭이란 탐관을 탄핵하다가 죽임을 당했다.

문어 광어 전복찜은 찬합 한 층 떨어 놓고
약밥 모양 암전하다 빛은 어찌 저리 희며
원소병圓小餅은 아름답다 밤톨만치 빚었구나.
생선 사다 어채魚菜하여 담은 것이 웨넘느러
어만두魚饅頭라 하는 것은 맛깔 없이 만들었다.
건량 마두乾糧馬頭 의주 놈들 그 솜씨가 오죽하랴.
약과 약밥 원소병은 단것이라 잘 먹는다.
이처로 노닐면서 담소로 종일하니
아담하고 맑은 취미 날 가는 줄 모르겠다.
만 리에 먼 데 사람 우연히 서로 만나
일면여구一面如舊 사귄 정이 지기지우知己之友 되었세라.
왕 공부의 강개 기습慷慨氣習 우리 복색 부러워서
나 쓴 관을 벗겨 쓰고 슬픈 기색 연연하다.
황 낭중의 필담으로 비밀히 이른 말이
작일昨日에 양귀자洋鬼子[80] 놈이 귀국을 침노 운운
예부 상서 자문으로 먼저 급보急報하였으니
존형은 아무쪼록 빨리 돌아갈지어다.
이 말이 어인 말가 대경실색 놀라운 중
감격할사 황 낭중을 무수히 사례하고
인하여 작별하니 차생此生의 활별闊別이라.
부평浮萍처럼 헤어지면 언제 다시 모여 볼까.
소매를 서로 잡아 처창 분수分手한 연후에
돌아오며 생각하니 양귀자 일 통분하다.
황성皇城 안을 헤아려도 서양관西洋館이 여럿이요
처처의 천주당天主堂과 서학西學 편만遍滿하였으며

---

80) 서양 사람.

큰길에 양귀자놈 무상히 왕래하데
눈깔은 움쑥하고 콧마루는 우뚝하며
머리털은 빨간 것이 곱실곱실 양모羊毛 같고
키꼴은 팔척장신 의복도 괴이하다.
쓴 것은 무엇인지 우뚝한 전립戰笠 같고
입은 것은 어찌하여 두 다리가 팽팽하냐.
계집년들 볼작시면 더구나 흉괴凶怪하다.
퉁퉁하고 커다란 년 살빛은 푸르죽죽
머리처네 같은 것을 뒤로 크게 늘여 쓰고
소매 좁은 저고리에 주름 없는 긴 치마를
엉 버티어 휘두르고 네다섯 년 떼를 지어
희적희적 가는구나.
새끼놈들 볼만하다 사오륙 세 먹은 것이
다팔다팔 벌건 머리 샛노란 둥근 눈에
원숭이 새끼들과 천연히도 흡사하다.
정녕이 짐승이지 사람 종자 아니로다.
저렇듯 사람 요물 침노아국侵擄我國 되단말가.
책비준청 마침 되어 칙사勅使까지 파견되니
신민경축臣民慶祝하온 연유 겸하여 양인 소멸洋人掃滅
장계狀啓로 상달上達코자 별선래別先來[81]를 출송出送하니
익일翌日에 예궐詣闕하여 오문 밖 하직하니
황제가 예물 주심 예부 상서 거행한다.
삼사신과 역관이며 마두馬頭와 노자奴子까지
은자와 비단 등속 차례로 받아 놓고
구고두九叩頭 사배四拜 후에 사례코 돌아오니

---

81) 특별히 정한 선래先來. '선래'는 외국에 간 사신이 돌아올 때 앞서서 돌아오는 역관.

상마연上馬宴 잔치한다 예부에서 지위知委키로

삼사신과 역관들이 예부로 나아가니

대청 위에 포진鋪陳하고 상을 차례 놓은 모양

모밀떡과 밀다식에 겉밤 머루 비자榧子 등물等物

푸닥거리 상 벌이듯 엄벙덤벙 떠벌려서

예부 상서 주벽主壁하고 좌우에 조선 사람

다 각기 한 상씩을 앞에다 받아 놓으니

비위가 뒤집히고 먹을 맛이 바이없다.

삼배주를 마시는데 연파宴罷하고 일어서서

관소館所로 돌아와서 회환回還 일자 택일擇日하니

사람마다 짐 동이랴 각 방마다 분분하고

흥정 외상 은銀 셈하랴 주주리 와 지껄인다.

장계를 봉발奉發하여 선래 군관先來軍官 전송하고

추칠월 십팔일에 회환하여 떠나오니

사십일 유관留館타가 시원하고 시원쿠나.

천일방天一方[82] 우리 서울 창망蒼茫하다 가실家室이여

풍진風塵이 분운紛紜한 중 가신家信이 돈절頓絶하다.

사오 삭朔 먼 데 손이 귀심歸心이 절로 난다.

숭문문崇文門 내달아서 통주通州로 향해 가니

올 적에 심은 곡식 추수가 방장方將이요

서풍西風이 삽삽颯颯하여 가을빛이 쾌히 난다.

갈대꽃 물가로 기러기 떼로 가니

저 기러기 먼저 가서 우리 집 지나거든

나 오늘 떠나오는 소식이나 전해 주소.

연교점燕郊店 별산점鱉山店과 옥전현玉田縣 지나서서

---

82) 멀고 먼 곳.

풍윤현豊潤縣 사하역沙河驛과 영평부永平府 들어가서
무령현撫寧縣 심하역深河驛과 산해관山海關 나와 보니
칠월 염후念後 서풍 끝에 한기寒氣가 과히 난다.
호지胡地가 일[83] 추운지 절기가 미리 드네.
겹바지 삼승三升 속곳 베적삼 겹저고리
되는대로 껴서 입고 한고寒苦가 자심쿠나.
중전소中前所 중후소中後所와 영원부寧遠府 지나가고
연산역連山驛 행산보杏山堡와 대릉하大凌河 건너갈새
들으니 남경南京 땅에 회회국回回國 놈 장난키로
길림병吉林兵 오백 명과 흑룡강병黑龍江兵 오백 명을
황제의 조서詔書 있어 출전出戰할 차 올라가니
흉녕凶獰하다 장사壯士들과 비호飛虎 같은 말들이며
갑주甲冑 투구 병장기는 수레에다 많이 싣고
휘몰아서 지나가니 천하 강병强兵 저러하다.
길림서 남경까지 수만 리 먼 길이라.
이부모離父母 기처자棄妻子는 황명皇命을 봉지奉旨하여
전장戰場에 한번 가매 사생을 모르겠다.
석양천夕陽天 찬바람에 창검을 빼어 들고
노래하고 가는 모양 보기에 처량하다.
석산참石山站 다다르니 십삼산十三山 여기 있다.
광녕참廣寧站 지나가니 의무려산醫巫閭山 반갑도다.
소흑산小黑山 주류하周流河로 심양瀋陽을 향해 가니
길가에 주대 세워 무엇을 달았으되
닭의 우리 같은 것을 살창처럼 엮어 놓고
그 속에 담은 것은 사람의 머리란다.

---

83) 일찍.

연고를 물어보니 상마적上馬賊 베힌 거라.

대국법大國法은 그러하여 도적놈을 증험한다.

또 어떤 놈 허리에다 쇠사슬로 둘러메고

한끝을 길게 하여 뒤로 끌고 가니

그는 어쩐 일이런고 도적놈 중 작은 죄라

그처럼 표를 하여 빌어먹게 만든다네.

그 쇠사슬 끌러 주면 그 죄는 죽는 죄라.

또 하나는 수레 위에 서너 놈 늘어앉아

그 가운데 어떤 놈을 쇠사슬로 목을 얽어

목홍빛 속곳 적삼 시뻘겋게 입혔으며

그중의 대적大賊 놈은 그처럼 잡아간다.

이런 일로 볼지라도 법령이 엄절쿠나

석문령石門嶺 넘어서서 낭자산狼子山 들어올새

찬물 색리餼物色吏 오는 편에 집 편지 부쳐 오니

노중路中에서 받아들고 도리어 겁이 난다.

근향近鄕이 갱정겁更情怯[84]은 옛 글귀가 핍진할손

사오 삭 막힌 소식 무슨 말이 있을는지

조릿조릿 못 보겠다 단단히 마음먹고

피봉皮封을 언뜻 보니 평할 평平 자[85] 좋을시고

거룩하다 평할 평 자 천만금이 너무 싸다.

이 한 자만 보아서도 적으나 위회慰懷 된다.

차례로 떼어 보니 온 집안 글월이라.

반가울사 우리 노친 안녕하신 친필親筆이요

---

84) 고향에 가까워 오니 무슨 불길한 소식이나 들릴까 하여 반갑기는커녕 도리어 겁이 난다는 뜻.

85) 예전에 편지를 쓸 때 자식은 부모에게 상서(올리는 글이라는 뜻)라고 썼고, 부모는 자식에게 평서(보통 글이라는 뜻)라고 썼다.

기쁘도다 우리 병처病妻 무양無恙하온 정필情筆이요
이제야 마음 놓여 입이 절로 버는도다.
일행이 서로 물어 치하致賀가 분분하다.
청석령青石嶺과 회령령會寧嶺과 팔도하八渡河 건너서서
추팔월 초오일에 책문柵門을 다다르니
오늘은 모친 생신 이회離懷가 절로 난다.
의려倚閭가 오죽하시랴 불효하기 그지없다.
만지장서滿紙長書 하신 하서下書 권권眷眷하신 말씀이라.
근 삼십 세 되온 자식 유치幼稚같이 아시며
친재親在에 불원유不遠遊는 고인古人의 교훈이라.
불효하다 만 리 밖에 반년이나 떠났으니
부끄럽고 두려운 마음 둘 데가 바이없다.
추산秋山이 쟁영崢嶸하고 찬 이슬이 내린 밤에
꿈같이 자고 나서 재촉하여 어서 가자
온정평溫井坪 지나 서서 구련성九連城 넘었으니
백마산성白馬山城 반가우며 통군정統軍亭도 의구依舊하다.
초육일 도강渡江하니 고국에 나왔어라.
아국 지경 들어오니 구경꾼도 반기인다.
구치지여驅馳之餘 곤비困憊키로 의주서 수일 쉬어
용천 철산 선천 지나 곽산 정주 가산 지나
박천 지나 청천강과 안주 숙천 순안 지나
평양서 하루 쉬어 중화 황주 봉산 오고
서흥 평산 금천 지나 청석동 송도로다.
장단 지나 임진강과 파주 지나 고양 오니
갈 적의 녹음방초 낙엽이 소슬하니
세월도 덧없도다 행역行役도 지루하다.
양류楊柳가 의의依依터니 우설雨雪이 가까워라.

잘 있더냐 삼각산아 우리 집이 어드메냐.

홍제원 모화관에 낙양洛陽 친붕親朋 서로 묻고

인정전 숙배肅拜 후에 중화당 입시하여

왕령王靈에 미친 바라 무사왕반無事往返 복명復命하고

이십삼일 저문 후에 집으로 돌아오니

노친이 마주 나와 반기신 듯 느끼신 듯

하념下念하신 덕택으로 병 없이 다녀 나와

혼실渾室이 안락하니 즐겁기 그지없다.

청계사 옛 곡조로 의구히 노래하니

중원中原 생각 말지어다 의외로다 일장춘몽

노친 한번 하감下鑑하시기 소자의 위로로다.

개구리 우는 곳에
논물이 흐르도다

보습 쟁기 차려 놓고 봄갈이를 하오리라.
살진 밭 골라서 봄보리를 많이 갈고
면화밭 되우 갈아 제때를 기다리소.
담뱃모 잇꽃 심기 이를수록 좋으니라.

희설가喜雪歌

올해 날씨 이상하여 겨울에 눈 안 오니
어지신 우리 임금 근심이 과도하여
음식을 줄이고 음악을 치우나니
예관에 분부하여 산천에 빌라시니
정성이 지극하여 하늘에 사무쳤나.
옥황상제 감동하여 서쪽 신 빨리 불러
향로 앞에 꿇리시고 선관仙官에게 지시하니
황명皇命을 받자와 재배再拜하고 물러나매
눈을 맡은 천신天神이 뒤를 쫓아 따르네.
흰 깃발 펄럭이며 앞으로 인도하고
달 세상 선녀들은 좌우로 옹위하여
만 리 하늘 끝에 인간을 굽어보고
눈 내리게 하는 솜씨 잠깐 내어 부리려니
기상도 험악하고 위세도 성할세라.
뺙뺙이 엉킨 구름 사방에서 피어나니
바람이 높이 불며 천지가 캄캄하다.
분분한 눈발이 볼수록 성글거니

▪ '희설가' 는 홍계영洪啓英이 열여덟 살 때 오랜 가뭄 끝에 내린 눈을 두고 읊은 것으로, 《관수재유
고觀水齋遺稿》 1권에 실려 있다.

주렴에 흩어 들어 비단 휘장 침노터니
삽시에 도끼 되어 우주에 가득하니
곤륜산의 옥을 부숴 옥가루를 날리는 듯
하늘에서 용이 싸워 비늘이 번득이듯
부용성芙蓉城 넓은 곳에 구슬 나무 몇 그룬고.
천 년 세월 꽃이 피어 만고에 흰빛인데
선동仙童이 다시 와서 가지를 흔드누나.
점점이 바람 따라 나부끼며 떨어지니
그 모양 마치도 흩날리는 배꽃 같다만
눈송이 무슨 잎고 꽃과는 다르단 말가.
하늘의 직녀는 선궁仙宮에 혼자 있어
할 일이 바이없다.
베틀에 올라앉아 북 바디를 놀리니
하룻밤에 흰 비단 몇 필을 짜 내고
은하수 맑은 물에 천백 번 씻어 내어
백옥 상자 깊이 둔 날선 칼을 찾아 쥐고
묘한 솜씨 부리니 조각조각 꽃이로세.
땅 위에 흩뿌리어 모든 눈을 놀래니
조화도 무궁하고 솜씨도 신기하다.
북쪽 오랑캐 땅 한漢 충신을 먹였는가.
채주蔡州 한밤중에 당나라 군사 도왔는가.
사방에 흩날리니 소금 무지 쌓이는 듯
공중에 나부끼니 백학 무리 춤추는 듯
수풀을 단장하고 대지를 옷 입힌다.
용렬한 사나이들 흐릿한 속마음을

날리는 흰 눈같이 희디희게 하고저.
천상 선녀 흰 얼굴도 못내 무색하니
인간 여자 분 치레야 더욱 부끄럽지.
해 저문 문원文園에서 선비들 병을 얻어
값비싼 털옷에 세찬 바람 과도할사
눈바람 잠깐 자고 뜰 안이 고요커늘
창문을 활짝 열고 병든 얼굴 높이 드니
만 리 하늘땅의 가없는 청산이
엊그제 소년으로 백발이 되었어라.
남산의 맑은 기운 쓸린 듯하였으니
삼각산 푸른빛은 뉘라서 감춘단 말고.
아미산蛾眉山 검각劍閣의 파촉巴蜀이 어드메오.
눈산 진면모를 여기 와 다 보노라.
어와 조물주의 변화도 그지없다.
억만 백성들을 사치하게 하단 말가.
집마다 옥실玉室이요 뜨락마다 옥섬돌일세.
내 집도 찬란하니 거처는 좋다마는
선비에게 과분하니 마음이 불안하다.
일만 집 거리에 흰 옥이 낭자하되
줍지 아니하니 풍속도 좋을시고.
눈 위에 수레바퀴 쌍으로 비껴 가고
말발굽 찍힌 자국 은잔같이 뚜렷하니
은장방의 솜씨가 천하의 기재奇才로세.
섬돌 위에 새 발자국 글자가 완연하다.
석양 추운 날에 날아드는 저 까마귀

깨끗하고 희디흰 눈빛을 더럽힐라.
천지 만물 중에 네 홀로 유다르니
흰옷으로 바꿔 입어 소복을 하였으랴.
마당가 바위는 흰 범이 꿇앉은 듯
장수가 보았더면 큰 활을 당겼을걸.
고목의 늙은 가지 하나하나 흰 용일세.
비구름을 언제 얻어 벽공碧空에 오르려나.
네 등을 잠깐 빌어 월계수를 꺾으려나.
그윽한 흥 점점 깊어 질병을 다 잊겠다.
흰옷을 잠깐 입고 청려장을 높이 짚어
바닥 없는 신을 신고 눈 속을 배회하니
나도 아니 선경의 신선이라 할 것인고.
전나귀 타고 가는 저 늙은이 누구인고.
천추 백대의 선인은 아니로세.
남양南陽의 제갈량은 거만도 하여
중산中山의 유비劉備가 세 번이나 찾게 했네.
초야의 제갈량도 큰 꿈을 깨달으니
한바탕 풍운이 어느 해에 일어날꼬.
일어났다 누웠다 그런 사람 우습도다.
아이야 판자 깔지 마라 옥섬돌 더럽힐라.
내린 눈 녹을 때 토막나무 까는 것은
요긴은 하지만은 운치는 바이 적다.
큰 눈이 점점 쌓여 어느새 길 메우니
몇 자나 왔단 말고 한 길이나 될 것이고.
풍년 징조 있으니 경사가 그지없다.

궁궐 안에 기쁜 빛이 광채를 뿌리니
왕의 신상 회복하기 이 아니 기약할까.
부유한 뉘 집들은 훈훈한 화로를
좌우로 벌여 놓고 술잔을 기울일 제
설한雪寒을 바이 잊고 더운 기운 봄 같으니
어와 천하 창생 만백성은
다 같은 인생이되 고락은 천지 차일세.
산속의 초옥에선 누워서 달을 보고
걸인의 옷거죽은 누덕누덕 기웠네.
옛날 어떤 왕은 얼어 죽은 사람 보고
슬픈 마음 금치 못해 노래 한 곡 지었으며
어떤 왕은 창고 열어 백성들 구제했네.
서산에 날 저무니 눈기운이 차디차다.
가친은 입직하여 궁궐에 계시거늘
천하 눈바람에 날씨가 어떠한지
궁궐 안 찬 기운이 마음에 염려롭다.
잠깐 든 풋잠을 한 꿈에 깨어나니
궁궐의 물시계 소리 새벽이 다 되도.
거센 바람 칼날 같아 검은 구름 베어 내니
은하수 물결은 만고에 넘쳐흘러
누가 받들고 있나 떨어질 줄 모르누나.
중천에 밤이 들자 은반 같은 달이 뜨니
천지는 개벽하되 달빛은 예 같다.
하늘땅이 훤하니 천지가 한 빛인데
눈빛이며 달빛이며 어느 것이 좋단 말고.

장안 팔만 집을 낮같이 밝혔으니
옥을 묶었는 듯 은을 무었는 듯
푸른 바다 신기룬가 동쪽 나라 설궁인가.
서광이 비치고 달그림자 흩어지니
어와 이런 세계 또 언제 보았던가.
하늘의 선계仙界라도 이에서 더할쏘냐.
표표하고 쾌한 기분 뼛속에 사무치며
교교한 밝은 달빛 두 눈에 비치는가.
엊그제 덜 낸 흥을 오늘에야 다 즐기자.
우뚝이 옥난간에 이내 몸을 의지하니
떠도는 이 몸은 다만 칠 척뿐이로세.
옛 시를 읊조리며 옛사람 생각하니
외로운 배 달빛 실어 흥취를 다하거늘
돌아오는 그 기상이 만고에 기특하다.

긴 노래 높이 읊어 달더러 묻는 말이
천하의 한곳을 눈 아래 굽어보니
경치 좋은 누대의 물색이 어떠하뇨.
높고 낮은 다섯 산은 구슬봉 되어 있고
어렴풋한 세상은 어디에 숨었는고.
오늘밤 밝은 기운 나에게도 나눌쏘냐.
어이하면 옛 도사 불러내어 놀아 볼꼬.
은다리 다시 놓고 하늘에 능히 올라
세상에서 못 본 세계 천상에서 바라보고
조화옹을 만나 보아 온갖 변화 물은 뒤에

신선 술잔 얻어 내어 신선주를 가득 붓고
선도仙桃를 안주 하여 북두 신선 권한 뒤에
나도 한 잔 부어 마셔 추위를 막자꾸나.
추위만 막자 말고 늙지 않게 하자꾸나.
어와 이내 몸이 천지 유람 아니하고
무엇을 하잔 말고.
이러구러 누웠으나 잠이 바이 오지 않네.
동창이 밝아 오며 뒤따라 해 솟으니
집집의 처마 밑에 빗소리는 무슨 일고.
한마디 말을 하여 눈에게 이르나니
사시절에 겨울 석 달 어언간 거의로다.
시냇가에 오얏은 겨울철을 슬퍼하고
가을바람 찬 서리는 아침 해를 원망하니
여름 신이 대로하여 해수레를 바삐 모니
온 천지는 달이 올라 화로 속에 들었어라.
일만 산 계곡에서 네 얼굴 보랴 한들
어디 가 얻으려나.
인간 만사들이 서로가 한 본새라
같음을 탄식하다 앞산을 바라보니
눈을 이긴 저 소나무 사시에 울울하여
천고에 청청하니 일만 초목 만물 중에
너 같은 이 또 뉘런고.
저문 해 감회를 저 솔에 맡기노니
푸른 솔 높은 지조 흰 눈에 비기노라.

원문

금년이 이상하여 동천冬天에 무설無雪하니
성명聖明하신 우리 주상 근심이 과도過度하샤
어주御廚의 감선減膳하고 옥루玉樓의 철악撤樂하니[1]
예관禮官을 전교傳敎하샤 산천山川에 빌라시니
정성이 지극하여 구천九天에 사맛는다.[2]
옥황玉皇이 감동하샤 백제白帝[3]를 빨리 불러
향안香案에 꿇리시고 선관仙官으로 전지傳旨하니
제명帝命을 받자와 재배再拜하고 물러나매
등륙滕六[4]이 뒤를 좇네.
백패 호기白旆皓旗는 앞으로 인도하고
옥비玉妃 소아素娥는 좌우로 옹위하여
만 리 요공瑤空의 인간을 굽어보고
행설行雪하던 옛 수단을 잠깐 내어 부리려니
기상도 기험奇險하고 위의도 성할세라.
밀밀密密한 엉긴 구름 사면으로 피어나니
표풍飄風이 건드기며[5] 천지가 암참暗慘한다.
분분紛紛한 무슨 것이 볼수록 소소疎疎하니
주렴珠簾에 흩어 들어 나막羅幕에 침노터니
경각에 돗기 되어[6] 우주에 가득하니

---

1) 왕의 음식 가짓수를 줄이고 음악을 거두니.
2) 사무쳤나.
3) 서쪽을 맡은 신.
4) 눈을 맡은 신.
5) 높이 불며.
6) 도끼가 되어. 자리[席]가 되어. '돗기'는 돛, 깃발로도 본다.

곤륜산의 옥을 부숴 경설瓊屑이 비비霏霏한 듯
광한전廣寒殿의 용이 싸워 인갑鱗甲이 조요照耀한 듯
부용성芙蓉城 넘은 편의 백옥수白玉樹가 몇 주株런고.
천 년의 화개花開하여 만고의 흰빛인데
선동仙童이 다사多事하여 가지를 흔더긴다.
점점點點이 수풍隨風하여 표표飄飄히 떨어지니
인간의 이화梨花와는 같다도 하련마는
육출六出[7]은 무슨 일고 꽃조차 다란 말가.
천손天孫 직녀織女는 선궁仙宮에 혼자 있어
할 일이 바이없다.
옥기玉機[8]에 올라앉아 금사金梭[9]를 던져 내니
하룻밤 사이에 빙환 상견氷紈霜絹[10]은 몇 필의 끝 말고
은하수 맑은 물에 천백 번 씻어내어
백옥상白玉箱 깊은 속의 금속도金粟刀[11]를 찾아 잡고
묘기妙技를 희롱하니 조각조각 꽃이로세.
인간으로 흩어 내어 모든 눈을 놀래오니
조화도 무궁하고 공교工巧도 너무하다.
북교北窖 호지胡地의 한漢 충신忠臣을 먹인넨다.[12]
채주蔡州 탁야卓夜[13]의 당병세唐兵勢를 도운넨다.
사표四表에 비쇄飛洒하니 만곡염萬斛鹽을 두량斗量하듯[14]

---

7) 눈. 육화六花라고도 한다.
8) 베틀을 아름답게 형용한 말.
9) 베틀의 북을 아름답게 부르는 말.
10) 흰 비단. 얼음과 서리를 흰 비단에 비유한 말이다.
11) 칼자루를 금싸라기로 꾸민 칼.
12) 북쪽 컴컴한 오랑캐 땅의 한 나라 때 충신을 먹였느냐. '한 충신'은 한 무제漢武帝 때 흉노에게
　　사신으로 갔다 붙들려 십구 년 만에 돌아온 소무蘇武를 말한다.
13) 한밤중. 채주는 중국 땅 이름.

반공半空에 배회徘徊하니 천군학千群鶴이 춤추는 듯
수풀의 단장端粧하고 대륙大陸을 옷 입힌다.
녹록한 비부鄙夫들의 탁탁濁濁한 흉중胸中을
이같이 회오고자.
천상天上 소녀素女의 옥안玉顔도 탈색奪色하니
인간 여자들의 분협紛頰이야 부끄럽다.
해 저문 문원文園의 상여相如의 병들을 얻어
호구 중금狐裘重衾15)의 겹풍曲風도 과도할샤
풍설風雪이 잠깐 자고 정제庭除가 고요커늘
헌창軒窓16)을 널리 열고 병안病眼을 높이 드니
만 리 건곤乾坤의 무한한 청산靑山이
엊그제 소년으로 백두옹白頭翁이 되었어라.
종남산終南山 맑은 남기嵐氣 쓸린 듯 하였으니
삼각산三角山 창취蒼翠는 뉘라서 감춘 말고.
아미蛾眉 검각劍閣의 파촉巴蜀이 어데메오.
설산雪山 진면목을 여기 와 다 볼러다.
어와 조화옹造化翁이 변화도 그지없다.
억만 창생蒼生을 사치케 하닷말가.
집마다 경실瓊室이요 섬마다 옥계玉階로세.
내 집도 찬란하니 거처는 좋다마는
선비게 과분하니 심중이 불안하다.
만가 천항萬街千巷의 경요瓊瑤17)가 낭자하되

---

14) 사방에 날리니 만 말의 소금을 헤아릴 듯.
15) 여우 가죽으로 지은 겹옷.
16) 마루방의 창.
17) 아름다운 구슬. 여기서는 눈을 비유한 말이다.

습유拾遺를 아니 하니 풍속도 좋을시고.

수레 띠의 흰 띠는 쌍으로 비끼 가고[18]

말발의 은잔銀盞[19]은 개개이 두렷하니

공장工匠의 성영인가 천하의 기재奇才로세.

공계空階 위에 새 자취는 야사 황대野寺荒臺의 창힐서蒼頡書[20]가 완연한 듯

석양 한천寒天에 날아드는 저 까마귀 눈빛을 더럴일샤

천지 만물 중의 네 홀로 유類다르니

소의 호상素衣皓裳으로 개복改服들 하였어라.

정변庭邊 대석大石은 백호白虎가 준좌蹲坐하니

이 비장李飛將[21] 보돗더면 오호궁烏號弓을 다랠낫다.[22]

고목古木의 늙은 가지 개개이 옥룡玉龍일세.

운우雲雨를 언제 얻어 벽공碧空에 오르려니

네 등을 잠깐 빌어 월중계月中桂를 꺾고자나

유흥幽興이 전심轉深하니 질병을 다 잊다.

학창의鶴氅衣를 잠깐 입고 청려장靑藜杖을 높이 짚어

바닥 없는 신을 신고 설리雪裏에 배회하니

맹영[23]이 있돗던들 나도 아니 신선이라 할 거이고

파교灞橋 건려蹇驢의 용견옹聳肩翁이 그 뉘런고.[24]

---

18) 수레가 눈 위로 지나간 것을 흰 띠로 비유한 것이다.

19) 말발굽 자국에 눈이 쌓인 것을 비유한 말.

20) 창힐의 글씨. 창힐은 글자를 처음 만들었다는 사람.

21) 한 무제 흉노를 토벌한 장군 이광李廣으로, 날래기로 이름나 '비장군飛將軍'이라 불렸다.

22) 활을 당겼으리라. '오호궁'은 활 이름.

23) 당나라 때 시인 맹호연孟浩然을 이르는 듯하다.

24) 맹호연이 눈 속에 당나귀를 타고 낙양으로 가다가 파교에서 시를 지었다고 한 데서 온 말이다. 맹호연이 당나귀를 타고 시를 읊조리는 모습을 형용하여 소식蘇軾이, "눈썹을 찌푸리고 산처럼 어깨를 옹그렸다."고 한 데서 '파교灞橋 건려蹇驢의 용견옹聳肩翁'이라는 말이 나왔다. '파교'는 장안 동쪽 파수灞水에 놓인 다리를 가리킨다.

천추 백대千秋百代 하의 지기인知己人은 아니로세.

남양南陽 와룡臥龍은 언건偃蹇도 할서이고[25]

중산中山 대이아大耳兒를 수고受苦케 하단 말가.[26]

날 같은 남양인南陽人도 대몽大夢을 선각先覺하니

일장 풍운一場風雲이 어느 해에 감회感會할꼬.

기와起臥를 달게 여긴 원씨자袁氏子[27]는 우습기 가이 없다.

아해야 덮지 마라 내 요체瑤砌[28] 추할세라.

도간陶侃의 목두설木頭屑[29]이 요긴은 하것마는

청치淸致는 바이 적다.

대설이 점점 쌓여 수유須臾에 몰경沒經하니[30]

몇 자이 왔단 말고 한 길이나 할 거이고

풍징豐徵은 내어 놓고 상서祥瑞가 그지없다.

구중九重의 기쁜 빛이 팔채八彩를 동하시니

옥후玉候의 평복平復하만 이 아니 기약할까.

부귀한 뉘 집들은 박산 훈로博山薰爐[31]를

좌우로 벌여 놓고 소금장消金帳[32] 하의

고양주羔羊酒를 기울여서 설한雪寒은 바이 잊고

난기煖氣가 여춘如春하니

---

25) 남양에서 잠자는 용, 곧 제갈량이 때를 기다리면서 높은 뜻을 굽히지 않음을 이르는 말이다.

26) 유비劉備. 유비는 귀가 남달리 컸다고 한다. 유비가 제갈량을 세 번이나 찾아간 것을 말한다.

27) 후한 말기 대대로 명문가였던 원씨 집안의 아들들. 조조에게 패한 원소袁紹나 원소의 아들들.

28) 옥섬돌. 곧 눈이 덮인 섬돌.

29) 진晉나라 때 장군 도간이 나무를 자르고 남은 토막을 모아 두었다가 눈이 녹아 질척해진 뜰에 깔았다는 고사에서 온 말이다.

30) 잠깐 사이에 길을 덮으니.

31) 박산의 모습을 넣어 만든 화로. 전설에, 바다 가운데 신선이 산다는 박산이란 산이 있는데, 산 모양이 연꽃 같다고 한다.

32) 금박을 한 휘장으로, 곱고 아름다운 휘장을 이르는 말.

어와 이 백성 다 같은 인생으로 고락苦樂이 천양天壤일세.

창산蒼山 백옥白屋에 누워서 달을 보고

걸인 적신乞人赤身은 거적이 백결百結일세.

어와 우리 성상聖上 심궁深宮에 측은惻隱하샤

주 목왕周穆王의 황죽가篁竹歌[33]를 한 곡조 불러내어

초 장왕楚莊王의 고庫를 열고 활민인정活民仁政 하시러니.

서산西山에 날이 지니 설의雪意가 호방한다.

가군家君이 입직入直하여 계방桂坊[34]에 계시거늘

한천寒天 풍설風雪의 소식이 어떠시니

초요岧嶢 금려禁廬[35]의 한기寒氣가 염려롭다.

풋잠을 잠깐 들어 한 꿈에 깨어나니

북궐北闕의 옥루玉漏 소리 사경四更이 거의로다

엄풍嚴風이 칼 같아여 흑운黑雲을 베어 내니

은하銀河 일대一帶는 만고萬古의 영영盈盈하여

뉘라서 받치관데 떨어질 줄 모르나니

중천中天에 밤이 들어 백옥반白玉盤이 소소 뜨니

천지는 개벽하되 섬광은 의구依舊하다.

상하가 호호晧晧하여 천지가 한빛인데

설색雪色 월광月光이 어네야[36) 낫단 말고.

장안長安의 팔만가八萬家를 낮같이 밝혔으니

옥을 묶었는 듯 은을 무었는 듯

벽해碧海의 신루蜃樓던가 동국東國의 설궁雪宮인가.

서광瑞光이 조요照耀하고 계영桂影이 파사婆娑하니[37)

---

33) 주나라 목왕이 사냥 나갔다가 추워서 얼어 죽은 사람을 보고 지었다는 노래.

34) 조선 시대 세자익위사의 다른 이름. 또는 세자가 있는 곳.

35) 높고 엄한 궁궐.

36) 어느 것이.

어와 이런 세계 또 언제 보았던가.

상계上界의 선거仙居라도 이에서 더할쏘냐.

표표飄飄한 상기爽氣는 병골病骨을 사맛차며

교교皎皎한 청휘淸輝는 두 눈에 바애인가.[38]

엊그제 덜 낸 흥을 오늘이야 득락得樂하자.

외연巍然히 옥난간에 의지하니

표연飄然 일신一身이 다만 칠 척뿐이로세.

초은사招隱詞[39]를 높이 읊어 왕자유王子猷[40]를 생각하니

고주孤舟로 재월載月하여 흥진興盡커늘

돌아오는 그 기상이 만고에 기특하다.

호호浩浩 장가長歌로 달더러 묻는 말이

오초吳楚 동남을 눈 아래 굽어보니

악양루岳陽樓 고소대姑蘇臺의 물색이 어떠하니.

능증崚嶒한 오악五岳은 만장萬丈 옥玉을 벌였으며

미망微茫한 제주齊州의 구점연九點烟[41]은 어데 가 숨었는고.

오늘밤 청상淸賞을 내게도 나눌쏘냐.

어이하면 섭선도사攝仙道士[42] 불러내어

은교銀橋를 다시 놓고 구소九霄에 능히 올라

인간에서 못 본 세계 천상天上의 장관壯觀하고

조화옹을 만나 보아 온갖 변화 물은 후에

---

37) 달그림자 부서지니.

38) 비치는가.

39) 세상을 피해 숨어 사는 은자를 노래한 시.

40) 진晉나라 때 명필 왕희지王羲之의 아들인 왕휘지王徽之로, 왕휘지가 눈 내리는 밤에 친구 대안
도戴安道가 생각나 배를 타고 홀연히 대안도 집 문 앞까지 갔다가 그냥 돌아왔다는 이야기가 전
한다.

41) '제주齊州'는 중국. 높은 하늘에서 굽어보면 중국의 구주九州가 아홉 점의 연기처럼 작다는 말이다.

42) 당나라 현종이 섭선도사의 인도를 받아 광한전에서 놀았다는 고사가 있다.

호마배胡麻杯[43]를 얻어내어 군산주君山酒[44]를 가득 붓고
왕모도王母桃[45]로 안주하여 북두선北斗仙[46]을 권한 후의
나 한 잔 부어 먹어 어한禦寒을 하자구나.
어한만 하잔 말가 불로인不老人이 되자구나.
어와 이내 몸이 천지天地의 장유壯遊를 아니 하고 무엇을 하잔 말고
이러구러 전전轉輾하여 몽매夢寐가 바이없네.
동창東窓이 욱욱旭旭하며 태양이 추미追尾하니
가가家家 첨하簷下의 빗소리는 무사 일고
내 한 말 가져다가 눈더러 이르나니
네 시절 언매치리 삼동三冬이 거의로다.
춘계 도리春溪桃李는 천시天時를 슬허하고
추풍秋風 백로白露는 일조一朝를 원망怨望하니
축융祝融[47]이 대로大怒하여 화륜火輪[48]을 바삐 모니
혁혁赫赫한 천지가 홍로중洪爐中에 들었어라.
천산 만곡千山萬谷의 네 얼굴 보려 한들 어데 가 얻으려니
인간 만사人間萬事들이 같음을 탄식한다.
전산前山을 바라보니 능설凌雪하는 저 소나무
사시四時에 울울하여 천고千古에 창창蒼蒼하니
초목 만물 중에 너 같은 이 또 뉘런고.
세모歲暮 심기心期는 창송蒼松에게 의탁하고
청시淸時의 높은 조調는 백설白雪에 비기노라.

---

43) 신선의 술잔.
44) 술 이름. 군산에서 신선이 마셨다는 술.
45) 선녀 서왕모가 가지고 와서 한 무제에게 바쳤다는 복숭아.
46) 북두칠성.
47) 불 또는 여름을 맡은 신.
48) 태양.

백구사白鷗詞

백구야 풀풀 날지 마라 너 잡을 내 아니로다.
임금이 버리시니 너를 쫓아 예 왔노라.
봄물 오른 버드나무 산수 경치 하 좋은데
흰 말 위에 금채찍 들고 꽃놀이 가 보세.
구름 자욱한 맑은 시내 복사꽃 붉고 버들 빛 푸른데
높고 깊은 만학천봉 쏟아지는 폭포수라
신선세계 별세상이 바로 여기로다.
높은 봉은 만 길이 되고 나무는 빼곡한데
푸른 대나무 푸른 소나무 높기를 다투고
명사십리에 해당화 붉게도 피어 있네.
꽃은 피어 절로 지고 잎은 피어 모진 바람에
뚝뚝 떨어져서 아주 펄펄 날아나니
근들 아니 좋을쏘냐.
바위 위에 다람쥐 기고 시냇가에 금자라 긴다.
조팝나무 가지 위에 피죽새 소리며
함박꽃에 날아든 벌 몸은 둥글고 발 적어서
동풍 건듯 불 때마다 제 몸을 못 이겨
이리로 접두적 저리로 접두적
너훌너훌 춤을 추니 근들 아니 좋을쏘냐.
황금 같은 꾀꼬리는 버들 사이로 오고 가고

백운 같은 흰 나비는 꽃을 보고 반기어
두 나래 펼치고 날아든다 떠 들어온다.
까맣게 종고리같이 별같이 달같이
아주 펄펄 날아드니 이 아니 좋은가.

원문

백구白鷗야 풀풀 나지 마라 너 잡을 내 아니로다.
성상聖上이 버리시니 너를 좇아 예 왔노라.
오류 춘광五柳春光[1] 경景 좋은 데 백마금편白馬金鞭 화류화유花遊 가자.
운심벽계雲深碧溪 도화홍桃花紅 유록柳綠한데
만학천봉萬壑千峰 비천사飛川瀉라.
호중천지壺中天地 별건곤別乾坤[2]이 여기로다.
고봉만장高峰萬丈 청개울靑蓋鬱한데 녹죽창송綠竹蒼松이 높기를 다퉈
명사십리明沙十里에 해당화海棠花 붉어 있다.
꽃은 피어 절로 지고 잎은 피어 모진 광풍에
뚝뚝 떨어져서 아주 펄펄 날아나니 근들 아니 경景일러냐.
바위 암상岩上에 다람이 기고 시내 계변溪邊에 금자라 긴다.
조팝낡에 피족새 소리며
함박꽃에 벌이 나서 몸은 둥글고 발은 적어서

---

1) 버드나무 우거진 봄 경치. '오류五柳'는 도잠陶潛이 버드나무 다섯 그루를 심어 놓고 스스로 '오류선생'이라 한 데서 온 말이다.
2) 후한의 비장방費長房이란 사람이 저자에서 약장사 노인이 항아리 속으로 들어가는 것을 보았다. 비장방이 노인에게 청해 항아리 속에 같이 들어가 보니, 그 안에 훌륭한 집이 있고 술과 안주가 그득했다고 한다.

제 몸을 못 이겨 동풍東風 건듯 불 제마다
이리로 접두적 저리로 접두적
너흘너흘 춤을 추니 근들 아니 경景일러냐.
황금 같은 꾀꼬리는 양류楊柳 사이로 왕래하고
백운白雲 같은 흰나비는 꽃을 보고 반기어서
두 나래 펼치고 날아든다 떠든다.[3]
까맣게 종고랗게[4] 별같이 달같이
아주 펄펄 날아드니 근들 아니 경景일런가.

---

3) 떠서 들어온다.
4) 종고리같이.

유산가遊山歌

봄성 위에 무르녹는 꽃향기 가득 뿜누나.
때 좋다 벗님네야 산천경개 구경 가세.
대나무 지팡이에 짚신을 걸쳐 신고
도시락과 표주박을 허리춤에 꿰차고
산수 절경 천리강산으로 들어가니
온 산의 꽃들이 한 해 한 번 다시 피어
봄빛을 자랑느라 색색이 붉었구나.
푸른 숲 대나무 울울창창하고
아름다운 풀과 꽃 나부끼는 여기저기
꽃 속에 잠든 나비 자취 없이 날아든다.
버들 위에 꾀꼬리 나니 조각조각 금인 듯
꽃 사이에 나비 춤추니 풀풀 나는 눈인 듯
이 아니 좋을쏜가 봄 석 달 좋은 시절
복사꽃 활짝 피어 점점이 붉었구나.
고기잡이배 물을 따라 봄 경치를 즐기니
무릉도원이 바로 예 아니냐.
버들의 가는 가지 올올이 푸르고
황산 골안이 봄 한때 만났으니

■ '유산가'는 가사의 운율을 자유롭게 씀으로써 자유분방한 율조를 보여 준다.

도연명의 다섯 그루 버드나무 이 아니냐.

제비는 물을 차고 기러기는 무리 져서

천리강산 머나먼 길 어이 갈꼬 슬피 운다.

먼 산은 첩첩 큰 산은 주춤

기암은 칭칭 장송은 낙락

에이 구부러져 광풍에 흥겨워

우줄우줄 춤을 춘다.

층암절벽 위에 폭포수는 쾅쾅 구슬발을 드리운 듯

이 골물이 주루룩 저 골물이 솰솰

열의 열 골물이 한데 합수하여

천방져 지방져 소쿠라지고 펑퍼져

넌출지고 방울져 저 건너 병풍석으로

우르릉 콸콸 흐르는 물결이 옥같이 흩어지니

소부巢父 허유許由 문답하던 기산箕山 영수穎水 예 아니냐.

두견새의 울음은 천고 절개를 지킴이요

소쩍새의 울음은 한 해 풍년을 이름이라.

해돋이 붉은 노을 눈앞에 벌어져

경개 무궁 좋을시고.

원문

화란춘성花爛春城하고 만화방창萬和方暢이라.

때 좋다 벗님네야 산천경개山川景槪를 구경 가세.

죽장망혜竹杖芒鞋 단표자單瓢子로 천 리 강산 들어를 가니

만산 홍록滿山紅綠들은 일년 일도一年一度 다시 피어
춘색春色을 자랑노라 색색이 붉었는데
창송취죽蒼松翠竹은 창창울울蒼蒼鬱鬱하고
기화요초奇花瑤草 난만 중에 꽃 속에 잠든 나비
자취 없이 날아든다.
유상앵비柳上鶯飛는 편편금片片金이요 화간접무花間蝶舞는 분분설紛紛雪이라.
삼춘가절三春佳節이 좋을시고 도화만발桃花滿發 점점홍點點紅이로구나.
어주축수 애산춘漁舟逐水愛山春이어든 무릉도원武陵桃源이 예 아니냐.
양류세지 사사록楊柳細枝絲絲綠하니 황산곡리 당춘절黃山谷裏當春節이라.
연명淵明 오류五柳[1]가 예 아니냐.
제비는 물을 차고 기러기는 무리 져서
천 리 강산 머나먼 길에 어이 갈꼬 슬피 운다.
원산遠山은 첩첩 태산泰山은 주춤 기암奇巖은 층층 장송長松은 낙락
에이 구부러져 광풍狂風에 흥을 겨워 우줄우줄 춤을 춘다.
층암 절벽상에 폭포수는 콸콸 수정렴水晶簾 드리운 듯
이 골물이 주루룩 저 골물이 솰솰
열의 열 골물이 한데 합수合水하여
천방져 지방져 소쿠라지고 펑퍼져
넌출지고 방울져 저 건너 병풍석屛風石으로
으르렁 콸콸 흐르는 물결이 은옥銀玉같이 흩어지니
소부 허유巢父許由 문답하던 기산箕山 영수潁水가 예 아니냐.[2]
가각 제금啼禽은 천고절千古節이요 적다 정조鼎鳥는 일년풍一年豊이라.[3]
일출 낙조가 눈앞에 벌어나 경개 무궁 좋을시고.

---

1) 도연명이 문 앞에 버드나무 다섯 그루를 심은 일을 가지고 말한 것이다.
2) 소부와 허유는 요 임금 때의 숨은 선비들. 여기서는 맑은 물을 소부와 허유의 고사에 비유한 것이다.
3) '가각' 하고 우는 새의 울음은 천고의 절개를 지킴이요, '솥 적다' 하고 우는 새의 울음은 한 해의
   풍년을 가져온다는 뜻이니, 두견새와 소쩍새를 두고 말한 것이다.

용부가庸婦歌

흉보기도 싫다마는 저 부인의 거동 보소.
시집간 지 석 달 만에 시집살이 심하다고
친정에 편지하여 시집 흉을 잡아내네.
게염할사 시아버지 암상할사 시어머니
고자질에 시누이와 엄숙하기 맏동서라.
요사스런 아우동서 여우 같은 시앗년에
드세도다 남녀 노복 들며 나며 흠잡기에
남편이나 믿었더니 그도 역시 짜고 들어
곧이듣게 되었어라.
여기저기 사설이요 구석구석 모함이라.
시집살이 못 하겠네 간수병을 기울이고
치마 쓰고 내닫기와 봇짐 싸고 도망질에
오락가락 못 견디어 여승이나 따라갈까.
들구경이나 해 볼까 나물이나 뜯어 볼까.
담뱃대가 벗님이요 점치기로 날 보낸다.
겉으로는 시름이요 속으로는 딴생각에
몸치장 일을 삼고 털뽑기가 세월이라.

- '초당 문답가' 는 모두 열두 편인데 여기서는 '용부가(게으른 며느리의 노래)' '우부가(어리석은
  사나이의 노래)' '백발탄(늙음을 한탄함)' 의 세 편만 실었다.

시부모 한마디에 말대답을 풍덩풍덩
남편이 걱정하면 뒤받아 맞녁수라.
들구나니 초롱꾼에 팔자나 고쳐 볼까.
양반 자랑 모두 하며 술집이나 차려 볼까.

남문 밖 뺑덕어미 천성이 저러한가.
배워서 그러한가 본 것 없이 자라나서
여기저기 무릎맞춤 싸움질로 세월이며
나가면 말전주요 들면은 음식 공론
조상 제사 아니하고 불공하기 일삼을 제
무당 소경 푸닥거리 의복가지 다 내주고
남편 모양 볼작시면 삽살개 뒷다리요
자식 거동 볼작시면 털 벗은 솔개미라.
엿장수야 떡장수야 아이 핑계 다 부르고
물레 앞에 선하품과 씨아 앞에 기지개라.
이야기책 소일에 음담패설 일삼는다.
이 집 저 집 이간질과 모함 잡고 똥 먹이기
세간은 줄어가고 걱정은 늘어간다.
치마는 넓어가고 허리통은 길어간다.
총 없는 헌 짚신에 어린 자식 둘쳐업고
혼인 장사 집집마다 음식 얻기 일을 삼고
아이 싸움 어른 싸움 남의 죄에 매 맞히기
까닭 없이 성을 내고 예쁜 자식 두드리며
며느리를 쫓았으니 아들은 홀아비라
딸자식을 데려오니 남의 집은 결단이라

두 손뼉을 마주 치며 대성통곡 괴이하다.
무슨 꼴로 생트집에 머리 싸고 드러눕기
무식한 사람들아 저 거동을 자세 보고
그른 일을 알았거든 고치기에 힘을 쓰소.
옳은 말을 들었거든 실행하기 일삼으소.

원문

흥보기도 싫다마는 저 부인의 거동 보소.
출가出嫁한 지 석 달 만에 시집살이 심하다고
친정에 편지하여 시집 흉을 잡아내네.
게염할사 시아버니 암상할사 시어머니
고자질에 시누이와 엄숙하기 맏동서라.
요악妖惡한 아우동서 여우같은 시앗년에
드세도다 남녀노복男女奴僕 들며나며 흠구덕에
남편이나 믿었더니 십벌지목十伐之木[1] 되었에라.
여기저기 사설이요 구석구석 모함이라.
시집살이 못 하겠네 간수병을 기울이며
치마 쓰고 내닫기와 봇짐 싸고 도망질에
오락가락 못 견디어 여승이나 따라갈까.
들구경 하여 볼까 나물이나 뜯어볼까.
긴 장죽長竹이 벗님이요 문복問卜하기 소일消日이라.
겉으로는 시름이요 속으로는 딴생각에

---

1) 열 번 찍어 넘어가지 않는 나무 없다고, 곁에서 여러 번 말하면 곧이듣게 된다는 뜻.

반분대半粉黛[2]로 일을 삼고 털뽑기가 세월이라.
시부모가 경계警戒하면 말 한마디 지지 않고
남편이 걱정하면 뒤받아 맞넉수라.
들구나니 초롱꾼[3]에 팔자나 고쳐 볼까.
양반 자랑 모두 하며 색주가色酒家나 하여 볼까.
남문 밖 뺑덕어미 천성이 저러한가.
배워서 그러한가 본데없이 자라나서
여기저기 무릎맞춤 싸움질로 세월이며
나가면 말전주요 들면은 음식 공론
제 조상은 젖혀놓고 불공佛供하기 위업爲業이라.
무당 소경 푸닥거리 의복가지 다 내주고
남편 모양 볼작시면 삽살개 뒷다리요
자식 거동 볼작시면 털 벗은 솔개미라.
엿장수야 떡장수야 아이 핑계 거르지 않고
물레 앞에 선하품과 씨아 앞에 기지개라.
이야기책 소일에 음담패설 일삼는다.
이집 저집 이간질로 모함 잡고 똥 먹이며
세간은 줄어가고 걱정은 늘어간다.
치마는 절러가고 허리통이 길어간다.
총 없는 헌 짚신에 어린 자식 둘쳐업고
혼인 장사葬事 집집마다 음식 추심 일을 삼고
아이 싸움 어른 쌈에 남의 죄에 매 맞히기
까닭 없이 성을 내고 이쁜 자식 두드리며
며느리를 쫓았으니 아들은 홀아비라.

---

2) 엷게 화장하면서 눈썹을 살짝 올려 그리는 것.
3) 밤길을 갈 때 불을 비쳐 주는 사람.

딸자식을 데려오니 남의 집은 결단이라.
두 손뼉을 두드리며 방성대곡 괴이하다.
무슨 꼴에 생트집에 머리 싸고 드러눕기
무식한 창생들아 저 거동을 자세 보고
그른 일을 알았거든 고칠 개改 자 힘을 쓰소.
옳은 말을 들었거든 행하기를 위업하소.

우부가愚夫歌

내 말씀 미친 말인가 저 화상을 구경하세.
남촌 한량 개똥이는 부모덕에 편히 놀고
호의호식 무식하고 미련하고 어리석네.
눈은 높고 손은 커서 가량없이 주제넘어
유행 따라 의관하고 남의 눈만 위하누나.
봄날 종일 낮잠 자기 아침저녁 반찬 투정
매팔자[1]로 무상출입 늘상 취해 게트림과
이리 모여 놀음 놀기 저리 모여 투전질에
기생첩 살림하고 오입쟁이 친구로다.
사랑에는 조방꾼[2] 안방에는 늙은 할미
조상 팔아 젠체하고 세도 구멍 기웃기웃
눈치 보아 뇌물 주기 재산을 까불리고
허욕으로 장사하기 남의 빚이 산더미라.
내 무식은 생각 않고 어진 사람 미워하고
후할 데는 박하여서 한 푼 돈에 땀이 나고
박할 데는 후하여서 수백 냥이 헛것이라.
출중한 이 미워하니 몹쓸 자들 모여든다.

---

1) 매가 제 마음대로 날아다니듯 집안 살림을 돌보지 않고 놀기만 하는 편한 팔자.
2) 놀음판에서 심부름을 하거나 여자를 소개하며 다니는 사람.

내 몸에 이로울 때는 남의 말을 탄하지 않고
친구들은 좋아하며 제 일가는 멀리하며
병날 노릇 모두 하고 인삼 녹용 몸 보하기
주색잡기 일삼으며 돈 주정을 무진 하네.
부모 조상 생각 않고 일가친척 구박하며
내 인사는 나중이요 남의 흠만 잡아낸다.
내 행세는 개차반에 말주머니 짊어지고
없는 말도 지어내고 시비질에 선봉이라.
날 데 없는 돈 물 쓰듯
윗돌 빼서 아래 고이고 아랫돌 빼어서 위를 고이니
손님은 빚쟁이요 인류 의리 나 몰라라.
잇속이 제일이라 돈 날 노릇 하여 보세.
논밭 팔아 이리저리 돌아가며 변돈 주기
분묘 옆의 나무 베어 태연하게 장사하기
서책 팔아 빚 주기와 동네 사람 부역이요
먼 데 사람 행악이며 잡아오라 꿇어앉혀라
제가 손수 몽둥이질 전당 잡고 세간 뺏기
묶어 놓고 소 뺏기 불호령에 닭 뺏기
여기저기 간 곳마다 인심을 잃겠구나.
사람마다 도적이라 원망하는 소리로다.

산소나 옮겨 볼까 이사나 하여 볼까.
집안 세간 다 팔아도 가난살이 내 팔자라
종손 핑계 위전位田 팔아 투전질이 생애로다.
제사 핑계 제기祭器 팔아 마음대로 처리하니

관가에 붙잡히어 동네 시비 일어난다.
뉘라서 돌아볼까 외로운 몸 되단 말가.
가련타 저 인생이 하루아침에 거지 되네.
대모관자玳瑁貫子 어디 가고 물렛줄은 무삼 일고.
통영갓은 어디 가고 헌 삿갓에 통모자라.
술 취하여 못 먹던 밥 달력 보아 밥 먹는다.
육포 안주 어디 가고 씀바귀를 단꿀 빨듯
소주는 어디 가고 모주 한 잔 어려워라.
울타리가 땔나무요 동네 소금 반찬일세.
틀을 짜고 바른 반자 장지문이 어디 가고
벽 떨어진 단칸방에 거적자리 열두 닢에
호적 종이로 문 바르고 신주보가 갓끈이라.
좋은 말은 어디 가고 앞뒤 하인 어디 간고.
석새짚신 지팡이에 정강말3)이 제격이라.
비단 버선 비단신이 뒤축 닳아 질질 끌고
비단 주머니 열여섯 끈 화류 거울 어디 가고
버선목 주머니에 삼노끈 꿰어 차고
돈피 배자 담비 휘항 비단 두루마기 어디 가고
동지섣달 삼베옷에 삼복달임 바지 거죽
궁둥이는 울근불근 옆걸음질 병신 같네.
담배 없는 담뱃대를 소일조로 손에 들고
어슥비슥 다니면서 남의 문전 걸식하며
돌림병 제사 핑계 야속하다 동네 인심.

---

3) 아무것도 타지 않고 두 발로 걷는 것을 말한다.

원망할사 팔자 타령 저 건너 꽁생원은
제 아비의 덕분으로 돈천이나 가졌더니
술 한잔 밥 한술을 친구 대접 하였던가.
주제넘게 아는 체로 음양 술수 혹하여서
이사도 자주 하고 무덤도 자주 옮겨
당대에 복이 터질 산소자리 찾아가며
올 적 갈 적 길가 위에 처자식을 흩어 놓고
서로 돕지 아니하고 공것만 바라누나.
남을 속여 먹자 하니 두 번째는 아니 속고
공금 훔쳐 쓰자 하니 일갓집에 부자 없네.
공짜를 바라면서 경향京鄕 없이 싸다니며
재상가에 청질하다 봉변하고 물러서고
남의 마을 구걸 가서 야경꾼 만나 쫓겨오고
혼인 중매 예단 돈에 무안당해 뺨 맞으며
문서 흥정 구문 받다 핀잔맞고 자빠지기
잘못하고 생떼 쓰며 위조문서 송사질
부자나 속여 볼까 감언이설 꾀어 볼까.
둑막이며 보막이며 은점이며 금점이며
큰길가에 술집이며 놀음판에 개평 떼기
남북촌에 뚜쟁이로 사람 불러 끌어 볼까.
산진매 수진매에 사냥질로 놀러 갈 제
대종손 양반 자랑 산소나 팔아 볼까.
아낙네는 친정살이 자식들은 머슴살이
일가의 눈흘김에 친구들 손가락질
행처 없이 나가더니 소문이나 들었던가.

산 너머 깡생원 그야말로 천치로다.
거들먹거리며 흰소리 대장부의 결기로다.
동네 어른 몰라보고 멸시하고 욕하기
의관 찢고 사람 치고 맞았다고 떼 쓰기와
남의 집 산소에 몰래 장사 지내고
친척집 소 팔아먹고 주먹다짐 일쑤로다.
부잣집엔 아첨하고 친한 사람 이간질과
월숫돈 일숫돈에 장날마다 변돈 받기
부모에겐 몹쓸 행실 투전꾼은 좋아하여
손목 잡고 술 권하며 형제처럼 지내면서
제 처자는 몰라보고 딴 계집은 정표 주며
자식 노릇 못 하면서 제 자식은 귀히 알며
며느리는 들볶으며 봉양 잘못 호령한다.
기둥 베고 벽 떨어라 천하 난봉 자칭하니
주리 틀려 경친 것을 옷을 벗고 자랑하며
술집이 안방이요 투전방이 사랑이라.
늙은 부모 병든 처자 손톱발톱 젖혀 가며
잠 못 자고 길쌈한 것 술내기로 장기 두고
부모가 걱정하면 와락 달아 부르대고
아낙네가 사설하면 밥상 치고 계집 치기
도망산에 뫼를 썼나 저녁 굶고 또 나간다.
포청 귀신 되었는지 들도 보도 못 할레라.

원문

내 말씀 광언狂言인가 저 화상을 구경 하세.

남촌南村 한량 개똥이는 부모덕에 편히 놀고

호의호식好衣好食 무식하고 미련하고 용통庸恫하여

눈은 높고 손은 커서 가량없이 주제넘어

시체時體 따라 의관하고 남의 눈만 위하것다.

장장춘일長長春日 낮잠 자기 조석으로 반찬 투정

매팔자로 무상출입 매일 장취長醉 게트림과

이리 모여 놀음 놀기 저리 모여 투전질에

기생첩 치가治家하고 외입쟁이 친구로다.

사랑에는 조방꾼이 안방에는 노구老嫗 할미

명조상名祖上을 떠세하고 세도勢道 구멍 기웃기웃

염량炎凉 보아 진봉進奉하기[1] 재업財業을 까불리고

허욕으로 장사하기 남의 빚이 태산이라.

내 무식은 생각 않고 어진 사람 미워하기

후할 데는 박하여서 한 푼 돈에 땀이 나고

박할 데는 후하여서 수백 냥이 헛것이라.

승기자勝己者를 염지厭之하니 반복소인反覆小人 허기진다.

내 몸에 이利할 데로 남의 말을 탄하지 않고

친구 벗은 좋아하며 제 일가는 불목不睦하며

병날 노릇 모두 하고 인삼녹용 몸 보補하기와

주색잡기 모두 하여 돈 주정을 무진하네.

부모 조상 돈망頓忘하며 일가친척 구박하며

내 인사는 나중이요 남의 흠만 잡아낸다.

---

1) 재물을 바침.

내 행세는 개차반에 경계판을 짊어지고[2]
없는 말도 지어내고 시비에 선봉이라.
날 데 없는 용전여수用錢如水 상하탱석上下撑石[3] 하여 가니
손님은 채객債客이요 윤의倫義는 나 몰라라.
이利 구멍이 제일이라 돈 날 노릇 하여 보세.
전답 팔아 변돈 주기 구목邱木[4] 베어 장사하기
서책 팔아 빚 주기와 동네 사람 부역賦役이요
먼 데 사람 행악行惡이며 잡아오라 꺼물려라[5]
자장격지自將擊之 몽둥이질 전당典當 잡고 세간 뺏기
살 결박結縛[6]에 소 뺏기와 불호령에 솥 뺏기와
여기저기 간 곳마다 적실인심積失人心 하것구나.
사람마다 도적이요 원망하는 소리로다.
산소나 옮겨 볼까 이사나 하여 볼까.
가장家藏을 다 팔아도 상팔십上八十[7]이 내 팔자라.
종손宗孫 핑계 위전位田 팔아 투전질이 생애로다.
제사 핑계 제기祭器 팔아 관재 구설官災口舌[8] 일어난다.
뉘라서 돌아볼까 독부獨夫가 되단 말가.
가련타 저 인생이 일조에 걸객乞客이라.
대모관자玳瑁貫子 어데 가고 물렛줄은 무삼 일고.
통영 사립統營絲笠 어데 가고 헌 파립破笠에 통모자라.

---

2) 자신은 개차반이면서 남의 시비를 가린다고 나서는 것을 '경계판을 짊어졌다'고 표현한 것이다.
3) 윗돌 빼서 아래에 고이고 아랫돌 빼서 위에 고이는 것.
4) 무덤 둘레에 심은 나무로, 함부로 손대서는 안 된다.
5) 꿇어앉혀라.
6) 옷을 벗기고 맨몸을 묶는 것.
7) 강태공이 낚시질을 하며 여든 살까지는 가난하게 살고 그 뒤 팔십 년은 출세하여 부귀하게 살았다는 데서 온 말로, 가난한 것을 말한다.
8) 관가에 잡히고 남의 시빗거리가 되는 것.

주체酒滯로 못 먹던 밥 책력 보아 밥 먹는다.

약포육藥脯肉은 어데 가고 씀바귀를 단꿀 빨 듯

죽력고竹瀝膏 어데 가고 모주 한잔 어려워라.

울타리가 땔나무요 동네 소금 반찬일세.

각장장판角壯章板 소라반자 장지문이 어데 가고

벽 떨어진 단칸방에 거적자리 열두 닢에

호적戶籍 종이 문 바르고 신주神主褓가 갓끈이라.

은안준마銀鞍駿馬 어데 가며 선후 구종驅從 어데 간고.

석새짚신 지팽이에 정강말이 제격이라.

삼승 보선 태사혜太史鞋⁹⁾가 끄레발¹⁰⁾이 불쌍하고

비단주머니 십육사十六絲 끈 화류면경樺榴面鏡 어데 가고

보선목 주머니에 삼노끈 꿰어 차고

돈피 배자 담비 휘양 능라 주의綾羅周衣 어데 가고

동지섣달 베창옷에 삼복 다림 바지 거죽

궁둥이는 울근불근 옆걸음질 병신같이

담배 없는 빈 연죽煙竹을 소일消日조로 손에 들고

어슬비슥 다니면서 남의 문전 걸식하며

역질 핑계 제사 핑계 야속하다 동네 인심.

원망할사 팔자타령 저 건너 꼼생원은

제 아비의 덕분으로 돈천이나 가졌더니

술 한잔 밥 한술을 친구 대접 하였던가.

주제넘게 아는 체로 음양술수 탐호貪好하여

천장遷葬도 자주 하며 이사도 힘을 쓰고

당대當代 발복發福 구산求山하기 피란避亂 곳 찾아가며

---

⁹⁾ 비단이나 가죽으로 만든 남자 신.

¹⁰⁾ 신을 질질 끌고 다니는 모양.

올 적 갈 적 행로상行路上에 처자식을 흩어놓고
유무상조有無相助 아니 하고 공한 것만 바라겄다.
기인취물欺人取物 하자 하니 두 번째는 아니 속고
공납범용公納犯用 하자 하니 일갓집에 부자 없고
뜬재물을 경영經營하고 경향京鄕 없이 싸다니며
재상가宰相家에 청請질하다 봉변하고 물러서고
남의 골에 걸태乞駄¹¹⁾ 갔다 혼금閽禁에 쫓겨와서
혼인중매 선채先綵¹²⁾ 돈에 무렴 보고¹³⁾ 뺨 맞으며
가대문서假代文書 구문口文 먹다 핀잔먹고 자빠지기
불의행세不義行世 찌그렁이¹⁴⁾ 위조문서 비리호송非理好訟
부자나 후려 볼까 감언이설 꾀어 보세.
언堰막이며 보洑막이¹⁵⁾며 은점銀店이며 금점金店이며
대로변大路邊에 색주가며 놀음판에 푼돈 떼기
남북촌에 뚜쟁이로 인물초인人物招引¹⁶⁾ 하여 볼까.
산진매 수진매에 사냥질로 놀아나기
대종손大宗孫 양반 자랑 산소나 팔아 볼까.
아낙은 친정살이 자식들은 고공살이
일가의 눈이 희고 친구의 손가락질
부지거처不知去處 나가더니 소문이나 들었던가.
산 너머 깡생원 그야말이 하우下愚로다.

---

11) 벼슬아치로 있는 친척을 찾아가서 구걸하는 것.
12) 혼례를 하기 전에 신랑 집에서 신부 집으로 채단綵緞을 보내는 것.
13) 무안 당하고.
14) 남에게 생떼를 쓰는 사람.
15) '언堰막이'는 논에 물을 대려고 방죽을 막는 것, '보洑막이'는 논에 물을 대려고 냇물을 가로막는 것.
16) 사람 유혹하기.

거들어서 흰 말 자랑 대장부의 결기로다.
동네 존장尊長 몰라보고 이소능장以少凌長 욕하기와
의관衣冠 파열破裂 사람 치고 맞았다고 떼쓰기와
남의 과부 동여 오고 투장偸葬 간 곳 청병請兵하기
친척집의 소 끌기와 주먹다짐 일쑤로다.
부잣집에 긴한 체로 친한 사람 이간질과
월숫돈 일숫돈에 장변리場邊利 장체계場遞計[17]며
제 부모에 몹쓸 행사 투전꾼은 좋아하여
여약형제如若兄弟 노닐면서 손목 잡고 술 권하며
제 처자는 몰라보고 노류장화路柳墻花 정표 주며
자식 노릇 못 하면서 제 자식은 귀히 알며
며느리는 들볶으며 봉양 잘못 호령한다.
기둥 베고 벽 떨어라 천하 난봉 자칭하니
주리 틀려 경친 것을 옷을 벗고 자랑하며
술집이 안방이요 투전방이 사랑이라.
늙은 부모 병든 처자 손톱발톱 젖혀지며
잠 못 자고 길쌈한 것 술내기로 장기 두고
부모가 걱정하면 와락 달아 부르 대어
아낙이 사설하면 밥상 치고 계집 치기
도망산에 뫼를 썼나 저녁 굶고 또 나간다.
포청捕廳 귀신 되었는지 들도 보도 못 할레라.

---

17) '장변리'는 장날마다 이자가 붙은 것에 또다시 이자를 붙이는 변돈, '장체계'는 장날마다 본전의 일부와 이자를 받는 것.

백발탄白髮歎

봄 날씨 노곤하여 초당에 누웠다가
세상일을 아주 잊고 술 취한 듯 못 깨더니
정신이 혼곤하여 단꿈 꾸며 잠이 들 제
문 앞에 한 노인이 양식 달라 구걸하니
의복이 남루하고 용모가 초췌하며
행색도 수상하고 모양조차 괴이하다.
뉘 탓으로 늙었는지 근력 없다 탄식하고
무슨 공명 하였는지 꼬락서니 해괴하다.
남의 말 참례하며 동문서답 가소롭다.
귀먹은 핑계하고 딴전이 일쑤로다.
정강이를 볼작시면 비수처럼 날이 서고
팔다리를 볼작시면 버들인 양 흔들흔들
아래턱은 코를 차고 무르팍은 귀를 넘고
어린 체를 하려는지 콧물조차 훌쩍이며
뉘와 이별하였는지 눈물은 웬일인고.
등짐장사 하려는가 지팡이는 왜 짚었노.
떡가루를 치려는가 체머리는 왜 흔드노.
좋은 술에 취하였나 비척걸음 가관이다.
고기가 없으면 밥맛 없다 노래하며
허튼 말을 하고 나서 먹고 싶어 침 넘기고

비단옷이 따뜻하다 유식한 체 뽐을 내도
아무거나 입으려고 여기저기 살피누나.
이름은 무엇이며 사는 곳은 어드메뇨.
보아하니 양반 명색 무슨 노릇 못 하여서
남의 농사 아주 믿고 문전걸식 어이하노.
저 노인 거동 보소 신세 타령 기막혀라.

여보소 주인네야 거지 손을 웃지 마소.
젊어서 허랑하면 이러한 이 나뿐일까.
나도 본디 양반으로 지체도 남만 하고
세간붙이 넉넉하고 인물도 잘났더니
팔다리가 성하면은 무슨 일을 겁을 낼까.
우리도 청춘 시절 부모덕에 편히 자라
집에서 날짐승 길짐승도 길들이며
춘하추동 좋은 세상 꿈결같이 다 보냈네.
매양 그러할 줄 알고 먹고 입고 편히 자라
도리를 못 닦으니 행실이 무엇인고.
옛글을 던졌으니 옳은 일을 그 뉘 알리.
이런저런 오입쟁이 길가에서 잠깐 만나
늘 함께 다녀 앞서거니 뒤서거니
꽃 핀 아침 달 뜬 저녁 단청집에 때맞추어
주육진찬 다 갖추고 친구 모아 노닐 적에
한두 잔 서너 배에 몇 순배나 돌아갔노.
기생집을 사랑 삼아 여중일색 희롱이라.
못난이 선비들이 글을 읽어 무엇 하노.

허덕이는 농부들은 밭을 갈아 무엇 하노.
옷 걱정 하지 마라 가여운 여인들아
손가락 까딱 안 해도 옷 잘 입는다.
은안장에 흰 말 타고 지는 꽃들 밟았으니
인제는 어떡할꼬 어디 가서 놀아 볼꼬.
잡기도 하려니와 오락인들 없을쏘냐.
양금 퉁소 세피리로 풍악 잡혀 춤출 적에
오동추야 명월천과 낙양 춘색 벽도화를
차례로 늘어앉혀 재주 따라 불러낼 제
듣기 좋은 권주가는 장진주將進酒로 화답하고
흥치 좋은 양양가襄陽歌는 백구사白鷗詞로 화답하고
다정한 춘면곡春眠曲은 상사별곡相思別曲 화답하고
한가한 처사가處士歌는 어부사漁父詞로 화답하고
화창한 여민락與民樂은 남풍南風 시로 화답하고
처량한 노승가老僧歌는 황계黃鷄타령 화답이라.
청아한 죽지사竹枝詞는 낙빈가樂貧歌로 병창하고
허탕한 길꾸낙은 매화가梅花歌로 화답하고
구색친구 삼색 벗과 곁들어서 놀아날 제
길고 짧은 옳고 그른 시비 결정 따지면서
호주탐색 좋은 투전 오늘이야 내일이야
우리 청춘 한평생을 그 뉘 아니 믿었으리.
늙어지면 그만임은 풍월 중에 진담이요
칠십 살기 드물다는 말 옛사람이 이른 바라.
삼천갑자 동방삭도 하늘에서 내렸는가.
팔백 세 장수함은 고금 이후 또 없으며

우물가에 낙엽 지고 봄바람이 날 속인다.
육십갑자 꼽아 보니 팔구에 둘이 없네.
백 년 삼만 육천 일이 한바탕 꿈 아니런가.
청춘이 어제러니 백발이 시작되어
소문 없이 오는 서리 귀밑을 재촉하니
슬프다 이 흰머리 언제 온 줄 모르겠다.
부모처자 가난 살림 오막살이 하던 땐가.
엄동설한 이 세상에 부귀공명 하던 땐가.
천리타향 객의 수심 등잔 앞에 앉던 땐가.
뒤척이며 잠 못 들어 고향 생각 하던 땐가.
팔 년 동안 난리 중에 온 세상을 돌던 땐가.
무정한 세월이 흐르는 물 같아
애달프다 우리 절로 이렇듯이 늙었으니
어화 청춘 소년들아 고운 얼굴 자랑 마라.
덧없이 가는 세월 넌들 하냥 젊을쏘냐.
우리도 소년 적에 풍신이 이렇던가.
꽃같이 곱던 얼굴 검버섯이 절로 나고
백옥같이 희던 살이 황금같이 되었으며
삼단같이 검던 머리 다박솔이 되었으며
달같이 밝던 눈이 반소경이 되었으며
청산유수 같던 말이 반벙어리 되었으며
전일에 밝던 귀가 비바람이 몰아치며
단번에 천 리 걷던 걸음 상투 끝이 먼저 가고
살대같이 곧던 허리 길마가지 비슷하다.
선 수박씨 같던 이가 목탁 속이 되었으며

단사같이 붉던 입술 외 밭고랑 되었구나.
있던 재산 도망하고 맑은 총명 간데없네.
말이 없이 묵묵하니 도를 닦는 노승인가.
자식 보고 공갈하면 구석구석 울음이요
옳은 훈계 대접해서 한단 말이 망령이라.
어이 아니 한심하랴 밝은 대낮 빨리 가니
세월이 지날수록 늙을밖에 하릴없다.
인생 한번 늙어지면 젊어지지 못하리라.
인생 한번 늙어지면 늙을 노老 자뿐이로다.
진나라 때 불사른 책 타지 않고 남아 있어
편작扁鵲의 솜씨로도 백발 검게 못 하였네.
삼신산 간 동남동녀 돌아온지 뉘 들은고.
불사약 어디 있고 불로초 보았는가.
이리저리 헤아리면 인력으로 못 하리라.
가는 청춘 뉘 막으며 오는 백발 뉘 없앨까.
진시황 한 무제도 변통할 길 없었으니
위엄으로 쫓을진대 헌원씨가 아니 늙고
용맹으로 막을진대 여덟 장사 아니 늙고
도술로 막을진대 강태공이 아니 늙고
전법으로 막으려면 손빈이가 늙었으며
긴 창으로 찌르려면 조자룡이 아니 늙고
인정 써서 막으려면 도주공이 늙었으며
구변으로 막을진대 소진이가 늙었으며
문장으로 칠 양이면 한퇴지가 늙었을까.
좋은 술과 진수성찬 한 가득 차려 놓고

잘 먹고 잘 지내면 그 백발이 아니 올까.
입담 좋은 조맹덕이 빌어 보면 아니 올까.
말 잘하는 소진 장의 달래 보면 아니 올까.
하릴없는 저 백발아 불청객이 찾아오네.
소진의 청견설을 자랑할 것 없건마는
뜬구름 같은 이 세상에 덧없는 인생이요
유수 같은 세월에 떠도는 부평초라.
하늘땅은 그대론데 어느덧 백발 인생 참혹하다.
늙기도 설운 중에 흉들이나 보지 마소.
꽃이라도 시들면은 오던 나비 아니 오고
나무라도 병이 들면 눈먼 새도 아니 앉고
비단옷도 떨어지면 물걸레로 돌아가고
하얀 밥도 쉬어지면 시궁창에 버리나니
고대광실 좋은 집도 낡아지면 보기 싫고
녹음방초 좋은 경치 낙엽 되면 볼 것 없고
만석꾼 부자라도 패가하면 볼 것 없다.
아침저녁 보던 친구 구름같이 흩어지고
평생 친구 맺었더니 어느새 물러가니
찾는 사람 하나 없어 문 앞이 쓸쓸하고
돈을 다 쓰고 나면 도리어 허전함이
이를 두고 이른 바라.
나이 젊고 펄펄할 제 그런 줄을 모르고서
옳은 행실 좋은 일에 힘쓰는 것 나 몰라라.
부모가 버린 사람 친척 중에도 홀로 되어
친구 벗님 꾸지람이 사방에서 일어나니

처자는 원망하고 노복은 도망하네.
할 일은 없어지고 재산은 거덜 나고
남은 것이 몸뿐이요 장만한 게 백발이라.
한탄하는 이 백발이 사람 할 일 알건마는
북망산 상상봉은 볼수록 한심하다.
적막강산 몇백 년에 청산 백골 파묻히니
부귀를 그렇듯이 탐내지 아니하고
빈천함을 낙 삼는 도덕군자 몇몇이며
절개 지켜 죽은 영웅 충신열사 누구누구
그네도 늙었으나 늙은 값이 있건마는
가소롭다 이내 몸은 헛나이만 먹었으니
엊그제 즐기던 일 모두 다 허사로다.
철이 들자 늙었으니 후회막급 하릴없네.
이 모양이 되었으니 슬프구나 청춘네들
내 모습 볼라치면 그 아니 우스운가.
세월을 허송 말고 늙기 전에 힘써 보세.

원문

춘일春日이 노곤하여 초당에 누웠더니
세사世事를 혼망渾忘하고 여취여치如醉如癡 못 깨더니
정신이 태탕駘蕩하여 남가일몽南柯一夢 잠이 들어
문전門前에 한 노옹老翁이 양식 달라 구걸하니
의복이 남루하고 용모가 초췌하여

행색도 수상하고 모양조차 괴이하다.

뉘 탓으로 늙었는지 근력 없다 탄식하고

무슨 공명功名 하였는지 꼬락서니 해괴하다.

남의 말 참례하며 문동답서問東答西 가소롭다.

귀먹은 평계하고 딴전이 일쑤로다.

정강이를 볼작시면 비수검匕首劍 날이 서고

팔다리를 볼작시면 수양버들 흔들흔들

아래턱은 코를 차고 무르팍은 귀를 넘고

어린 체를 하려는지 콧물조차 훌쩍이며

눌과 이별하였는지 낙루落淚는 무삼 일고.

등짐장사 하려는지 지팽이는 무삼 일고.

떡가루를 치려는지 체머리는 무삼 일고.

신풍미주新豐美酒 취하였나 비척걸음 가관일다.

비육불포非肉不飽[1] 노래하며 그중에도 먹으려고

그중에도 입으려고 비백불난非帛不煖[2] 문자 쓴다.

성명은 무엇이며 거주는 어드메뇨.

보아 하니 반명班名으로 무슨 노릇 못 하여서

남의 농사 전혀 믿고 문전걸식 어이 하노.

저 노인 거동 보소 허희탄식歔欷歎息 기가 막혀

여보소 주인네야 걸객乞客 보고 웃지 마소.

젊어서 허랑하면 이러한 이 나뿐일까.

나도 본시 양반으로 지체도 남만 하고

세간도 남부립찮고 인물도 잘났더니

사지가 성하면은 무슨 일을 겁을 낼까.

---

1) 《맹자》에 나이가 일흔이 되면 고기가 아니면 배부르지 않다고 했다.
2) 《맹자》에 나이가 오십이 되면 비단옷이 아니면 몸이 따뜻하지 않다고 했다.

우리도 청춘 시절 부모덕에 편히 자라

슬하의 교동嬌童으로 비금주수飛禽走獸 길들여서

춘하추동 좋은 세상 꿈결같이 다 보낼 때

매양 그러할 줄 알고 포식난의飽食暖衣 편히 자라

인도人道를 못 닦으니 행실이 무엇인고.

옛글을 던졌으니 옳은 일을 그 뉘 알리.

장삼이사張三李四 화류객花柳客은 행로에 잠깐 만나

원일견지願一見之 찾았으니 혹선혹후或先或後 놀러갈 제

주루화각朱樓畵閣 곳곳마다 화조월석花朝月夕 때맞추어

주육진찬酒肉珍饌 다 갖추고 친구 모아 노닐 적에

한두 잔 서너 배에 몇 순배나 돌아갔노.

주사청루酒肆靑樓 사랑 삼아 여중일색女中一色 희롱이라.

녹록한 선비들은 글을 읽어 무엇 하노.

곤곤한 농부들은 밭을 갈아 무엇 하노.

옷 걱정 하지 마라 가련한 여인네야

오릉소년五陵少年[3] 우리들은 십지부동十指不動 옷 입는다.

은안백마銀鞍白馬 금시동金市東에[4] 낙화답진落花踏盡 유하처遊何處오.[5]

잡기도 하려니와 오락인들 없을쏘냐.

양금洋琴퉁소 세해저로 오음육률 가무할 제

오동추야梧桐秋夜 명월천明月天과 낙양춘색洛陽春色 벽도화碧桃花를

차례로 늘어앉혀 각기 소장 불러낼 제

듣기 좋은 권주가는 장진주將進酒로 화답하고

흥치 좋은 양양가襄陽歌는 백구사白鷗詞로 화답하고

---

3) 부잣집 아들, 딸, 조카.

4) 서울 동쪽에서 봄놀이한다는 옛글을 인용한 말.

5) 떨어진 꽃, 즉 기생을 다 짓밟았으니 이제 어디 가 놀리.

다정한 춘면곡春眠曲은 상사별곡相思別曲 화답하고
한가한 처사가處士歌는 어부사漁父詞로 화답하고
화창한 여민락與民樂은 남풍시南風詩로 화답하고
처량한 노승가老僧歌는 황계黃鷄타령 화답이라.
청아한 죽지사竹枝詞는 낙빈가樂貧歌로 병창하고
허탕한 길꾸낙은 매화가梅花歌로 화답하고
구색친구 삼색 벗과 곁들어서 오입할 제
논인장단論人長短 판결사判決事와 시비 경계 깨뜨려서
호주탐색好酒貪色 좋은 투전 오늘이야 매양으로
우리 청춘 한평생을 그 뉘 아니 믿었으리.
인생 부득 갱소년更少年은 풍월風月 중에 진담眞談이요
인간 칠십 고래희古來稀는 옛사람의 이른 바라.
삼천갑자三千甲子 동방삭東方朔도 적하인간謫下人間 하단 말가.
팔백 세 팽조수彭祖壽는 고금 이후 또 없으며
금정오동金井梧桐 일엽락一葉落은 춘풍春風이 날 속인다.[6]
일월성신日月星辰 광음光陰 중에 거울이 네 그르지.
육십갑자 꼽아보니 팔구八九에 둘이 없네.
백년 삼만육천 일이 일장춘몽一場春夢 아니런가.
청춘이 어제러니 백발이 짐작되어
소문 없이 오는 서리 귀밑을 재촉하니
슬프다 이 터럭이 언제 온 줄 모르겠다.
친로가빈親老家貧 처자들과 왜옥살림[7] 하던 땐가.
엄동설한 이 세상에 부귀공명 하던 땐가.

---

6) 우물에 오동나무 잎사귀가 떨어져서 가을이 분명하지만, 봄바람 불어오는 것처럼 젊음을 바라는 마음이 자신을 속이려 든다는 뜻.
7) 오막살이.

천리타향 객客의 수심愁心 잔등독좌殘燈獨坐 하던 땐가.

전전반측輾轉反側 잠 못 들어 고향 생각 하던 땐가.

팔년 풍진風塵 환란 중에 주유천하周遊天下 하던 땐가.

무정세월 약류파若流波에 우리 자연 늙었으니

어화 청춘 소년들아 옥빈홍안玉鬢紅顔 자랑 마라.

덧없이 가는 세월 넨들 매양 젊을쏘냐.

우리도 소년 적에 풍신風神이 이렇던가.

꽃같이 곱던 얼굴 검버섯이 절로 나고

백옥같이 희던 살이 황금같이 되었으며

삼단같이 검던 머리 다박솔이 되었으며

명월같이 밝던 눈이 반판수가 되었으며

청산유수 같던 말이 반벙어리 되었으며

전일에 밝던 귀가 만장풍우萬丈風雨 뒤노으며

일행천리日行千里 하던 걸음 상투 끝이 먼저 가고

살대같이 곧던 허리 길마가지 방불하다.

선 수박씨 같은 이가 목탁 속이 되었으며

단사丹砂같이 붉던 입살 외 밭고랑 되었구나.

있던 조업祖業 도망하고 맑은 총명 간 데 없네.

묵묵무어默默無語 앉았으니 불도佛道하는 노승老僧인가.

자식 보고 공갈하면 구석구석 웃음이요

옳은 훈계 말대답이 대접하여 망녕이라

어이 아니 한심하랴 청청백일 빨리 가니

일거월서日去月逝 지날수록 늙을밖에 하릴없다.

인생 한번 늙어지면 갱소년更少年은 못 하리라.

인생 한번 늙어지면 늙을 노老 자뿐이로다.

진秦나라 분시서焚詩書에 타지 않고 남아 있어

편작扁鵲의 신술神術로도 백발환흑白髮還黑 못 하였네.

서복徐福의 동남동녀童男童女 돌아온지 뉘 들은고.

불사약 어데 있고 불로초 보았습나.

이리저리 헤아리면 인력으로 못 하리라.

가는 청춘 뉘 막으며 오는 백발 뉘 제할까.

진시황秦始皇 한 무제漢武帝도 변통할 길 없었으니

위엄으로 쫓을진대 헌원씨軒轅氏가 아니 늙고

용맹으로 막을진대 팔장사八壯士[8]가 아니 늙고

도술로 막을진대 강태공姜太公 아니 늙고

진법陣法으로 막으랴만 손빈孫賓이 늙었으며

긴 창으로 지르랴만 조자룡趙子龍이 아니 늙고

인정 써서 막으랴만 도주공陶朱公이 늙었으며

구변口辯으로 막을진대 소진蘇秦이 늙었으며

문장으로 칠 양이면 한퇴지韓退之가 늙었을까.

미주성찬美酒盛饌 차려 놓고 선대善待하면 아니 올까.

입담 좋은 조맹덕曹孟德이 빌어 보면 아니 올까.

말 잘하는 소진蘇秦 장의張儀 달래 보면 아니 올까.

하릴없는 저 백발아 불청객이 자래自來하여

소진蘇秦[9]의 청견설을 자랑할 것 없건마는

부운浮雲 같은 이 세상에 백구지과극白駒之過隙이요

대해大海의 부평초浮萍草라.

건곤불로乾坤不老 월장재月長在에 백발인생白髮人生 참혹하다.

늙기도 설운 중에 흉들이나 보지 마소.

---

8) 중국 후한 때의 이응, 순욱, 두밀, 왕창, 유우, 위랑, 조전, 주만 등인 듯.

9) 초나라 사람 장의는 소진과 함께 말솜씨로 이름났는데, 돈을 훔쳤다는 혐의를 받고 매를 맞고는 집에 돌아와서 아내에게 내 입 안에 혀가 붙어 있는가 보라고 하였다. 아내가 혀가 있다고 하자 장의는 혀가 남아 있다면 얼마든지 세상을 흔들 수 있다고 하였다. 여기에 소진으로 된 것은 잘못 쓴 것이다.

꽃이라도 쇠잔하면 오던 나비 아니 오고
나무라도 병이 들면 눈 먼 새도 아니 앉고
금의錦衣라도 떨어지면 물걸레로 돌아가고
옥식玉食도 쉬어지면 시궁발치 버리나니
고대광실 좋은 집도 파락破落하면 보기 싫고
녹음방초 좋은 경景도 낙엽 되면 볼 것 없다.
만석꾼 부자라도 패가敗家하면 볼 것 없고
조석朝夕 상대 하던 친구 부운浮雲같이 흩어지고
평생지교平生之交 맺었더니 유수流水같이 물러가니
문전냉락門前冷落 안마희稀鞍馬稀는 일로 두고 이름이요
황금용진黃金用盡 환소색환還疏色을 이러므로 이른 바라.
연부역강年富力强 하올 적에 그런 줄을 모르고서
무항산無恒産 무항심無恒心이 수신제가修身齊家 나 몰라라.
부모의 버린 사람 일가친척 독부獨夫 되어
친구 벗님 꾸지람이 사면에서 일어나니
처자는 원망하고 노복은 도망하니
조업祖業은 없어지고 가산은 탕패하고
남은 것이 몸뿐이요 장만한 게 백발이라.
한탄하는 이 백발이 인간 공도公道 알건마는
북망산 상상봉은 볼수록 한심하다.
적막강산 몇백 년에 청산 백골 매몰하니
부귀불음富貴不淫 빈천락貧賤樂은 도덕군자 몇몇이며
입절사의立節死義 하는 영웅 충신열사 누구누구
그네도 늙었으나 늙은 값이 있건마는
가소롭다 이내 몸이 헛나이만 먹었으니
엊그제 즐기던 일 모두 다 허사로다.
지각 나자 늙었으니 후회막급 하릴없다.

이 모양이 되었으니 슬프다 청춘네들
내 경상景狀 볼작시면 그 아니 우스운가.
광음光陰을 허송 말고 늙기 전에 힘써 보세.

농가월령가 農家月令歌

하늘땅이 생겨나며 해와 달 별 비쳤다네.
해와 달은 뜨고 지고 별들은 길이 있어
일년 삼백육십 일에 제 길로 돌아오네.
동지 하지 춘추분은 해님으로 헤아리고
상현달 하현달 보름 그믐 초하루는
달님이 둥글고 이지러져 안다네.
땅 위의 동서남북 곳을 따라 다르지만
북극성을 기준 삼고 그것을 밝혀 내네.
이십사절기를 열두 달에 나누어
달마다 두 절기가 보름이 사이로다.
춘하추동 오고 가며 저절로 한 해 되네.

▪ '농가월령가'는 달거리 형식으로 백성들에게 농사를 장려하며 달마다 살림살이 범절을 자세히
노래하는 '농촌 세시기'이다.
　작가와 창작 연대에 대해서는, '영남 인물기'와 《태촌집》에서는 경상도 사람 고상안이 67세 때
(1619)에 "농가월령 한 편을 지었다."고 하였는데, 전해 오는 사본 중에는 정약용의 아들 정학유가
지었다고 되어 있으며 또 다산의 형인 정약전이라는 설도 있다. 이 '농가월령가'는 실사구시 내용
이나 표현 형식에 비추어 정학유의 작품으로 추정된다.

정월

정월은 초봄이라 입춘 우수 절기일세.
산중 골짜기엔 눈과 얼음 남았어도
저 들판 넓은 벌은 자연 경치 변하도다.
어화 나라님 백성들을 사랑하고
농사를 중히 여겨 농사를 잘 지으라
간절한 타이름 온 나라에 반포하니
어화 농부들아 나라의 뜻 어길쏘냐.
산밭이며 무논이며 힘대로 하오리라.
한 해의 풍년 흉년 헤아리진 못하여도
사람 힘이 극진하면 자연재해 면하나니
제가끔 부지런히 힘써 게을리하지 마소.
한 해 일은 봄에 달려 모든 일을 미리 하라.
봄에 만일 때 놓치면 그해 일이 낭패되네.
농쟁기를 다스리고 부림소를 살펴 먹여
재거름 재워 놓고 한편으로 실어내어
보리밭에 오줌 주기 설전보다 힘써 하소.
늙은이 근력 없어 힘든 일 못 하여도
낮이면 이엉 엮고 밤이면 새끼 꼬아
때 미처 이엉 하면 큰 근심 덜리로다.
과실나무 보굿[1] 깎고 가지 사이 돌 끼우기
초하룻날 첫새벽에 시험하여 해 보세.

---

1) 큰 나무줄기에 비늘같이 터실터실 덮여 있는 겉껍질.

며느리 잊지 말고 약주술 담그거라.
봄날 꽃 필 적에 화전놀이 한번 취해 보자.
정월 보름날 달을 보아 수재 한재 안다 하니
늙은 농군 경험이라 대강은 짐작하네.
설날에 세배함은 인정 후한 풍속이라.
설빔 떨쳐입고 친척 이웃 서로 찾아
노소남녀 아이까지 삼삼오오 다닐 적에
와삭버석 울긋불긋 차림새가 화려하다.
사내아이 연날리기 계집아이 널뛰기요
윷 놀아 내기하기 소년들의 놀이로다.
사당에 설 인사는 떡국에 술과 과일
움파 미나리를 무순에 곁들이면
보기에도 싱싱하니 오신채五辛菜를 부러하랴.
보름날 약밥 제도 신라 적 풍속이라
묵은 산나물 삶아 내니 고기 맛을 바꿀쏘냐.
귀 밝히는 약술이요 부스럼 삭는 생밤이라.
먼저 불러 더위팔기 달맞이 횃불 켜기
흘러오는 풍속이요 아이들 놀이로다.

이월

이월은 중춘이라 경칩 춘분 절기로다.
초엿새날 좀생이별[2]로 풍년 흉년 안다 하며
스무날 날씨로도 대강은 짐작하네.

반갑다 봄바람이 정답게 문을 여니
말랐던 풀뿌리는 속잎이 싹이 튼다.
개구리 우는 곳에 논물이 흐르도다.
산비둘기 소리 나니 버들빛 새로워라.
보습 쟁기 차려 놓고 봄갈이를 하오리라.
살진 밭 골라서 봄보리를 많이 갈고
면화밭 되우 갈아 제때를 기다리소.
담뱃모 잇꽃 심기 이를수록 좋으니라.
원림을 가꾸니 이문 남겨 좋다.
과일나무 조금 심고 뽕나무는 많이 심어
뿌리 다치지 않게 비 오는 날 심으리라.
솔가지 찍어다가 울타리 새로 하고
담장도 덧쌓고 개천도 쳐 올리소.
안팎에 쌓인 검불 깨끗이 쓸어 내어
불 놓아 재 받으면 거름을 보태리라
양과 돼지 못 길러도 소 말 닭 개 기르리라.
씨암탉 두세 마리 알 안겨 깨어 보자.
산나물 이르니 들나물 캐어 먹세.
고들빼기 씀바귀요 소루쟁이 물쑥이라
달래김치 냉잇국은 비위를 깨치나니
약초책을 보아가며 약재를 캐오리라.
창백출 당귀 천궁 시호 방풍 산약 택사
낱낱이 기록하여 그때그때 캐어 두소.

---

2) 좀생이별이 달보다 먼저 뜨면 흉년이 들고 늦게 뜨면 풍년이라고 한다.

농촌 집에 쥔 것 없어 값진 약 어이 쓰리.

삼월

삼월은 늦봄이라 청명 곡우 절기로다.
봄날이 따뜻하여 만물이 화창하니
온갖 꽃 활짝 피고 새소리 각색이라.
반갑다 쌍제비는 옛집을 찾아오고
꽃 사이 범나비는 나풀나풀 날아드네.
미물도 때를 만나 즐기니 사랑스럽다.
한식날 성묘하니 백양나무 새잎 난다.
조상 생각 슬픈 느낌 술 과일로 펴오리라.
농부의 힘드는 일 가래질 첫째로다.
점심밥 잘 갖추어 때맞추어 배 불리소.
일꾼의 처자 식솔 따라와 같이 먹세.
농촌의 후한 풍속 곡식을 아낄쏘냐.
물꼬를 깊이 치고 두렁 밟아 물을 막고
한 켠에 모판 하고 논흙을 풀어 주며
날마다 두세 번씩 부지런히 살펴보소.
약한 싹 세워낼 제 어린아이 살피듯
곡식 중에 논농사는 엄벙덤벙 못 하리라.
냇가 밭엔 좁쌀이요 산밭에는 콩이로다.
들깨모 일찍 붓고 삼 농사도 하오리라.
좋은 씨 가리어서 그루를 엇바꾸소.

보리밭 매어 놓고 못자리논 되우 가소.
들농사 하는 틈에 채마전도 가꾸세나.
울 밑에 호박이요 처마 가에 박 심고
담 둘레에 동아 심어 넝쿨 올려 보세.
무 배추 아욱 상추 고추 가지 파 마늘을
가지가지 나누어서 빈 땅 없이 심어 놓고
개버들 베어다가 개바자 둘러막아
닭과 개 방비하면 자연히 무성하리.
외밭은 따로 하여 거름을 많이 하소.
농가의 여름 반찬 이밖에 또 있는가.
뽕 눈을 살펴보니 누에 날 때 되겠구나.
어화 부녀들아 누에치기 마음 쏟소.
잠실을 청소하고 도구들을 준비하니
다래끼 칼도마며 채광주리 대발이라
각별히 조심하여 냄새를 없이 하소.
한식 전후 삼사일에 과일나무 접붙이니
살구 오얏 산앵두며 문배 참배 능금 사과
엇접 피접 도마접에 행차접이 잘 사나니.
서울 정릉 매화 묵은 그루에 접을 붙여
농사 끝낸 뒤에 화분에 옮겨 들여놓고
눈바람 속 집 안에서 봄빛을 홀로 보면
과일은 아니 따도 산속의 취미로다.
이때 꼭 해야 할 일 장 담그는 일이로다.
소금을 미리 받아 법대로 담그리라.
고추장 두부장도 맛맛으로 갖추 담세.

앞산에 비 걷으니 살진 나물 캐오리라.
삽주 두릅 고사리며 고비 도라지 개나리를
절반은 엮어 달고 나머지는 무쳐 먹세.
떨어진 꽃 쓸고 앉아 빚은 술로 즐길 적에
안해가 준비한 것 좋은 안주 이뿐일세.

사월

사월이라 초여름 입하 소만 절기로다.
비 온 끝에 볕이 나니 날씨도 화창해라.
떡갈잎 퍼질 때에 뻐꾹새 자주 울고
보리 이삭 패어 나니 꾀꼬리 소리한다.
농사도 한창이요 누에치기 한창이라
남녀노소 바삐 뛰며 집에 있을 틈이 없어
적막한 사립문을 녹음 속에 닫았도다.
면화를 많이 하소 길쌈할 바탕이니.
수수 동부 녹두 참깨 부룩³⁾을 적게 하소.
갈 꺾어 거름할 때 풀 베어 섞어 하소.
물 댄 논에 써레 하고 이른 모 내어 보자.
농량이 부족하니 환자還子 타 보태리라.
한잠 자고 이는 누에 하루에도 열두 밥을
밤낮을 쉬지 말고 부지런히 먹이리라.

---

3) 곡식이나 채소를 심은 밭두둑 사이에 다른 농작물을 심는 것. 간작間作.

뽕 따는 아이들아 나중 딸 것 생각하여
묵은 가지 찍어 내고 햇잎은 제쳐 따소.
찔레꽃 만발하니 작은 가물 없을쏘냐.
이때를 놓침 없이 나 할 일 생각하소.
도랑 쳐 물길 내고 비 새는 곳 기와 고쳐
장맛비를 방비하면 뒷근심 더나니
봄에 짠 무명필을 이때에 해 바래고
베모시 형편대로 여름옷 지어 두소.
벌통에 새끼 나니 새 통에 받으리라.
모든 벌이 한맘으로 여왕벌 호위하니
꿀 먹기도 하려니와 신하 본분 깨닫도다.
사월이라 초팔일 날 산마을 농가에선
느티떡 콩찐이는 제때에 별미로다.
앞내에 물이 주니 천렵이나 하여 보자.
해 길고 바람은 산들산들 놀이하기 좋겠다.
시냇가 모랫벌을 굽이굽이 찾아가니
수단화 늦은 꽃엔 봄빛이 남았구나.
잔 그물 둘러치고 큰 고기를 후려내어
바윗돌에 가마 걸고 부글부글 끓여 내니
이 세상에 좋은 요리 이 맛에 비길쏘냐.

오월

오월이라 중하 되니 망종 하지 절기로다.

남풍은 때맞추어 보릿가을 재촉하니
보리밭 누런빛이 밤사이에 나겠구나.
문 앞에 터를 닦고 탈곡장 하오리라.
드는 낫 베어다가 단마다 헤쳐 놓고
도리깨 마주 서서 흥을 내어 두드리니
굶주렸던 우리 집안 갑자기 흥성거려
가마니에 남은 곡식 하마 거의 없어질 때
중간에 이 곡식이 끼니 이어 주겠구나.
이 곡식 아니더면 여름 농사 어찌할꼬.
하느님을 생각하니 은혜도 지극하다.
목동은 놀지 말고 부림소를 보살펴라.
뜨물에 꼴 먹이고 이슬 풀 자주 뜯겨
그루갈이 모심기 저 힘을 빌리로다.
보리짚 말리고 솔가지 많이 쌓아
장마나무 준비하여 걱정거리 없이 하세.
누에치기 마칠 때에 남정네들 힘을 빌어
누에섶도 하려니와 고치나무[4] 장만하소.
고치를 따오리라 좋은 날씨 골라서
발 위에 얇게 널고 햇빛에 말리니
쌀고치 무리고치[5] 누른 고치 흰 고치를
색색이 갈라서 조금은 씨로 남겨 두고
그 나머진 켜오리라 자새[6]를 차려 놓고

---

4) 고치를 삶을 때 쓸 땔나무.
5) '쌀고치'는 희고 굵으며 야무지게 지은 고치, '무리고치'는 군물이 들어서 깨끗하지 못한 고치.

왕채에 올려 내니 흰 눈 같은 실오리라.
어화 실 뽑는 소리 비파 소리 울리는 듯
부녀들 땀 흘리며 이 재미 보는구나.
오월 오일 단옷날 물색도 싱싱하다.
오이밭에 첫물 따니 이슬에 젖어 있고
앵두 익어 붉은빛이 아침볕에 반짝인다.
티지 못한 목청으로 자주 뽑는 저 소리는
햇닭이 연습 삼아 울어 보는 노래여라.
시골 마을 처녀들아 그네는 못 뛰어도
청홍 치마 창포 비녀 좋은 절기 허송 마라.
노는 틈에 하올 일은 약쑥이나 베어 두소.
하늘이 어질어 뭉게뭉게 구름 일고
때맞춰 오는 비를 누가 감히 막을쏘냐.
처음에 부슬부슬 먼지를 적시더니
밤들어 오는 소리 주룩주룩 드리운다.
관솔불 둘러앉아 내일 일 마련할 제
뒷논은 누가 심고 앞밭은 누가 갈꼬.
도롱이 접사리⁷⁾며 삿갓은 몇 벌인고.
모찌기는 자네 하소 논 심기는 내가 함세.
들깨모 담뱃모는 머슴아이 맡아 내고
가지모 고추모는 딸애야 너 하여라.
맨드라미 봉선화에 너무 욕심 내지 마라.

---

6) 실을 뽑을 때 쓰는 작은 얼레.
7) 모내기할 때 쓰던 비옷.

아기어멈 방아 찧어 들바라지 점심 하소.
보리밥 파찬국[8]에 고추장 상추쌈을
넉넉히 능을 두어 먹을 사람 헤아리소.
샐녘에 문을 여니 개울에 물 넘는다.
주고받는 메나리는 풍년 노래 아니런가.

유월

유월이라 늦여름 소서 대서 절기로다.
큰비도 가끔 있고 더위도 찌는 듯해라.
수풀이 무성하니 파리 모기 모여들고
평지에 물 고이니 개굴개굴 소리 난다.
봄보리 밀 귀리를 차례로 베어 내고
늦은 콩 팥 조 기장을, 베기 전에 대우[9] 내어
쉬지 말고 지력을 극진히 다스리소.
젊은이 하는 일이 김매기뿐이로다.
논밭을 번갈아 서너 차례 돌려 맬 제
그중에 면화밭은 사람 품이 더 드나니
틈틈이 나물밭도 북돋워 매 가꾸소.
집터 울 밑 돌아가며 잡풀을 없게 하소.
날이 새면 호미 들고 긴긴 해 쉴 새 없이

---

8) 파를 넣어 만든 냉국.
9) 이른 봄에 보리나 밀 따위를 심은 밭에 사이사이 콩이나 팥을 드문드문 심는 것을 말한다.

땀 흘려 흙이 젖고 숨 막혀 기진할 듯
때마침 점심밥 오니 반갑고도 반갑다.
정자나무 그늘 밑에 앉는 순서 정하고서
점심 그릇 열어 놓고 보리단술 먼저 먹세.
반찬이야 있고 없고 주린 창자 채운 뒤에
시원한 데 누우니 잠시나마 낙이로다.
농부야 근심 마라 수고하는 값이 있네.
오조 이삭 청태콩이 어느 사이 익었구나.
이것으로 짐작하면 양식 걱정 오랠쏘냐.
해 진 후 돌아올 제 노래 끝에 웃음이라.
자욱한 저녁연기 산촌에 잠기었고
달빛은 몽롱하여 발길을 비추누나.
늙은이 하는 일도 아주야 없을쏘냐.
이슬 아침 외 따기와 뙤약볕에 보리 널기
그늘 곁에 도롱이 짜기 창문 앞에 노 꼬기라.
하다가 고달프면 목침 베고 허리 쉬움
북쪽 창문 바람 아래 잠드는 것 재미일세.
잠 깨어 바라보니 급한 비 지나가고
먼 나무에 쓰르라미 저녁 해를 재촉한다.
할머니 하는 일은 여러 가지 못 하여도
묵은 솜 틀고 앉아 알뜰히 피워 내니
장마 속에 소일이요 낮잠 자기 잊었도다.
삼복도 명절이요 유두도 명절이라
원두밭에 참외 따고 밀 갈아 국수하여
사당에 제사하고 한때 음식 즐겨 보세.

부녀는 헤피 마라 밀기울 한데 모아
누룩을 디디어라 유두 누룩 알아준다.
호박나물 가지김치 풋고추 양념하고
옥수수 새 맛으로 일 없는 이 먹어 보소.
장독을 살펴보아 제맛을 잃지 않게
맑은 장 따로 모아 익는 족족 떠 내어라.
비 오면 덮겠은즉 독뚜껑 정히 하소.
남북 마을 힘을 합쳐 삼구덩이[10] 하여 보세.
삼대를 베어 묶어 푹 쪄서 벗기리라.
고운 삼 길쌈하고 굵은 삼 바를 꼬소.
농가에 요긴키로 곡식과 같이 치네.
산밭 메밀 먼저 갈고 강가 밭은 나중 가소.

칠월

칠월이라 초가을 입추 처서 절기로다.
화성은 서쪽이고 혜성은 중천이라.
늦더위 있다 한들 계절이야 속일쏘냐.
비 끝도 가벼웁고[11] 바람 끝도 다르도다.
가지 위에 저 매미는 무엇으로 배를 불려

---

10) 삼을 찌기 위해 파는 구덩이. 굵은 돌 여러 개를 달구어 구덩이에 넣고 그 위에 삼대를 쌓고 물을
부으면 삼대가 쪄진다.
11) 비가 와도 빨리 개고.

공중에 맑은 소리 다투어 자랑하나.
칠석날 견우직녀 이별 눈물 비가 되어
성근 비 지나가고 오동잎 떨어질 제
눈썹 같은 초승달이 서쪽 하늘 걸렸어라.
슬프다 농군들아 우리 일 거의로다.
얼마나 남았으며 어떻게 되어 가나
마음을 놓지 마소 아직도 멀고 멀다.
골을 추어 김매기 벼포기에 피 고르기
낫 벼려 두렁 깎기[12] 조상 무덤 벌초하기
거름풀 많이 베어 더미 지어 모아 놓고
자채논에 새 보기와 오조밭에 허수아비
밭가에 길도 닦고 쌓인 모래 쳐 올리소.
살지고 연한 밭에 거름하고 푹 갈아
김장할 무 배추 남 먼저 심어 놓고
울타리 진작 하여 앞일을 생각하소.
베짱이 우는 소리 자네를 위함이라.
저 소리에 깨우치고 서둘러 다스리소.
장마를 겪었으니 집 안을 돌아보아
곡식도 바람 쐬고 의복도 볕에 쬐소.
명주오리 어서 감아 선선하기 전에 짜내시오.
늙으신네 쇠약하니 철 바뀔 때 조심하고
가을철이 가까우니 의복을 마음 쓰소.
빨래하여 바래고 풀 먹여 다듬을 제

---

12) 논두렁이나 밭두렁에 난 풀을 베는 것을 말한다.

달빛 아래 다듬이 소리 소리마다 바쁜 마음
안사람들 골몰함이 한편으로 재미로다.
소채 과일 흔할 적에 저축을 많이 하소.
박 호박 고지 켜고 오이 가지 짜게 절여
겨울에 먹어 보소 귀한 음식 아니 될까.
면화밭 자주 살펴 올다래[13] 피었는가.
가꾸기도 하려니와 거두기에 달렸나니.

팔월

팔월이라 중추 되니 백로 추분 절기로다.
북두성 자루 돌아 서쪽 하늘 가리키네.
아침저녁 선선하여 가을 기운 완연하다.
귀뚜라미 맑은 소리 벽 짬에서 들리노라.
아침에 안개 끼고 밤이면 이슬 내려
만물을 재촉하여 온갖 곡식 열매 익어
너른 들 돌아보니 힘들인 보람 있구나.
갖은 곡식 이삭 패고 여물 들어 고개 숙어
서풍에 익는 빛은 누런 구름 일어난다.
백설 같은 면화 송이 산호 같은 고추 다래
처마에 널었으니 가을볕에 환하구나.
안팎 마당 닦아 놓고 발채 망구[14] 장만하소.

---

13) 일찍 익은 다래. '다래'는 아직 피지 않은 목화 열매를 말한다.

면화 따는 다래끼에 수수이삭 콩 가지요
나무꾼 돌아올 제 머루 다래 산열매라.
뒷동산 밤 대추는 아이들 차지이라
알밤도 말리어라 철 대어 쓰게 하자.
명주를 끊어 내어 가을볕에 마전하여
쪽물 잇물[15] 물들이니 울긋불긋 색색이라.
부모님 연세 높아 수의를 지어 놓고
그 나머진 마르고 재어 아들딸의 혼수 하세.
지붕의 굳은 박은 요긴한 그릇이요
댑싸리 비를 매어 마당질에 쓰오리라.
참깨 들깨 거둔 뒤에 중오려[16] 타작하고
담배 녹두 적게나마 아쉽다고 돈 만들까.
장 구경도 하려니와 흥정할 것 잊지 마소.
북어쾌 젓조기로 추석 명절 쇠어 보세.
햅쌀 술 오려송편 박나물 토란국을
조상 무덤 제사 쓰고 이웃집과 나눠 먹세.
며느리 말미 받아 본가 부모 뵈려 갈 제
개 잡아 삶아 얹고 떡고리며 술병이라.
초록 웃옷 반물 치마 단장하고 다시 보니
여름 동안 지친 얼굴 회복이나 되었느냐.
팔월 보름 밝은 달에 마음 펴고 놀고 오소.

---

14) 물건을 운반할 때 쓰는 것으로, '발채'는 지게에 올려 짐을 싣는 소쿠리, '망구'는 망태기이다.

15) 잇꽃으로 물들이는 붉은 물.

16) 올벼보다 약간 늦게 익는 벼.

올해 할 일 못다 하여 내년 계획 하오리라.
밀대 베어 더운갈이 늦보리밭 가을갈이[17]
끝끝이 못 익어도 급한 대로 걷고 가소.
사람 일만 그러할까 기후도 이러하니
잠시도 쉴 새 없이 마치며 시작하네.

구월

구월이라 늦가을 한로 상강 절기로다.
제비는 돌아가고 떼기러긴 언제 왔나.
푸른 하늘 우는 소리 찬 이슬 재촉한다.
온 산에 단풍잎은 붉은빛을 물들이고
울 밑에 누런 국화 가을빛을 자랑한다.
구월 구일 좋은 날에 꽃지짐을 먹어 보세.
계절 차례 따라가며 조상 은혜 잊지 마소.
경치는 좋거니와 가을걷이 시급하다.
들마당 집마당에 개상에 탯돌[18]이라.
무논은 베어 깔고 마른논은 곧 두드려
오늘은 정근벼요 내일은 사발벼라.
밀따리 대추벼와 등트기 경상벼라.

---

17) '더운갈이' 는 가물다가 소나기가 내리면 그 물로 논을 가는 것이고, '가을갈이' 는 다음 해 농사
   를 대비해 가을에 논밭을 미리 갈아 두는 것이다.
18) 개상과 탯돌은 모두 타작할 때 쓰는 것. '개상' 은 통나무 네댓 개를 가로 대어 엮고 다리를 박은
   것인데, 그 위에 볏단을 메어쳐서 곡식을 떤다. '탯돌' 은 볏단을 그 위에 메어쳐서 곡식을 떤다.

들에는 조 피 더미 집에는 팥 콩 가리
벼 타작 마친 뒤에 틈 나거든 두드리세.
비단차조 이부꾸리 매눈이콩 황부대를[19]
이삭으로 먼저 잘라 훗날 종자 따로 두소.
젊은이는 태질이요 여인들은 낫질이라
아이는 소 몰리고 늙은이 섬 욱이기[20]
이웃집 울력하여 제 일 하듯 하는 것이
타작 후에 낟알 추기 짚 널기와 키질하기
한편으로 면화 틀어 씨아 소리 요란하다.
틀 차려 기름 짜기 이웃끼리 힘 합치세.
등잔 기름 하려니와 음식도 맛이 있네.
밤에는 방아 찧어 밥쌀을 장만할 제
찬 서리 긴긴밤에 우는 아기 돌아볼까.
타작 점심 하오리라 닭고기와 막걸리라
새우젓과 계란 찌개 반찬으로 차려 놓고
배춧국 무나물에 고춧잎 장아찌라.
큰 가마에 앉힌 밥이 절반이나 부족하다.
한가을 흔할 적에 길손도 청하나니.
한동네 이웃하여 한 들판에 농사할 제
수고도 나눠 하고 없는 것도 서로 도와
이때를 만났으니 즐기기도 같이 하세.
아무리 일 많아도 부림소를 보살펴라.

---

19) '이부꾸리'는 조의 한 종류, '매눈이콩'과 '황부대'는 콩의 한 종류.
20) 가마니에 곡식을 담은 뒤에 묶는 것.

조피짚 먹여 살을 찌워 저의 공로 갚으리라.

시월

시월은 초겨울 입동 소설 절기로다.
나뭇잎 떨어지고 기러기 높이 난다.
듣거라 아이들아 농사일 끝내어도
남은 일 생각하여 집안일 마저 하세.
무 배추 캐어 들여 김장을 하오리라.
앞 냇물에 정히 씻어 간맛을 맞게 하고
고추 마늘 생강 파에 젓김치 장아찌라.
큰 독 곁에 중두리요 바탱이[21] 항아리라
양지 쪽에 헛간 지어 짚에 싸서 깊이 묻고
박이무며 알밤 한 말 얼지 않게 간수하소.
방고래 구들질과 바람벽 맥질하기
창문도 발라 놓고 쥐구멍도 막으리라.
수숫대로 덧울 하고 외양간엔 거적 둘러
콩깍지도 묶어 세고 땔나무도 쌓아 두소.
우리 집 부녀들아 겨울옷 지었느냐.
술 빚고 떡 하여라 동네 모임날 가까웠다.
꿀을 떠서 단자떡 메밀 빻아 국수 하소.
소 잡고 돼지 잡으니 음식도 푸짐하다.

---

21) 오지그릇으로, 중두리보다 배가 더 나오고 아가리가 좁고 작다.

들마당에 차일 치고 동네 모아 자리 깔아
나이 차례 틀릴세라 남녀 구별 따로 하소.
풍악패를 데려오니 화랑이요 줄무지[22]라.
북치고 소리하니 그 노래가 제법이라.
이 풍헌 김 첨지는 잔말 끝에 취하고
최 권농 강 약정은 오랑캐 춤을 춘다.
술잔을 올릴 적에 동장님이 윗자리서
잔 받고 하는 말씀 자세히 들어 보소.
"어와 오늘 놀음 이 놀음이 뉘 덕인고.
하늘 은덕 그지없고 나라 은혜 지극하다.
다행히 풍년 만나 굶주림을 면했도다.
향촌 규약 없다 해도 동네 규약 없을쏘냐.
집 안팎에 지켜야 할 도리를 잃지 마소.
사람의 자식 되어 부모 은혜 모를쏘냐.
자식을 길러 보면 그제야 깨달으리.
천신만고 길러 내어 시집장가 보내 놓면
제 몸만 생각하여 부모 봉양 잊을쏘냐.
기운이 쇠진하면 바라느니 젊은이라
의복 음식 잠자리를 각별히 살펴 드려
행여나 병 나실까 밤낮으로 잊지 마소.
고까우신 마음으로 걱정을 하실 적에
중중거려 대답 말고 부드럽게 풀어내소.
들어온 며느리는 남편의 거동 보아

---

22) '화랑이' 와 '줄무지' 는 모두 놀이꾼 이름.

그대로 본을 뜨니 보는 데 조심하소.
형제는 한 기운이 두 몸에 나눴으니
귀중하고 사랑함이 부모의 다음이라
간격 없이 한통치고 네것 내것 따짐 마소
남남끼리 모인 동서 의견 달라 하는 말을
귀에 담아 듣지 마소 자연히 마음 돌리리.
몸가짐에 먼저 할 일 공손함이 제일이라.
내 늙은이 공경할 제 남의 어른 다를쏘냐.
말씀을 조심하여 인사를 잃지 마소
하물며 위아래 존귀함이 뚜렷하다.
내 도리 극진하면 죄 될 일 안 범하리.
한동네 여러 집에 많은 사람 살고 있어
믿음 의리 없으면 어찌 화목할꼬.
혼인 대사 부조하고 상가 병인 보살피며
수해 화재 구원하고 있는 것을 꾸어 주며
자기보다 잘사는 이 시기하여 시비 말고
홀아비며 고아들을 특별히 구제하소.
제각기 타고난 복은 억지로 못 하나니
자네들은 헤아려서 내 말을 잊지 마소.
이대로 하여 가면 다른 생각 아니 나리.
주색잡기 하는 사람 처음부터 그러할까.
우연히 잘못 들어 한 번 하고 두 번 하면
마음이 방탕하여 그칠 줄 모르나니
자네들 조심하여 작은 허물 짓지 마소."

십일월

십일월은 중동이라 대설 동지 절기로다.
바람 불고 서리 치고 눈 오고 얼음 언다.
가을에 거둔 곡식 얼마나 하였던고.
몇 섬은 환자 갚고 몇 섬은 세금 내고
얼마는 제사 쌀 얼마는 씨앗이며
소작료도 되어 내고 품값도 갚으리라.
꾸어 쓴 빚돈들도 낱낱이 갚고 나니
엄부렁하던 것이 남은 것이 얼마 없네.
그러한들 어찌할꼬 농량이나 여투리라.
콩나물 우거지며 아침 밥에 저녁 죽이라
부녀야 네 할 일이 메주 쑬 일 남았구나.
푹 삶아 매우 찧어 띄워서 재워 두소.
동지는 명절이라 새해가 멀지 않다.
철음식 팥죽 쑤어 이웃 친척 나눠 먹세.
새 달력 나왔으니 내년 절기 어떠한고.
낮이 짧아 덧없고 밤이 길어 지루하다.
온갖 빚 다 갚으니 구실아치 아니 오고
삽짝문 닫았으니 초가집이 한가하다.
짧은 해에 끼니 마련 자연히 틈 없나니
등잔불 긴긴밤에 길쌈을 힘써 하소.
베틀 곁에 물레 놓고 틀고 타고 잣고 짜네.
자란 아이 글 배우고 어린아이 노는 소리
여러 소리 지껄이니 안사람의 재미로다.

늙은이 일 없으니 거적이나 매어 보자.
외양간 살펴보아 여물을 가끔 주소.
깃 주어 밟은 두엄 자주 쳐 내야 모이나니.

십이월

십이월은 늦겨울 소한 대한 절기로다.
눈 속에 산봉우리 해 저문 빛이로다.
설 전에 남은 날이 얼마나 걸렸는고.
집안의 여인들은 설날 새옷 장만하고
무명 명주 끊어 내어 온갖 물감 들여 내니
빨강 보라 연노랑빛 검푸른빛 옥색이라.
한편으로 다듬으며 한편으로 지어내니
상자에도 가득하고 횃대에도 걸었도다.
입을 것 그만 하고 먹을 것 장만하세.
떡쌀은 몇 말이며 술쌀은 몇 말인고.
콩 갈아 두부 하고 메밀쌀로 만두 빚소.
설날고기 계를 믿고 북어는 장에 사세.
그믐날 덫을 놓아 잡은 꿩 몇 마린고.
아이들 그물 쳐서 참새도 구워 먹세.
깨강정 콩강정에 곶감 대추 생밤이라.
술단지의 술 거르니 돌 틈 샘 소리인 듯
앞뒷집 떡 치는 소리 예도 나고 제도 나네.
새 등잔 세발 심지 밤새 켜서 새울 적에

윗방 봉당 부엌까지 곳곳이 환하구나.
초롱불 오락가락 묵은세배 하는구나.
어화 내 말 듣소 농사가 어떠한고.
옹근 한 해 고생하나 그 가운데 낙이 있네.
위로는 국가 봉용 자기 것은 조상 제사
부모 봉양 가족 대사 먹고 입고 쓰는 것이
땅이 낸 것 아니라면 돈 감당을 어이할꼬.
예부터 이른 말이 농사가 근본이라.
배를 부려 업을 삼고 말을 부려 장사하기
전당 잡고 빚 주기와 고리대로 변을 놓기
술장사 떡장사며 주막 차려 돈을 벌기
한때는 푼푼하나 한 번을 뒤뚝하면
파산하여 빚꾸러기 살던 곳이 터도 없네.
농사는 믿는 것이 내 몸에 달렸으니
절기도 좀 다르고 한 해 농사 풍흉 있어
홍수 가물 태풍 우박 재앙도 있지마는
극진히 힘을 들여 온 식구 한맘 되면
아무리 큰 흉년도 굶어 죽기 면하느니
제 마을 제 지키어 딴마음을 두지 마소.
하늘이 너그러워 노하심도 일시로다.
십 년으로 말해 보면 칠 년은 풍년 삼 년은 흉년
천만 가지 생각 말고 농사에 전념하소.
농사에 힘쓰라는 옛사람들 말씀이니
이 뜻을 본받아 대강만 적었으니
이 글을 자세 보고 힘쓰기를 바라노라.

원문

천지天地 조판肇判하매 일월성신日月星辰 비추거다.

일월日月은 도수度數 있고 성신星辰은 전차躔次 있어[1]

일년 삼백육십일에 제 도수度數 돌아오매

동지 하지 춘추분은 일행日行으로 추측하고

상현 하현 망회삭望晦朔은 월륜月輪의 영휴盈虧로다.

대지상大地上 동서남북 곳을 따라 틀리기로

북극北極을 보람하여[2] 원근을 마련하니

이십사절후를 십이 삭朔에 분별하여

매삭每朔에 두 절후가 일망一望이 사이로다.

춘하추동 내왕하여 자연히 성세成歲하네.

요순堯舜 같이 착한 임금 역법曆法을 창개創開하사

천시天時를 밝혀내어 만민萬民을 맡기시니

하우씨夏禹氏 오백년은 인월寅月로 세수歲首하고[3]

주周나라 팔백년은 자월子月[4]로 신정新正이라.

당금當今에 쓰는 역법 하우씨와 한 법이라.

한서온량寒暑溫涼 기후 차례 사시四時에 맞갖으니[5]

공부자孔夫子의 취하심이 하령夏令을 행하도다.[6]

---

1) 해와 달은 주기적으로 운행하고 별들은 일정한 궤도를 따라 운행한다는 말이다.
2) 기준하여.
3) 하夏나라의 우禹 임금과 자손들이 다스린 오백 년 동안 인월로 정월을 삼고. '인월寅月'은 지금
   의 음력 정월.
4) 지금의 음력 동짓달.
5) 꼭 맞으니.
6) 공자가 하나라의 역법을 취하는 것이 옳다 하여 다시 인월寅月로 정월을 삼게 되었음을 말한다.

정월령正月令

정월은 맹춘孟春이라 입춘立春 우수雨水 절기로다.
산중山中 간학澗壑에 빙설氷雪은 남았으나
평교平郊 광야曠野에 운물雲物이 변하도다.
어화 우리 성상聖上 애민 중농愛民重農 하오시니
간측懇惻하신 권농윤음勸農綸音 방곡坊曲에 반포하니
슬프다, 농부들아 아무리 무지한들
네 몸 이해 고사姑捨하고 성의聖意를 어길쏘냐.
산전山田 수답水畓 상반相半하여 힘대로 하오리라.
일년 풍흉은 측량하지 못하여도
인력이 극진하면 천재天災를 면하나니
제 각각 권면하여 게을리 굴지 마라.
일년지계一年之計 재춘在春하니 범사凡事를 미리 하라.
봄에 만일 실시失時하면 종년終年 일이 낭패되네.
농기農器를 다스리고 농우農牛를 살펴 먹여
재거름 재워 놓고 일변으로 실어 내어
맥전麥田에 오줌 주기 세전歲前보다 힘써 하소.
늙은이 근력 없어 힘든 일 못 하여도
낮이면 이엉 엮고 밤이면 새끼 꼬아
때 미처 집 이으면 큰 근심 덜리로다.
과실나무 버굿7) 깎고 가지 사이 돌 끼우기8)
정조正朝날 미명시未明時에 시험조로 하여 보세.
며느리 잊지 말고 소국주小麴酒 밑9) 하여라.

---

7) 보굿. 큰 나무줄기에 비늘같이 터실터실 덮여 있는 겉껍질.
8) 과실나무 가지의 가닥진 사이에 돌을 끼우면 실과가 많이 열린다고 한다.

삼춘三春 백화시百花時에 화전일취花前一醉 하여 보세.

상원날 달을 보아 수한水旱을 안다 하니

노농老農의 징험이라 대강은 짐작 나니

정조正朝에 세배함은 돈후한 풍속이라.

새 의복 떨쳐입고 친척 인리隣里 서로 찾아

노소남녀 아동까지 삼삼오오 다닐 적에

와삭버석 울긋불긋 물색物色이 번화하다.

사내아이 연 띄우고 계집아이 널뛰기요

윷 놀아 내기하기 소년들의 놀이로다.

사당祠堂에 세알歲謁하니 병탕餠湯에 주과酒果로다.

움파와 미나리를 무움에 곁들이면

보기에 신신하여 오신채五辛菜를 부러하랴.

보름날 약밥 제도 신라 적 풍속이라.

묵은 산채山菜 삶아 내니 육미肉味를 바꿀쏘냐.

귀 밝히는 약술이요 부름 삭는 생률生栗이라.

먼저 불러 더위팔기 달맞이 햇불 켜기

흘러오는 풍속이요 아이들 놀이로다.

이월령二月令

이월은 중춘仲春이라 경칩驚蟄 춘분春分 절기로다.

초육일初六日 좀생이는 풍흉을 안다 하며

스무날 음청陰晴으로 대강은 짐작 나니

반갑다 봄바람이 의구依舊히 문을 여니

---

9) 밑술. 술을 담글 때 넣는 묵은 술.

말랐던 풀뿌리는 속잎이 맹동萌動한다.

개구리 우는 곳에 논물이 흐르도다.

멧비둘기 소리 나니 버들빛 새로워라.

보쟁기 차려 놓고 춘경春耕을 하오리라.

살진 밭 가리어서 춘모春牟를 많이 갈고

면화棉花밭 되어 두어[10) 제때를 기다리소.

담배모 잇[11) 심으기 이를수록 좋으니라.

원림園林을 장점粧點하니 생리生利[12)를 겸하도다.

일분一分은 과목果木이오 이분二分은 뽕나무라.

뿌리를 상치 말고 비 오는 날 심으리라.

솔가지 찍어다가 울타리 새로 하고

장원牆垣도 수축하고 개천도 처 올리소.

안팎에 쌓인 검불 정쇄精灑히 쓸어 내어

불 놓아 재 받으면 거름을 보태리라.

육축六畜은 못다 하나 우마 계견牛馬鷄犬 기르리라.

씨암탉 두세 마리 알 안겨 깨어 보자.

산채山菜는 일렀으니 들나물 캐어 먹세.

고들빼기 씀바귀요 소루쟁이 물쑥이라

달래김치 냉잇국은 비위脾胃를 깨치나니

본초本草[13)를 상고詳考하여 약재藥材를 캐오리라.

창백출蒼白朮 당귀當歸 천궁川芎 시호柴胡 방풍防風 산약山藥 택사澤瀉

낱낱이 기록하여 때 미쳐 캐어 두소.

촌가村家에 기구 없어[14) 값진 약 쓰올쏘냐.

---

10) 다시 갈아 두고.

11) 잇꽃. 붉은빛 물을 들일 때 쓴다.

12) 이익을 내다.

13) 《본초강목》. 약재에 관한 책.

삼월령三月令

삼월은 모춘暮春이라 청명淸明 곡우穀雨 절기로다.
춘일春日이 재양載陽하여 만물이 화창하니
백화百花는 난만하고 새소리 각색이라.
당전堂前의 쌍제비는 옛집을 찾아오고
화간花間의 범나비는 분분히 날고 기니
미물도 득시得時하여 자락自樂함이 사랑홉다.
한식날 성묘하니 백양나무 새 잎 난다.
우로雨露에 감창感愴함[15]은 주과酒果로나 펴오리다.
농부의 힘드는 일 가래질 첫째로다.
점심밥 풍비豊備하여 때맞추어 배 불리소.
일꾼의 처자 권속 따라와 같이 먹세.
농촌의 후한 풍속 두곡斗穀을 아낄쏘냐.
물꼬를 깊이 치고 두렁 밟아 물을 막고
한 편에 모판하고 그 나머지 삶이[16]하니
날마다 두세 번씩 부지런히 살펴보소.
약한 싹 세워 낼 제 어린아이 보호하듯
백곡百穀 중 논농사가 범연하고 못 하리라.
포전浦田에 서속黍粟이오 산전山田에 두태豆太로다.
들깨모 일찍 붓고 삼 농사도 하오리라.
좋은 씨 가리어서 그루를 상환相換하소.
보리밭 매어 놓고 못논을 되어 두소.

---

14) 돈 없어. '기구'는 살림이 갖추어진 터전을 말한다.
15) 조상에게 감사하는 마음으로 슬퍼함. '우로雨露'는 조상의 은혜.
16) 논삶이. 논을 갈고 물을 잡아 흙덩이를 푸는 것.

들농사 하는 틈에 치포治圃를 아니 할까.

울밑에 호박이요 처마 가에 박 심으고

담 근처近處에 동아 심어 가자架子 하여 올려 보세.

무 배추 아욱 상추 고추 가지 파 마늘을

색색이 분별하여 빈 땅 없이 심어 놓고

개버들 베어다가 개바자 둘러막아

계견鷄犬을 방비하면 자연히 무성하리.

외밭은 따로 하여 거름을 많이 하소.

농가의 여름 반찬 이밖에 또 있는가.

뽕 눈을 살펴보니 누에 날 때 되겠구나.

어화 부녀들아 잠농蠶農을 전심하소.

잠실蠶室을 쇄소灑掃하고 제구諸具를 준비하니

다래끼 칼도마며 채광주리 달발이라.

각별히 조심하여 내음새 없이 하소.

한식 전후 삼사 일에 과목果木을 접接하나니

단행丹杏 이행李杏 울릉도鬱陵桃[17]며 문배 참배 능금 사과

엇접 피접 도마접에 행차접이 잘 사나니

청다래 정릉매는 고사古査[18]에 접을 붙여

농사를 필畢한 후에 분에 올려 들여놓고

천한天寒 백옥白屋 풍설 중에 춘색春色을 홀로 보면

실용實用은 아니로되 산중의 취미로다.

인간의 요긴한 일 장 담는 정사政事로다.

소금을 미리 받아 법대로 담그리라.

고추장 두부장도 맛맛으로 갖추 하소.

---

17) '단행丹杏'은 살구, '이행李杏'은 오얏. '울릉도鬱陵桃'는 산앵두인 듯하다.

18) 묵은 그루. 정릉매는 매화의 하나로, 꽃 마디가 푸르다.

전산前山에 비가 개니 살진 향채香菜 캐오리라.
삽주 두릅 고사리며 고비 도랏 어아리를
일분一分은 엮어 달고 이분二分은 무쳐 먹세.
낙화落花를 쓸고 앉아 빚은 술로 즐길 적에
산처山妻의 준비함이 가효佳肴가 이뿐이라.

사월령四月令

사월이라 맹하孟夏 되니 입하立夏 소만小滿 절기로다.
비 온 끝에 볕이 나니 일기도 청화淸和하다.
떡갈잎 퍼질 때에 뻐꾹새 자로 울고
보리이삭 패어 나니 꾀꼬리 소리 한다.
농사도 한창이요 잠농蠶農도 방장方壯이라.
남녀노소 골몰하여 집에 있을 틈이 없어
적막한 대사립을 녹음綠陰에 닫았도다.
면화를 많이 하소 방적紡績의 근본이니
수수 동부 녹두 참깨 부룩을 적게 하소.
갈 꺾어 거름할 제 풀 베어 섞어 하소.
무논을 써을이고[19] 이른 모 내어 보자.
농량農糧이 부족하니 환자還子 타 보태리라.
한잠 자고 이는 누에 하루도 열두 밥을
밤낮을 쉬지 말고 부지런히 먹이리라.
뽕 따는 아이들아 훗그루 보아 하여[20]

---

19) 논삶이. 모를 내기 전에 논밭을 가는 것.
20) 나중에 딸 것을 생각하여. 햇가지에 나는 뽕은 크고도 연해서 묵은 가지는 따 버린다.

고목은 가지 찍고 햇잎은 제쳐 따소.

찔레꽃 만발하니 적은 가물 없을쏘냐.

이때를 승시乘時하여 나 할 일 생각하소.

도랑 쳐 수도水道 내고 우루처雨漏處 개와改瓦 하여

음우陰雨를 방비하면 뒷근심 더 없나니

봄낳이 필무명을 이때에 마전하고

베 모시 형세대로 여름옷 지어 두소.

벌통에 새끼 나니 새 통에 받으리라.

천만千萬이 일심一心하여 봉왕蜂王을 웅위하니

꿀 먹기도 하려니와 군신君臣 분의分義 깨닫도다.

팔일八日에 현등懸燈함은 산촌에 불긴不緊하나

느티떡 콩찌니는 제때에 별미로다.

앞내에 물이 주니 천렵川獵을 하여 보자.

해 길고 잔풍潺風하니 오늘 놀이 잘 되겠다.

벽계수碧溪水 백사장을 굽이굽이 찾아가니

수단화水丹花 늦은 꽃은 봄빛이 남았구나.

촉고數罟를 둘러치고 은린옥척銀鱗玉尺 후려내어

반석盤石에 노구 걸고 숯구쳐 끓여 내니[21]

팔진미八珍味 오후청五侯鯖[22]을 이 맛과 바꿀쏘냐.

오월령五月令

오월이라 중하仲夏 되니 망종芒種 하지夏至 절기로다.

---

21) 부글부글 끓는 모양.
22) 전한前漢 성제成帝 때 누호婁護라는 제후가 다른 네 제후와 함께 즐겨 먹었다는 음식이다.

남풍南風은 때맞추어 맥추麥秋를 재촉하니
보리밭 누런 빛이 밤사이 나겠구나.
문 앞에 터를 닦고 타맥장打麥場 하오리라.
드는 낫 베어다가 단단이²³⁾ 헤쳐 놓고
도리깨 마주 서서 짓내어 두드리니²⁴⁾
불고 쓴 듯하던 집안 졸연卒然히 흥성하다.
담석儋石에 남은 곡식 하마 거의 진盡하리니
중간에 이 곡식이 신구新舊 상계相繼²⁵⁾ 하겠구나.
이 곡식 아니려면 여름 농사 어찌할꼬.
천심天心을 생각하니 은혜도 망극하다.
목동은 놀지 말고 농우農牛를 보살펴라.
뜨물에 꼴 먹이고 이슬풀²⁶⁾ 자로 뜯겨
그루갈이 모 심으기 제 힘을 빌리로다.
보리짚 말리고 솔가지 많이 쌓아
장마나무 준비하여 임시臨時 걱정 없이 하소.
잠농蠶農을 마칠 때에 사나이 힘을 빌어
누에섶도 하려니와 고치나무 장만하소.
고치를 따오리라 청명한 날 가리어서
발 위에 엷게 널고 폭양暴陽에 말리니
쌀고치 무리고치 누른 고치 흰 고치를
색색이 분별하여 일이 분 씨를 두고
그 나머지 켜오리라 자애²⁷⁾를 차려 놓고

---

23) 단마다.
24) 흥을 내어 두드리다, 또는 짓두드리다.
25) 묵은 곡식이 떨어지고 햇곡식이 날 동안 보리로 끼니를 잇는다는 말이다.
26) 이슬 묻은 풀. 아침 일찍 소를 먹이라는 말이다.
27) 자새. 실을 뽑을 때 쓰는 작은 얼레.

왕채에 올려내니 빙설 같은 실오리라.

사랑홉다 자애 소리 금슬琴瑟을 고르는 듯

부녀들 적공積功 들여 이 재미 보는구나.

오월 오일 단옷날 물색이 생신하다.

외밭에 첫물 따니 이슬에 젖었으며

앵두 익어 붉은빛이 아침볕에 바희도다.[28]

목 맺힌 영계 소리 익임벌로[29] 자로 운다.

향촌鄕村의 아녀들아 추천鞦韆은 말려니와

청홍상靑紅裳 창포菖蒲 비녀 가절佳節을 허송 말라.

노는 틈에 하올 일이 약쑥이나 베어 두소.

상천上天이 지인至仁하사 유연油然히 작운作雲하니

때 미쳐 오는 비를 뉘 능히 막을쏘냐.

처음에 부슬부슬 먼지를 적신 후에

밤들어 오는 소리 패연沛然히 드리운다.

관술불 둘러앉아 내일 일 마련할 제

뒷논은 뉘 심으고 앞밭은 뉘가 갈꼬.

도롱이 접사리며 삿갓은 몇 벌인고.

모찌기는 자네 하소 논 심기는 내가 함세.

들깨모 담배모는 머슴아이 맡아 내고

가지모 고추모는 아기딸 너 하여라.

맨도람 봉선화는 네 사천[30] 너무 마라.

아기어멈 방아 찧어 들바라지 점심 하소.

보리밥 파찬국에 고추장 상추쌈을

---

28) 빛나도다.

29) 연습으로.

30) 부녀자들이 사사로이 모은 돈. 여기서는 취미로 하는 것을 말한다.

식구를 헤아리되 넉넉히 능을 두소.[31]
샐 때에 문에 나니 개울에 물 넘는다.
메나리 화답하니 격양가擊壤歌 아니런가.

유월령六月令

유월이라 계하季夏 되니 소서小暑 대서大暑 절기로다.
대우大雨도 시행時行하고 더위도 극심하다.
초목이 무성하니 파리 모기 모여들고
평지에 물이 괴니 악머구리 소리 난다.
봄보리 밀 귀리를 차례로 베어 내고
늦은 콩 팥 조 기장을 베기 전 대우 대우 들여[32]
지력地力을 쉬지 말고 극진히 다스리소.
젊은이 하는 일이 기음매기뿐이로다.
논밭을 갈마들어 삼사 차 돌려 맬 제
그중에 면화밭은 인공人功이 더 드나니
틈틈이 나물밭도 북돋워 매 가꾸소.
집터 울밑 돌아가며 잡풀을 없게 하소.
날 새면 호미 들고 긴긴 해 쉴 새 없이
땀 흘려 흙이 젖고 숨 막혀 기진할 듯
때마침 점심밥이 반갑고 신기하다.
정자나무 그늘 밑에 좌차座次를 정한 후에
점심 그릇 열어 놓고 보리단술 먼저 먹세.

---

31) 넉넉히 여유를 두어.
32) 농작물 사이에 다른 작물을 심어.

반찬이야 있고 없고 주린 창자 메운 후에
청풍清風에 취포醉飽하니 잠시간 낙樂이로다.
농부야 근심 마라 수고하는 값이 있네.
오조 이삭 청태콩이 어느 사이 익었구나.
일로 보아 짐작하면 양식 걱정 오랠쏘냐.
해진 후 돌아올 제 노래 끝에 웃음이라.
애애靄靄한 저녁 내는 산촌에 잠겨 있고
월색月色은 몽롱하여 발길에 비취거다.
늙은이 하는 일도 바이야[33] 없을쏘냐.
이슬아적 외 따기와 뙤약볕에 보리 널기
그늘 곁에 누역 치기[34] 창문 앞에 노 꼬기라.
하다가 고달프면 목침 베고 허리 쉬움
북창풍北窓風에 잠을 드니 희황씨羲皇氏 적 백성이라.
잠 깨어 바라보니 급한 비 지나가고
먼 나루에 쓰르라미 석양을 재촉한다.
노파의 하는 일은 여러 가지 못 하여도
묵은 솜 틀고 앉아 알뜰히 피워 내니
장마 속의 소일이요 낮잠 자기 잊었도다.
삼복三伏은 속절俗節이요 유두流頭는 가일佳日이라
원두밭에 참외 따고 밀 갈아 국수하여
가묘家廟에 천신薦新하고 한때 음식 즐겨 보세.
부녀는 헤피 마라 밀기울 한데 모아
누룩을 디디어라 유두곡流頭麯을 혀느니라.[35]

---

33) 아주야.
34) 도롱이 짜기.
35) 유둣날 디딘 누룩을 쳐 주느니라.

호박나물 가지김치 풋고추 양념하고
옥수수 새 맛으로 일 없는 이 먹어 보소.
장독을 살펴보아 제 맛을 잃지 말고
맑은 장 따로 모아 익는 족족 떠내어라.
비 오면 덮겠은즉 독전을 정히 하소.
남북촌 합력하여 삼구덩이 하여 보세.
삼대를 베어 묶어 익게 쪄 벗기리라.
고운 삼 길쌈하고 굵은 삼 바 드리소.
농가에 요긴키로 곡식과 같이 치네.
산전山田 메밀 먼저 갈고 포전浦田은 나중 가소.

칠월령七月令

칠월이라 맹추孟秋 되니 입추立秋 처서處暑 절기로다.
화성火星은 서류西流하고 미성尾星[36]은 중천中天이라.
늦더위 있다 한들 절서節序야 속일쏘냐.
비 밑도 가벼웁고 바람 끝도 다르도다.
가지 위의 저 매아미 무엇으로 배를 불려
공중에 맑은 소리 다투어 자랑는고.
칠석에 견우직녀 이별루離別淚가 비가 되어
성근 비 지내가고 오동잎 떨어질 제
아미蛾眉 같은 초승달이 서천西天에 걸리거다.
슬프다 농부들아 우리 일 거의로다.
얼마나 남았으며 어떻게 되다 하노.

---

36) 혜성.

마음을 놓지 마소 아직도 멀고 멀다.
골 거두어 기음매기 벼 포기에 피 고르기
낫 벼려 두렁 깎기 선산에 벌초하기
거름풀 많이 베어 더미 지어 모아 놓고
자채논에 새 보기와 오조밭에 정의아비
밭가에 길도 닦고 복사覆沙도 쳐 올리소.
살지고 연한 밭에 거름하고 익게 갈아
김장할 무 배추 남 먼저 심어 놓고
가시울 진작 막아 허술함이 없게 하소.
부녀들도 혬이 있어 앞일을 생각하소.
배짱이 우는 소리 자네를 위함이라.
저 소리 깨쳐 들어 놀라쳐 다스리소.
장마를 겪었으니 집안을 돌아보아
곡식도 거풍擧風하고 의복도 포쇄曝曬하소.
명주오리 어서 뭉져[37] 생량전生凉前 짜아 내소.
늙으신네 기쇠氣衰하매 환절換節 때를 조심하고
추량秋凉이 가까우니 의복을 유의하소.
빨래하여 바래이고 풀 먹여 다듬을 제
월하月下의 방추 소리 소리마다 바쁜 마음
실가室家에 골몰함이 일변은 재미로다.
소채蔬茱 과실 흔할 적에 저축을 많이 하소.
박 호박 고지 켜고 외 가지 짜게 절여
겨울에 먹어 보소 귀물貴物이 아니 될까.
면화밭 자로 살펴 올다래 피었는가.
가꾸기도 하려니와 거두기에 달렸느니.

---

37) 감아.

팔월령八月令

팔월이라 중추仲秋 되니 백로白露 추분秋分 절기로다.
북두성北斗星 자루 돌아 서천西天을 가리키니
선선한 조석朝夕 기운 추의秋意가 완연하다.
귀뚜라미 맑은 소리 벽간壁間에 들리누나.
아침에 안개 끼고 밤이면 이슬 내려
백곡百穀을 성실成實하고 만물을 재촉하니
들구경 돌아보니 힘들인 일 공생功生하다.
백곡의 이삭 패고 여물 들어 고개 숙어
서풍西風에 익는 빛은 황운黃雲이 일어난다.
백설白雪 같은 면화 송이 산호 같은 고추 다래
처마에 널었으니 가을볕 명랑하다.
안팎 마당 닦아 놓고 발채 망구 장만하소.
면화 따는 다래끼에 수수 이삭 콩 가지요
나무꾼 돌아올 제 머루 다래 산과山果로다.
뒷동산 밤 대추는 아이들 세상이라.
알암 모아 말리어라 철 대어 쓰게 하소.
명주를 끊어 내어 추양秋陽에 마전하여
쪽 들이고 잇 들이니 청홍이 색색이라.
부모님 연만年滿하니 수의壽衣를 유의하고
그 나머지 마르재어 자녀의 혼수婚需 하세.
집 위의 굳은 박은 요긴한 기명器皿이라.
댑싸리 비를 매어 마당질에 쓰오리라.
참깨 들깨 거둔 후에 중오려 타작하고
담배 줄 녹두 말을 아껴워 작전作錢하랴.
장 구경도 하려니와 흥정할 것 잊지 마소.

북어쾌 젓조기로 추석 명일名日 쇠어 보세.

신도주新稻酒 오려송편 박나물 토란국을

선산에 제물祭物하고 이웃집 나눠 먹세.

며느리 말미 받아 본집에 근친覲親 갈 제

개 잡아 삶아 얹고 떡고리며 술병이라

초록 장옷 반물치마 장속裝束하고 다시 보니

여름지어[38] 지친 얼굴 소복蘇復이 되었느냐.

중추야仲秋夜 밝은 달에 지기 펴고 놀고 오소.

금년 할 일 못다 하여 명년 계교 하오리라.

밀대 베어 더운갈이[39] 모맥牟麥을 추경秋耕 하세.

끝끝이 못 익어도 급한 대로 걷고 가소.

인공人功만 그러할까 천시天時도 이러하니

반각半刻도 쉴 새 없이 마치며 시작느니.

구월령九月令

구월이라 계추季秋 되니 한로寒露 상강霜降 절기로다.

제비는 돌아가고 떼기러기 언제 왔노.

벽공碧空에 우는 소리 찬 이슬 재촉는다.

만산滿山 풍엽楓葉은 연지臙脂를 물들이고

울 밑에 황국화黃菊花는 추광秋光을 자랑한다.

구월구일 가절佳節이라 화전花煎하여 천신薦新하세.

절서를 따라가며 추원보본追遠報本[40] 잊지 마소.

물색은 좋거니와 추수가 시급하다.

들마당 집마당에 개상에 탯돌이라.

무논은 베어 갈고 건답乾畓은 베 두드려

오늘은 정근벼요 내일은 사발벼라.

밀따리 대추벼와 등트기 경상벼라

들에는 조 피 더미 집에는 팥 콩 가리

벼 타작 마친 후에 틈나거든 두드리세.

비단차조 이부꾸리 매눈이콩 황부대를

이삭으로 먼저 잘라 후씨[41]로 따로 두소.

젊은이는 태질이오 계집사람 낫질이라

아이는 소 몰리고 늙은이 섬 욱이기

이웃집 울력하여 제 일 하듯 하는 것이

뒷목 추기[42] 짚 널기와 마당 끝에 키질하기

일변으로 면화 트니 씨아 소리 요란하다.

틀 차려 기름 짜기 이웃끼리 합력하세.

등유燈油도 하려니와 음식도 맛이 있네.

밤에는 방아 찧어 밥쌀을 장만할 제

찬 서리 긴긴밤에 우는 아기 돌아볼까.

타작 점심 하오리라 황계黃鷄 백주白酒 부족할까.

새우젓 계란찌개 상찬上饌으로 차려 놓고

배춧국 무나물에 고춧잎 장아찌라.

큰 가마에 앉힌 밥이 태반이나 부족하다.

한가을 흔할 적에 과객過客도 청하나니

---

40) 먼 조상을 추모하고 그 은혜에 보답하는 것.

41) 훗날 쓸 종자.

42) 타작을 하고 난 뒤 아직 대궁이에 남아 있는 낱알을 추어내는 것.

한동네 이웃하여 한들에 농사할 제
수고도 나눠 하고 없는 것도 서로 도와
이때를 만났으니 즐기기도 같이 하세.
아무리 다사多事하나 농우農牛를 보살펴라.
조피대⁴³⁾ 살을 찌워 제 공을 갚으리라.

시월령十月令

시월은 맹동孟冬이라 입동立冬 소설小雪 절기로다.
나뭇잎 떨어지고 고니 소리 높이 난다.
듣거라 아이들아 농공農功을 필畢하여도
남은 일 생각하여 집안 일 마저 하세.
무 배추 캐어 들여 김장을 하오리라.
앞 내에 정히 씻어 함담鹹淡을 맞게 하고
고추 마늘 생강 파에 젓국지 장아찌라.
독 곁에 중두리요 바탱이 항아리라.
양지陽地에 가가假家 짓고 짚에 싸 깊이 묻고
박이무 알암 말⁴⁴⁾도 얼잖게 간수하소.
방고래 구두질과 바람벽 맥질하기
창호窓戶도 발라 놓고 쥐구녕도 막으리라.
수수대로 덧울 하고 외양간에 떼적⁴⁵⁾ 치고
깍짓동⁴⁶⁾ 묶어 세고 과동시過冬柴 쌓아 두소.

---

43) 조와 피의 짚.
44) '박이무' 는 씨를 받기 위해 심는 장다리무, '알암 말' 은 한 말쯤 되는 알밤.
45) 벽을 둘러 바람을 막기 위해 짚으로 엮은 것.
46) 콩이나 팥의 깍지를 줄기가 달린 채로 묶은 단.

우리 집 부녀들아 겨울옷 지었느냐.

술 빚고 떡 하여라 강신講信날 가까웠다.

꿀 꺾어 단자團餈하고 메밀 앗아 국수 하소.

소 잡고 돝 잡으니 음식이 풍비豐備하다.

들마당에 차일遮日 치고 동네 모아 자리 포진鋪陳

노소 차례 틀릴세라 남녀 분별 각각 하소.

삼현三絃 한 패 얻어오니 화랑花郎이 줄무지라.

북치고 소리하니 여민락與民樂이 제법이라

이 풍헌李風憲 김 첨지金僉知는 잔말 끝에 취도醉倒 하고

최 권농崔勸農 강 약정姜約正은 체괄이 춤[47]을 춘다.

잔盞 진지進之 하올 적에 동장洞長님 상좌上座하여

잔 받고 하는 말씀 자세히 들어 보소.

어와 오늘 놀음 이 놀음이 뉘 덕인고.

천은天恩도 그지없고 국은國恩도 망극하다.

다행히 풍년 만나 기한飢寒을 면하도다.

향약鄕約은 못하여도 동헌洞憲이야 없을쏘냐.

효제충신孝悌忠信 대강 알아 도리道理를 잃지 마소.

사람의 자식 되어 부모 은혜 모를쏘냐.

자식을 길러 보면 그제야 깨달으리.

천신만고 길러 내어 남혼여가男婚女嫁 필畢하오면

제 각각 몸만 알아 부모 봉양 잊을쏘냐.

기운이 쇠진衰盡하면 바라느니 젊은이라.

의복 음식 잠자리를 각별히 살펴 드려

행여나 병 나실까 밤낮으로 잊지 마소.

고까우신 마음으로 걱정을 하실 적에

---

47) 오랑캐 춤의 하나.

중중거려 대답 말고 화기和氣로 풀어내소.

들어온 지어미는 남편의 거동 보아

그대로 본을 뜨니 보는 데 조심하소.

형제는 한 기운이 두 몸에 나눴으니

귀중하고 사랑함이 부모의 다음이라

간격 없이 한통치고 네것 내것 계교 마소.

남남끼리 모인 동서同婿 틈나서 하는 말을

귀에 담아 듣지 마소. 자연히 귀순歸順하리.

행신行身에 먼저 할 일 공순恭順이 제일이라

내 늙은이 공경할 제 남의 어른 다를쏘냐.

말씀을 조심하여 인사人事를 잃지 마소.

하물며 상하 분의分義 존비尊卑가 현격하다.

내 도리 극진하면 죄책罪責을 아니 보리.

임금의 백성 되어 은덕으로 살아가니

거미 같은 우리 백성 무엇으로 갚아 볼까.

일년의 환자還子 신역身役 그 무엇 많다 할꼬.

한전限前에 필납畢納함이 분의에 마땅하다.

하물며 전답田畓 구실 토지로 분등分等하니

소출所出 생각하면 십일세十一稅도 못 되나니

그러나 못 먹으면 재災 주어 탕감蕩減하니⁴⁸⁾

이런 일 자세 알면 왕세王稅를 거납拒納하랴.

한 동네 몇 호수戶數에 각성各姓이 거생居生하여

신의信義를 아니 하면 화목和睦을 어찌할꼬.

혼인대사婚姻大事 부조扶助하고 상장우환喪葬憂患 보살피며

수화도적水火盜賊 구원救援하고 유무칭대有無稱貸 서로 하여

---

48) 흉년이 들었을 때 재해를 입은 것으로 분류하여 세금을 면제해 주니.

나보다 요부饒富한 이 용심用心 내어 시비 말고
그중에 환과고독鰥寡孤獨 자별히 구휼하소.
제 각각 정한 분복分福 억지로 못 하나니
자네들 헤어 보아 내 말을 잊지 마소.
이대로 하여 가면 잡생각 아니 나리.
주색잡기酒色雜技 하는 사람 초두初頭부터 그러할까.
우연히 그릇 들어 한 번 하고 두 번 하면
마음이 방탕하여 그칠 줄 모르나니
자네들 조심하여 작은 허물 짓지 마소.

십일월령十一月令

십일월은 중동仲冬이라 대설大雪 동지冬至 절기로다.
바람 불고 서리 치고 눈 오고 얼음 언다.
가을에 거둔 곡식 얼마나 하였던고.
몇 섬은 환자 하고 몇 섬은 왕세王稅하고
얼마는 제반미祭飯米오 얼마는 씨앗이며
도지賭地도 되어 내고 품값도 갚으리라.
시계市契돈 장리長利벼49)를 낱낱이 수쇄收刷하니
엄부렁하던 것이 남저지 바이없다.
그러한들 어찌할꼬 농량農糧이나 여투리라.
콩기름 우거지로 조반석죽朝飯夕粥 다행하다.
부녀야 네 할 일이 메주 쑬 일 남았구나.

---

49) '시계돈'은 시장에서 무은 곗돈을 꾸어 거기에 대한 이자인 듯하다. '장리벼'는 봄에 꾼 벼를 오
할의 이자와 함께 가을에 갚는 벼.

익게 삶고 매우 찧어 띄워서 재워 두소.

동지는 명일名日이라 일양一陽이 생생生生하도다.

시식時食으로 팥죽 쑤어 인리隣里와 즐기리라.

새 책력冊曆 반포하니 내년 절후 어떠한고.

해 덧없고 밤 길어 지루하다.

공채公債 사채私債 요당了當하니[50] 관리官吏 면임面任 아니 온다.

시비柴扉를 닫았으니 초옥草屋이 한가하다.

단구短晷에 조석朝夕하니 자연히 틈 없나니

등잔불 긴긴밤에 길쌈을 힘써 하소.

베틀 곁에 물레 놓고 틀고 타고 잣고 짜네.

자란 아이 글 배우고 어린아이 노는 소리

여러 소리 지껄이니 실가室家의 재미로다.

늙은이 일 없으니 기직이나 매어 보세.

외양간 살펴보아 여물을 가끔 주소.

깃 주어 받은 두엄 자로 쳐야 모이나니.

십이월령十二月令

십이월은 계동季冬이라 소한小寒 대한大寒 절기로다.

설중雪中의 봉만峯巒들은 해 저문 빛이로다.

세전歲前에 남은 날이 얼마나 걸렸는고.

집안의 여인들은 세시歲時 의복 장만하고

무명 명주 끊어 내어 온갖 무색 들여 내니

진주眞朱 보라 송화색松花色에 청화靑華 갈매 옥색玉色이라.

---

50) 빚을 다 갚으니.

일변으로 다듬으며 일변으로 지어내니
상자에도 가득하고 횃대에도 걸었도다.
입을 것 그만하고 먹을 것 장만하세.
떡쌀은 몇 말이며 술쌀은 몇 말인고.
콩 갈아 두부하고 메밀쌀 만두 빚소.
세육歲肉은 계契를 믿고 북어는 장에 사세.
납평臘平날 창애 묻어 잡은 꿩 몇 마린고.
아이들 그물 쳐서 참새도 지쳐 먹세.
깨강정 콩강정에 곶감 대추 생률生栗이라.
주준酒樽에 술 들이니51) 돌 틈에 새암 소리
앞뒷집 타병성打餠聲은 예도 나고 제도 나네.
새 등잔 새발심지 장등長燈하여 새울 적에
윗방 봉당 부엌까지 곳곳이 명랑明朗하다.
초롱불 오락가락 묵은세배 하는구나.
어화 내 말 듣소 농업이 어떠한고.
종년終年 근고勤苦 한다 하나 그중에 낙樂이 있네.
위로 국가봉용國家奉用 사계私系로 제선봉친祭先奉親
형제 처자 혼상 대사婚喪大事 먹고 입고 쓰는 것이
토지 소출 아니러면 돈 지당52) 어이할꼬.
예로부터 이른 말이 농업이 근본이라.
배 부려 선업船業하고 말 부려 장사하기
전당典當 잡고 빚 주기와 장場판에 체계遞計 놓기53)
술장사 떡 장사며 술막질54) 가게 보기

---

51) 술 거르니.
52) 감당.
53) 장체계場遞計. 장에서 돈을 비싼 이자로 꾸어 주고 장날마다 이자를 받는 것.

아직은 흔전하나 한번을 뒤뚝하면
파락호破落戶 빚꾸러기 살던 곳 터도 없다.
농사는 믿는 것이 내 몸에 달렸으니
절기도 진퇴 있고 연사年事도 풍흉 있어
수한水旱 풍포風雹 잠시 재앙 없기야 하랴마는
극진히 힘을 들여 가솔家率이 일심 하면
아무리 살년殺年에도 아사餓死를 면하느니
제 시골 제 지키어 소동騷動할 뜻 두지 마소.
황천皇天이 지인至仁하사 노하심도 일시로다.
십년을 가령假令하면 칠분七分은 풍년이요 삼분은 흉년이라.
천만 가지 생각 말고 농업을 전심 하소.
하소정夏小正 빈풍시豳風詩[55]를 성인이 지었으니
이 뜻을 본받아서 대강을 기록하니
이 글을 자세히 보아 힘쓰기를 바라노라.

---

54) 주막을 차려 술도 팔고 나그네도 재우는 일을 하는 것.
55) '하소정夏小正'은 전한前漢 때 《대대례大戴禮》의 글 이름이고 '빈풍시豳風詩'는 《시경》에 나
오는 글 이름으로, 모두 농사를 장려하는 글이다.

석 달을 잠을 자고
석 달을 놀아 보세

즐겁다고 생각하니 뒷걱정이 절로 난다.
시부모 모신 새색시가 친정 있기 오랠쏜가.
오나가나 생각하니 시집살이 가소롭다.
부러워라 부러워라 남자 몸이 부러워라.
부모 슬하 자라나서 젊고 늙고 한평생을
부모님들 모시고서 하루같이 살아가리.

봉선화가鳳仙花歌

규방에 일이 없어 백화보百花譜[1]를 헤쳐 보니
봉선화 이 이름을 뉘라서 지어낸고.
신선놀음 옥퉁소 소리 선경仙境으로 가 본 뒤에
규중에 남은 인연 꽃가지에 머무르니
가냘픈 푸른 잎은 봉의 꼬리 넘노는 듯
아름다운 붉은 꽃은 붉은 노을 헤쳤는 듯
옥섬돌 밑 좋은 흙에 종종이 심어 내니
봄철이 지난 뒤에 향기 없다 웃지 마소.
취한 나비 미친 벌이 따라올까 저어하네.
정숙한 저 기상을 여자밖에 뉘 벗할꼬.
옥난간 긴긴날에 보아도 다 못 보아
사창紗窓을 반쯤 열고 계집종 불러내어
다 핀 꽃을 캐어다가 수상자에 담아 놓고
바느질 다 한 뒤에 중간 방에 밤이 깊어
타는 심지 꼬리치며 촛불이 밝았을 제
나옴나옴 곧추앉아 흰 구슬 갈고 갈아
빙옥 같은 손 가운데 난만히 개어 내어

■ 《정일당 잡지》에 전한다.
1) 여러 가지 꽃들에 대한 것을 적은 책.

파사국波斯國[2] 저 임금 붉은 산호 헤쳤는 듯
깊은 궁궐 절구질로 붉은 가루 만든 듯
부드러운 열 손가락에 수실로 감아 내니
종이 위에 붉은 물이 희미하게 스미는 양
선녀처럼 자태 고운 미인의 엷은 뺨에
붉은 이슬 끼쳤는 듯 단단히 봉한 모양
비단에 쓴 편지 한 장 서왕모에게 부쳤는 듯
봄잠을 늦이 깨어 차례로 풀어 놓고
옥거울을 대하여서 팔자 눈썹 그리려니
난데없는 붉은 꽃이 가지에 붙었는 듯
손으로 쥐자 하니 분분히 흩어지고
입으로 불려 하니 섞인 안개 가리었다.
동무들 불러 모아 낭랑히 자랑하고
꽃 앞에 나아가서 두 벗을 견주니
쪽잎의 푸른 물이 쪽이어서 푸르단 말[3]
이 아니 옳을쏜가.
은근히 풀을 매고 돌아와 누웠더니
곱게 차린 한 여자가 사뿐히 앞에 와서
웃는 듯 찡기는 듯 사례하듯 하직하는 듯
몽롱이 잠을 깨어 정녕히 생각하니
아마도 꽃 귀신이 내게 와 하직한다.

---

2) 지금의 이란.
3) 쪽에서 나온 푸른색이 오히려 본바탕 쪽보다 더 푸르다는 말. 여기서는 손톱에 들인 물이 봉선화
　보다 더 붉음을 말한다.

문을 급히 열고 꽃수풀을 바라보니

땅 위에 붉은 꽃이 가득히 수놓았다.

시무룩이 슬퍼하며 낱낱이 주워 담아

꽃더러 이르노라.

그대는 한치 마소 해마다 꽃빛은 변함이 없거니.

그대 자취 내 손에 머물러 있으니.

동쪽 동산 복숭아꽃 봄 한때를 자랑 마소.

스무 번 꽃바람에 적막히 떨어진들

뉘라서 슬퍼할꼬.

규중에 남은 인연 그대 한 몸뿐이로세.

봉선화 이 이름을 뉘라서 지어낸고.

이로 하여 지었어라.

원문

향규香閨[1]의 일이 없어 백화보百花譜를 헤쳐 보니

봉선화 이 이름을 뉘라서 지어낸고.

진유眞遊[2]의 옥소玉簫 소리 자연紫煙으로 행한 후에

규중閨中에 남은 인연 일지화一枝花에 머무르니

유약柔弱한 푸른 잎은 봉의 꼬리 넘노는 듯

자약自若히 붉은 꽃은 자하군紫霞裙을 헤쳤는 듯.

백옥白玉 섬[3] 좋은 흙에 종종이 심어 내니

---

1) 부녀의 방.
2) 신선놀음.

춘삼월春三月 지난 후에 향기 없다 웃지 마소.

취한 나비 미친 벌이 따라올까 저어하네.

정정貞靜한 저 기상을 여자밖에 뉘 벗 할꼬.

옥난간 긴긴날에 보아도 다 못 보아

사창紗窓을 반개半開하고 아환丫鬟을 불러내어

다 핀 꽃을 캐어다가 수상자繡箱子에 담아 놓고

여공女工을 그친 후의 중당中堂에 밤이 깊고

납촉蠟燭이 밝았을 제

나옴나옴 곧추 앉아 흰 구슬을 갈아 마아[4]

빙옥氷玉 같은 손 가운데 난만히 개어 내어

파사국波斯國 저 제후諸侯의 홍산호紅珊瑚를 헤쳤는 듯

심궁 풍류深宮風流 절구의 홍수궁紅守宮을[5] 먹이는 듯

섬섬纖纖한 십지 상十指上에 수繡실로 감아 내니

종이 위에 붉은 물이 미미微微히 스미는 양

가인佳人의 얇은 뺨의 홍로紅露를 끼쳤는 듯

단단히 봉한 모양

춘라옥자春羅玉字 일봉서一封書를 왕모王母[6]에게 부쳤는 듯

춘면春眠을 늦추 깨어 차례로 풀어 놓고

옥경대玉鏡臺를 대하여서 팔자미八字尾를 그리려니

난데없는 붉은 꽃이 가지에 붙었는 듯

손으로 우희려니[7] 분분紛紛히 흩어지고

---

3) 흰 옥으로 된 섬돌.

4) 흰 구슬을 갈아 가루로 만들어. '흰 구슬'은 백반.

5) '수궁'은 도마뱀. 한漢나라 무제武帝가 단옷날 도마뱀에게 주사朱沙를 먹여 붉은 도마뱀〔紅守宮〕을 만들었다는 말이 있다. '홍수궁'을 절구에 찧어서 처녀의 몸에 붉은 점을 찍는데, 결혼하면 없어진다고도 한다.

6) 전설에, 요지瑤池에 산다는 선녀 서왕모西王母.

입으로 불려 하니 섞인 안개 가리었다.

여반女伴을 서로 불러 낭랑히 자랑하고

꽃 앞에 나아가서 두 벗을 비교하니

쪽잎의 푸른 물이 쪽이어서 푸르단 말

이 아니 옳을쏜가.

은근히 풀을 매고 돌아와 누웠더니

녹의홍상綠衣紅裳 일여자一女子가 표연飄然히 앞에 와서

웃는 듯 찡기는 듯 사례謝禮는 듯 하직下直는 듯

몽롱朦朧히 잠을 깨어 정녕丁寧히 생각하니

아마도 꽃 귀신이 내게 와 하직한다.

수호繡戶를 급급急急히 열고 꽃수풀을 점검하니

땅 위의 붉은 꽃이 가득히 수놓았다.

암암黯黯히 슬허하고 낱낱이 주워 담아

꽃더러 말 붙이되 그대는 한恨치 마소.

시세 연년歲歲年年의 꽃빛은 의구依舊하니

허물며 그대 자취 내 손에 머물었지.

동원東園의 도리화桃李花는 편시춘片時春을 자랑 마소.

이십 번二十番 꽃바람[8]의 적막寂寞히 떨어진들

뉘라서 슬퍼할꼬.

규중閨中의 남은 인연因緣 그대 한 몸뿐이로세.

봉선화鳳仙花 이 이름을 뉘라서 지어낸고.

일로 하여 지었어라.

---

7) 옮기려니.

8) '이십사번二十四番 화신풍花信風'을 말한다. 소한에서 곡우까지 이십사 후候라고 하여 1후候, 곧
   오 일마다 새로운 봄바람이 분다고 하였는데, 절후마다 꽃 하나를 붙였다.

화전가花煎歌

어화 여인들아 이내 말씀 들어 보소.
태평세월 좋은 해에 이때가 어느 때뇨.
춥도 덥도 않은 봄철이라 실버들 드리운 곳에
꾀꼬리 펄펄 날고 산마다 울긋불긋
벌나비 나풀나풀 우리 꾀꼬리 벌나비 아니로되
꽃은 같이 얻었으니 우리 비록 여자라도
이러한 태평세월 아니 놀고 무엇 하리.
하 많은 일 다 버리고 하루 놀음하려 하고
날짜를 정하자 하니 좋은 날은 언제런고.
이월이라 스무닷새 청명 시절 제때로다.
손꼽아 바라더니 어느 결에 다다랐네.
아이종 급히 불러 앞뒷집 서로 일러
소식 전코 가사이다 노소 없이 다 불러서
차례로 달아나니 차림 단장 찬란하다.
먼 산 같은 눈썹일랑 나비 눈썹 다스리고
구름 같은 귀밑을랑 선녀처럼 꾸미도다.
동쪽 지방 고운 명주 잔줄 넣어 누벼 입고

■ '화수가(꽃을 따라 부른 노래)'라고도 한다. 화전은 '꽃다림'이라고도 하며 화전놀이를 할 때는
으레 화전가를 지었다.

가을볕에 바랜 베를 연한 반물 들여 입고
선명하게 나와 서서 좋은 풍경 보려 하고
아름다운 강산을 찾았으되
용산을 가려느냐 매봉으로 가려느냐.
산수 맑고 좋은 곳은 소학산이 제일이라.
어서 가자 바삐 가자 앞에 서고 뒤에 서고
큰 산같이 높은 봉우리 험한 준령을
허위허위 올라가서 승지에 닿았구나.
좌우 풍경 둘러보니 수양산 같은 금오산[1]은
충신[2]이 살았거늘 어찌 저리 푸르렀으며
황하 같은 낙동강은 성인이 나시런가.
흐르는 푸른 물이 어찌 저리 맑아 있노.
구경을 그만 하고 꽃전 터로 내려와서
지짐판 새옹솥 시냇가에 걸어 놓고
참기름 백분 놓아 꽃전을 지져 놓고
꽃 사이에 일가친척 웃으며 불렀으니
지체 말고 어서 오소 잠깐 사이 빨리 오소.
집에 앉아 수륙진미 보기는 하려니와
집안끼리 즐김이 이에서 더할쏘냐.
소나무 그늘 아래 의좋게 늘어앉아
꽃가지로 찍어 올려 봄맛을 쾌히 보고
남은 흥을 못 이기어 상상봉에 높이 올라

---

1) 경상북도 선산군에 있는 산.
2) 여기서는 고려 말엽의 학자 야은 길재를 가리킨다. 고려가 망하자 길재는 금오산에 숨어 살았다.

가없이 좋은 경치 한눈에 다 들이니
저 높은 백운산은 신선이 놀던 덴가.
반석 위에 바둑판은 줄줄이 벌여 있고
그윽한 황학동은 선녀가 있던 덴가
맑은 냇가 복사꽃은 무릉도원 의연하다.
이러한 좋은 경치 마음껏 다 즐기니
소동파 놀던 적벽강이 이보다 더할쏘냐.
이태백 놀던 채석강이 이보다 나을쏜가.
꽃 사이에 앉아 서로 보며 이르는 말
여자의 소견인들 좋은 경치 모를쏘냐.
규중에 썩힌 간장 오늘에야 쾌한지고.
흉금이 시원하고 온몸이 호탕하여
봄날 하루 긴긴날을 긴 줄도 잊었더니
서산에 지는 해가 골안 들어 재촉하여
층암절벽 높은 산에 저녁연기 일어나고
벽수동 안에 잘새가 돌아온다.
흥대로 놀려 하면
산속 자연에 취한 사람 아닌 고로
바위야 꽃들아 잘 있거라 강산아 다시 보자.
풍년 들고 태평한 세월 오거들랑
백발 흩날리며 고향 산천 찾아오마.

원문

어화 여인들아 이내 말씀 들어 보소.

이 해가 어떤 해뇨 우리 임금 화갑華甲이라.

화봉華封의 축원으로 우리 임금 축수祝壽하고[1]

강구康衢의 격양가擊壤歌로 우리 여인 화답하네.

인정전仁政殿 높은 전에 수연壽宴을 배설排設하니

백관百官은 헌수獻壽하고 창생蒼生은 고무鼓舞한다.

춘당대春塘臺 넓은 땅에 경과慶科를 보이시니

목목穆穆하신 우리 임금 서일瑞日같이 임하시고

빈빈彬彬한 명유名儒들은 화상華床에 분주하다.

이렇듯이 좋은 해에 이때가 어느 때뇨.

불한불열不寒不熱 삼춘三春이라 심류청사深柳靑絲 드린 곳에

황앵黃鶯이 편편片片하고 천봉 수장千峰繡帳 베푼 곳에

봉접蜂蝶이 분분紛紛하다 우리 황앵 봉접黃鶯蜂蝶 아니로되

꽃은 같이 얻었으니 우리 비록 여자라도

이러한 태평성세太平聖歲 아니 놀고 무엇 하리.

백만사百萬事 다 버리고 하루 놀음 하려 하고

일자日字를 정정차 하니 길일吉日 양신良辰 언제런고.

이월이라 염오일念五日은[2] 청명 시절 제때로다.

손꼽고 바라더니 어느덧에 다닫고야.

아이종 급急히 불러 앞뒷집 서로 일러

소식消息하고 가사이다 노소 없이 다 모도아

---

1) 화봉은 요堯 임금 때 국경 지방인 화華 땅을 지키던 사람으로, 요 임금이 즉위하자 요 임금에게 장
  수長壽, 부富, 다남자多男子 세 가지를 축수했다고 한다.

2) 스무닷새날.

차차로 달아나니 응장성식應粧盛飾 찬란하다.
원산遠山 같은 눈썹을랑 아미蛾眉로 다스리고
횡운橫雲 같은 귀밑을랑 선빈仙鬂으로 꾸미도다.
동해東海에 고운 명주明紬 잔줄 넣어 누벼 입고
추양秋陽에 바랜 베를 연반물3) 들여 입고
선명하게 나와 서서 좋은 풍경 보려 하고
가려강산佳麗江山 찾았으되
용산龍山을 가려느냐 매봉으로 가려느냐.
산명수려山明秀麗 좋은 곳은 소학산蘇鶴山이 제일이라.
어서 가자 바삐 가자 앞에 서고 뒤에 서고
태산 같은 고봉준령 허위허위 올라가서
승지勝地에 다닫거다.
좌우 풍경 둘러보니 수양首陽4) 같은 금오산金鰲山은
충신이 먹었거늘 어찌 저리 푸르렀으며
황하黃河 같은 낙동강은 성인聖人이 나시련가.
어찌 저리 맑아 있노 구경을 그만하고
화전花煎 터로 내려 와서 번철이야 정관이야5)
시냇가에 걸어놓고 청유淸油6)라 백분이라
화전花煎을 지져 놓고 화간花間에 제종 숙질
웃으며 불렀으되 어서 오고 어서 오소.
집에 앉아 수륙진미水陸珍味 보기는 하려니와
우리 일실一室 동환同歡하기 이에서 더할쏘냐.
송하松下에 늘어앉아

---

3) 연한 푸른 물감.
4) 수양산. 백이 숙제가 고사리를 캐어 먹고 살았다는 산.
5) '번철'은 참쇠(강철)로 만든 지짐판, '정관'은 놋쇠로 만든 작은 솥, 곧 새옹.
6) 참기름.

꽃가지로 찍어 올려 춘미春味를 쾌히 보고
남은 흥을 못 이기어 상상봉 치어달아
한限없이 좋은 경景景을 일안一眼에 다 들이니
저 높은 백운산白雲山은 적송자赤松子의 놀던 덴가.
반석盤石 위에 바둑판은 낙서격洛書格7)을 벌여 있고
유수幽邃한 황학동黃鶴洞은 서왕모西王母 있던 덴가.
청계변淸溪邊 복숭아꽃은 무릉원武陵源이 의연하다.
이러한 좋은 경개景槪 흠 없이 다 즐기니
소선蘇仙의 적벽赤壁8)인들 이에서 더할쏘냐.
이백李白의 채석采石9)인들 이에서 나을쏜가.
화간花間에 벌여 앉아 서로 보며 이른 말이
여자의 소견인들 좋은 경景을 모를쏘냐.
규중에 썩힌 간장肝腸 오늘이야 쾌快한지고
흉금胸襟이 상연爽然하고 심신心身이 호탕豪宕하여
장장춘일長長春日 긴긴날을 긴 줄도 잊었더니
서산에 지는 해가 구곡九谷에 재촉하여
층암層巖 고산高山에 모연暮煙이 일어나고
벽수碧樹 동리洞裏에 숙조宿鳥가 돌아든다.
홍대로 놀려 하면
임간林間의 자연自然 취객醉客이 아닌 고로
마지못해 일어나니
암하巖下야 잘 있거라 강산江山아 다시 보자.
시화세풍詩和歲豐 하거들랑 창안백발蒼眼白髮 흩날리고
고향산천 찾아오마.

---

7) 거북의 등처럼 줄이 있는 것.
8) 송나라 시인인 소동파가 놀던 적벽강.
9) 당나라 시인 이백이 놀던 채석강.

규원가閨怨歌

엊그제 젊었더니 하마 어이 다 늙거니
소년 행락 생각하니 일러도 속절없다.
늙는 거야 설운 말씀 하자 하니 목이 멘다.
부모님들 애쓰시어 이내 몸 길러낼 제
공후 배필은 못 바라도 군자 배필 원하더니
삼생의 인연으로 월하노인 연분으로
장안의 놀이꾼을 꿈인 듯 만났으니
그날에 마음 씀이 살얼음 디디는 듯
열여섯 살 겨우 지나 타고난 고운 바탕
이 얼굴 이 모습으로 백년가약 하였더니
세월이 빠르고 조물주가 시기가 많아
봄바람 가을 달 베오리¹⁾에 북 다니듯
눈 같은 살결 꽃 같은 얼굴 어디 가고 미운 모습 되었구나.
내 얼굴 내 보거니 어느 님이 사랑할까.
부끄러움 절로 나니 누구를 원망할까.
삼삼오오 야유원²⁾에 새 사람이 났단 말가.

■ 허난설헌이 썼다. 외로이 빈방을 지키는 여인들의 외로움을 읊은 노래로, 문학사로 볼 때 18세기 이후에 성행한 규방가사의 선구이다.
1) 베의 실오리.

꽃 피고 날 저물 제 정처 없이 밖에 나가
금채찍에 흰 말 타고 어디어디 머무는고.
어디 계신지 모르거니 소식이야 더욱 알랴.
인연을 끊었던들 생각이야 없을쏘냐.
얼굴을 못 보거든 그립지나 말았으면
하루해 길고 길다 서른 날 지리하다.
창밖에 심은 매화 몇 번이나 폈다 졌노.
겨울밤 차고 찬데 자욱눈³⁾ 흩날리고
여름날 길고 긴데 궂은비는 웬일인고.
꽃과 버들 흐느적이는 봄날같이 좋은 시절
경치야 좋다마는 시름없는 마음이네.
가을 달 방에 들고 귀뚜라미 슬피 울 제
긴 한숨 지는 눈물 속절없이 생각 많다.
아마도 모진 목숨 죽기도 어려울사
도리어 헤아리니 이리하여 어이하리.
등불을 돌려 놓고 거문고를 비껴 안아
접련화 한 곡조를 시름 섞어 타나니
소상강 밤비에 댓잎 소리 어울린 듯
무덤 앞 비석 위에 천년 학 우는 듯
고운 손길 타는 재주 네 소리 울리어도
연꽃 휘장 적막하니 뉘 귀에 들릴쏘냐.
간장이 다 녹아 굽이굽이 끊어져라.

---

2) 술집.
3) 자국눈. 겨우 발자국이나 날 정도로 적게 내린 눈.

차라리 잠이 들어 꿈에서나 보려 하니
바람에 지는 잎과 풀 속에 우는 짐승
무슨 원수로서 잠조차 깨우는고.
하늘의 견우직녀 은하수 막혔어도
칠월칠석 한 해 한 번 때 놓치지 않거든
우리 님 가신 뒤는 무슨 약수弱水 가렸길래
오거니 가거니 소식마저 끊겼는고.
난간에 비껴 서서 님 가신 데 바라보니
풀 이슬은 맺혀 있고 저녁 구름 지나갈 제
대나무 숲 푸른 곳에 새소리 더욱 섧다.
세상에 설운 사람 수없다 하려니와
기박한 청춘이야 나 같은 이 또 있을까
아마도 이 님의 탓으로 살동말동 하여라.

원문

엊그제 젊었더니 하마 어이 다 늙거니
소년 행락少年行樂 생각하니 일러도 속절없다.
늙거야 설운 말씀 하자 하니 목이 멘다.
부생모육父生母育 신고辛苦하여 이내 몸 길러낼 제
공후 배필公侯配匹은 못 바라도 군자호구君子好逑 원하더니
삼생三生의 원업怨業이오 월하月下의 연분으로
장안 유협長安遊俠 경박자輕薄子를 꿈 간갓 만나이서
당시當時에 용심用心하기 살얼음 디디는 듯

삼오이팔三五二八 겨우 지나 천연天然 여질麗質 절로 이니
이 얼굴 이 태도로 백년 기약 하였더니
연광年光이 숙홀倏忽하고 조물造物이 다시多猜하여
봄바람 가을 달 베오리에 북 다니듯
설부화안雪膚花顔 어데 가고 면목面目 가증可憎 되었구나.
내 얼굴 내 보거니 어느 님이 날 괼쏘냐.
스스로 참괴慙愧하니 누구를 원망하랴.
삼삼오오 야유원冶遊園의 새 사람이 나닷말가.
꽃 피고 날 저문 제 정처定處 없이 나가이서
백마 금편白馬金鞭으로 어데어데 머무는고.
원근을 모르거니 소식이야 더욱 알랴.
인연을 그쳤은들 생각이야 없을쏘냐.
얼굴을 못 보거든 그립기나 말려문.
열두 때 김도 길샤 설흔 날 지리하다.
옥창玉窓에 심근 매화梅花 몇 번이나 피어 진고.
겨울밤 차고 찬 제 자최눈1) 섞어 치고
여름날 길고 긴 제 궂은비는 무슨 일고.
삼춘화류三春花柳 호분절의 경물景物이 시름없다.
가을 달 방에 들고 실솔蟋蟀이 상床에 울 제
긴 한숨 지는 눈물 속절없이 헴만 많다.
아마도 모진 목숨 죽기도 어려울사
도로혀 풀쳐 헤니 이리하여 어이하리.
청등靑燈을 돌려놓고 녹기금錄綺琴2) 비껴 안아

---

1) 자국눈.

2) 한漢나라 때 사마상여司馬相如가 쓰던 거문고. 사마상여가 녹기금으로 '봉구황곡鳳求凰曲'을 타
서 탁문군卓文君을 꾀어냈다고 한다.

접련화接戀花 한 곡조를 시름조차 섞어 타니
소상 야우瀟湘夜雨[3]의 대 소리 섯도는 듯[4]
화표華表 천 년의 별학別鶴이 우니는 듯[5]
옥수玉手의 타는 수단手段 네 소리 있다마는
부용장芙蓉帳 적막하니 뉘 귀에 들릴쏘니
간장肝腸이 구회九回하여 굽이굽이 끊쳤어라.
차라리 잠을 들어 꿈에나 보려 하니
바람에 지는 잎과 풀 속에 우는 짐승
무슨 일 원수로서 잠조차 깨우는다.
천상의 견우직녀 은하수 막혔어도
칠월칠석 일년 일도一年一度 실기失期치 아니커든
우리 님 가신 후는 무슨 약수弱水[6] 가렸관데
오거니 가거니 소식조차 그쳤는고.
난간에 빗겨 서서 님 가신 데 바라보니
초로草露는 맺혀 있고 모운暮雲이 지나갈 제
죽림竹林 푸른 곳에 새소리 더욱 섧다.
세상의 설운 사람 수없다 하려니와
박명薄命한 홍안紅顔이야 날 같은 이 또 있을까.
아마도 이 님의 지위로[7] 살동말동 하여라.

---

3) 소수瀟水와 상수湘水 두 강에 내리는 밤비. 소상팔경瀟湘八景의 하나로, 전설에 순舜 임금의 두 왕비가 죽어 비가 되었다고 한다.
4) 댓잎을 치는 빗소리 한데 어우러져 도는 듯.
5) '화표'는 무덤 앞에 세우는 돌기둥. 전설에 정령위丁令威라는 사람이 천 년 만에 학이 되어 돌아와 화표주華表柱에 앉았다고 한다.
6) 물이 몹시 가벼워서 기러기 털조차 가라앉는다고 하는 신선 나라의 강.
7) 탓으로.

사친가思親歌

가소롭다 가소롭다 시집가기 가소롭다.
못 할러라 못 할러라 부모 생각 못 할러라.
전생에 무슨 죄로 여자 몸 되어서
부모 형제 멀리 두고 이십 전에 출가하여
부모 동기 그리는고.

부모님 품 안에서 고이고이 자라날 제
아들딸 분별없이 마른자리 가려 가며
추우면 추울세라 더우면 더울세라
예닐곱 살 되어 가니 비단 명주 바느질과
삼베 무명 물레질을 묘리 있게 가르치고
미련한 나의 재주 잊기도 잘하건마는
꾸중 한 번 안 하시고
구슬같이 여기시며 주옥같이 사랑하여
밥을 조금 덜 먹어도 아무쪼록 먹게 하고
잠을 조금 늦게 자도 자주자주 들어와서
손발도 만져 보고 머리도 짚어 보며
일어나라 하신 말씀 "어디가 아프냐?
기운이 없는 거냐? 얼굴도 파리하고
어이하여 음식조차 아니 먹느냐?"

이렇듯이 열대여섯 어느새 자라나니
부모 은혜 중한 줄은 비로소 알건마는
갚기를 생각하니 어찌할 줄 모를레라.
만복 근원 혼인이라 우리 부모 자식 사랑
어진 사위 고르려고 여기저기 구혼하니
청도 사는 밀양 박씨 양반 지체 좋거니와
살림 형편도 풍족하다.
부모도 다 계시고 신랑감도 준수하다.
집안도 흥성하고 두루두루 갖추었네.
청혼 허혼 오고 가며 모월모일 날 정하니
자애로운 우리 부모 혼인 혼례 법이 있어
근로하기 생각 않고 명주 비단 당목은
이부자리 옷 두 벌과 휘양[1]이며 그릇이며
비단신과 갓 망건 색색이 차려 내니
넉넉잖은 우리 집 부모 심정 오죽하리.
경사 있는 좋은 날에 안팎 손님 가득 차니
남녀 노비 다 나서서 음식 차림 골몰이라.
자식 사랑 우리 부모 사위 사랑 범연할까.
삼일 회상三日回床[2] 하신 뒤에 상답 하인[3] 돌아오니
웃옷도 네 벌이요 바지도 네 벌이라.
대나무 발 다섯이고 금비녀와 가락지들

---

1) 머리에 쓰는 방한구.
2) 사흘 만에 잔칫상을 신랑 집으로 돌려보내는 것.
3) 답례로 보내는 물건을 가지고 오는 하인.

가는 베, 흰 무명, 장롱 북롱[4] 채웠는데
혼인 혼례 색색하니 남 보기는 좋거니와
필필이 다듬질과 가지가지 마름질은
부모 걱정 아닐런가.
봄옷 여름옷 가져갈 제 집안 어른 우리 시댁
버선 창옷 상하 의복 네 벌 닷 벌 부탁이라.
소주 약주 온갖 술과 말린 어물 안주 등물
갖추갖추 보냈으니 그 걱정이 오죽하리.
재행再行 삼행三行 다니실 제
소도 잡고 개도 잡고 사촌 일가 다 청하니
달마다 잔치 같고 날마다 모임일세.

세월이 유수 같아 일여덟 달 다 지나고
신행新行하라 편지하고 날 받았다 하인 오네.
옛 법도 있거니와 뉘 영이라 거역하랴.
신행길을 차려 줄 제
비단옷은 품샀이요 무명옷은 이웃 보탬
집안 여자 품앗이요 여종들 드나기라.
우리 모친 나를 키워 백 리 밖에 출가하니
하고 싶은 말도 많고 먹은 마음 있건마는
낮이면 앉아 볼까 밤에도 일거릴세.
잠시도 겨를 없어 수선하고 분주한데
말씀 한번 못 해 보고 엉둥덩둥 지나가니

---

4) 말에 싣는 부담짝.

신행 날이 닥쳤구나.
열두 바리 짐 싣는 말 교마 가마 기다리고
하인들 문안할 제 두 시중꾼 여종이라.
마부는 뒤채 받고 영을 받아 들어선다.
짐바리도 실어내고 교마말도 단속한다.
갖은 단장 곱게 하고 가마 안에 들앉으니
어린 동생 큰 동생은 꾸역꾸역 눈물이요
늙은 종과 아이종은 목 놓고 슬피 운다.
형제 숙질 온 집안이 잘 가라고 하직하네.
가마 안에 들어앉아 옛일을 생각하니
가슴속에 타는 마음 어쩌할 길 바이없네.
어릴 적에 우리 모친 애지중지 날 키울 제
밤이면 한 베개요 낮이면 한자리에
손발같이 여기시고 주옥같이 사랑하여
낮이나 밤이나 잠시라도 안 잊더니
백 리 타향 먼먼 길에 날 보내고 어이할꼬.
내 만지던 손그릇도 다 거두어 짐 실으니
남은 것 무엇인고 방 안은 빈방이요
늘 돌보던 꽃밭은 자취도 없어지네.
밤에도 앞이 비고 낮에도 앞이 비리니
그 마음 그 회포를 누가 있어 위로할꼬.
방 안에 있는 듯 정지간에 오는 듯
눈에 삼삼 걸려 있고 꿈에 종종 보이리라.
이십 년 키운 공이 허무코도 가소롭다.
우리 모친 거동 보소 가마 문을 들어 덮고

앉은 자리 편케 하고 요강도 만져 보고
머리함도 쓸어 볼 때 속마음이 녹는 듯
말할 수도 없건마는 교훈하여 이른 말씀
"울지 말고 잘 가거라 네가 무슨 한이 있나.
아버님 뒤를 따라 층층시하 좋은 집에
장한 혼인 맞아 가니 무슨 한이 또 있으리.
친정은 생각 말고 시부모를 봉양하라.
시부모님 은혜로워 사랑스레 보더라도
조심 없이 하지 마라 남편은 하늘이니
하늘이 하신 일을 거역 말고 싫어 마라.
친정 생각 자주 하면 시가 눈치 보이나니
생각이 돌아올 제 소리 나게 울지 마라.
흉을 보고 웃느니라.
하인이 하직할 제 뒷소리는 하지 마라.
괴이하게 여기나니.
친정에 보낼 편지 잔말을 과히 말고
남의 눈에 뜨일세라 조심하고 조심하라
두세 달은 금방이니 근친 오면 볼 것이라.
시댁은 내 집이니 친정은 아주 잊고
무슨 일이 있어도 시댁만 생각하라."
가마 하인 재촉하여 백마 등에 가마 싣고
한길에 들어서니 떠나갈 일 막막하다.
나서 자란 우리 집을 하루아침에 이별하고
생판 모를 남의 집을 내 집같이 가는구나.

저녁 해 다 져 갈 제 맞는 하인 인사하네.
저 동네가 그 동넨가 하인들도 왕래하고
초록 저고리 붉은 치마 석양빛에 번뜩이네.
산천도 눈이 설고 사람도 낯이 설다
저물도록 울던 눈을 분손으로 정히 닦고
머리도 쓰다듬고 옷끈도 다스리니
새 정신이 절로 난다.
처소에 들어앉아 분화장을 다시 할 제
달디달고 시원한 찹쌀 감주 식힌 찻물
먹으라고 권하여도 조심 많아 못 먹겠네.
시아버지 뵈올 적에 인물 병풍 대병풍을
첩첩히 둘러치고 늙은 부녀 젊은 부녀
두 칸 마루 둘러서서 내 거동만 살펴보니
빠끔빠끔 보는 눈이 야속하고 얄미웁다.
공중에 뜨인 몸을 시중꾼에게 의지하고
네 번 절해 단자 드려 건넛방에 들어가니
저물도록 불 땐 방에 더운 기운 지나치고
가마에 치인 다리 아픈 증세 절로 난다.
울긋불긋 단장한 새댁들이 둘러앉아
섰다가 앉는 모양 앉았다가 서는 모양
눈 빠르게 자세 보고 저희끼리 돌아보며
눈도 깜짝깜짝 입도 배슷배슷
이리하는 늙은이도 그 아니 미운가.
앞에 불끈 들어앉아 고개를 갸웃갸웃
의장도 좋거니와 얼굴 또한 복스럽다.

이목구비 뜯어보며 며느리를 잘 봤다네.
하룻밤 지낸 후에 아버님을 하직하고
시중꾼도 물러갈 제 대성통곡할 듯하다.
나는 눈물 잔주리고 문간에 일어서서
가는 곳을 다 본 뒤에 문을 닫고 혼자 앉아
소리 없이 울자 한들 울긴들 어이하랴.
거룩하신 시어머님 세숫물을 손수 들고
내 방 안에 들어와서 손을 잡고 하는 말씀
"부모 동생 생각이야 갈 바 없이 있지마는
부모 떠나 시집감은 예부터 그러하니
몇 달이 지나가면 어여쁜 네 뜻 받아
보고 싶은 친정 부모 찾아가서 뵈올게고
이달이 어서 가면 바깥사돈 청하리라.
세수하고 화장하라 안손이 많이 온다."
황공 감사하여 분화장을 다시 하고
마음을 진정하여 오는 손을 맞게 되리.
새로 오는 새댁들은 어제 보던 낯들이네.
의복 구경 하려는지 농 안에 있는 옷을
가지가지 다 꺼내어 홑옷의 공그르기며
겹옷의 솔기와 핫옷의 발림새
길이로 당겨 보고 가로세로 자세 보네.
도련도 곱게 하고 깃달이도 얌전타고
저희끼리 눈을 주며 입시울을 오므리며
새댁들은 생글방글 좋아라 웃는구나.

사흘 만에 부엌에서 손을 씻고 국 끓일 제
시부모님 입맛 몰라 시누이께 맛을 뵈네.
싱거워도 조심이요 짜거워도 조심이라.
두 손으로 상을 들어 시부모님 앞에 고이 놓고
한옆에 정히 앉아 어느 반찬 즐기신고.
상 나도록 조심하니 시부모님 은덕 보소.
미거한 이 며느리 사랑스레 귀히 보고
슬하를 못 떠나게 주옥같이 애휼하네.
"부엌간에 들지 마라. 물내 맡기 오죽하랴."
"방앗간에 들지 마라. 등겨 때가 오를세라."
"바느질을 다시 마라. 목고개가 땅길세라."
"덧쪽지 하지 마라. 머리 밑이 아플세라."
"저녁 일을 일찍 하고 방에 가서 자거라."
"새벽일을 하지 마라. 단잠을 어이 깨리."
"음식이나 달게 먹고 무병하기 제일이라."
"사촌 시뉘 청해다가 쌍육이나 치고 놀라."
"어린아이 글공부나 곁에서 보아 주라."
"창호지 대장지에 책글씨나 베껴 보라."
"놀다가 심심커든 책이나 펼쳐 보라."
"비단신 발 아프니 세짚신 신어 보라."
"비단치마 감기거든 모시치마 입어 보라."
이렇듯이 귀히 보고 저렇듯이 사랑하나
어리고 어린 소견 부모 생각뿐이로다.
마루 끝에 올라서면 남산만 건너보고
방 안에 들어가면 숨은 눈물 바이없네.

큰길에 가는 하인 친정 하인 아니런가.
높이 서서 바라보니 대문 밖을 지나가고
사랑방에 오신 손님 친정 손님 아니신가.
문틈으로 살펴보니 알지 못할 손님이네.
하인들도 날 속이고 손님도 날 속인다.
바람 끝에 저 구름은 고향에서 좇아왔나.
창 사이의 저 달빛은 고향에도 비쳤는가.
저 산 너머 저 골짝엔 우리 집이 있건마는
탄탄대로 하루 길에 그리 멀도 아니한데
만리타국 뱃길같이 생각하니 멀도 멀다.
오늘이나 부친 올까 날만 새면 기다린다.
우리 부친 자식 사랑 날 보려고 오는구나.
꿈이던가 생시던가.
문밖에서 절을 하고 곁에 살풋 앉았으니
심중소회 많더니만 반가워 그러한지
목이 메어 그러한지 안부도 못 묻겠네.
소도 잡고 개도 잡고 사나흘 묵었다가
가시려고 하직하니 새로이 섧고 섧어
안 본 것만 못하구나.
대문 밖에 나가 서서 산모퉁이 다 가도록
이윽히 바라보니 염치없는 내 눈물이
두 눈을 내리덮어 앞길이 아니 뵈네.

두세 달 지난 뒤에 친정 갈 채비할 제
고운 의복 빨랫감을 이런 사이 하여 보세.

달리고 달리는 말 몰아감이 더욱 좋다.
시아버님 배행 서고 여자 노비 앞세우고
가던 길로 다시 오니 즐겁기도 끝이 없다.
탄탄대로 백 리 길이 올 때는 가깝더니
갈 때는 멀도 멀다.
채찍 치며 닫는 말 시원시원 날래 가라.
이태백 적벽강에 신선 되어 이같이 쾌하던가.
옛날 소진이[5]가 육국 대장 인끈 차고
고향으로 돌아올 제 이같이 즐겁던가.
한 태조가 낙양에서 노인 위해 잔치할 제
이와 같이 기쁘던가.
한나라 충신 소자경[6]이 만리타국 행군 중에
십구 년을 고생타가 기러기로 글 전하고
고국으로 돌아올 제 이같이 바쁘던가.
칠 년 동안 큰 가물에 빗발 만나 좋을시고.
새장 속에 갇힌 학이 갈대꽃 핀 강물 위에
두 활개를 떡 벌리고 활활 날아 찾아가네.
못물에 잠긴 용이 오색구름 얻어 타고
구만 리 푸른 하늘 굼실굼실 올라가네.
말발굽 자리 고인 물에 병들던 고기가
만경창파 물을 얻어 너울너울 떠서 가네.

---

5) 전국 시대 모사인 소진蘇秦이 공부할 때 졸음을 깨려고 송곳으로 자기 다리를 찔렀다고 한다.
6) 한나라 충신 소무蘇武. 한 무제 때 흉노에게 사신으로 갔다가 붙들렸으나 갖은 고생을 겪으면서
   도 절개를 지켜 십구 년 만에 돌아왔다.

뒤에 오는 마부야 앞에 가는 말몰이야
점심참을 지나쳐도 말만 바삐 잘 몰아라.
동구 안에 들어서니 전에 보던 산촌이요
눈에 익은 마을이라.
반갑도다 반갑도다 우리 고향 반갑도다.
부리던 남녀 노비 길 밑에서 문안하고
종형제들 숙부님은 대문 밖에 기다린다.
중문 안에 들어서서 가마 문 열어 보니
그립던 우리 모친 바삐바삐 내려와서
두 손으로 서로 잡고 반가운 맘 그지없어
눈물을 머금더라.
수많은 우리 집안 하나하나 찾아와서
시집의 인사범절 침 마르게 칭찬하네.
석 달을 잠을 자고 석 달을 놀아 보세.
여자의 한평생이 오늘같이 즐거우면
여자 한탄 어이하리.

즐겁다고 생각하니 뒷걱정이 절로 난다.
시부모 모신 새색시가 친정 있기 오랠쏜가.
오나가나 생각하니 시집살이 가소롭다.
부러워라 부러워라 남자 몸이 부러워라.
부모 슬하 자라나서 젊고 늙고 한평생을
부모님들 모시고서 하루같이 살아가리.
우리도 남자 되면 남과 같이 하올 것을
옛사람 효성같이 먼 곳에서 쌀 지고 와서

부모 봉양 하여 볼까 옛날 효자 정성으로
산에 올라 나무하고 물에 내려 고기 잡아
정지간에 들어가서 부모 반찬 장만하세.
노래자의 효성같이 아롱다롱 옷을 입고
부모 앞에 넘놀다가 거짓으로 넘어져서
부모님께 응석하세.
글공부 하였다가 소년 급제 벼슬하여
많은 녹봉 받아다가 부모 영화 하여 보세.
부모님이 즐기거든 같이 앉아 즐겨 하고
부모님이 편찮거든 밤낮으로 곁에 있어
약을 달여 약시중 국을 끓여 권해 보세.
가난턴지 부유턴지 부모밖에 또 있는가.
원이로세 원이로세 지금 죽어 다시 나서
남자 몸이 되어 나서 부모 봉양 원이로세.
우리 같은 자식을 백 리 밖에 보내 두고
비가 오나 눈이 오나 잊을 날이 있을쏜가.
동지섣달 추운 날은 방이나 차지 않나
오뉴월 더운 날은 땀이나 흘리잖나.
길쌈질에 시집살이 일이나 되우 하지 않을까.
체모 갖춘 큰 집안에 예절 행실 잘하는가.
가문 안의 집집에서 효성 없다 꾸짖는가.
시누이들 많은 집에 우애가 자별한가.
남녀 노비 널린 집에 인심이나 잃지 않나.
친정 생각 과하다고 핀잔이나 듣지 않나.
얌전한 우리 사위 제 안해를 생각는가.

이것저것 생각할 제 부모 심정 편할쏜가.
절통하다 부녀 한 몸 만 가지를 생각해도
절통하기 끝이 없고 나서 키운 부모 은혜
공 갚기는 다 던지고 인정 허비뿐이로다.
같이 크던 동무들 친형제로 정이 깊어
형님 동생 서로 불러 스무 해를 자랐더니
동서남북 출가하여 타향 사람 되었도다.
남자같이 갈 수 없고 마음대로 볼 수 없네.
저 올 때는 내 못 가고 내 갈 때는 저 못 오니
예전같이 함께 모여 반겨 볼 수 전혀 없다.
제 죽은들 내가 알며 내 죽은들 제가 알까.
인편으로 부친 편지 회답이나 진작 오지.
축원일세 축원일세 머리 희신 우리 부모
백세 안녕 축원일세.
부모 생각 바이없어 이 가사 지어 내어
벽 위에 기록하고 다시 보고 다시 보니
부모 생각 위로될까.

원문

가소롭다 가소롭다 여자유행女子有行[1] 가소롭다
못 할러라 못 할러라 부모 생각 못 할러라.

---

1) 여자가 시집가는 것.

전생에 무슨 죄로 여자 몸 되어 나서
부모형제 멀리 두고 이십 전 출가하여 부모 동기 그리는고.
십 삭을 배를 빌어 사려 회중思慮懷中 자라날 제
아들딸 분별없이 마른자리 가려 가며
추우면 추울세라 더우면 더울세라
육칠 세 되어 가니 비단 명주 침선針線질과
마포麻布 무명 물레질을 묘리 있게 가르치고
저 투미한 나의 재주 선망후실先忘後失 하건마는
꾸중 한 번 않으시고
구슬같이 여기시며 주옥같이 사랑하여
밥을 조금 덜 먹어도 아무쪼록 먹게 하고
잠을 조금 늦게 자도 자주자주 들어와서
수족도 만져 보고 머리도 짚어 보며
일어나라 하신 말씀
"어디가 아프느냐 기운이 피곤하냐
얼굴도 파리하고 음식조차 아니 먹고."
십오 십육 자라나니
부모 은혜 중한 줄은 비로소 알건마는
갚기를 생각하니 호천망극昊天罔極 아니런가.
만복萬福 근원 예가 있어 자식 사랑 우리 부모
어진 사위 가리려고 좌우로 구혼求婚하니
청도淸道 있는 밀양 박씨 반벌班閥도 좋거니와
가세家勢도 풍족하다.
부모도 가지롭고[2] 낭재郎材도 준수하다.
가내家內도 흥성하고 백사가 구비하다.

---

2) 모두 살아 계시고.

청혼請婚 허혼許婚 왕래하여 모월모일 택일하니

자정慈情 있는 우리 부모 혼인 안목 법이 있어

골몰 근로 안 생각고 명주 비단 시양목3)은

침금寢衿 의복衣服 두 일습4)과 휘양 요강 반상기며

비단 당혜 호관망好冠網을 색색이 차려 내니

넉넉잖은 우리 집이 부모 간장 오죽하리.

주인 연기年期 좋은 날에 내외 빈객賓客 만당滿堂하니

노비야 갖건마는 음식 간검看檢 골몰이라

자식 사랑 우리 부모 사위 사랑 범연凡然할까.

삼일 회상回床 하신 후에 상답 하인 돌아오니

상의上衣도 넉 죽이오 하의下衣도 넉 죽이라.

대발 닷 단5) 요강 대야 금차金釵 난환蘭鐶 가지롭다.

저포紵布 북포北布 세백목細白木6)이 장롱 북롱 채웠으니

혼인 안목 색색하게 남 보기는 좋거니와

필필이 도침搗砧질과 가지가지 침자질은

부모 걱정 아닐런가.

춘복 하복 하인 갈 제 가내 어른 우리 시댁

보선 창옷 상하 의복 넉 죽 닷 죽 부탁이라.

소주 약주 갖은 술과 생선 건물 안주 등물

갖추갖추 보냈으니 그 걱정이 오죽하리.

재행再行 삼행三行 다니실 제

소도 잡고 개도 잡고 사친私親 종족 다 청하니

달마다 잔치 같고 날마다 회차7)로다.

---

3) 서양목, 당목. 나비가 넓고 곱게 짠 피륙.

4) 두 벌.

5) 대로 만든 발이 다섯 벌.

6) '저포'는 모시, '북포'는 함경도에서 나는 고운 베, '세백목'은 올이 가늘고 고운 무명.

일월日月이 여류如流하여 칠팔 삭이 다 지나고
신행新行하라 편지하고 날 받았다 하인 오네.
옛법도 있거니와 뉘 영이라 거역하랴.
신행길을 치송治送할 제
비단옷은 품삯이오 무명옷은 울력이라
가내 댁네8) 품앗이요 정지년들9) 드내기라
우리 어매 나를 키워 백 리밖에 출가하니
할 말도 수다하고 소회所懷도 있건마는
낮이면 앉아 볼까 밤이면 장등長燈이라.
잠시도 여가 없어 수선하고 분주하여
말씀 한번 못 해 보고 엉둥덩둥 지나가니
신행 날이 닥쳤구나.
열두 바리 도북마10)와 교마轎馬 가마 등대等待하고
하인 소속 문안할 제 하님 한 쌍 교전비轎前婢라
부지군 뒤채 받아11) 영을 받아 들어선다.
짐바리도 실어내고 교마말도 단속한다.
갖은 단장 곱게 하고 가마 안에 들앉으니
어린 동생 큰 동생은 꾸역꾸역 눈물이요
늙은 종과 아이종은 목 놓고 슬피 운다.
형제 숙질 가내들은 잘 가라고 하직하네.
가마 안에 들어앉아 옛일을 생각하니
구곡간장九曲肝腸 갈 바 없네.

---

7) 모임.
8) 집안 여자들.
9) 부엌에서 일하는 하인들.
10) 짐만 싣는 말.
11) 뒤채를 잡는 부지군. 부지군은 짐꾼.

우리 어매 나 키울 제

밤이면 한 베개요 낮이면 한자리에

수족같이 여기시고 주옥같이 사랑하여

잠시라도 안 잊더니 백 리 타향 먼 길에

날 보내고 어이할꼬.

나 만지던 예가 그릇 다 설거져[12]

짐 실으니 방안은 빈방이요

나 다니는 화초밭에 자취도 없어지네.

밤에도 앞이 비고 낮에도 앞이 비어

그 간장 그 회포를 누가 있어 위로할꼬.

방안에 있는 듯고 정지간에 오는 듯다.

눈에 삼삼 걸려 있고 꿈에 종종 보일세라.

이십 년 키운 공이 허무코도 가소롭다.

우리 어매 거동 보소 가마 문을 들어 쓰고

앉을자리 편케 하고 요강도 만져 보며

머리함도 만져보며 구곡간장 녹는 듯이

말할 수가 없건마는 경계警戒하여 이른 말씀

울지 말고 잘 가거라 네가 무슨 한이 있나.

아버님 배행陪行 서서 층층시하 좋은 집에

백량百兩아지[13] 맞아가니 무슨 그리움 또 있으리.

친정은 생각 말고 구고씨舅姑氏를 효양孝養하여

구고님 은덕으로 사랑스레 보시나마

조심 없이 하지 마라. 가장家長은 하늘이라

하늘이 하신 일을 거역 말고 싫어 마라

---

12) 이러저러한 그릇들을 휘몰아 거두어서.

13) 백 대의 수레에 물건을 싣는다는 말로, 혼인이 성대한 것을 이른다.

친정 생각 자주 하면 시가 눈치 보이나니

생각이 돌아올 제 소리 나게 울지 마라.

흉을 보고 웃느니라.

하님년이 하직할 제 사담은 하지 마라.

고이케 여기나니.

친정에 보낼 편지 잔 사담을 과히 마라.

남의 눈에 뜨일세라.

두석 달이 잠깐 가서 근친觀親 오면 볼 것이라.

시댁이 내 집이니 친정은 아주 잊고 시댁만 생각하라."

가마 하인 재촉하여 백마 등에 가마 싣고

탄탄대로 나서 가니 생장生長하던 우리 집은

일조一朝에 이별하고 팔면무지八面無知 남의 집을

내 집같이 가는구나.

석양나절 다 져 갈 제 맞을 하인 현신現身하네.

저 동네가 그 동넨가, 하인들도 왕래하고

녹의홍상綠衣紅裳 번득이네.

산천도 눈이 설고 사람도 낯이 설다.

저물도록 울던 눈을 분손으로 정히 닦고

머리도 쓰다듬고 옷끈도 다스리니

새 정신이 절로 난다.

정반청14)에 들어앉아 분성적粉成赤을 다시 할 제

찹쌀 감주 냉명차를 먹으라고 권하여도 조심 많아 못 먹을레.

현구례見舅禮를 드릴 적에 인물 병풍人物屛風 대병풍大屛風을

첩첩이 둘러치고 늙은 부녀 젊은 부녀

이간청에 둘러서서 내 행지行止만 살펴보니

---

14) 시집에 들어가기 전에 잠깐 머물러 쉬던 곳.

빠금빠금 보는 눈은 골일받고 얄무하다[15)
공중에 뜨인 몸을 하님에게 의지하고
사배四拜 예단禮單 드린 후에 동상東床방[16)에 들어가니
저물도록 불 땐 방에 훈기도 과히 있고
가마 안에 치인 다리 각통증脚痛症이 절로 난다.
녹의홍상 새댁들은 첩첩히 둘러앉아
섰다가 앉은 무모 앉았다가 서는 모양
눈 빠지게 자세 보고 저의꺼정 돌아보며
눈도 깜짝거리면서 입도 배슷긋는 모양[17)
그 아니 미울세라 얄무하고 늙으신네
앞에 볼끈 들어앉아 고개는 배틀치고[18)
이목구비 뜯어보며 "며느리도 잘 보았네.
거지[19)도 좋거니와 얼굴도 다복多福하다."
하룻밤 지낸 후에 아버님도 하직하고
하님들도 배별拜別할 제 대성통곡할 듯하되
나는 눈물 잔주리고 문안에 일어서서
가는 곳을 다 본 후에 문을 닫고 혼자 앉아
소리 없이 울자 한들 거룩하신 시모님이
세숫물을 손수 들고 내 방 안에 들어와서
손을 잡고 하신 말씀, "울지 마라 울지 마라.
부모 동생 생각이야 갈 바 없이 있지마는
여자유행女子有行 원부모遠父母는 예로부터 그러하니

---

15) 야속하고 얄밉다.
16) 신혼 방.
17) 배싯거리며 웃는 모양.
18) 배틀치다. 바싹 고개를 틀어 심술궂게 갸웃거리는 것.
19) 몸치장과 행동거지.

수삼 삭이 지나가면 어여쁜 네 뜻 받아
귀녕부모歸寧父母 할 것이요 이달이 어서 가면
밭사돈도 청하리라 세수하고 성적成赤하라.
안손이 많이 온다."
황공 감사하여 분성적粉成赤을 다시 하고
오는 손을 인접引接하니
새로 오는 새댁들은 어제 보던 구면舊面이라
의복 구경 하려 하고 농 안에 있는 옷을
가지가지 다 들춰서 홑옷의 까끔질[20]과
겹옷의 상침솔과 핫옷의 발림솔[21]을
길이로 땡겨 보며 가로지로 자세 보며
도련도 곱게 하고 깃달이도 얌전하다.
저이꺼정 눈을 주며 입시울을 오므리며
산들방글 웃는구나.
삼일三日 입주入廚 정지 안에 세수작갱洗手作羹 하일 적에
구고舅姑님의 구미口味 몰라 시매娉妹씨야 맛을 보게.
싱거워도 조심이요 짜거워도 조심이라.
두 손으로 반盤을 들어 구고 전에 고이 놓고
한옆에 정히 앉아 어느 반찬 즐기신고.
상 나도록 조심하니 구고님 은덕 보소.
미거未擧한 이 자부子婦를 사랑 덮어 귀히 보고
슬하에 못 떠나게 주옥같이 애휼愛恤하네.
정주간에 들지 마라 물내 맡기 오죽하랴.
방앗간에 들지 마라 등겨 때가 오를세라.

---

20) 깨끼. 안팎 솔기를 얇은 깁을 써서 곱솔로 박아 옷을 짓는 것.
21) 발림새. 두 겹을 맞박은 솔기.

침자질을 다시 마라 목 고개가 땅길세라.

큰 낭자를 하지 마라 머리 밑이 아플세라.

저녁 사관[22] 일찍 하고 네 방에 가 지이거라.

새배[23] 사관 하지 마라 단잠을 어이 깨리.

음식이나 달게 먹고 무병하기 제일이라.

사촌 시매媤妹 청해다가 쌍육이나 치고 놀라.

어린 아이 본문짱에 쳇줄이나 써 내 주라.

창호지 대장지에 책글씨나 베껴 보라.

놀다가 심심커든 책이나 들여 보라.

만식당혜萬飾唐鞋[24] 발 박이니 세짚신[25]을 신어 보라.

비단치마 감기거든 모시치마 입어 보라.

이렇듯이 귀히 보고 저렇듯이 사랑하되

어리고 어린 소견 부모 생각뿐이로다.

청廳 끝에 올라서면 남산만 건너보고

방안에 들어가면 숨은 눈물 갈 바 없네.

한길에 가는 하인 친정 하인 오는가봐.

높이 서서 바라보니 대문 밖을 지나가고

초당草堂에 오는 손님 친정 손님 오셨는가

귀틈 하여 살펴보니 생면부지生面不知 손님이라.

하인들도 날 속이고 손님도 날 속인다.

바람 끝에 저 구름은 고향으로 좇아온가.

창간窓間의 저 달빛은 고향에도 비쳤는가.

저 산 너머 저 골짝은 우리 집이 있건마는

---

22) 저녁에 할 일.

23) 새벽.

24) 아름답게 꾸민 비단신.

25) 가늘고 곱게 삼은 짚신.

탄탄대로 하룻길에 그리 멀도 아니 하되
만리타국 수로水路같이 생각하니 멀도 멀다.
오늘이나 부친 올까 날만 새면 기다린다.
자식 사랑 우리 아배 날 보려고 오는구나.
꿈이든가 생시든가.
문밖에서 절을 하고 곁에 살풋 앉았으니
심중소회 많더니만 반가워 그러한지
목이 메어 그러한지 안부도 못 묻겠네.
소도 잡고 개도 잡고 삼사일 유련留連타가
가시려고 하직하니 새로이 섧고 섧기는
안 본 건만 못 하더라.
대문 밖에 냅다 서서 산모롱이 다 가도록
갑갑이 바라보니 염치없는 내 눈물이
두 눈을 내리덮어 앞길이 아니 뵈네.
이삼 삭 지낸 후에 근행覲行 길을 치송할 제
할한할부害釬害否²⁶⁾ 고운 의복 이런 사이 하여 보세.
재치재구載馳載驅 하는 말께 치지재할 더욱 좋다.²⁷⁾
시부님은 배행 서고 교전비는 앞세우고
가던 길로 다시오니 즐겁기도 측량없다.
주도여지周道如砥 백 리 길에 올 때는 가직더니
갈 때는 멀고멀다.
주마가편走馬加鞭 닫는 말이 날랜가 시우잖다.
소자첨蘇子瞻이 적벽강赤壁江에 우화등선羽化登仙 하는 것이
이같이 쾌하던가.

---

26) 어느 것은 빨고 어느 것은 안 빨 것인지를 가려서.

27) 여기서는 말을 모는 것을 말한다.

자고刺股하던 소진蘇秦이가 육국 재상六國宰相 인印을 차고
낙양 고향洛陽故鄕 돌아올 제 이같이 즐겁던가.
한漢 태조太祖 남궁상에 부로扶老 잔치 하던 적에
이와 같이 기쁘던가.
한漢 충신 소자경蘇子卿이 만리타국 행군 중에
십구 년을 고생타가 백안白雁에게 글을 전코
고국으로 돌아올 제 이같이 바쁘던가.
칠년대한七年大旱 가뭄 중에 빗발 만나 좋을시고.
농중롱籠中籠에 갇힌 학이 명월노화明月蘆花 추강상秋江上에
두 활개를 떡 벌리고 훨훨 날아 찾아가네.
구렁에 잠긴 용이 오운五雲을 얻어 타고
구만리九萬里 창천상蒼天上에 굼실굼실 올라가네.
제수踶水의 병든 고기 만경창파 물을 얻어
너울너울 떠서 가네.
뒤에 오는 부지군아 앞에 가는 구종구비驅從嫗婢
중화참中火站을 월참越站하고 말만 바삐 잘 몰아라.
동구 안에 들어가니 전에 보던 산천이요 눈에 익은 마을이라.
반갑도다 반갑도다 우리 고향 반갑도다.
내 부리던 남노여비男奴女婢 길 밑에서 문안하고
각댁各宅 종반從班 숙부님은 대문 밖에 기다린다.
중문 안에 들어서서 가마 문 내달으니
그립던 우리 어매 바삐바삐 내려와서
두 손으로 서로 잡고 즐거운 맘 그지없어 눈물을 머금더라.
수다數多한 우리 가내 면면이 찾아와서 시집 인사 칭찬하네.
석 달을 잠을 자고 석 달을 놀아보세.
여자의 일평생이 오늘같이 즐거우면 여자 한탄 어이하리.
즐겁다가 생각하니 뒷걱정이 절로 난다.

구고舅姑 가진 신부녀新婦女가 친정 있기 오랠쏜가.

오나가나 생각하니 여자유행女子有行 가소롭다.

부러워라 부러워라 남자 일신一身 부러워라.

부모슬하 생장하여 젊고 늙고 일평생을 부모슬하 모셔 있네.

우리도 남자 되면 남과 같이 하올 것을

자로子路의 효성같이 백리百里에 부미負米하여 부모 봉양 하여 볼까.

동생董生의 정성같이 산에 올라 낢을 하고 물에 내려 고기 잡아

정주간에 들어가서 부모 반찬 장만하세.

노래자老萊子의 효성같이 아롱다롱 옷을 입고

부모 앞에 넘놀다가 거짓으로 넘어져서 부모께 응석하세.

글공부 하였다가 소년등과少年登科 벼슬하여

만종록萬鍾祿을 받아다가 부모 영화 하여 보세.

부모님이 즐기거든 같이 앉아 즐겨 하고

부모님이 편찮거든 주야로 시측侍側하여

약도 달여 시탕侍湯하고 죽도 끓여 권상勸上하세.

가난턴지 유여턴지 양친밖에 또 있는가.

원願이로세 원願이로세 지금 죽어 환생하여

남자 몸이 되어 나서 부모 봉양 원이로다.

허사로다 허사로다 부모공덕 허사로다.

우리 같은 부모 자식 백 리밖에 보내 두고

자정慈情으로 생각하여 비가 오나 눈이 오나

잊을 날이 있을쏜가.

동지섣달 추운 날은 방이나 차잖은가.

오뉴월 더운 날은 땀이나 흘리는가.

길쌈 방직紡織 시집살이 일이나 아니 된가.

체모體貌 갖은 대방가大方家에 행신行身 범절 빠지는가.

층층시하 갖은 집에 효성 없다 꾸짖는가.

시매 시숙媤妹媤叔 많은 집에 우애가 자별한가.
남노여비男奴女婢 널린 집에 인심이나 잃을세라.
친정 생각 과하다가 충동이나 들을세라.[28)]
선관仙官 같은 우리 사위 안해나 생각는가.
이것저것 생각할 제 부모 심정 편할쏜가.
절통하다 부녀 일신 만 가지로 생각해도
절통하기 측량없고 신체발부身體髮膚 부모 은혜
공 갚기는 더뎌지고 인정 허비뿐이로다.
같이 크던 동반간同班間은 동기골육同氣骨肉 정이 깊어
형님동생 서로 불러 이십 년을 길렀더니
동서남북 출가하여 타향 사람 되었으니
남자같이 갈 수 없고 마음대로 올 수 없네.
저 올 때는 내 못 가고 내 갈 때는 저 못 오니
이전같이 함께 모아 반겨 볼 수 전혀 없다.
제 죽은들 내가 알며 내 죽은들 제가 알까.
전전에 부친 편지 회답回答인들 진작 오리.
축원일세 축원일세 백발쌍친白髮雙親 우리 부모
백세 안녕 축원일세 부모 생각 갈 바 없어
이 가사 지어 내어 벽상壁上에 기록하고
다시 보고 다시 보니 부모 생각 위로할까.

---

28) 여기서는 '그런 생각 하지 말라는 말을 듣는 것'을 뜻한다.

교녀사教女詞

네가 떠난 지 어느덧 한 달이라.
무심한 아비나 아주야 잊을쏘냐.
자식을 생각하는 부모 마음
문밖을 나서면 그곳으로 눈이 가고
집에 돌아오면 네 생각이 더 나누나.
아비의 솔직한 심정 옛사람의 마음이라
인정 없는 이 세상에 옛사람이 어이 살리.
재산을 탕진하니 늘그막에 가난이라
죄 없는 너희들이 따라 고생하는구나.

너희 남매 네 사람 중 네가 제일 막내라
막내 자식 사랑함은 사람의 정이라.
마음대로 한다면 잘 입히고 잘 먹이고
좋은 교훈 잘 가르쳐 시집살이 보내고저.
가난이 앞을 서고 흉년이 뒤를 따라
예절을 잘 모르고 혼인치레 못 갖추고
잔치를 치르고는 그날로 보내니
정신을 차릴쏘냐 두서가 있을쏘냐.
말 한마디 못 해 주고 예물 없이 떠났구나.
혼자 앉아 생각하니 걸린 일도 많고 많아

부지불각 별안간에 시댁 문전 들어가서
여러 눈이 보는 중에 갖은 실수 많으리라.
머리단장 비녀 꽂기 손이 설어 어이하며
출입하기 몸조심에 마음 쓰기 어려우리.
깨워야 일어나던 네가 날 새는 줄 어이 알며
유난히도 타는 무섬 날 저물면 어이할꼬.
여자 할 일 본다면은 한 가지도 못 능하니
십팔 년을 배운 일 소득이 무엇이냐.
놀던 표적 무엇이며 잠잔 보람 어디 있노.
어릴 적에 굽은 나무 커서는 길마 되고
집에서 새던 박이 들에 가도 새느니라.
오늘을 당해 보니 갑갑한 일 적지 않고
지난 일을 생각하니 후회된 일 많고 많아
못 가르치고 못 배운 일 부모 원망함이 일반이나
무능한 아비 일생 자식도 따라 무능할꼬.
너희 형들 출가할 제 볼만한 게 없었으나
후한 시댁 만나 가서 알뜰 교훈 받은 뒤에
뛰어나진 못할망정 제 앞가림 다 했단다.
너도 마음 다시 먹고 시댁 풍습 본을 받아
열심으로 배워 가면 빛날 날이 있으리라.

남자는 장가가고 여자는 시집감은
사람 사는 세상에 나이 차면 하는 바라.
어른 출처 알려거든 자세히 들어 봐라.
어려서 한 일이야 뉘라서 탓할쏜가.

남녀 분별 모를 적에 장유존비 어이 알리.
아이들은 예법 몰라도 책망함이 없다 하나
차차로 철이 들어 어른이 되어갈 제
십오 세 선동仙童이요 이십 세면 선관仙官이라.
족두리 쓰고 비녀 꽂아 사람 모양 되었구나.
장가가고 시집가니 사람 일을 하는도다.
어른 된 뒤에야 사람 행실 못 하랴.
사람 행실 백 가지 중에 효행이 으뜸이라.
대강 말을 일러두니 명심하여 보거라.
수달피며 까마귀도 부모 은혜 갚는다니
하물며 사람이야 효행을 모를쏘냐.
아버지 낳으시고 어머니 기르시니
부모가 아니시면 내 몸이 없으리라.
부모 은혜 갚자 하면 하늘같이 끝이 없다.
시부모라도 부모 은혜 없다 하랴.
남편에게 순종하는 법이 소중하긴 더하니라.
예의에 닿는 대로 마음이 극진토록
낯빛을 온화하게 소리를 유순하게
때때로 문안하고 차고 더움 살피어서
방이나 춥지 않게 시장치나 않으시게
백날을 하루같이 어김이 있을세라
묻는 말씀 계시거든 지체 없이 대답하고
시키는 일 계시거든 민첩하게 응대하라.
사랑이 깊을수록 더욱 조심하여
감사함을 잊지 말고 마음 놓지 말지어다.

좋은 일 있더라도 소리 나게 웃지 말고
불편한 일 있더라도 상 찡그려 내색 마라.
꾸중하시거든 어려워할 뿐이요
애매한 일 있더라도 변명은 하지 마라.
변명을 하게 되면 거역함이 되느니라.
조석 진지 공양함은 정성이 제일이라.
부잣집 아니거든 진수성찬 있으랴만
식은 밥을 차려 내도 정갈하게 차려 내고
나물국을 끓이어도 뜨끈하게 끓이어라.
있는 대로 장만하여 식성대로 간 맞추어
서거푸지 않도록 지성으로 받들어라.
식성을 맞추고 건강을 돌보아
잘 섬기지 못할망정 마음 편히 해 드려라.

자식이 출중하면 부모의 사랑 받고
내외간에 화합하면 부모 안락 되느니라.
남편은 하늘이라 하늘같이 높이어라
월하노인 맺은 인연 부모가 정한 배필
신랑신부 서로 만나 백년을 해로하니
여자의 일생 고락 남편에게 달렸느니라.
아무쪼록 유순하고 말이 없이 지내되
철없이 굴지 말고 무관하다 방심 마라.
손님을 대접하듯 공손한 태도로
공경 경 자 한 글자를 한평생 잊지 마라.
제사를 받들고 손님을 대접함은 큰일이라

있거나 없거나 형편대로 예절이야 없을쏘냐.
예절 부족할지라도 집안 살림 먼저 보고
안팎을 깨끗이 하고 의복을 깔끔하게 하고
떠드는 일 없이 하고 음식을 정갈히 하라.
정성이 없으면 귀신 흠향 아니하고
예절이 없으면 인사 체면 될 수 있나.
자손이 복을 받고 손님 접대 잘하면은
둘레에 생색나느니라.
너희 시댁 명문가에 외독자로 외로웁고
수가 적은 집안이 각처로 흩어져서
날마다 못 만나니 애달지 않을쏘냐.
때때로 오시거든 바삐 나가 영접하고
공손히 문안하고 극진히 친애하라.
형제간에 우애함은 부녀에게 달렸나니
특별히 마음 두어 효성하고 우애하라.
이웃집 참봉 댁은 한집같이 계시오니
친가의 친척이요 시댁의 친척이라
예법도 높으니 본받을 일 많으리라.
남 하는 일 구경하면 너의 지식 느느니라.

아이야 들어 보라 남자는 활동가라.
공부에 마음 붙여 사업에 유념하며
모든 행동 닦아서 사방에 뜻을 두니
세간 살림 하는 것은 부녀의 책임이다.
바깥일에 간섭 말고 중문 안에 거처하여

때맞추어 음식 하기 절기 따라 의복 짓기
일생에 맡은 일이 의복 음식뿐이로다.
그 외에 소소한 일 대단치는 않겠지만
부지런히 아니하면 그도 또한 용이찮다.
날마다 해야 할 일 명심하여 들어 보라.
일찍이 일어나서 정지간을 정히 쓸고
세숫물 놓은 후에 조반상을 속히 차려
일손을 얼풋 잡아 허송세월 하지 마라.
한 시간 두 시간에 또다시 때 당하니
부지런히 아니하면 해 논 일이 있겠느냐.
바느질 길쌈질 물 긷기 방아 찧기
맡은 소임 얼른 하고 뒤로 밀지 마라.
설거지를 미리 하면 비 올 제는 태평일세.
목 마른 때 샘을 파면 타는 목을 어찌하리.
저녁밥이 늦으면 시장기만 더하나니
시간을 헤아려서 저물도록 있지 마라.
분주하신 시아버님 저문 뒤에 오시거든
자지 말고 기다려서 빨리 나가 영접하라.
세 끼니를 치르자면 앉을 새가 없으리라.
오는 잠을 다 자자면 일할 시간 있을쏘냐.
동서 없고 시누이 없고 오직 네 한 몸으로
부지런히 아니하면 믿을 곳이 있겠느냐.
불 켜 놓고 잠을 자면 헛기름이 닳느니라.
그릇을 잘못 놓으면 개와 닭이 깨치니라.
부엌 앞을 정히 쓸어 불조심을 하거라.

샘 곁에 갈지라도 발 조심을 하거라.
순간을 잘못하면 손해가 나느니라.
열 술 모아 밥 한 그릇 문전 걸인 괄시 마라.
날마다 오는 장사 안 살 물건 상관 마라.
노소간에 오는 사람 흔연히 대접하고
무심중에 하는 말도 생각하여 대답하라.
말 한마디 잘못하면 중간에서 이리저리
전한 말이 화근되어 수욕을 당하리라.
허튼수작 쓸데없다 명심하고 하지 마라.
내 집 가난 한탄 말고 남의 부자 부러워 마라.
부귀는 하늘이 내니 바라도 쓸데없고
빈천은 사람이 내니 알뜰하면 면하리라.
마당에 흘린 곡식 알뜰히 주워 담고
뒤주에 넣은 곡식 아끼어 허비 마라.
여문 땅에 물 모이고 착한 사람 복 받는다.

아이야 명심하라 내 한마디 더 하리라.
부모 형제와 떨어져 살게 됨은
여자로 태어나 피치 못할 일이로되
너희로 보게 되면 친정이 가까워
소문도 잘 듣고 얼굴도 자주 보아
부모 생각 없이 되면 그 아니 좋겠느냐.
보는 사람 칭찬하고 듣는 소식 반가우면
부모 마음 좋지마는
여자 할 일 애착 없어 행실을 잘못하면

말밥에 오르고 네 몸이 천대받아
아름답지 못한 소식 내 귀에 들릴진대
딸 가르친 아비 체면 사돈 볼 낯 있겠느냐.
외진 데서 아니 듣고 못 보면 그만이나
그래도 안 그렇다 각별히 명심해라.
이밖에도 여러 가지 해 줄 말 많지마는
노안이 희미하고 정신이 아득하여
너에게 긴요한 말 보기 쉽게 글을 지어
소귀에 경 읽기로 줄거리만 추려 쓰니
아비의 간절한 맘 너에게 약이 되리.
구구이 살펴보고 일일이 본받으면
행실에 유익하고 복록을 누리리라.

원문

너의 떠난 지가 거연 일삭一朔이라
무심한 아비오나 아주야 잊을쏘냐.
지독지애舐犢之愛 상정常情이라 알 둔 곳을 두남두워
문밖을 나서 오면 그곳으로 눈이 가고
본집곳 돌아오면 네 생각이 나는구나.
아비의 탄솔坦率함이 옛사람의 마음이라
효박淆薄한 이 세상에 옛사람이 어이 살리.
사업事業이 탕진蕩盡하니 노경老境 곤란困難 되는구나.
무죄한 너희들이 따라 고생 되단 말가.
너희 남매 네 사람이 네가 제일 종말終末이라

종말 자식 사랑함은 사람의 상정이라.

마음대로 할 것이며 잘 입히고 잘 먹이고

일등 교훈 잘 가르쳐 범절 차려 치울지나

가난이 앞을 서고 흉년이 뒤를 따라

예절에 봉사 되고 인사가 숙맥 되어

만복 길일 치른 후에 당일 신행 보내오니

정신을 차릴쏘냐 두서가 있을쏘냐.

말 한마디 경계警戒 없이 봉송封送 없이 떠났구나.

외오 앉아 생각하니 걸린 일도 많아서라.

부지불각不知不覺 급거急遽 중에 시댁 문전 들어가서

십목소시十目所視 조좌稠座 중에[1] 응당 실수 많으리라.

머리단장 비녀 꼽기 손 설어 어이하며

출입기거出入起居 몸조심을 작심作心하기 어려워라.

깨워야 일던 잠을 날 새는 줄 어이 알며

유명이도 타는 무섭 날 저물면 어이할꼬.

여공백사女功百事 볼작시면 한 가지도 못 능하니

십팔 년 배운 일이 소득所得이 무엇이냐.

놀던 표적表迹 무엇이며 잠잔 보람 어데 있노.

어린 적에 굽은 남기 커서는 길마 되고

집에서 새던 박이 들에 가도 새느니라.

오늘을 당하여서 갑갑한 일 많으니라.

전일을 생각하면 후회된 일 없을쏘냐.

못 가르치고 못 배운 일 부모 책망 일반이나

무능한 아비 성정 자식조차 무능하다.

너희 형들 출가할 제 볼 모양이 없었으나

---

1) 여러 눈이 둘러앉아 보고 있는 가운데.

후한 시대 만나 가서 알뜰 교훈 받은 후에
출등出等치는 못할망정 제 앞은 닦는구나.
너도 마음 다시 먹어 시대 견문 본을 받아
열심으로 배워 가면 터질 날이 없겠느냐.
남혼여취男婚女娶 하는 것은 성인이 하는 바라
성인 출처 알려거든 자세히 들어서라.
어려서 한 일이야 사람이라 할 수 있나.
남녀분별 모를 적에 장유존비長幼尊卑 어이 알리.
동자童子는 무례無禮라고 무례라도 책망 없다.
차차로 철이 들어 사람이 되어 갈 제
십오 세 선동仙童이요 이십 세면 선관仙官이라
갓 씌우고 비녀 찔러 사람 모양 되었구나.
장가가고 시집가서 사람 일을 행하도다.
사람 모양 사람 일이 성인成人 됨이 분명하다.
성인을 한 연후에 사람 행실 아니 하랴.
사람 행실 백행百行 중에 효행이 으뜸이라.
대강 말을 일러두니 명념銘念하여 보아서라.
수달피도 보본報本하고 까마귀도 반포反哺하니[2]
하물며 사람이야 효행을 모를쏘냐.
부친이 낳으시고 모친이 기르시니
부모가 아니시면 내 몸이 없으리라.
구로지은劬勞之恩 갚자 하면 호천망극昊天罔極 바이없다.
시부모를 말씀 하면 구로지은劬勞之恩 없다 하나
여필종부女必從夫 하는 법이 소중은 더 하리라.

---

2) 수달피는 고기를 잡아서 조상의 제사를 지내고, 까마귀는 다 자란 뒤에 어미에게 먹을 것을 물어다 줘 은혜를 갚는다는 이야기가 있다.

예의에 닿는 대로 마음이 극진토록
낯빛을 온화하게 소리를 유순하게
시시로 문안하고 한온寒溫을 살피어서
방이나 춥지 않게 시장치나 않으시게
백날이 하루같이 어김이 없을지라.
묻는 말씀 계시거든 지체 없이 대답하고
시키는 일 계시거든 민첩하게 대답하라.
사랑이 깊을수록 조심을 더욱 하여
감사함을 잊지 말고 방심함을 말지어다.
좋은 일 있더라도 소리 나게 웃지 말고
불평한 일 있더라도 상 찡그려 내색 마라.
꾸중이 계시거든 황송불이惶悚不已 할 뿐이요
애매한 일 있더라도 발명發明은 하지 마라.
발명을 하자 하면 말대척이 되느니라.
조석 진지 공명함은 정성이 제일이라
부귀가富貴家 아니어든 진수성찬 어이하리.
식은 밥을 차려 내도 정결함을 주의하고
나물국을 끓이어도 뜨시도록 하여서라.
있는 대로 장만하여 식성대로 간 맞추어
서거푸지 아니토록 지성으로 받들어라.
구체봉양口體奉養 못할망정 마음 편히 하여서라.
자식이 출등出等하면 부모가 사랑하고
내외간에 화합하면 부모 안락安樂하시리라.
가장은 하늘이라 하늘같이 높이어라.
월로月老가 맺은 인연 부모가 정한 배필
육례六禮로 서로 만나 백년을 해로하니
여자의 일생 고락苦樂 군자君子에게 달렸나니

아무쪼록 화순和順하여 숙야무언夙夜無言 하여서라.

철 모른다 방심 말고 무관無關하다 친압親狎 마라.

상대여빈相對如賓 공경 경敬 자 일평생 잊지 마라.

봉제사奉祭祀 접빈객接賓客은 인간의 큰일이라

칭가稱家 유무有無 근력대로 예절이야 없을쏘냐.

예절 부족할지라도 선관옥우先觀屋宇[3] 할 것이라.

청당廳堂을 소쇄掃灑하고 의복 정제整齊하고

훤화喧譁 없이 하고 음식을 정케 하라.

정성이 없으면 귀신 흠향歆饗 아니 하고

예절이 없으면 인사 체면 될 수 있나.

자손이 복을 받고 손님 접대 잘 하오면

주인 생색 나느니라.

무매독자無媒獨子 너희 시댁 성문盛門에 고족孤族이라.

수소하신[4] 집안 댁이 산지 각처 계시오니

축일상대逐日相對 못 하나니 애들치 않을쏘냐.

시시로 오시거든 바삐 나가 영접하고

공순히 문후하고 극진히 친애하라.

형제간에 우애함은 부녀게 달렸나니

특별히 주의하여 효우孝友 가정 이루어라.

이웃집 참봉 댁은 한집같이 계시오니

친가의 근족近族이요 시댁의 공척이라

예법도 융숭하니 본받을 일 많으리라.

남의 경물 구경하면 이녁 지식 느느니라.

아이야 들어서라 남자는 동물動物이라[5]

---

3) 먼저 집안을 둘러봄.

4) 적은 수.

공부에 착심着心하고 사업에 유념하여
백행百行을 닦아내어 사방에 뜻을 두니
세간 살림 하는 것은 부녀의 책임이라.
바깥일에 간섭 말고 중문 안에 거처하여
때맞추어 음식하기 절물 따라 의복 짓기
일생에 맡은 일이 의복 음식뿐이로다.
그 외에 소소한 일 대단치는 않을망정
부지런히 아니 하면 그도 또한 용이찮다.
날마다 행할 일을 명심하여 들어서라.
일찍이 일어나서 정지간을 정케 쓸고
세숫물 놓은 후에 아침 지공支供 속히 하여
일손을 얼풋 잡아 허송세월 하지 마라.
한 시간 두 시간에 또다시 때 당하니
부지런히 아니 하면 해 논 일이 있겠느냐.
침선방적針線紡績 당한 일과 정구지역井臼之役 맡은 소임
얼른 속히 하고 미루미루 밀지 마라.
설거지를 미리 하면 비 올 제는 태평일세.
목 마른 때 샘을 파면 타는 목을 어찌하리.
저녁밥이 늦이 오면 정결치 못하나니
시간을 요량하여 저물도록 있지 마라.
호번浩繁하신 시아버님 저문 후에 오시거든
자지 말고 기다려서 빨리 나가 영접하라.
삼시조석三時朝夕 치르자면 앉을 여가 적으리라.
오는 잠을 다 자자면 일할 여가 있을쏘냐.
동서 없고 시누 없고 단독일신 너의 몸이

---

5) 여기서는 활동한다는 뜻.

부지런치 아니하면 믿을 곳이 있겠느냐.

불 켜놓고 잠을 자면 헛기름이 닳느니라.

그릇을 잘못 놓면 계견鷄犬이 깨느니라.

부엌 앞을 정케 쓸어 불조심을 하여서라.

샘 곁에 갈지라도 발 조심 하여서라.

호헐간呼歇間[6] 잘못하면 손해가 나느니라.

문전門前에 오는 걸객乞客 십시일반 괄시 마라.

날마다 오는 장사 안 살 물건 관의 마라.

노소간에 오는 사람 흔연 대접하려니와

무심중에 하는 말도 생각하여 대답하라.

말 한마디 잘못하면 연비설[7]이 화근 되어

수욕羞辱을 당하리라.

쓸데없는 허튼 수작 명심하고 하지 마라.

내 집 가난 한탄 말고 남의 부자 흠선欽羨 마라.

부귀는 재천在天이라 바라도 쓸데없고

빈천은 재인在人이라 알뜰하면 면하리라.

마당에 드른 곡식[8] 알뜰히 수습하고

두지에 넣은 곡식 절량絶糧하여 허비 마라.

여문 땅에 물 모이고 착한 사람 복 받는다.

아이야 명념銘念하라 내 한 말 더 하리라.

원부모遠父母 이형제離兄弟는 여자의 유행有行인데

너희로 볼작시면 친정이 가까워서

소문도 잘 듣고 상면도 자로 하여

---

6) 순식간.

7) 중간 사람이 전하는 말.

8) 떨어진 곡식.

이친지회離親之懷 없이 되면

네 마음에 좋을지나 내 마음에 삼감된다.

보는 사람 칭찬하고 듣는 소식 반가우면 같은 값에 좋지마는

행신行身을 잘 못하고 여공女功에 애착 없어

남의 집에 두통 되고 네 몸이 천대받아

아름답지 못한 소식 내 귀에 들릴진대

딸 가르친 아비 책망 사돈 볼 낯 있겠느냐.

외진 곳에 아니 듣고 못 보는 것이

도로혀 상책이라 각별이 명심하라.

이외에 여러 가지 기록할 일 많지마는

노안老眼이 희미하고 정신이 아득하여

너에게 긴요한 말 보기 쉽게 구를 지어

소귀에 경 읽기로 대강 경기[9] 하얍나니

아비의 정곡이요 너에게 약석이라.

구구이 살펴보고 일일이 본받으면

행실에 유익하고 복록을 누리리라.

---

9) 줄거리만 추려 적다.

전차 나고 마차 나니
인력거가 세월없소

빚을 내고 전당 내어 인력거를 사 가지고
봉두난발 맨다리로 병문파수 하다시피
불분주야 하여 가며 한 푼 두 푼 벌어다가
행랑살이 더부살이 부모처자 공양인데
전차 나고 마차 나니 인력거가 세월없소.

동점별곡銅店別曲

동을 캐는 일꾼들은 '동점별곡' 들어 보소.
백두산 한 줄기가 남쪽으로 팔도 되고
북쪽으로 두만강과 서쪽으로 압록강이
영북嶺北 땅에 열 고을 휘장처럼 늘어서고
장진 땅 갑산 땅은 병풍 삼아 둘러 있네.
함경도를 당도하니 능묘들 모셔 있고
갑갑할사 갑산읍 동북간 칠십 리에
고진동을 마련하니 어찌 그리 되었는고.
동북간 칠십여 리 활기봉1) 넓은 평지
봉작 물 곁 철불령은 북쪽의 주봉 되어
서북간에 높이 뛰어 남대령 높은 봉이
긴 성벽 둘렀으니 만리장성 이 아닌가.
남대령 높은 봉이 남쪽의 안산 되어
큰 골짝 작은 골짝 솟아나는 시냇물은

■ '동점별곡'의 작자는 이용식이며 1885년경에 쓴 것으로 추정된다. 이용식은 살던 곳에서 사십 리
떨어진 고진동에 동광산이 개발되던 때에 약 삼 년간을 성영주(동제련을 청부 맡은 사람)로 일하
다가 파산당하였다.
　이 가사는 갑산 광산이 19세기에 활발히 운영되었음을 보여 준다. 또한 당시의 문물제도, 노동
자들이 일하는 모습, 호칭 등을 담고 있다.
1) 갑산 광산 북쪽에 있는 봉우리.

골골이 흘러내려 굽이굽이 벽계수라
아래위 강 흘러내려 허천강에 합수로다.
동점령 관모봉이 동북간에 시작되어
동쪽 서쪽 줄기 찾아 동북쪽이 광활한데
영신당 높은 집은 악양루 이 아닌가.
성영당[2] 풍경 소리 구름 속에 은은하다.
화려한 육모정은 망향대 이 아닌가
동쪽에 관방 짓고 서쪽에 가양소[3] 짓고
이층 삼층 단청집에 곳간이 잇달렸네.
일만 백성 모여들어 수천 집에 잠겼으니
아침저녁 연기 차니 검은 안개 자욱한데
닭 울음 자주 나니 별세상이 여기로다.
산천도 좋거니와 풍경도 좋을시고
동광 형편 돌아보니 '동점별곡' 쓰게 되네.

주점도감 오갑룡은 함산관에 술집 짓고
무동별장 황 선달이 고진동에 개업할 제
성영주와 철주들은 동서남북 모여들어
쇳돌 캐고 녹이는 사람 벌 떼처럼 날아들어
백호 등에 구멍 파고 개미같이 드나들 제
사오십 길 깊은 굴에 정 망치를 갖추 들고
쇠돌층에 마주 앉아 양손으로 죄겨 낼 제

---

2) 당시 구리를 제련하는 일을 '성영'이라 했다. '성영당'은 성영이 잘되라고 빌던 곳.
3) 구리를 제련하던 곳인 듯하다.

한 번 치고 두 번 치고 석수 갈피 날아들 제
눈에 들고 목이 메니 연기 내에 기막힌다.
이같이 고생하여 한 냥 두 냥 모은 돈을
한 잔 먹고 한 돈 주고 두 잔 먹고 두 돈 주니
굿재 밑에 탁주 장사 샘물둔지[4] 기생집은
큰돈 홀려 먹으려고 밤낮없이 홀려 내니
기생 술값 아니 주면 몽둥매질 당한다네.
부모처자 다 버리고 고진동을 찾았으니
제발 덕분 그리 마소 그 형상을 돌아보세.
수백 길 깊은 굴에 땅속으로 기어들어
동서 사방 두루 파니 만 길 깊이 한심하다.
산꼭대기 이깔나무 베어다 동발 세울 적에
곧은 굴 옆 굴에 삼사 층을 꾸며 내니
동발 묻고 굴을 뚫고 날라 내던 사람들이
지동 치듯 무너지니 혼비백산 가련토다.
시신인들 온전하며 백골인들 성할쏘냐
달도 없는 밤 비는 내려 귀신 울음 귀에 쟁쟁
묻힌 정상 죽은 정상 이 아니 불쌍한가.
그럭저럭 모은 쇳돌 밧줄로 들어내어
몫몫으로 갈라서 여러 일꾼 나눠줄 제
많이 주면 받아 가고 적게 주면 공갈하여
이리저리 노나 주니 절반이나 찾을쏘냐.

---

4) '굿재'는 옛날에 구리를 캐던 고개라는 뜻으로, 동점관에서 큰 복골로 넘어가는 고개. '샘물둔지'
는 동점령 밑에 있는 마을 이름으로, 오늘의 양소라 부르는 곳이다.

대여섯 번 겪고 나니 서너 달이 절로 간다.
공사 비용 적게 들면 헛된 경비 아니 쓸까.
한 달 삯돈 날품삯에 정들 수 전혀 없어
매일 몇 푼 일숫돈을 여기저기 빚져 내어
온갖 품삯 노놔 주고 쇳물을 뽑아낼 제
모자 쓴 편수들은 쇠장대기 짚고 서고
수건 쓴 별패들은 오장육부 다 흔들며
따랑통을 몰아내어 구리쇠를 녹여 낼 제
쇳물 찌끼 산이 되나 동쇳물은 적게 나니
불쌍하다 성영주야 죽을 생각 절로 난다.
무동소貿銅所에 바치니 구리값을 내어줄 제
전표 쪽지 내어주며 백쉰 냥만 먼저 주니
썩은 나무 좀먹듯이 사분에 일이 못 쓸 전표
쌀장사 담배장사 거리 저자 황아장사
전표 주면 팽개치니 이 돈 쓸 곳 없네.
진짜 돈 내어주니 이리저리 털어 낸다.
동 천 근 삼백 냥이 이백쉰 냥 되고 마니
이백쉰 냥 가운데서 공금 뇌물로 떨어 내니
이백 냥이 절로 된다 쉰 냥을 또 떨어 내니
전후사를 마련한즉 적은 백 냥 되고 마네.
본전 회계 고사하고 생계조차 자랄쏘냐.
고진동이 좋다 하고 팔도 백성 모여들어
살아갈 수 전혀 없어 울울 심사 절로 난다.
고향 생각 절로 나나 푼전도 없어 어이할꼬.
오뉴월을 겨우 지나 칠월 초순 다다르니

고질병이 달려들어 죽는 백성 무수할 제
하루 이틀 삼사십 명 사오 일에 삼사백 명
한 달 동안 죽여 내니 못 살 곳 여기로다.
거리거리 곡성이요 서로 불러 통곡이라.
곳곳마다 원한 소리 고진동이 원수로다.
가자 하되 푼전 없고 앉자 하되 난처하다.

살아갈 길 전혀 없어 술장사 하려 하니
세력 있는 자들에겐 술장사 하게 하고
세력 없는 사람에겐 없는 흠 잡아내어
옥에 넣고 받는 돈이 십사 냥 오 전이라.
여자 옷 아이 옷들 거리거리 팔아낼 제
절반 돈을 받을쏘냐 이것 아니 협잡인가.
이리저리 녹아날 제 관청 관리 들어오며
성영주와 혈주들은 무동소의 회계 보니
많이 지면 수만 냥과 적게 지면 수천 냥의
회계장을 다 본 뒤에 빚진 돈을 어이할꼬.
관청들의 공문 지령 어지러이 날아드니
군노 사령 관원들이 오라 지워 감금하니
휘양을 쓰던 목에 큰칼을 씌워 놓고
가죽신을 신던 발에 족쇄를 어이할꼬.
관청에 끌어가나 죄상이 불명하며
고을의 아전들이 칼을 쓰라 독촉하고
고을의 사령들은 칼을 씌워 끌어가니
각방 뇌물 바치오니 수백 냥 절로 된다.

사또가 거행할 제 말 못 하고 순종한다.
팔십여 명 나졸들이 좌우편에 갈라서고
큰 매 작은 매 치도관과 형장 태장 갖춰 놓고
잡아들여 볼기 치고 올려 매고 더욱 치고
좌우 나졸 고함치니 온몸이 다 떨린다.
연연약질 지친 몸이 사오십 개 매 맞으니
피는 흘러 강물 되니 그 형상을 어이할꼬
큰칼 씌워 투옥하니 엄동 추위 어이할꼬
차디찬 냉방 옥에 세월 없이 갇혔으니
목숨 보존할 수 없어 일가친척 돈을 물리니
의붓자식 수양딸과 외삼촌집 처남들과
지나가던 사돈 팔촌 그 뉘 아니 물리던고.
조상 적 문중 토지 팔아서 바칠 적에
땅을 치고 통곡할 제 그 형상 돌아보소.
옛글에도 아낙네가 원통함을 고하면은
유월에도 서리 내린다니 그 화를 어이할꼬.
친척 없는 외로운 몸 의지가지 할 데 없어
한 푼 돈도 없으니 목숨밖에 또 있는가.
슬프다 고진동이 일만 백성 다 죽인다.
계축년 을묘년[5]엔 동점이 사람 목숨 살리더니
임술년[6]엔 사람 생명 구하기는 고사하고
망한 것은 서북 땅 죽어난 건 동점이라.

---

5) 1853년, 1855년. 두 해에 걸쳐 광산을 개발했다.
6) 1862년.

한 사람은 배불리고 만 사람은 해를 보니
높은 하늘 굽어보며 선악을 살피리라.
바위같이 굳은 심사 알릴 곳이 전혀 없네.
이내 곡조 들어 보소 고생 생각 안 나는가.
이 이야기 다 못 하고 상편에서 그만두네.

원문

동○○○ 일꾼○들은 동점별곡 들어보소.
백두산 일진○이 남류南流하여 팔도 되고
북류하여 두만강과 서류西流하여 압록강의
영북 십관嶺北十關[1] 휘장 되고 장진 갑산 어병禦屛 될 제
함경도를 ○○하니 사릉 삼묘四陵三墓 모셔 있고
갑갑 갑자 갑산읍 동북간 칠십 리에
고진동을 마련하니 어찌 그리 되었는고.
동북간 칠십 리여 활기봉 너른 평지
봉작물[2]이 철불령은 북현무北玄武의 주산主山 되어
저 북간에 높이 뛰고 남대령南大嶺 만장봉萬丈峰은
일자문성一字門聲 들어서니 만리장성 이 아닌가
남대령 만장봉이 남주작南朱雀의 안대案對 되어
큰 복골 작은 복골 솟아나는 시냇물은
골골이 흘러내려 곡곡 벽계曲曲碧溪 되어 있소.

---

1) 예전 마천령 북쪽에 있는 열 개의 고을을 이르는 말.
2) 활기봉에서 흘러내리는 시내 이름.

상하 배덕[3] 흘러내려 허천강에 합수合水로다.

동점령 관모봉이 동북간의 태조[4] 되어

을진 병신 낙맥落脈하여[5] 계축판[6]이 광활한데

영신당迎神堂 높은 집은 악양루岳陽樓 이 아닌가.

성영당 종경성鐘磬聲은 구름 속에 은은하다

화려한 육모정은 망향대望鄕臺 이 아닌가

좌청룡의 관방官房 짓고 우백호의 가양 짓고

이층 삼층 화각畵閣집이 동창 서고東廠西庫 결농하다.

억조창생 모여들어 수천 가家에 잠겼으니

조석朝夕 연기 창천漲天하니 현운무玄雲霧가 자욱한데

계명성鷄鳴聲이 자로 나니 별유천지別有天地 여기로다.

산천도 좋거니와 풍경이 격동하다.

점店 형세를 살펴보고 동점별곡 지어내니

두점도감 오갑○은 함산관의 주점 놓고

무동별장貿銅別將[7] 황 선달은 고진동의 무동할 제

성영주[8]와 헐주[9]들은 동서남북 모여들어

편수 별패 연군[10]들은 벌떼같이 날아들어

백호 등에 혈穴을 파고 개암같이 출입할 제

사오십 장 깊은 혈에 정망치를 갖추 들고

---

3) 갑산군 창동리 일대. 곧 이용식의 고향.

4) 첫 시작. 첫 시작으로 되는 곳.

5) 동쪽 서쪽으로 줄기가 잦아들어. 을진은 동쪽, 병신은 서쪽.

6) 동북 방향을 가리켜 이르는 말.

7) 무동은 구리를 사들인다는 뜻.

8) 구리 제련을 맡아 하는 자를 가리키는 말.

9) 쇳돌을 캐내는 마구리를 맡아보는 자 .

10) '편수'는 구리를 녹여 쇳물을 뽑는 사람, '별패'는 풍구질을 하는 사람, '연군'은 굴속에 들어가 광석을 캐내는 사람.

청화동[11]에 마주앉아 좌우수左右手로 죄겨 낼 제

한 번 치고 두 번 치고 석수 갈퍼 날아들 제

눈에 들고 목이 메니 화연내에 기 막힌다.

이같이 고생하여 한 냥 두 냥 모인 돈을

한 잔 먹고 한 돈 주고 두 잔 먹고 두 돈 주니

굿재 밑의 탁주 장사 샘물둔지 색주가色酒家는

큰 돈 홀려 먹으려고 밤낮없이 홀려 내니

주채酒債 색채色債 아니 주면 난장급살 피락하네.

부모처자 다 버리고 고진동을 찾았으니

제발 덕분 그리 마소 그 형상을 돌아보세.

수백 장 깊은 굴에 땅속으로 기어들어

동서사방 두루 파니 만여 장이 한심하다.

산상의 모진 이깔 갖추 들어 꾸밀 적에[12]

곧은 동방 내동방[13]의 삼사 층을 꾸며 내니

구군, 반수, 역사군과 매철 장수, 수운군이[14]

지동 치듯 무너지니 혼비백산魂飛魄散 가련토다.

시신인들 온전하며 백골인들 성할쏘냐.

무월삼경無月三更 세우야細雨夜에 귀곡성鬼哭聲이 창천漲天하니

묻힌 정상 죽은 정상 이 아니 불쌍한가.

그리저리 모닌 쇠를 자애줄[15]에 들어내어

가양소의 분철分鐵하고 각색各色 임장任掌 노나줄 제

---

11) 구리가 많이 섞여 있는 좋은 쇳돌.

12) 큰 이깔나무를 베어서 굴속에 동발을 세워서 꾸민다는 뜻.

13) 아래로 곧게 뚫은 굴길과 옆으로 곧게 뚫은 굴길.

14) '구군'은 동발을 세우는 사람, '반수'는 굴속에서 솟아나는 물을 퍼 나르는 사람, '역사군'은 일 꾼, '매철 장수'는 쇳돌을 가려 내는 사람, '수운군'은 쇳돌을 굴 밖으로 나르는 사람.

15) 쇳돌을 담은 그릇을 끌어내는 데 쓰는 밧줄.

혈감六監 명색 장무掌務들과 삼이 장무 가양 부목
많이 주면 받아 가고 적게 주면 공갈하여
이리저리 노나 주니 절반이나 찾을쏘냐.
오류 태馱씩 모다 내니 삼사 삭朔이 절로 간다.
부비 범절 적게 들며 공비空費인들 아니 쓸까.
달고전 날품삯에 정들 수 전혀 없어
매일 대푼 일재변16)을 여기저기 빚져 내어
각색 공전17) 노나 주고 성영이나 세워날 제
노갓18) 쓴 편수들은 과판대19)를 짚고 서고
수건 쓴 별패들은 오장육부 다 흔들며
따랑통을 몰아내어 청화동을 녹여 낼 제
쩍20)은 흘러 태산이나 동쇳물은 적게 나니
불쌍하다 성영주야 죽을 생각 절로 난다.
무동소貿銅所에 받쳐 내니 동가전銅價錢을 내어줄 제
환전換錢쪽을 내어주며 백쉰 냥만 선급先給 주니
썩은 나무에 좀 먹듯이 사분일이 파전破錢이라.
미곡 장사 남초 장사 거리 저자 황아 장사
환전 주면 팽개치니 이 돈 쓸 곳 전혀 없네.
합환 청환 내어 주니 왕한태가 떨어 내며
동 천 근 삼백 냥이 이백쉰 냥 절로 되니
이백쉰 냥 그 가운데 부비 충노 떨어내니
이백 냥이 절로 된다 개겨 쉰 냥 떨어내니

---

16) 날짜 별로 이자를 물기로 약속하고 꾸어 쓰는 돈.
17) 갖가지 명색의 품삯.
18) 편수들이 일할 때 쓰는 모자.
19) 편수들이 일할 때에 쓰는 도구.
20) 쇳돌을 녹여 쇳물을 뽑고 난 찌끼.

일백쉰 냥 그 가운데 파전 축전 떨어내니

전후사를 마련한즉 적은 백 냥 절로 되네.

본전 회계 고사하고 생애조차 자랄쏘냐.

고진동이 좋다 하고 팔도 인민 모여들어

생애할 수 전혀 없어 도적 심사 절로 난다.

삼조 벽곡 한은모야 신선 되기 아니로다.

고향 생각 절로 나나 무동전²¹⁾을 어이할꼬.

오뉴월을 겨우 지나 칠월 초생 당전하니

고질병이 달려들어 살해 인민 무수할제

하루 이틀 삼사십 명 사오일에 삼사백 명

근 일삭一朔을 죽여 내니 쟁평황졸 여기로다.

거리거리 곡성哭聲이요 호부호자呼父呼子 통곡이라.

모로모로 호원성呼怨聲²²⁾은 고진동이 원수로다.

가자 하되 무동전과 앉자 하되 극난하다.

생애할 길 만무하여 매주賣酒 장사 하려 하니

유세자有勢者는 매주賣酒하고 무세자無勢者는 티를 잡아

하옥下獄하고 받는 돈이 십사 냥 오 전이라.

여인 행장 어린 의복 거리거리 팔아낼 제

절반 돈을 받을쏘냐 인들 아니 횡침橫侵인가.

이리저리 녹아날 제 방점관²³⁾이 들어오고

성영주와 혈주들은 무동소의 회계 보니

많이 지면 수만 냥과 적게 지면 수천 냥의

회계장을 다 본 후의 동굿전을 어이할꼬.

---

21) 돈이 없음.

22) 곳곳마다 울부짖는 소리.

23) 금, 은, 동 등 광물을 개인이 채굴하는 것을 막기 위하여 나라에서 파견하는 벼슬아치.

수영 감결 본부 절령[24] 추풍낙엽 날아드니
군노 사령 별차사명[25] 홍사 철편[26] 매수[27]하니
만선 휘항 쓰던 목의 대전목을 씌워놓고[28]
쌍코댕[29]을 신던 발에 항쇄 족쇄 어이할꼬.
삼영문三營門의 이수한이 본부 관원 난초亂招하여
삼반三班 영찰 신연 통인 횡칼 쓰라 독촉하고
마두 급창 도사령은 칼머리를 무어르니
각방 예전[30] 다져오니 수백 냥 절로 되네.
상사또의 거행할 제 유구무언有口無言 봉직奉職이라.
팔십여 명 나졸들이 좌우편에 나열하고
대곤大棍 중곤中棍 치도곤과 형장刑杖 태장笞杖 갖춰 놓고
나입拿入하여 볼기 치고 올려 매면 형문 치고
좌우 나졸 고함하니 일신 정신 다 떨린다.
연연약질 지친 몸이 사오십 도度 중장重杖하니
피는 흘러 강수江水되고 그 형상을 어이할꼬.
큰칼 씌워 하옥하니 월삼동越三冬 추위 아닌가.
차나찬 냉옥冷獄 중에 세월 없이 갇혔으니
인명 보전할 수 없어 일가친척 족징族徵하니

---

24) '수영'은 병마절도사가 일보는 곳, '감결'은 위 관청이 아래 관청에 내려보내는 공문, '본부'는 해당 고을 관청을 가리키는 말, '절령'은 전령이니, 곧 하달되는 명령.

25) 특별히 파견되어 온 벼슬아치가 전달해 주는 나라의 명령.

26) '홍사'는 붉은 노끈, 곧 죄인을 묶는 데 쓰는 오랏줄, '철편'은 고들개철편이니 무기로 쓰는, 쇠붙이로 만든 도구.

27) 죄인으로 지목하여 구속하고 감금함.

28) '만선'은 만선두리로, 벼슬아치들이 겨울철에 예복을 입을 때 머리에 쓰는 방한구, '휘항'은 추울 때 머리에 쓰는 모자, '대전목'은 죄인의 목에 씌우던 형구, 곧 항쇄.

29) 남자들이 신는, 두 줄로 솔기를 댄 가죽신.

30) 죄인이 벼슬아치나 구실아치에게 뇌물로 주는 돈. 예채라고도 한다.

의붓자식 수양녀와 외삼촌 첩 처남들과

지나가는 중삼촌과 그 뉘 아니 물리던고.

조상 적 사당전을 ○○셔 바칠 적에

손뼉 치고 통곡할 제 그 형상 돌아보소.

○셔의 있는 말이 일부호원一婦呼冤 할 날이면

유월비상六月飛霜 한다 하니 그 앙화殃禍 어이할꼬.

무친척無親戚 단독 고신단독고신身 무운무적無雲無跡 의지 없어

무동전 태과太過한들 목숨밖에 또 있는가.

슬프다 고진동이 억조창생 다 죽인다.

계축 을묘 양년 점店에 활인생명 하더니

임술년의 개점開店하여 활인생령 고사하고

망하연이 서북이요 죽고 나던 동점이라.

일인포식 만인해一人飽食萬人害는 천고천비千苦千悲 하리로다.

태산같이 굳은 심사 아뢸 곳이 전혀 없어

이내 곡조 들어 보소 고상 생각 아니 나오.

이런 설화 다 못 하고 수지상편 그만두네.

병문 수작屛門酬酌

모춘 이월 장안가에 병문사회 친구들이
멍석자리 깔아 놓고 삼삼오오 둘러앉아
밤윷 한 판 놓고 나서 그중 일인 출론出論키를
오늘 날도 심심하니 조정 공론 하여 볼까.
"네 말 좋다 그래 보자."
한 사람이 나앉으며 여보게들 내 말 듣게.
양반인지 돈반인지 개를 팔아 두냥반가
양반커녕 돈반에도 안 살 것은 양반인데
썩어지고 값이 없어 양반 노릇 못 할레라.
"썩었으면 냄새날걸."
또 한 사람 나앉으며 여보게들 내 말 듣게.
대신인지 등신인지 신이 커서 대신인가.
대신커녕 등신만도 못한 것은 대신인데
앞뒤 순사 등쌀통에 대신 노릇 못 할레라.
"막말하단 잡혀가리."
또 한 사람 나앉으며 여보게들 내 말 듣게.
정부인지 지옥인지 매음녀의 정부인가.
정부커녕 지부라도 권리 자재하건마는

■ '병문수작'을 비롯해 뒤에 나오는 가사는 을사보호조약을 체결한 1905년을 전후하여 쓰여졌다.

노예 성질 가진 자는 불여무의[1] 악정부라.

"정부 따라 인천 갈까."

또 한 사람 나았으며 여보게들 내 말 듣게.

사회인지 생회인지 조갑껍질 사회인가.

사회커녕 생회라도 각기 소용 되건마는

정신 단합 못 한 회는 불여무의 사사회死社會라.

"산사회나 마중 가자."

또 한 사람 나았으며 여보게들 내 말 듣게.

지사志士인지 망사亡士인지 야흥 타령 지사인가.

망사려나 흥사려나 여부지사 없었구나.

헌신 보국 못 할진대 제사 무삼 지사러냐.

"가지산 줄 몰랐더냐."

또 한 사람 나았으며 여보게들 내 말 듣게.

위생인지 고생인지 위험 위 자 위생인가.

고생이냐 망생이냐 두말없이 희생이지.

먹을 것도 없는 살림 똥값 낼 돈 어디 있니.

"뉘 탓이냐 망할 놈들."

---

1) 없느니만 못하다.

춘성 유람春城遊覽

운담풍경雲淡風輕 근오천近午天에 방화수류訪花隨柳 유람코저
황량 처참 난가 중에 울음소리 낭자하다.
휘장 급급 찾아간즉 주인옹은 잠만 자고
아동들만 모여 앉아 호천호지呼天呼地 통곡하니
그 이유를 물어보자.
"차례대로."
이 아이야 말 들어라 무슨 일로 통곡이냐.
기백년래 상전하던 토지 가옥 이내 산업
건너편 집 저 주인이 진 빚도 없었는데
근일 동정 살펴보면 아주 제 것 만들려고
백반 운동 하는 모양 그게 슬퍼 통곡허요.
"그렇겠다."
저 아이야 말 들어라 너는 어이 통곡이냐
간험하며 준달 때도 곡창에 든 저 전곡과
남북전답 저 토지를 푼전 입곡 못 써 보고
사음 한 개 못 냈거든 아주 제 것 되고 보면
생활 방책 없어지니 그게 슬퍼 통곡이오
"울 만하다."
저 아이야 말 들어라 너는 어이 통곡이냐.
저의 것을 만든 후는 내 방 사랑 저의 차지

토지 전곡 저의 차지 산정山亭 별당 행랑까지
모두 앗아 저의 차지 어느 방에 거처하며
어느 전답 경작할까 그게 슬퍼 통곡이오.
"불쌍하다."
저 아이야 말 들어라 너는 어이 통곡이냐
천무이일天無二日이라 하고 가무이주家無移住라는데
건너편 집 저 주인이 우리 집의 주인 되면
우리 형제 고사하고 주장하던 우리 부모
뫼실 곳이 전무하니 그게 슬퍼 통곡이오.
"참혹하다."
저 아이야 말 들어라 너는 어이 통곡이냐.
건너편 집 저 주인이 저렇듯이 운동함은
불법 야심不法夜深 이 시대에 무뢰배의 예사런만
우리 집의 노예배가 저것들과 배가 맞아
통거리째 내주려니 그게 슬퍼 통곡이오.
"분하겠다."
놀랍고도 슬프도다 네 아무리 통곡한들
통곡으로 면할쏘냐 너를 위해 계획건대
일개 방침 열리리니 너희끼리 정신 차려
일심 단합한 연후에 백절불굴 할 양이면
제아무리 포악해도 범할 수가 없느니라.
"급하도다."

한탄 세계恨歎世界

동서 각국 유람할 제 어떤 나라 들어가면
문명 제도 짜여 있고 어떤 국경 지나면은
막막 황진黃塵 일어나고 어떤 국민 볼 양이면
문명코저 서두는데 우리 나라 실정 보면
비풍암운悲風暗雲 드리워서 도처마다 한탄일세.
민지民志 발달한 연후에 국가 문명 하겠기로
성심성력 헌신하며 경향 각처 왕래하며
청년자제 모집하여 교육사업 일쿠는데
시기 급박할뿐더러 방해자가 허다하니
이를 장차 어찌할꼬 사회 지사社會志士 한탄이요
서적 구비된 연후에 교육 완전하겠기로
고달픔을 이겨 내며 내외 역사 참고하여
애국주의 제창하고 민지民志 고동鼓動하려는데
검열 간섭 자심하여 애국 내용 억제하니
이를 장차 어찌할꼬 저술가의 한탄이요
사회 성립된 연후에 인민 단체 하겠기로
타인 비방誹謗 불계不係하고 동지자를 수습하여
민지풍속民之風俗 개량하고 사회 확장 하려는데
자유 구속 자심하고 협잡배도 끼어드니
이를 장차 어찌할꼬 사회 지사 한탄이요

재원 풍족된 연후에 인민 생활하겠기로
이해간에 불계하고 각 상회를 조직하여
다소 물품 무역하며 산업 발전 하려는데
흥농키는 고사하고 자본까지 길 막히니
이를 장차 어찌할꼬 상업계의 한탄이요
언론 자유 된 연후에 권선징악 하겠기로
신문 잡지 창설하여 사회 발전 연구하고
공연직필[1] 논술하여 민지民志 각성 바라는데
방해한다 탄압하며 폐간커나 압수하니
이를 장차 어찌할꼬 각보관의 한탄일세.
한탄 마라 한탄 마라 한탄 중에 되나니라.
삼십 년 전 그만두고 갑신 이후부터라도
이런 한탄 하였더면 오늘날을 당해서도
희락시절 될 것인데 자취기화自取奇禍 이 아닌가.
한탄을 쉬지 말고 분발 전진 하여 보세.

---

1) 사회 여론을 그대로 적는 것.

필하 단평筆下短評

참의 삼경三更 세우시細雨時에 왕래무인往來無人 적막하다.
무료하여 일어앉아 신문철을 펼쳐 놓고
이리저리 열람할 제 우순 일도 많거니와
통탄할 일 더욱 많다.

사람 비평 하는 것이 이내 본심 아니언만
의분지심 못 참기로 모모 대신 요새 행동
붓을 들어 규탄한다.

총리대신 이완용은 무슨 망발 하였던지
망발 풀이 하느라고 일대연一大宴을 하였다니
이완용의 꼴악신에 망발이란 왜 있으리.
농담 간에 망발함도 수치될 줄 알 바에는
민국사에 망발하여 전국 타마 받는 것은
수치인 줄 왜 모르나.
고약하다 이 당신아.

내무대신 박제순은
저택 과수 개척하고 새 정자를 짓는다니
종묘사직 돌아보라 덤불 속에 들어 있고

지방 인민 살펴보라 노변가의 신세로다.
네의 이름 제순이라 제가齊家할 줄 알 바에는
네의 자가 헌평이라 평천할 줄 왜 모르나.
고약하다 이 당신아.

송병준아

남산 죽을 베어 내고 동해수를 기울여서
여연대필 빼어들고 내무대신 송병준의
전후 죄악 열거하여 세계 만국 공분가에
일치 공람 하여 볼까.

송병준아 말 들어라.
무뢰배를 주워 모아 일진회를 조직할 제
광언망설狂言妄說 다 만들어 허다 양민 몰아다가
마굴 속에 빠뜨리니 너의 죄가 한 가지요

송병준아 말 들어라.
네가 바로 천종賤踵이나 한국 신민 분명하고
널리 국은 입었거든 일본 놈의 종이 되어
선언서를 발표하니 너의 죄가 두 가지요

송병준아 말 들어라.
기관 신문 창설하여 천연 공리 위반하고
횡설수설 잡된 말로 조국 정신 말살하고
사회 정론 배척하니 너의 죄가 세 가지요

송병준아 말 들어라.

간사배와 체결하여 칠협약을 만들어서

군대까지 해산하여 단성 고기 삼천리에

혈우성풍血雨腥風 비참하니 너의 죄가 네 가지라.

괴뢰 세계

풍광 처처 한반도가 연극장이 되었구나.
무도하는 모양 아악 소어 하는 소리
외면상으로 볼작시면 한인인 듯 하지마는
괴뢰 세계뿐이로다.

괴뢰장에 들어가서 일일 장관 하여 볼까.
제일장에 들어서니 괴뢰 대신 회의한다.
프로코트 고모자로 허허 하는 한소리에
각령 부령 떨어지면 팔도 인민 죽어나고
조약 협약 하고 보면 삼천리가 떠나간다.
그 괴뢰가 장관일세.

제이장에 들어서니 괴뢰 기자 앉았으나
한인 신문인 체하나 등 뒤에서 재리들이
요리조리 놀리는데 붓을 들고 기록하면
원수들은 구가하며 제 나라는 장적한다.
그 괴뢰가 장관일세.

제삼장에 들어서니 괴뢰 설객 지껄인다.
고구나설 떠벌리고 유세 연설 하노라고

조조취취 하는 모양 박 첨지와 방불하다.
주장하는 그 취지는 국민 정신 말살한다.
그 괴뢰가 장관일세.

제사장에 들어서니 괴뢰 회원 모였구나.
좌우 판을 벌이고서 무슨 수나 있는 듯이
산취하는 그 모양 오작같이 놀아난다.
조국 사상 반분 없고 부워사업 웬일인가.
그 괴뢰가 장관일세.

슬프도다 괴뢰배야 희대상에 저 광대가
제 이익을 위하여서 등신 같은 너희들을
지금 놀려 먹거니와 이익 점유 다 한 후엔
네 신세도 가련하다.
조조회오 개과하여 남의 괴뢰 되지 마라.

농가

오백여 년 요순 세계 밭 갈고 논 일구어
제 살림들 하였더니 연년세세 탐학 관리
백성들의 피를 빤다.
탐학 관리 늘어가고 일병日兵까지 덤벼드니
여간 식량 수간 두옥斗屋 간데없이 사라지고
놈들의 불지랄에 생명까지 빼앗겼네.
정부 대신 도적들은 역둔토와 황무지를
외국인과 협약하여 이민 식민 한다 하니
가긍타 이 백성은 승천입지昇天入地 하올쏜가.
여간 남은 제 토지도 관리 소동 분분하고
도적놈들 등쌀 밑에 경작할 길 막연하여
황무지가 되리로다.
황무지가 두고 보면 외국인의 개간이라.
편도 없는 백성의 떼 남부여대男負女戴 바다 이뤄
떠나간다 떠나간다 우리 동포 떠나간다.

인력거꾼

빚을 내고 전당 내어 인력거를 사 가지고
봉두난발 맨다리로 병문파수 하다시피
불분주야 하여 가며 한 푼 두 푼 벌어다가
행랑살이 더부살이 부모처자 공양인데
전차 나고 마차 나니 인력거가 세월없소.

가사에 대하여

현종호

가사는 15세기 중엽에 발생하여 오백여 년 동안 발전해 온 대표적인 민족 시가의 하나이다. 조선 사회에서 국문 시가로 발전한 대표적 형태는 민요와 시조, 가사 세 가지가 있다.

민요는 정해진 작가가 따로 없고 여러 세대에 걸쳐 다듬어지고 완성된 가장 인민적인 시가 형식이다. 그러나 가사는 개인 작가가 창작한 국문 시가 작품으로, 처음부터 일정한 품격을 갖추고 나왔다. 정극인의 '상춘곡'이나 16세기 정철의 '관동별곡'은 초기 작품들이지만 시적 형상이 높으며, 특히 '관동별곡'은 중세 시가 문학의 가장 높은 경지에 올랐다고 말할 수 있다. 이는 인간의 사상 감정을 훌륭히 표현하는 국문 시가의 가능성을 뜻하며, 동일한 국문 시가인 민요의 표현 수법과 예술적 성과가 가사 문학에 어느 정도 반영된 것과도 관련된다.

민요와 가사가 서로 침투하는 과정은 도시 상품이 농촌에 들어가고 농촌의 각종 물산이 도시로 들어가는 자본주의적 상품 관계가 형성되기 시작하면서 더욱 적극화되었다. 그리하여 가사는 민요의 영향을 받아 내용과 형식에서 변화를 일으켰으며, 뒤에 '잡가'라고 부르는 가사들을 발생시켰다. 가사는 민요의 참신한 표현 수법들을 더 적극적으로 받아들였고, 민요도 가사에서 예술적 형식의 이러저러한 장점들을 취했다. 잡가와 민요가 유사한 점이 많고 어떤 작품에 한해서는 민요인지 잡가인지 구별하기 힘든 것도 이와 관계된다.

가사와 시조의 관계에서도 계승성과 서로 침투하는 과정을 찾아볼 수 있다.

14세기에 발생한 단가 형식의 정형시인 시조는 사상과 감정을 집약적으로 표현하며 형식미를 추구하는 장점을 가졌다. 가사는 시조에서 언어적 표현 수법과 함께 동일한 음절수를 규칙적으로 반복하는 운율 조성 방법을 받아들여 인간의 사상 감정을 자유롭게 노래하였다.

선행한 시조 형식이 개척한 삼사조 또는 사사조 음절수의 결합 방식을 계승하여 무한히 연속시키면서 거기에 국토의 자연과 세태 풍속을 반영하기도 하고, 기행 견문 또는 봉건시대 부녀자들의 생활 감정, 그리고 빼앗긴 국권을 회복하려는 애국적 감정 등 다양한 내용을 담았다. 여행 도중의 기행 견문을 노래한 가사를 '기행가사'라고 부르고 봉건사회 여성들의 생활 고통을 노래한 가사를 '규방가사'라고 부르며 20세기 초에 와서 반침략 애국주의 사상 감정을 반영한 가사를 '근대 애국가사'라고 부른다.

가사는 17세기 말과 18세기에 와서 도시의 직업적 음악가들에 의하여 노래로 불리는 가운데 잡가라는 변형태를 낳았다. 소리꾼들은 본래의 가사가 가지고 있는 형식을 그대로 이용할 수 없었다. 그리하여 잡가는 본래의 가사에 비해 매우 짧아지고 음절수들이 다양해졌으며, 내용도 도시 시정인들의 애정 윤리와 반봉건적인 해학, 자연의 산천경개에 대한 정서적 흥취 등을 더 진하게 담았다. 가사는 20세기 초 반침략 애국주의 사상 감정을 강하게 표현한 작품들을 남김으로써 중세 민족 시가 형태로서 마감하였다.

우리 나라 고전 국문 시가사에서 대표적인 시가 형태의 하나로 내려온 가사는 일련의 긍정적 의의와 제한성을 가지고 있다.

가사는 무엇보다 국문 시가 형식이기 때문에 한시보다 당대의 인간 감정과 세태 풍속, 자연 풍토에 더욱 접근한 시적 형상을 창조할 수 있었다. 다른 시가 형식들, 곧 한시나 경기체 시가들은 한자, 또는 이두 문자로 시를 창작하여 형상의 구체성, 평이성, 생동성을 원만히 보장할 수 없었다. 그러나 가사는 바로 우리 인민들이 일상생활에서 쓰는 말을 그대로 옮긴 한글로 썼기 때문에 당대 사람들의 생활 감정과 세태 풍속을 보다 쉽게 형상하였으며, 조국의 자연에 더욱 접근하여 구체적이며 생동하게, 누구나 알기 쉽게 표현할 수 있었다.

가사는 또한 우리 글자를 해득한 사람이면 누구나 다 읽고 감상할 수 있는 장점을 가지고 있다. 농촌의 농민들, 도시의 평민들, 국문을 아는 부녀자들도 창작하거나 읽고 즐겼다. 가사는 시 창작에서 지켜야 할 까다로운 형식도 없었다. 따라서 순탄한 문장 흐름을 가진 서정 서사적 묘사 방식에 의거하여 국문 문학을 더욱 풍부하게 하였다.

　그러나 봉건 유교 사상과 충군 사상이 적지 않게 반영되어 있으며 자연을 노래하는 경우에도 근로 정신이 부족하고, 봉건 선비들의 목가적 기분이 있으며, 남의 나라 고사와 한문투를 즐겨 쓰는 사대주의 경향이 나타나 있다. 운율 구성에서도 개별 시어들에는 생동한 표현들이 없지 않으나, 시의 운율은 삼사조 또는 사사조의 연속으로 도식화되어 있으며 운율 조성의 보조적 수법들도 별로 발전하지 못하였다. 잡가에 와서 가창성이 강화되면서 짧아지고 음절수가 다양해졌지만 시풍과 운율에는 변화가 없었으며, 근대 애국가사에서도 분절이 생기고 형식이 짧아져도 음절 구조는 그대로여서, 가사는 이후 더는 발전하지 못하고 말았다.

　가사는 우리 문학사에서 국문으로 된 서정 서사적 묘사 방식이 어떻게 발생하고 발전하였는지, 시가의 가창성이 어떻게 발전하였으며 아름다운 국문 시어들이 어떻게 축적되어 왔는지를 이해하는 데 귀중한 자료가 되는 시가 유산이다.

글쓴이
정극인, 임유후, 차천로, 김현중, 정철, 김춘택, 이진유, 안조환, 김진형, 이방익, 홍순학, 홍계영, 정학유, 허난설헌, 이용식 외

엮은이 현종호
북의 국문학자로, 우리 고전을 오늘날의 독자에게 전하는 일을 한다. 북 문예 출판사에서 1990년에 낸 《류충렬전》을 엮었다.

고쳐 쓴 이 윤석범, 박현균
윤석범과 박현균은 북의 국문학자로, 우리 고전을 다시 써서 오늘날의 독자에게 전하는 일을 한다.

겨레고전문학선집 39

홍진에 묻힌 분네 이내 생애 어떠한고

2009년 1월 20일 1판 1쇄 펴냄 | 2009년 6월 26일 1판 2쇄 펴냄
글 쓴 이 정 극 인 외 | **엮은 이** 현 종 호 | **고 쳐 쓴 이** 윤 석 범 , 박 현 균
편집 김성재, 남우희, 이종우, 전미경 | **교정** 성경아 | **감수** 김명준 | **디자인** 비마인bemine | **영업** 김지은, 백봉현, 안명선, 이욱한, 이재영, 조병범, 최정식 | **홍보** 조규성 | **관리** 서정민, 유이분, 전범준 | **제작** 심준엽 | **인쇄** (주)미르인쇄 | **제본** (주)상지사 p&b | **펴낸이** 윤구병 | **펴낸곳** (주)도서출판 보리 | **출판 등록** 1991년 8월 6일 제 9-279호 | **주소** 경기도 파주시 교하읍 문발리 파주출판도시 498-11 우편 번호 413-756 | **전화** 영업 (031) 955-3535 홍보 (031) 955-3673 편집 (031) 955-3678 **전송** (031) 955-3533 | **홈페이지** www.boribook.com | **전자 우편** classics@boribook.com

ISBN 978-89-8428-573-6 04810
        978-89-8428-185-1 04810(세트)

이 책의 국립중앙도서관 출판시도서목록(CIP)은 e-CIP 홈페이지 (http://www.nl.go.kr/cip.php)에서 볼 수 있습니다. (CIP 제어 번호: CIP2008003809)

이 책은 한국문화예술위원회의 문예진흥기금 지원을 받았습니다.